W0206177

LES MACHINES DE DIEU

LA DENTELLE DU CYGNE

Jack McDevitt

Les machines de Dieu

TRADUIT DE L'ANGLAIS PAR ALAIN ROBERT

L'ATALANTE
Nantes

Je voudrais exprimer ma reconnaissance à James H. Sharp et Geoff Chester du planétarium Albert Einstein (Smithsonian Institution) ; à David Steitz et Charles Redmond de la NASA, et George B. Hynds junior de la GBH Fabricating & Packaging. Merci au docteur Charles Stanmer pour avoir comblé mes (considérables) lacunes en chimie, à Douglas Myles pour son excellent livre, *The Great Waves* (« Les Vagues géantes »), McGraw-Hill, 1985, qui m'a servi de source. J'espère l'avoir bien compris. Merci à Patrick Delahunt pour son point de vue éclairé, à Bob Medlvin et Brian Cole pour leur aide opportune, à Mark Van Name pour avoir été là quand j'avais besoin de lui. Merci aussi à Ralph Vicinanza, Ginjer Buchanan et Carol Lowe des éditions Ace. Merci enfin pour leur compréhension et leurs encouragements à mes enfants Merry, Scott et Chris, qui ont dû se sentir pris en charge par Lamont Cranston.

Les dates correspondent au calendrier chrétien standard, au mépris de toute raison.

J. MD.

Illustration de la couverture : Manchu

THE ENGINES OF GOD

ISBN 2-84172-161-2

Librairie l'Atalante, 11 & 15, rue des Vieilles-Douves, 44000 Nantes

Pour Maureen,
avec tout mon amour

Dans les rues de Hau-Kai, nous attendons.
La nuit tombe, l'hiver approche,
Les lumières du monde se glacent.
Et en cette trois centième année
Sous l'ascendant de Bilat,
Il viendra en foulant l'aube,
En piétinant le soleil,
Pour juger l'âme des hommes.
À pas de géant, il enjambera les toits
Et allumera les machines de Dieu.

Livre de prière uranique (Quraqua),
traduction Margaret Tufu.

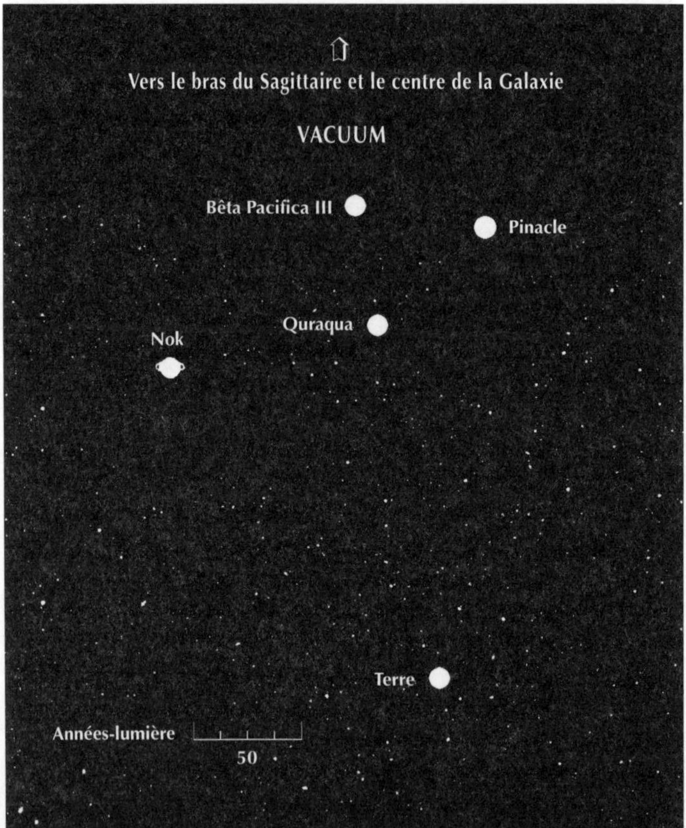

Sites archéologiques, début du XXIIIe siècle

PROLOGUE

Japet. Dimanche 12 février 2197, 08 h 45 GMT.

C'était une statue de roche et de glace. Elle se dressait sereinement dans ce morne champ de neige, créature onirique aux griffes doucement incurvées, aux yeux irréels, campée dans une pose souple. Ses lèvres rondes et presque sensuelles s'entrouvraient. Priscilla Hutchins ne comprenait pas ce qui, dans cette sculpture, lui inspirait un tel malaise. Il y avait plus que l'aspect carnassier de la créature, la menace latente de ses doigts ongulés, la félinité de ses membres inférieurs dans la lumière blafarde. Ce n'était pas seulement son attitude vaguement agressive ou son emplacement, perdu au milieu de cette plaine désolée, éclairée par les anneaux de Saturne en ce mois d'octobre.

Ce sentiment semblait plutôt suscité par cet intérêt affiché pour le monde en frange, par-delà les crêtes et les mamelons qui s'échelonnaient à l'ouest. Cette expression gravée dans ses traits, à jamais figée par la glace, qu'elle n'aurait su décrire autrement que par les termes de « férocité métaphysique ».

« J'y reviens toujours. » C'était la voix de Richard qui résonnait dans son écouteur, vibrante d'émotion. « De tous les Monuments, celui-ci fut le premier et reste le principal. » Ils se tenaient sur la rampe érigée pour préserver les traces de la toute première expédition. C'était là que Terri Case avait foulé le sol, et là Cathie Chung. Les empreintes des lourdes bottes cernaient la statue, celles qui s'en approchaient au plus près étaient celles de Steinitz lui-même. (Elle le savait pour avoir tant de fois visionné les anciens documents vidéo qui montraient les astronautes évoluant pesamment sur ce site dans leur encombrante combinaison pressurisée.)

Ce souvenir la fit sourire. Elle se cala les mains dans les poches tout en jetant un coup d'œil à Richard Wald, vêtu de son jean gris froissé et de son pull blanc, casquette irlandaise plaquée sur la tête. (Elle logeait tout juste dans la souple enveloppe d'énergie qui leur préservait un espace de respiration.) Elle le voyait légèrement flou, estompé par le champ oscillant. Un peu comme dans la vie de tous les jours. Richard était une sommité de l'archéologie. On se souviendrait de lui tant que les hommes chercheraient à connaître leur origine, tant qu'ils continueraient à envoyer des explorateurs. Pourtant il était là, aussi impressionné qu'elle, redevenu enfant en présence de… cette chose.

Le silence et la désolation ambiante les écrasaient.

Au premier abord, Hutchins avait l'air d'une de ces frêles femmes au minois délicatement ciselé et au sourire charmeur qu'on imagine plus volontiers dans un atelier d'artiste que dans un lugubre paysage lunaire. Ses yeux sombres et pétillants pouvaient donner une impression initiale d'affabilité superficielle. Mais ils savaient aussi devenir ardents.

Ses cheveux noirs coupés court dépassaient de son chapeau de safari à larges bords. Tous ceux qui la connaissaient pensaient que sa petite taille avait forgé ses ambitions multiples ; que son goût des conquêtes, qu'elles se situent sur un plan amoureux, professionnel ou pour finir stellaire, était motivé par un besoin de compensation.

Elle savait qu'il n'en était rien, ou du moins voulait le croire. La réalité, bien plus simple, relevait d'un registre qu'elle préférait garder intime : alors qu'elle avait huit ans, son père l'avait amenée sur la Lune où l'impact de l'âge prodigieux de l'astre l'avait profondément marquée. Cette expérience avait imprégné ses rêves, de nuit comme de jour, l'avait nourrie du sentiment de l'éphémère. *Vis tant que tu peux, assouvis tes passions. Fais-en quelque chose.* Cette flamme de toujours se réveilla de nouveau tandis qu'elle contemplait l'expression figée de la créature de glace. Et qu'elle la reconnaissait.

Richard Wald croisa les bras et les serra contre son pull, comme s'il avait froid dans son enveloppe énergétique. De haute stature, il avait cette sorte de dignité lucide que l'on trouve chez ceux qui sont parvenus à une certaine célébrité et s'en trouvent un peu embarrassés.

En dépit de ses soixante ans, Richard était remarquable de vitalité. Et d'exubérance. On le disait grand buveur, bon vivant et homme à femmes. Il prenait garde cependant de conserver des relations purement professionnelles avec Hutchins, sa pilote. Sa dégaine pouvait rappeler celle d'un prophète de l'Ancien Testament. Il portait une abondante chevelure et des moustaches blanches, avait les pommettes hautes et le regard bleu intimidant. Mais cette apparence austère n'était qu'une façade. Pour les yeux amusés de Hutchins, il faisait penser à un chaton.

Il était déjà venu ici. En un sens, c'est même là qu'il était né.

C'était le premier Monument, l'improbable pseudo-contact qui avait signalé à l'espèce humaine deux cents ans auparavant qu'elle n'était pas seule. Des explorateurs en avaient découvert treize autres parmi les étoiles, de formes variées. Richard était persuadé qu'il en existait des milliers.

Il s'était pris d'une passion dévorante pour les Grands Monuments. Leurs images décoraient les murs de sa maison dans le Maine : une pyramide nuageuse en orbite au-dessus d'un monde minéral flottant dans le halo blanc et bleu de Sirius. Un agglomérat noir de sphères et de cônes cristallins dressé dans un champ de neige près du pôle Sud d'Armis V, une planète morte. Une sorte de prisme transparent en orbite autour d'Arcturus. (Le micro de gorge de Hutchins en était une habile réplique miniaturisée.) Le plus spectaculaire de ces ouvrages ressemblait à un kiosque circulaire complet, avec ses escaliers et ses colonnes, taillé à flanc de montagne sur un astéroïde biscornu du système de Procyon. (« À croire, lui avait dit Richard, qu'ils attendaient l'arrivée d'un orchestre. ») Hutchins avait vu les images mais pas encore visité ces sites magiques. Cela viendrait. Un jour elle contemplerait ces monuments et percevrait comme en cet instant la présence de leur créateur. Sans coup de pouce, son projet n'aurait aucune chance de se concrétiser tant il y avait de pilotes pour peu de missions. Mais Richard avait reconnu en elle une âme sœur. Il voulait qu'elle découvre ces monuments, parce que ses réactions raviveraient les siennes. En outre, elle était indéniablement compétente.

De tous ces vestiges, seul celui de Japet pouvait être interprété comme un autoportrait. Les ailes étaient à demi repliées. Les mains griffues de la créature, dotées de six doigts, se levaient vers Saturne. Il s'agissait incontestablement d'une femelle. Le regard braqué au-delà de Richard, bras ouverts, jambes bien campées, légèrement inclinée en avant. Presque érotique.

Ses yeux aveugles étaient fixés sur la plaine. Elle reposait sur un socle de glace haut d'environ un tiers de sa taille et sur lequel étaient gravées trois lignes de fins symboles blancs. Hutchins trouvait à ces cryptogrammes curvilignes, tout en rondeurs et croissants, une élégance et une délicatesse de calligraphie arabe. Et, à mesure que le soleil se déplaçait dans le ciel, les symboles captaient la lumière et s'animaient. Nul n'avait percé leur signification.

En largeur, le socle faisait une fois et demie l'envergure de Hutchins. La créature elle-même mesurait trois mètres et demi de haut. On avait la quasi-certitude qu'il s'agissait d'un autoportrait grâce aux empreintes découvertes dans la plaine par l'expédition de Steinitz, qui correspondaient aux pieds de la créature.

La rampe avait été conçue pour permettre aux visiteurs d'approcher la statue jusqu'à la toucher sans rien altérer du site. Richard restait planté devant, songeur. Il effleura du bout du doigt sa base, opina du chef et décrocha une lampe de sa ceinture. Il l'alluma et en promena le faisceau sur l'inscription. Les symboles éclairés s'allongèrent, ondoyèrent.

« Bel effet », commenta Hutchins.

Chacun des Monuments présentait une inscription. Mais aucune ne semblait dériver d'un langage commun. Selon une théorie, ces ouvrages étaient effectivement des monuments, mais ils dataient d'époques différentes.

Hutchins releva la tête vers les yeux aveugles. « Un graffiti pour la postérité », fit-elle.

On estimait que tous les Monuments dataient d'une période allant de 19000 à 5000 av. J.-C. Celui-ci, pensait-on, était l'un des plus anciens. « Je me demande pourquoi ils se sont arrêtés », fit-elle encore.

Richard scruta les étoiles. « Qui sait ? Cinq mille ans, c'est long. Peut-être se sont-ils lassés ? » Il s'approcha d'elle. « Les cultures évoluent. Pourquoi auraient-ils continué indéfiniment ? » La question demeurait, latente : *Existaient-ils encore ?*

Quel dommage que nous les ayons manqués. Tous les visiteurs de ce site se faisaient la même réflexion. De si peu. Quelques milliers d'années, une paille à l'échelle cosmique.

L'un des modules de l'expédition Steinitz avait été abandonné sur place. Le véhicule, gris et courtaud, avec son étendard US peint sur la carlingue près d'une porte de déchargement ouverte, se trouvait à deux cents mètres, tout au bout de la rampe. Une relique d'un temps révolu. Des loupiotes égayaient le poste de pilotage et un panneau invitait les visiteurs à y jeter un coup d'œil.

Richard se retourna vers l'inscription.

« Qu'est-ce qui est marqué, à votre avis ? demanda-t-elle.

— Un nom et une date. » Il recula d'un pas. « Vous aviez raison, je crois. Un graffiti pour la postérité. » Elle détourna le regard de la statue et balaya l'étendue de la plaine blanche, stérile, grêlée de cratères. Le sol s'élevait en pente douce vers une succession de crêtes, pâles dans la réverbération fantomatique de la planète géante. (Japet était si petit que l'on avait conscience de marcher sur une sphère. La sensation ne la dérangeait pas, mais elle savait que Richard, quand son excitation retomberait, en éprouverait un malaise.)

La statue regardait droit vers Saturne. La planète, au ras de l'horizon, était dans son troisième quartier. Immuable, comme quand *elle* s'était trouvée ici, et pour les vingt mille ans à venir. Aplati au niveau des pôles, l'astre semblait plus ventru que la Lune. Ses anneaux s'inclinaient en s'avançant et constituaient une éclatante surface de verts et de bleus sur laquelle se découpait nettement son ombre.

Richard disparut derrière la statue. Sa voix grésilla dans l'écouteur de Hutch. « Elle est magnifique. » Lorsqu'ils eurent terminé leur inspection, ils se replièrent dans le module de Steinitz. C'est avec soulagement qu'elle quitta le sol lunaire, débrancha le champ d'énergie (il provoquait une désagréable sensation de fourmillement), retrouva son poids normal et la présence rassurante des parois et de l'éclairage d'intérieur. Le vaisseau, entretenu par le Service du Parc, était resté tel quel depuis deux siècles. On l'avait seulement décoré d'une série de clichés montrant les membres de l'équipe de Steinitz.

Richard, encore en proie à l'excitation, les passa tous en revue. Hutch remplit leurs gobelets de café et leva le sien pour porter un toast. « À Frank Steinitz, fit-elle.

— Et à son équipage. » Steinitz : un nom, estimaient-ils, qu'il convenait d'honorer. Car sa mission avait été la première qui se fût aventurée aussi loin dans l'espace, cinq Athéna pour Saturne. L'opération, destinée à captiver l'opinion publique et à relancer l'intérêt pour un programme spatial moribond, se proposait d'identifier un mystérieux objet photographié sur Japet par une sonde vingt ans plus tôt. Ils n'avaient ramené aucune réponse mais seulement l'énigme de cette statue et des films montrant d'étranges empreintes sur le sol gelé du satellite. La mission, véritable gouffre financier, avait fait les choux gras des dessinateurs satiriques et provoqué la chute d'un gouvernement américain.

Les membres de l'équipe Steinitz avaient gardé le restant de leur vie des séquelles du vol : ils avaient mis un terme à de vieilles controverses et démontré les effets dévastateurs de l'apesanteur prolongée. Leurs ligaments et tendons s'étaient amollis et leurs muscles avaient fondu. Plusieurs astronautes avaient développé des problèmes cardiaques. Tous avaient souffert de diverses névroses. Ce fut la première preuve que l'homme ne s'adapterait pas si facilement à une vie extraterrestre.

La photo de Steinitz figurait au centre. L'image leur était familière. L'homme, corpulent, d'un tempérament accrocheur et passionné, n'avait pas hésité à cacher son âge à la NASA. « Le crève-cœur, fit Richard avec solennité en se tournant vers les hublots pour contempler la statue de glace, c'est qu'on ne les rencontrera jamais. » Elle comprit qu'il faisait allusion aux Bâtisseurs de Monuments. « Tel fut, continua-t-il, le commentaire de Steinitz en débarquant ici. Et il avait raison.

— Raison à son époque, oui. Pas nécessairement à la nôtre. » Elle n'en était pas vraiment convaincue car les Bâtisseurs de

Monuments semblaient bel et bien avoir disparu. Néanmoins, la réflexion lui était venue naturellement. Elle examina son gobelet de café. « Je suis soufflée par les formes et les détails qu'ils ont réussi à tirer d'un bloc de glace.

— Qu'est-ce que ça vous inspire ?

— Je ne sais pas. C'est troublant. Oppressant, presque. Je ne vois pas comment décrire cette impression. » Elle pivota sur son siège et tourna le dos à la plaine. « Peut-être que la désolation du paysage n'y est pas étrangère.

— Je vais vous dire ce qui me trouble, personnellement, dit-il. Ce sont ces empreintes. Il n'y en a qu'une série. »

Hutch ne comprit pas où il voulait en venir.

« Elle était seule. » La silhouette stylisée observait Saturne avec une expression d'indéniable intérêt. Ses lignes respiraient la grâce et la noblesse.

Mais Hutch lisait autre chose dans le pli qui joignait son bec et sa mâchoire, ainsi que dans le froncement de ses yeux : un mélange d'arrogance et de méfiance. S'y ajoutait une dose de stoïcisme. De ténacité. Peut-être même de peur.

« L'inscription, reprit-elle, donne sans doute le nom de la créature.

— C'est le point de vue de Muncie. Si l'on a effectivement affaire à une œuvre d'art, on peut considérer que c'est son titre. *Le Veilleur. Avant-poste*. Quelque chose dans ce goût-là.

— À moins que ce ne soit le nom d'une déesse.

— Possible. L'un des membres de l'expédition originelle avait émis l'hypothèse qu'il s'agissait d'une sorte de borne pour marquer une prise de possession.

— Si c'est le cas, je leur laisse volontiers ce caillou.

— Il pensait plutôt au système solaire. » La plaine s'étendait, rase et stérile. Les anneaux brillaient comme le fil d'un couteau. « Vous seriez partante pour une excursion ? »

Ils suivirent la rampe qui s'éloignait dans la plaine, longeant les empreintes de bottes des astronautes. À un kilomètre et demi vers l'ouest apparaissaient les étranges traces.

Deux lignes de pas contiguës suivant des directions diamétralement opposées. C'étaient des foulées de pieds nus dont la longueur et l'espacement, rapportés à l'anatomie de la figure de glace, permettaient de déduire que la créature mesurait approximativement trois mètres de haut. Ils dénombrèrent six orteils à chaque pied, ce dont ils ne s'étonnèrent pas. « On dirait presque, fit Hutch, que la créature est descendue de son piédestal pour se dégourdir les jambes. » Cette idée avait de quoi donner froid dans le dos. Tous les deux lancèrent un regard perplexe par-dessus leur épaule.

Les traces se dirigeaient d'un côté vers l'ouest et les hauteurs. De l'autre elles s'incurvaient dans la plaine, contournant largement la statue. Les empreintes des astronautes et les rampes les accompagnaient dans les deux directions. Richard et Hutch obliquèrent vers le nord.

« À l'époque, les traces de pieds nus avaient fait sensation, dit Richard. Maintenant, vous et moi pourrions reproduire le truc si nous le voulions. »

Deux cent cinquante mètres plus loin, les empreintes s'interrompaient net au milieu de la neige. Dans un sens comme dans l'autre. « Il devait y avoir un vaisseau ici, fit Hutch.

— Apparemment. » La neige était vierge au-delà des traces.

La rampe cernait le périmètre et composait un cercle large comme un terrain de base-ball. Richard en fit le tour complet, s'arrêtant de temps à autre pour scruter la neige. « On aperçoit des trous, vous les voyez ? fit-il en les désignant. Le vaisseau devait être monté sur train. On peut voir grâce aux empreintes où la créature est descendue. Elle s'est éloignée par le chemin que nous venons de suivre pour gagner les collines. Là-bas, elle a découpé un bloc de roc et de glace dans une paroi. Nous irons y jeter un coup d'œil. Elle a sculpté son œuvre, l'a embarquée à bord et acheminée par les airs jusqu'au site. » Il lança un regard en direction de la forme de glace. « Il y a des trous là-bas aussi.

— Pourquoi l'a-t-elle déplacée ? Pourquoi ne pas l'avoir laissée dans les collines ?

— Qui sait ? Pourquoi mettre une chose ici plutôt que là ? Ç'aurait peut-être été trop facile ? » Il tapota la rampe du bout du pied. « On se trouve dans une vallée. Ça ne crève pas les yeux parce que les pentes sont douces et les reliefs par ailleurs découpés. Mais ce n'en est pas moins un fait. Et la sculpture se trouve pile en son centre. »

Au bout d'un moment, ils rebroussèrent chemin et suivirent la trace dans les collines. La passerelle tantôt s'enfonçait dans la neige et tantôt surplombait des combes. Les empreintes elles-mêmes, à deux reprises, semblaient franchir d'un coup des parois verticales, puis s'interrompaient. « Elles continuent plus haut, déclara Richard.

— Un système antigravitationnel ?

— Théoriquement impossible. Mais quelle autre explication avancer ? »

Hutch haussa les épaules.

Ils s'engagèrent dans le ravin d'où avait été extraite la matière première de la sculpture. Un bloc de roche et de glace avait été découpé proprement dans l'une des parois, laissant une cavité trois fois plus grande que le visiteur. Les empreintes continuaient au-delà, grimpaient encore dans la pente, s'amenuisaient sur la glace vive. Elles réapparaissaient plus haut, au sommet d'une arête.

Les parois escarpées de la corniche s'évasaient de part et d'autre. Là commençait une longue descente.

Richard arpentait la rampe à grandes enjambées, perdu dans ses pensées, muet, le regard baissé. Hutch essayait de lui rappeler que le champ d'énergie contribuait à le propulser en avant, que la faible gravité était traîtresse. « Vous pourriez décoller comme un rien. Vous auriez l'impression de tomber lentement, mais vous feriez quand même une sale chute. » Il grommela, modéra un peu son allure, mais pas assez pour la rassurer.

Ils continuèrent le long de l'arête jusqu'au bout de la trace. Ils atteignirent un étroit belvédère d'où l'on jouissait d'une vue magnifique sur Saturne et le décrochement abrupt du proche horizon de ce petit monde.

À en juger par la confusion des pas, la créature avait dû rester sur place un moment. Pour finir, évidemment, elle avait rebroussé chemin.

Richard examina les empreintes.

Les étoiles constellaient la nuit.

« Elle est venue ici avant de découper la glace, déclara Hutch.

— Bien vu. Mais pourquoi est-elle venue tout court ? » Hutch balaya du regard la plaine baignée par la pâle clarté de Saturne, lumineuse. Soudain, comme sous le coup d'un vertige, elle eut la sensation de la voir s'éloigner en ondulant.

Les étoiles étaient dures, froides, et l'espace qui les séparait l'oppressait. La planète, rivée en place, n'avait pas bougé depuis la visite de la créature. « Cette statue dans la plaine est terrifiante, déclara-t-elle. Non à cause de ses ailes ou de ses griffes, mais parce qu'elle est seule. »

Elle commençait à prendre froid et il restait une bonne trotte pour rejoindre le vaisseau. (Les champs oscillants provoquent parfois cette sensation de froid. Rien n'explique le phénomène et des batteries de tests visent à démontrer qu'il s'agit d'une fausse impression. Néanmoins...) Une demi-douzaine de lunes étaient visibles dans le ciel : Titan, avec sa mince atmosphère de méthane ; Rhéa, Hypérion et d'autres satellites plus petits : des astéroïdes en orbite comme celui-ci, stériles, immensément vieux, aussi peu accueillants pour un être vivant que le gigantesque ballon de gaz autour duquel ils gravitaient.

Richard suivit son regard. « Elle devait nous ressembler à bien des égards. » Ses traits s'adoucirent.

Hutch demeurait immobile.

L'univers est un havre précaire, étourdissant pour un être doué de raison. Nous sommes si peu nombreux et le cosmos si vaste, démesuré. Hutch s'interrogeait à propos d'elle. Qu'est-ce qui l'avait poussée si loin de chez elle ? Pourquoi avait-elle voyagé seule ? Elle était depuis longtemps retournée en poussière, c'était sûr. *Bonne chance quand même.*

Première partie

LEVER DE LUNE

UN

Quraqua. 28e année de mission, 211e jour. Jeudi 29 avril 2202, 06 h 30, heure locale.

Presque du jour au lendemain, toutes les civilisations de ce globe s'étaient éteintes. Cela s'était produit par deux fois : aux alentours de 9000 av. J.-C. et derechef huit mille ans plus tard. Sur un monde parsemé de vestiges, ce fait perturbait grandement le sommeil d'Henry.

Allongé tout éveillé, il se demandait comment les Quraquats comptaient le temps, comment ils avaient fini par découvrir l'anomalie sur leur lune. Ils n'avaient pas conscience de ces deux ruptures, ils avaient fini par les oublier plus ou moins et n'en gardaient trace que dans leurs mythes. Mais ils connaissaient l'existence d'Oz. Art avait trouvé une pièce de monnaie qui le prouvait irréfutablement : l'une de ses faces montrait un croissant orné d'un petit carré situé à la latitude de la mer Occidentale. Exactement à l'emplacement d'Oz.

Il se demanda si l'hypothèse de Linda se vérifierait, à savoir que l'on disposait d'instruments d'optique à l'époque du temple inférieur. Ou si les autochtones avaient simplement de bons yeux.

Qu'en avaient-ils déduit ? Henry enfonça sa tête dans son oreiller. Si les Quraquats avaient scruté leur lune au télescope, ils avaient découvert une cité bâtie au cœur d'une plaine immense. Ils avaient vu les longues avenues privées d'air, les rangées de bâtiments et les vastes places. Et la massive muraille d'enceinte.

Il se retourna. Fatalement, Oz apparaîtrait tôt ou tard dans la mythologie et la littérature quraquat. *On verra en approfondissant notre étude. Quand on maîtrisera mieux la langue.*

Son ventre se serra. Le temps manquerait.

L'anomalie n'était faite que de roche habilement taillée pour créer l'illusion d'une ville. Ça, c'était le vrai mystère. Et l'explication d'Oz était liée à l'espèce qui avait habité ce monde. Une espèce qui avait développé une culture complexe, dont les valeurs philosophiques avaient perduré des dizaines de milliers d'années. Mais cette intelligence n'avait pas recherché le progrès technologique ; le leur n'avait guère dépassé un niveau de dix-neuvième siècle.

Le carillon de la porte retentit. « Henry ? » La voix dans le haut-parleur vibrait d'excitation. « Vous dormez ?

— Non. » La porte s'ouvrit. « On y est ?

— Oui. »

Henry repoussa ses draps. « Accordez-moi deux minutes. Je ne pensais pas que ce serait si rapide. »

Frank Carson se tenait dans le couloir. « Vous avez une équipe du tonnerre, là-dessous. » Dans la faible clarté, il paraissait content. « Tout a l'air en l'état.

— Bon. Excellent, sapristi ! » Henry fit pivoter sa lampe de bureau. Derrière le hublot, la clarté du soleil perçait depuis la surface. « Vous l'avez vu ?

— Juste un coup d'œil. On vous réservait la primeur.

— Ouais. Merci. » Le mensonge classique amusa Henry. Il savait qu'ils ne s'étaient pas gênés pour regarder. Et maintenant ils se prêteraient au jeu de l'entrée en grande pompe du patron.

De tous les membres des diverses équipes de l'Académie archéologique, Henry Jacobi était sans doute le plus laid. Selon un commentaire de Linda Thomas resté dans les annales, il donnait l'impression d'avoir reçu une pluie de ferraille sur la tête. Son visage était fripé, plissé, son corps s'affaissait de partout. Il avait les cheveux gris ardoise et un strabisme permanent peut-être dû aux trop nombreuses heures passées à déchiffrer des idéogrammes. Néanmoins, il était dans les bonnes grâces de tous : on l'adorait, des femmes l'épousaient (il s'était déjà marié quatre fois) et ceux qui le connaissaient bien l'auraient suivi au combat sans rechigner.

C'était un professionnel émérite. Un peu comme certains paléontologues capables de recomposer un brontosaure à partir d'un tibia, Henry pouvait tirer les grandes lignes d'une société en se basant sur une urne.

Il suivit Carson à travers la salle commune déserte, puis ils descendirent l'escalier vers le centre des opérations. Janet Allegri, attablée à la console principale, les accueillit d'un encourageant pouce levé.

Des plantes rampantes et de petits poissons aiguilles évoluaient derrière l'oblongue baie panoramique. Au-delà, un réseau de balises lumineuses encombrait le fond marin. L'eau filtrait la clarté du soleil et le temple se perdait dans la pénombre ambiante. Ils pénétrèrent dans le sas où ils enfilèrent un harnais oscillatoire et des propulseurs. Henry se frotta les mains de jubilation.

Carson redressa les épaules avec une raideur toute militaire. Grand gaillard à la mâchoire carrée et au regard profond, il voyait le monde en couleurs tranchées. Sa qualité de colonel en retraite de l'Union nord américaine n'était de nature à surprendre personne.

« Nous n'en sommes qu'au tout début, Henry. Je persiste à croire qu'on devrait s'accrocher et rester ici. Que voulez-vous qu'ils fassent si on refuse de plier bagage ? »

Henry poussa un soupir. Carson n'entendait rien à la politique. « Ils crieront haro sur l'Académie, Frank. Et à notre retour à la maison, vous et moi serons relégués dans les salles de classe. Et peut-être même envoyés au tribunal.

— Il faut savoir s'engager pour défendre ses convictions, Henry. »

Pour tout dire, rester, il y avait pensé. Outre la Terre, on recensait trois berceaux de civilisations. Les Noks, sur Inakadéméri, vivaient toujours. L'extinction des habitants de Pinacle remontait à trois quarts de million d'années.

Et il y avait Quraqua.

Quraqua se révélait une mine d'or. Les vestiges de Pinacle étaient trop altérés, et d'autre part la proximité des Noks limitait les possibilités de recherche. Pourtant, nombre d'étudiants de dernier cycle avaient qui découvert une cité ensevelie, qui mis à jour les raisons d'un exode, ou bien déterré les vestiges de civilisations encore ignorées. C'était une période faste pour l'archéologie. Henry Jacobi comprenait l'importance qu'il y avait à sauver ce monde. Mais il n'avait aucune envie de risquer des vies pour y parvenir. Il était trop vieux pour s'obstiner de la sorte.

« Est-ce que Maggie sait qu'on est là ?

— Ils sont partis la chercher. La pauvre, je me demande quand elle pourra prendre une minute de repos, Henry.

— Quand nous serons repartis d'ici. » Maggie était sa philologue en chef. Une déchiffreuse née, vraiment. Capable de lire les inscriptions les plus abstruses. La lampe fixée à son poignet gauche passa au vert. Il activa le champ d'énergie.

Carson enfonça énergiquement la touche de départ et le mécanisme du sas se mit en marche. L'eau commença de sourdre au sol.

À l'extérieur, la visibilité était réduite. Ils étaient trop près de la côte : les balises lumineuses, estompées par les sédiments en suspension dans l'eau, permettaient rarement d'apprécier le temple dans son ensemble.

Le temple des Vents.

Quelle ironie ! Un séisme qui avait remodelé le rivage l'avait submergé à peu près à l'époque de Jefferson Davis. Ce temple avait été jadis un poste militaire dédié à diverses divinités, un lieu de prière pour les voyageurs en un temps où les humains n'avaient pas encore posé les premières briques d'Our ou de Ninive.

Sic transit...

Les poissons filaient devant lui, l'accompagnaient. En amont sur sa gauche, une masse plus grosse remua dans l'eau. Carson braqua une lampe vers elle et le faisceau la transperça. C'était une méduse. Inoffensive. Elle ondula, éclose, et se laissa dériver mollement au loin.

Un péristyle masquait le fronton du temple. Ils firent halte sur le dallage du sol, près d'une colonne cylindrique. L'une des dix encore debout. Dix sur les douze du total. Pas mal pour un bâtiment rescapé d'un tremblement de terre.

« Frank. » La voix de Linda dans son écouteur avait une inflexion joyeuse. Et non sans raison : c'était elle qui avait planifié la fouille du secteur. Elle avait fait quelques paris, vu juste, et ils avaient pris de l'avance sur le programme. Étant donné les circonstances, gagner du temps devenait crucial.

« Henry est avec moi, dit Carson. On avance.

— Henry, fit-elle, tout paraît ouvert, aussi loin qu'on puisse voir.

— Belle performance, Linda. Bravo. » L'entrée du temple béait devant eux. Ils nagèrent jusqu'à la nef. Des alignements de loupiotes colorées s'étiraient dans le noir. Henry avait toujours cette impression que l'éclairage agrandissait le lieu.

« Les bleues, dit Carson.

— Je sais. » Suivant les balises bleues, ils progressèrent dans le bâtiment. Du toit du temple ne subsistaient que des vestiges. La clarté grise de la surface paraissait huileuse et opaque comparée à l'éclat vif des lampes.

Henry était en piètre condition physique. Nager le fatiguait, mais il avait estimé que les propulseurs étaient trop dangereux pour être utilisés dans le site. Il fallait bien qu'il se plie à ses propres consignes.

La piste lumineuse bleue obliqua brusquement vers la gauche et plongea dans un trou à même le sol.

Il entendait Linda, Art Gibbs et plusieurs autres sur le canal commun. On riait, on l'encourageait, on se félicitait de la découverte.

Il s'engagea dans la galerie d'approche du labyrinthe. Carson, dans son sillage, lui répétait de prendre son temps. Au bout d'un moment, agacé, il finit par lui demander de garder le silence. Et au détour d'un dernier coude, il aperçut les lumières.

Ils se tenaient tous là, devant lui. Trifon Pavlevitch, un Russe costaud arborant une énorme moustache blanche, s'inclina légèrement; Karl Pickens rayonnait; et Art Gibbs flottait fièrement près de Linda.

Linda Thomas, une rousse débordante d'énergie, entreprenante et décidée, partageait volontiers les honneurs avec ses collègues. En conséquence, ils l'adoraient. Postée près d'un puits, elle l'invita d'un geste à approcher. Lorsqu'il parvint près d'elle, elle lui serra la main, ce qui fit scintiller leurs champs énergétiques.

« Parfait, fit-il aussitôt. Voyons ce qu'on a trouvé. » Quelqu'un lui fourra une lampe dans la main.

Il l'abaissa vers l'obscurité, vit des inscriptions et des bas-reliefs, puis, au-dessous, les murs d'une salle qui s'étiraient hors de portée du faisceau lumineux. Des fresques sculptées surchargeaient les parois entre des rayonnages encombrés. Difficile d'identifier précisément les formes qui saillaient sur les étagères. Peut-être s'agissait-il d'une flore marine qui s'était introduite avant que la salle ne soit scellée. Peut-être d'objets.

Son équipe le suivit. Trifon rappela à tout le monde l'interdiction de toucher à quoi que ce soit. « Il faudra établir une carte avant toute manipulation. »

On sait, Tri.

Les taches de lumière balayaient les parois décorées. Henry distinguait des animaux, mais rien qui rappelait les Quraquats. Les représentations des espèces intelligentes étaient rares, sauf dans les lieux saints. Quelle que fût la période ou la culture abordée. On eût dit qu'un interdit les empêchait de figer leur propre image dans la pierre. Il devait y avoir une raison à cela, bien sûr, mais on ne l'avait pas encore trouvée.

Un dépôt de limon de cinquante centimètres recouvrait le sol. D'autres chambres s'ouvraient plus loin. Et des exclamations joyeuses résonnaient dans ses écouteurs :

« Une ancienne table !

— Et ça. Des symboles en casumel, non ?

— Art, viens voir par ici !

— Je crois qu'il y en a d'autres derrière.

— Là. Par là. »

Linda, dans une salle située au nord, pointait sa lampe sur un bas-relief qui montrait les silhouettes de trois Quraquats. Trifon caressa la tête d'une des créatures, effleurant délicatement d'un doigt la mâchoire, la saillie de la bouche. Les Quraquats étaient des êtres à sang chaud, bipèdes, dotés de pelage et d'une allure générale vaguement reptilienne. Des alligators avec un visage plutôt qu'une longue mâchoire crispée dans un rictus idiot. Ceux-ci portaient des robes. Une bête quadrupède figurait avec eux.

« Henry ? » Elle l'invita à approcher.

Les personnages étaient majestueux. Ils dégageaient puissance et dignité. « Ce sont des dieux ? demanda-t-il.

— Quoi d'autre ? fit Trifon.

— Pas à proprement parler, intervint Linda. Là, nous avons Telmon, le Créateur. » Elle montrait la figure centrale qui dominait. « C'est la Grande Génitrice. Et voici ses deux aspects : la Raison et la Passion.

— La Grande Génitrice ? » Henry paraissait surpris. Les Quraquats, au moment de leur extinction, vénéraient plutôt un dieu suprême mâle.

« Les sociétés matriarcales étaient monnaie courante ici », dit-elle. Tri prenait des photos et Linda se posta près du bas-relief, prétextant donner l'échelle. « Le jour où l'on aura effectué une analyse correcte du temple inférieur, fit-elle, on se rendra compte qu'il s'agissait d'un système matriarcal. J'en mets la main au feu. En outre, on retrouvera sans doute trace de Telmon à cette époque aussi. »

La voix de Carson retentit sur le canal personnel de Jacobi. « Henry, je viens de tomber sur quelque chose qui va t'intéresser. »

La découverte en question se trouvait dans la plus grande salle, où Carson attendait près d'un bas-relief. Il fit signe à Henry d'approcher et leva sa lampe. D'autres Quraquats. Représentés dans des tableaux individualisés. « Il y en a douze, déclara-t-il d'une voix significative. Comme les stations de la Croix.

— C'est un chiffre mystique. »

Henry fit tranquillement le tour de la salle. Les figures étaient d'une facture exquise. Des détails s'étaient cassés, d'autres érodés. Néanmoins ils étaient là, cadre après cadre, ces Quraquats hiératiques. Ils portaient des sceptres, des lances et des rouleaux. Et puis vers la fin apparaissait une inquiétante créature à demi encapuchonnée.

« La Mort », fit Linda.

Toujours identique, songea Henry. Que ce soit à Babylone ou New York. Tout le monde en a la même image.

« Et tout ça, c'est quoi ? Tu le sais ? »

Linda rayonnait. « C'est l'histoire de Tull, le Sauveur. Ici… (elle désigna le premier tableau) Tull accepte le vin qui le rendra mortel et que lui offre Telmon. Et là, on le voit derrière une charrue. »

Henry n'était pas expert en mythologie quraquat. Mais il connaissait Tull. « Une figure christique, fit-il. Osiris. Prométhée.

— Oui. Là, regardez, la visite chez l'armurier. » Elle dérivait le long de la frise, s'arrêtant devant chaque scène. « Et la bataille s'ensuit.

— Quelque chose me chiffonne, intervint Carson. Le mythe est postérieur à cette période, non ?

— On n'en a pas la certitude, Frank, répondit Linda. Et peut-être que ce temple n'est pas aussi vieux qu'on le croyait. De toute façon, ça reste secondaire au regard de cette série complète de tableaux.

— Merveilleuse, commenta Henry. Nous les exposerons dans l'aile ouest avec nos noms au-dessous. »

Quelqu'un demanda ce qu'ils représentaient.

« Là, fit Linda. Ça commence ici. Tull est un enfant, il se penche sur le monde.

— C'est un globe, fit remarquer Art. Ils savaient que leur planète était ronde.

— Ce savoir a été perdu et retrouvé plusieurs fois durant leur histoire. Pour en revenir à Tull, il enviait les habitants du monde.

— Les Quraquats.

— Oui.

— Pourquoi ?

— Ce n'est pas très clair. Pour les Quraquats, apparemment, il était naturel qu'un immortel réagisse de la sorte, mais nulle part ils n'expliquent pourquoi. Ou du moins dans les documents que nous avons trouvés.

— Ici on le retrouve dans une attitude qu'on suppose de prière. Il demande à sa mère le statut de mortel. Regardez les mains ouvertes, le geste est vraiment universel.

— Et là (elle passa devant Henry en tendant le doigt), là, le voilà devenu professeur. »

Et plus loin, en pleine bataille. Bras tendu. Expression féroce. Sa main droite était brisée. « Il devait brandir une arme. Il était désavantagé parce qu'on l'avait privé de l'immortalité mais non de ses autres attributs divins. Il comprenait la douleur de ses ennemis. Et il pouvait lire le futur. Il savait qu'il trouverait la mort au combat. Et il savait de quelle manière. »

La silhouette reptilienne du dieu-héros ne manquait pas de noblesse. Sur un panneau de la frise, il méditait sur sa condition de mortel en présence de la Mort drapée dans sa robe noire.

« Pour finir, déclara Linda, il demande à redevenir un dieu. Là, regardez les mains suppliantes. »

Henry hocha la tête. « Je suppose qu'on exauça son vœu ?

— Telmon le laissa décider. *J'accomplirai ta volonté. Mais tu as de loin opté pour le meilleur choix. Poursuis cette voie et on t'aimera tant que les hommes marcheront sur le monde.* Elle n'employa pas le terme d'hommes, évidemment, mais son équivalent quraquat. » Linda éclaira le tableau final. Sa décision prise, il revêtait son armure pour la dernière fois.

« Après sa mort, sa mère le plaça parmi les étoiles. » Elle se tourna vers Henry. « Voilà ce que démontre ce mythe. La mort est inéluctable. Même les dieux finissent par s'y confronter. Comme les divinités norses. Car, en s'y soumettant délibérément, ils donnent la vraie mesure de leur nature divine. »

La sombre silhouette en robe les perturbait. « Elle a quelque chose de familier », fit Henry.

Carson secoua la tête. « Pour moi c'est la Faucheuse dans tout ce qu'elle a de classique.

— Non. » Henry avait vu cette créature. Quelque part. « Elle n'a rien de quraquat, vous ne trouvez pas ? »

Art braqua de nouveau sa lampe dessus. « Vous dites ?

— Elle n'est pas quraquat. Regardez mieux.

— Non, c'est vrai, convint Linda. Quelle importance ?

— Aucune peut-être. Mais à bien l'examiner… elle ne vous rappelle rien ? »

Carson inspira profondément. « La chose sur Japet, fit-il. C'est l'un des Monuments. »

Cher Phil,

Nous disposons d'un calendrier complet des cycles saisonniers sur Tull aujourd'hui. J'ai joint son descriptif détaillé et la reproduction de huit tablettes avec des inscriptions en casumel linéaire C. Nous avons une chance exceptionnelle : le site est en excellent état, surtout considérant qu'il s'est dressé près du front de mer le gros de son existence et dans l'eau depuis les derniers quelques siècles.

Fut un temps où l'on aurait dignement fêté l'événement. Mais on sent la fin proche, ici. Nous allons tout livrer aux terraformeurs dans quelques semaines. À vrai dire, nous sommes la dernière équipe de reste sur Quraqua. Toutes les autres sont rentrées. Henry, qu'il en soit remercié, attendra qu'on l'éjecte pour plier bagage.

Néanmoins, votre élève prodige a gagné le gros lot. Henry pense qu'on donnera mon nom à la nouvelle bibliothèque de l'Académie.

Linda.

Linda Thomas,

Lettre à son mentor, le Dr Philip Berthold, université d'Antioch. Daté du 211e jour de la 28e année de mission sur Quraqua. Reçue à Yellow Spring, Ohio, le 28 mai 2202.

DEUX

Princeton. Jeudi 6 mai 2202, 17 h 30.

Hutch éteignit le moteur et les phares, puis regarda la première vague d'employés de bureau se disperser dans la bourrasque. La plupart se dirigèrent vers la gare, une plate-forme surélevée perdue dans les rafales de pluie. D'autres se pelotonnèrent à l'abri du Tarpley Building et quelques-uns – les plus riches – se hâtèrent vers leur voiture. Le ciel s'affaissait jusqu'au niveau du parking dont la partie basse reflétait les feux des lampadaires et de la circulation.

Malgré les stores baissés, elle apercevait la lumière à l'intérieur. C'était un bureau d'angle au premier étage d'un édifice trapu de verre et de béton qui abritait des cabinets d'avocats, des compagnies d'assurances et des agents de change. Rien de romantique. Mais pour elle, se trouver là de nouveau, les yeux rivés sur cette fenêtre, suffisait à la mettre en émoi.

Les gens pilaient sur le seuil, remontaient leur col, s'escrimaient avec leur parapluie. Deux ou trois champs d'énergie scintillèrent. Les voitures s'engageaient en tanguant sur les bretelles, les essuie-glaces se balançaient en cadence, les faisceaux des phares s'estompaient.

Immobile, Hutch attendait que l'obscurité se fasse dans le bureau et que Cal Hartlett apparaisse sur le trottoir, sans cesser de se demander comment elle réagirait alors. Elle s'en voulait d'être venue. Elle s'accrochait à cette histoire moribonde comme une adolescente transie, dans l'espoir d'elle ne savait trop quoi. Qu'il changerait d'avis en la voyant, que des sentiments passés ressusciteraient. De toute façon, si elle n'essayait pas, ses questions sans réponse continueraient de la tarauder.

Elle se recroquevilla sur le siège et se laissa bercer par la pluie et la pénombre.

C'est dans ce bureau qu'il lui avait déclaré sa flamme. Elle avait été invitée à une réunion en tant que technicienne de système un soir mémorable et ils étaient restés ensemble jusqu'à l'aube.

Comme cette nuit paraissait loin maintenant ! Elle était entre deux vols à l'époque et, à son retour, tout avait paru possible. *Nous trouverons une solution.*

L'aérotrain apparut au loin, comme un collier de lumières vives sur fond de grisaille sombre. Quelques passants qui traversaient le quartier en hâte prirent le pas de course. L'engin décrivit lentement une ample courbe, freina et entra dans la gare en chuintant.

Cal était analyste financier pour la firme de courtage Forman & Dyer. Il aimait son travail, adorait jongler avec les chiffres, mais s'était trouvé fasciné par son métier à elle. *Ma pilote des étoiles.* Il aimait ses descriptions de mondes lointains et lui avait extorqué la promesse qu'un jour, en une occasion qui restait à trouver, elle l'emmènerait avec elle. Ne serait-ce que sur la Lune, avait-il déclaré avec un sourire. Il avait les yeux gris, les traits rieurs et les cheveux châtains. Et il l'aimait.

La lumière du bureau s'éteignit.

Il vivait huit pâtés de maisons plus loin mais, cinglé de sport comme il l'était, il rentrerait chez lui à pied même par un temps pareil.

L'aérotrain s'ébranla, accéléra et s'enfonça dans la tempête.

Le flot ininterrompu des employés s'amenuisa. Elle regarda la dernière poignée d'entre eux arrêter d'un geste des véhicules ; deux partirent en courant vers la gare.

Et c'est alors qu'il apparut à la porte. En dépit de la distance et du piètre éclairage, elle le reconnut sur-le-champ.

Elle inspira profondément.

Cal enfonça ses mains dans les poches de sa souple veste brune, lui tourna le dos et s'éloigna sur le trottoir à grandes enjambées. Elle le regarda traverser le plastène, évitant les flaques d'eau, progressant d'un pas égal et vif dans la tourmente.

Elle hésita, régla le moteur sur la vitesse la plus lente et l'alluma. La voiture s'avança silencieusement sur la chaussée et remonta jusqu'à son niveau. Jusqu'au dernier moment, elle hésita à s'éloigner par une brusque accélération.

C'est alors qu'il l'aperçut. Sa vitre était baissée, la pluie inondait l'habitacle. Il parut surpris, joyeux, exalté, mal à l'aise. Toute une gamme d'émotions se peignit sur son visage. « Hutch. » Il gardait le regard rivé sur elle. « Qu'est-ce que tu fais là ? »

Elle sourit ; elle ne regrettait pas sa démarche. « Je t'emmène ? »

La portière du passager se souleva, mais il continua de la regarder. « Je ne savais pas que tu étais de retour.

— Et pourtant. Écoute, tu vas finir trempé.

— Ouais. Merci. » Il contourna la voiture par l'avant et s'introduisit à l'intérieur. Toujours le même après-rasage. « Tu vas bien ?

— Ça va. Et toi ?

— Bien. » Il s'exprimait d'une voix atone. « Tu as l'air bien.

— Merci.

— Cela dit, tu as toujours été rayonnante. »

Elle esquissa un nouveau sourire, plus chaleureux cette fois, puis se pencha et l'embrassa doucement sur la joue. Cal lui avait paru assez terne lors de leur première rencontre. Et sa profession n'avait rien fait pour contrebalancer cette impression. Mais il l'avait charmée d'une façon si directe qu'elle savait, quoi qu'il arrive ce soir, qu'elle ne sortirait pas de cette histoire indemne. Alors qu'elle le trouvait si anodin au début, il avait maintenant à ses yeux une allure de jeune premier, d'homme d'envergure. Quand et comment s'était produite cette métamorphose ? Elle n'en avait pas la moindre idée.

« Je voulais te dire bonjour. » Elle déglutit. « Te revoir. » Où avait-elle lu l'histoire de ce couple qui dormait séparé par une épée en gage de chasteté ? Cette épée, dure et froide, elle en sentait la présence.

Il restait silencieux, cherchant que répondre. « Bonjour. »

La pluie crépitait sur le toit. « Tu m'as manqué. »

Il fronça les sourcils. Parut déstabilisé. « Hutch, j'ai quelque chose à t'annoncer. »

Allons-y franco, songea-t-elle. C'était son style. « Tu vas te marier. »

Ses yeux s'écarquillèrent à nouveau. Il eut un petit sourire. Le sourire penaud, gentil et naïf qui l'avait séduite deux ans auparavant. Ce soir, il exprimait du soulagement. Le plus dur était fait. « Comment le sais-tu ? »

Elle haussa les épaules. « On m'en parlait déjà dix minutes après l'atterrissage.

— Je suis désolé. Je t'aurais mise au courant moi-même si j'avais su que tu étais rentrée.

— Il n'y a pas de problème. Qui est-ce ? » Elle dévia pour éviter une large flaque au bout de la rue et s'engagea dans l'avenue Harrington.

« Elle s'appelle Teresa Pepperdil. Elle se présente par son nom de famille, comme toi. Tout le monde l'appelle Pep. Elle est prof.

— Et belle, naturellement.

— Comme toi, une fois de plus. Je me cantonne aux femmes attirantes. » Il disait cela en manière de compliment, mais sa maladresse la blessa.

Elle s'abstint de répondre.

Il se tourna vers elle, fuyant toutefois son regard. « Que dire de plus ? Elle habite dans le sud du Jersey et, autant que je sache, n'a pas l'intention d'en bouger.

— Bien, félicitations.

— Merci. »

Elle s'engagea sur la Onzième. L'appartement de Cal se trouvait non loin, dans un immeuble très cossu. Les drapeaux étaient en berne. « Écoute, proposa-t-elle, pourquoi est-ce qu'on ne prendrait pas un verre quelque part ? » Elle faillit ajouter : en souvenir du bon vieux temps.

« Peux pas, fit-il. Elle ne va pas tarder à arriver. J'ai du ménage à faire. »

Elle s'engagea dans le dernier virage avant l'entrée de l'immeuble. Et coupa le moteur.

Elle aurait voulu prendre du recul, éprouver plus d'indifférence, de détachement. « Cal, dit-elle, il est peut-être encore temps pour nous deux. » Elle s'était exprimée d'une voix si basse qu'elle craignit qu'il ne l'ait pas entendue.

« Non. » Il tourna la tête. Elle s'était attendue à du ressentiment, de l'amertume peut-être, de la tristesse. Mais rien de tout cela. Il parlait d'un ton détaché. « Il n'a jamais été temps. Jamais vraiment. »

Elle garda le silence. Un quidam approchait, tenant un chien en laisse. Il leur lança un regard curieux, reconnut Cal, marmonna un salut et passa son chemin. « On pourrait encore faire en sorte que ça marche. Si on le voulait vraiment. » Elle retint son souffle et se rendit compte avec une soudaineté paralysante qu'elle avait peur qu'il réponde *oui.*

« Hutch, fit-il en lui prenant la main, tu n'es jamais là. Je n'existe qu'entre tes vols. Comme un port d'escale.

— Ce n'est pas ainsi que je l'envisage.

— Mais c'est ainsi que ça se passe. Combien de fois avons-nous remis cette discussion sur le tapis ? Le soir, je regarde le ciel et je sais que tu t'y trouves, quelque part. Est-ce que tu imagines sérieusement te fixer à Princeton le restant de tes jours ? Élever des gosses ? Aller aux réunions de parents d'élèves ?

— J'en serais capable. » Un autre mensonge ? Elle avait la sensation d'avoir enclenché le pilote automatique.

Il secoua la tête. « Même lorsque tu es là, tu es absente. » Enfin il la fixa dans les yeux et son regard dur ne se détourna pas. « Ton prochain vol est prévu quand ? »

Elle serra sa main, retint un moment sa réponse. « La semaine prochaine. Je vais évacuer une équipe de l'Académie sur Quraqua.

— Rien ne change, pas vrai ?

— Il faut croire que non.

— Non… » Il secoua la tête. « Je connais ton regard quand tu commences à parler de ces voyages, Hutch. Je sais comment tu es avant chaque départ. Chaque fois tu ne tiens plus en place. Tu ne pourrais jamais y renoncer pour moi. (Sa voix tremblait.) Hutch, je t'aime. Je t'ai toujours aimée. Et je t'aimerai toujours même si je ne te le ferai plus savoir. J'aurais tout donné pour toi. Mais tu restes hors d'atteinte. Tu en viendrais à me détester.

— Non, jamais.

— Sûr que si. Nous savons toi et moi que si je te répondais : d'accord, on fait machine arrière, on repart à zéro, appelle Machin pour lui dire que tu ne pars pas pour Quraqua, où que ça se trouve, tu reviendrais aussitôt sur ta décision. Aussitôt. Et j'irai même plus loin : quand je serai sorti de cette voiture et qu'après un geste d'au revoir tu repartiras, tu ne tarderas pas à te sentir soulagée. » Il la regarda et sourit. « Hutch, Pep est une femme super. Tu l'apprécierais. Réjouis-toi pour moi. »

Elle hocha la tête. Lentement.

« Faut que j'y aille. Embrasse-moi, en souvenir d'autrefois. »

Elle répondit par un sourire. Et vit le même sourire se dessiner sur le visage de son vis-à-vis. « Savoure-le », fit-elle, et elle s'abandonna.

Quelques instants plus tard, comme elle s'engageait sur le périphérique direction nord, elle conclut qu'il s'était trompé. Pour l'heure en tout cas, elle n'éprouvait que du regret.

Île d'Amity, Maine. Vendredi 7 mai, 20 h 00.

Emily avait toujours eu un faible pour les ouragans. Son grand plaisir, pendant qu'ils faisaient rage, consistait à s'installer près de la cheminée avec un verre de chianti pour écouter le vent hurler autour du dôme central et regarder les arbres se ployer. Elle avait aimé ces tempêtes pourtant d'année en année plus violentes, plus avides, qui rongeaient la plage et grignotaient peu à peu l'île.

Ou peut-être était-ce précisément pour cette raison qu'elle leur avait voué cette affection. Parce qu'elles résultaient des mécanismes complexes d'élévation du niveau des mers, de déforestation et de désertification qui avaient enfin contraint les politiciens frileux à prendre des mesures après trois siècles d'apathie. Trop tard sans doute, de son point de vue. Mais pour elle, quand les rafales poussaient leurs rugissements profonds, c'était la planète qui s'exprimait.

Richard Wald avait succombé à son charme lors de leur première rencontre, qui remontait à une époque où l'archéologie se pratiquait encore uniquement sur la Terre. Ils s'étaient trouvés face à face autour d'une table à l'occasion d'un séminaire sur la statuaire hittite. Il avait abandonné l'étude de la statuaire, mais poursuivi Emily sur trois continents et dans les restaurants les plus miteux du Moyen-Orient.

Après son décès, il ne s'était pas remarié. Non faute de s'être remis du deuil, ni par incapacité à trouver une autre femme. Mais parce qu'il jugeait impossible de vivre à nouveau une relation aussi forte, même de loin. Sa passion pour Emily avait éclipsé son intérêt pour les cultures antiques. Il n'espérait plus rencontrer une femme comparable.

C'était elle qui avait voulu s'installer dans le Maine, loin du district de Columbia ou de New York. Il avait écrit ici *Un été babylonien*, le livre qui avait lui avait valu sa réputation. C'est aux alentours du début décembre, un jour qu'ils contemplaient une tempête comme celle-là, qu'était tombée la nouvelle : on maîtrisait le voyage hyperluminique. (À l'époque, ni Richard ni Emily ne mesuraient l'importance du VHL, ni ne soupçonnaient en quoi il bouleverserait leur profession.) C'était juste deux semaines avant qu'elle ne trouve la mort sur la route en allant rendre visite à sa famille, à la veille des vacances.

La pluie tambourinait sur les fenêtres.

Les grands épicéas s'agitaient en bordure de son jardin, ainsi que ceux de Jackson de l'autre côté de la rue. La saison des ouragans s'était détraquée. Ils survenaient à n'importe quel moment de l'année. Depuis le 1er janvier, celui-ci était le septième. On l'avait appelé Gwen.

Richard venait de relire ses notes sur les Grands Monuments en préparation d'un article à rédiger pour la *Revue d'archéologie*. Il devait apporter un point de vue sur la vague de déception suscitée par vingt années de recherches stériles sur les Bâtisseurs de Monuments. Il estimait qu'une chose devait être dite sur ce mystère persistant : *Sans contact direct, ils (les Bâtisseurs de Monuments) sont devenus un mythe particulièrement fort. Nous savons désormais qu'il est possible de créer une culture avancée, vouée à ces aspects de l'existence qui confèrent à la vie son intérêt, voire sa noblesse. Comment expliquer autrement la motivation mise en œuvre pour ériger des monuments d'une si fascinante beauté ?*

Il vaudrait peut-être même mieux, songeait-il, que nous ne les appréhendions jamais autrement que par leur art. L'artiste reste toujours en deçà de l'œuvre. Après tout, qui étaient Paenios, Cézanne et Marimoto au regard de la Niké, du Val d'Arc et de la Lune rouge ? La connaissance de première main ne pouvait guère mener qu'à la déception. Et pourtant… Et pourtant que n'aurait-il pas donné pour se retrouver ce soir-là, avec la tempête qui battait dehors et la Cinquième de Beethoven sur la platine, à discuter avec l'une de ces créatures ? *À quoi as-tu pensé au sommet de cette crête ? Hutch a eu la sensation de comprendre quelque chose, mais qu'est-ce qui t'a traversé l'esprit, à toi ? Pourquoi es-tu venue ici ? Que savais-tu de nous ? Te promenais-tu dans la galaxie en quête de beauté ?*

Étais-tu seule ?

En périphérie de l'ouragan Gwen, les vents soufflaient à plus de deux cents kilomètres-heure. Une pluie noire crépitait sur la pelouse et fouettait la maison. D'épais nuages gris déchirés par des zébrures blêmes filaient au-dessus du toit. L'enseigne métallique de la pharmacie Stafford se balançait et claquait à une cadence régulière. Elle finirait sans doute par se décrocher une fois de plus, mais les rafales l'emporteraient dans la direction opposée à la ville, où ne s'étendaient que des sablières et de l'eau.

Richard remplit son verre à nouveau. Il goûtait particulièrement ces moments où, savourant un bourgogne bien chambré près de la baie vitrée vibrante, il laissait ses pensées voguer au gré du vent. Il éprouvait dans la tourmente un sentiment d'isolement plus fort encore que sur Japet, et il aimait la solitude. D'une façon qu'il s'expliquait mal, ce plaisir s'apparentait à l'euphorie qu'il éprouvait quand il arpentait les corridors de civilisations depuis longtemps éteintes. Ou quand il écoutait le murmure des océans sur les rivages du temps…

Aucun rite de purification dans le monde n'égalait un ouragan de force 4.

L'avenue Penobscot miroitait, les lampadaires brillaient faiblement dans la pénombre, des branches mortes cabriolaient à travers la ville avec une grâce redoutable.

Allons, ne t'emballe pas.

Car il s'agissait d'un plaisir coupable. Les grosses tempêtes rognaient peu à peu l'île d'Amity. Par temps clair, on voyait jusqu'à près d'un kilomètre au large de la côte l'ancienne route nationale qui s'étirait désormais sous l'eau.

Les Plunkett l'avaient invité à dîner ce soir-là. Ils avaient insisté pour qu'il reste dormir chez eux à cause du mauvais temps. Il avait refusé. Les Plunkett étaient des gens intéressants, ils avaient joué au bridge (une autre passion de Richard). Mais il voulait profiter de la tempête seul. Il devait travailler sur un projet important, avait-il prétexté. En les remerciant néanmoins.

Le projet important consistait à se pelotonner sur un canapé en compagnie de Dickens. Richard était à mi-lecture de *La Maison d'Âpre-Vent*. Il adorait la chaleur humaine qui se dégageait des romans de Dickens et leur trouvait (au grand amusement de ses collègues) des points communs avec les Monuments. Les deux exprimaient, de son point de vue, un sens de la compassion et une intelligence à la dérive dans un univers hostile. Les deux étaient porteurs d'un optimisme immense. Les deux provenaient d'un monde révolu. Et les deux révélaient leurs effets les plus frappants sous un jour indirect.

Comment pouvez-vous dire une chose pareille, Wald ?

Carton dans le *Conte de Deux Villes*. Sam Weller dans *Pickwick*. Chez Dickens, les révélations venaient toujours d'un point de vue inattendu.

Richard Wald avait un peu maigri depuis qu'il avait gravi cette crête avec Hutch cinq ans auparavant. Il surveillait maintenant sa ligne, faisait un jogging de temps à autre, buvait moins. En revanche son goût des femmes lui était resté, et des Monuments.

Des légions de théoriciens s'étaient affrontés au cours d'interminables débats pour déterminer le sens à donner aux Monuments. Les experts avaient tendance à compliquer les choses irrévocablement. Pour Richard toutefois, la douloureuse évidence s'imposait : il s'agissait de monuments commémoratifs, de lettres envoyées à travers les âges dans le seul langage universel. *Salut et adieu, compagnons voyageurs*. Selon les termes du poète arabe Menakhat, *les grandes ténèbres sont trop vastes, et la nuit trop pro-*

fonde. Nous ne nous croiserons jamais, vous et moi. Laissez-moi marquer une pause, donc, et lever mon verre.

Son visage était maigre et fin, son menton carré, et son nez s'effilait avec une élégance altière. Il évoquait cette catégorie d'acteurs abonnés aux rôles d'oncles aisés, de présidents et d'escrocs en col blanc.

La tempête fit trembler la maison.

En face, la silhouette de Wally Jackson se découpait à contre-jour devant la fenêtre de son salon. Il avait les mains accrochées à la ceinture et paraissait s'ennuyer ferme. À l'instigation de Harry, on consacrait de gros efforts pour consolider la plage. Les tempêtes répétées amenuisaient les terres. Les insulaires commençaient à baisser les bras. Le cours des valeurs foncières sur Amity s'était effondré de vingt pour cent au cours des trois dernières années. Plus personne ne croyait à l'avenir de l'île.

Juste de l'autre côté de Penobscot, les McCutcheon et les Broadstreet jouaient à la belote. Ils avaient instauré cette forme de tradition : jouer pendant les ouragans. Dès qu'une grande tempête approchait, les McCutcheon et les Broadstreet se calfeutraient pour taper le carton. Quand France (force 5) avait atteint l'île l'année précédente, ils n'avaient pas bougé de chez eux, bien que tout le monde ait évacué le secteur. L'eau était montée un peu haut, avait déclaré McCutcheon avec un peu de mépris à l'égard de ses froussards de voisins. Mais pas de problème majeur. Une tradition, en quelque sorte, avec tout ce que cela comportait.

Un de ces jours, les McCutcheon, les Broadstreet et leurs cartes finiraient balayés par l'Atlantique.

Darwin au travail.

La comligne carillonna.

Richard traversa nonchalamment la pièce en chaussettes, se resservit un verre au passage. Un choc sourd retentit sur le toit.

Trois pages imprimées attendaient dans le panier. Celle de garde retint son attention ; le message provenait de Quraqua.

D'Henry.

Bizarre.

Il donna de la lumière et s'assit à son bureau.

Richard,

Nous avons trouvé ce qui suit dans le temple des Vents. Âge approximatif 11 000 ans. C'est le septième tableau d'une série de douze. Le mythe de Tull. Frank pense qu'il est lié à Oz. La date est bonne mais j'ai du mal à y croire. Est-ce que cela te suggère quelque chose ?

Oz ?

La page suivante montrait une reproduction d'un bas-relief. Un Quraquat stylisé et un personnage vêtu d'une robe. La page trois présentait un agrandissement de ce dernier.

Richard ajusta ses lunettes et examina l'image. C'était la créature de glace !

Non. Non, ça ne l'était pas.

Il débarrassa son bureau et farfouilla à la recherche d'une loupe. D'où est-ce que cela provenait ? Le temple des Vents. Sur Quraqua. Oz. La structure sur la lune de Quraqua était une anomalie, elle n'avait rien de commun avec les Grands Monuments, sinon qu'on ne disposait d'aucune explication à son sujet. Pas même d'une conjecture.

Et pourtant... Il dénicha sa loupe et l'amena au-dessus de l'image. Trop ressemblant pour ne relever que d'une coïncidence. Cet être était plus musculeux, plus large d'épaules, plus râblé. Masculin, sans aucun doute. Mais les traits du visage, sous les plis de la capuche, ne pouvaient pas tromper.

Or ce personnage incarnait la Mort.

Il alla se caler dans un fauteuil.

Coïncidence, d'abord. Quelqu'un lui avait jadis montré un personnage à l'extérieur d'un temple indien qui présentait une forte ressemblance avec les habitants depuis longtemps disparus de Pinacle.

Mais quelque chose s'est rendu sur Quraqua. Nous le savons grâce à l'existence d'Oz. Car à l'évidence les autochtones n'ont jamais atteint le degré de technologie qui leur aurait permis de quitter leur monde natal.

Pourquoi une personnification de la Mort ?

Cette question lui donna le frisson.

Il fit apparaître sur son écran une image du satellite de Quraqua. Stérile, chauve, moitié moins gros que la Lune. À cent soixante-quatre années-lumière de la Terre. Un peu moins d'un mois de voyage. C'était un petit monde non cartographié de cratères, de plaines et de poussière de roche. Rien qui puisse le distinguer d'une quelconque autre lune. Sauf qu'une structure artificielle s'y dressait. Il concentra son attention sur son hémisphère nord, sur la face exposée en permanence à la planète. Et trouva Oz.

On aurait dit une vaste ville anguleuse. Massive, grise et inutile. Elle n'avait absolument rien d'un ouvrage réalisé par les Bâtisseurs de Monuments.

Et pourtant il était communément admis qu'eux seuls pouvaient l'avoir érigée. Richard avait toujours réfuté cette idée reçue qu'il jugeait absurde. Personne n'était en mesure de dire qui d'autre vivait dans le cosmos. Mais la découverte de Tull allait apporter de l'eau au moulin.

Il appela l'Académie et obtint de parler au doyen, Ed Horner, un ami de toujours. Lui, Richard et Henry incarnaient ce qui restait de la vieille garde qui se souvenait encore du bon vieux temps de l'archéologie terrienne, avant la découverte de Pinacle. Ils avaient vécu une période de grandes transitions et s'étaient motivés mutuellement au sujet de ces fascinantes ruines vieilles d'un million d'années. Horner et Wald avaient été les premiers à poser le pied sur Pinacle. Et ils continuaient de se voir régulièrement, s'invitaient de temps en temps à dîner.

« Je suppose que tu as tiré une croix sur ton jogging ce soir, Richard. » Il faisait allusion à la tempête.

Ed, un peu plus jeune que lui, était grand, jovial. Une bonne nature. Il avait une épaisse tignasse noire, des yeux noisette un peu trop espacés et des sourcils fournis qui se haussaient et s'animaient quand l'excitation le gagnait. Horner avait l'air réservé et inoffensif, comme quelqu'un de facile à contrecarrer. Mais en général ses ennemis apprenaient à connaître autre chose que cette apparence débonnaire.

« Ouais, il fait un peu trop frisquet. »

Ed grimaça un sourire. « Quand est-ce que tu viens dans le coin ? Mary aimerait te voir.

— C'est gentil. Passe-lui le bonjour. » Richard leva son verre à l'attention de son vieil ami. « Ce n'est pas l'envie qui m'en manque. Mais n'y compte pas trop d'ici un moment. Écoute, je viens de recevoir un message d'Henry.

— Il en a envoyé un ici aussi. Je ne l'ai pas encore regardé. Quelque chose à propos de la Faucheuse ?

— À propos des Bâtisseurs de Monuments. » Richard expliqua. Ed parut moins à l'aise.

« Ça va poser problème, dit-il. Tu sais qu'on était sur le point de plier bagage sur Quraqua ? »

Richard était au courant. Quraqua figurait en haut de la liste pour être terraformée. La planète allait devenir la Nouvelle Terre. (Aucun autre monde n'offrait les conditions requises pour une colonisation, à part Inakadéméri. Nok. Mais cet éden abritait déjà une autre civilisation.) Déjà un vaste lobby d'intérêts puissants voyait en Quraqua un laboratoire, un site pour créer une utopie, un nouveau départ. « Quand ?

— Dans six semaines. Un peu moins. À l'heure actuelle, Henry n'est même plus censé s'y trouver encore. Mais tu le connais. Bon sang, Richard, dès qu'ils commenceront, ce sera terminé pour nous. Définitivement. » Disons pour un demi-siècle au moins. Et peut-être bien pour toujours.

« Il faut que tu empêches ça, Ed. La situation a changé.

— Je ne vois pas comment. Tout le monde se contrefiche des Bâtisseurs de Monuments. Enfin, à part toi et moi. Mais les contribuables, oui. Et les politiciens, n'en parlons pas. En revanche, la terraformation intéresse beaucoup de monde. On n'obtiendra plus de report.

— Tu as parlé à Cascway ?

— Non. Et je n'en ai pas l'intention. Ce fils de pute ne s'abaisserait pas à me dire bonjour. Non. » Les yeux de Horner lançaient des éclairs. Richard comprenait toute la frustration de son vieil ami. « Écoute, tu sais que je le ferais si je pensais avoir une chance de réussir. Pourquoi n'essaies-tu pas de lui parler, toi ?

— Moi ?

— Ouais. Il te considère comme le grand ponte. Il a lu tes livres. Il t'encense chaque fois qu'il parle de toi. Il me demande pourquoi nous autres ne te ressemblons pas davantage. Wald ne ferait pas passer ses intérêts en priorité, répète-t-il. Il trouve que tu as de la classe. Contrairement à moi, visiblement. »

Richard eut un sourire. « Sur ce point, force est de constater. » Le vent mugit dehors. « Ed, est-ce que tu peux m'obtenir un transport pour Quraqua ?

— Pourquoi ?

— Parce que le temps presse. J'aimerais voir le temple. Et Oz. Tu crois pouvoir négocier ça ?

— Un vol est prévu bientôt pour ramener Henry et son équipe.

— Quand ?

— Quand peux-tu être prêt ?

— À la première accalmie de la tempête. Merci, Ed. »

Les lèvres de Horner s'étirèrent vers le haut. « J'aimerais que tu me rendes un service.

— Dis-moi.

— Deux choses, en fait. D'abord que tu acceptes de parler à Caseway. Et puis, lorsque tu seras sur Quraqua, que tu t'assures qu'Henry n'attendra pas la dernière minute pour évacuer. D'accord ? »

SERVICE INFO

LA SÉCHERESSE VA PERSISTER SUR LE MIDWEST
Neuvième année de vaches maigres consécutive
pour les petites exploitations.
L'UNA et le Québec promettent de l'aide.

L'INFLATION GRIMPE À 26 %
Les chiffres de l'alimentation, de la santé
et du logement gonflent le taux d'octobre.
Légère baisse du prix de l'énergie.

EFFET DE SERRE : PRÉVISIONS PESSIMISTES
Les phénomènes naturels sont endémiques, selon Tyler.
« Nous avons trop attendu. » Le président désigné annonce
un programme de grande envergure.

Comment enrayer l'exode urbain ?
LA POPULATION CITADINE EUROPÉENNE ENCORE À LA BAISSE
71 % de la population vit aujourd'hui en zone rurale
ou en grande banlieue.
Tendance similaire dans l'UNA.
(Lire les témoignages.)

FOXWORTH RASSURE LES MUNICIPALITÉS
QUANT AU TRANSPORT ALIMENTAIRE
et affirme que les pannes sont désormais exclues.
Une nouvelle campagne de publicité
visera à freiner l'émigration urbaine.

LA GRANDE-BRETAGNE ET LA FRANCE
VEULENT CONSTITUER UN NOUVEAU CONSEIL INTERNE
« Nous pouvons éviter les erreurs du passé »,
déclare Kingsley qui veut « un organe exécutif efficace ».
Haversham met en garde contre un gouvernement mondial.

COLLISION AÉRIENNE AU-DESSUS DE LA MÉDITERRANÉE :
572 VICTIMES
On recherche activement les boîtes noires.

HORNCAF ARRÊTÉ EN COMPAGNIE D'UNE PROSTITUÉE
L'holoévangéliste prétend ne s'intéresser qu'à son âme.
Affaire de mœurs à précédents.

PRÉVISIONS PLUVIOMÉTRIQUES ALARMANTES AU MEXIQUE
Les précipitations devraient doubler cette année.
Les récoltes estivales sont en danger.

LE TIERS-MONDE DEMANDE LA FERMETURE
DE LA BASE LUNAIRE
« Une insulte vis-à-vis des populations qui meurent de faim. »
Des manifestations sont prévues dans l'UNA, le Royaume-Uni,
en Russie, en Allemagne et au Japon.

FUNÉRAILLES DE MARK HATCHER À LONDRES
Crève-Trottoir, un périple poétique à travers la Grande Famine.
Lauréat du prix Pulitzer en 2172.
L'écrivain vivait reclus depuis trente ans.

DES MILLIONS DE MORTS EN INDOCHINE
La sécheresse s'aggrave dans l'hémisphère Sud.
Le Conseil cherche des solutions.

LES REBELLES S'EMPARENT DE KATMANDOU
Les combats de rue font des centaines de victimes.

LA POPULATION DE L'UNA ATTEINT LES 200 MILLIONS
Foxworth promet d'agir.
Proposition de mesures en faveur des couples sans enfant.

TROISIÈME JOURNÉE DU NOUVEAU PAPE EN FRANCE
La foule se masse à Notre-Dame.
Le Très Saint-Père prône le célibat aux fidèles.

LES MONUMENTS ÉGYPTIENS ALTÉRÉS
PAR DES INFILTRATIONS D'EAU
Un héritage millénaire en péril.
Les associations de restauration se mobilisent.

UN TUEUR FOU ABAT SEPT PERSONNES
DANS UNE BIBLIOTHÈQUE
Il se suicide à l'arrivée de la police.
On retrouve son ex-compagne cachée dans les rayonnages.

UN SONDAGE RÉVÈLE UN TOURNANT
DANS LA POLITIQUE AMÉRICAINE
Les électeurs réagissent aux affaires de mœurs
et aux détournements de fonds.

LE LEADER ISRAÉLIEN FUSTIGE LE PLAN D'INSTALLATION
SUR QURAQUA
« Nous attendrons un territoire qui soit le nôtre. »

L'UNA VA RÉDUIRE LA FRÉQUENCE DES VOLS INTERSTELLAIRES
Décision motivée par les contraintes budgétaires.
(Lire les deux rapports suivants.)

LES MONDES HABITABLES SONT EXTRÊMEMENT RARES
Probabilités tout à fait minimes.
La Commission exige des moyens pour la colonisation.
Quraqua devrait être prête dans cinquante ans.
« Un monde suffit », déclare Hofstadter.

MANIFESTATION À L'APPEL
DE LA SOCIÉTÉ DE LA NOUVELLE TERRE
« N'abandonnez pas les recherches », demande Narimata.

TROIS

Arlington, samedi 8 mai, 09 h 15.

Le carillon la tira d'un rêve doux et soyeux. Elle tâtonna en direction de sa lampe et enclencha la comligne. « Oui ?

— Hutch ? » La voix de Richard. « On me dit que c'est vous la pilote du vol pour le temple.

— Oui, fit-elle d'une voix ensommeillée.

— Bien. Je vais faire le voyage avec vous. » Elle se réveilla d'un coup. Pour une surprise, c'en était une bonne. La perspective de passer un mois seule dans le ronron du *Wink* ne l'enchantait pas. « Formidable », dit-elle. Puis elle se demanda ce qui l'amenait. Après tout, ce n'était qu'une mission d'évacuation.

« J'aurais demandé à ce que ce soit vous, de toute façon, précisa-t-il.

— Et j'aurais apprécié le geste. » Hutch travaillait à son compte, elle n'était pas sous contrat permanent avec l'Académie. « Pourquoi partez-vous ?

— Je veux voir Oz », répondit-il.

Richard donna le signe du départ. En contrebas, un bateau-mouche recouvert d'un taud en toile contournait Republic Island et approchait du débarcadère. Les passagers se massaient près du bastingage. Ils portaient des parapluies contre le crachin qui n'avait pas cessé de la matinée. Certains mastiquaient un sandwich, leur inutile coupe-vent sous le bras. Un gros bonhomme dans un pull gris informe nourrissait les mouettes, assis à la poupe.

Une brise frisquette troublait le miroir du fleuve. Richard regardait depuis le taxi aérien. Des fanions aux couleurs vives ondulaient sur chaque bordage. Deux amoureux s'enlaçaient à tribord, oublieux de la visite. Sur l'île, un groupe de gamins traînait des ballons bleus et rouges sous la houlette d'une rombière avec une canne. La flottille des voiliers qui encombrait d'ordinaire le fleuve n'était pas apparue. Le gros bonhomme froissa son petit sac et en ouvrit un autre. Il paraissait en paix avec le monde.

Richard l'enviait. Nourrir les mouettes et admirer les monuments.

Le taxi obliqua vers l'ouest. Constitution Island qui s'étendait à droite disparaissait sous le pâté d'édifices publics. Une brume naissante estompait le vieux Capitole. Les buildings Lincoln, Jefferson, Roosevelt et Brockman se dressaient sereinement le long des quais. Ainsi que la Maison Blanche : rien à Washington ne suscitait l'émotion comme ce vieux palais, autrefois siège du gouvernement, orgueilleusement campé derrière ses douves. La bannière étoilée flottait toujours au-dessus de l'étendard vert et blanc de l'Union nord-américaine. C'était le seul site du pays où les couleurs nationales cédaient la préséance à un autre drapeau.

Des lumières brillaient dans les tours alignées le long du quai d'Arlington. Richard se concentra à contrecœur sur la corvée qui l'attendait. Il n'aimait pas les confrontations. Il était habitué à ce qu'on fasse montre d'une certaine déférence à son égard, à ce qu'on l'écoute poliment et, en cas de désaccord, à ce qu'on lui oppose des arguments en y mettant les formes. Norman Caseway, patron de la firme Kosmik, était le premier instigateur de l'initiative Nouvelle Terre. Et il ne fallait pas s'attendre à ce qu'il prenne des pincettes. Pour lui, les gens ne comptaient pas. C'était un teigneux, un bagarreur qui aimait laisser sur ses adversaires la trace de ses semelles. Il appréciait particulièrement de s'en prendre aux mandarins de l'Académie, comme l'avaient appris à leurs dépens plusieurs collègues de Richard.

Lui-même n'avait jamais rencontré Caseway. Mais il l'avait vu faire son numéro sur NET. Quelques semaines auparavant, il avait démoli le pauvre vieux Kinsey Atworth, un économiste à la langue moins agile que le cerveau. La stratégie de Caseway consistait à fustiger ce que ses contradicteurs avaient à cœur, à railler, déstabiliser, piquer au vif. Puis à prendre du recul calmement tandis que son interlocuteur s'empêtrait, se sabordait. Ce type aimait humilier les gens.

Il t'encense, avait dit Ed. Il a lu tes livres.

Ils survolèrent Potomac Island et le Pentagone, puis descendirent vers l'anse de Goley. Le taxi s'inclina pour effectuer une ample spirale paresseuse et se posa au sommet d'une des tours jumelles Crystal.

Le harnais de Richard se déverrouilla avec un claquement et le guichet s'ouvrit. Il introduisit sa carte dans le lecteur. Le chauffeur le remercia et lui souhaita une bonne journée. Richard sortit dans la chaleur moite, et le taxi redécolla bien plus rapidement qu'il ne l'eût fait avec un passager à bord. Il vira au sud vers Alexandria et fila à toute allure au-dessus des hôtels.

Norman Caseway vivait avec son épouse et sa fille dans ce que la direction des tours se plaisait à dénommer la suite panoramique, un appartement de grand standing qui occupait partiellement deux étages. Il fut accueilli à la porte par une jolie femme entre deux âges. « Docteur Wald ? Nous sommes heureux que vous ayez pu venir. » Elle arborait un sourire superficiel. « Je suis Ann Caseway.

— Enchanté. » Elle ne tendit pas la main et Richard remarqua chez elle une raideur qui détonnait avec ses manières. Ann Caseway avait tout, jugeait-il, d'une femme à la fois sympathique et désinvolte. En des circonstances normales.

« Mon mari vous attend dans son bureau.

— Merci. » Elle le conduisit dans une antichambre décorée avec goût. Des tentures brodées ornaient les murs et des fauteuils antillais en rotin entouraient une table ovale en bois de printemps.

De larges baies surplombaient le Potomac et le plafond était constitué d'une voûte de verre. L'étalage de richesse et de signes de réussite visait à impressionner le visiteur. La tactique était si évidente qu'elle inspira un sourire à Richard. Néanmoins, il dut lui reconnaître malgré lui une certaine efficacité.

« Ce doit être difficile pour vous, fit-elle d'une voix douce. Norman espérait qu'il serait possible de régler le différend avec quelqu'un de votre envergure. » Il y avait une inflexion de regret dans sa voix ; s'y mêlait aussi une ostensible satisfaction. Le regret peut-être que Richard fût une victime inconvenante à jeter en pâture à son mari, et la satisfaction de parvenir enfin au terme du long litige avec l'Académie à propos de Quraqua, avec ses menaces de batailles juridiques et de saisie conservatoire de fonds. Le plaisir aussi de voir l'ennemi à sa porte, chapeau à la main.

Qu'elle aille au diable.

Elle lui fit traverser une salle de réunion remplie de trophées Kosmik et de souvenirs, de photos de Caseway en compagnie d'éminentes personnalités. Caseway signant des accords, Caseway coupant des rubans. Décorations en tout genre, attestations délivrées par des services publics caritatifs ou autres bonnes œuvres, plaques d'organismes d'État abondaient au point de tapisser les murs et de s'empiler sur les étagères. Un antique bureau à cylindre noirci par l'âge dominait la pièce. Il était fermé, mais une manchette de journal accompagnée d'une photo trônait sur sa tablette dans un cadre. Le titre, qui datait de trente ans plus tôt, disait : *Un habitant de Braintree sauve un garçon tombé à travers la glace.* Le héros sur la photo n'était autre que Caseway jeune.

« Par ici, s'il vous plaît. » Elle ouvrit une porte et la clarté du soleil l'aveugla. Ce n'était pas la faible luminosité printanière de Virginie. Ni même celle d'un jour d'été au Mexique. C'était une clarté astrale. Les rayons nus du soleil. Elle lui tendit une paire de lunettes noires.

« Bienvenue, docteur Wald. » La voix, chaude, incisive et confiante, émanait de la radiance.

Une dune de sable barrait à demi le pas de la porte. Un hologramme, évidemment. Richard ne se donna pas la peine de le contourner (ce qui n'était pas jouer le jeu) et s'avança nonchalamment de quelques pas dans un désert. Air conditionné. L'étendue de sable s'étirait jusqu'à l'horizon.

À quelques pas se trouvait Norman Caseway, assis dans l'une des deux bergères à oreilles disposées près d'une table basse qui supportait une bouteille de bourgogne et deux verres, dont l'un à moitié rempli.

Il portait avec élégance une veste rouge, une cravate et un pantalon bleu foncé impeccablement repassé. Des lentilles noires masquaient ses yeux. Derrière lui, jaillissant du désert, se dressait le rocher d'Holtzmyer.

Caseway remplit le verre de Richard. « J'espère que vous ne m'en voudrez pas d'avoir commencé sans vous. »

Ils se trouvaient sur Pinacle. Le rocher d'Holtzmyer ressemblait à un gigantesque oignon rouge délavé, enraciné dans le sable. Il mesurait plus de trente mètres de haut, huit étages. L'original était constitué de blocs de roche encastrés avec tant de précision qu'il fallait l'examiner de très près pour découvrir les joints. Il datait de presque un million d'années. Arnie Holtzmyer, qui était tombé dessus quelque vingt-cinq ans auparavant, était l'incompétent le plus notoire qu'ait connu Richard. Pour peu que le sable se fût élevé un peu plus haut, Arnie n'aurait jamais fait cette découverte.

La raison d'être de l'édifice demeurait inconnue. Il était construit en roche solide, comportait quatre chambres mais aucun conduit pour les atteindre. Les chambres étaient vides et ne semblaient pas disposées selon un ordre géométrique.

« Qu'est-ce qui vous a frappé en débarquant devant ce vestige ? » La voix de Caseway l'arracha en sursaut à sa rêverie.

« Son âge, répondit Richard au terme d'une courte réflexion. Il s'en dégageait une telle impression de vieillesse.

— Vous n'en avez pas fait mention. Dans votre livre.

— Ça ne m'a pas paru important.

— Vous écriviez pour le grand public. À propos d'une construction apparemment unique sur Pinacle. Dont tout le monde ignore l'utilité. Et quoi que ce soit d'autre, d'ailleurs. De quoi auriez-vous dû parler sinon de vos sentiments ? »

Le livre s'intitulait *Minuit sur Pinacle.* Richard s'était penché sur la texture de brique du monument, sur la décoloration près du sommet qui suggérait une longue interruption dans la construction. Il avait consigné ses observations concernant sa géométrie de situation et tiré quelques extrapolations du fait qu'il se dressait seul. Il avait retracé le passé géologique du terrain qui lui servait de socle, concluant qu'il s'agissait sans doute d'une prairie au moment de son édification. Il avait fourni des graphiques montrant combien de temps il avait été enfoui. Et décrit l'action du vent qui l'avait récemment redécouvert pour Arnie.

« J'aimerais me rendre là-bas moi-même, un jour. » Caseway se leva et tendit la main à Richard. « Ravi de vous rencontrer, docteur Wald. Je suis heureux que vous ayez trouvé le temps de venir. »

Richard jugeait ces hologrammes déplacés. Impossible de siroter du vin près du rocher d'Holtzmyer. Cela dit, il se revit des années plus tôt, en plein vent, effleurant la roche grenue. Son champ oscillant l'avait alors protégé de la chaleur. Le sable crépitait sur l'enveloppe d'énergie tandis qu'il luttait contre les rafales pour conserver son équilibre. Comme Caseway, il ne s'était jamais *réellement* trouvé là.

« Oui. Eh bien, j'ai besoin de vous parler. » Richard était d'un naturel sociable. Malgré les années qui tendent à rendre la plupart des gens cyniques, il continuait de croire qu'on pouvait discuter avec tout le monde. Il saisit la main tendue et la serra chaleureusement.

Caseway était un homme vieillissant, de taille modeste, un peu empâté. Il rappelait à Richard un joueur d'échecs qu'il avait jadis connu, un homme extrêmement posé. Il se fendait de toutes les marques de courtoisie, et son attitude induisait qu'il tenait la morale pour une valeur importante et supposait la même chose chez son interlocuteur. De la passion perçait dans sa voix et Richard comprenait qu'il n'avait pas affaire à un opportuniste insignifiant. Norman Caseway se considérait comme un bienfaiteur de l'humanité.

« Je vous en prie, asseyez-vous. » Son hôte tourna son fauteuil pour lui faire face. « Je suppose que vous voulez parler du projet Espoir. »

Dans le mille. Richard goûta son bourgogne. « Apparemment, monsieur Caseway, il fait grincer des dents.

— Mes amis m'appellent Norman. Oui, et c'est un euphémisme, Richard. »

Richard croisa les doigts sur son ventre. « J'aurais préféré qu'il en soit autrement.

— Je n'en doute pas. Moi aussi, d'ailleurs. Vous devez savoir que Horner a manœuvré dans mon dos. Pour essayer de tirer des ficelles politiques.

— Ed pense bien faire. Peut-être que demander directement ne lui est pas venu à l'esprit.

— Je crois qu'il aurait besoin de nouveaux conseillers. » Caseway détourna le regard vers le désert. « Est-ce qu'il vous écoute, vous ?

— Parfois.

— Dites-lui que, s'il m'avait été possible de le satisfaire, je l'aurais fait. S'il avait daigné s'adresser à moi. Me parler.

— Pourtant vous sous-entendez que le résultat aurait été le même. »

Caseway pinça les lèvres. « Strictement, oui. Vu les circonstances, je n'ai pas le choix, je dois continuer d'avancer.

— Je vois.

— Si cela peut vous consoler, je n'y prends aucun plaisir. Je mesure la valeur archéologique de Quraqua. Et je crois me figurer à peu près ce que nous risquons de perdre. Mais vous avez déjà disposé de vingt-huit ans sur cette planète…

— C'est long à l'échelle d'une vie humaine, monsieur Caseway. Mais très court pour reconstituer l'histoire d'une civilisation.

— Naturellement. » L'insistance de Richard à lui donner du « monsieur » le fit sourire fugitivement. Il décida de ne pas s'en formaliser. « Néanmoins, il y a des considérations pressantes. Nous ne sommes pas totalement libres de choisir le cadre de nos délais. » Il avala une gorgée de vin. « Pinacle doit être une planète superbe. Je me demande à quoi ils ressemblaient.

— Nous finirons par le découvrir. D'ailleurs nos connaissances se précisent de plus en plus. Nous savons qu'ils croyaient à une vie au-delà de la mort. Nous savons qu'ils affectionnaient les sommets des montagnes et les zones littorales. Qu'ils avaient réussi à éradiquer les guerres. Nous disposons même d'informations concernant leur musique. Si seulement nous n'avions pas à nous soucier d'une firme s'emparant du monde !

— Je comprends. » Caseway paraissait sincèrement désolé. « Je vous envie. Je ne connais pas de métier plus passionnant que le vôtre. Et je vous donnerais satisfaction sur-le-champ si c'était en mon pouvoir.

— Ce serait dans l'intérêt général. » Richard aurait préféré une lumière plus tamisée. Il aurait souhaité voir les yeux de Caseway. Il retira ses propres lunettes pour souligner la gravité de l'instant. « Les derniers représentants des natifs de Quraqua se sont probablement éteints aux alentours de notre dix-septième siècle. Disséminés dans les cités moribondes qui parsemaient leur planète, ils étaient les survivants d'un réseau de civilisations dynamiques et prospères qui se développaient sur tout le globe à peine trois mille ans plus tôt. Leur décadence s'est produite sur une courte période. Personne ne l'explique. Ils étaient technologiquement peu développés selon nos critères. Ce qui aurait dû faciliter leur survie, parce qu'ils étaient restés près de leurs racines, et donc prêtaient moins le flanc aux problèmes qui se sont posés à nous.

— Ça n'a tout de même pas été aussi brutal, dit Caseway. Leur déclin s'est étalé sur plusieurs siècles.

— Non. » Richard prit l'initiative. « Il s'agit d'hypothèses, mais ceux qui les avancent considèrent que cela n'a pas pu se passer autrement, parce que certaines de leurs civilisations n'étaient pas en contact et n'auraient pas dû s'éteindre au même moment. C'est comme si quelqu'un les avait plongés dans l'obscurité. »

Caseway médita un moment. « Une épidémie ?

— Possible. Quoi qu'il en soit, l'ancien ordre des choses a subi un traumatisme dont il ne s'est jamais remis. Deux mille cinq cents ans plus tard, l'espèce disparaissait.

— Eh bien. » Caseway croisa les jambes et se gratta la cheville. « Peut-être est-ce imputable au facteur Toynbee. Une dégénérescence de l'espèce.

— C'est une explication qui n'en est pas une.

— Richard... » Caseway s'interrompit. « J'aimerais savoir ce qui s'est passé sur Quraqua comme tout le monde. Mais le déluge menace. Nous n'avons plus le temps pour des subtilités académiques.

— Quel déluge ? »

Caseway parut un instant interloqué. « Dites-moi, fit-il, comment vous envisagez l'avenir pour nous. Pour l'humanité.

— On avance à l'aveuglette, mais on s'en est toujours tirés jusqu'à présent. Je suis optimiste.

— Je crains d'avoir un avantage sur vous : j'ai lu vos livres et vous y parlez souvent de l'avenir. Ce qui est rare chez un archéologue, me semble-t-il. Non, non, pas de protestation, s'il vous plaît. Je suis moins sanguin que vous ne le croyez. Et peut-être plus réaliste. Nous disposons en principe d'énergie sans limite et nous avons l'expérience des convulsions des deux derniers siècles. Qu'en tirons-nous ? Vous et moi vivons bien. Mais la famine décime encore des peuples entiers sur cette planète. Les dégâts commis sur l'environnement s'avèrent pour beaucoup irréversibles. La population approche de son niveau d'avant l'Effondrement. » Caseway contempla pensivement son vin. « Nous avons mis un terme aux guerres, mais uniquement parce que la Ligue détient les armes. Les Polonais détestent toujours les Russes, les Arabes les Juifs et les chrétiens haïssent tout le monde. Comme si nous n'avions rien appris.

— Et la seule solution serait votre utopie sur Quraqua ?

— Oui. Nous choisirons un petit groupe. Qui fera table rase des vieux conflits et prendra un nouveau départ. Fort des leçons du passé. Dans ces conditions, nous aurons peut-être un avenir. La Terre n'en a sûrement pas. »

Richard haussa les épaules. « L'idée n'est pas nouvelle, Norman. Mais, même si je suis d'accord sur le principe, pourquoi tant de hâte ? Pourquoi ne pas prendre le temps de voir ce que nous pouvons apprendre de Quraqua ? Et ne procéder à la terraformation qu'ensuite.

— Parce qu'il est peut-être déjà trop tard.

— Balivernes.

— Pas du tout. Écoutez : la première étape, qui sera mise en route dans quelques semaines, consistera à faire fondre les calottes glaciaires. À compter de ce moment, il faudra au mieux un demi-siècle avant que le premier colon pose le pied sur Quraqua. Cinquante ans, Richard. Cinq décennies. Où en serons-nous à ce moment-là, à votre avis ?

— Qui sait ?

— En effet. Le paysage politique sera-t-il encore stable ? Aurons-nous encore suffisamment de fonds ? La technologie sera-t-elle encore à la hauteur ? » Caseway secoua la tête. « Les experts redoutent un deuxième Effondrement avant trente ans. Le temps joue contre nous. Même aujourd'hui, nous devrions nous estimer heureux si le projet aboutissait. Préparer et peupler un nouveau monde. Parce que, si nous échouons, je crains fort que nous ne finissions comme vos Quraquats.

— Vous rêvez. Faire table rase des haines séculaires ? N'y comptez pas, à moins que vous inventiez le moyen de priver vos colons d'une part de leur nature humaine. Et dire que vous êtes prêt à sacrifier une source de savoir considérable pour cette aberration ! » *Qu'il aille au diable, avec son sourire arrogant !* « D'autres planètes pourraient accueillir votre projet. Pourquoi ne pas se montrer patient ? Pourquoi ne pas attendre d'en trouver une que vous n'aurez pas à terraformer ?

— Pouvez-vous garantir la découverte d'un monde habitable dans les cinquante années à venir ?

— Garantir ? Bien sûr que non. Mais il y a de bonnes chances.

— Inakadéméri peut-être, c'est ça votre solution ? En délogeant les Noks au besoin ? »

Richard se leva. « Je suis désolé de vous voir si déterminé.

— Et moi de vous trouver si obtus. Mais vous avez raison : je suis déterminé. Déterminé à nous donner les moyens d'un nouveau départ. Car vous devez comprendre que cette opportunité sera peut-être la seule. À force de surseoir, de rallonger les délais pour vous permettre de déterrer vos poteries, quelqu'un pourrait bien concevoir un meilleur moyen de dépenser l'argent. Alors la partie serait terminée.

— Il ne s'agit pas d'un jeu ! » Richard abattit son verre sur la table et le brisa.

Précautionneusement, il ramassa les tessons en marmonnant une excuse.

Caseway étendit son mouchoir sur le vin répandu. « Aucune importance, fit-il. Vous disiez ? »

Richard se lança : « Norman, le temple des Vents recèle peut-être une révélation sensationnelle. »

Caseway opina du chef. « De quelle nature ?

— Nous avons la preuve qu'il y a eu contact entre les Quraquats et les Bâtisseurs de Monuments. »

Caseway haussa les sourcils. L'annonce faisait mouche. « Et en quoi consiste cette preuve ? »

Richard lui tendit une copie du bas-relief de Tull.

« Ce n'est pas complètement probant », fit Caseway. Il tendit le bras par-dessus l'épaule de Richard et le désert disparut. Ils se retrouvèrent assis dans une pièce lambrissée de taille modeste, entièrement nue exception faite des deux fauteuils et de la table basse. « Non que cela revête beaucoup d'importance. Il y a toujours de bonnes raisons pour rallonger les délais. » Ses yeux s'étrécirent. « Argent. Considérations politiques. Promesses d'une technologie plus performante l'année d'après. Avez-vous suivi les débats qui se sont tenus récemment pour déterminer si nous avions moralement le droit de bouleverser une biosphère extraterrestre ? Le Comité d'éthique publique a failli obtenir l'annulation de notre projet sous prétexte que nous interférons dans les desseins de Dieu pour Quraqua. Quels qu'ils soient. » Son front se plissa. « Je comprends ce que vous me dites. Je me range même à votre avis jusqu'à un certain point. Je dois même dire que si le choix m'était laissé, j'opterais pour Nok, je m'y installerais et je vous laisserais le temple des Vents. »

Plus tard, lorsque Richard se remémora la conversation, cette remarque finale lui donna le frisson. Parce qu'elle émanait d'une personne qu'il commençait à apprécier.

SERVICE INFO

DIX-SEPT MORTS DANS UNE TORNADE AU MEXIQUE

Ce second typhon en huit jours rase le Modparc d'Austin.

HANNIMAN EXÉCUTÉ DANS LE TENNESSEE
Accusé de trente-huit meurtres, il nie jusqu'au bout.
Un petit groupe manifeste devant la prison.

L'ITALIE INCULPE SIX RESPONSABLES
DANS L'AFFAIRE PAN-ARABE
Le directeur de la firme de chimie Courleone
encourt vingt ans de prison.
(Lire article.)

BEN-HASSAN RÉFUTE LES ACCUSATIONS DE GUERRE BIO
Il allègue que l'Union pan-arabe développe son secteur chimique
dans un but pacifique et accuse le Mossad de complot.

« SŒUR SANDWICH » REÇOIT LA LÉGION D'HONNEUR
Les Français rendent honneur à la religieuse
qui acheminait des vivres à Paris pendant la famine.
Sœur Mary de la Croix coordonnait des milliers de bénévoles.

L'ANTIGRAVITÉ POURRAIT DEVENIR RÉALITÉ
Importantes avancées de la recherche à Berlin.

Le secteur primaire migre vers le nord
RUSSES ET CANADIENS
DÉCOUVRENT QUE LES CHANGEMENTS CLIMATIQUES
CRÉENT DE NOUVEAUX ESPACES AGRICOLES
Les fermiers des deux pays s'approprient de nouveaux terrains.
(Lire article.)

LA CEINTURE CÉRÉALIÈRE DU MIDWEST
PEUT-ÊTRE DÉFINITIVEMENT CONDAMNÉE
La plupart des experts estiment les mutations irréversibles.
L'UNA devient l'un des plus gros importateurs
de denrées alimentaires.

LE MÉTÉORE WEINBERG S'ÉCRASE SUR LA LUNE
Des observateurs aux premières loges pour étudier le phénomène.
Pour la première fois, tous les paramètres
étaient connus à l'avance.
(Lire article.)

MISE EN GARDE DES DÉFENSEURS DE LA BASE LUNAIRE
CONTRE LE DANGER DES ASTÉROÏDES
« Les équipes lunaires font le nécessaire
contre les pluies de roches », déclare le vice-président.

ENCORE VINGT ESPÈCES ONT DISPARU EN OCTOBRE
BOLLIER DÉMISSIONNE EN PLEINE TEMPÊTE
Il déclare que les forêts ne se remettront pas
et incrimine Sanchez.
Les Brésiliens l'accusent d'avoir détourné
les fonds de la fondation.

QUATRE

RNA Winckelmann. *Mercredi 12 mai, 14 h 10 GMT.*

La Terre et la Lune rapetissaient.

Hutch, assise sur le pont du *Johann Winckelmann*, regardait les deux globes familiers se muer en étoiles lumineuses. *C'est reparti pour un tour, les amis*. Déjà le souvenir de Cal s'estompait, devenait flou, comme si son existence était soumise à l'effet Schrödinger et dépendait de sa présence à elle. Peut-être qu'en fin de compte il avait vu juste.

Richard allait et venait, déballait ses affaires, s'installait. Elle se félicitait de ce changement de dernière minute qui lui épargnait un voyage en solitaire jusqu'à Quraqua. Dans son état d'esprit actuel, toute distraction serait la bienvenue. Et son passager constituait la prescription idéale : elle le connaissait suffisamment pour se confier à lui, mais il ne tolérerait pas l'auto-apitoiement.

Ils avaient pris leur petit-déjeuner ensemble avant le décollage, puis il avait disparu avec ses carnets de notes. Quelque chose paraissait l'exciter, ce qui ajoutait à sa joie de l'avoir à son bord. Richard était en permanence en croisade. Il n'était pas apparu après le lancement, mais là encore, rien d'étonnant de sa part. Tôt ou tard il montrerait le bout de son nez, poussé par la faim probablement, car il détestait prendre ses repas seul. Alors il lui expliquerait tout.

Elle avait entendu parler de l'énigme d'Oz, naturellement. Elle se réjouissait que Richard ait décidé de se pencher sur la question et avait hâte d'entendre ses idées.

Mais, sept heures plus tard, il n'avait toujours pas paru. Elle lui annonça qu'ils allaient opérer le bond incessamment. « D'ici dix minutes », murmura-t-elle dans le circuit com du vaisseau. Puis elle ajouta : « Durée estimée du voyage jusqu'à Quraqua : vingt-cinq jours.

— Merci, Hutch. » Il avait l'air indifférent. Sans doute était-il préoccupé par la tâche qui l'attendait. Le lendemain, il commencerait à musarder dans le vaisseau, à lui proposer des parties d'échecs et à pester contre leur lenteur. Il irait se poster sur le pont et regarderait dériver les traînes de brume transdimensionnelles tandis que le *Wink* évoluerait, apparemment, à la vitesse d'une péniche.

Il vint la voir avec un paquet de brioches à la cannelle.

« Tout roule ? demanda-t-il.

— Impeccablement. Sanglez-vous. »

Il s'assit, boucla son harnais et offrit une de ses viennoiseries. « Content de vous revoir. »

La baie panoramique était ouverte. Les étoiles brillaient, magnifiques. Leur douce clarté inondait le pont. L'éclairage interne était éteint, exception faite de quelques veilleuses. Ils auraient tout aussi bien pu se trouver dehors, sur une terrasse.

Richard devisa de choses et d'autres pendant quelques minutes. Puis, lorsque l'occasion se présenta, Hutch engagea la conversation sur Oz. « Ça fait drôle de penser qu'il s'agit d'une réalisation des Bâtisseurs de Monuments, non ? Je veux dire, ça ressemble si peu à leurs autres œuvres. »

Richard se rembrunit légèrement. « Il y a encore quelques jours, j'aurais tenu le même discours. Maintenant je ne sais plus trop. » Il lui montra le document d'Henry.

La ressemblance sautait aux yeux. « Ils ont découvert ça dans un site vieux de onze mille ans ?

— Oui. Qu'en pensez-vous ?

— Que c'en est un. » Elle gloussa. « Ils sont descendus se faire tirer le portrait. Je n'en reviens pas ! »

Hutch relut la *check-list* préalable à l'insertion. « J'ai toujours pensé que ça ne pouvait être qu'eux, fit-elle. Eux qui ont construit Oz, j'entendais. Qui d'autre aurait pu le faire ? »

Richard avait l'air désappointé. « On n'en sait rien, dans le fond, Hutch. Et à vrai dire, pour être honnête, j'ai toujours préféré ignorer Oz. Ce site n'entre dans aucune case des scénarios rationnels que j'ai pu concevoir. »

Hutch examina de nouveau l'image de la Mort. Cette figure la touchait.

« Bon, fit Richard. Je suis sûr que les équipiers d'Henry avanceront des idées. »

Une lampe orange se mit à luire. « L'insertion est imminente », annonça Hutch d'une voix calme. Couplages d'énergie activés. « Dix secondes. »

Richard se cala dans son harnais. « S'il s'agit vraiment d'eux, ça peut signifier qu'ils ont été victimes d'une forme de déclin précipité. » Ses yeux se refermèrent lentement. « J'espère que ça n'a pas été le cas. »

Les propulseurs se mirent en marche et les étoiles disparurent. C'était le seul effet remarquable produit par le bond dans l'espace transdimensionnel. On n'éprouvait pas même la sensation d'un mouvement. Certains voyageurs se plaignaient d'un léger vertige, mais Hutch les considérait comme des hypersensibles.

C'était vaguement comparable à une traversée de tunnel. Lorsque le tunnel disparaissait (le processus pouvait prendre entre une demi-minute et presque une heure), il cédait la place à une sorte de brouillard gris.

Les diodes vertes s'allumèrent et elle referma la baie frontale.

« Ça me ferait terriblement mal de découvrir qu'ils ont fini par devenir fous. »

Hutch avait mis sa brioche de côté. Elle mordit dedans à belles dents, l'accompagnant d'une tasse de café.

« Fous ? Cette idée vous passera dès que vous aurez vu Oz. »

FORUM BIBLIOTHÈQUE
Où est le bénéfice ?

... L'enrichissement que l'on escomptait tirer des voyages interstellaires ne s'est jamais concrétisé. Les quelques progrès technologiques mineurs qu'ils ont permis de réaliser auraient

vu le jour de toute façon, et pour un coût largement moindre. Nous avons appris que des espèces intelligentes, à présent éteintes, ont existé sur deux planètes éloignées et qu'une autre espèce, sur une troisième planète, est actuellement engagée dans une guerre globale. Ces résultats (auxquels s'ajoute notre propre incapacité à résoudre des problèmes alarmants sur la Terre) suggèrent que l'intelligence est plus rare que nous ne le pensions. Nous sommes en droit d'estimer qu'elle doit évoluer. Partout.

Le coût annuel du maintien du programme spatial à son niveau actuel permettrait de nourrir tous les habitants, hommes, femmes et enfants, de l'Inde et du Pakistan. Dix-huit mille chercheurs sont aujourd'hui encore en poste dans des stations extrasolaires. Nombre de ces stations, vieilles de plus de trente ans, datent de l'aube de l'ère interstellaire. Nous avons recueilli des monceaux d'informations concernant le système climatique et la tectonique d'autres planètes. Le Globe *ne remet pas en cause l'intérêt de ces connaissances scientifiques. Mais il est temps, et plus que temps, de faire la part des choses.*

La situation est grave. Nous ne parvenons pas à nourrir, soigner ou loger une grande partie de la population de notre planète. Ceux qui méprisent les Noks et leur conflit aux allures de Première Guerre mondiale devraient prendre conscience du fait que chaque jour la famine et la malnutrition en Chine causent plus de victimes que la guerre nok pendant toute l'année dernière.

Pendant ce temps, le PSA continue d'exercer des pressions pour financer la construction de nouveaux vaisseaux. Il est temps de dire halte.

Éditorial, Le Globe de Boston,
22 mai 2202.

CINQ

Lune de Quraqua. Dimanche 6 juin, 07 h 34.

Quraqua n'avait qu'un seul satellite, gros comme la moitié de la Lune, gris cendre, chauve et strié de cicatrices. Ce soir-là, son croissant irradiait une clarté jaune amicale. Engageante. Mais cette lune sortait de l'ordinaire. Six ans plus tôt, le pilote d'un cargo avait remarqué ce qu'il avait identifié comme une ville située au sommet de son quartier septentrional.

« Richard ? »

Bien qu'absorbé par l'étude d'une carte dessinée à la main étalée sur ses genoux et une bonne partie du tableau de bord, il fit signe qu'il avait entendu. « Prévenez Henry qu'on est ici, répondit-il, et qu'on fait route vers Oz. »

Au-dessus du manteau nuageux de Quraqua éclairé par le soleil rouge Bellatrix, la navette *Alpha* du *Winckelmann* (il n'y avait pas de navette *Bêta*) filait vers la surface de la lune. Des pics, des gorges et des cratères apparaissaient, dessinés par les jeux d'ombre et de lumière. L'engin survola une chaîne de montagnes basses et rasa en trombe une mer de roche plate et lisse. Richard, serein comme toujours en de pareilles circonstances, se penchait dans son harnais et contemplait placidement le paysage à travers le pare-brise. Hutch avait cédé à contrecœur à ses demandes insistantes pour venir ici en premier lieu. Elle aurait voulu achever les préparatifs d'évacuation avant d'entreprendre autre chose. Il allait falloir charger du matériel, résoudre des problèmes de dernière minute, et elle eût aimé s'acquitter de tout cela en priorité. Or – c'était à craindre – Richard allait encore ajouter son lot de contretemps et de complications.

Son attitude, d'ailleurs, ne contribuait pas à la rassurer. « Il n'y a pas le feu, disait-il. On a jusqu'au 11. » Cinq jours.

Une crête apparut, déferla sous eux et s'évanouit. La mer était criblée d'impacts. D'après le guide qu'elle avait affiché sur son écran de plafond, l'astre était plus vieux que la Lune. « Certains de ces cratères, dit-elle, ont deux milliards d'années. »

Richard acquiesça, la tête ailleurs. La géologie ne l'intéressait pas.

Le voyant d'un détecteur s'alluma.

« Appareil à proximité. La navette d'Henry.

— Bien. » Son expression s'anima.

« Elle se trouve à environ vingt minutes derrière nous. » Hutch passa en commande manuelle, nota sa position sur les écrans de navigation et décéléra.

« Je suis content de le revoir, fit Richard, les yeux brillants. Ça doit être un sale moment pour lui. On croyait disposer de tout notre temps pour explorer Quraqua. Personne ne pensait recevoir un jour l'ordre d'évacuer. Du coup, on s'est montrés trop prudents. On aurait dû y aller sans finasser. Comme Schliemann. »

Hutch avait rencontré Henry deux fois. C'était un drôle de petit bonhomme fripé. Elle avait assisté à une de ses conférences à l'époque où elle s'efforçait d'apprendre assez d'archéologie pour convaincre l'Académie de l'intérêt de retenir sa candidature. Deux ans plus tard, quand ils s'étaient croisés pour la seconde fois, sur le relais de la Lune, il l'avait étonnée en se souvenant d'elle. Il s'était même rappelé son prénom : Priscilla.

Des canyons striaient maintenant le terrain. Ils survolèrent une barre de pics.

« Comment étaient-ils, ces Quraquats ? demanda-t-elle.

— Ils avaient une très longue durée de vie. Individuellement, je veux dire. »

Richard farfouilla dans sa veste. « Je dois avoir un dessin quelque part… J'ai dû le laisser dans ma cabine. Ou… (sa voix se fit piteuse) à la maison. » Il continuait de fouiller ses poches. « Ils ressemblaient à des espèces de reptiles à fourrure. Mais à sang chaud…

— Non, je voulais dire : à quoi pourrait-on les comparer ? Qu'est-ce qu'ils faisaient ? Je sais que leur espèce comptait deux sexes et qu'ils jouissaient d'une espérance de vie très longue. Quoi d'autre ?

— Il y a eu beaucoup d'âges noirs. Mais beaucoup moins barbares que sur la Terre, beaucoup moins guerriers. Des sortes de marasmes. Il est arrivé que rien ne se produise pendant mille ans. Aucune évolution politique. Aucun développement scientifique. Rien. Ils avaient aussi un certain talent pour oublier des acquis. Par exemple, nous savons qu'ils ont découvert à trois reprises que Quraqua n'était pas le centre de l'univers.

— Pourquoi ? Pourquoi ces âges noirs ?

— Qui sait ? Peut-être que nous traverserons les mêmes. Nous n'existons pas depuis bien longtemps. Pour en revenir aux Quraquats, ils ont peut-être été victimes de leur longévité. Supposons que des personnalités vraiment inadéquates accèdent au pouvoir et ne meurent pas. Ne meurent pas sur une période très longue. » Il s'efforça vainement de repousser les mèches qui lui tombaient devant les yeux. « Essayez un peu de vous figurer ça. Imaginez devoir supporter Hart encore soixante ans. » (Adrian Hart était l'actuel président du conseil d'administration de l'Académie : rigoriste, tatillon, un gestionnaire aux vues courtes.)

Un voyant orange clignota. « Il nous rattrape », annonça Hutch. Les rayons du soleil miroitaient derrière une barre rocheuse en amont. La radiance se diffusait de part et d'autre dans la plaine. Ils contemplaient ce qu'on aurait pu prendre pour une autoroute illuminée, éclatante, incandescente.

Richard se pencha, attentif.

La lumière se fit solide. Elle se transforma en mur. D'un blanc d'os sur le fond lunaire gris, cette muraille s'étirait depuis une série de collines basses au sud jusqu'à l'horizon au nord. Hutch réduisit les gaz, alluma par à-coups les fusées directionnelles. Elle approcha l'appareil de la paroi.

Le mur grandit et masqua bientôt une portion du ciel. Il était gigantesque. Vu de près, son échelle lui rappela la représentation des remparts de Troie qui figurait dans un de ses vieux manuels scolaires. Elle enclencha les scopes, amena l'image sur les moniteurs : l'ouvrage paraissait monobloc.

Sauf qu'il était percé de trous. De longues sections s'étaient éboulées d'elles-mêmes, d'autres avaient subi des dégâts. Des gravats s'amoncelaient çà et là.

« Regardez », fit Richard. La structure paraissait brûlée, calcinée.

« On dirait que quelqu'un a essayé de le détruire.

— Ça y ressemble effectivement.

— Quelle espèce de feu pourrait brûler ici ?

— Sais pas. » Il croisa les bras et inclina la tête. « J'ai eu tort de négliger ce site si longtemps. Il est véritablement fascinant.

— Alors qu'est-ce qui s'est passé ici ?

— Aucune idée. » Il demeura perdu dans son observation plusieurs minutes. « Frost, fit-il enfin.

— Pardon ?

— Ça me fait penser à Robert Frost. "Quelque chose ici n'aime pas les murs..." » Il se renfonça dans son fauteuil, joignit le bout de ses doigts et s'abandonna un instant. « Magnifique, soupira-t-il. Un mystère sublime. Ce n'est ni plus ni moins qu'une sculpture de roc dans un environnement dépourvu d'atmosphère respirable. Pourquoi a-t-elle été construite ? Et qui a cherché à la démolir ? »

La muraille les dominait.

La seule explication sensée, se disait Hutch, c'était que le site avait reçu une pluie de météores. D'ailleurs des débris d'astéroïdes parsemaient les alentours. Ainsi que de nombreux cratères. Et pourtant ces destructions ne paraissaient pas le produit du hasard.

« On se fait sans doute des idées, murmura Richard qui, comme d'habitude, donnait l'impression de lire dans ses pensées. C'est le seul édifice artificiel des parages, du coup le chaos du sol lunaire rend le contraste d'autant plus frappant. Et pourtant... » Il secoua la tête. « Difficile de conclure avec certitude. »

La muraille avait été construite, Hutch le savait, entre onze et douze mille ans plus tôt. « C'est à peu près aussi ancien que les bas-reliefs de Tull.

— Oui, dit-il. Il y a peut-être un rapport entre les deux. »

De quoi donner le frisson.

Elle se surprit à balayer la plaine du regard en quête d'empreintes de pieds démesurées.

L'enceinte mesurait 41,63 mètres de haut et 8,32 kilomètres de côté. Elle délimitait un carré parfait. « La longueur d'un côté, lut Hutch sur son moniteur, correspond exactement à sa hauteur multipliée par deux mille.

— Base dix, fit Richard.

— Combien de doigts avaient les Quraquats ?

— Ce n'étaient pas à proprement parler des doigts. Mais, bref, quatre.

— Les Bâtisseurs de Monuments en avaient cinq. »

La navette vint se coller le nez à la paroi. Puis s'éleva à la verticale de quelques mètres. « On atterrit ?

— Non, pas ici. »

La muraille était déjà ancienne quand la première pierre des pyramides d'Égypte n'était pas encore posée. Flottant devant ce vestige, Hutch éprouvait le caractère éphémère de sa propre vie plus intensément encore que sur Japet ou sur aucun autre site. Elle se demanda pourquoi. *Peut-être qu'il est tonifiant, encourageant de savoir que la beauté nous survit. Mais se sentir éphémère face à une œuvre aussi malsaine…*

« Cette chose, dit Richard, diffère de toutes les autres créations. Si l'on part du principe qu'ils en sont les auteurs. Les Monuments sont légers, racés, élégants. L'espèce qui les a créés aimait la vie. Cette chose, en revanche, est sinistre. Irrationnelle. Moche. Une création pétrie de peur. » Il se cala dans son fauteuil comme l'auditeur d'un conte à l'approche du loup. « Prenez un peu d'altitude », demanda-t-il.

Elle obtempéra et fit remonter la navette doucement.

Richard déroulait sa carte à nouveau. « Que sait-on du matériau de construction ? D'où provient la pierre ? »

Elle consulta des rapports d'ingénieurs. « Tout a été prélevé ici. Plusieurs carrières ont été localisées, mais toujours à plus de six kilomètres du site.

— Ils ne voulaient pas gâcher l'effet visuel en transformant le paysage en gruyère. Sur ce point au moins, on peut noter une certaine constance avec ce que nous avons observé ailleurs.

— Sans doute. D'autre part, ils ont dû modifier la roche. Selon une théorie, ils l'auraient retravaillée en utilisant des moyens nanotech. Il y a beaucoup de feldspath et de quartz dispersé aux alentours. Des débris, visiblement. La muraille en elle-même est faite d'une sorte de calcaire enrichi.

— Du marbre.

— Oui, mais de meilleure qualité. Plus résistant. Plus réflecteur.

— Ils voulaient qu'on le distingue depuis Quraqua.

— Manifestement. » Ils approchaient maintenant du faîtage.

Ils s'arrêtèrent devant une zone brûlée. « Henry pense, fit Richard, que les détériorations datent de neuf mille ans avant notre ère environ.

— C'est l'époque où il a été construit, non ?

— Quelqu'un est venu juste après.

— Peut-être s'agit-il d'une mésentente entre les Bâtisseurs. Une brouille à propos de leur petit parc de loisirs. »

Richard haussa les mains en un geste de prière. « En voilà une idée qu'elle est plausible ! »

Hutch se retourna face à son écran. « Il y a aussi beaucoup de trioxyméthylène dans le sol. Du formaldéhyde. Mais seulement ici. Près d'Oz.

— C'est du chinois pour moi. J'ai toujours été minable en chimie. Que faut-il en conclure ?

— Ce truc… (elle désigna l'écran) ne propose aucune théorie. »

La pseudo-cité apparut derrière la muraille : c'était une vaste trame ombreuse de larges boulevards, de bâtiments émoussés et de longues rues. Une ville vide, un spectre, une succession de blocs et d'ombres. L'instinct de Hutch lui réclamait des lumières et du mouvement.

« Incroyable. » Richard avait à peine murmuré le mot.

Elle était immense. Hutch reprit de l'altitude. Simultanément, elle régla le chauffage en position manuelle et poussa le curseur d'un cran. La ville, comme la muraille, était en ruine.

« Regardez les rues », fit Richard.

Elles composaient des carrés parfaits. Kilomètre après kilomètre. À perte de vue, jusqu'à la ligne d'horizon convexe. Oz était un site stupéfiant de rectitude, même dans son état de délabrement. Les avenues et les rues se croisaient à angle droit. Hutch ne distinguait aucune fourche, aucune courbe, aucune venelle transversale. Les blocs construits s'égrenaient avec la même rigueur géométrique.

« Ça ne respire pas la fantaisie par ici », fit la pilote.

Le souffle de Richard était audible. « J'ai du mal à imaginer quoi que ce soit de plus contraire à l'esprit des Grands Monuments que cette ville. » Aucune manifestation d'inventivité nulle part. Pas la moindre trace de spontanéité. On l'avait appelée Oz. Par ironie. Car si Oz, à l'origine, était un pays de cocagne et de merveilles, cette ville en revanche était purement minérale. Radicalement.

Hutch se détourna de la vision et se retrancha dans le cockpit parmi les indicateurs, claviers et témoins lumineux, tous ces instruments familiers et chaleureux. Une odeur de café flottait dans l'air calme de l'habitacle.

Oz n'avait pas été bâtie pour abriter qui que ce soit. De loin, les blocs évoquaient des immeubles, des édifices publics et des tours, mais ils étaient taillés dans de la roche compacte, sans même l'évocation d'une porte ou d'une fenêtre. Pas le moindre dôme, que ce soit de plastène ou d'énergie, ne protégeait le site. L'équipe d'Henry n'avait découvert ni machinerie ni appareil d'équipement d'aucune sorte.

Ils dérivèrent au gré des avenues, survolant les terrasses de marbre. Nombre de blocs constituaient des cubes parfaits. D'autres des parallélépipèdes. Tous présentaient un aspect lisse, poli, dépourvu d'entaille ou de protubérance. On en recensait de plusieurs dimensions.

Hutch balaya du regard le réseau des rues. À l'origine, avant l'entreprise de destruction, les pierres se dressaient à l'équerre. Aucune arche ne reliait les lignes parallèles et perpendiculaires.

Aucune avenue n'obliquait fût-ce légèrement dans une direction ou une autre. Aucun toit ne s'inclinait. Aucune frise décorative ou bouton de porte nulle part.

Ils enfilèrent plusieurs rues en rase-mottes. Les blocs les surplombaient, sinistres et oppressants. Ils traversèrent un croisement. Pour la première fois, Hutch avait la sensation de comprendre le sens du mot extraterrestre.

« Les cotes des blocs sont toutes des sous-multiples », annonça-t-elle. Elle produisit les chiffres. Chaque ouvrage pouvait se subdiviser en cubes de quatre mètres trente-cinq de côté. Ainsi, les formes calcaires alignées le long des places et des avenues pouvaient être mesurées, tant en largeur qu'en hauteur, à l'aune de cette unité. Les dimensions des rues et des espaces dégagés étaient elles aussi pareillement divisibles.

La comligne carillonna. « Docteur Wald, vous êtes là ?

— Je suis là, Frank. Salut, Henry. »

Hutch connecta la vidéo. Un seul homme apparut. Ce n'était pas Henry Jacobi mais Frank Carson. La cinquantaine, un brin empâté, il avait un sourire franc, avenant. Il leva posément ses yeux bleus vers eux, dévisagea Hutch sans manifester de réaction et s'adressa à Richard : « Henry n'est pas là, monsieur. Tout se précipite un peu ici, et il doit faire face sur tous les fronts. »

Richard acquiesça. « Du neuf sur les Bâtisseurs de Monuments ? De nouvelles images ?

— Négatif. »

Richard paraissait presque en transe. « Quelqu'un a une idée de la signification de tout ceci ?

— Non, monsieur. On comptait sur vos lumières. »

Richard fit apparaître le calendrier du projet Espoir sur son moniteur. Ils devaient s'attaquer aux calottes glaciaires le vendredi suivant. « Je suppose que Kosmik n'a rien modifié ?

— Le délai ? Non. » Carson esquissa une mimique dégoûtée. « Ils nous submergent de mises en garde et nous serinent leur décompte tous les jours. »

Hutch lança un regard songeur aux pendules de la navette. Il ne restait plus beaucoup de temps.

« Henry m'a chargé de vous transmettre ses regrets. Il aurait aimé vous rejoindre, mais on est vraiment débordés. » Il s'exprimait avec une raideur militaire. « Qu'est-ce vous souhaitez voir ?

— Que diriez-vous du centre de cette cité, pour commencer ? Cela dit, je suis ouvert à toute suggestion.

— O.K. Je suppose que votre pilote me visualise sur son scope ? »

Hutch confirma d'un hochement de tête.

« Dans ce cas, suivez-moi. »

Elle donna son accord, coupa la communication et se mit en position. « Parlez-moi donc un peu de ce Carson, fit-elle.

— Vous l'apprécierez. C'est un militaire en retraite. Un de ces amateurs éclairés qui font partie du paysage de l'archéologie. Un peu comme vous. » En dépit du ton léger, elle comprit qu'il était tout à fait sérieux. « C'est l'administrateur et le bras droit d'Henry. » Il la regarda dans les yeux. « C'est aussi son pilote. Si Frank n'était pas là, Henry devrait assumer le rôle d'administrateur. Mais puisque Frank gère le quotidien, Henry peut se consacrer à son métier d'archéologue.

— Et Carson n'y fait pas d'objection ?

— Frank n'a rien contre cet arrangement. Sous des dehors un peu rudes et soupe au lait, c'est une bonne pâte. Il sait faire avancer les choses sans égratigner les ego. Il aime son boulot. Question organisation, on pourrait trouver bien pire. »

L'appareil de Carson entamait sa descente. « Oz, centre ville », fit Hutch. Les blocs étaient un peu plus hauts ici qu'aux abords du rempart. Hormis cela, c'était la même désespérante monotonie.

Aux quatre angles de la place centrale se dressaient des tours courtaudes, en ruine pour certaines.

La place dessinait un carré d'environ cinq cents mètres de côté. Une cinquième tour moins haute que les autres avait été érigée pile au centre. À l'instar des autres édifices d'Oz, elles étaient quadrangulaires.

Richard se penchait sur son siège pour essayer de mieux voir. « Est-ce que vous pourriez incliner un peu l'engin ? De mon côté... »

Hutch obtempéra.

Deux des tours ne subsistaient plus qu'à l'état de ruines. Une troisième, au sud-ouest, était calcinée. Noircie de la base au sommet. La quatrième était quasiment intacte. « Là, fit Richard en désignant la noire. Dites-lui d'atterrir sur celle-ci. »

Elle transmit le message et Carson répondit positivement. « Qu'est-ce qu'on cherche au juste ? » demanda Hutch.

L'archéologue affichait un air réjoui. « Que connaît-on de la symétrie de ce site ? répondit-il en retour.

— Pas grand-chose. Simplement qu'elle saute aux yeux. Il y a quelque chose à en tirer ?

— Sélectionnez quelques kilomètres carrés sur l'écran.

— Pas de problème. » Elle cadra une vue centrée sur la tour du milieu.

« Maintenant, ciblez quelque chose. N'importe où.

— O.K. » Elle apposa son curseur sur un pâté de blocs oblongs en forme de H qui se trouvait approximativement à deux kilomètres au nord.

« Tracez une ligne entre ce groupe de bâtiments et la tour centrale, puis prolongez-la. »

À l'opposé sur l'écran, la ligne atteignit un autre H. À équidistance. « C'est une projection inversée, fit-elle.

— Surprise ? » Richard ne pouvait réprimer un petit sourire satisfait.

Oui. Les informations qu'elle avait examinées ne mentionnaient rien de tel. « Peut-être y a-t-il dans tout cela une signification religieuse ? La pénitence d'une espèce ultra évoluée. Ça vous semble crédible ?

— Pas vraiment. »

La navette de Carson était sur le point d'atterrir.

Hutch régla aussi les scanners à faible portée. « La tour centrale mesure neuf unités de haut, si l'on prend comme unité notre bloc de base, soit quatre mètres trente-cinq de côté. Les tours extérieures en font dix. Comme tout le reste ici, elles sont solides. Et manifestement totalement pleines. » Carson se posa et elle entama la descente d'approche. « Curieux : on s'attendrait à ce que la tour centrale soit la plus haute du lot et non la plus basse. Ça va à l'encontre de notre logique. »

Carson s'était posé en périphérie de la terrasse. Les phares de Hutch éclairèrent la navette du temple. D'un profil aérodynamique, elle était conçue pour un usage en atmosphère. Ce qui impliquait une capacité d'emport réduite. Une autre caractéristique la rendait plus tape-à-l'œil que l'*Alpha* : l'Académie avait fait repeindre ses véhicules spatiaux et le reste de son parc d'engins dans le but d'optimiser le moral des équipes sur les sites désolés. La carlingue brillait d'un bleu vif rehaussé d'or. Les couleurs de l'Académie. Sans doute une décision d'Adrian Hart.

Hutch fit pivoter son appareil pour axer la porte du passager vers le centre du toit. Histoire de donner à son patron préoccupé aussi peu de latitude que possible pour basculer dans le vide. Carson descendit de sa carlingue et leur adressa un salut de la main. Elle répondit par un clignement de phares et vint poser sa navette au ras de la sienne avec une adresse consommée.

Richard déboucla sa ceinture et se retourna pour empoigner son harnais oscillatoire. Hutch enfila le sien par-dessus sa veste de vol. Les réservoirs d'air étaient en ordre. Elle activa le champ d'énergie et aida Richard à finir de se préparer. Puis elle enclencha la décompression du cockpit.

Les antécédents militaires de Carson ne passaient pas inaperçus. Il portait un treillis kaki et une casquette de base-ball décorée d'un écusson montrant un serpent enroulé autour d'un éclair avec la mention *Cobra II*. Son nom se lisait en grosses lettres sur le rabat de sa poche de poitrine gauche. L'homme, grand, large d'épaules et légèrement ventripotent, était, comme il se doit, rasé de près. Ses cheveux noirs coupés court commençaient juste à grisonner. Il attendait, jambes écartées, mains jointes dans le dos.

La pression devint nulle et les deux panneaux de la porte coulissèrent. Richard n'était pas particulièrement maladroit, mais l'*Alpha* semblait avoir été conçu pour des gymnastes. Pour débarquer, il fallait commencer par se jucher sur un aileron d'où l'on descendait en s'agrippant à des poignées enchâssées dans le fuselage. Le changement de gravité compliquait l'exercice pour n'importe quel passager et le rendait excessivement périlleux pour qui, comme Richard, n'était plus tout jeune ni très agile.

Carson apparut sous l'aileron et s'immobilisa sans toutefois esquisser un geste pour aider le vieil homme. Une initiative prudente : Richard n'aimait pas qu'on l'aide. Mais il serait là en cas de besoin. Hutch lui en fut reconnaissante.

Lorsque son passager eut pris pied sur la pierre, Hutch se laissa tomber souplement auprès de lui. Elle attacha à son poignet gauche un cordon qu'elle raccorda à la navette. Il ne fallait prendre aucun risque à proximité du vide étant donné la gravité.

Richard, déjà agenouillé, examinait la pierre noircie. « Qu'est-ce qui s'est passé ici ? demanda-t-il. Quelqu'un a une idée ?

— Aucune. Personne n'a été capable ne serait-ce que de concevoir une hypothèse cohérente.

— Peut-être que le vaisseau de construction a explosé », hasarda Hutch.

Carson fronça les sourcils. « M'est avis qu'il a fallu plus d'une explosion pour causer tous ces dégâts. »

Richard se releva et s'avança d'un pas solennel vers le bord du toit. Carson le rejoignit aussi vite que la faible gravité le lui permit. Hutch restait un pas en retrait.

« Vraiment sinistre, ce coin », fit-elle.

Carson sourit. Son expression suggérait qu'il partageait ce sentiment.

Richard, cédant à une impulsion naturelle, se pencha et regarda en bas. Une chute dans la rue, même de cette hauteur, ne serait pas fatale, à moins de se recevoir sur la tête. Mais elle laisserait des séquelles. « Prudence, fit Carson en restant tout proche.

— Est-ce qu'une équipe travaille actuellement ici ?

— Non. Plus aucune présence sur Oz depuis des mois. Nous avons rapatrié tout le monde au temple dès que nous avons reçu la date limite.

— L'attraction est faible ici », rappela Hutch par mesure de prudence.

Richard contemplait la ville. « Avez-vous trouvé des débris d'astronef ? Une trace quelconque de nos visiteurs ? »

Carson secoua la tête. Non.

« Un indice ? Des empreintes de pas ? Des marques dans le sol ? »

Les deux navettes spatiales contrastaient avec les alignements infinis de cubes et de blocs. Leurs fuselages, ailes et cockpits dessinaient des rondeurs. Les feux rouges du train d'atterrissage de l'*Alpha* clignotaient doucement. Les éclairages des habitacles jetaient des flaques claires sur la roche lisse.

« Rien. Croyez bien que je le regrette, docteur. » Carson lança un coup d'œil à Hutch, puis reporta son attention sur Richard. « Voulez-vous voir les carrières ? Où ils ont pris la roche ?

— Non, merci. Y a-t-il autre chose qui vaille le coup d'œil ?

— Il y a une inscription.

— Une inscription ? » La nouvelle piquait sa curiosité. « Pourquoi n'en avez-vous pas parlé plus tôt ? Les comptes rendus n'en disaient rien.

— Les comptes rendus datent d'il y a un an. On a eu d'autres chats à fouetter que les remettre à jour. »

Richard se frotta les mains. Une joie béate se peignit sur son visage ; mais il leva un bras avec une brusquerie qui le déséquilibra et le fit basculer dans le vide. Hutch et Carson l'empoignèrent aussitôt. Mais leur poids était si faible sur cette lune (environ un dixième de leur poids standard) qu'ils auraient tous été entraînés si le cordon de sécurité de Hutch ne les avait pas retenus. Richard laissa échapper un petit cri – sans toutefois paniquer outre mesure – et tous les trois rétablirent leur équilibre. « Merci, Frank », fit-il. Puis il ajouta, quand il eut repris son souffle : « Que dit-elle, cette inscription ? Est-ce que vous l'avez déchiffrée ?

— Pas un mot, répondit Carson piteusement. Mais je crois qu'elle vous intéressera. »

Hutch se trouva d'accord avec Richard. Elle appréciait Carson. Il n'avait pas hésité à risquer sa peau. Le geste l'avait impressionnée.

Ils s'envolèrent à bord des deux navettes et mirent cap à l'est.

Plus ils s'éloignaient du centre, plus les blocs diminuaient, quoique de façon irrégulière. Près du rempart, en périphérie de la ville (Hutch ne pouvait s'empêcher de réfléchir en ces termes), presque tous se composaient d'une seule unité, et ceux qui dépassaient de la masse se repéraient de loin.

Ils survolèrent une zone où béait une faille. Le sol s'était effondré de plusieurs mètres, éventrant des avenues, disloquant des édifices. « Il y a plusieurs cratères à l'intérieur de la muraille, expliqua Carson par radio. La plupart sont postérieurs à la construction. Ici en revanche, le cratère préexistait, et ils ont construit dessus. Ils l'ont nivelé mais le sol a fini par ployer. Dans plusieurs zones, les fondations ont carrément cédé sous le poids des blocs.

— Ces météorites qui ont frappé la cité, est-ce que vous avez pu déterminer à quelle époque ils sont tombés ?

— Non, impossible d'évaluer la date avec précision. En revanche on sait que les cratères dans le site et autour de lui sont considérablement plus récents que partout ailleurs.

— Plus récents de combien ?

— Sur cette planète, presque tous datent d'entre un et deux milliards d'années. Or les impacts dans la zone concernée sont pour la plupart vieux de cinquante mille ans au plus. Et, naturellement, ceux qu'on peut voir dans l'enceinte même de la ville ont été faits entre neuf mille ans et aujourd'hui. D'autre part, on ne s'explique pas les marques d'incendie, mais on sait que ce feu quel qu'il soit a frappé à deux reprises.

— À deux reprises ?

— La première vers neuf mille et la seconde vers mille avant notre ère. »

Le front de Richard se plissa. « Alors ça, fit-il, c'est à peine croyable.

— Il y a plus, ajouta Carson, quoiqu'il s'agisse sans doute d'une coïncidence.

— À savoir ?

— Les datent correspondent à des bouleversements de grande envergure sur Quraqua. Disparition de peuplades, effondrement d'États, ce genre d'événements.

— C'est exact », fit Richard en se souvenant de ces discontinuités. Puis il demeura silencieux.

Le tapis urbain gris sombre défilait en contrebas. Devant eux, les feux de position de Carson clignotaient, rouges et blancs. Pimpants et stoïques dans ce paysage lugubre. Hutch réactiva l'image de Carson sur l'écran. « Depuis combien de temps êtes-vous ici, Frank ?

— Six ans, fit-il.

— C'est long.

— Ouais. » Ses traits, éclairés par les lumières de son tableau de bord, ne trahissaient aucune émotion.

« D'où êtes-vous originaire ?

— De Toronto. Je suis né à Édimbourg, mais je n'en garde aucun souvenir.

— Vous y êtes retourné ? Pour des vacances ?

— Non. J'ai toujours été trop occupé. »

Hutch savait que c'était peu ordinaire. Le personnel de l'Académie bénéficiait de six semaines annuelles de congé auxquelles s'ajoutait la durée du voyage. Carson était un drogué de travail.

Richard étudiait la disposition des blocs. « Je me demande, fit-il, pourquoi ils ont tout découpé aux mêmes dimensions. Peut-être employaient-ils une espèce d'extracteur à roche d'un gabarit unique et ne pouvaient-ils produire que des blocs d'une seule taille qu'ils devaient cimenter par la suite ? »

Hutch fit apparaître un parallélépipède à l'écran.

« Non, intervint Carson. Ce n'est pas le cas. Les blocs les plus gros ne sont pas constitués de moellons plus petits. Ils sont directement taillés dans la masse pour être trois, huit, dix fois plus grands. Ou ainsi de suite. On arrive. Jetez un coup d'œil sur votre gauche. »

Une tour attirait l'attention dans ce morne quadrillage. Elle différait des autres : elle était ronde. Assez basse, massive, quatre étages à vue de nez. Elle se dressait au milieu d'une place, seule.

Sa rondeur était remarquable. Dans ce décor monotone composé exclusivement de lignes parallèles ou perpendiculaires et d'intersections régulières, cette simple forme circulaire ravissait l'œil et paraissait un chef-d'œuvre d'inventivité.

Ils atterrirent. Richard eut grand-peine à se contenir pendant les quelques instants que mirent la pression à descendre et les harnais à s'ouvrir. Hutch, quand son champ protecteur fut activé, lui posa une main sur l'épaule pour lui rappeler que la prudence s'imposait.

La tour était noircie sur sa façade septentrionale.

Carson ouvrit la porte de sa soute et sortit, une petite échelle à la main. Richard rassura sa pilote et descendit en s'aidant des poignées. Une couche de poussière recouvrait la place.

Une fois sortie de la navette et parvenue sur la terre ferme, Hutch se sentit impressionnée par le poids du temps, les rues désertes et ces simulacres de bâtiments, cette géométrie folle qui attendait là depuis les premiers âges de l'histoire de l'homme.

Carson savait exactement ce qu'il cherchait. Il s'avança vers la tour, posa son échelle contre sa paroi, assura sa stabilité, gravit quelques barreaux à titre d'essai, puis se rangea de côté et invita Richard à monter. « Doucement », fit-il.

À cinq mètres au-dessus du sol, quatre lignes de symboles saillaient du marbre. Richard grimpa jusqu'à leur niveau et alluma sa lampe. Les signes ne ressemblaient en rien à l'élégante écriture de Japet. Ils étaient lourds, épais, bruts. Directs plutôt que suggestifs. Masculins. Tandis que Richard les examinait, Carson lança une bombe : « C'est du langage quraquat. »

Richard vacilla sur son échelle. « Quoi ? J'avais toujours cru qu'aucune civilisation sur Quraqua ne s'était suffisamment développée pour voyager dans l'espace.

— C'est exact, docteur Wald. On ne sait pas grand-chose d'eux, mais un fait est certain : ils ne maîtrisaient pas ce genre de technologie. »

Hutch se recula pour obtenir une vue d'ensemble. « Peut-être qu'il s'agissait d'une autre forme de technologie, dans ce cas. Quelque chose qui nous serait complètement étranger.

— Comme quoi ?

— Je ne sais pas. Si je pouvais répondre, ça ne me serait pas étranger.

— Bref, la coupa Carson avec impatience. Ce que nous savons, c'est qu'ils voyageaient à cheval à l'époque où ce langage était en usage. »

Richard inspectait les symboles à l'aide d'une loupe. « À quand cela remonte-t-il ?

— Neuvième millénaire avant notre ère. »

Même époque à nouveau. Hutch balaya du regard les blocs aveugles et les longues rues vides. Elle sentit un frisson lui parcourir l'échine. « Les gens qui parlaient cette langue étaient-ils ceux qui ont sculpté l'effigie des Bâtisseurs de Monuments dans le temple ?

— Oui, fit Carson. Ce langage, c'est le casumel linéaire C. Il n'a été employé que sur une période d'environ quatre cents ans. »

Richard, toujours perché sur son échelle, se pencha en arrière et leva le regard vers le sommet de la tour. « Est-ce pour cette raison qu'Henry concentre à ce point les efforts sur le temple ? »

Carson opina du chef. « Imaginez qu'à terme il ne reste plus que cette inscription et que personne ne puisse la lire. » Il secoua la tête avec dépit. « Les gens qui parlaient cette langue vivaient dans la région du temple des Vents. Ils ont même habité le temple pendant un certain temps. Nous espérions trouver une pierre de Rosette. Ou, à défaut, rassembler assez d'échantillons de cette écriture pour nous permettre de la déchiffrer.

— Je ne comprends rien, intervint Hutch. Si les Quraquats ne sont jamais venus ici, comment ont-ils pu sculpter ce message dans leur langue ? Êtes-vous sûr qu'il s'agit bien de ce que vous croyez ?

— Sans le moindre doute, fit Carson. Les caractères sont strictement identiques.

— Alors qu'est-ce qu'il faut en conclure ?

— Je dirais, avança Richard, que les constructeurs de cette monstruosité ont laissé un message pour les habitants de Quraqua. Pour le jour où ils parviendraient ici.

— Un message à propos de quoi ? » Hutch avait peine à juguler son impatience.

« Une invitation à rejoindre le club galactique, suggéra Carson.

— Ou l'explication d'Oz. » Richard commençait à redescendre. « Qui sait ? »

Hutch regarda Carson. « Frank, combien de ces langues anciennes savons-nous lire ?

— Quelques-unes. Pas beaucoup. Presque aucune, à vrai dire.

— Aucune. » Elle essaya de chasser la brume de son cerveau. « Je ne comprends toujours pas : si nous ne savons lire aucune de ces langues, à quoi nous servirait de trouver une pierre de Rosette ? Je veux dire, il nous serait impossible de traduire de l'une à l'autre, je me trompe ?

— Ça n'a pas d'importance. Si on trouve le même texte rédigé en trois langues différentes ou plus, on pourra toutes les déchiffrer. À condition que le texte soit suffisamment long. » Richard avait rejoint le sol. « Si vous avez observé votre content, fit Carson, il y a autre chose que je voudrais vous montrer.

— O. K.

— Il faut qu'on grimpe au sommet de la tour. » Ils revinrent aux navettes. « On peut utiliser la mienne. »

Ils embarquèrent. Carson ne se donna pas la peine de fermer la porte. Il ajusta sa casquette et activa un champ magnétique. L'appareil se mit à flotter face à la tour, puis prit de l'altitude.

« Y a-t-il un autre édifice semblable à l'opposé d'Oz ? demanda Richard.

— Une autre tour ronde ? Oui, il y en a une.

— Avec une autre inscription ?

— Non. Sans inscription.

— Intéressant. » Richard baissa les yeux. « Hé ! fit-il. Le toit est pentu. » Il se pencha pour mieux voir. « C'est le seul plan incliné que nous ayons vu ici.

— Il y en a pourtant un autre, dit Carson.

— Sur l'autre tour.

— Oui. » Ils dérivèrent jusqu'à la verticale du toit.

« Frank. » Les sourcils argentés de Richard étaient froncés à se toucher. « Est-ce que l'autre tour compose une projection inversée de celle-ci ?

— Non. »

Richard parut aux anges.

Hutch comprit où il voulait en venir. « Une rupture dans l'uniformité, fit-elle. La ligne droite reliant les deux tours rondes ne passe pas par la tour centrale.

— Une singularité d'Oz. Frank, est-ce qu'il y a d'autres exemples similaires ailleurs ?

— Pas que je sache.

— Bien. Alors nous n'aurons qu'à nous concentrer sur ces deux tours. » Il se retourna, essayant de s'orienter. « Où se trouve le centre de la cité ? »

Carson lui montra.

« Et l'autre tour ?

— Vers le nord. » Il indiqua la direction. « Pourquoi ?

— Je ne sais pas encore. Frank, avez-vous mesuré l'angle du toit ?

— Non. Je ne crois pas que quiconque s'en soit chargé. Pourquoi aurait-il fallu le faire ?

— Je ne sais pas vraiment. Mais la question mérite qu'on s'y arrête. Sa partie la plus basse est axée vers le cœur de la ville. Quand on regarde vers le rempart, la pente s'élève.

— Je ne vous suis pas.

— Il ne s'agit que d'une hypothèse pour l'instant. Est-ce que l'autre tour ronde est configurée à l'identique ?

— Je ne suis pas sûr de comprendre votre question.

— Vous disiez que l'autre toit était incliné aussi. Est-ce qu'il s'abaisse vers le centre d'Oz ?

— Je ne me souviens pas. » *Et pourquoi faudrait-il s'attarder sur un détail pareil ?* suggérait le ton. « Dois-je stabiliser l'appareil pour que vous puissiez examiner ce toit d'un peu plus près ?

— Non, j'en ai vu assez, merci. Il nous reste encore une tâche à accomplir, ensuite j'aimerais me rendre avec vous dans le temple.

— Richard. » Hutch, qui pressentait la suite, s'efforça de lui rappeler gentiment qu'elle ne se laisserait pas mener par le bout du nez. « N'oubliez pas qu'on est ici pour évacuer leur équipe. Pas pour la grossir.

— Je sais, Hutch. Et je ne l'oublierai pas. » Il prit sa main et la serra.

Les champs oscillants scintillèrent.

« Soyez prudent, fit-elle.

— C'est quoi, la tâche en question ? demanda Carson.

— Mesurer aussi précisément que possible l'inclinaison des toits des deux tours rondes. Et aussi s'assurer que les points les plus bas de chaque toit s'alignent bel et bien avec la place centrale. » Il adressa un clin d'œil à Hutch et ajouta, rayonnant : « On tient peut-être quelque chose. »

6 juin 2202

Cher Dick,

… Dieu soit remercié pour cette découverte des tours rondes et de leur toit incliné. C'est tout ce qui donne une touche de raison à toute cette affaire.

Tu aurais bien ri si tu avais pu nous voir. On marchait sur des œufs. On parlait à voix basse, comme de peur d'être entendus. Même Frank Carson. Tu ne le connais pas. Ce n'est pas le genre de type à s'en laisser conter. Même lui jetait des coups d'œil par-dessus son épaule.

Il faut dire qu'une présence hante ces rues. Impossible de ne pas la ressentir.

Pauvre Hutch. Elle ne comprenait ni les tenants ni les aboutissants, du coup elle avait franchement les nerfs en pelote à la fin de notre excursion. Malgré le vague soupçon d'explication que j'ai conçu (et je sais que tu as compris ce dont il s'agit), moi aussi je me sentais mal à l'aise. Mieux vaut ne pas avoir l'imagination trop fertile quand on visite Oz…

Richard.

Richard Wald à son cousin Dick.
Reçu à Portland, Oregon, le 24 juin.

Deuxième partie

LE TEMPLE DES VENTS

SIX

*À bord de l'*Alpha. *Dimanche 6 juin, 18 h 30.*

C'est avec une certaine joie que Hutch regagnait le *Winckelmann.* Il s'agissait d'un appareil modulable assez disgracieux, constitué structurellement d'anneaux (trois pour ce voyage) fixés à un pivot central. Elle alluma ses feux en approchant. Ils éclairèrent la baie panoramique du vaisseau et découpèrent les saillies des multiples capteurs, nacelles de maintenance et antennes. L'engin, chaleureux et familier, dont les qualités utilitaires ne nuisaient pas au confort de ses passagers, flottait sur un fond noir étoilé devenu soudain inquiétant.

L'angoisse de l'espace qui affectait tant de voyageurs interstellaires avait jusqu'alors toujours épargné Hutch. Pourtant ce soir, oui, ce soir le vaisseau la rassurait. Elle aurait apprécié un peu de compagnie, quelqu'un à qui parler, une présence dans les compartiments déserts de l'appareil. Mais elle éprouvait néanmoins du soulagement, rentrer à la maison où elle allait pouvoir fermer des portes et s'octroyer une simu.

L'immense blason de l'Académie, un rouleau et une lampe sur fond de Terre bleue du Monde uni, décorait l'anneau A, près du pont.

La planète et sa lune flottaient dans un ciel noir sans étoile. Quraqua se trouvait au bord du Vacuum, l'immense vide qui s'étendait entre Orion et le bras du Sagittaire. La rive opposée se trouvait à six mille années-lumière et n'était visible que sous la forme d'une nappe vaguement plus claire. Hutch se demanda quel effet pouvait produire sur une espèce intelligente le spectacle de ce ciel pour moitié constellé d'étoiles et pour moitié nu.

L'*Alpha* s'introduisit dans l'anneau B et se gara dans sa cale. À sa grande satisfaction, les grands panneaux coulissants se refermèrent sur la nuit. Elle retira son harnais oscillatoire et le rangea à sa place derrière son siège. Cinq minutes plus tard, elle était sur le pont.

L'enregistreur d'appels clignotait. Un message émanant du site du temple se trouvait dans le panier de réception, encore une de ces urgences routinières. Trop tôt pour que Richard soit déjà arrivé. Elle y jetterait un coup d'œil plus tard, elle avait le temps. Elle gagna ses quartiers, retira sa tenue de travail et se glissa sous la douche. L'eau vaporisée lui fit du bien.

Puis, encore dégoulinante, elle commanda un steak. Sa cabine était décorée de photos de ses vieux amis, d'elle et Richard sur Pinacle, de l'*Alpha* flottant nez à nez avec le Grand Hexagone (un des Monuments) près d'Arcturus, d'un groupe de planétologues qui l'avaient invitée à une partie de plage à Béthesda (et qui l'avaient juchée sur leurs épaules pour le cliché). Des plantes vertes parfumaient l'atmosphère, citronnelle, laurier et chèvrefeuille.

La lune démoniaque grignota son hublot. Oz restait invisible sur sa face cachée. Troublée par sa propre inquiétude, elle ferma le volet.

Richard lui avait offert un médaillon quelques années plus tôt : une jolie réplique en platine d'un talisman qu'il avait ramené de Quraqua. Ce cadeau datait d'avant la découverte d'Oz. On voyait une bête ailée et une étoile à six branches gravées sur le recto, et une arche à la courbure élégante au verso. Des signes sibyllins bordaient sa tranche. La bête et l'étoile symbolisaient l'amour, avait expliqué Richard, et l'arche la prospérité. *Les deux vous seront acquis tant que vous porterez le médaillon.*

Ce soir, le bijou la rassérénait. Elle l'enfila autour de son cou. Grigri autochtone. Elle s'habilla et, quand la sonnette du dîner retentit, elle sortit dans la coursive pour aller chercher son steak. Elle agrémenta le menu d'une bouteille de vin et monta le tout sur le pont. L'enregistreur d'appels clignotait toujours.

Elle découpa une bouchée de viande, la goûta et ouvrit la bouteille. Un chablis. Puis elle tapa le code pour déverrouiller le message et vit apparaître à l'écran une femme blonde et pimpante, très belle. « *Winckelmann*, fit-elle, je m'appelle Allegri. Je suis chargée de coordonner l'évacuation. Il y a quatorze personnes à emmener, plus le docteur Wald, actuellement en route pour nous rejoindre. Nous voudrions commencer l'embarquement dans quarante-huit heures.

» Je le sais, nous décalons ainsi le calendrier initialement prévu, mais nous devons achever certains travaux. Pour votre information, Kosmik débutera ses opérations à dix heures du matin notre vendredi. Heure du temple. Les ajustements horaires sont joints à cette transmission. Nous désirons être évacués avec vingt-quatre heures d'avance sur la date limite. Nous avons également des objets à embarquer, et il faudrait commencer le transfert au plus tôt. S'il vous plaît, contactez-moi quand vous pourrez. »

L'écran redevint gris.

Hutch repoussa son fauteuil. Les gens en poste sur des planètes reculées prenaient généralement le temps de dire bonjour. Elle se demanda si Allegri n'était pas restée trop longtemps sous l'eau.

Elle afficha Quraqua sur l'écran principal et régla l'agrandissement sur 32.

Le soleil inondait la couverture nuageuse, illuminait un monde couleur de boue où alternaient des prairies, de vastes forêts vertes, des déserts tentaculaires et des chaînes montagneuses sinueuses. Aucun des océans n'était visible. Au nombre de deux et de faible profondeur, ils ne communiquaient pas entre eux. Cette terre était très aride dans l'ensemble, mais Kosmik espérait résoudre cet inconvénient par la première phase de l'opération de terraformation préliminaire au projet Espoir.

L'océan austral entourait la calotte glaciaire, créant une ceinture aquatique d'environ cinq cents kilomètres de large. Au-delà, plusieurs longs bras de mer remontaient vers le nord. Le plus long d'entre eux avait pour nom la mer de Yakata, un terme local qui signifiait « aire de jeu des dieux ». Il s'enfonçait à environ trois mille kilomètres dans la masse terrestre.

À son extrémité nord, tout près de la côte, se trouvait le temple des Vents.

Hutch se souvenait d'avoir lu quelque part que Quraqua, apparemment, entrait dans une période glaciaire. Que ce fût vrai ou non, les deux banquises se portaient bien. Elles risquaient en fondant de libérer beaucoup d'eau. Au point, si les experts voyaient juste, de créer rapidement de nouveaux océans.

Dix heures samedi matin. Heure du temple. De quoi s'agissait-il au juste ? Elle chercha le complément d'information envoyé par Allegri.

Les journées sur Quraqua duraient vingt heures, trente-deux minutes et dix-huit secondes. Tout le monde s'accordait sur l'importance psychologique qu'il y avait à conserver la subdivision classique de vingt-quatre heures, mais des ajustements s'imposaient pour un séjour humain prolongé sur un nouveau monde. Sur Quraqua, les pendules étaient réglées pour fonctionner normalement jusqu'à 10 h 16 min 9 s, matin et soir. Puis elles affichaient sans transition midi ou minuit. Cette méthode supprimait ainsi un peu de temps à la fois dans les cycles d'éveil et de sommeil.

Par fait de coïncidence, on était justement dimanche au temple des Vents, comme sur le *Wink*. La terraformation débuterait dans quatre-vingt-dix heures environ. Henry Jacobi voulait terminer l'évacuation avec une marge de sécurité d'une journée. Et ils disposaient de deux navettes. Tout devrait marcher sans anicroche.

Pourtant, Hutch restait vaguement inquiète. Visiblement, cette évacuation ne figurait pas dans les préoccupations premières de Jacobi. Elle commanda à l'ordinateur de navigation de sortir le *Wink* de son orbite lunaire et de le diriger vers Quraqua. Puis elle enregistra les deux dates butoirs dans son chronomètre personnel et ajouta l'heure du temple à toutes les pendules du bord.

L'écran de navigation l'avertit que le vaisseau sortirait de son orbite trente-six minutes plus tard.

Hutch termina son dîner et jeta les reliefs du repas dans le vide-ordures. Puis elle programma une comédie et s'installa pour la regarder. Mais quand les réacteurs se déclenchèrent et que le vaisseau se mit en mouvement, elle s'était déjà endormie.

Un carillon la réveilla. Une transmission lui arrivait.

Les lumières étaient en veilleuse. Elle avait dormi sept heures.

Richard apparut sur le moniteur. « Salut, dit-il. Comment allez-vous ?

— Ça va. »

Il avait l'air ennuyé, comme s'il s'apprêtait à lui annoncer une nouvelle désagréable. « Écoutez, Hutch, la situation n'est pas des plus simples. Il y a plusieurs vestiges sous le temple. Celui qui nous intéresse tous au premier chef se trouve en profondeur, ils y accèdent tout juste. Nous allons devoir employer tout le temps qui nous reste. La navette à demeure ici pourra emmener trois personnes en plus du pilote. Tâchez d'organiser le départ des autres en nous laissant le maximum de temps de travail. »

Hutch laissa paraître son énervement. « Richard, c'est n'importe quoi.

— Sans doute. Mais l'équipe est peut-être en train de toucher au but. Ils sont presque dans le temple inférieur. Hutch, il date de 9000 avant notre ère, la même époque que les vestiges sur la lune. Il faut qu'on y jette un coup d'œil. On ne peut pas laisser détruire ça. »

Hutch ne l'entendait pas de cette oreille. « Moi, je considère que la priorité, c'est de plier bagage avant la montée des eaux.

— On le fera, Hutch. Mais d'ici là, il faut employer chaque jour au mieux.

— Bon sang… »

Richard esquissa un sourire patient. « Hutch, on ne prendra aucun risque. Je vous le promets. Mais j'ai besoin de votre aide. D'accord ? »

Elle songea : *Je devrais m'estimer heureuse qu'il ne refuse pas tout net de quitter la planète en mettant Kosmik au défi de le noyer.* Sa confiance naturelle en la décence humaine lui avait déjà joué de mauvais tours. « Je vais voir ce que je peux faire, dit-elle. Richard, qui dirige l'opération Kosmik, ici ? Vous êtes au courant ?

— C'est une certaine Mélanie Truscott qui est à la tête du programme. Je ne la connais ni d'Ève ni d'Adam. Henry n'a pas l'air de l'apprécier.

— Rien d'étonnant. Où se trouve son quartier général ?

— Une seconde. » Richard se détourna, échangea quelques mots avec quelqu'un. « Ils ont une station orbitale. Elle répond au nom de station Kosmik. » Son regard se fit soupçonneux. « Pourquoi me le demandez-vous ?

— Par curiosité. J'atterrirai dans quelques heures.

— Hutch, ne vous mêlez pas de tout cela. D'accord ?

— Je suis *déjà* mêlée à tout cela, Richard. »

Un anneau étroit encerclait Quraqua. Il n'était visible qu'éclairé par le soleil sous un certain angle. Alors il s'illuminait avec la beauté éphémère d'un arc-en-ciel. Cet anneau, en réalité composé de glace, n'était pas d'origine naturelle. Les fragments qui le constituaient, et dont on continuait de le grossir, provenaient des anneaux de la géante gazeuse Bellatrix V. Plusieurs remorqueurs interstellaires de l'entreprise Kosmik s'y étaient rendus pour y prélever des blocs de glace qu'ils propulsaient vers Quraqua. À la façon de « boules de neige ». À l'arrivée, d'autres remorqueurs les interceptaient, puis les convoyaient et les plaçaient sur orbite, d'où ils fourniraient une réserve d'eau pour la planète.

À l'heure H, Kosmik ferait fondre les calottes et pulvériserait les boules de neige qui descendraient alors vers le sol. Selon les estimations, il pleuvrait sur Quraqua pendant six ans. Des plantes terriennes seraient semées et, théoriquement, une nouvelle biosphère se constituerait. Cinq décennies plus tard, les premiers colons humains prendraient pied, sinon dans un jardin, du moins dans un monde habitable. Les capteurs du *Wink* recensaient plus de mille de ces blocs de glace déjà en suspension et deux supplémentaires en transit.

Hutch avait assez d'expérience en matière de bureaucratie pour savoir que cette estimation de cinquante ans était franchement optimiste. Elle pensait pour sa part que la planète resterait déserte un siècle au moins. Une remarque qu'on attribuait à Caseway lui revint en mémoire : « Il y a maintenant une course entre l'effet de serre sur Terre et sur Quraqua. »

Le *Wink* entrait en orbite.

Le monde était gris, peu engageant.

Qui aurait dit qu'une seconde Terre serait si difficile à trouver ? Que dans un périmètre qui se mesurait en si nombreuses années-lumière il y en avait si peu ? La pesanteur sur Pinacle était trop forte, Nok abritait déjà une espèce intelligente à laquelle les humains se gardaient bien de révéler leur existence. Et la troisième planète habitable dont Hutch avait entendu parler gravitait autour d'une étoile instable. Hormis cela, rien.

Les recherches continueraient. En attendant mieux, il fallait se satisfaire de cet astre froid et âpre.

La station Kosmik brillait comme une étoile dans le ciel austral. C'était une réplique de taille réduite de l'IMAC, la station spatiale terrestre : deux grandes roues jumelles qui tournaient en sens contraire, jointes par un réseau d'entretoises et chacune connectée à un gros moyeu.

La réverbération planétaire l'éclipsait. Un appareil utilitaire s'en approchait lentement.

Hutch activa une recherche sur Mélanie Truscott par ordinateur.

Née à Dayton, Ohio, le 11 décembre 2161.

Se marie à Hart Brinker, alors expert-comptable et financier pour la banque Caswell & Simms, en 2183. Mariage non renouvelé en 2188. Pas d'enfant.

Obtient le diplôme d'enseignement supérieur d'astronomie, Wesleyan, 2182 ; obtention de la maîtrise scientifique, puis du doctorat d'ingénierie planétaire à l'Université de Virginie, respectivement en 2184 et 2186.

Enseignante, Université de Virginie, 2185-88.

Militante pour divers mouvements environnementalistes, 2188-92.

Membre de la Commission régionale Nord-Ouest au département de l'Intérieur, Union nord-américaine, 2192-93.

Chargée de la liaison nucléaire pour UW, 2193-95.

2195-97 : acquiert sa réputation en tant qu'organisatrice en chef des projets (partiellement couronnés de succès) de protection d'Afrique du Nord et du bassin d'Amazonie.

Consultante auprès de nombreuses organisations de protection de l'environnement et de Kosmik, 2197-99.

Auteur de plusieurs rapports sur l'effet de serre et les conséquences des changements climatiques sur les océans. Partisane de longue date d'une réduction de la population par décret gouvernemental.

Arrêtée quatre fois lors de manifestations pour la sauvegarde de zones marécageuses et d'espèces menacées.

Des informations additionnelles révélaient l'appartenance de Truscott à diverses associations professionnelles. Elle militait encore pour le Projet de reboisement international, la Fondation terrienne et l'Intermonde. Elle était intervenue lors de l'agression d'une personne âgée par une bande de délinquants à Newark et avait reçu un coup de couteau lors de l'échauffourée. Elle s'était alors emparée du revolver d'un de ses assaillants et l'avait tué. Pendant le tremblement de terre de 88, elle avait pris en main l'évacuation du théâtre de Denver au moment où celui-ci commençait à s'écrouler.

Ce n'était pas une petite nature, cette Truscott.

Hutch fit apparaître son image : elle était grande, avec le front haut et des yeux laser, les cheveux châtain foncé et le teint vif. Elle méritait le qualificatif de belle femme, malgré des traits un peu durs. L'habitude des responsabilités. Néanmoins on devinait à son expression qu'elle savait aussi prendre du bon temps. Plus que tout, Hutch lisait dans son visage un caractère d'acier.

Elle soupira et lança un appel à la station orbitale. L'emblème de Kosmik s'afficha à l'écran (la torche de la connaissance sur fond de disque planétaire). Et puis un standardiste mafflu et barbu apparut. « Station Kosmik, fit-il. Qu'est-ce que vous voulez, *Winckelmann* ? »

Ce standardiste ventripotent et mal embouché rivait ses petits yeux durs sur son interlocutrice. Il avait roulé ses manches d'un vert criard sur ses avant-bras et transpirait l'ennui.

« Je pensais que vous aimeriez connaître ma position dans les parages. » Elle s'efforçait de parler d'un ton neutre. « Au cas où vous auriez des appareils en manœuvre dans le secteur, j'aimerais pouvoir disposer d'un programme des vols. »

L'autre la dévisageait avec une indifférence hautaine. « Je vais m'occuper de la question.

— D'après mes informations, le début de vos explosions est fixé à vendredi, pour une durée de mille heures, horaire du temple. » Elle avait employé le terme d'« explosion » avec une feinte naïveté, supposant qu'il agacerait le bonhomme, pour qui la dénomination correcte était « intervention ». « Pouvez-vous confirmer, s'il vous plaît ?

— C'est exact, *Winckelmann*. Il n'y a pas eu de changement. » Il lança un coup d'œil latéral et opina du chef. « La directrice veut vous parler. Je vais vous la passer. »

Hutch esquissa son sourire le plus charmant. « C'était un plaisir que de m'entretenir avec vous. »

L'expression de son interlocuteur se durcit. L'homme réagissait au quart de tour. Un peu primaire.

Son image s'effaça pour laisser place à celle d'une Mélanie Truscott légèrement plus âgée que sur les photos qu'avait vues Hutch, mais aussi plus détendue, moins martiale. « Heureuse que vous soyez là, *Winckelmann*. » Son sourire était agréable mais un peu condescendant. « Vous êtes...

— Priscilla Hutchins. Capitaine du vaisseau.

— Enchantée de vous connaître, Priscilla. » Le ton était familier. « Objecteriez-vous à ce que j'enregistre notre conversation ? »

Autrement dit, on assure ses arrières. Tout serait archivé en cas de procès par la suite. « Non, fit-elle. Ça ne me gêne pas.

— Merci. Nous vous attendions. Aurez-vous besoin d'aide pour l'évacuation de votre équipe ?

— Merci. Ils ne sont qu'une poignée et nous disposons de deux navettes.

— Parfait. Vous devez être au courant que la première phase du projet Espoir consiste en une explosion nucléaire sur chaque calotte glaciaire ? » Elle dardait sur Hutch un regard insistant. « L'Académie semble avoir encore le plus gros de son matériel sur le site.

— C'est possible. Je ne me suis pas encore rendue sur place.

— Oui. » La voix de Mélanie Truscott prit un ton confidentiel. Comme si elle voulait pointer le doigt en aparté sur une folie qui requérait leur attention à toutes les deux. « Je me suis entretenue avec le docteur Jacobi. Il sait que le temple sera complètement détruit. » Elle s'interrompit. « Il n'y a aucun obstacle entre la mer de Yakata et le pôle. Toute cette côte sera bouleversée. Vous comprenez ce que je suis en train de dire ?

— Je comprends. » Hutch n'avait pas besoin de se forcer pour paraître inquiète. Mais elle laissa planer comme un doute dans sa réponse. « Ce que vous devez savoir, c'est qu'ils sont à deux doigts d'une découverte fondamentale, là-bas. Il y a un risque que je ne puisse pas les embarquer tous dans les temps. »

Le regard de Truscott se fit vague un instant. « Priscilla, ils sont toujours à deux doigts d'une découverte fondamentale. Toujours. Savez-vous depuis combien de temps ils travaillent sur ce site ?

— Presque trente ans, fit Hutch.

— Ils ont eu largement assez de temps.

— Pas vraiment. » Hutch essayait de garder un ton léger. Pour éviter l'affrontement. « Pas quand il s'agit d'exhumer une civilisation entière. Les Quraquats ont laissé trois cents siècles d'histoire derrière eux. Ça représente pas mal de fouilles.

— Peu importe. » Truscott rompait la discussion d'un geste. « La question n'est pas là. Ce qu'il vous faut savoir, c'est qu'il n'est pas en mon pouvoir de décaler le projet. L'Académie a donné son accord pour l'évacuation. Nous lui avons communiqué le calendrier suffisamment à l'avance. Je vous offre de l'aide si nécessaire. Et je suis en droit d'attendre que vous rembarquiez votre équipe pour qu'elle ne coure aucun risque.

— Docteur Truscott, ils vont peut-être trouver la clé de l'énigme des Bâtisseurs de Monuments. »

La directrice semblait désolée à présent. « S'il vous plaît, comprenez, dit-elle. Je n'ai aucune liberté d'action. » Elle regarda Hutch dans les yeux. « Faites ce que vous devez. Mais évacuez-les. »

Livre de bord
Johann Winckelmann

Lundi 7 juin.

Mélanie Truscott est autoritaire et condescendante. Elle reste inflexible sur le calendrier de l'évacuation. Néanmoins je garde espoir qu'elle saura mettre en place un report d'urgence pour le début de l'opération – si ce n'est déjà fait. J'ai rapporté notre conversation au docteur Wald en insistant sur le fait qu'à mon avis la date limite de vendredi devait être prise très au sérieux.

P. H.

Station Kosmik. Lundi 7 juin, 10 h 50.

Mélanie Truscott aurait voulu pouvoir se dégourdir les jambes sur un vrai sol et sous un vrai ciel. Dire adieu aux cabines exiguës, aux cloisons aseptisées, aux repas de synthèse, sortir de la station pour arpenter la nuit d'un pas vif. Bon sang ! D'accord, elle était sympathique, mais où l'Académie dénichait-elle ces gens qui croyaient dur comme fer que le monde entier pouvait entrer en stase le temps qu'ils exhument leurs poteries et leurs idoles ?

Elle continuait de regarder l'écran éteint. Harvey, quand il était entré pour lui annoncer qu'il était en communication avec le pilote du vaisseau de l'Académie, l'avait trouvée en train de compulser les récentes requêtes et demandes d'accès à la Nouvelle Terre : militants islamistes, partisans de la suprématie de la race blanche, nationalistes chinois, séparatistes noirs, Communauté pour un monde unique, Nouveaux Hellénistes, tout un assortiment de groupes ethniques, de tribus, de populations oppressées. Des lobbies corporatistes. Des innovateurs en matière d'expériences sociales. Norman Caseway, promoteur du projet, avait lui aussi ses objectifs. Elle ne partageait pas complètement son optimisme. La colonisation s'effectuerait dans un avenir lointain. Elle aurait depuis longtemps rendu l'âme à ce moment-là, ainsi que Norman et la plupart de ceux qui étaient partis en croisade pour que l'entreprise aboutisse. Qui pouvait dire comment tout cela tournerait ?

Elle se demandait si l'accès aux étoiles résoudrait les problèmes du monde. Ou se contenterait de les déplacer.

« À quoi pensez-vous, Mélanie ? »

Harvey Sill se tenait dans l'entrée. C'était lui le chef de la station, l'homme pansu avec qui Hutch s'était entretenu. Truscott travaillait avec lui par intermittence depuis des années. Elle l'appréciait : c'était un administrateur efficace qui, en outre, savait juger les gens. Un équipier précieux : compétent et qui n'avait pas peur de se mouiller.

Mélanie fit pivoter son siège. « Je ne suis pas à l'aise. »

Harvey s'assit sur la table. « Ils vont nous causer un problème au dernier moment.

— Il y a autre chose à considérer, Harvey. » Elle programma à l'écran une conversation enregistrée deux semaines plus tôt.

Le visage amène de Norman Caseway apparut. Il était assis à son bureau devant le drapeau déployé de l'organisation. « Mélanie, fit-il. J'ai eu récemment la visite de Richard Wald. Il voulait obtenir un délai pour Espoir. Hier, j'ai entendu dire qu'il venait de décoller pour Quraqua. Je ne sais pas ce qu'il mijote, mais je ne serais pas surpris qu'il cherche à nous mettre des bâtons dans les roues. Il m'en a tout l'air capable. » Caseway paraissait désolé. « J'espère que je me trompe. Mais il faut nous préparer à ce qu'il nous annonce, à nous et au reste du monde, qu'il a l'intention de rester au temple. Et qu'il nous met au défi de commencer l'opération.

— Je n'y crois pas, commenta Harvey.

— Auquel cas, poursuivit l'enregistrement, s'il nous fait une telle déclaration, nous gérerons la communication médiatique d'ici. Vous ne débuterez les opérations qu'avec l'assurance que tout le monde aura quitté Quraqua. Je sais que ça causera un tas de complications au niveau de la coordination, mais je ne veux aucun mort. Si le scénario se produit, si Wald annonce son intention de rester au-delà de la date butoir, vous lui ferez savoir que vous n'avez pas le pouvoir de décision, ce qui est vrai, et que le projet Espoir sera maintenu comme prévu, en conséquence de quoi vous lui demanderez d'évacuer dans le respect du moratoire fixé par le tribunal et des conditions négociées avec l'Académie. Puis vous me tiendrez au courant. S'il vous plaît, accusez réception de ces instructions. Et à propos, Mélanie, je suis content que ce soit vous en poste là-bas.

— Ça pourrait être pire, déclara Harvey en se laissant choir dans un fauteuil. Il aurait pu donner la consigne d'appuyer sur le bouton coûte que coûte.

— Je me demande si je n'aurais pas préféré ça. » Depuis trois ans qu'elle était sur le terrain, les archéologues avaient recouru à toutes les tactiques imaginables, l'une après l'autre, pour retarder le cours des choses. « C'est la bonne décision, admit-elle. Mais on va encore se faire damer le pion par ces emmerdeurs. » Elle se leva et se rendit devant la baie. « Une fois de plus, bon sang, j'ai du mal à y croire. »

Mélanie Truscott. Journal.

L'histoire des « négociations » entre l'Académie et Kosmik se résume à une cascade de requêtes, de mensonges, de menaces et pour finir de procès qui vont bouter les archéologues hors de Quraqua, prématurément de leur point de vue.

Pourtant, si je le pouvais, j'accéderais à leur demande et je leur accorderais un mois supplémentaire ou deux – ça ne poserait pas de problème insurmontable pour nous –, mais le tribunal a tranché. En faire fi ouvrirait tout grand la porte à d'autres litiges.

Donc je suivrai mes consignes à la lettre.

Comment se fait-il que ce soient toujours les types les plus intransigeants qui se hissent au sommet ? Allez savoir.

La jeune femme avec qui je me suis entretenue aujourd'hui, la capitaine du vaisseau d'évacuation de l'Académie, m'a paru pleine de bon sens. Elle et moi aurions facilement pu négocier un accord – du moins c'est l'impression que j'ai eue – qui aurait permis d'éviter beaucoup de rancœur et d'économiser pas mal d'argent. Et peut-être même d'en savoir plus sur les Bâtisseurs de Monuments. Mais il n'en sera pas ainsi.

7 juin 2202.

SEPT

*À bord de l'*Alpha. *Lundi, 22 h 05, heure du temple. (Minuit moins onze.)*

La navette s'écarta du *Winckelmann* et bascula doucement à la poursuite du soleil couchant. Des stries roses et mauves zébraient la couverture nuageuse. Des tempêtes semaient des tourbillons dans une étroite ceinture juste au nord de l'équateur. Hutch enclencha le pilote automatique et essaya d'accéder au réseau des communications Kosmik. Elles étaient codées, ce qui en disait long sur la détérioration des relations.

Du site du temple, en revanche, elle pouvait capter le canal commun et entendre les membres de l'équipe s'appeler, échanger des consignes de travail, requérir de l'assistance. De temps à autre, ils lâchaient la bride à leur frustration. *Je dis qu'on ne bougera pas avant d'avoir fini le boulot.* Une voix de femme. Hutch se demanda si de telles remarques n'étaient pas délibérément diffusées sur les ondes à l'intention des gens de Truscott, qui devaient les écouter aussi. L'air crispé de la directrice s'expliquait.

L'atmosphère commença à freiner la navette. Des langues de nuages défilèrent d'un côté puis de l'autre. Le pilote automatique coupa la propulsion. L'engin glissa dans la pénombre, survola de très haut une chaîne montagneuse bleutée et descendit dans le jour faiblissant. Une large rivière sinuait dans l'ombre. La lune d'Oz, croissant de sorcière, flottait dans le sillage de l'appareil.

Hutch apercevait de fugitifs miroitements d'eau, ou peut-être de neige, qui scintillaient à la clarté des étoiles. Ses scanners révélaient un terrain accidenté et stérile, ponctué ici et là de lacs ou de coulées de lave.

D'importants vestiges se trouvaient à Kabal, près d'un confluent de rivières. Hutch se remit en pilotage manuel et descendit à basse altitude.

À la lumière de ses feux de position, elle discerna des murs de pierre à demi ensevelis. Il n'y avait rien d'autre : ni jetée, ni bateau couché sur la rive, ni bâtiments. Plus la moindre trace d'une route susceptible de mener à la ville la plus proche. Kabal attisait toutes les curiosités parce qu'il s'agissait de la dernière ville abandonnée par les Quraquats, encore peuplée à l'époque où appareillait Christophe Colomb. Ses habitants avaient été les derniers représentants d'une civilisation brillante et planétaire (en dépit de rapports distants entre les différentes communautés). Hutch se demanda à quoi avaient ressemblé leurs derniers moments, quand ils luttaient dans cette ville contre l'adversité. Se savaient-ils alors en voie d'extinction ?

Elle chercha une aire dégagée, la trouva au milieu d'une construction en ruine et atterrit. Les patins s'enfoncèrent dans de hautes herbes. Elle enclencha le cycle d'opérations préalables à tout débarquement, décidée à sortir jeter un coup d'œil dehors. Mais alors quelque chose fouetta la végétation à la limite de la zone éclairée par ses feux. Le mouvement fut trop rapide pour qu'elle le suive. Elle alluma ses projecteurs : rien, seulement cette mer de hautes herbes sèches qui s'étalait au loin.

Allons bon !

Elle renonça à son projet et, de retour dans les airs quelques instants plus tard, mit le cap au sud-ouest.

Il neigeait sur la plaine. Des végétaux à tronc se dressaient çà et là. Des épines vertes et de longues aiguilles recouvraient leurs branches courtaudes et massives. La platitude du paysage fit place à une succession de collines ondulantes, plantées de curieuses excroissances reliées les unes aux autres par des sortes de filaments violets rappelant des cordes. La variante locale des arbres, songea-t-elle. Jusqu'à ce que l'un d'entre eux remue.

Plus au sud, elle survola des feuillus noueux ornés de cosses. Ils étaient énormes, plus hauts que des séquoias de Californie, et très espacés les uns des autres.

La température de l'atmosphère se mit à chuter, et Hutch reprit de la hauteur pour survoler une tempête. Des montagnes perçaient les nuages, de larges sommets rocailleux drapés de blanc. Hutch comptait parmi ses amis quelques passionnés d'alpinisme. De quoi leur donner des envies, sûrement.

Elle monta encore, au-dessus des cimes où se préparait une autre tempête. Et derrière s'ouvrit l'océan, le grand large, sombre et miroitant, voilé par une fine nappe de brume lisse comme du verre. La ligne des pics s'incurvait en suivant la côte. Hutch venait d'arriver à l'extrémité nord de Yakata. L'aire de jeu des dieux.

Elle se brancha sur le canal du temple. « Hutchins sur *Alpha.* Quelqu'un m'entend ?

— Salut, *Alpha.* » Elle reconnut la voix d'Allegri. « Contente de prendre contact avec vous. Vous vous trouvez à soixante kilomètres à l'est du temple. Longez simplement le rivage. » Pause. « Je passe en mode vidéo. » Hutch alluma l'écran et dévisagea Allegri. Difficile de ne pas lui envier ses yeux bleus et son frais minois. Mais ses airs volubiles et sociables cadraient mal avec cette branche d'activité. Comment cette coquette s'accommodait-elle des rigueurs de l'archéologie moderne ?

« Vous êtes à environ quinze minutes de l'objectif. Voulez-vous que je prenne en main votre pilotage à l'arrivée ?

— Négatif. C'est quoi, votre prénom ?

— Janet.

— Enchantée, Janet. Mes amis m'appellent Hutch. »

Allegri acquiesça. « O. K., Hutch.

— Quelle est la marche à suivre ? Vous avez un hangar sur le littoral ? Qu'est-ce que je dois chercher ?

— Nous avons un ponton flottant. Repérez-vous grâce aux trois tours de pierre immergées à environ cent mètres du rivage. Le ponton se trouve juste à l'ouest. Notre navette est à quai. Amerrissez à côté, nous nous chargerons du reste. On est en pleine nuit, ici. Désirez-vous qu'on vous prépare un petit-déjeuner ?

— Non, merci.

— Comme vous voudrez. À tout à l'heure. » Janet Allegri tendit le bras au-dessus du moniteur et l'écran s'éteignit.

Hutch survola des plages parsemées de gros blocs arrondis couverts de neige, puis de longs bancs de brisants, véritable barrière de récifs. Elle passa tout près du mont Ténébro, au pied duquel gisait une cité vieille de six mille ans, presque entièrement engloutie par le sable ou les flots. Ses minarets, tours de cristal et jardins suspendus avaient été peints par Vertilien dans une série de tableaux (l'un ornait orgueilleusement le hall principal du musée de l'Académie). Hutch braqua les scopes sur la ville mais ne distingua rien d'autre que les sillons des tranchées de fouille.

Elle se promit de revenir visiter le site à la première occasion.

Quelques minutes plus tard, les trois tours apparurent. Elles étaient massives. Il ne s'agissait pas (contrairement à ce qu'elle attendait) de vulgaires piliers, mais plutôt d'ouvrages défensifs de pierre noire qui s'élevaient à vingt mètres environ des flots. Les courants démantelaient les ruines d'une quatrième tour. Elles étaient rondes et légèrement effilées ; leur terrasse sommitale pouvait accueillir facilement vingt personnes. Un vent coupant pulvérisait leur coiffe de neige.

Hutch brancha les micros extérieurs et écouta le ressac rythmé des vagues et la morne plainte du vent du large. Elle approcha son appareil de l'un des édifices. Une forme poussa un cri, bondit dans le vide et s'éloigna à grands coups d'ailes. Des rangées de bas-reliefs, représentant des symboles, des pictogrammes ou des motifs géométriques décoraient chaque tour. La plupart paraissaient abstraits, mais Hutch identifia des représentations d'oiseaux, de créatures rappelant des calmars et d'autres bêtes. Dans une niche juste au-dessus de l'eau, on apercevait une paire de pattes reptiliennes brisées à hauteur des genoux. La construction recelait sans doute un conduit ou un escalier. Les faisceaux des phares, s'infiltrant par deux embrasures, éclairaient les murs de pierre internes. Une femelle quraquat dotée d'ailes et armée – selon toute vraisemblance d'une épée – se dressait au sommet du rempart. Un bras lui manquait. De sa main épargnée, elle se protégeait les yeux. Hutch savait que les Quraquats n'étaient pas ailés, et cette idée de sauriens volants la fit sourire. Elle se demanda si toutes les espèces rêvaient d'anges.

Au niveau de l'eau, la pierre était usée par l'érosion. Un large sillage s'ouvrait derrière chaque tour, créant l'illusion que les sentinelles au bonnet de neige étaient en mouvement.

Le ponton flottait non loin derrière. Son embarcadère en forme de U était assez grand pour accueillir plusieurs appareils. La navette du temple était amarrée du côté du rivage. Les feux de l'*Alpha* se reflétèrent sur son fuselage strié de bandes bleues et or.

Hutch opéra son approche à vitesse réduite et se posa sur l'eau. La clarté lunaire baignait la côte dentelée. Elle se mit en contact avec le temple.

« J'ai amerri », fit-elle.

La navette tanguait. « Bienvenue au temple des Vents, Hutch. Frank arrive. »

À l'extérieur, la température chutait à moins trente degrés Celsius. Hutch activa son champ oscillant, ouvrit le cockpit et sortit. Le ponton se balançait au gré de la houle, mais la stabilité demeurait toutefois bonne. Large d'environ trois mètres, il était équipé de filaments thermiques pour empêcher toute formation d'une pellicule de glace. Et d'un bastingage. La mer agitée avait beau l'asperger d'embruns, son champ de protection gardait Hutch au sec.

Les feux de l'*Alpha* éclairaient faiblement les deux carlingues et le ponton. Derrière, deux des tours se perdaient dans l'ombre. Les vagues ourlaient la grève de lignes blanches.

« Faites attention à ne pas tomber. » C'était la voix de Carson dans ses écouteurs. Mais elle ne le voyait pas.

« Où êtes-vous ?

— Regardez sur votre gauche. »

Des lumières émergeaient de l'eau. Carson était assis dans un habitacle protégé par une coupole transparente. La bulle s'approcha en surface du nez de l'*Alpha*, suivie d'une longue coque grise. De la vapeur montait du pont que la mer venait balayer. Le submersible roula, se redressa et vint s'accoter au ponton. La coupole s'ouvrit. Carson patienta, calcula le bon moment et bondit sur le pont avec l'aisance naturelle d'une longue pratique. « Limousine du temple, à votre service, fit-il d'un ton enjoué. Arrêt à huit mille avant notre ère, l'hôtel d'Henry : les tours knothiques, empire Yakatan, orientation sud. Cela vous convient-il ? »

Les moteurs ronronnaient et l'engin tanguait.

« Ça m'a l'air parfait. » Le sous-marin restait en grande partie immergé.

La trappe de sa soute, située à l'arrière du pont, s'ouvrit soudain. Des conteneurs en forme de tonneau s'alignaient à l'intérieur. Carson en saisit un, le souleva avec une surprenante facilité et le posa sur le ponton. « J'en ai six comme celui-ci, dit-il. Est-ce qu'on pourrait les charger dans l'*Alpha* ? Je me suis dit que cela nous économiserait un voyage.

— Certainement. » Elle le regarda se retourner pour en prendre un deuxième. Tous étaient presque aussi hauts que lui, encombrants et malcommodes, mais heureusement légers. « Ne cassez rien », fit-elle. Et à son tour elle les enleva du pont pour les entasser dans la soute de la navette.

« Ils sont essentiellement remplis de mousse, expliqua Carson. Et d'objets. »

Hutch se sentait au chaud, bien protégée par le cocon tiède du champ d'énergie qui la gardait au sec. Le vent la caressait et leur apportait de longs cris plaintifs. « Des picpouilles, fit Carson. De gros charognards assez laids. Ils nettoient la plage tous les matins.

— Des oiseaux ?

— Pas exactement. Plutôt de la famille des chauves-souris. Ils aiment bien chanter.

— On dirait une espèce de son d'un autre âge.

— Ils le produisent en frottant leurs ailes l'une contre l'autre. »

Elle huma la nuit. Quel plaisir de se retrouver de nouveau dehors après tant de semaines à huis clos !

« Qu'est-ce que ça donne, Frank ? La fermeture du site, j'entends. »

Il s'approcha d'elle et s'accouda au bastingage. « On fait ce qu'on peut. Dommage qu'on n'ait pas su six mois plus tôt qu'on se ferait bouter dehors. On s'y serait pris différemment. Mais tout le monde ici croyait ferme en la victoire de l'Académie. "Ne vous inquiétez pas", qu'ils disaient.

— Ça fait mal au cœur.

— Ouais, c'est rien de le dire. » Une vague souleva le ponton, se mua en rouleau en arrivant devant la plage et perdit sa puissance, sapée par le reflux de la précédente. « Je suis prêt à rentrer à la maison. Mais pas comme ça. » Il avait l'air découragé. « On a investi énormément de travail ici. Dont le plus gros ne servira à rien. »

Une tache luminescente vint rôder près du sous-marin, dans l'eau, puis disparut dans les profondeurs.

« Quels sont vos projets pour la suite ? Où irez-vous ?

— On m'a proposé un poste de directeur de division à l'Académie. En ressources humaines.

— Félicitations », dit-elle d'une voix douce.

Frank paraissait embarrassé. « J'ai l'impression d'avoir déçu la plupart des collègues ici.

— Pourquoi ?

— Pour eux c'est une trahison. »

Hutch comprenait. Seuls les incapables sur le terrain ou les mauvais professionnels optaient pour l'administration. « Et pour vous ?

— Je crois qu'il faut savoir ce qu'on veut. J'aimerais des horaires réguliers pour changer. Un bureau propre avec l'air conditionné. Pouvoir rencontrer de nouvelles têtes. Qui sait, aller soutenir les Sentinelles au stade le dimanche. » Il eut un petit rire. « Ce n'est quand même pas trop exiger, après toutes ces années. »

Hutch se demanda s'il avait une famille à retrouver quelque part. Il semblerait que non, conclut-elle.

Le ciel à l'ouest était vide d'étoiles. Le Vacuum. Elle garda le regard braqué dessus un moment.

Il finit par lever les yeux lui aussi. « Drôle d'effet, pas vrai ? »

Oui. Curieusement, ce spectacle était plus frappant vu depuis une terre ferme que depuis l'espace. Elle avait déjà éprouvé cette sensation sur Nok et Pinacle, deux planètes situées elles aussi en périphérie du bras galactique. Hutch ne distinguait qu'à peine la vague nébuleuse d'étoiles qui flottait au-delà.

« Les Quraquats ont donné à ces étoiles le nom de Kwonda, déclara Carson, le pays des élus, le paradis de ceux qui ont combattu pour une cause juste. Certaines nuits, quand le vent est calme, on peut les entendre chanter. Kwonda, d'ailleurs, signifie “rire lointain”. »

Le ponton se souleva puis s'abaissa. « C'en était une belle, commenta Hutch. Quel âge a le temple des Vents ?

— L'édifice principal, celui qu'on appelle le temple supérieur, a été construit aux alentours du treizième… » Il s'interrompit. « Pas facile de trouver un équivalent. À peu près en 250 avant Jésus-Christ, selon notre calendrier. Quant à celles-là (il indiquait les tours), elles ne font pas partie du temple. Vous le saviez, je suppose ?

— Non, je l'ignorais.

— Ce sont les tours knothiques. Toute la zone est une terre sacrée. Elles datent approximativement de huit mille ans avant notre ère. Elles servaient pour un culte et, d'une façon ou d'une autre, ont été conservées comme site historique pendant sept mille ans.

— Alors où se trouve le temple des Vents ? »

Frank baissa le regard vers l'eau. « Croyez-le ou non, fit-il, le temple des Vents est sous la flotte. » Il sangla le dernier conteneur. « Il doit être temps qu'on y aille. Où sont vos bagages ?

— Je n'en ai qu'un. » Elle sortit le sac de l'*Alpha* et laissa Frank l'empoigner.

« Cette région se trouvait au carrefour de plusieurs empires, expliqua-t-il. Elle devait revêtir une importance stratégique. Et nous savons que des communautés ont prospéré ici pratiquement jusqu'à l'extinction de l'espèce. À la fin, les Quraquats ne savaient plus du tout pourquoi ces tours avaient été construites ni ce qu'elles signifiaient.

— Quel dommage, perdre ainsi son héritage.

— Je suis bien de votre avis.

— Avons-nous la certitude que les Quraquats ont tous disparu ?

— Oh, oui. La question a été débattue pendant de nombreuses années. Il paraissait improbable que nous les ayons manqués de si peu. Si tel était le cas, ils se trouveraient forcément quelque part. Attention à la marche. » Il posa un pied sur le pont du sous-marin, comme pour le stabiliser, et offrit son bras. « Une équipe a toujours été affectée à la recherche de survivants. Nous avons eu tant de fausses alertes que c'en est devenu une blague récurrente. Quraquats découverts ici, Quraquats repérés là. On en a vu partout. Mais nulle part d'autochtones vivants. » Il haussa les épaules. « Rien. »

Ils descendirent dans l'habitacle et rabattirent le dôme. Une faible clarté baignait l'intérieur. La mer les submergea. « Les tours ne sont pas, loin s'en faut, les plus vieux bâtiments des parages. Ce site était déjà saint bien avant leur édification. Il y a une chapelle militaire et un avant-poste dans le temple inférieur qui leur sont antérieurs de mille ans. On s'active justement à les déblayer en ce moment. D'ailleurs, la découverte qui a attiré Richard Wald ici a été faite dans le temple inférieur. Et il y a beaucoup de choses qu'on n'a qu'effleurées pour l'instant. On vient par exemple de retrouver un antique générateur électrique.

— Vous blaguez.

— Ça en a pourtant la forme. Vieux d'environ dix-neuf mille ans. Il n'en reste pas grand-chose, évidemment, et on ne parvient pas à le reconstituer complètement. Mais je crois que le doute n'est pas permis. »

L'eau était sombre. Les phares du sous-marin trouaient la pénombre ambiante. Des enfilades de loupiotes jaunes apparurent. « Elles balisent le chemin entre le temple et l'Atoll, notre base », expliqua Carson.

Ils suivirent l'itinéraire lumineux et, quelques minutes plus tard parvinrent en vue d'un complexe de dômes et de sphères. Un éclairage vif le mettait en valeur, mais de nombreux hublots étaient obscurs. L'Atoll semblait hiberner.

Carson piqua vers une structure en forme de coquillage dont les portes sous-marines s'ouvrirent. Une fois à l'intérieur, ils remontèrent et émergèrent dans un bassin éclairé.

Janet Allegri les attendait avec du café chaud. Hutch débarqua. Carson lui tendit son baluchon qu'elle se jucha sur l'épaule. Elle aperçut des empilements de conteneurs pareils à ceux qu'ils avaient embarqués ; ils tapissaient les parois. « C'est la cargaison ? demanda-t-elle.

— Une partie seulement, lui répondit Janet en leur passant des tasses. Si vous voulez, je peux vous montrer vos quartiers tout de suite.

— Je vous en serais reconnaissante », fit Hutch. Puis, se tournant vers Carson : « Merci pour le bout de conduite, Frank. »

Carson hocha la tête. « À votre service. » Puis, avec un coup d'œil complice, il ajouta : « Une bonne nuit de repos ne sera pas du luxe, je suppose. »

Janet et Hutch sortirent par un étroit corridor, enfilèrent une volée de marches et débouchèrent dans une salle décorée de plantes vertes et encombrée de tables et de chaises. L'éclairage était faible. Deux larges baies vitrées donnaient sur la mer, et une lueur rougeoyait dans l'âtre artificiel. Un puzzle en chantier occupait l'une des tables. « La salle commune, annonça Janet. Venez-y donc demain matin, on vous présentera à l'équipe et on s'occupera de votre petit-déjeuner.

— Ça bosse en ce moment, à ce qu'on dirait ?

— Oui, fit Janet. On se relaie jour et nuit depuis qu'on a reçu l'ordre de départ. Au début, le rythme était plutôt tranquille. Ce n'est plus le cas.

— Sur quoi travaillez-vous en particulier ?

— Le casumel linéaire C. Pour déchiffrer les inscriptions. » Elle dévisagea Hutch de ses yeux limpides. « Il y a un avant-poste militaire enfoui sous le temple. L'espèce qui a construit cet édifice *parlait* le linéaire C.

— Frank nous l'a dit. Que vous espérez trouver une pierre de Rosette. »

Plusieurs couloirs s'ouvraient depuis la salle commune. L'un des passages sortait dans l'eau, abrité par un tube. L'effet visuel des parois transparentes, rehaussé par des projecteurs extérieurs et des poissons luminescents, était étonnant. L'Atoll ne manquait pas de charme en dépit de l'exiguïté de ses espaces.

« Une pierre de Rosette serait sans doute trop demander, dit Janet. Quelques échantillons d'écriture de plus pourraient s'avérer suffisants.

— Quelles sont vos chances de succès ?

— Pas mauvaises. Nous avons trouvé deux inscriptions supplémentaires. Ce dont nous avons réellement besoin, c'est de pénétrer dans la section inférieure. Mais des problèmes mécaniques se posent. Il faut creuser dans le temple supérieur. Tout vibre et un rien pourrait faire écrouler l'ensemble. Les progrès sont lents. En outre, le fond marin est vaseux. La marée remplit nos excavations au fur et à mesure que nous les creusons. » Elle paraissait lasse. « Les réponses sont là-dessous, Hutch. Mais on n'a pas le temps de les atteindre. »

Ils traversèrent une salle coiffée d'un dôme. Janet ouvrit une porte et donna de la lumière, révélant un appartement agréable et relativement spacieux. « La chambre des officiels, fit-elle. Le petit-déjeuner est servi à sept heures. Si vous voulez dormir plus longtemps, pas de problème. Vous pourrez contacter le préposé par interphone.

— Merci.

— Il y a un placard à provisions dans la salle commune, au cas où vous auriez faim. Vous faut-il quelque chose ?

— Je crois que ça va aller.

— O. K. Mon prénom active mon canal personnel. N'hésitez pas à m'appeler si vous avez besoin de quoi que ce soit. » Elle hésita sur le seuil. « Nous sommes heureux de vous accueillir, Hutch. L'ambiance est de plus en plus tendue. Je crois que nous avons besoin de voir de nouvelles têtes. » Elle eut un sourire. « Bonne nuit. »

Hutch referma la porte et jeta son sac sur un divan. Des rideaux masquaient une baie. Elle les ouvrit et contempla la mer vivante. De petits poissons surpris par le mouvement s'égaillèrent. Une espèce de tortue dérivait lentement un peu plus loin et une grosse créature diaphane dotée de gros yeux ronds, attirée par la lumière, vint buter contre le plastène. « Salut, toi », fit Hutch en tapotant le vitrage. Grâce à la télécommande, elle réduisit l'intensité de l'éclairage extérieur sans toutefois l'éteindre complètement.

Elle déballa ses affaires, prit une douche et se mit au lit avec un livre. Trop fatiguée, elle n'en lut pas une ligne.

On entendait toute sorte de bruits à l'Atoll. Dans le noir, les parois grinçaient, gémissaient, des choses heurtaient les coques, des mécanismes électriques se mettaient en marche et s'arrêtaient dans la nuit. Hutch prit vaguement conscience, tout en s'assoupissant, que la base entière connaîtrait bientôt la même fin que le temple des Vents.

Elle se leva peu après six heures, encore ensommeillée. De grands rais de soleil illuminaient les fenêtres et la mer.

Temps de se mettre au travail. Elle s'habilla rapidement, comme si elle était en retard, et se dépêcha de gagner la salle commune. En dépit de ce que lui avait dit Janet, elle la trouva vide. Elle se servit un copieux petit-déjeuner, après quoi elle contacta le standardiste qui s'avéra n'être autre que Janet, encore à son poste. « Vous ne dormez jamais ? lui demanda Hutch.

— Bonjour, Hutch. Je dors tout mon content. En revanche, j'ai rarement l'occasion de retourner à ma chambre. Vous avez passé une bonne nuit ?

— Excellente, vraiment. Qu'est-ce que je dois faire ?

— Rien pour l'instant. Vous n'allez pas chômer vu la montagne d'objets à embarquer, sans compter le personnel. À propos, Frank vous secondera avec la navette du temple. Mais on n'a pas encore calé l'évacuation. Quartier libre pour vous ce matin. Nous vous appellerons quand nous aurons besoin de vous. »

Pourquoi ne pas en profiter pour aller contempler les tours knothiques sous le soleil ?

« Bien », fit Hutch. Elle hésita un instant à demander si le sous-marin était disponible, mais se résolut à décliner toute initiative qui puisse faire d'elle un poids. En conséquence de quoi elle alla s'équiper de son harnais oscillatoire et trouva un bassin de sortie. Elle vérifia ses réserves d'air. Elles étaient amplement suffisantes. Elle s'enroula le cordon de communication autour du cou et activa le champ. Puis elle pénétra dans l'eau, ouvrit la porte du sas et sortit à la nage hors du dôme.

Trente minutes plus tard, elle émergea à cinq cents mètres du ponton. La matinée était superbe. Le soleil brillait sur les pics argentés, les larges plages blanches et la mer bleue. De gros rouleaux se disloquaient sur les brisants noirs. Des volatiles rappelant des pélicans patrouillaient au-dessus des flots et plongeaient de temps à autre pour s'emparer d'une proie frétillante.

Les tours, magnifiques, se dressaient fièrement dans les eaux brassées. L'ultime bastion. Elles paraissaient aussi noires de jour que de nuit.

Hutch était bonne nageuse, elle mit le cap sur le ponton d'une brasse régulière. Elle avançait à contre-courant, mais la marée n'était pas assez puissante pour la retenir. Elle s'installa dans son rythme. Les pélicans tournoyaient à grands battements d'ailes. Elle regrettait le froid : elle se serait volontiers dispensée du champ d'énergie. Ces baignades qui ne mouillaient pas d'un poil laissaient toujours un arrière-goût d'insatisfaction.

Un moment plus tard, elle se hissa sur le ponton avec un sentiment d'euphorie et inspira une longue goulée de son air sous pression. Le champ l'enveloppait, doux et tiède.

La mer était calme. Elle s'assit.

L'érosion des vagues avait lissé la base des tours. À l'instar du temple, elles se dressaient encore sur la terre ferme il n'y avait pas si longtemps et balisaient la croisée des chemins entre les différents empires. Une étape pour les voyageurs, censée leur rappeler la grandeur et la clémence des dieux. Au sommet de la tour la plus proche, elle perçut un mouvement. Un animal à plumes blanches s'étira et sautilla.

Hutch avait consulté des cartes avant de sortir. Elle connaissait l'emplacement de l'ancienne route impériale qui monait vers le nord jusqu'à une gorge encaissée entre les montagnes du littoral.

L'importance stratégique du carrefour justifiait qu'on ne se soit pas entièrement reposé sur la bienveillance des dieux mais qu'on ait aussi érigé un fort pour le protéger. Ou, pour être précis, une succession de forts construits au fil des millénaires sur les fondations du premier et qui se trouvaient désormais sous le temple, lui-même immergé.

Elle se demanda ce qui avait pu provoquer la rencontre entre ces Quraquats apparemment si indolents et les voyageurs des étoiles.

Sur la plage, quelque chose capta son attention. Un mouvement. Une silhouette vaguement humanoïde.

La forme s'avança jusqu'au bord de l'eau. Deux autres suivirent. Hutch les distinguait mal sur le fond clair du sable, et elle dut attendre qu'ils défilent devant un amas de roche pour apercevoir leur fourrure blanche et les cornes incurvées qu'ils portaient sur la tête. Plus loin sur la plage, une autre de ces créatures se penchait au-dessus d'une grande flaque laissée par la marée.

Hutch ne pouvait voir leurs yeux, mais ils avaient de grandes oreilles flottantes, et celui en arrêt devant la flaque était muni d'un bâton. D'autres encore descendaient du défilé qu'empruntait jadis la route du Nord. Le groupe comportait de jeunes individus.

Ils se déployèrent le long de la plage, les plus jeunes sous la houlette attentive des adultes. Trois ou quatre se postèrent assez nettement à l'écart et se mirent à scruter la mer. Puis, comme à un signal donné, les petits partirent à galoper dans le sable, à faire des cabrioles en poussant des cris, à se poursuivre les uns les autres. Certains s'immobilisèrent pour ramasser des choses sur la plage, d'autres se jetèrent dans les vagues.

Derrière Hutch, une vague souleva doucement l'*Alpha* et fit piquer la navette du temple vers le ponton.

Les créatures sur la plage paraissaient prendre du bon temps. Alors Hutch remarqua peu à peu une sorte de son flûté, un trille aigu et léger, diffus dans la brise coupante et la rumeur du matin. On aurait dit un chant d'oiseau. Machinalement, elle leva les yeux vers le ciel pour en découvrir la source, mais ne vit que l'azur lumineux parsemé de quelques flocons de neige.

L'un des animaux se tenait au bord de l'eau. Il semblait scruter pile dans sa direction.

Hutch l'observa à son tour. Bientôt, comme l'insistance de ce regard la mettait mal à l'aise, elle ramena ses genoux devant elle. L'autre leva ses deux membres antérieurs : indiscutablement, il la saluait.

Le naturel du geste la stupéfia, comme s'il s'agissait d'une vieille connaissance rencontrée en un pays lointain. Elle agita le bras en retour.

L'animal se détourna, happa une bestiole aquatique frétillante dans l'écume, la plongea dans une vague et la laissa tomber dans sa large bouche. Puis il regarda de nouveau Hutch, visiblement satisfait, et projeta de l'eau en l'air à plusieurs reprises.

Hutch aussi s'aspergea un peu. *Pour ce qui est de son petit repas, en revanche, il pourra se brosser pour que je l'imite.*

Un cri perçant rompit le calme et se réverbéra contre les falaises. Les créatures se figèrent. Puis ce fut la panique générale. Toutes se débandèrent vers les terres, vers la gorge. Certaines prenaient en charge les petits. L'un des adultes tomba. Hutch voyait mal la scène, mais il se débattait en eau peu profonde en poussant de petits cris pitoyables, les membres pris de spasmes et de convulsions.

Hutch leva une main en visière pour se protéger du soleil. Et sentit une présence derrière son épaule gauche.

Un œil.

Vert et dénué d'expression. Il était monté sur un pédoncule.

Elle eut un coup au cœur et ne put ni respirer ni bouger. Elle aurait voulu se jeter à l'eau pour se cacher à cette chose qui venait de se dresser derrière elle.

L'œil l'observait. Il avait la couleur de la mer. Une partie de son iris était masquée par un pli de peau saillant. Tandis que Hutch s'efforçait de recouvrer son sang-froid, le coin de peau se retroussa et l'iris s'étrécit. Lentement, une membrane se déploya sur sa cornée, puis se rétracta.

Un deuxième œil pédonculé apparut près du premier, légèrement plus haut. Et un troisième en arrière-plan. Les pédoncules ondoyaient légèrement comme des tiges d'herbe agitées par une brise capricieuse.

Durant ce long moment de stupeur, elle eut le loisir d'enregistrer quelques caractéristiques de la créature qui l'observait. Quatre yeux. La large tête plate d'insecte où ils se rattachaient. Le thorax velu. Le corps segmentaire. Gris-vert, chitineux. Hutch aperçut des mandibules, des tentacules et des mâchoires.

La bête se tenait sur l'eau, elle flottait sur de longs membres comme des perches. Les navettes et le ponton montaient et s'abaissaient au gré de la houle, or la créature restait parfaitement immobile. Elle semblait presque hors du monde.

Hutch lutta contre la panique. Et, d'une voix étonnamment calme, elle déclara dans son micro : « Ici Hutchins. Il y a quelqu'un en ligne ?

— Hutch, qu'est-ce qui se passe ? » C'était Janet.

« Janet, murmura Hutch doucement, comme si la créature pouvait l'entendre à travers le champ oscillant. Je suis face à une espèce de gros insecte.

— Gros comment ?

— Vraiment gros. Trois mètres. » Pause respiration. « Mante. Encornet. Je ne sais pas au juste.

— Vous êtes dehors ? » Janet avait un ton vaguement accusateur.

« Oui. » Chuchoté.

« Où ça, dehors ? » Une pointe de colère s'était exprimée, vite étouffée par un calme professionnel.

« Le ponton.

— O. K. Il n'y a pas de danger. Mais ne bougez pas, d'accord ? Pas d'un cil. J'arrive.

— Vous ?

— Vous préférez patienter le temps que je rameute de l'aide ? »

Une substance liquide s'échappait de la bouche de la bête.

« Non », fit Hutch.

Pas de doute, cette saleté de bestiole était menaçante.

Elle entendait nettement les cris perçants qui émanaient toujours de la plage. Elle agrippait d'une main de fer le bastingage et ne l'aurait lâché pour rien au monde. Les membres de la bête fléchirent. Trois des yeux pivotèrent dans d'autres directions, puis revinrent se poser sur elle.

Le champ oscillant ne lui serait pas d'un grand secours et ne la protégerait pas mieux que les scaphandres pressurisés d'antan. « Si vous voulez bien faire vite, reprit-elle dans le micro en maudissant le chevrotement de sa voix.

— Je n'ai qu'un pas à faire. Je suis là dans une minute. Ne vous bilez pas. »

Si ce monstre n'était pas dangereux, alors pourquoi cette consigne de ne pas bouger d'un cil ?

Du coin de l'œil, Hutch estima la distance qui la séparait du cockpit de l'*Alpha*. En gros quinze mètres. Elle pourrait déverrouiller la porte par contrôle vocal. Elle estima pouvoir couvrir la distance et s'engouffrer dans l'appareil avant que la créature ne réagisse. Mais la fermeture de la porte requerrait ensuite quinze secondes environ. Est-ce que le prédateur lui laisserait ce répit ?

La bête ranima en elle une forme de témérité viscérale. Mais si l'animal avait été plus gros de quelques centimètres, c'est la peur qui l'aurait emporté.

« *Alpha*, ouverture du cockpit. »

Elle entendit le déclic du mécanisme.

Trois des yeux se tournèrent vers le bruit.

« Hutch. » Janet de nouveau. Voix blanche. « Ne faites rien. Attendez-moi. Tenez bon et ne bougez pas. D'accord ? »

La créature observait la navette.

Les cris sur la plage avaient cessé. Elle n'aurait su dire depuis combien de temps et n'osait pas se détourner pour voir ce qui se passait. Elle reprenait son souffle. À peine. Elle déplia une jambe pour se lever.

Et elle vit littéralement une étincelle d'intérêt s'allumer dans les yeux de l'animal.

Les mandibules se mirent en mouvement. Un tentacule se déroula.

Elle voulait détourner le regard. Mais ne pouvait ignorer le danger.

Janet, où êtes-vous ? Elle reconstitua mentalement le parcours. Au moment de son appel, elle se trouvait certainement à son poste, à moins d'une minute du bassin au sous-marin. Elle avait dû s'arrêter pour prendre un pulseur. Où rangeaient-ils leurs pulseurs ? Le trajet de la nuit précédente entre le ponton et l'Atoll avait duré entre huit et dix minutes. Mais Carson ne s'était pas pressé. Sans doute le sous-marin pouvait-il couvrir la même distance en cinq minutes ou moins. Disons sept au pire.

Le vent soufflait. Un pélican plana au-dessus d'elle.

Combien d'images capte-t-on avec quatre yeux indépendants ? Que voyait cette bête au juste ?

Hutch se morigéna d'être sortie sans arme. Elle savait pourtant se servir de ces engins. Mais elle n'avait jamais été attaquée nulle part. Quelle gourde.

L'un des yeux se haussa et regarda quelque chose derrière elle par-dessus son épaule.

« Je suis avec vous. » À nouveau la voix de Janet. « Tout va bien. » Elle entendait le ronronnement du sous-marin et le souffle du régulateur d'air.

La créature flottait à l'intérieur du U, séparée de la pleine mer par le quai. Il serait difficile d'amener le sous-marin directement contre elle. Ça n'aurait guère d'importance. Hutch attendait le crépitement d'un pulseur.

Au lieu de cela, le sous-marin heurta le ponton. Les yeux pédonculés se détournèrent de Hutch. « O. K. » La voix de Janet avait changé, elle s'était faite impérieuse. « Écartez-vous. Filez dans la navette. Vite. »

Hutch bondit sur ses pieds et détala. Au même instant, elle vit Janet jaillir de l'habitacle du sous-marin en faisant tournoyer une lourde clé. La créature pivota pour lui faire face. Ses tentacules se détendirent, ses mâchoires s'ouvrirent et ses yeux refluèrent. Janet, la mignonne blondinette, Janet, le modèle pour peintre, se jeta dans l'imbroglio de pattes et abattit sa clé au beau milieu de la tête. Le crâne éclata en projetant un liquide verdâtre et la bête fut prise de soubresauts. Elles basculèrent, s'enfoncèrent dans les flots, et bientôt les deux corps à la lutte disparurent sous la surface.

Hutch, haletante, revint au pas de course à la rescousse. L'eau bouillonna. Les combattants émergèrent. Janet s'accrocha au ponton et décocha un nouveau coup dans une mandibule. La chose s'affaissa dans un enchevêtrement de pattes brisées et se mit à dériver, emportée par le courant.

Hutch s'agenouilla et soutint Janet le temps qu'elle reprenne haleine. Dès qu'elle fut en mesure de parler, c'est elle qui demanda à Hutch si tout allait bien.

Hutch en fut humiliée. « Pourquoi n'avez-vous pas pris d'arme ? demanda-t-elle.

— Je l'ai fait, j'ai empoigné la première qui m'est tombée sous la main. »

C'était au tour de Hutch d'exprimer de la colère. « Mais, bon sang, vous n'avez donc pas de pulseurs ? »

Janet grimaça un sourire. Commotionnée, elle avait encore la respiration rauque et les cheveux plaqués contre le visage. Elle saignait par deux ou trois estafilades. Mais Hutch la trouvait sacrément bien. « Si, quelque part, répondit-elle. Mais, sur le coup, j'ai pensé que vous apprécieriez que je fasse vite. »

Hutch voulut prendre le temps de l'ausculter, mais Janet jura ses grands dieux qu'elle allait bien. Les coupures semblaient superficielles.

« Merci », fit Hutch.

Janet lui posa un bras autour des épaules. Leurs champs d'énergie étincelèrent. « Vous paierez votre tournée. Mais ne recommencez pas, d'accord ?

— Cette bête était vraiment dangereuse ? Après tout, elle s'est contentée d'observer. »

La bataille sur la grève avait cessé. Plusieurs des créatures à pelage scrutaient la mer depuis un promontoire rocheux hors d'atteinte. « Ces animaux se nourrissent des singes de plage, fit Janet en les désignant. Je suppose que celui-ci ne savait pas trop que penser de vous. »

Kosmik, Contrôle terrestre sud. Mardi, 09 h 00, heure du temple.

Les mondes vivants étaient excessivement rares. La raison semblait en être que les planètes joviennes l'étaient tout autant. Dans le système solaire, Jupiter, du fait de sa puissante attraction, avait détourné sur elle les trois quarts des météorites, réduisant considérablement le nombre de collisions majeures que la Terre aurait pu subir. Ainsi la vie avait-elle été rendue possible sur la Terre.

Quraqua, avec son écosystème fertile, sa pesanteur quasi terrienne, son eau en abondance et son absence de propriétaire, était un don divin pour l'espèce humaine en débâcle. Inévitablement, la première campagne de réaménagement à grande échelle allait y être lancée. C'était la Seconde Chance, l'occasion d'appliquer les leçons apprises dans la douleur sur la Terre. La planète deviendrait le berceau d'une nouvelle civilisation.

Les idéalistes avaient élaboré une profusion de mesures pour s'assurer que les enfants de Quraqua traiteraient ce monde, et tous les autres à venir, avec respect. On n'exporterait dans les étoiles ni nationalisme ni exploitation industrielle. On empêcherait que la pauvreté et l'ignorance prennent racine. Les différentes ethnies et religions cohabiteraient dans l'harmonie et les idéologies qui avaient causé tant de conflits dans les périodes sombres seraient enterrées.

Ian Helm, comme beaucoup d'autres, attendrait de le voir pour le croire.

Le projet de Quraqua réussirait peut-être, mais selon son propre mode. Jamais l'utopie promise par ses partisans ne se réaliserait. De cela, il avait la conviction. Tant de prétendus décideurs s'abstenaient de prendre leurs responsabilités qu'il en venait à douter de leur compétence ou de leur intégrité.

Le projet Espoir avait eu toutes les peines du monde à dépasser le stade de la première phase d'existence. Les environnementalistes stigmatisaient cette gabegie quand tant d'efforts restaient nécessaires sur la planète mère. Les chrétiens s'opposaient à toute délocalisation qu'ils jugeaient incompatible avec les desseins divins, et donc sacrilège. Les nationalistes et activistes raciaux exigeaient des droits exclusifs sur le nouveau monde. Les moralistes dénonçaient l'éradication totale d'espèces entières qui résulterait immanquablement de la terraformation. On doutait sérieusement que le projet puisse à long terme continuer de bénéficier tant des avals politiques que des fonds nécessaires à sa concrétisation.

Néanmoins, Helm reconnaissait volontiers qu'il n'avait pas de meilleure idée. Déforestation, pollution, urbanisation avaient empiré à telle enseigne que plusieurs caps de non-retour avaient été franchis. Il y avait des raisons d'estimer que, même si tous les hommes disparaissaient du jour au lendemain, pas moins de mille ans seraient nécessaires pour que la planète Terre guérisse.

Tout cela n'était pas dénué de contrepoints plus positifs : Helm avait mené une carrière enviable et lucrative en se basant sur ce fonds de commerce. Ingénieur planétaire, il avait obtenu son diplôme à la fin des années soixante, à une époque où seuls les astronomes pensaient sérieusement aux étoiles. Son travail de thèse avait porté sur la question vénusienne, où des spécialistes envisageaient depuis des siècles la création d'un monde habitable. (Mars, bien sûr, était hors de question puisqu'il n'y avait pas moyen de résoudre le handicap de sa gravité trop réduite.)

Nok aussi faisait figure de candidat. Mais le monde était habité. Et malgré l'existence d'un mouvement en faveur de la colonisation et de l'exploitation de cette planète jardin, la non-intervention devait théoriquement rester en vigueur à court et moyen termes.

Un argument de plus en faveur du projet Espoir.

Presque quarante pour cent de l'eau de Quraqua était gelée à ses pôles. La phase initiale du projet Espoir consistait à libérer cette eau. Les océans monteraient, de nouveaux fleuves creuseraient leur lit à travers les terres et, grâce à des mesures appropriées, des changements climatiques s'ensuivraient.

Helm songeait souvent au fait que, s'il n'était pas le premier homme à détenir la responsabilité d'une telle puissance de feu, jusqu'à présent nul ne l'avait employée. Personne n'avait jamais provoqué d'explosion comparable à celle qu'Ian Helm allait déclencher trois jours plus tard grâce à son arsenal d'armes nucléaires et à ses projecteurs à faisceau de particules installés sur place et en orbite. Même Harding, sur l'autre pôle, serait surclassé, alors pourtant qu'on les avait dotés de systèmes de configuration identique. Car la banquise du pôle Sud était instable, à peine ancrée à de maigres bandes de terre émergées ; sans compter que de multiples volcans parsemaient le fond marin. Helm était partisan d'essayer d'en réveiller certains pour qu'ils contribuent au processus.

Les calottes devaient fondre simultanément. Personne n'avait pu dire précisément quelles seraient les conséquences sur la rotation de la planète si un pôle se voyait soudain allégé et non l'autre.

Helm, sa mission de relevés topographiques achevée, vira de bord pour retourner à son quartier général à peu près au moment où Janet Allegri empoignait sa clé pour son sauvetage. Il s'estimait satisfait de ses préparatifs et confiant : les glaces fondraient au moment voulu.

Aux commandes de son A.T.A., il fit le tour de la demi-douzaine de cabanons barbouillés de rouge et d'aires d'atterrissage qui constituaient la base d'Espoir Sud. Les champs de neige s'étalaient à perte de vue dans toutes les directions. Dans le ciel dur et clair, le soleil s'abaissait lentement vers le crépuscule de son jour long de plusieurs mois.

Il se posa sur son aire, sortit de l'engin, effectua son passage dans le sas et entra dans le baraquement de la direction.

Mark Casey, assis tout seul parmi les écrans et les appareils de communication, conversait par la comligne. Il leva un bras dans la direction générale de son patron, sans toutefois s'interrompre.

Helm s'assit à son bureau pour consulter sa boîte à messages. Il entendait suffisamment la conversation de Casey pour saisir que son subordonné n'était pas content.

Casey était un type grand, mince, anguleux, dur, qui ne se fendait jamais d'un mot ni d'un geste superflus. Il avait les cheveux fins un peu clairsemés à l'arrière du crâne et portait une barbe taillée avec grand soin. Il leva les yeux vers Helm ; dans son regard se lisait que le monde était peuplé d'incompétents. « Encore un noyau de foutu, annonça-t-il après avoir coupé la communication. Comment s'est passée la reconnaissance ?

— Sans problème. On sera prêts.

— Bon. On a vérifié où tout le monde en était. » Casey se gratta de l'index un bouton au-dessus du sourcil droit. « Si on continue à cramer les noyaux, on va finir par avoir un problème. Il n'en reste plus qu'un de réserve.

— De la camelote, fit Helm. Quelqu'un se sucre en douce au niveau des fournisseurs. »

Casey haussa les épaules. « Il fait moins quarante-cinq dehors. Ça m'épate que tout fonctionne aussi bien. »

Une carte électronique de la calotte glaciaire couvrait le mur opposé au sas. Des diodes de couleur indiquaient l'emplacement des sites nucléaires : rouges quand les charges avaient été placées dans des volcans et blanches quand elles se trouvaient simplement sur la banquise. Les vertes signalaient les équipes au travail ; il y en avait cinq. « D'autres nouvelles importantes, Mark ?

— Jensen a appelé juste avant votre arrivée. Eux aussi doivent faire face à des problèmes d'équipement. Elle dit qu'ils sont en retard. De huit heures environ. Ce n'est pas encore sur votre écran. »

Helm n'aimait pas cela. Son objectif, c'était de finir le boulot et de plier bagage avec trente heures d'avance. Resterait une marge pour les cafouillages de dernière minute et néanmoins assez de temps pour évacuer les équipes. Jensen dirigeait le groupe 27, qui avait pour mission d'enfouir une charge nucléaire dans la glace en périphérie de la banquise. Crénom, huit heures. Bon, il faudrait bien faire avec. Mais, si le retard s'accentuait, on allait l'entendre.

Il se plongea dans ses communications. L'un des messages retint son attention :

À : DIRECTEUR, NORD-COM
DIRECTEUR, SUD-COM
PILOTE EN CHEF
DE : DIRECTRICE PROJET ESPOIR
MOTIF : PROCÉDURES ADMINISTRATIVES

NOUS SOMMES ENGAGÉS DANS UNE ENTREPRISE À LA FOIS COMPLEXE ET SANS PRÉCÉDENT. LA FRÉQUENCE DES BULLETINS DE RAPPORT DEVRA S'ACCROÎTRE SELON LES DISPOSITIONS DU MANUEL SECTION 447112.3 (B).

COMME PRÉVU, LES APPELS À L'AIDE EXCEPTIONNELS DEVRONT ÊTRE ÉMIS SUR CANAL OUVERT. NOUS NOUS TENONS PRÊTS À APPORTER NOTRE SECOURS OÙ ON NOUS LE DEMANDERA. D'AUTRE PART, LES SYSTÈMES DE MISE À FEU DOIVENT ÊTRE CONFIGURÉS DE MANIÈRE À PERMETTRE UNE INTERVENTION JUSQU'AU TOUT DERNIER INSTANT. ACCUSEZ RÉCEPTION.

TRUSCOTT.

Helm relut le message plusieurs fois. « Vous avez vu ça, Mark ? "Jusqu'au tout dernier instant" ? »

Casey opina du chef. « J'ai déjà envoyé l'accusé de réception.

— Elle sait qu'on respecte toutes ces consignes systématiquement. Alors à quoi bon nous les rappeler ?

— Pas la moindre idée. Je ne bosse qu'ici. Elle couvre ses arrières, sans doute.

— Il s'est passé quelque chose. » Les yeux de Helm s'étrécirent. « Essayez de la contacter, Mark. »

L'image de Mélanie Truscott tremblota, puis se stabilisa sur l'écran. Elle se trouvait dans sa cabine, vautrée sur sa couchette, un carnet de notes ouvert sur les genoux, des feuilles volantes éparpillées sur les coussins. « Ian, fit-elle, que puis-je pour vous ? »

Helm n'aimait pas les façons désinvoltes de Truscott. Cette femme était imbue de sa position. Cela transpirait dans son sourire, dans son ton autoritaire, dans son refus de le consulter avant d'édicter une ligne de conduite ou d'imposer des directives. « Nous sommes prêts à tout annuler si on en reçoit l'ordre, fit-il.

— Je sais. » Elle referma son carnet.

« Que se passe-t-il ? Quelqu'un nous met la pression ?

— Les membres du conseil craignent qu'un ou plusieurs membres de l'équipe de Jacobi refusent de vider le plancher pour la date prévue. Ils veulent s'assurer qu'il n'y aura aucun mort. »

Helm s'énerva. « C'est quoi cette farce, Mélanie ? Ils essayent peut-être un coup de bluff, mais vous pouvez être sûre qu'aucun d'entre eux n'aura envie de s'accrocher au site quand le mur d'eau et de glace déferlera dessus.

— Ce n'est pas tout. » Truscott paraissait ennuyée. « J'ai discuté avec leur pilote. Elle prétend qu'il se passe du nouveau ; qu'ils s'apprêtent à effectuer un grand pas et qu'on les coupe juste dans leur élan. Certaines conversations que nous avons captées semblent l'attester.

— Alors envoyez-leur une mise en garde. Rappelez-leur les risques. Mais, nom d'un chien, ne fléchissez pas maintenant ! Si vous cédez, on ne se débarrassera jamais d'eux. Écoutez, Mélanie, ça ne peut pas continuer éternellement. Le climat ici abîme l'équipement qui, par ailleurs, n'a jamais été d'excellente qualité. Si vous repoussez encore le déclenchement de l'opération, ne serait-ce que de deux jours, je ne pourrai plus garantir une parfaite coordination de la mise à feu. »

Casey haussa un sourcil, mais Helm l'ignora.

« Ce n'est pas de mon ressort. » Truscott se rassit et indiqua que la conversation était terminée. « Nous respecterons nos instructions. »

Lorsqu'elle eut disparu, Casey esquissa un petit sourire. « Notre matériel n'est pas le nec plus ultra, mais il n'est pas pourri non plus.

— Un brin d'exagération enfoncera le clou. Vous savez ce qui ne va pas chez elle, Mark ? C'est qu'elle ne saisit pas la différence entre ce que la direction lui *dit* de faire et ce qu'elle *veut* qu'elle fasse. Caseway cherche à se couvrir, au cas où. Mais il veut qu'on termine le boulot. Si le calendrier des opérations n'est pas respecté, Truscott risque de tirer une autre tête. Et moi aussi.

— Alors qu'est-ce que vous comptez faire ? »

Helm se tourna vers la fenêtre. Dehors, ciel et banquise se confondaient. « Je ne sais pas, peut-être que je vais faire d'elle une bonne dirigeante malgré elle. »

Truscott savait que Helm avait raison. Ce fils de pute valait moins que rien. Mais il avait raison. Elle le savait, l'avait toujours su au fond d'elle-même. *Ils ne bougeront pas de leur plein gré. Il va falloir qu'on les déloge.*

Quelle plaie.

Elle pressa le bouton pour contacter Harvey. « Quand vous aurez une minute… » fit-elle.

ARCHIVE
PROJET ESPOIR

Phase une : prévisions

Nous estimons que neuf cents millions de tonnes de glace fondront sur chaque pôle dans les soixante secondes suivant les déflagrations initiales. Les réactions à la chaleur produite par les explosions nucléaires se poursuivront activement dans l'hémisphère sud pendant une période indéterminée, laquelle sera fonction de notre capacité à réveiller les volcans sous-marins. Les estimations les plus optimistes prévoient :

(1) des tremblements de terre de 16,3 sur l'échelle de Grovenor le long de toutes les lignes de faille situées à moins de cinquante degrés de l'un ou l'autre des pôles ;

(2) des tsunamis dans toute la mer australe. Ces vagues géantes auront une taille supérieure à tous les raz-de-marée que nous avons pu connaître sur la Terre. En effet, des parties entières de l'océan vont se trouver brutalement refoulées hors de leur bassin et inonderont les masses continentales en pénétrant jusqu'à des milliers de kilomètres à l'intérieur des terres ;

(3) des pluies qui, même sans tenir compte de l'adjonction des glaces orbitales, se maintiendront la plus grande partie de l'année. Elles resteront globalement très abondantes pendant dix à quinze ans et se stabiliseront par la suite à un taux d'environ 35 % supérieur à celui d'aujourd'hui.

Il est à noter, toutefois, que la présence de volcans dans la zone antarctique, notre manque d'expérience pour des opérations de cette ampleur et d'autres variables dont la liste figure en appendice (1) rendent ces prévisions extrêmement aléatoires.

(Ian Helm.)

HUIT

À bord du DVR Jack Kraus. *Mardi, 14 h 22.*

La boule de neige tournoyait lentement dans la lumière du soleil et grossissait sur les écrans. Énorme, asymétrique et bosselée, elle faisait paraître le remorqueur minuscule. On aurait dit qu'elle avait été amputée d'une partie de sa masse. *Mastoc, celle-là.* L'ordinateur de navigation synchronisa le remorqueur à sa rotation et le rapprocha de sa surface blanche et grêlée. L'engin se stabilisa et son programme de scanner se mit en marche. Jake Hoffer freina l'allure de sa descente et choisit le point de contact. À peu près au milieu de son axe de rotation. *Ici.* Une zone de glace plate et lisse.

Il consulta les résultats affichés sur le tableau de bord. Il allait se poser sur un plateau dont les parois s'abîmaient dans le vide. Quraqua roulait dans le ciel. La lune se leva et le soleil disparut derrière le rebord anguleux de la falaise qui constituait son « horizon ». Cet effet, à chaque fois, provoquait une vague sensation de vertige. Jake Hoffer opacifia le cockpit pour masquer la vue et se concentra sur les moniteurs. Les séries de chiffres défilaient. À cent mètres de l'objectif, les témoins verts s'allumèrent. Quelques instants plus tard, le *Jack Kraus* se posait avec une légère secousse. Les crochets harponnèrent correctement la glace.

Les voyants virèrent à l'orange.

Le programme de réajustement entrait en action. Des capteurs calculaient la distribution de la masse et les paramètres de la rotation, évaluaient la trajectoire et la vitesse. Une première série de propulseurs se mirent en marche.

Quatre heures plus tard, Jake Hoffer transportait la boule de neige vers son orbite temporaire autour de Quraqua.

D'ici quelques semaines, lui et son collègue Merry Cooper, l'autre pilote de remorqueur, allaient s'attaquer à la phase délicate de cette opération : faire descendre les deux cent et quelques blocs de glace en orbite jusqu'à la surface de la planète. Il faudrait les harponner – comme il était en train de le faire à cet instant précis –, calculer une trajectoire et les propulser vers leur cible. Une fois que le plongeon final aurait commencé, ils utiliseraient des faisceaux à particules pour les pulvériser. Hoffer se plaisait à imaginer que cet iceberg massif finirait sous la forme d'une sympathique averse d'été sur une plaine desséchée.

Sa comligne sonna. « Jake ? »

Il reconnut la voix rocailleuse de Harvey Sill. « Je vous reçois cinq sur cinq, Harvey. »

Jake alluma l'écran. Sill donnait des consignes à quelqu'un hors champ. D'habitude, le calme régnait au poste de commandement. Mais aujourd'hui on entendait des voix, des techniciens, de l'activité. La date fatidique approchait.

Sill se gratta la tempe. « Jake, vous êtes toujours arrimé au cent dix-sept ?

— Deux cent dix-neuf.

— Peu importe. Vous en avez le contrôle ?

— Oui...

— Parfait. Je veux que vous le larguiez. »

Hoffer se pencha en avant, tendant l'oreille. « Pardon ?

— Je veux que vous le larguiez dans la mer du Sud. Le Yakata. »

Il devait y avoir erreur. « Harvey, c'est là que sont les archéologues.

— Je sais. Point d'impact à mille six cents kilomètres au sud du temple. Pouvez-vous réussir avec une précision correcte ?

— Je peux le faire. » Hoffer était horrifié. « Mais je ne veux pas. »

Sill demeura de marbre. « Faites-le quand même.

— Harvey, ça va tuer tout le monde. Qu'est-ce qui vous prend là-bas, vous perdez la tête ou quoi ?

— Allons, Hoffer, il ne s'agit que d'un seul bloc. Ça ne fera de mal à personne. Et nous veillerons à leur envoyer une palanquée d'avertissements à l'avance.

— Vous voulez que je le découpe ?

— Négatif. Envoyez-le tel quel. »

Jake en eut le souffle coupé. « Supposez qu'ils n'évacuent pas tout le monde. Qu'ils ne puissent pas ? Sacré bordel, ce truc est une montagne. On ne peut pas la balancer comme ça dans l'océan.

— Ils sont sous l'eau, nom de Zeus ! Ils seront suffisamment à l'abri.

— J'en doute.

— Vous en auriez un plus petit, alors ?

— Sûr. Pour ainsi dire, tous les autres sont plus petits.

— O. K. Alors choisissez-en un autre et au boulot. N'oubliez pas qu'il diminuera considérablement pendant la descente.

— Que dalle, oui. Le gros du paquet touchera l'eau. C'est quoi, au juste, le but de la manœuvre ? »

Sill paraissait particulièrement tendu. « Écoutez, Jake. Ces gens se paient notre poire. Tels qu'ils sont partis, ils vont encore ignorer l'ultimatum. On leur envoie un message. Maintenant, veillez à ce qu'il leur parvienne. »

Hoffer hocha la tête. « Ouais. Je vois. Quand ?

— Tout de suite. Combien de temps faudra-t-il ?

— Difficile à dire. Peut-être dix heures.

— Parfait. Tenez-moi au courant. Et, Jake…

— Oui ?

— Faites-nous une belle éclaboussure. »

L'édifice polygonal du temple des Vents reposait au fond de l'océan, à demi enseveli, avec ses tourelles, ses portiques et ses colonnes massives. Ses murailles se rejoignaient pour composer des angles insolites et s'étiraient anarchiquement dans plusieurs directions. Des escaliers desservaient des étages écroulés. (Les marches semblaient exactement proportionnées pour l'homme.) Des symboles sibyllins ornaient toutes les parois. Des arches et des balustres se dressaient ici et là. Un toit bombé à peu près intact s'abaissait jusqu'au sol marin, conférant au bâtiment l'allure d'une carapace de tortue. « À bien y regarder, déclara Richard à Hutch tandis qu'ils approchaient en propulseur, cette architecture suggère une religion assez terre à terre. Circonspecte et pratique. Du genre à invoquer les dieux pour attirer la pluie ou bénir les mariages. Leurs soucis, sans doute surtout domestiques et agricoles, contrastent avec la cosmologie des tours knothiques. Il serait intéressant de connaître leur histoire durant cette période, de pouvoir suivre l'évolution qui a mené des tours au temple et comprendre ce qui s'est passé. »

Ils coupèrent l'alimentation des propulseurs et planèrent jusqu'au parvis d'entrée. « On dirait que différents comités se sont prononcés sur cette architecture, fit Hutch. Il y a des ruptures de style.

— Le temple n'a pas été construit en une fois. À l'origine, il ne se composait que d'un unique bâtiment : une chapelle dans un avant-poste militaire. » Ils s'élevèrent un peu devant l'immense péristyle qui gardait l'entrée du temple. « Au fil des années, ils l'ont agrandi, ont abattu des éléments, changé d'avis. Il en résulte un réseau de salles et de couloirs, de balcons et de puits entourant la nef centrale. Presque tout s'est écroulé, même si la nef tient encore debout Dieu sait comment. Elle est dangereuse, à propos. Le toit menace en permanence de s'effondrer. Carson m'a dit qu'ils ont failli interrompre les fouilles pour convoquer des ingénieurs afin de le consolider. »

Hutch lorgna les murs de pierre d'un œil soupçonneux. « Peut-être est-ce aussi bien qu'on nous pousse dehors. Avant que quelqu'un se fasse tuer. »

Richard lui lança un coup d'œil en feignant la consternation. « Je sais que vous avez suffisamment de jugeote pour éviter de dire un truc pareil à ces gens.

— Entendu, fit-elle. J'essaierai de ne pas me faire d'ennemi. »

L'architrave était tombée de la colonnade et les rayons du soleil filtraient entre les fûts. Ils s'arrêtèrent pour examiner les bas-reliefs. On les distinguait mal à cause des dépôts sédimentaires et de leur délabrement général, mais ils discernèrent néanmoins une scène qui ressemblait à un lever de soleil. Et une arabesque qui pouvait être un tentacule de monstre marin ou un arbre. Le temple des Vents en imposait. Il était massif. Construit pour durer. Sa structure en forme de selle lui aurait conféré, sur la terre ferme, une allure assez profilée. Hutch se demanda s'il fallait y voir l'origine de son appellation.

« Qui lui a donné ce nom ? » demanda-t-elle. Elle savait qu'on utilisait les noms d'origine locale quand ils étaient connus (et prononçables). Quand ce n'était pas le cas, l'imagination et le sens de l'humour prenaient le relais.

« À vrai dire, répondit Richard, il a beaucoup changé de nom au cours des siècles. L'Avant-poste. Le Realis. Le Bouclier du Sud, un nom dérivé d'une constellation. Et sans doute d'autres qu'on ignore. Le "temple des Vents" est l'un des plus récents. On doit sa découverte à Éloïse Hapwell, qui a fini par le retenir. Il est censé suggérer le caractère éphémère de la vie. Une flamme de bougie vacillante dans les courants d'air de la nuit.

— J'ai déjà entendu ça quelque part.

— Cette image est récurrente dans les sociétés terriennes. Et dans certaines sociétés noks aussi. C'est un symbole universel, Hutch. C'est pourquoi les églises et les temples sont en général construits en pierre, pour fournir un contrepoint. Pour suggérer qu'eux, au moins, sont solides et durables, et à travers eux la foi.

— C'est oppressant. Ils sont tous obsédés par la mort, non ? » Les motifs funéraires étaient prééminents dans toutes les civilisations qu'elle avait eu l'occasion de découvrir, terriennes ou non.

« On s'apercevra un jour que les choses importantes sont universellement partagées. C'est pourquoi les extraterrestres ne nous seront jamais totalement étrangers. »

Hutch garda le silence un instant. « Cet édifice a combien, deux mille ans d'âge ? » Elle montrait le péristyle.

« Disons… à peu près, oui.

— Pourquoi y avait-il deux temples à cette époque ?

— Qu'est-ce que vous voulez dire ?

— Les tours knothiques. C'était un lieu de culte aussi, non ? Appartenaient-elles au même ensemble ?

— Nous ne le pensons pas, Hutch. Mais il faut reconnaître que nous n'en savons pas grand-chose. » Richard désigna l'entrée baignée d'ombre. « Par ici. »

Elle le suivit à l'intérieur. Les balises lumineuses luisaient dans l'eau trouble, vertes et rouges, orange et bleues. Ils allumèrent leurs lampes de poignet. « Est-ce que le temple et les tours relèvent de la même religion ?

— Oui. Dans le sens où, dans les deux cas, on vénérait une déité universelle.

— Pas de panthéon, donc ?

— Non. Mais gardez à l'esprit que nous ne découvrons pas cette civilisation à ses débuts. Les cultures que nous étudions avaient compris l'essence symbiotique de la nature. La multiplicité des dieux ne survit pas à ce savoir.

— Si j'ai compris ce que disait Frank, il y aurait un ancien générateur électrique quelque part ?

— Quelque part, c'est le mot. Ils ne savent pas trop où le situer. Henry a trouvé des débris de générateur, de panneaux de contrôle et de conducteurs éparpillés sur tout le périmètre. Vous savez certainement que ce site a été le carrefour de deux voies très importantes pendant des milliers d'années. Celle qui venait de l'intérieur rejoignait la grande route côtière pile où nous sommes.

— Oui. J'ai vu.

— Avant d'être une route, cette voie était une rivière. Elle devait être plus encaissée qu'aujourd'hui. En tout cas, cette rivière se jetait dans la mer, et le générateur avait sûrement été construit sur une de ses berges. Voilà très, très longtemps. Vingt-cinq mille ans. Peut-être davantage. » Sa voix se modifia subtilement. Hutch, qui connaissait les rêveries de Richard, sut qu'il éprouvait la présence de ces fantômes en évoquant leur passé, en imaginant l'ancien fleuve, la cité en bord de mer éclairée par des lumières électriques. Ils s'étaient arrêtés près d'une alcôve. « Ici, reprit-il. Regardez ceci. » Il braqua sa lampe contre le mur.

Un bas-relief saillait. Il avait, du sommet de son crâne crocodilien jusqu'à la base de sa mâchoire, la même taille que Hutch. La figure braquait son regard dans le vide, par-dessus l'épaule de la jeune femme, et paraissait observer quelqu'un qui s'en allait.

Ses yeux s'enfonçaient dans des orbites profondes surmontées d'arcades sourcilières saillantes. Le mufle et la bouche étaient larges, le crâne plat, large également, lisse. Des touffes de poils saillaient sur ses joues. L'expression du visage suggérait de la peine, de la méditation, peut-être du regret.

« Il a bien sa place ici, fit Hutch. Il ne respire pas la joie de vivre.

— Hutch, vous réagissez en touriste.

— Qui est-ce ? On le sait ? »

Richard hocha la tête. « Dieu.

— Il n'est pas comme celui du temple inférieur.

— Non. Celui-ci est une version masculine. L'autre est de mille ans plus vieille.

— Les déités universelles...

— Comment ?

— ... n'ont visiblement jamais le sourire. Quelle que soit la culture. À quoi bon jouir de tout ce pouvoir s'il ne procure aucun bonheur ? »

Il lui pressa l'épaule. « Vous avez vraiment une façon originale de voir les choses. »

Ils descendirent au niveau du sol et suivirent un chemin balisé par des loupiotes vertes.

« Qu'est-il advenu de cet embryon de société industrielle ? demanda-t-elle. Celle qui avait su construire un générateur électrique ?

— Ils sont tombés en panne sèche. Littéralement. Ils ont épuisé leurs carburants fossiles. Et n'ont développé aucun produit de substitution.

— Ils n'ont pas maîtrisé l'atome.

— Non. Ils n'ont sans doute jamais essayé. Il faut peut-être un concours de circonstances particulier pour cela : ressentir un grand besoin de ses machines pour un projet majeur. Peut-être une grosse guerre pile au bon moment. » Richard devint songeur. « Ils n'ont pas franchi cette étape sur Nok non plus. »

Tous deux se trouvaient toujours dans la nef centrale. Le toit les coupait de la clarté et l'obscurité régnait en dépit des balises. De temps en temps, des animaux aquatiques s'approchaient d'eux à les toucher. « Quelle chose terrible, fit Richard, que de perdre tout ceci. »

Ils s'arrêtaient de temps à autre devant des inscriptions gravées. Des rangées de symboles couvraient des pans de mur entiers. « Nous pensons qu'il s'agit de récits, fit-il. Heureusement, tout a été archivé par holographie. On finira par les décrypter. Et ici, on a trouvé ce qu'on cherchait. »

Un puits s'ouvrait à leurs pieds. Les lampes vertes plongeaient dedans, ainsi que deux tuyaux couplés et vibrants, chacun d'un diamètre supérieur à une cuisse. « Pour l'extraction du sable », expliqua Richard. Il s'avança dans le trou et son propre poids l'entraîna vers le fond. Hutch attendit un moment, puis suivit. « Nous pénétrons à présent dans le temple inférieur, déclara-t-il. Bienvenue en 9000 avant notre ère. »

Le conduit était creusé dans une roche grise. « Richard, demanda-t-elle, vous espérez sérieusement trouver une pierre de Rosette dans le secteur ? Ça me paraît perdu d'avance.

— Pas tant que cela. Souvenez-vous, ce lieu était un carrefour. Il serait assez vraisemblable qu'ils aient gravé sur un mur une prière, une épigraphe ou un psaume, et qu'ils l'aient copié en plusieurs langues. Pour tout dire, Henry est convaincu qu'un tel vestige existe. La question c'est : est-il encore intact et aurons-nous le temps de l'exhumer le cas échéant ? »

Hutch ne voyait toujours pas le fond. « Le mur de pierre derrière vous, poursuivit Richard, appartient au rempart externe. Nous sommes à l'extérieur du fortin militaire. » Un tunnel béait dans le conduit. Les lumières vertes et bleues s'insinuaient dedans. « Nous sommes à peu près au niveau où se trouvait le sol pendant l'ère militaire. » Il nagea vers l'ouverture. « Ils sont en train de pomper les sédiments, maintenant. Un combat sans fin. Il en vient autant qu'on en enlève. »

Elle le suivit. Au loin, devant sa silhouette longiligne, elle aperçut des lumières blanches et du mouvement.

« George ? » Richard s'exprimait désormais sur le canal commun. « C'est vous ? »

Un gaillard de haute stature s'affairait au-dessus d'un cube noirâtre. Il se redressa et tourna la tête. « Bon sang, fit-il. J'ai cru que c'était l'équipe de relève. Comment allez-vous, Richard ? »

Hutch entendait le bourdonnement diffus des machines, le sifflement de l'eau en mouvement.

« Hutch, fit Richard, je vous présente George Hackett. Ingénieur de plan. »

Hackett avoisinait les deux mètres dix. Il semblait préoccupé par un engin qui avait tout l'air d'une pompe. Il s'efforça de dire bonjour sans le quitter du regard. Hutch le distinguait mal dans la pénombre, mais il paraissait sympathique.

« Où se trouve votre binôme ? » demanda Richard.

Hackett désigna les tuyaux qui bifurquaient dans un couloir. « À l'autre bout, fit-il.

— Nous sommes exactement au-dessus de la chapelle militaire, dit Richard à Hutch. Ils tentent de dégager les salles dessous.

— Qu'est-ce qu'elles contiennent ? demanda-t-elle.

— On ne sait pas encore, fit George. On ne sait rien, sauf qu'elles sont situées en bordure occidentale du rempart. Ce sont sans doute des chambrées. À moins qu'il ne s'agisse d'une partie de la chapelle d'origine.

— Je croyais que vous l'aviez déjà trouvée, fit Hutch. C'est bien là qu'étaient les bas-reliefs de Tull, non ?

— On n'avait pu accéder qu'à certaines salles, expliqua George. On se doutait qu'il y en avait d'autres. À mon avis, on les a trouvées. »

Dans le passage, la vase montait jusqu'aux chevilles. Ils se tenaient au milieu d'un capharnaüm de câbles électriques, de sacs en tous genres, de barres, de pieds-de-biche et de blocs de roche.

« Pourquoi accordez-vous tant d'importance à cette chapelle ? Si ce n'est qu'elle vous a permis de découvrir des échantillons de la série en casumel ? »

George parla à quelqu'un sur un canal privé. Son collègue à l'autre bout des tuyaux, supposa Hutch. Puis, manifestement satisfait, il se tourna vers elle. Le débit était rétabli. « Cet édifice était un avant-poste d'une grande civilisation, Hutch. Mais nous ignorons tout de ces gens. Nous ne savons pas ce qui revêtait de l'importance à leurs yeux, ni ce qu'ils pensaient d'eux-mêmes, ni ce qu'ils auraient pensé de nous. Mais en général les églises et les temples sont les lieux qui révèlent les plus hautes valeurs des civilisations qu'elles représentent.

— Vous n'êtes quand même pas sérieux ? fit Hutch.

— Si, indirectement en quelque sorte. Si vous voulez apprendre ce qui compte pour un peuple, alors lisez sa mythologie. C'est une façon d'aborder et de résoudre les grandes questions. » Il esquissa une grimace, soudain conscient qu'il devenait didactique. Elle eut l'impression que son regard s'attardait sur elle, mais sans toutefois en acquérir la certitude.

« Hutch, intervint Richard. Henry est dans l'une des antichambres. Où on a découvert la série de Tull. Est-ce que vous voulez la voir ?

— Je crois que je vais m'arrêter là, répondit-elle. Je vais manquer de temps.

— O. K. Vous reconnaîtrez le chemin pour rentrer ?

— Sans problème. » Elle regarda Richard passer devant George à la nage et continuer dans le tunnel. Quelques instants plus tard, il disparut derrière un coude.

Hutch écouta le faible sifflement de son réservoir d'air. « Ça donne quoi, la situation ? » demanda-t-elle.

George sourit. « Pas brillante.

— Je m'attendais à trouver le plus gros de l'équipe ici. Où sont tous les autres ?

— Frank et Linda sont avec Henry. Les autres à l'Atoll. Il n'y a pas grand-chose à faire tant que le ménage ne sera pas fini au-dessous. Après, on mettra sur pied une grande chasse à l'inscription en casumel C. Quand Maggie… vous connaissez Maggie ?

— Non.

— Maggie Tufu, notre philologue. Nous avons collecté plusieurs centaines d'inscriptions en casumel linéaire C dans les parages. Mais la plupart d'entre elles sont trop lapidaires : quelques mots seulement. Quand elle nous annoncera qu'elle en aura assez pour espérer pouvoir le décrypter, ce sera le signal du départ. » Il y avait de l'épuisement dans sa voix.

« Ça va ?

— Ça va. » Il baissa le regard vers les tuyaux qui s'étaient affaissés. Ils étaient flexibles, attachés l'un à l'autre par des bagues argentées espacées d'un mètre environ. Des bagues fluorescentes.

George semblait n'avoir rien d'autre à faire que surveiller sa pompe. « Je collecte les données envoyées par le moniteur de Tri, fit-il. C'est Tri qui manœuvre la suceuse ; moi je reste assis là au cas où le temple lui tomberait dessus. Pour que l'alerte soit donnée sur-le-champ. » Il se tourna vers elle et, pour la première fois, elle put distinguer ses traits.

Il avait de beaux yeux, sombres et malicieux. Elle devina qu'il appréciait sa présence. Il était plus jeune qu'elle n'aurait cru : son front n'était pas ridé et sa façon d'être irradiait une forme de candeur. Il était beau gosse ainsi que le sont la plupart des hommes jeunes. Mais son sourire et son regard ajoutaient à cela une dimension supplémentaire. Un garçon à découvrir, conclut Hutch.

« Le secteur est vraiment dangereux ? » demanda-t-elle.

Le tunnel était trop exigu pour lui. Il changea de position, essaya de prendre ses aises. « En temps normal, on aurait tout étançonné, mais c'est trop la course. Notre seule présence ici est une infraction à toutes les règles. Au moindre pépin, quelqu'un peut se faire tuer. » Il se rembrunit. « Et j'en serai responsable.

— Vous ?

— Oui.

— Alors faites tout fermer.

— Pas si facile, Hutch. Je devrais, sans doute. Mais Henry est prêt à tout. »

Eddie Juliana n'avait pas de temps à perdre. « Les étiquettes rouges d'abord », fit-il. Hutch balaya du regard les boîtes empilées – la plupart vides – et les objets alignés : poteries, outils, machines, plaques de roche gravées. Certaines boîtes, celles qui étaient scellées, arboraient des étiquettes rouges, jaunes ou bleues.

« D'accord », fit-elle, ne voyant toutefois pas bien ce qu'elle devait en faire.

Eddie traversa l'entrepôt avec la célérité d'un lapin en rut. Il se pencha derrière les caisses, donna quelques consignes anxieuses à un interlocuteur sur sa comligne, puis repartit vérifier les éléments de son inventaire.

Il s'arrêta et lança un regard à Hutch. « Vous aviez bien l'intention d'aider, non ? »

Hutch soupira. « Dites-moi ce que je dois faire. »

Il était grand, mince, roux, et parlait d'une voix haut perchée. Plus qu'aucun autre, il semblait subir les événements. Hutch ne le voyait jamais sourire ni se décrisper. Il donnait l'impression d'être frappé d'une incapacité à prendre les choses du bon côté. Il était pourtant jeune, mais elle ne l'imaginait pas s'accorder un instant de détente. « Le sous-marin attend, fit-il. Il y a un chariot près de la porte, prêt à partir. Emmenez-le. Carson sera sur place pour le déchargement. Mais vous, revenez. J'aurai besoin de vous ici.

— O. K.

— C'est bien à bord du *Wink* que vous êtes venue ?

— Oui.

— Ouf. Je les sentais bien capables de changer d'avis et de nous envoyer un cargo pour l'évacuation, par mesure d'économie. »

Elle contempla les rangées de vestiges. « Tout est là ?

— Il y a encore trois autres entrepôts. Tous pleins.

— D'accord, fit-elle. Question place, il y a ce qu'il faut ; en revanche, question temps…

— Vous croyez que ça m'échappe ? » Il rivait un regard morose sur un fût cylindrique tout corrodé. « Vous savez ce que c'est ?

— Non.

— Un récepteur radio d'il y a dix mille ans. » Ses doigts planèrent au-dessus de sa surface, mais il ne le toucha pas. « Ici le coffre. Le haut-parleur, là. Les transistors, par là, on suppose. Bref, tout l'appareil. » Il se tourna vivement vers elle et ses yeux brun clair se firent durs. « Un trésor inestimable. » Son torse se souleva ; il avait tout d'un homme confronté au dernier degré de la stupidité. « Ces caisses sont remplies d'objets comme celui-ci. Tous soigneusement empaquetés. S'il vous plaît, maniez-les avec douceur. »

Hutch décida que ça ne valait pas le coup de prendre la mouche. Elle conduisit le chariot jusqu'au bassin du sous-marin, confia le véhicule à Carson et un étudiant athlétique du nom de

Tommy Loughery, s'entendit dire par Carson qu'Eddie était un paquet de nerfs, puis s'en retourna. « Il reste de la place pour deux chargements comme celui-ci dans le sous-marin, annonça-t-elle.

— Quelle capacité a votre navette ?

— À peu près deux fois et demie celle du sous-marin.

— Et la nôtre en gros deux fois moins. » Il jeta un regard dépité à la ronde. « Il va falloir qu'on fasse pas mal de voyages. J'espérais que vous auriez une plus grande capacité.

— Désolée. »

Des tablettes empilées captèrent son attention. Elles étaient gravées d'élégants symboles. « On sait les lire ? demanda-t-elle.

— Non.

— Quel âge ont-elles ?

— Six mille ans. Ce sont des talismans porte-bonheur. Faits d'un mélange de graisse animale et d'argile cuit au four. Comme vous pouvez le constater, ça tient le coup. »

Hutch en aurait apprécié un comme souvenir. Mais le règlement l'interdisait, et Eddie avait l'air de ne pas plaisanter sur ce chapitre.

« Et ça ? » Elle montrait une statuette en céramique grise : une sorte d'animal terrestre bipède en forme de tonneau qui ressemblait à un Bouddha avec des crocs. Il avait de gros yeux ronds et des oreilles plates plaquées contre le crâne comme celles d'un éléphant. Son corps était partiellement abîmé.

Eddie continuait de regarder Hutch en contenant son agacement devant sa nonchalance. D'un autre côté, il adorait parler de ces objets. « Celui-ci a *grosso modo* huit cents ans. » La statuette était d'une facture très fine. Il la lui tendit. Elle était lourde. « Elle appartenait sans doute à l'un des derniers prêtres. » Une ombre passa sur les traits pincés d'Eddie. « Imaginez : le temple, ou le bâtiment qui le précédait, se tenait là depuis des temps immémoriaux. Et voilà qu'à un moment donné, vers la fin du quatorzième siècle, ils le ferment. Ils éteignent les lumières, verrouillent les portes. Vous vous imaginez ce qu'ont dû ressentir les prêtres de cette ultime communauté ? » Les ventilateurs ronronnaient en fond sonore. Eddie examina la statuette. « C'est un objet profane. Il avait une valeur personnelle. Nous en avons trouvé plusieurs de ce type dans une des loges. Celui-ci se trouvait près de l'autel principal.

— Un peu de compagnie pour le dieu mourant », suggéra Hutch.

Il acquiesça, et elle comprit à cet instant que, quels que soient ses autres traits de caractère, Eddie Juliana était un incurable romantique.

Deux heures plus tard, Hutch prenait l'air pour rejoindre le *Wink*.

« Janet, c'est vous ? Ici Hutch.

— Négatif, Hutch. Janet dort. C'est Art Gibbs.

— Enchantée, Art.

— En quoi puis-je vous être utile ?

— Euh… en rien. J'appelais juste histoire de causer.

— Où êtes-vous ?

— En route pour rejoindre mon vaisseau. Mais je ne pourrai pas rappeler avant plusieurs heures. » Pause. « Qu'est-ce que vous faites dans cette tenue, Art ?

— Je creuse, le plus gros de mon temps. Je suis désolé de vous avoir ratée aujourd'hui. Il paraît que vous êtes une belle plante. »

Hutch sourit et connecta sa vidéo. « Je mets un terme aux illusions, fit-elle. Mais ça fait toujours plaisir à entendre. »

Art la dévisagea les yeux ronds. « Les rumeurs sont en dessous de la vérité », fit-il galamment. Art Gibbs : la cinquantaine, dégarni, une petite bouée autour de la taille. Il lui demanda si c'était son premier séjour sur Quraqua, ce qu'elle avait fait par le passé pour impressionner à ce point Richard Wald, quelles réactions lui inspirait le temple des Vents. Comme les autres, il paraissait affolé par l'imminence de l'évacuation.

« Peut-être que le site résistera, dit-elle. Il est sous l'eau et les tours knothiques ont l'air drôlement solides.

— Aucune chance. Quelques heures après qu'ils auront pulvérisé les calottes glaciaires, des raz-de-marée se succéderont ici même… »

Elle se trouvait abritée du soleil, à présent, et glissait dans l'obscurité. Le hublot à sa gauche plongeait sur le vide. Elle aperçut fugitivement la station spatiale Kosmik, étoile brillante et solitaire.

« Quelqu'un reprendra le flambeau dans quelques milliers d'années, continua Art. Ça va faire un beau puzzle, je pense : des débris de haute technologie sur un site aussi ancien.

— Art, êtes-vous déjà allé sur Oz ?

— Oui.

— Qu'est-ce que vous en pensez ?

— Je crois qu'on ne percera jamais le mystère.

— Ça ne vous a pas frappé que la ville a été brûlée aux mêmes dates que le fort a été détruit ici ?

— À la même période, rectifia-t-il avec douceur. N'oubliez pas que le fort a disparu à une époque où les destructions étaient monnaie courante sur toute la planète.

— Précisément. Ne croyez-vous pas qu'il puisse y avoir un rapport ?

— Je ne vois pas comment. » Il se gonfla une joue avec la langue et fronça les sourcils. « Vraiment, je ne vois pas.

— Frank Carson a pourtant évoqué un rapport possible entre les événements d'Oz et les destructions généralisées sur Quraqua.

— De quoi pourrait-il s'agir ? S'il y a un rapprochement à faire, ce ne peut être qu'en termes très généraux, Hutch. Des laps de temps assez longs se sont écoulés entre les discontinuités. Et, pour autant que nous sachions, il en a été de même pour les destructions sur Oz. Ça ne veut pas forcément dire que les unes et les autres se sont produites simultanément. Pendant la même période, oui. Mais la différence est de taille, et je crois que nous tomberions dans un piège en faisant l'amalgame. » Il s'interrompit. « Ces discontinuités vous intéressent ?

— Oui.

— Alors je vais vous dire autre chose. Il s'agit d'une coïncidence, naturellement.

— De quoi s'agit-il ?

— D'un poème dont nous avons la traduction. Attendez une minute que je le retrouve. »

Art sortit du champ de l'écran. « Avez-vous entendu parler des Scribes ?

— Non.

— Ils régnaient dans cette région approximativement entre mille quatre cent avant Jésus-Christ et la chute de l'empire d'Orient, à peu près quatre siècles plus tard.

— Les Scribes ?

— Ainsi dénommés parce qu'ils conservaient des traces écrites de tout. Comptabilité commerciale détaillée, inventaires, registres médicaux, statistiques sociales. Ils étaient assez évolués. » Il grimaça. « D'une façon bureaucratique. Ils nous ressemblaient beaucoup. Apparemment, ils avaient même des polices d'assurance. Leur fin, la chute de l'empire oriental, ainsi que la seconde discontinuité, semblent dater de mille avant notre ère.

— Je vois. » Dix lignes de texte venaient d'apparaître sur le moniteur de Hutch.

« À en juger par la nature commerciale des écrits qu'ils ont laissés, les Scribes paraissent n'avoir été portés ni sur la philosophie ni sur la religion. Le temple a été relégué au rang de curiosité historique sous leur domination. Pourtant nous avons trouvé un livre de prières dans une de leurs villes, Valdipaa. Non loin d'ici. Le prochain arrêt sur la route commerciale vers l'ouest. Le verset sur votre écran est tiré de ce livre. »

Dans les rues de Hau-Kai, nous attendons.
La nuit tombe, l'hiver approche,
Les lumières du monde se glacent.
Et en cette trois centième année
Sous l'ascendant de Bilat,
Il viendra en foulant l'aube,
En piétinant le soleil,
Pour juger l'âme des hommes.
À pas de géant, il enjambera les toits
Et allumera les machines de Dieu.

Hutch le lut à deux reprises. « Que sont les machines de Dieu ? »

Art haussa les épaules.

« Alors qu'y a-t-il à comprendre ?

— Bilat. C'était un héros. On se servait de son nom comme d'un repère pour marquer le commencement de l'ère des Scribes. Il a pris le pouvoir aux alentours de 1350 avant notre ère, selon nos dates. Hau-Kai, à propos, était une sorte de Jérusalem, une ville sainte qui symbolisait le meilleur de ce que pouvaient espérer les plus optimistes en ce monde. »

Hutch relut le verset. « Trois cents ans plus tard, ils arrivaient au seuil de la seconde discontinuité. » Elle vida le texte de l'écran et ramena Art. « Vous suggérez que quelqu'un avait prévu l'événement ?

— Nous avons daté le livre. C'est l'un des plus vieux que nous ayons. On n'en a pas déchiffré grand-chose. Tout ce qu'on peut lire, c'est essentiellement les prières.

— À qui doit-on la traduction ?

— Maggie Tufu. Vous l'avez rencontrée ? Peu importe, elle a établi une chronologie à partir des références. Le terme qu'elle a traduit par "hommes" fait allusion à tous les habitants de la planète, mâles et femelles, vivants et morts. Et le verbe qu'elle tente de rendre par "juger" semble évoquer les notions de blâme et de sentence. » Art semblait à la fois amusé et perplexe. « Et… oui, la prédiction tablait juste.

— La prophétie est un exercice oiseux, fit Hutch. Toutes les communautés religieuses prédisent des catastrophes à tour de bras. Il suffit de rassembler suffisamment de prédictions et on finit par en trouver une qui se vérifie. »

Art opina de la tête. « Je partage cet avis. Mais il y a des gens ici qui considèrent cette chose sur la lune comme, en quelque sorte, la marque d'un cataclysme chronique. »

Aux alentours de dix-neuf heures, la navette du temple était chargée et prête à suivre l'*Alpha*. Carson vérifia que les conteneurs ne risquaient pas de glisser, puis regarda le sous-marin s'enfoncer sous l'eau. Eddie, assis dans l'habitacle sous le bulbe de verre, gardait le regard braqué sur le lointain, les bras croisés.

Carson alluma les moteurs, informa l'officier de garde qu'il partait, puis décolla.

Le soleil s'était caché derrière les montagnes et un vent froid balayait les ombres conquérantes. La mer, basse, révélait de larges bancs de sable qui scintillaient dans le jour finissant. Des vagues se brisaient contre les tours. Carson avait hâte de s'en aller, de rejoindre Washington pour s'y promener sous le soleil sans harnais oscillatoire.

Et pourtant ce départ l'emplissait d'amertume. En arrivant ici, six ans auparavant, le temple et ses murailles de pierre lui avaient paru éternels. Ç'avait toujours été pour lui une certitude : l'édifice se dresserait encore là après sa mort, comme depuis un millénaire. Ce site était devenu, pour eux tous, un symbole de stabilité. Une incarnation de l'idée que les choses vraiment importantes traversent les âges.

Il tira sur sa manette. La navette grimpa dans les nuages.

Au-dessous, les tours knothiques se noyaient déjà dans la pénombre.

FORUM BIBLIOTHÈQUE

Quand, au printemps 2187, Alexandre La Plante acheva la première phase d'excavation à Sodome, il conclut que la ville avait été ravagée par un incendie, un fléau hélas courant à l'époque biblique. Mais il proposa cependant deux thèses additionnelles qui suscitèrent une tempête de controverses :

(1) que le site était en réalité bien plus ancien qu'on avait coutume de le prétendre et qu'il datait de 5000 av. J.-C ;

(2) qu'à en croire une reconstitution par ordinateur, la ville avait été anéantie par ce qui ressemblait fort à des armes modernes.

La Plante vit ses subventions suspendues en 2189. Une seconde expédition, menée par Oliver Castle et Arian Adjani, étudia les deux thèses et confirma la date susmentionnée, mais ne découvrit aucune preuve éclatante pour étayer la thèse dite « du bombardement ».

La Plante perdit sa chaire à l'université de Pennsylvanie en 2195 et enseigne désormais à l'université Radison de Londres.

Marjorie Gold,
excavations de la mer Morte,
Commonwealth, New York, 2199.

NEUF

Quraqua. Mardi, 21 h 48 (minuit moins vingt-huit).

Les deux navettes avaient transféré leur cargaison à bord du *Winckelmann* et s'en retournaient vers la surface de la planète quand le bloc de glace surcongelé de onze tonnes portant le numéro cent soixante et onze de l'inventaire Kosmik traversa l'équateur en direction de l'hémisphère sud. Dans un presque inaudible soupir, il survola la toundra éclairée par la lune et des forêts touffues. Des éclats brillants s'en détachèrent et tombèrent, émaillant fugitivement les paysages arides de points lumineux.

La neige fouettait le pare-brise de l'*Alpha.* Hutch (qui avait attendu Carson à bord du *Wink* et s'était glissée dans son sillage pour la descente) apercevait la navette du temple et le sous-marin auréolés par leurs feux de position et amarrés au ponton. La porte de la soute de la navette était ouverte. Carson et Loughery s'activaient pour enfourner dans l'appareil le monceau de conteneurs présentement sur le pont.

Janet Allegri apparut sur un écran de plafond. « Salut, Hutch », fit-elle. Elle parlait depuis le sous-marin. Son champ d'énergie plaquait ses cheveux. « Il semble qu'on ait pris un peu de retard sur la phase A. » Il s'agissait d'empiler les caisses sur le ponton pour n'avoir plus qu'à charger les deux navettes à leur arrivée. Mais pour l'heure, ils n'avaient pas remonté grand-chose.

« Trop mauvais temps ?

— Sûr qu'il fait mauvais. Mais le problème, c'est la main-d'œuvre. Tout le monde continue les fouilles. »

Loin au sud, un éclair frappa l'océan.

Hutch comprenait. Cédant à la pression, Henry prenait le risque de sacrifier toutes les pièces en leur possession – et qui, après tout, avaient toutes fait l'objet d'une copie holographique – pour augmenter ses chances de trouver ce qu'il cherchait véritablement. « Je descends », annonça-t-elle.

Elle amerrit tout en douceur et se laissa dériver jusqu'au coupleur magnétique qui retiendrait la navette au ponton. Carson déposa le dernier conteneur dans sa soute à moitié vide.

Loughery esquissa un sourire timide. Il chargeait un chariot dans le sous-marin. La neige glissait le long de son enveloppe d'énergie.

« Je peux aider ? » demanda Hutch.

Janet sortit du sous-marin. « Et comment ! blagua-t-elle. On manquait justement de gros bras. »

La mer était calme, mais les monts du littoral et les tours se perdaient dans la grisaille. Carson, qui ne savait pas cacher son humeur, arborait une mine maussade. « Ça fait plaisir de vous revoir, fit-il en retrouvant néanmoins le sourire. Remontez vos manches. »

Quelques instants plus tard, ils plongeaient vers l'Atoll à vive allure.

Si le ciel avait été clair, s'ils avaient traîné six minutes avant de repartir, ils auraient vu une boule de feu glisser silencieusement dans les nues du nord-est. Ils l'auraient vue décrire un arc de cercle et plonger vers la mer derrière l'horizon. Alors, sur le ponton, chacun aurait pu remarquer dans la pénombre ambiante la brève lueur qui éclaira le ciel austral.

Hutch avait dormi pendant le plus gros du vol depuis le *Wink*, de sorte qu'elle était fraîche et dispose pour aider. Étant trop petite pour la manutention, elle demanda à Eddie s'il n'était pas d'autres tâches dont elle puisse s'acquitter. Il l'orienta vers un entrepôt où elle trouva Tommy Loughery.

« Eddie m'a demandé de vous mettre le pied à l'étrier », fit-il. Il portait ses cheveux noirs en bataille (la mode était au débraillé chez les étudiants en fin de cycle).

« Ça marche, fit-elle. Que dois-je faire ? »

Il désigna une table encombrée de tablettes, de fragments de pierre, de tessons. « L'essentiel de tout ceci provient des fouilles de Maggie dans le temple inférieur. Des trésors sans prix. Tous étiquetés en rouge. Il y en a d'autres. Tout est classé priorité absolue, ce serait bien que le chargement parte dans la prochaine navette. Il faut tout empaqueter.

— Montrez-moi comment », fit-elle.

Il amena un rouleau de film plastique et deux conteneurs en forme de tonneau qu'il jucha sur le plateau d'un chariot motorisé. Il leva un objet à la lumière, le tourna pour qu'elle puisse lire les quatre chiffres qui figuraient sur l'étiquette rouge. « C'est son numéro de catalogue, indiqua-t-il. Biffez-le sur la liste d'enregistrement. » Puis il l'enveloppa dans une feuille de plastique qu'il fixa au moyen d'un ruban adhésif et le disposa dans un conteneur.

La tâche étant simple, elle commença à vider la table pendant que Tommy s'affairait de son côté. Lorsqu'elle eut rempli les deux conteneurs, elle retourna le voir.

« Ensuite ?

— Il faut les sceller. » Il empoigna un pistolet pulvérisateur alimenté par un étroit tuyau relié à deux bidons, l'un marqué de la lettre A, l'autre de la lettre B. Ensuite il rapprocha le chariot et braqua le canon dans l'un des conteneurs. « Reculez », fit-il. Il appuya sur la détente. Quelques volutes d'une épaisse brume blanche montèrent du fût.

« C'est du poly-6, un uréthane de faible volume qui se dilate et se solidifie, expliqua-t-il. Un fameux matériau de conditionnement. Biodégradable, ce qui ne gâte rien. Et qui durcit très vite, comme vous le constatez. » Il coupa le jet.

« Vous n'en avez pas mis beaucoup, fit remarquer Hutch.

— Cinq pour cent du volume suffisent. » Il reposa le pistolet, referma le couvercle du conteneur et le verrouilla.

« Le contenu était fragile. Ils ne risquent pas de se faire écraser ?

— Non. Le poly-6 n'exerce aucune pression. Dès qu'il rencontre une résistance, il cesse de se dilater. » Loughery lui tendit le pistolet. « Laissez les conteneurs sur le chariot. Quand vous aurez terminé, appelez-moi et on les montera dans le sous-marin. »

George Hackett délogea les dernières poutres pétrifiées, retint son souffle et sourit de satisfaction : aucune catastrophe ne s'ensuivait. Jamais ils ne s'étaient aventurés aussi profondément dans le temple inférieur. Devant lui, un trou dans le mur s'ouvrait sur une salle aux trois quarts remplie de limon. « Va falloir étayer le plafond, Tri, déclara-t-il. De chaque côté de l'ouverture.

— Oui, un moment. Les étais arrivent. »

Pour tromper l'attente, George braqua sa lampe dans le trou. Cette salle pouvait être le sanctuaire de la chapelle militaire, la salle où les prêtres se recueillaient avant leurs offices, où, peut-être, ils entreposaient leurs prêches et leur vaisselle liturgique.

« Vous distinguez quelque chose ? » demanda Tri.

Oui. Une forme, un meuble apparemment, sans doute de métal, qui se dressait sur sa droite à demi enseveli, juste hors de son atteinte. « Quelque chose, répondit George. Une console de toilette peut-être. Ou un meuble. Peux pas dire. »

Tri s'avança avec une paire d'étais. « Commençons par fixer ces deux-là.

— Juste une seconde. » George se pencha dans la béance. Il avait intensément conscience du poids du temple qui pesait au-dessus de lui. « J'ai l'impression que c'est une machine.

— Ici ? Quel genre de machine ?

— Je ne sais pas. Mais je vois un boîtier, ça c'est sûr. Attendez. » Le trou était trop étroit pour lui livrer le passage. Il se recula, refoula un peu de vase, éboula quelques pierres et essaya de nouveau.

« Ça suffit, George, intervint Tri. Faisons les choses dans les règles. »

Mais George engagea ses épaules dans l'ouverture et commença de s'insinuer. « Il y a une armature en métal ici. Avec... Ben mince, alors ! Aucune idée de ce qu'est ce truc. » Il portait une caméra sur l'avant-bras gauche. « Maggie, vous êtes là ? demanda-t-il sur la comligne. Est-ce que vous voyez ça ?

— Maggie arrive », répondit Andi, de service au standard.

George se tortillait pour avancer.

« Qu'est-ce c'est à votre avis, George ? » Cette fois, c'était Maggie. Il l'imagina s'efforçant d'identifier les objets sur le grand écran.

« Sais pas. » Il se trouvait dans la salle désormais, tout près de l'appareil. Des plaques et des barres de métal connectées à un système de ressorts et de leviers. Le tout très corrodé.

« Tournez votre lampe à gauche, demanda Maggie. Regardez : un plateau. » De menus objets comme des cailloux bossuaient la surface du plateau. « Essayez de voir s'ils sont fixés ou non », fit-elle.

George en saisit un, le tapota doucement et l'amena devant la caméra. Il était encrassé de sédiments noirâtres.

Maggie garda le silence quelques instants. Puis sa voix se fit sourde. « Nom d'un chien, George, j'ai l'impression que vous venez de trouver une presse !

— Bien, super, fit George.

— Oui. » Sa voix était extatique ; il l'entendit même applaudir. « Montrez-moi de nouveau la machine. »

Il obtempéra.

« De plus près, exigea-t-elle avant d'ajouter : On dirait qu'il y a une espèce de casse. C'est truffé de caractères.

— Quel langage ? demanda Andi. Vous le reconnaissez ?

— Pas encore. Mais on va peut-être pouvoir le restaurer. » Elle haletait presque. « Ça pourrait bien être le gros lot.

— Comment ça ?

— Dans un lieu comme celui-ci, il devait y avoir des livrets de prières en plusieurs langues. Ou leur équivalent. S'il existe une pierre de Rosette dans le coin, ça l'est sans doute. George, il faut la récupérer. »

Henry somnolait dans la salle commune quand sa comligne sonna. Il se réveilla immédiatement.

Henry vivait ces journées-là dans la hantise permanente d'un désastre. Il savait qu'il enfreignait les consignes de sécurité, qu'il faisait prendre des risques à ses équipiers et mettait sa propre carrière en péril. Du n'importe quoi, mais il sentait d'autre part le regard de l'Histoire posé sur lui. L'heure n'était pas à la pusillanimité. « Qu'y a-t-il, Andi ?

— Kosmik en ligne. Vous voulez écouter ? Ou prendre l'appel ?

— Je suis occupé. Répondez-leur. Si nécessaire, dites-leur que vous devez m'en référer et que vous les rappellerez ultérieurement. D'autre part… Andi ?

— Oui ?

— Évitez toute tension. D'accord ? » Il secoua la tête pour finir de se réveiller, se leva et descendit d'un pas fatigué l'escalier menant à la salle des opérations.

Henry adorait Quraqua. Il adorait ses chaînes montagneuses sereines et ses fleuves aux amples méandres, ses longs silences et ses cités abandonnées ; les anciennes murailles et les tours qui se dressaient au cœur de forêts profondes, bordaient de vastes plaines ou enceignaient des ports. La plupart des ruines les plus récentes demeuraient en bon état : on avait du mal, déambulant dans ces vestiges, à s'empêcher d'imaginer qu'un beau jour l'eau jaillirait de nouveau des fontaines poussiéreuses, que les lumières se rallumeraient et que les rues s'animeraient. Quraqua se trouvait, comme l'avait exprimé Richard Wald par une formule qui était restée, « sur le rivage du temps ».

Henry avait passé seize ans sur cette planète, il s'y était marié à deux reprises (dont l'une au sommet des Marches d'Or d'Eskiya). Il n'était retourné sur la Terre que pour le strict nécessaire, pour ferrailler avec l'administration au sujet des subventions ou débouter certains bureaucrates qui entendaient modifier ses priorités.

Lui était un archéologue en bleu de travail, un homme de terrain, méticuleux, opiniâtre, compétent, bon chef d'équipe. Moins brillant que Richard, certes. Mais solide. Méthodique. Car si l'on pouvait dire que l'inscription d'Oz intriguait Richard, on pouvait également affirmer qu'Henry, quant à lui, vivait ce mystère. Non parce qu'il cédait à une fascination intellectuelle devant d'obscurs symboles, mais parce qu'il savait qu'il s'agissait de la clé d'une vérité fondamentale, essentielle à la compréhension de ce qui comptait le plus dans sa vie.

Andi l'attendait. Dès qu'il arriva, elle envoya un signal par le transmetteur : « Ici le temple. À vous, Kosmik. »

Le moniteur s'éclaira et l'image de Harvey Sill apparut.

« La directrice Truscott aimerait s'entretenir avec le docteur Jacobi, s'il vous plaît.

— Le docteur Jacobi n'est pas disponible. La directrice Truscott peut me parler en toute confiance si elle le souhaite. Je transmettrai sans faute son message. Ou, si elle le préfère, je peux demander au docteur Jacobi qu'il la rappelle dès que cela lui sera possible.

— Oh, par pitié ! » Mélanie Truscott remplaça Sill. « L'heure n'est pas aux circonlocutions, mademoiselle. » Elle s'interrompit et leva les yeux au-dessus d'Andi, comme si elle fouillait la pièce du regard. « Henry, je sais que vous êtes dans le coin. S'il vous plaît, prenez la communication. Il s'agit d'une urgence grave. »

Avec un soupir, Henry vint s'installer face à l'écran. « Bonjour, Mélanie, dit-il d'un ton las. Qu'est-ce qui pose donc problème ?

— Nous avons eu un accident. »

Henry détourna sur Andi le regard noir qu'il ne s'autorisait pas à darder sur Truscott. « Que s'est-il passé ? Vous avez besoin d'aide ?

— Non. En revanche, c'est vous qui êtes peut-être en danger.

— Que voulez-vous dire ?

— Nous avons perdu le contrôle d'une des boules de neige. Un bloc de glace en orbite. Il vient de s'abîmer en mer de Yakata il y a trois minutes. »

Henry jugulait sa colère. « Où ?

— Environ seize cents kilomètres au sud de votre position. Point d'impact : soixante-douze virgule cinq sud, cent quinze virgule deux ouest. »

Andi apporta une carte de la région et localisa le point.

Le regard de Truscott se vissa sur Henry. « Un tsunami s'est formé, annonça-t-elle.

— Mélanie, vous êtes une ordure.

— Je suis désolée que vous le pensiez, Henry. Mais le problème n'est pas là. » Elle avait l'air coupable. Elle essayait de le prendre de haut, mais la flamme habituelle de son regard s'était éteinte.

« Quelle amplitude a la vague ?

— Nous n'avons pour l'instant aucune mesure.

— Communiquez-les-moi dès que vous les aurez, s'il vous plaît.

— Naturellement. Et, Henry… je suis désolée. Si nous pouvons vous aider…

— Oui, bien sûr. Fin de communication. » Il éteignit l'écran. « Il va falloir évacuer le temple. À quelle vitesse se déplacent les lames de fond ? »

Andi consultait déjà les banques de données :

> TSUNAMI. (LAME DE FOND, RAZ-DE-MARÉE.) VAGUE CAUSÉE PAR UN SÉISME, UNE ÉRUPTION VOLCANIQUE OU AUTRE BOULEVERSEMENT SOUS-MARIN. LES TSUNAMIS PEUVENT ATTEINDRE UNE HAUTEUR IMPRESSIONNANTE. CERTAINS ONT RÉALISÉ LE TOUR COMPLET DE LA TERRE (Cf. LE GLISSEMENT DE LA PLAQUE D'ARGENTINE EN 2011.) ILS RÉPONDENT AUX MÊMES LOIS PHYSIQUES QUE LES VAGUES ORDINAIRES. LA MASSE D'EAU CONSTITUANT LE TSUNAMI TEND À S'ÉCRASER DERRIÈRE LA DÉFERLANTE EN EAU PROFONDE. À L'APPROCHE DE HAUTS-FONDS, SA VITESSE SE RÉDUIT MAIS SA HAUTEUR S'ACCROÎT CONSIDÉRABLEMENT. LES LITTORAUX DÉPOURVUS DE RELIEFS PEUVENT ÊTRE SUBMERGÉS. LES TSUNAMIS NE SONT EN AUCUN CAS LIÉS À LA MARÉE. LE TERME DE RAZ-DE-MARÉE EST INEXACT.

Elle fit défiler le texte.

> LA VITESSE DE DÉPLACEMENT DE LA VAGUE EST ÉGALE À LA RACINE CARRÉE DE L'ACCÉLÉRATION GRAVITATIONNELLE MULTIPLIÉE PAR LA PROFONDEUR DE L'EAU.

« Est-ce qu'on connaît la profondeur des fonds au sud d'ici ? » demanda Henry.

Andi secoua la tête. « Je ne crois pas qu'ils aient été mesurés précisément. » Ses doigts pianotèrent sur le clavier. « À vue de nez, je dirais que cette lame se déplace à cinq ou six cents kilomètres-heure. Mais ce n'est qu'une estimation.

— Saloperie. »

Andi se contenta d'écouter le souffle rauque d'Henry.

Hutch conduisait son chariot chargé de six conteneurs vers le sous-marin quand la voix d'Henry résonna sur le canal commun.

« Nous devons faire face à une urgence », déclara-t-il calmement.

Au détour d'un angle, elle aperçut Eddie Juliana qui sortait d'un des entrepôts. Il gribouillait quelque chose sur un bloc-notes.

Henry décrivit succinctement la situation. Hutch songea qu'il s'agissait sûrement d'une fausse alerte, d'une manœuvre dans la guerre des nerfs. Mais Eddie gardait le regard fixe, écarquillé.

« Nous ne savons pas à quelle vitesse ce tsunami approche, continua Henry, ni où il se trouve actuellement, ni quelle est son ampleur. Mais il pourrait nous atteindre dans deux heures. Tout le monde doit évacuer le temple et revenir immédiatement à l'Atoll.

— Mon Dieu, gémit Eddie. On va tout perdre. »

George se fit entendre. « Henry, on est en train d'exhumer quelque chose qui…

— Tout de suite, George. Je veux voir tout le monde à la base d'ici trente minutes. S'il vous plaît, contactez Andi. Laissez tout l'équipement en plan. Frank, quelle est la situation dans le sous-marin ? »

Carson écumait. « Il est plein. On s'apprêtait à remonter vers le ponton.

— Laissez tomber. Est-ce que Tommy est avec vous ?

— Oui. »

Eddie se jucha sur le chariot. « Continuez, dit-il à Hutch.

— Tommy. » Henry paraissait calme. « Prenez les commandes du sous-marin et filez droit vers le large. Allez aussi loin que possible.

— Pourquoi ne pas le laisser ici ? demanda Carson.

— Parce qu'il courra moins de risques en pleine mer. Nous ne savons pas ce qui va se produire ici. Frank, je veux que vous et Hutch localisiez cette vague. Je veux connaître sa position, sa taille et sa vitesse. »

Carson acquiesça.

« Une chose encore. Elle sera difficile à déceler. Les raz-de-marée ne sont pas hauts en eau profonde. Un mètre ou deux au plus. En revanche ils sont larges. Il y aura peut-être un kilomètre ou deux entre la crête et le creux. »

Hutch et Eddie roulèrent jusqu'au bassin du sous-marin.

« Je ne sais pas trop quelles mesures de sécurité s'imposent dans un cas pareil, continua Henry. Si nous avons le temps, je ferai débarquer tout le monde sur la côte, hors d'atteinte du cataclysme.

— Alors on aura besoin du sous-marin, intervint Carson.

— Ça prendrait trop longtemps. Il faudrait d'abord le vider, puis effectuer deux allers et retours pour évacuer tout le monde. Et compter encore trois quarts d'heure pour grimper à l'abri. Non, on utilisera les propulseurs personnels si on a le temps. Vous, faites le point de la situation. Où est ce raz-de-marée, est-il gros, quand arrivera-t-il ?

— N'oubliez pas, ajouta Andi, de dégager les deux navettes du ponton. »

Eddie sauta au pied du chariot tandis que Carson refermait la soute. « Qu'est-ce que vous faites ? » demanda-t-il.

La question sidéra Carson un instant. « Je lève l'ancre.

— Il vous reste de la place. » Eddie faisait signe à Hutch de se garer plus près du sous-marin.

« Laissez tomber, Ed.

— De toute façon, ajouta Hutch, ce sous-marin part à la rencontre d'un raz-de-marée. Le dernier service à lui rendre serait de lui donner trop de lest. Si ce n'est pas déjà le cas. »

Du coup, Tommy, inquiet, réagit : « Peut-être qu'on devrait décharger un peu de la cargaison.

— Écoutez, objecta Eddie, si ça se trouve, la base va être dévastée. Nous devons sauver ce qu'on peut.

— L'Atoll résistera sans problème », fit Carson, qui lança toutefois un regard anxieux à Hutch. « Il faut y aller. »

Avant de quitter la base, Hutch avait, par télécommande, envoyé l'*Alpha* sur le continent. Cinq minutes plus tard, Carson et elle s'envolaient à bord de la navette du temple dans un ciel de neige. Audessous, Tommy, seul et la peur au ventre, s'éloignait vers le large.

George, du fond du temple inférieur, avait bien du mal à reconsidérer ses priorités. « Henry, implorait-il. On peut le sortir d'ici en une heure. »

Maggie, d'où elle se trouvait, renchérit : « Henry, c'est une découverte décisive. On ne peut pas prendre le risque de la perdre. »

Ils s'exprimaient sur le canal commun. Hutch, distraite, n'avait pas saisi à quoi ils faisaient allusion. « Nous n'avons peut-être même pas une heure devant nous, rétorqua Henry. Pas de discussion, j'ai autre chose à faire. George, vous revenez à l'abri. »

Hutch scrutait au loin. La mer était assez calme. « Ce genre de boulette, dit-elle à Carson, qu'elle soit intentionnelle ou non, devrait lui sabrer sa carrière.

— À qui ?

— Truscott.

— Vous rigolez. Nous sommes politiquement impopulaires en ce moment. On va plutôt lui décerner une médaille. »

Chaque scanner avait son usage. Ceux qui équipaient la navette du temple avaient été conçus pour l'archéologie : ils sondaient le fond sous-marin et fournissaient des vues détaillées à faible distance. Hutch aurait eu besoin du large balayage de ses propres instruments. « On a choisi la mauvaise navette, dit-elle.

— Trop tard maintenant. On fera avec. »

Il neigeait toujours.

Hutch regarda ses moniteurs. « La lame ne mesurera peut-être qu'un mètre de haut. Je suis pas sûre qu'elle apparaîtra sur écran. »

Carson fronça les sourcils. « Et si on volait plus bas ? »

Pour toute réponse, elle descendit au ras des flots. Elle maintint toutefois l'allure à trois cents jusqu'à ce que Carson grommelle : « On devrait peut-être accélérer ?

— On ne la trouvera pas si on ne fait pas attention. Ce ne sont pas les vagues qui manquent ici. »

Carson secoua la tête. « Ça me scie. Un raz-de-marée, en principe, ça se remarque. Vous êtes sûre qu'Henry sait de quoi il parle ?

— C'est votre chef, pas le mien. Alors, à votre avis ? »

Richard aidait Janet à préparer des rations. Les autres membres de l'Académie venaient se ranger par équipes de deux ou trois. Henry faisait les cent pas dans la salle commune, tête basse, les mains vissées derrière le dos.

La voix de Carson retentit sur la ligne. « On est à cent kilomètres. Rien pour l'instant. »

Tri et George entrèrent. Ça faisait treize personnes. En comptant tout le monde.

« Bon, messieurs dames, commença Henry, maintenant que vous êtes tous là, je vais vous mettre au courant des événements. D'abord, je suis convaincu que l'Atoll n'a rien à craindre, je tenais à vous le dire. Mais il n'y a pas moyen d'en avoir la certitude. Si nous avons le temps, nous évacuerons. Karl a sorti un câble fin. Nous formerons une chaîne humaine et nous rejoindrons le rivage grâce aux propulseurs. Sitôt à terre, nous foncerons droit sur le col. Nous grimperons au plus vite dans la pente et, moins d'une heure après le débarquement sur la plage, nous aurons gagné une zone sûre.

— Avoir le temps, c'est avoir combien de temps ? demanda Andi.

— Deux heures. Si on ne dispose pas de deux heures pour vider le plancher, on reste ici. »

Art Gibbs s'avança. Il paraissait mal à l'aise, nerveux. « Peut-être qu'on devrait soumettre la question à un vote, Henry. »

Le regard d'Henry se fit dur. « Non, fit-il. Pas de vote. Je ne veux voir personne se faire tuer au nom d'un principe démocratique. »

« Peut-être qu'il n'y a pas de lame, fit Carson. Peut-être que c'est un gag.

— Possible », fit Hutch.

La voix d'Henry retentit dans la pénombre. « Toujours rien, Frank ? »

Carson était soucieux. « Négatif, Henry. Tout est calme ici.

— J'ai l'impression qu'on ne procède pas comme il faut, déclara Henry. Vous avancez trop lentement. Si la vague est proche, peu importe que vous la localisiez ou non puisqu'on l'encaissera ici quoi qu'il en soit. Ce qu'il faudrait qu'on sache, c'est si elle est suffisamment loin pour nous permettre de gagner la côte. Pourquoi ne mettez-vous pas la gomme ? Si vous la trouvez loin, tout est possible. Sinon, rien n'est perdu.

— Non, répondit Hutch. Je ne suis pas experte en tsunamis, mais ce que je sais, c'est que les vagues arrivent en série. Même si nous filons pleins gaz et que nous trouvons une vague, rien ne dit que nous n'en aurons pas laissé passer d'autres auparavant. On ne cherche pas une lame. On cherche la plus proche. »

À deux cents kilomètres, ils sortirent de la tempête. La lune éclairait la mer houleuse, agitée, parsemée d'icebergs. Ils filaient toujours tout droit, le regard rivé sur les écrans et l'océan. Ils commençaient à sentir qu'Henry, lui aussi, se prenait à espérer une fausse alerte.

Dans la lueur de leurs feux de navigation, une énorme nageoire noire jaillit de l'eau. « Baleine ? demanda Hutch.

— Il n'y a pas de baleine sur Quraqua. » Carson baissa les yeux. « Ça devait être un poisson. Mais je connais mal la faune locale. » Puis, sans changer de ton, il déclara : « Voici la vague. »

Elle était longue et uniforme, tel un pli régulier qui s'étirait jusqu'à l'horizon. Elle n'était pas haute, peut-être deux mètres. Et n'avait rien d'effrayant. C'était juste une barre de houle suivie d'un sillage noir et lisse. « Vous êtes sûr ? demanda-t-elle.

— Ouais, ça l'est.

— Henry, ici Hutch. On l'a localisée.

— Où ?

— À quatre cents kilomètres. Elle se déplace à cinq cent cinquante.

— O. K. On reste ici.

— Bien. Pour autant que ça veuille dire quelque chose, elle ne paraît pas méchante. »

Tommy Loughery naviguait en surface. Il avait entendu la navette le survoler et s'éloigner, même s'il n'avait pu la voir en raison du plafond nuageux.

« Tommy. » C'était la voix d'Andi.

« Je vous écoute, Andi.

— Vous avez tout entendu ?

— Affirmatif.

— Lorsqu'elle approchera, plongez en profondeur. Vous devriez pouvoir passer sous la déferlante sans trop de difficulté.

— Compris, dit-il. Bonne chance.

— À vous aussi. Pour nous, je crois que ça ira. »

Tommy partageait cet optimisme. Vu les images diffusées par la navette, toute cette panique lui semblait maintenant bien vaine. Ses radars cherchaient la vague. Si elle grandissait au point de devenir dangereuse, il aurait encore le temps de plonger. En définitive, il était ravi de passer quelques heures dans la tempête à regarder la neige tomber, à écouter le bruit de l'océan. Il en était venu à éprouver de la claustrophobie dans ce temple devenu oppressant, sinistre. Il ne l'aurait avoué à personne, mais il était presque content que Kosmik les pousse dehors. Il se trouvait en poste depuis un semestre et aurait théoriquement dû en passer un second. Une éternité. Il se languissait de retourner dans un monde peuplé de femmes, chatoyant de lumières, plein de vieux copains et de bons restaurants. C'eût été mauvais pour son cursus que de démissionner pour rentrer prématurément. Maintenant il allait pouvoir retourner à Washington et, fort de son expérience de terrain, briguer un poste d'enseignant. À l'avenir, il laisserait les voyages lointains aux autres.

Du fait de la ligne de flottaison très basse de son engin, les capteurs de Tommy ne lui donnaient une vision panoramique correcte qu'à condition qu'une vague le soulève. Ce qui arrivait suffisamment souvent pour qu'il remarque à l'avance tout éventuel obstacle.

Il se laissait voguer en regardant la mer et en rêvassant à des jours meilleurs. Au bout d'un moment, il entendit la navette le survoler et, quelques minutes plus tard, ses détecteurs produisirent un inhabituel signal lumineux sur l'écran de surface. Distance : vingt-deux kilomètres. Se réduisant très, très vite. « Andi.

— Je vous écoute, Tommy.

— Je l'ai repéré. Vitesse estimée, cinq cents kilomètres-heure. Ça ressemble juste à une longue vague.

— Merci, Tom. Plongez maintenant.

— Je suis à quarante kilomètres des côtes. Je plonge. » Mais il attendit en surface. La lame n'avait pas l'air dangereuse. Il en avait observé de plus impressionnantes sur les côtes de Caroline. Il tourna le sous-marin proue face à la barre d'eau, puis repartit à vitesse réduite.

La ligne bleue grandit sur ses écrans.

Des éclairs illuminaient silencieusement les nues au-dessus de lui.

Il braqua ses projecteurs vers l'avant mais ne vit rien d'autre que la pluie. La proue se dressa brutalement ; il se sentit soulevé. L'espace d'un instant terrible, il crut qu'il allait chavirer. Le sous-marin piqua, se redressa et poursuivit son chemin dans l'eau calme. « Y avait pas à se biler », murmura Tom en reprenant son souffle.

« Regardez-moi cette saloperie », murmura Carson.

La vague se propageait avec une grâce silencieuse dans la nuit. Sous leurs feux, elle apparaissait noire, nette et élégante. « Elle ralentit, annonça Hutch. Elle file à moins de quatre cents maintenant. » Elle se développait uniformément et formait un front solide, dépourvu d'écume, mais qui commençait à se creuser. Elle grandissait.

« On arrive en eau moins profonde, Hutch. » Tous les deux examinaient les données affichées. « Les tsunamis perdent leur vélocité à l'approche des côtes. Dieu soit remercié de ses menues bontés.

— Frank, à quelle profondeur se trouve l'Atoll ?

— À marée haute, dont on n'est guère loin, treize mètres. Ça devrait suffire. »

Carson communiqua ses informations à Andi. Elle ne parut pas pour autant rassurée.

La navette volait juste devant la vague, au ras de l'eau pour faciliter les prises de mesures. « Une chose me traverse l'esprit, fit Hutch.

— Quoi donc ?

— Les singes. Ils sortent sur la plage, la nuit ?

— Va falloir qu'ils se débrouillent, Hutch. Mais non, en général. Certains descendent occasionnellement après le crépuscule pour contempler la mer. Quand une étude a été menée sur ces singes il y a quelques années, c'est l'un des comportements qui a le plus intéressé les chercheurs. »

Les tours apparurent sur le moniteur.

Derrière eux, la vague diffusait un murmure à peine audible dans la rumeur de l'océan.

Ils virèrent entre les tours. On se serait cru à marée basse. Hutch se souvint qu'il s'agissait d'un des effets des raz-de-marée : aspirer l'eau en bordure des côtes pour la rejeter avec plus de force.

La vague grossit, se dressa et s'avança sur les hauts-fonds. Elle ne se rompit pas. La mer semblait vouloir se précipiter, noire et brillante, aussi lisse que du marbre, contre les vieilles tours et la côte rocheuse au-delà.

L'Atoll. Mercredi, 03 h 20.

Les transmissions radio et laser étaient relayées jusqu'à l'Atoll grâce à un appareil de communication monté sur une bouée qui flottait sereinement sur la mer, juste à la verticale des dômes de la base. Ses antennes transmettaient pour l'heure les images de la vague envoyées par la navette. Celles-ci étaient ensuite diffusées sur onze moniteurs situés en différents lieux. Mais celui qui attirait tous les regards se trouvait au port de plongée principal, dans une vaste salle dont un bassin occupait le centre. Il s'agissait du sas par lequel on pouvait sortir en mer l'équipement lourd. Cette salle présentait l'avantage, étant donné les circonstances, d'être vide de meubles ou d'objets mobiles, bref de tout ce qui pourrait blesser quelqu'un. En outre, une rambarde bordait le bassin, à laquelle on pourrait s'attacher le moment venu. On avait âprement discuté pour savoir s'il ne valait pas mieux s'asseoir sur une chaise, adossé au mur qui encaisserait le choc. Mais l'idée qu'il puisse y avoir urgence à sortir l'emporta rapidement sur les autres considérations.

On avait fermé les portes sous-marines pour isoler le bassin, non sans s'être assuré que même les plus faibles (on cita Maggie Tufu, ce qui ne fut pas sans l'irriter) seraient en mesure de les rouvrir manuellement.

Alors l'ambiance vira presque à celle d'un pique-nique. La vague, d'après les images, avait l'air si placide que nul ne pouvait décemment imaginer qu'elle fût vraiment dangereuse. Les hommes, pour la plupart, affichèrent un air blasé en vaquant aux préparatifs, tandis que de doux rires féminins résonnaient au-dessus du bassin.

Pourtant, Richard n'était dupe ni de cette feinte nonchalance ni de ces rires. Tendu, un peu énervé lui-même, il déambulait au milieu de son équipe, échangeant quelques plaisanteries forcées ou, quand il l'estimait nécessaire, tenant des propos rassurants qu'il ne pensait pas. « J'ai vu pire sur l'île d'Amity », déclara-t-il à Linda Thomas. C'était faux, mais ils se sentirent mieux tous les deux.

Plusieurs minutes avant le moment crucial, le sous-marin envoya un appel. « Pas de problème ici », rapporta Tommy. Il ne put s'empêcher d'ajouter qu'il avait chevauché la vague en surface. Si le sous-marin avait tenu bon, c'est que ce raz-de-marée n'était sûrement pas si terrible.

À son approche, tous les yeux se rivèrent sur l'écran. Les images étaient noyées dans le bleu nuit habituel ; aucun son ne les accompagnait, ce qui contribuait à estomper l'impression que le tsunami pouvait procurer à Hutch et Carson depuis la navette. Peut-être n'était-ce pas plus mal.

Un à un, ils vinrent s'aligner le long de la rambarde, s'y arrimèrent avec des anneaux de corde et des baudriers, activèrent leur champ d'énergie et ouvrirent leur réservoir d'oxygène. Richard regarda la vague prendre le pas sur le ciel. Quelqu'un, Andi, remarqua que les flots avaient considérablement baissé au niveau des tours.

La vague chargeait sur le dernier kilomètre. Sa crête se frangea d'écume.

Les vibrations des cloisons trahirent son arrivée imminente. Ils se ramassèrent, agenouillés sur le pont, agrippés à la main courante. Et puis une secousse ébranla la salle, les lumières faiblirent et s'éteignirent tandis que la voix du cataclysme rugissait dans la nuit. Le bassin entra en éruption et l'écran devint aveugle.

On entendit des sanglots, quelques jurons impressionnés. Un second coup porta, durement, pesamment, comme lâché par un énorme maillet.

Ballotté malgré son baudrier, Richard se cogna les côtes. À côté de lui, Linda poussa un cri. Tri perdit l'équilibre et bascula dans l'eau.

Mais personne ne fut sérieusement blessé. Les chocs se succédèrent pendant plusieurs minutes, décroissant en intensité. Les lumières se rétablirent. La violence du phénomène les avait tous surpris en fin de compte, mais, heureux d'être en vie, ils partirent à rire. Henry relâcha la barre qu'il étreignait d'une main de fer et leur adressa à tous un pouce en l'air. « Mesdames et messieurs, fit-il, congratulations. »

FORUM BIBLIOTHÈQUE

Ils sont venus au printemps de cette année m'annoncer ta mort.
Ils m'ont parlé de guerre et d'honneur, et dit que tu avais ri devant la peur,
Et prononcé mon nom.
Pendant ce temps, la mer devenait noire et calme.
Maintenant, tu reposes en une terre lointaine, si loin de cette journée d'été
Où nous avions laissé nos traces dans un sable parsemé d'écume.
Pourtant, au plus profond de la nuit,
Tu m'appelles et j'entends ta voix dans le rugissement des vagues.

Extrait de *Heures knothiques*,
traduit par Margaret Tufu,
Presses universitaires de Cambridge, 2202.

DIX

*À bord de l'*Alpha. *Mercredi, 06 h 10.*

En l'espace d'une heure, trois lames de fond frappèrent le site du temple. La première emporta le mur du fond, souffla la toiture et démantela le péristyle. La seconde, la plus puissante des trois, abattit deux des tours knothiques et enfouit le temple inférieur. La troisième arracha le dôme d'un des modules de l'Atoll et le déposa deux kilomètres plus loin à l'intérieur des terres. Plusieurs cabines individuelles et un centre de projection holographique furent ainsi perdus. Le pire de tout (considérant toutefois que le temple et les tours étaient condamnés) fut peut-être l'avalanche de sable et de rochers qui combla les puits et les tunnels creusés dans le site. La chapelle militaire disparut sous les décombres.

Aucune perte ne fut à déplorer. Il y avait des bleus et des bosses, sans compter le coup au moral, mais l'équipe était sauve. Et Karl Pickens résuma l'un des points de vue quand il suggéra qu'il fallait peut-être écouter les signes et mettre un terme à l'opération.

Hutch, qui tendait l'oreille depuis la navette, partageait cet avis. Carson et elle arrivaient d'une nouvelle reconnaissance dans le secteur. Ils s'étaient rendus au point d'impact. La mer était recouverte de glace, mais aucun autre tsunami n'était à craindre. Carson vivait en alternance des moments d'abattement profond et de colère. Henry paraissait fatigué, lessivé, comme si rien n'avait plus d'importance.

Le ponton avait été emporté, évidemment. Et Priscilla Hutchins survolait la dernière des tours.

Mélanie Truscott avait délivré son message.

Art Gibbs et George Hackett vinrent à leur rencontre à bord du sous-marin et passèrent l'heure suivante à transférer la cargaison. Sans ponton, la tâche devenait franchement délicate. En pleine manœuvre, ils perdirent une caisse et la regardèrent sombrer lentement. Bien sûr, elle ne serait pas irrécupérable, mais ils n'auraient pas le loisir d'aller la chercher. Le difficile chargement requérait beaucoup trop de temps.

George observait Hutch à la dérobée, et Hutch avait remarqué non sans plaisir son léger trouble quand elle lui adressait la parole. Dans la démoralisation généralisée au sein de l'équipe d'Henry, lui seul conservait son allant. « Faites ce qui est en votre pouvoir, disait-il, et oubliez le reste. Pas la peine de faire des ulcères pour ce qu'on ne peut pas changer. »

Mais par moments, quand il se laissait distraire, il confessait qu'il aurait préféré voir cette aventure se finir dans de meilleures conditions. « On se demandera toujours ce qu'il y a là-dessous, dit-il. Ces gens ont vécu ici pendant des milliers d'années. Ça me fend le cœur de les enterrer comme ça. »

Hutch garda le silence.

« On émettra une protestation, intervint Art. Et ça en restera là. C'est d'ailleurs le problème, dans cette équipe. Personne n'a d'estomac.

— Qu'est-ce que vous proposeriez ? » demanda George.

Art se retourna vers son jeune et grand équipier. « Je ne sais pas, fit-il d'un air mélancolique. Je ne sais pas. Mais si j'étais Henry, je trouverais quelque chose.

— N'intervenez pas à titre personnel, lança Carson. Le problème doit être géré par la direction.

— Je crois qu'on devrait prendre de bons avocats et intenter un procès à ces salauds, continua Art. Ils sont coupables de négligence pour le moins. Je ne sais pas pour les autres, mais pour ma part je me suis fait mal au dos. » Il esquissa une mimique de douleur.

« Ça ne nous avancerait guère », fit Carson. George et lui effectuaient le plus gros du travail. Ils avaient arrimé les deux véhicules, qui continuaient néanmoins de s'entrechoquer, de tanguer et rouler. George, dans le sous-marin, passait les conteneurs à Carson.

Chaque fois, la manœuvre réussissait de justesse. Hutch s'étonnait qu'ils n'en aient perdu qu'un.

« Pourquoi pas ? demanda-t-il. Ça révélerait au monde les méthodes de Caseway et de Truscott.

— Ça ne révélerait rien du tout, répondit Carson. Ils ne se gêneraient pas pour incriminer un obscur pilote au bas de l'échelle qui écoperait pour eux. Aucun dirigeant ne serait éclaboussé.

— Mais on a été agressés, rappela Hutch.

— Exact, fit George en sanglant un conteneur au plancher. Et on connaît notre agresseur.

— Il doit y avoir un moyen de les coincer », fit Art. Ce rôle de vengeur lui seyait mal. C'était un homme timide, effacé, prudent – totalement à l'opposé des fortes personnalités qu'on rencontrait généralement dans les missions spatiales. À croire qu'il s'était trompé en prenant le bus pour le centre-ville de Chicago et que son erreur l'avait conduit au temple.

Hutch eut une pensée pour le voyou que Truscott avait désarmé et tué à Newark. Sûrement, *elle* n'accepterait pas ce genre d'agissements sans réagir.

À part le dôme arraché, la base sous-marine n'avait pas subi de dommage important. Hutch savait que des fuites s'étaient déclarées, qu'un des petits modules (celui qui abritait les cabines d'Andi et Linda) avait cédé et s'était rempli d'eau. Elle voyait en outre deux plongeurs affairés à creuser non loin du bassin au sous-marin.

Elle commençait à se demander si le largage n'était pas une conséquence directe de sa conversation avec Truscott. Difficile de conclure à autre chose.

Peste !

La voix d'Henry retentit sur le canal commun. « George ? On a besoin de toi sur le site. »

George répondit qu'il arrivait. « Les gars, je crois que vous allez devoir finir le boulot sans moi. »

Hutch eut un frisson. « Ils ne vont quand même pas reprendre les fouilles ?

— M'est avis que si.

— C'est qu'il se fait un peu tard », dit-elle.

Art baissa les yeux sur sa montre. « Quarante-trois heures et des poussières. »

Ils chargèrent de nouveau le sous-marin et remontèrent à la surface. Cette fois, ils s'écartèrent un peu du rivage à la recherche d'une mer moins houleuse. Hutch fit décoller l'*Alpha* de son sommet et téléguida l'engin jusque auprès d'eux.

Le spectacle d'Eddie et Art transbordant la cargaison valait le coup d'œil. Ni l'un ni l'autre n'était costaud ou rompu à ce genre d'exercice. Il en résultait beaucoup de *houp-là !* et d'interruptions où chacun, à grand renfort de gestes, expliquait à son partenaire comment améliorer son rendement. Hutch avait installé dans la soute de la navette une rampe en Téflon provenant du *Wink* pour faciliter le stockage. Il n'y avait qu'à poser le conteneur entre les rails de sécurité, et il allait se loger sans effort où on le désirait. Le système fonctionnait à merveille et elle était ravie.

Alors qu'ils avaient fini et s'en retournaient vers l'Atoll pour une autre cargaison, Henry fit une nouvelle allocution. « Comme vous le savez, nous avons découvert dans le temple inférieur ce qui paraît être une presse rotative. Elle fonctionnait avec des caractères mobiles en métal, et des lignes sont restées en place. Maggie a identifié plusieurs lettres de casumel C avant que le raz-de-marée ne frappe. Malheureusement nous n'avons pas eu le temps de sortir cette presse du temple inférieur. Ce ne sera pas facile d'y retourner vu le temps qui nous reste. Mais, si nous parvenions à remettre la main dessus, nous aurions une page entière de texte en casumel. Inutile que je souligne ce que cela représenterait.

» Nous faisons actuellement tout notre possible pour atteindre cet objet. Dans le même temps, je veux que l'on commence l'évacuation.

— Un instant, Henry. » C'était une voix de femme assez crispée. Hutch lança un regard interrogateur à Art.

« Sandy Gonzalez, fit Art. C'est elle qui a fait le plus gros du boulot pour nous, sur Oz.

— Qu'y a-t-il, Sandy ? demanda Henry.

— Creuser dans ces conditions, c'est trop dangereux. Il faut abandonner et plier bagage.

— Je ne vous demande pas de le faire, Sandy. »

Mauvaise réponse, songea Hutch. Henry avait pourtant la réputation d'être habile. Le manque de sommeil, sans doute. « Henry, je n'interviens pas pour sauver ma peau, rétorqua sèchement Sandy. Ce que je dis, c'est qu'il est temps d'arrêter les frais. Avant que quelqu'un se fasse tuer.

— O.K. » La voix d'Henry ne trahissait aucune émotion. « Quelqu'un veut s'exprimer ? »

Une autre femme prit la parole. Sa voix parut familière à Hutch, sans qu'elle puisse toutefois l'identifier. « Je n'ai pas envie de passer le restant de ma vie à m'interroger sur cette fichue cité sur la lune, tout en sachant que la réponse était peut-être à portée de main mais que je n'ai pas osé aller la chercher.

— Linda Thomas, glissa Art. Une très bonne. Et encore toute jeune. J'aimerais être promis au même avenir qu'elle. »

Un à un, tous donnèrent leur point de vue. Même, pour finir, Carson, depuis la navette. À la surprise de Hutch, il se prononça pour l'arrêt des fouilles et le départ. Mais l'équipe demeurait profondément divisée ; il y avait même des contestataires dans chaque parti. Karl Pickens voulait rester parce qu'il refusait de céder devant la pression, *de guerre lasse*, en revanche, il estimait que le temple était trop délabré pour qu'on y retourne. « Moi, je n'y remettrai pas les pieds. Je ne crois pas qu'on devrait autoriser quiconque à le faire. Même si un cinglé se portait volontaire. »

Son intervention déclencha un tollé.

Janet, qui avait déjà voté contre le départ, déclara : « J'ose espérer que notre devise n'est pas *l'archéologie en pantoufles*.

— Richard ? lança Henry. Qu'est-ce que tu en penses ? » Hutch se demanda s'ils pouvaient se voir.

« Je n'ai pas voix au chapitre, fit Richard d'un ton monocorde et objectif. Mais quelle que soit votre décision, je vous soutiendrai. »

Non, sacré nom de Zeus, songea Hutch. *Dites-leur de vider le plancher. S'ils continuent sur la corde raide, toute erreur provoquera une catastrophe.*

Mais on ne lui demanda pas son avis, à elle.

« Bon, fit Henry. Pour l'instant, on va piloter à vue. George, ne prends aucun risque. » Hutch fit la moue : c'était atermoyer. Or, en cette heure, de la poigne s'imposait. « Pendant ce temps, on commence à évacuer les autres. Si les progrès piétinent dans la chapelle, on suspend les travaux avec une bonne marge de sécurité. » Sa respiration était rauque. « Eddie, où en est-on avec les vestiges ? »

Eddie répondit d'une voix froide : « On va en perdre la plupart. Peut-être qu'on devrait conjuguer nos efforts pour essayer de sauver ce qu'on a au lieu de courir partout… »

Étant donné qu'ils ne pouvaient pas sauver les conteneurs autrement que par les deux navettes, et puisque les deux appareils étaient déjà employés à plein régime, Hutch ne voyait pas bien à quoi pouvait rimer de « conjuguer les efforts ». Si Henry se fit la même remarque, il s'abstint de commentaire. « Nous sauverons ce que nous pourrons, déclara-t-il d'une voix apaisante. Hutch, vous allez commencer à emmener des passagers aussi. Combien pouvez-vous en prendre ? En plus de vous-même ?

— Il en tiendra quatre dans l'*Alpha*. Et trois dans la navette du temple. »

L'équipe comptait seize personnes, y compris Richard et Hutch.

« Quand le prochain vol est-il prévu ?

— Dans deux heures environ. Dès que nous serons chargés.

— D'accord. Emmenez Maggie. Et Phil. » Les philologues ; ils pourraient travailler à bord du *Winckelmann* aussi bien qu'à l'Atoll. « Ainsi que Karl et Janet. Je vais réfléchir aux…

— J'objecte, lança Pickens. Je n'ai pas dit que je ne voulais pas aider. J'ai juste dit que c'était fou. Ça ne veut pas dire que je tire ma révérence. »

Janet protesta également. La « réunion » devint brouhaha et tourna court.

Richard les attendait lorsqu'ils émergèrent dans le bassin du sous-marin. L'air soucieux, il entraîna Hutch à l'écart. « On a peut-être un problème, fit-il.

— Vous m'en direz tant ! Ces gens courent à la mort. Et moi qui vous prenais pour un fanatique…

— Hutch, il ne s'agit pas seulement de cette course effrénée au dernier vestige. Henry et son équipe ont basé leur carrière sur ce site. Et maintenant, au moment de récolter les fruits, on voudrait tout ficher en l'air ? Vous voulez la vérité ?

— Bien sûr.

— Henry a raison. Ils devraient rester et récupérer cette presse. Toute autre décision serait une trahison. »

Elle garda le silence.

Il esquissa un sourire doux. « J'aimerais que vous me rendiez un service. Vous connaissez David Emory ? »

Elle le connaissait de renom. Elle l'avait même croisé une fois lors d'un mariage. Un Africain un peu efféminé avec un accent d'Oxford. Emory était spécialiste, pour autant qu'elle se souvenait, de tout ce qui avait trait aux religions extraterrestres. Il avait écrit des livres sur le sujet. « Oui, répondit-elle. Je le connais.

— Il est sur Nok. Pourriez-vous lui envoyer un message ?

— Pas de problème.

— À propos des discontinuités. J'aimerais savoir si ces événements sont purement accidentels ou si une sorte de schéma les provoque. Peut-être qu'il existe un mécanisme social ou planétaire. Quelque chose de biologique, qui sait ? Quelque chose qui intervient périodiquement. »

Il se mordit la lèvre : visiblement, il ne savait pas par quel bout prendre le puzzle.

« J'aimerais savoir s'il a trouvé des indices attestant des événements de ce genre sur Nok.

— Pourquoi ne pas le lui demander vous-même ? L'Atoll dispose de moyens de liaison interstellaire.

— Manque d'intimité. Je préférerais que cela reste entre nous pour l'instant.

— D'accord, je le contacterai depuis le *Wink*.

— Merci. Et demandez une réponse rapide. »

La voix de Hutch se mua en murmure conspirateur. « Maintenant, à mon tour de vous demander quelque chose.

— Je vous écoute.
— Mélanie Truscott.
— Eh bien ?
— Qu'adviendra-t-il d'elle quand tout ceci sera fini ? »
La question le mit mal à l'aise. « Elle obtiendra une promotion. » Ses yeux dérivèrent dans le vague. « Je sais ce que vous ressentez, Hutch. On portera plainte. Kosmik fournira un rapport, nous enverra une copie, formulera des excuses, et ce sera terminé. » Il haussa les épaules. « Peut-être que si quelqu'un avait été tué… »

Janet Allegri était contente qu'Henry n'ait pas repoussé catégoriquement l'idée de retourner jusqu'au temple inférieur, en revanche elle était déçue de partir dans la première vague.

Pourtant elle ne se plaignit pas. Elle alla dans sa cabine boucler ses valises. Elle avait amené peu d'affaires personnelles, trois ans auparavant, mais elle avait réussi à détourner plusieurs antiquités. C'était illégal, naturellement. Tout devait théoriquement être envoyé à l'Académie. Mais l'Académie possédait déjà de quoi remplir des hangars entiers et tout le monde s'était attribué un souvenir ou deux. Une pratique d'ailleurs devenue plus ou moins traditionnelle.

L'un de ses objets préférés était un médaillon solaire, ainsi dénommé à cause du soleil levant qui l'ornait, accompagné de l'inscription : *Vivre pour la lumière.* Elle l'aimait parce qu'il avait l'air très *humain.* Elle avait aussi fait main basse sur une urne datant de la fin de l'époque mésatique, dont nul n'avait pu déchiffrer les symboles. Elle emportait encore une pièce de monnaie frappée d'une effigie de Quraquat sur une face et d'un buisson de *Colin* sur l'autre. D'ici quelques années ces souvenirs compteraient parmi ses possessions les plus précieuses. Ils lui rappelleraient deux mondes à jamais perdus : les Quraquats et sa propre jeunesse.

Elle les enveloppa précautionneusement dans ses vêtements, sortit ses trois sacs de l'armoire et les y déposa.

Les draps resteraient là, ainsi que les serviettes.

Elle décrocha une à une les photos du mur : celle de son frère Joël, celle de sa famille à Noël dans la salle à manger, celle de six membres de l'équipe du temple se promenant sur la plage, ou encore du fragment Zeta (que Janet avait découvert et qui avait fourni les premières pistes de travail à Maggie sur la langue casumel). Elle avait vécu une bonne part de sa vie d'adulte ici. Elle s'était établie professionnellement. Avait connu plusieurs liaisons sentimentales. Imaginer que ces lieux seraient bientôt noyés dans la vase lui fendait le cœur.

Comme elle traînait ses bagages dans le couloir, elle buta contre Richard.

À son air ahuri, elle comprit qu'il avait la tête ailleurs. « Je peux vous aider ? » proposa-t-il lorsqu'il eut rassemblé ses esprits.

Elle n'avait guère eu l'occasion de lui parler depuis son arrivée. Sa réputation en faisait un personnage impressionnant. Elle se sentait intimidée. « Merci, oui. S'il vous plaît. »

Il la dévisagea d'un regard songeur. « Vous vous sentez bien ?

— Ça va, pourquoi ?

— Vous êtes toute pâle. » Il baissa les yeux vers les sacs. « Ça ira, vous verrez. Vous en ferez d'autres, des découvertes. »

Ils traversèrent la salle commune avec les bagages puis descendirent d'un étage jusqu'à la baie. Par la suite, Janet essaya de se remémorer le sujet de leur conversation pendant cette courte marche, en vain. Des banalités très probablement, des questions et des réponses classiques que s'échangent deux personnes nouvellement introduites l'une à l'autre. En revanche, elle devait toujours se souvenir de son air affable.

Maggie Tufu était la meilleure exophilologue de l'Académie. Elle avait une très haute estime d'elle-même et peut-être était-ce justifié. Elle s'était taillé sa réputation sur Nok, où elle avait élucidé des langages tant anciens que modernes. Contrairement à la plupart des chercheurs de terrain sortant du lot, Maggie était également une pédagogue hors pair. On la considérait comme une légende vivante à l'université de Pennsylvanie.

Elle avait réussi tous les défis vraiment importants de sa vie, à deux exceptions près : son mariage et son incapacité à tirer quoi que ce soit des quelques inscriptions qui avaient survécu sur Pinacle.

Et voilà qu'elle se trouvait maintenant face à un troisième échec possible. Personne dans l'équipe de Jacobi n'avait compris aussi vite qu'elle l'importance qu'il y avait à déchiffrer le casumel linéaire C. Comme Richard, elle pensait que cette piste les mènerait à l'énigme d'Oz, et pour finir aux Bâtisseurs de Monuments. Car Maggie était l'une des rares personnes convaincues de l'existence d'un mystère. Ses collègues, pour leur grande majorité, partageaient le point de vue de Frank Carson, à savoir que le site lunaire était tout bonnement incompréhensible, et qu'une fois cela admis il n'y avait pas grand-chose à ajouter.

En conséquence, quand était tombée la terrible nouvelle que l'Académie évacuerait Quraqua et que les trésors archéologiques de la planète seraient sacrifiés pour créer un monde habitable, elle avait suspendu tous ses travaux en cours pour s'attaquer d'arrache-pied au problème du casumel linéaire C.

On avait reconstitué environ cinq cents échantillons dans la langue cible, prélevés pour l'essentiel dans douze sites importants. En général, il s'agissait de quelques grappes de symboles. Le contexte favorisait souvent leur compréhension (ou l'assertion) quand ces échantillons provenaient d'un bâtiment public, d'une bibliothèque ou du socle d'une statue d'animal.

Le temple inférieur recelait un tout autre potentiel.

Maggie possédait plusieurs tablettes plus ou moins complètes, transcrites dans l'une ou l'autre des sous-branches du casumel. Il s'agissait probablement de fables, car elles s'accompagnaient de pictogrammes montrant des tempêtes, la mer, la lune, ou encore illustrant le courage guerrier. Ainsi put-elle s'essayer à deviner ici, à vérifier là une équivalence. Elle avait reconstitué un alphabet de base ainsi que plusieurs de ses variantes et entrepris de dresser des listes de mots. Mais elle manquait cruellement d'échantillons.

La presse d'imprimerie pouvait fournir la solution, l'occasion d'obtenir un texte de deux ou trois mille caractères. Une trouvaille magnifique. À condition de mettre la main dessus.

Ce matin-là, Maggie s'attardait devant une tablette exhumée deux ans auparavant dans un autre site, à plusieurs centaines de kilomètres à l'intérieur des terres. Elle l'avait passée au scanner, répertoriée, mais n'avait pas pu se résoudre à l'envoyer à l'Académie par le cargo annuel.

La pièce, oblongue et large comme sa main, mesurait à peu près vingt centimètres. Elle montrait le héros quraquat Malinar encore enfant, un plat à la main, en train de nourrir une espèce d'ours doté de défenses et de grands yeux, sous le regard d'un nourrisson. Elle connaissait le mythe : la bête était un horgon, un animal démoniaque extralucide. L'horgon appartenait au bestiaire mythologique local et incarnait une divinité dévoyée, un peu comme Satan. Personne ne pouvait se cacher à ce monstre. Personne ne pouvait le vaincre. Mais, traditionnellement, il épargnait les enfants parce que *celui-ci* l'avait approché sans crainte, un plat rempli de nourriture à la main, pour détourner son attention de sa sœur. L'horgon, en hommage à la valeur de Malinar, ne s'était jamais plus attaqué à un enfant. L'idéogramme symbolisant la bravoure, constitué de trois flèches entourées d'un cercle, figurait en en-tête. Suivaient six lignes de texte. Elle pensait avoir identifié plusieurs termes : les verbes *voir* et *offrir*, et les noms *Malinar* et *horgon*.

En outre, le texte semblait corroborer certaines de ses théories syntaxiques.

Si elle s'était abstenue d'envoyer cette tablette à Washington, c'est parce qu'elle avait repéré ailleurs cette combinaison de caractères signifiant « horgon » : ce mot figurait dans l'inscription d'Oz.

Andi s'employait à débrancher certaines installations électroniques secondaires quand Karl traversa la salle des opérations avec ses bagages. Sur le niveau inférieur, Art Gibbs et Sandy Gonzalez bâchaient une foreuse. D'autres machines, pompes, générateurs, traîneaux sous-marins, attendaient là qu'on les remise. Ces préparatifs donnaient vaguement l'impression qu'on mettait l'Atoll en réserve, comme si quelqu'un allait un jour prendre le relais et poursuivre la mission.

En temps normal, l'Académie aurait rapatrié son équipement : les excavateurs, le sous-marin, l'Atoll lui-même. Mais la décision d'évacuer avait été prise rapidement, sans qu'Henry ait pu donner son avis. En conséquence, trop peu de temps avait été alloué, en sorte que l'équipe en poste au temple (et une partie de la direction du Deuxième Étage à Washington) s'était trouvée contrainte de choisir entre des machines très coûteuses et des antiquités d'une valeur inconnue. On avait donné la priorité aux antiquités, évidemment.

Karl était de service quand le Deuxième Étage avait transmis la consigne à Henry d'abandonner tous les effets personnels à l'Atoll afin de dégager de la place de stockage dans les navettes. Henry avait suffisamment roulé sa bosse pour savoir que rien ne servait de se rebeller contre cette décision. Il oublia tout bonnement de la faire appliquer.

Karl entra dans l'abri du sous-marin. Personne, à part Janet. Il déambula sur le quai le long du bassin et déposa ses bagages près des siens, à côté de la passerelle d'embarquement. « Je suis prêt », lui dit-il. Des conteneurs amenés par Eddie s'amoncelaient un peu partout. Plus d'une centaine au total. « Faut-il vraiment qu'on charge tout ça dans le vaisseau ?

— Et il y en a d'autres qui arrivent. » Janet esquissa un sourire fatigué. « Alors, Karl, que comptez-vous faire quand nous serons rentrés ?

— On me propose un poste à l'Institut von Archäologie. » Il s'efforçait de garder un ton neutre. Mais tous deux savaient qu'il s'agissait d'une promotion prestigieuse.

« Félicitations. » Elle l'embrassa. « Pour moi c'est le grand flou. » Une liste d'annonces d'emplois circulait depuis un mois. L'Académie entendait conserver une équipe réduite et aider les autres à se réinsérer ailleurs. La plupart, comme Karl, retourneraient à l'enseignement. « J'aimerais rester sur le terrain, fit-elle. Mais les listes d'attente pour Pinacle et Nok sont plutôt longues.

— Deux ans, aux dernières nouvelles », dit Karl. Comme archéologue, Allegri sortait du lot. Et elle avait de l'expérience. Mais ce serait bien dans le style de l'Académie de gaspiller son potentiel en lui proposant un poste de professeur pour premières années. « Peut-être qu'ils feront une exception pour nous autres. »

Les feux de navigation approchaient. « Tâchez de trouver Henry et demandez-lui d'intercéder. »

L'eau se mit à bouillonner. « Quel dommage tout de même, murmura-t-elle. Henry mérite mieux.

— Il n'a peut-être pas dit son dernier mot, fit Karl. Il veut le casumel linéaire C. Et je ne mettrais pas ma main à couper qu'il ne l'obtiendra pas. »

FORUM BIBLIOTHÈQUE

À l'instar de la plupart des héros mythiques, Malinar eut peut-être un fond historique. En ce cas, la réalité serait inextricablement mêlée à la légende. Ce héros apparaît à des époques séparées par des milliers d'années. Cela s'explique, sans nul doute, par l'extrême longueur de l'histoire quraquat, ainsi que par l'absence de progrès technologique suivant l'épuisement des ressources énergétiques non renouvelables de la planète, de laquelle résulta un effet de télescopage temporel, certaines époques éloignées les unes des autres présentant une grande similarité.

Bien que Malinar semble avoir vécu presque mille ans avant la construction des tours knothiques, on rapporte qu'il aurait visité le lieu saint pour consulter son dieu en une occasion. Le temple se dressait alors sur un socle rocheux surplombant la mer. Nous possédons une tablette qui, selon toute vraisemblance, dépeint cet événement.

Malheureusement, nous ignorons presque tout de la saga de Malinar. Nous ne savons ni le pourquoi de ce pèlerinage ni son résultat. Nous savons seulement que les Quraquats estimaient parfaitement naturel que leur grand héros se soit rendu dans cet imposant site sacré de la côte nord.

Linda Thomas, au temple des Vents,
Université de Harvard, 2211.

ONZE

L'Atoll. Mercredi, 14 h 18.

« Je suis navré que nous ayons découvert ce truc, Hutch. » Malgré sa fatigue, George Hackett trouvait le moyen de rester souriant. « Si ça ne tenait qu'à moi, on annulerait tout. Je suis prêt à rentrer.

— Depuis combien de temps êtes-vous ici ?

— Quatre ans.

— Ça fait long.

— Une éternité. » Ils étaient seuls dans la salle commune, à goûter une pause café-pain grillé. La mer ondoyait contre les panneaux transparents. « Je ne crois pas que je repartirai pour des missions de terrain. »

Hutch appréciait sa compagnie. Elle aimait ce pétillement dans ses yeux et sa gentillesse. De vieux sentiments se ravivaient. Lorsqu'ils se trouvaient ensemble, elle avait tendance à bafouiller. Mais elle savait se maîtriser et maintenir une distance discrète en attendant qu'il fasse le premier pas. Quand ce moment viendrait, s'il devait venir, il lui faudrait trouver le moyen de l'inciter à attendre qu'ils soient rentrés. Aucune autre solution ne pourrait s'accorder avec ses exigences professionnelles. Elle savait d'expérience qu'on ne pouvait pas garder ce genre de secret à bord. « Et pourquoi pas, George ? demanda-t-elle d'un ton détaché. Votre carrière exige des expériences de terrain, non ? »

Il secoua la tête. « Je ne suis pas archéologue. Je suis ingénieur. Je me trouve ici parce que l'opportunité s'est présentée, parce que j'y ai vu l'occasion de voyager un peu. » Il glousssa.

« Bien, fit-elle. Pour ce qui est de voyager, vous avez été servi.

— Ouais. On peut le dire. » Il posa sur elle un regard mélancolique. « Vous savez, Hutch, vous êtes adorable. Tout ce voyage valait le coup, ne serait-ce que pour vous rencontrer. »

Le rouge lui vint aux joues. « C'est gentil, fit-elle.

— Je suis sincère. »

Oui, elle le voyait bien. « Qu'allez-vous faire une fois rentré ? » demanda-t-elle.

Il ne la quittait pas du regard. « Trouver un coin plein de verdure et de jours d'été. Où toutes les femmes vous ressembleront. » Il tendit la main et lui effleura la joue.

Eddie Juliana ne mollissait pas et continuait de remplir conteneur sur conteneur. « On remontera tout, répétait-il. D'une façon ou d'une autre, on sauvera tout. » Il stimulait Hutch pour qu'elle travaille plus dur. « Ceux-ci, expliqua-t-il, devront partir en premier. On ne sait jamais. Oubliez ce qui est entreposé près du bassin. Au cas où Truscott déciderait de nous bombarder de nouveau. » Il leva les yeux au plafond comme pour l'observer dans sa station orbitale. « Oui, reprit-il, embarquez ceux-ci. » Il désignait une rangée de conteneurs aux étiquettes rouges. « Je me chargerai des autres. » Il opina du chef pour lui-même. « C'est préférable. »

Hutch s'inquiétait pour lui.

« Près de la porte », reprit-il tout en l'amenant dans l'atelier et sans paraître remarquer sa mine soucieuse. Il montra trois conteneurs. « Ceux-ci contiennent des armes. Trouvées dans les soubassements de l'avant-poste. » Il se campa près du premier en intimant à Hutch par un geste d'approcher un chariot. « Quoi qu'il advienne, nous ne devons pas les perdre. Elles ont une valeur inestimable. » D'ordinaire, Hutch aurait râlé ou claqué la porte. Mais elle se sentait si désolée pour Eddie qu'elle s'échinait pour lui faire plaisir. « Il y en a un autre de classe rouge à côté. »

Ce conteneur-là n'était pas scellé. Elle jeta un coup d'œil à l'intérieur. « Il lui faudrait un coup de poly-6, dit-elle.

— Faites-le donc », lui lança-t-il en s'éclipsant vers les toilettes.

Elle empoigna le pistolet, le pointa dans le conteneur et pressa la détente. Une épaisse écume blanche enroba les objets emballés dans leur film plastique et une odeur un peu âcre se diffusa dans l'atelier. Elle regarda la mousse monter et coupa le jet. Le poly-6 entrait en expansion. Hutch releva le pistolet et le braqua sur une Mélanie Truscott imaginaire. Eddie réapparut et la considéra d'un regard agacé. Elle tourna l'engin vers lui et son index se crispa légèrement sur la détente. « Poum », fit-elle.

Poum.

Eddie n'était pas d'humeur à rire. Il verrouilla le conteneur et le fit rouler jusqu'au chariot.

Une idée germait dans l'esprit de Hutch. « Eddie, ce produit, on en a beaucoup en stock ?

— Du poly-6 ? Tant qu'on veut. Pourquoi ?

— C'est quoi, le principe actif ?

— Je n'y connais rien en chimie, fit-il. Ça se fabrique avec deux bidons. » Ils étaient bien en vue avec leur étiquette A et B. « Ce sont les deux composants. Inertes tous les deux jusqu'au mélange. Le dosage est réglé par le pistolet. Dès que les deux produits entrent en contact, l'uréthane se dilate et durcit. On s'en sert depuis des siècles. C'est l'idéal pour protéger des objets fragiles lors d'un transport.

— Vous auriez un autre mélangeur ? Un pistolet ?

— Certainement. » Il fronça les sourcils. « Pourquoi ? »

Elle calculait quel espace restait disponible dans les soutes de l'*Alpha*. « Écoutez, on va peut-être revoir la prochaine cargaison légèrement à la baisse. »

« Quoi ? » On l'aurait dit blessé. « Mais pourquoi ?

— Parce que je vais emmener deux fûts de poly-6 avec moi. » Eddie était horrifié. « Il n'y aura pas la place.

— On s'arrangera.

— Mais bon sang, pour quoi faire ?

— Pour dire un petit bonjour à Mélanie Truscott. »

Une heure plus tard, l'*Alpha* grimpait vers l'espace. La navette emmenait Hutch, Janet, Maggie, Karl et le coéquipier analyste le plus talentueux de Maggie, Phil Marcotti. Vingt-neuf conteneurs remplis de trésors et deux fûts de composants de poly-6 se trouvaient également à bord.

Maggie Tufu était plus jeune que Hutch ne l'aurait imaginé. On lui avait tant de fois vanté ses prouesses qu'elle fut surprise de constater que Maggie n'avait peut-être pas encore la trentaine. Elle était grande, à vrai dire plus grande que les deux hommes. Elle coiffait son opulente chevelure noire en une espèce de chignon (sans doute pour se vieillir). Elle avait les yeux noirs également, et les traits typés de ses ancêtres océaniens. Si elle avait su se laisser aller de temps en temps à un sourire, on l'eût jugée belle.

Elle avait tendance à se tenir à l'écart des autres. Hutch n'y voyait aucune arrogance, mais simplement une conséquence de ses préoccupations professionnelles. En réalité les gens, et dans une certaine mesure tout ce qui ne touchait ni aux mathématiques ni à la théorie ou la pratique de la philologie, ennuyaient assez vite Maggie.

Son collègue Phil Marcotti était un homme rondelet, extraverti et facile à vivre. La quarantaine, passionné par son travail, il était de ceux qui auraient préféré rester jusqu'à ce qu'on ait récupéré ce que tout le monde appelait désormais « la presse de George ». Il confia même à Hutch que, si cela n'avait tenu qu'à lui, l'Académie n'aurait cédé le terrain qu'en face d'une force armée. Curieusement, cet homme agréable et jovial était l'un des partisans d'Henry les plus extrémistes.

Maggie vint s'asseoir à la droite de Hutch. Durant l'ascension, elle se brancha sur l'ordinateur auxiliaire et se plongea dans des colonnes alphanumériques. « Dans un sens, on a de la chance, expliqua-t-elle à Hutch. On ne trouve pas autant d'inscriptions en casumel linéaire qu'on le souhaiterait. Il faut dire qu'on ne trouve jamais assez de tout ce qu'on cherche. Cette langue est trop ancienne. Mais heureusement, celles qu'on a récoltées s'accompagnent pour la plupart d'illustrations. Ça permet de déduire du vocabulaire.

— Vraiment ? fit Hutch, intéressée. Vous pourriez me montrer des exemples ?

— Certainement. Ceci (une suite de caractères apparut à l'écran) signifie “soleil”. Il s'agit de lettres et non d'idéogrammes. Et ça (nouvelle suite), “lune”. » Elle se mit à sourire, non à l'intention de Hutch, mais à l'écran. « Ceci veut dire “serpe”.

— Serpe ? Comment êtes-vous parvenue à cette conclusion ?

— Les signes illustraient un petit texte où il était question de récolter ce qui avait été planté. Je pense. »

Karl, morose, regardait les nuages. Il avait les yeux dans le vague et Hutch se demanda s'il pensait à son avenir.

Janet s'était assoupie dans les minutes qui avaient suivi le décollage. Elle dormait encore lorsque la navette se glissa dans la cale du *Wink*.

Hutch régla la rotation de l'anneau B en sorte de le faire pivoter légèrement à droite. Ils déchargèrent les conteneurs, qui pesaient désormais moins du dixième de leur poids planétaire, et les transportèrent à travers deux sas jusqu'à la soute principale. Là, Hutch distribua des chaussures permettant d'adhérer au pont de Téflon. La soute était large et haute, assez vaste pour y jouer au basket-ball. Ils la traversèrent de part en part pour déposer la cargaison près des deux précédentes, le long de la cloison.

Cette soute avait été prévue pour accueillir les gros engins d'excavation, toute une panoplie d'appareils et tout ce que l'Académie aurait jugé bon de ramener en plus. Si l'on exceptait la cale de la navette, elle occupait l'intégralité de l'anneau B. Elle était compartimentée en quatre sections, chacune dotée d'un portail de chargement ouvrant sur l'extérieur.

Lorsqu'ils eurent fini, Hutch fit rapidement visiter le vaisseau. Elle emmena ses passagers sur le pont A, leur montra leur cabine, le salon et les sanitaires, le fonctionnement des distributeurs d'alimentation. Elle les retrouva pour le dîner. Ils portèrent un toast à leur nouveau logis. Ils paraissaient avoir retrouvé un peu de dynamisme.

Après le repas, Hutch entraîna Janet à l'écart. « Ça vous dirait de lui rendre un peu la monnaie de sa pièce ? » lui demanda-t-elle.

Janet la dévisagea d'un air perplexe. « De qui parlez-vous ? » Puis elle se fendit d'un sourire. « De Truscott ?

— En personne. »

Elle opina du chef. « J'écoute.

— Il y aura un risque.

— Dites-moi ce que vous avez en tête. Ça ne me déplairait pas de lui en faire voir un peu.

— Je crois qu'il y a peut-être moyen. »

Hutch retourna dans l'anneau B, suivie de Janet. La pleine gravité du vaisseau, qui équivalait à la moitié de la gravité terrestre, avait été restaurée. On pouvait accéder aux portes de chargement depuis le pont. Leur taille était fonction du volume de chaque soute. Hutch opta pour la soute n° 2, qui possédait la porte la plus grande (assez large, à vrai dire, pour livrer le passage à un véhicule deux fois plus gros que l'*Alpha*).

Hutch fit un tour d'inspection et, estimant que le lieu convenait à son projet, expliqua son idée. Janet écouta, d'abord sceptique puis bientôt gagnée par l'enthousiasme. Quand Hutch termina son exposé, elle arborait un large sourire. « Je n'aimerais pas vous avoir comme ennemie, fit-elle.

— Si on se fait prendre, on sera bonnes pour aller faire la manche sur Massachusetts Avenue.

— Seront-ils capables de retrouver l'auteur du coup ?

— Peut-être. Écoutez, c'est mon idée. Et je ne veux pas vous mettre dans le pétrin. Je comprendrais que vous n'ayez pas envie de vous mouiller.

— Mais sans aide vous ne pouvez rien faire.

— Non, c'est vrai.

— J'aimerais pourtant voir ça. Le seul véritable inconvénient, c'est qu'on ne pourra pas fanfaronner après. »

Hutch soupira d'aise. « Un petit prix à payer pour que Mélanie Truscott reçoive un message des opprimés.

— Ça pourrait vraiment marcher ?

— Essayons donc. »

Hutch coupa la gravité. Elles se rendirent à la navette, empoignèrent les deux fûts de poly-6 qu'elles ramenèrent dans la soute n° 2 et posèrent au milieu du pont, plus ou moins en face des portes donnant sur l'extérieur. Ensuite, Hutch alla chercher les tuyaux et le pistolet.

Maintenant qu'elle était partie prenante du projet, Janet agissait sans hésitation ni arrière-pensée. L'équipière rêvée, songea Hutch.

« Il nous faut quelque chose pour commencer », lança Janet.

Hutch avait en tête l'objet idéal. « Ne bougez pas », dit-elle. Elle retourna dans l'anneau A, alla droit au placard détente et s'empara d'une balle anti-stress.

Janet se fendit d'un large sourire quand elle la découvrit. « On ne pouvait mieux trouver », fit-elle. Elle avait déjà raccordé les deux bidons au pistolet.

Hutch posa la balle et recula. Elle jeta un coup d'œil à l'instrument. « Je vous laisse l'honneur ?

— Volontiers, grand merci. » Janet pointa le pistolet sur la balle. « Le docteur l'a prescrit », fit-elle sur un ton malicieux, et elle appuya sur la gâchette.

L'écume blanche se diffusa, s'étala sur le pont et sur la balle qui se mit à rouler. « Ça risque de prendre un moment.

— Pas une fois le processus lancé. »

La balle perdit rapidement sa rondeur et sa régularité, devint une masse informe de mousse blanche chuintante.

Elle grossissait, effet normal du mélange du polymère d'un des fûts et de l'isocyanate hydrogéné de l'autre. La matière, une fois stabilisée, résistait en théorie à des variations de température extrêmes.

Elles se relayèrent, s'interrompant de temps en temps pour laisser le composant sécher.

La chose enflait toujours. Même lorsqu'elles ne l'aspergeaient pas, elle prenait du volume.

Celui d'une petite voiture. Puis d'un garage. Les deux jeunes femmes continuaient de l'alimenter.

Elle devint si grosse qu'elles durent bientôt, pour en atteindre le sommet, se jucher sur un conteneur. La masse avait poussé de travers, en largeur plutôt qu'en hauteur. Une de ses extrémités se boursouflait. « On dirait une baleine échouée », fit Janet.

De nouveau, Hutch actionna le pistolet. « L'engeance du pistolet à poly, fit-elle en riant.

— Et quelle engeance : un monstre ! »

Quand le flot de produit diminua et s'interrompit, elles rayonnaient de fierté. « Magnifique, commenta Janet en rangeant solennellement le pistolet.

— Je n'aimerais pas le recevoir sur le coin de la figure.

— C'est exactement ce que je pensais. »

Hutch ajouta à voix basse : « On ne badine pas avec ces demoiselles. »

Elles échangèrent une poignée de main. « O. K. Phase deux. Restez ici. Je retourne à la passerelle de commandement. »

Quraqua flottait au-dessus du *Wink* ; le soleil l'enveloppait d'un halo. Il n'y avait pas de lune.

Mélanie Truscott et sa station spatiale dérivaient en orbite de l'autre côté de la planète. Hutch chercha sur son scanner les deux remorqueurs Kosmik. Elle en repéra un. L'autre se trouvait sans doute parmi ses boules de neige et se confondait avec elles. Peu importait : même si tout devait se dérouler non loin de la station spatiale, les choses iraient trop vite.

Truscott ne disposait ni de moyen de propulsion ni d'aucune navette.

Hutch enregistra les caractéristiques de la station orbitale dans la console de navigation, passa au scanner la « torpille » (le mot lui paraissait si bizarre), calcula sa masse et requit un vecteur de collision. L'ordinateur lui produisit le résultat. Au prix de menus ajustements, la torpille pourrait être larguée sur une trajectoire qui l'amènerait, au terme de sept révolutions complètes, à percuter la station au cours de la huitième. Dans vingt-quatre heures.

Elle s'assit et considéra les conséquences potentielles. L'ultime occasion de faire marche arrière. Une fois le projectile lancé, elle ne pourrait plus changer d'avis sans se trahir. Quels étaient les risques ? Des poursuites judiciaires ? Une crise cardiaque d'un côté ou de l'autre ?

Elle revit la vague en train de déferler, noire et glacée. La dernière tour. Karl et Janet, traînant leurs sacs comme des réfugiés.

Elle enclencha l'intercom du vaisseau. « Mesdames et messieurs, nous allons devoir effectuer une légère correction de vol dans trois minutes. Veuillez s'il vous plaît vous attacher et vous manifester, merci.

— Ici Karl, c'est bon. »

Elle enregistra sa nouvelle trajectoire.

« J'aurai besoin d'un peu de temps. » C'était Marcotti.

« Phil, cette correction s'effectuera dans trois minutes, prêt ou non. » Elle vérifia les niveaux d'énergie.

« Ici Maggie, quand vous voulez. »

Hutch ouvrit un canal privé et demanda à Janet : « Tout est prêt ?

— Oui. » Sa réponse résonnait légèrement; Janet avait activé son champ oscillant. « À quelle vitesse se déplacera-t-il quand il les heurtera ?

— Sept mille, par rapport à la station. L'impact se produira à huit heures dix-sept, heure du temple, demain soir.

— Sept mille kilomètres-heure, c'est assez rapide. Peut-être que même une boule de mousse pourrait causer de sérieux dégâts.

— Ça va cabosser deux ou trois tôles et faire sauter quelques rivets. Mais ils la verront venir et pourront soit évacuer la station, soit s'y barricader. Il n'y aura pas de problème.

— Bon. Qu'est-ce qu'il faut faire maintenant ?

— Modifier notre trajectoire. » Elle changea de canal. « Phil ?

— Presque prêt...

— Parfait, si vous voulez bien vous attacher... »

Quelques instants s'écoulèrent. « C'est bon, reprit Phil. Je suis paré. »

Elle activa l'intercom. « Mise à feu dans une minute. » Elle actionna la fonction « éxécution » et regarda le décompte des secondes.

« Où va-t-on ? demanda Maggie.

— Nulle part, répondit Hutch, mal à l'aise. Il ne s'agit que d'une manœuvre de routine. » Mentir n'était pas son fort.

Les propulseurs se mirent en marche, et le *Winckelmann* s'arracha à son orbite pour en gagner une plus haute, modifiant son orientation de quelques degrés. La manœuvre effectuée, Hutch coupa progressivement les moteurs. Puis elle se brancha de nouveau sur le canal de Janet. « Tout va bien ?

— Pour l'instant. Le colis a roulé un peu, mais il est toujours devant les portes.

— La rotation va bientôt s'arrêter dans ta soute.

— Entendu. J'ai commencé à dépressuriser. »

L'anneau B ralentit puis cessa de tourner.

Hutch regardait le moniteur. La torpille s'élevait, en apesanteur.

« Joli spectacle. » Elle savait d'ores et déjà qu'elle romprait leur promesse de garder le silence. Elle en parlerait à Richard. C'était trop beau pour qu'elle le garde pour elle. Richard s'emporterait d'abord, mais cette histoire finirait par devenir une blague entre eux. Et d'ici quelques années elle serait le souvenir flamboyant de cette si douloureuse période. On poussait l'Académie dehors, soit, mais elle aurait son baroud d'honneur.

« Le colis est toujours devant les portes. Je vais procéder à l'ouverture.

— D'accord.

— Les portes s'ouvrent.

— Hutch ? » Une nouvelle voix. Celle de Karl.

« Oui, Karl ?

— Puis-je avoir accès à un panneau de douze ? »

Un écran long comme un mur. « Oui. Dans la trois A. » Il s'agissait de la passerelle auxiliaire. « Mais restez où vous êtes encore deux minutes, d'accord ? Je procède à une opération de maintenance.

— Les portes sont ouvertes, déclara Janet que ses collègues ne pouvaient pas entendre.

— Entendu, fit Karl.

— Je vous dirai quand y aller, lui dit Hutch avant de passer sur le canal de Janet : La balle est dans l'axe ?

— Largement, il me semble.

— D'accord. Alors c'est parti. »

Comme la gravité était obtenue par rotation, le pont des anneaux se trouvait à la perpendiculaire de l'axe du vaisseau. Les portes des soutes, en conséquence, s'ouvraient sur l'extérieur. La torpille serait éjectée par tribord. À l'intérieur de la soute principale, elle avait déjà entamé sa course. Tout ce qui restait à faire, c'était enlever le vaisseau.

Hutch orienta les propulseurs pour déporter le *Wink* sur bâbord puis commanda une brève poussée. Puis encore une autre. « Manœuvre terminée, annonça-t-elle à Janet.

— Ça roule. La torpille commence à descendre. » De son point de vue, elle sortait par une ouverture du plancher.

« Elle est toujours dans l'axe ?

— Suffisamment. Elle sera dehors d'ici trente secondes.

— Faites attention à ne pas suivre le même chemin.

— Hutch, dit Janet, ça me donne l'impression qu'on vient d'accoucher. »

Priscilla Hutchins. Journal.

Ce soir, pour la première fois de ma carrière, j'ai omis de consigner une manœuvre sur le livre de bord. Il s'agit d'une faute qui, si on la détecte, me coûtera ma licence.

Avec cette affaire, je tends la joue pour prendre la gifle. Mais je n'ai pas pu résister au plaisir de leur renvoyer quelque chose dans les dents. Au bout du compte, si j'encours des sanctions et qu'on me flanque à la porte, ça aura été pour la bonne cause.

Mercredi 9 juin 2202.

Jeudi, 08 h 45.

La vase et la roche avaient comblé le puits d'accès au temple inférieur. George Hackett, le spécialiste en excavation sous-marine, avait sondé toute la zone au scanner pour finalement refuser de creuser un puits parallèle. « Ce serait plus sûr, avait-il admis, mais beaucoup trop long. »

Ils avaient donc déblayé tout ce qu'ils avaient pu, aspiré le sable meuble et taillé dans la roche. Ils étaient parvenus jusqu'au tunnel latéral sans trop de problème, mais s'étaient alors rendu compte qu'il s'était lui aussi effondré. Richard Wald, qui assumait la direction du chantier, évaluait la situation sur place quand il reçut un appel de Janet à bord du *Wink*.

« J'ai quelque chose à dire à Henry, annonça-t-elle.

— Il est dans le temple. Vous voulez que je m'arrange pour vous le passer tout de même ?

— Si possible. Et restez aussi à l'écoute. »

Le directeur de la mission apparut sous la forme d'une silhouette boueuse aux prises avec un projecteur à faisceau de particules.

À vrai dire, cet aspect des choses inspirait une frousse bleue à Richard : ce recours aux bonnes volontés. Renvoyer Karl dans le *Wink* avec la première fournée était une erreur à son sens. Karl, disait-on, n'avait pas son pareil pour le forage des tunnels.

Les traits familiers d'Henry se précisèrent. « Qu'y a-t-il, Janet ?

— Le *Rapport de terrain* est arrivé. Y avez-vous jeté un coup d'œil, par hasard ?

— Non. En vérité, je suis un peu débordé depuis un moment. » Il avait l'air harassé.

« Bon, alors, quand vous aurez un moment, lisez les résultats de l'étude sur Nok. Section quatre, quatrième paragraphe. »

Le *Rapport de terrain*, le bulletin de l'Académie, paraissait tous les mois. Il recensait les découvertes et faisait le point des projets en cours ou à venir. Richard l'avait trouvé et le sélectionnait sur son écran.

« Janet, s'il vous plaît, venez-en au fait.

— On a découvert quatre blocs de roche en orbite. Des cubes. »

Richard les avait maintenant sous les yeux. *Grand Dieu.* « Tout est donc lié », bredouilla-t-il. *Fantastique.* La planète d'Inakadéméri – Nok – était elle-même un satellite de Shola, un astre gazeux gigantesque cerné d'anneaux. Les cubes gravitaient sur le même plan orbital que les anneaux de Shola, et d'ailleurs que tous les corps célestes retenus par son attraction. *Les premières analyses suggèrent que ces cubes se trouvaient à l'origine à équidistance les uns des autres. Ils ont tous la même dimension, à savoir environ 2,147 kilomètres de côté.* Or les Noks, comme les Quraquats, n'avaient jamais voyagé dans l'espace. Quel était ce mystère ?

« Qu'en penses-tu, Richard ? » demanda Henry. Entendre son nom le fit sursauter.

Ce qu'il en pensait ? Il faudrait trouver le bon angle. Voilà ce qu'il pensait.

Plus tard, Maggie lui parla de son mot : horgon. « Peut-être, fit-il, pourrait-on s'en tirer sans déchiffrer cette inscription.

— Comment cela ? » Maggie conversait avec lui depuis l'un des terminaux sur la passerelle de commandement du *Wink*.

« Partout des carrés et des rectangles. Mais seulement deux tours rondes.

— Avec des toits inclinés.

— Oui, c'est précisément où je voulais en venir. Oz doit être une sorte d'indicateur.

— On y a déjà pensé.

— Êtes-vous certaine que "horgon" figure bel et bien dans l'inscription ?

— J'en suis quasiment sûre, Richard. J'aimerais pouvoir vous en dire plus. Mais je n'ai malheureusement aucun moyen de vérifier.

— Les tours rondes sont seules dans leur genre, leurs toits ne forment pas de terrasse, contrairement à tous les autres à Oz. Ils s'inclinent à l'opposé du centre de la cité comme des rampes vers les étoiles. À quoi pourraient-ils servir sinon à matérialiser visuellement des lignes ? Tirez des droites sur ces toits passant par leur point le plus bas et leur point le plus haut, autrement dit en prenant pour départ le centre géométrique d'Oz, et étirez-les dans l'espace. En respectant l'angle d'inclinaison du toit.

— Vous pensez qu'une étoile pourrait être associée au horgon…

— Comme l'étoile du Chien.

— Oui. Supposons que ce soit le cas, je n'ai aucune compétence en la matière. Et je ne vois pas qui en aurait.

— David Emory, peut-être.

— Peut-être. » Elle paraissait perplexe. « Si c'est si simple, pourquoi ont-ils construit tout le reste ? Pourquoi ne pas s'être contenté des tours ?

— Le premier argument qui vient à l'esprit, avança Richard, c'est qu'ils ne voulaient pas qu'on les rate.

— Mais vous pensez qu'il y a autre chose...
— Oh, oui. Il y a autre chose. » Aucun doute là-dessus. Hélas.

Mardi 10 juin 2202.

Cher Dick,

... La découverte des cubes en orbite nous a mis en émoi. Hier nous étions divisés : certains d'entre nous voulaient à tout prix récupérer la presse de George, d'autres pas. Aujourd'hui, avec cette similitude indubitable qui apparaît entre Quraqua et Nok, tout le monde est prêt à prendre tous les risques pour mettre la main sur la fichue machine. Pareille unanimité me fait froid dans le dos. Même si je la partage.

Le refus des bureaucrates de Kosmik de céder d'un iota sur la question des délais est rien moins que criminel. J'ai eu l'occasion de m'entretenir avec le chef de la commission. Selon lui, il n'y a rien à faire. Il me fait remarquer – assez justement – que personne, pas même moi, n'a été capable de faire entendre raison à Caseway.

L'histoire nous donnera le mauvais rôle...

Richard.

Richard Wald à son cousin Dick.
Reçu à Portland, Oregon, le 30 juin.

DOUZE

Quraqua. Jeudi, 19 h 50.

Hutch ramena au vaisseau une nouvelle cargaison d'antiquités, ainsi qu'Andi, Tri et Art. Carson, pour sa part, emmena Linda Thomas et Tommy Loughery. Ce fut son dernier voyage. À son retour au temple, Henry l'embaucha pour le percement du tunnel. Eddie manqua s'étouffer, mais rien n'importait plus que la presse.

Il y avait maintenant beaucoup de main-d'œuvre à bord du *Wink*. Hutch pouvait décharger rapidement, mais elle perdit tout le temps qu'elle avait gagné à cause d'une panne de vérin. Un ingénieur compétent aurait résolu le problème en vingt minutes, mais pour Hutch ce fut un calvaire. Les pilotes se chargeaient rarement de la maintenance en vol ou des réparations et elle n'avait jamais excellé en ce domaine.

Elle redescendit avec l'*Alpha* dès qu'elle eut fini. Mais elle avait laissé passer sa fenêtre et dut patienter un long moment en vol. Lorsqu'elle survola le site du temple, la torpille entamait le dernier tronçon de sa course vers la station Kosmik.

La difficulté et le danger des opérations de chargement, en l'absence de ponton, les avaient poussés à trouver un port. Eddie avait déniché un îlot rocheux abrité de la houle, mais qui se trouvait très loin de l'Atoll. Les fonds autorisaient l'approche du sous-marin et les courants demeuraient tout à fait modérés.

Hutch gardait à l'œil la vue télescopique de la station orbitale que lui relayait le *Wink* et écoutait ses communications. Les échanges ne révélaient rien d'inhabituel. Aucune manœuvre intempestive des remorqueurs, aucun changement dans la routine, aucun appel d'urgence. Ils n'avaient rien détecté.

Au-dessous, Eddie et le sous-marin attendaient. Eddie était seul, tous les autres étant soit occupés à creuser le tunnel, soit déjà embarqués dans le *Wink*.

Hutch vit plusieurs douzaines de conteneurs empilés sur l'îlot et soupçonna qu'Eddie les avait acheminés seul. Elle lui adressa un appel de phares. Pauvre diable. En cet instant critique, on l'avait abandonné.

Comment les équipiers de Truscott avaient-ils pu manquer de repérer la torpille ? Réponse : ils ne regardaient pas. Elle ne relevait aucune activité de leurs détecteurs à courte portée. Ils ne respectaient pas les règlements. Mince ! Si le colis leur arrivait à l'improviste, tout l'intérêt de la manœuvre tombait à l'eau.

Janet appela depuis le *Wink* et demanda si tout allait bien.

« Oui, j'amorce la descente sur le port d'Eddie. » Elles se gardèrent soigneusement d'évoquer sur le canal commun ce qui leur tenait à cœur. Elles avaient envisagé un moment d'établir un code, mais avaient vite rejeté l'idée, jugée trop risquée.

Leurs regards se croisèrent. Janet contenait avec peine son excitation. « Tout est tranquille ici », dit-elle. Traduction : elle ne remarquait aucune activité, elle non plus.

Trois minutes plus tard, l'*Alpha* se posait. Au même instant, respectant un programme horaire convenu entre elles, Janet sollicita une communication avec la station orbitale et connecta Hutch dessus.

Le visage mafflu de Harvey Sill apparut à l'écran. « Que se passe-t-il, *Winckelmann* ?

— Ici Hutchins. Désolée de vous déranger, mais vous allez peut-être rencontrer un problème. »

Il laissa basculer sa tête en arrière et l'observa, les paupières mi-closes. « Quel genre de problème ?

— Vos scanners à courte portée sont activés ?

— Évidemment. » Il leva le regard, le détourna d'elle. Tapota sur sa console. Murmura quelque chose à quelqu'un.

« Il semble qu'une de vos boules de neige ait échappé à votre contrôle. Vérifiez votre secteur nord-est, à environ deux mille cinq cents kilomètres.

— Patientez, *Winckelmann.* » Il soupira. C'est avec un certain plaisir qu'elle le vit se décomposer peu à peu. Son expression passa de la morgue à l'inquiétude puis au désarroi.

« Je suis surprise que vous ne mainteniez pas vos scanners en permanence, fit-elle avec une feinte innocence. C'est une infraction.

— Saloperie ! » Le ton de sa voix était monté d'un cran dans les aigus. « D'où sort ce truc ? »

Elle haussa les épaules. Mais il ne la regardait déjà plus. Il tendait un bras en avant, derrière son écran. « Nom de Dieu, Louise. » Il appuyait sur des boutons, tendait l'index à l'attention de quelqu'un en répétant : « Là, là. » Son regard revint se poser sur Hutch. « Merci, mademoiselle... » L'écran redevint gris.

« Si je peux faire quoi que ce soit pour vous aider... » fit Hutch dans le silence de son cockpit.

Truscott quitta sa cabine et gagna le centre des opérations en moins d'une minute. Les alarmes stridulaient toujours et des voix retentissaient sur tous les circuits. « Pas d'erreur ? » Elle étudia la masse, reproduite sur le damier d'au moins douze écrans de contrôle.

Harvey Sill s'essuya les lèvres du dos de sa main potelée.

« Non, il nous déboule vraiment dessus. Une vraie bombe, la vache !

— D'où est-ce que ça sort ? »

Harvey haussa les mains en signe d'impuissance. « Quelqu'un a fait une bourde.

— De combien de temps dispose-t-on ?

— Dix-sept minutes.

— Où se fera l'impact ?

— Ce truc arrive par au-dessus. À un angle de huit degrés. On dirait qu'il va percuter la machinerie. » Il s'agissait du moyeu. « Il y a peut-être une chance qu'il heurte l'anneau. Mais ça ne changera pas grand-chose. Ce truc va nous laminer comme un couteau chauffé à blanc.

— Quelle section de l'anneau est menacée ?

— La bleue. »

Quelqu'un coupa la sirène d'alarme. « Prévenez-moi tout le monde. Harvey, préparez l'évacuation. Jeff, envoyez un S.O.S. au *Winckelmann*. Demandez-leur de venir au plus vite. » Elle contacta la machinerie. « Will ? »

Pause. « Je suis là, Mélanie. Qu'est-ce qui se passe ?

— Collision annoncée. Du costaud. Éteignez tout et sortez de là.

— Collision ? Avec quoi ?

— Une boule de neige à la dérive. Ne laissez personne sur place. »

Elle l'entendit pousser un juron. « On arrive. Je prendrai le temps de fermer les écoutilles.

— Soyez ici dans cinq minutes. Vous aurez besoin d'aide ?

— Négatif. » Nouveau chapelet de jurons. « Écoutez, quelle taille a votre projectile ? On pourrait peut-être larguer les stocks de vivres et faire basculer la station ?

— Ce n'est pas le moment de plaisanter », grogna Sill.

Trois hommes d'équipage entrèrent en trombe dans le centre de commandement, s'assirent devant les tableaux de bord auxiliaires et se mirent au travail. C'était le groupe de l'E.I.S., l'équipe d'intervention de secours, chargée de coordonner les communications et les opérations d'évacuation en cas d'urgence.

Jeff Christopher, le chef d'équipe, leva le nez de son écran. « Le bloc doit peser dans les treize tonnes.

— On a de la chance, fit Sill. Un petit.

— Il arrive à sept mille kilomètres-heure. » Il brancha ses écouteurs, tendit l'oreille et opina du chef. « Mélanie, fit-il, le *Winckelmann* me fait savoir qu'ils n'ont aucun pilote à bord. Personne ne sait conduire leur foutu engin. »

Truscott lança un coup d'œil par le hublot.

Sill poussa un bruyant soupir et se renfonça dans son fauteuil. « On ne va pas pouvoir évacuer tout le monde.

— Je sais. Où sont les remorqueurs ?

— Trop loin pour nous venir en aide.

— O. K. » Elle enclencha le canal commun. « Ici Truscott, annonça-t-elle d'une voix calme. Nous allons être percutés par une boule de neige. Collision dans treize minutes. Abandonnez la station.

— On a deux N.M. et la navette, dit Sill. On peut loger trois passagers plus le pilote dans chaque. Ça fait une personne en surnombre, mais ça ira. On peut en caser douze dans la navette.

— Comptez plutôt quatorze.

— Bordel, Mélanie. On n'y rentre pas à quatorze !

— Trouvez des petits gabarits. Débrouillez-vous, mais comptez quatorze ! Combien restent ?

— Quatre, dit Sill. Vous, moi et deux autres. »

Elle faillit lui donner l'ordre d'évacuer mais lui fit l'honneur de garder le silence.

Des voix se succédaient dans l'atmosphère lourde.

« Je confirme que le pont A est fermé.

— Terri, on ne sait pas où se trouve Dave. Allez voir dans sa cabine.

— Non, Harold, ne montez pas ici. Vous êtes compté dans l'autre nacelle. Avec Julie et Klaus... Si, je suis sérieux. Magnez-vous.

— Bon sang, il est forcément quelque part. »

Neuf minutes. « Demandez deux volontaires. Jeff, fermez tout et partez. On n'a plus besoin de vous. » Avant que Christopher ait obtempéré, elle ajouta : « Mais d'abord, allez me chercher des coussins.

— Combien ?

— Autant que possible. Vite. »

Sill était aux prises avec le sens du devoir. « Pourquoi ne demandez-vous pas aux membres de votre équipe de rester ? Aux aînés ? »

Truscott le dévisagea et éprouva une bouffée d'affection à son égard. « Ils ont autant la trouille que les autres, fit-elle. Je ne veux contraindre personne à rester. Harvey, nous allons peut-être y laisser notre peau. Autant que ce soit en bonne compagnie. » Elle regardait les techniciens se traîner à contrecœur vers les sas. Ils savaient qu'il n'y avait pas de place pour tout le monde, et leurs regards glissaient sur elle. Elle lisait leur embarras. Et la peur. Deux d'entre eux s'approchèrent : Max Sizemore lui donna une tape sur l'épaule, ce qui n'était pas dans ses habitudes, et Tira Corday balbutia un inaudible « merci » avant de disparaître.

Sill entra en communication avec Ian Helm du groupe Antarctique. Il s'efforçait d'organiser le sauvetage rapide des personnes évacuées en N.M. (les nacelles multifonctions), lesquelles ne disposeraient que d'une réserve d'air de huit heures. Danielle Lima, la responsable logistique de la station, égrenait ses instructions, penchée sur la comligne, mais ses yeux sombres restaient rivés sur Truscott. Son expression demeurait de marbre. C'était une jeune femme longiligne, brune, ambitieuse, intelligente et efficace, à l'aube de sa carrière. Toutes les couleurs s'étaient vidées de son joli visage. Elle coupa la dernière communication, mais ses yeux demeurèrent braqués sur la directrice. « Je vais rester », dit-elle. Et elle se détourna.

Truscott gardait le regard rivé sur son dos. « Merci », dit-elle. Mais Danielle ne parut pas l'entendre.

La section bleue se trouvait quasiment à l'opposé de la passerelle de commandement, à l'arrière par rapport au sens de la giration. En d'autres termes, ils n'auraient pu espérer se trouver mieux protégés. La masse qui approchait ne pourrait les heurter directement ni en arrivant ni en repartant. Bon sang, sur ce point, ils avaient peut-être de la chance.

Danielle ralluma la comligne et lança : « Allô! Hans, rappliquez aussi vite que possible. » Elle adressa un sourire à Truscott. « Stallworth va rester aussi. »

Truscott se creusait les méninges, essayait de trouver ce qui pourrait les sauver. « Reprenez contact avec lui. Dites-lui de s'arrêter à la réserve et de prendre quatre oscillateurs. »

Elle passa mentalement son équipe en revue : Marion Edwards, qui n'avait jamais travaillé pour personne sauf elle à Kosmik; Chuck White, un jeune arriviste qui espérait bien finir à la direction (et y parviendrait sans doute) ; et Penny Kinowa, naïve, discrète, littéraire. Penny lisait trop, il fallait vraiment qu'elle acquière un peu de mordant. Mais c'était une coordinatrice de réseaux hors pair.

Marion Edwards retirait le casier à cristaux de son logement. « Je vais le mettre en sûreté hors de la station », expliqua-t-elle, mal à l'aise. Sous-entendu naturellement : Je me charge de l'emporter moi-même. Quelle que soit l'issue de ce qui s'annonçait, les relations au sein de son équipe s'en trouveraient bouleversées.

Il y avait dans ces cristaux tout ce que doit contenir une boîte noire. À ne pas perdre, même si tous devaient y laisser la vie. Ce serait la première réaction de Caseway en apprenant le désastre : avait-on sauvé les bases de données ? Rassuré sur ce point, il chercherait alors à connaître le responsable de la catastrophe. Il ne suffirait pas qu'elle soit morte, il faudrait encore qu'on piétine son souvenir.

« O. K., fit Harvey. L'équipe d'I.S., vous pouvez y aller. Vous êtes tous les trois à bord de la N.M. qui reste. Partez. »

Penny et Danielle échangèrent des regards. Cet au revoir exprimait un monde de sentiments. Toutes deux étaient amies. Cela aussi pourrait prendre fin si elles survivaient.

Sill contrôlait les dernières manœuvres de fermeture de la station. Truscott l'observait. Il ferait un bon chef, mais il était un peu trop carré pour survivre à un poste élevé. Après un début prometteur, il s'était fait des ennemis et avait fini ici. Il ne gravirait plus d'échelon quoi que l'avenir lui réserve.

Edwards lui annonça bientôt qu'elle avait terminé sa tâche. « Tous les systèmes secondaires sont désactivés. Les écoutilles sont fermées. La station est parfaitement sécurisée. »

Chuck White essayait de donner l'impression qu'il hésitait à rester. « Si vous avez besoin de moi… »

Truscott se demanda quelle tête il ferait si elle acceptait son offre. « Allez-y. Ils vous attendent. Et merci.

— Six minutes », annonça Sill.

Le bloc de glace, difforme, bosselé, sinistre, grandissait sur les écrans.

Christopher apparut avec deux membres d'équipage. Ils apportaient un monceau de coussins et d'oreillers qu'ils déposèrent sur le pont. « Parfait, dit Truscott. Merci. » D'un geste, elle les congédia. Ils se trouvaient désormais seuls.

Les ombres et les crevasses superficielles paraissaient comme figées.

« Ce truc ne présente aucune rotation », fit Sill.

Elle acquiesça. « On y réfléchira plus tard, Harvey.

— Mais tout ce qui évolue dans l'espace tournoie. » Sill ouvrait des yeux ronds. Peut-être sa rotation était-elle très lente.

Hans Stallworth arriva les bras chargés de harnais. Il était grand, distant, guindé. Il travaillait dans le domaine de l'électronique et avait toujours paru mal à l'aise en présence de Truscott. Elle l'avait jusqu'alors jugé superficiel et qu'il se soit dévoué pour rester la surprenait. « Salut », lança-t-il avec tout l'entrain qu'il put rassembler.

Sill lui serra la main. « Ça fait plaisir de vous avoir avec nous, Hans. »

Il déposa les harnais et personne n'eut besoin de se faire prier pour en enfiler un. Truscott retira sa ceinture. « Trouvez quelque chose pour vous sangler. Il faut éviter que quelqu'un se retrouve à flotter ici.

— Dommage qu'on ne soit pas équipés d'une bonne batterie de déflecteurs », fit Danielle.

Sill émit un petit rire. « Ce serait aussi efficace que de fermer des persiennes. Regardez-moi cette saloperie. »

Le bloc remplissait l'écran.

« Harvey, il est temps de dépressuriser la station. Entièrement. »

Sill hocha la tête.

« Je me demande, dit Stallworth, si on ne serait pas mieux carrément à l'extérieur.

— Non. » Truscott boucla son harnais et activa le champ. « Plus nous aurons de protections, mieux cela vaudra. »

Danielle et Stallworth, qui n'avaient jamais manipulé d'oscillateur, s'aidèrent mutuellement. Sill enfila son harnais nonchalamment et le laissa tomber sur ses épaules. « L'autre navette est en route.

— Quand sera-t-elle là ?

— Dans trois heures environ. Elle devrait avoir largement le temps de recueillir les survivants. » Il inspecta leurs harnais, ne trouva rien à redire. « Maintenant, allumez vos balises, dit-il tout en se fendant d'une démonstration. Si vous êtes éjecté inconscient, on vous retrouvera quand même. » Il pianota sur la console des commandes. « Je mets en route la dépressurisation. »

Stallworth regardait par un hublot, une main en visière. « Je le vois », annonça-t-il.

Truscott suivit son regard mais ne distingua rien. « Confirmation de la trajectoire estimée, déclara Sill, non sans une pointe de fierté. Il percutera la section bleue d'abord, qui le fera dévier droit sur le moyeu. »

Danielle s'était postée près de la console de communication. « Les deux N.M. sont loin. Départ imminent de la navette.

— Ils ont tout le monde ?

— Vingt-deux personnes. On est vingt-six au total. » En comptant l'équipe au complet.

« Ils n'auront peut-être pas le temps de s'écarter suffisamment, fit Danielle. Si ça se trouve, on est plus à l'abri ici.

— Deux minutes, dit Sill.

— La navette ? »

Danielle regarda l'écran. « Toujours là.

— Qu'est-ce qui les retient ? »

L'officier de bord s'expliqua sur un des canaux. « Ils attendaient quelqu'un d'autre. Ginger dit qu'ils peuvent accueillir une personne de plus.

— Ça n'a plus d'importance maintenant, répondit Truscott. Dites-leur de prendre le large. » Elle lança un regard à Sill. « Bouclez tout. Fermez toutes les ouvertures. Coupez le courant. Sauf les lumières. On conserve l'éclairage. »

Tous les engins s'éteignirent dans la roue. Les ordinateurs se mirent en veille, les écrans devinrent aveugles, les robots de cuisine se figèrent avec un dernier gargouillis, les chauffe-eau se turent.

« La navette vient de partir », dit Danielle.

Une étoile apparut. Truscott la regarda se matérialiser, de plus en plus lumineuse. Elle était striée de failles et de fissures. Aucun cratère. Irrégulière, de section presque carrée. Une forme rappelant vaguement une matraque, pensa-t-elle.

Sans aucune rotation.

« Bon, fit-elle. Tout le monde se couche. L'onde de choc principale se propagera par le pont. À plat ventre. Utilisez les oreillers pour vous protéger au mieux. Attachez-vous à quelque chose de solide. »

Ils regardèrent le bloc approcher.

Quarante secondes.

Il fendait l'espace, lumineux, aérien dans la clarté du soleil. Il entra dans leur champ de vision par le hublot qui donnait sur l'autre portion de l'anneau, puis disparut sur la gauche.

Truscott essaya de faire resurgir cette confiance de toujours qui l'habitait au fond d'elle-même, cette conviction que tout finissait toujours par s'arranger pour autant que l'on garde son sang-froid et que l'on fasse ce qu'il y avait à faire. Elle espéra qu'elle arborait un air désinvolte. Ils en avaient bien besoin en cet instant. De cela et d'une intervention divine. « Détournez-vous du point d'impact, lança-t-elle en montrant l'exemple.

— Faudrait qu'ils prévoient des fauteuils avec des ceintures, dans leurs engins. » C'était Stallworth. Calme, apparemment.

À cet instant, le choc se produisit.

La station vibra.

Quelqu'un poussa un cri. Ils furent plaqués contre les coussins et le pont.

Mais ce ne fut pas le coup de boutoir redouté. Les alarmes ne se mirent pas à hurler, les cloisons ne plièrent pas. Quelques sonneries retentirent : dégâts mineurs. Et ce fut tout.

« Qu'est-ce qui s'est passé ? demanda Danielle, encore cramponnée à son fauteuil.

— Du diable si je sais, répondit Sill.

— Tout le monde reste à plat ventre. » Truscott ne voulait courir aucun risque.

Et, dans ses écouteurs, elle entendit une voix émanant d'un des vaisseaux. « Où est passé le foutu météore ? »

Truscott, étourdie, restait pour sa part médusée par le bruit du choc.

Ce *bonk*.

TREIZE

L'Atoll. Jeudi, 20 h 05.

« Il y a un problème à la station orbitale. » C'est avec ces mots que Janet alerta les passagers du *Wink* et l'équipe du temple à l'approche de la torpille. Elle commenta ensuite les événements sur le vif et diffusa les appels paniqués, ponctués de jurons, émanant de la station, des bases terrestres et des remorqueurs. À Henry et Sandy Gonzalez, en poste au centre d'opérations, elle transmit également des vues télescopiques de l'objet qui fonçait droit vers la station. Celle-ci, avec ses deux roues qui tournaient placidement, paraissait bien fragile. La tension fut bientôt à son comble. Il eût fallu être bien attentif pour déceler en cet instant la pointe de satisfaction qui perçait dans la voix de Janet.

Tous les travaux s'interrompirent. On regardait avec une fascination morbide.

« Aucune estimation de masse. Mais l'objet se rapproche assez vite.

— Ça leur apprendra, à ces salauds, grommela Henry.

— Pas bien compétents, les gars, ajouta Carson. Bombardés par un de leurs propres cailloux. »

Sandy se tenait à côté d'Henry. « Peut-être qu'on va l'obtenir en fin de compte, notre sursis.

— Ils ont tous évacué ?

— Sais pas.

— Je n'ai pas l'impression. On entend encore des voix dans la station. »

Malgré leur rancune envers les terraformeurs, personne n'espérait qu'il y eût mort d'homme.

« Ils vont vraiment être percutés ? demanda Henry à Janet.

— Oui, répondit-elle. Pas de doute là-dessus. »

Alors Henry songea que le *Wink* se devait d'intervenir. « Où se trouve Hutch ?

— Avec vous. Elle est en surface. »

Il s'empressa de chasser son impression que Hutch ne réagissait pas comme elle aurait dû. Elle ne manifestait ni excitation, ni peur. Seulement de la *décence.*

« O. K., contactez quelqu'un là-haut. Expliquez notre situation et dites-leur que nous ferons tout ce qui sera en notre pouvoir pour les aider. Je vais mettre Hutch sur le coup et la renvoyer là-haut si nécessaire. »

Janet marqua une hésitation. « Si vous voulez. Mais je doute qu'ils acceptent de l'aide de notre part.

— Proposez néanmoins. »

Elle prit une longue inspiration. « Je m'en occupe. »

Quelques instants plus tard, Henry obtenait un contact audio avec Hutch. « Qu'est-ce que je peux faire ? demanda-t-elle innocemment.

— Vous tenir en alerte. Nous allons peut-être vous charger d'une mission de sauvetage. » Et il ajouta, à l'intention des terrassiers : « Le bloc approche vite. Plus que quelques secondes maintenant. »

Henry regarda la torpille couvrir en trombe les derniers kilomètres comme une balle blanche étincelante. Elle explosa au contact de la station et toutes les deux disparurent dans un nuage de poussière blanche. « Impact », murmura-t-il laconiquement.

Sandy relâcha son souffle.

L'image se clarifia lentement tandis qu'un concert de voix fébriles demandaient des détails. Inexplicablement, la station était intacte. Légèrement cabossée, elle continuait de tournoyer avec la même nonchalance.

Dix minutes plus tard, Janet rapporta : « Ils vous remercient. Mais ils s'en sortent très bien. »

En profondeur du sol sous-marin, George et Carson s'efforçaient d'élargir leur tunnel avec un faisceau à particules. Ils se trouvaient sous la muraille externe de la chapelle militaire, ayant repéré sur la carte le meilleur itinéraire pour accéder à la presse. George était tout sauf une tête brûlée. Ni l'insistance d'Henry ni les injonctions de quiconque n'auraient su le convaincre de prendre des risques inutiles. En conséquence, ils posaient des étais et procédaient avec la plus grande prudence. « J'ai envie de retourner dans cette salle autant que tout le monde, avait-il dit à Henry. Mais pas au point d'en perdre tout bon sens. »

George voyait en gros quelle direction suivre pour retrouver la presse. Il usait de son faisceau à particules avec une impatience grandissante et se sentait fatigué.

D'ici peu, ils rebrousseraient chemin, George pour se reposer, et Carson pour relayer Henry au moniteur. Sandy et Richard prendraient le relais pour creuser et Henry s'occuperait des pompes. D'ailleurs il apercevait déjà le halo de leurs lampes dans le tunnel.

Alors il repéra quelque chose qui brillait dans la vase. Carson ramassa l'objet. C'était un morceau de roche lisse, une tablette d'environ huit centimètres de large, à la surface plane. « Il y a des inscriptions dessus », dit-il. Il l'épousseta, l'examina à la clarté de sa lampe. « Et quelque chose sur le verso. Une espèce de dessin. Comme une lance, on dirait. »

Il cala l'objet devant l'œil de la caméra qui retransmit l'image à l'Atoll.

« Nom d'un chien ! » Henry s'excitait. « Regardez. Du casumel linéaire C !

— Bravo ! fit George. Gagné ! » Il retourna l'objet tout en y jetant un coup d'œil. « Qu'est-ce que c'est au juste ? »

L'image au verso montrait une forme oblongue, une espèce de tige effilée, large à sa base et renflée à son extrémité. « C'est un organe sexuel, fit Sandy avec un petit gloussement. Bien raidi, prêt au combat. »

La voix de Maggie retentit depuis le vaisseau : « Curieux comme certaines choses paraissent universelles.

— C'est quand même assez dingue, pour une ornementation de chapelle... » fit Carson. Peut-être y avait-il un lupanar dans les environs. « Est-ce que les Quraquat avaient des bordels ?

— Oui, répondit Sandy. Et les Noks aussi. Il semble que ce soit une caractéristique des sociétés machistes développées, quelle que soit l'espèce. »

Au-delà de ces considérations, ils détenaient un nouvel échantillon de casumel linéaire C. Et d'autres jonchaient peut-être les alentours.

Tandis que Richard et Sandy repartaient à creuser le tunnel, Carson et George ratissèrent les alentours. George déployait assez peu d'enthousiasme pour cette chasse au trésor ; en revanche Carson semblait infatigable. En moins d'une heure, ils rassemblèrent plusieurs tablettes et d'autres fragments d'objets moins facilement identifiables.

Cinq des tablettes, en comptant la première, montraient des scènes érotiques. Sur les autres figuraient des arbres, la mer et même un navire toutes voiles dehors. Plusieurs lignes de texte couvraient chacune, pour l'heure illisibles. Mais une restauration de la gravure usée permettrait peut-être de les déchiffrer. Une à une, George les exhiba devant la caméra.

Il en avait montré la moitié quand la voix de Maggie retentit en ligne. « Elles sont superbes, Henry.

— Oui, convint-il. De toute beauté.

— Est-ce qu'on peut revenir sur la dernière ? » La tablette montrait un phallus sans corps traversant une couronne. Un anneau de symboles entourait le dessin. « Nous en comprenons certains, fit-elle. Merveilleux. » Personne ne lança de boutade.

George montra une autre tablette. « Bien », haleta Maggie.

Une autre encore.

« Faites voir à nouveau », demanda Maggie. Encore une image érotique, assez directe celle-là : un accouplement. « Nous n'avons rien vu du texte. Montrez le recto et le verso, George. En donnant plus de lumière. »

Il y avait un mot unique gravé au-dessus du couple.

« Ce sont quoi, ces tablettes ? demanda Carson.

— Des décorations probablement, répondit Maggie. Mais peu importe pour l'instant. » C'est alors qu'elle eut un sursaut. « Henry, vous avez vu ça ? Le mot en titre. »

Le mot qui figurait en haut de la tablette figurait également dans l'inscription d'Oz.

« Ça alors ! s'extasia Henry. Richard, tu es dans le coin ?

— Je ne suis pas disponible pour l'instant. » Il maniait le projecteur à faisceau.

« George, montrez celui-ci au docteur Wald.

— Le doute n'est pas permis. » Maggie bafouillait d'excitation. « Ils ne sont pas strictement identiques, cependant. L'inscription d'Oz comporte un caractère de plus, et les lettres n'ont pas exactement la même forme. Mais ce n'est qu'une question de style. Nous y verrons plus clair quand la tablette sera nettoyée. Six lettres coïncident en tout cas parfaitement. Si nous n'obtenons pas le même mot, il sera au moins issu de la même racine.

— Vous avez raison, intervint Richard. C'est étonnant.

— Je pense, dit Sandy, que ce bâtiment est distinct de la chapelle. Frank avait sans doute raison à propos du bordel. Le sexe faisait peut-être partie de leurs rituels.

— Dites… » C'était Richard qui s'adressait à Maggie en examinant la tablette. « Que signifie ce mot ?

— Accouplement, dit Maggie. Ou extase.

— Que faut-il en conclure ? demanda Henry. "Attention, vous allez vivre quelque chose de torride ?" Ce serait cela, le sens de l'inscription d'Oz ? »

Richard secoua la tête. « Il n'y a pas forcément de connotation sexuelle, fit-il.

— D'accord sur ce point, dit Sandy. Le mot peut vouloir dire amour. Ou assouvissement. Ou détente.

— Ou, suggéra George, vaisseaux dérivant dans la nuit. »

Station Kosmik. Vendredi, 00 h 30.

Alertée par le bruit, Truscott releva les yeux. « Entrez. »

Sill s'approcha. Il avait le regard enflammé, la bouche pincée en un pli amer.

Elle se recula de son bureau et pivota sur son siège pour lui faire face. « Alors, qu'est-ce que ça donne ?

— Ce n'était pas un bloc de glace.

— Ça, on le savait déjà.

— On a récupéré un peu de matière : il s'agit d'un polymère. »

Elle acquiesça. « Quelque chose de manufacturé, fit-elle.

— Je ne vois pas d'autre explication. Et puisqu'il n'y a personne dans les parages à part les gens de l'Académie… »

Truscott se mit à rire. Ce n'était pas son gloussement habituel si mesuré. Cette fois elle riait de tout cœur. Et, comme Sill la dévisageait, tout étonné, elle lui dit sur un ton de reproche. « Allons, Sill, où est votre sens de l'humour ? »

Il s'empourpra. « Je ne vois pas ce qu'il y a de drôle, Mélanie. Ils nous ont fichus dans un sale pétrin. Des gens auraient pu se faire tuer.

— Oui. » Elle baissa les yeux. « Un prêté pour un rendu, non ? »

Temple des Vents. Vendredi, 02 h 00.

Le tunnel résistait à tous leurs efforts. La boue causait plus de difficultés que les débris de pierre. Ils avaient beau aspirer, il en revenait sans cesse. Carson, sur le canal privé de Richard, avouait qu'il avait l'impression de s'échiner en pure perte.

Il ne restait plus que huit heures avant la mise à feu.

Le temps manquerait.

Le calme régnait à la base. Eddie avait débarrassé le plancher, on l'avait envoyé sur le *Wink*, officiellement parce qu'on n'avait plus besoin de lui à la base, officieusement parce qu'il exaspérait Henry à lui répéter qu'il fallait tout abandonner et affecter de nouveau Carson au déménagement des antiquités. Hutch avait décollé et rejoindrait le vaisseau une heure plus tard. Quand elle reviendrait, ils devraient tous l'attendre le long de l'anse, bagages bouclés, prêts au départ. Mission accomplie ou non.

Richard se tenait dans la salle des opérations. Le moniteur montrait un étrange tableau fait de lueurs diffuses, de silhouettes aux mouvements ralentis, de parois de tunnel. Sur la comligne, on entendait ahaner, grogner, jurer.

La pièce était humide et froide. En principe, il n'était pas censé s'endormir, mais les conditions avaient changé : l'officier de veille ne coordonnait plus tous les chantiers de naguère. Et puis il fallait bien prendre du repos de temps en temps.

Pour tromper l'ennui, il appela la passerelle du *Wink*, réveillant Tom Loughery. « Est-il possible de joindre Maggie ? demanda-t-il.

— Elle est ici même. »

Il s'en était douté. Ils avaient envoyé les nouvelles tablettes – treize au total – à bord de l'*Alpha*. Elle devait attendre impatiemment leur arrivée.

« Bonjour, Richard, fit-elle. Alors, quand est-ce que vous nous ouvrez ce passage, en bas ?

— Vous voulez dire jusqu'à la presse ?

— Quoi d'autre ? Il serait temps.

— Je voulais justement vous en parler. Ce n'est pas dit qu'on y arrive.

— Pourtant Henry a l'air d'y croire.

— Henry est un peu optimiste. Il veut cette machine, Maggie.

— Moi aussi.

— Vous avez déjà un certain nombre d'échantillons. Vous allez en recevoir d'autres, vous avez vu le lot. Ça ne pourrait pas suffire ?

— Peut-être. » Elle avait l'air épuisée. « L'analyse prendra du temps. En fait, je n'en sais rien. » Son regard sombre reflétait son inquiétude. « Tout serait tellement plus simple avec la presse.

— S'il s'agit bien de ce qu'on croit.

— C'est le cas. »

Richard la dévisagea. « Pouvez-vous nous donner une cote ? » Devant son air perplexe, il précisa : « Estimer les chances que vous auriez de déchiffrer l'inscription sans échantillon supplémentaire.

— Vous êtes plutôt direct ce soir, dites !

— Je suis désolé. Demain matin, ce sera peut-être une question de vie ou de mort. »

Des ombres cernaient ses yeux et creusaient ses tempes. « Richard, remontez ce bidule quel qu'il soit, O. K. ? Si vous voulez vraiment aider, remontez-le et ramenez-le-moi. »

06h00.

« C'est imminent, maintenant. On y est presque. »

Richard était sur les dents. « Annule, Henry. On dégage.

— Elle ne sera pas là avant deux heures. À quoi bon poireauter sur son îlot ? Il nous reste du temps, employons-le. Confiance ! »

07h11.

Hutch glissait dans la lumière du matin, de méchante humeur. Par la comligne, elle entendait le bourdonnement sourd du faisceau à particules, les gargouillis et les heurts des suceuses. Des voix dominaient ce fond sonore :

C'est là qu'elle devrait être.

Mais elle n'y est pas. Macache !

Et la muraille non plus. Toute la bon Dieu de salle s'est décalée. Ou soulevée.

Pourquoi n'aviez-vous pas fait de relevé photo ?

On l'a fait. Elle était là il y a deux jours.

On croyait la voir. C'étaient nos étançons. On avait les yeux rivés sur nos putain de poutrelles !

Peut-être qu'on a dévié un peu. Ce serait possible ?

Non.

Puis vinrent les paroles qui firent sortir Hutch de ses gonds. C'était Henry qui disait :

« Amenez-moi le scanner. Regardez encore une fois. On va la trouver, nom de nom. »

Elle se brancha sur le canal privé de Richard. « Vous n'avez pas le temps.

— Je sais. Accordez-nous seulement quelques minutes. Le temps de voir où est allée se fourrer cette fichue bécane.

— Richard, la marée va submerger la crique.

— Hutch, il faut comprendre. Moi je n'y peux rien. Ils connaissent tous le risque. Mais l'enjeu est trop important pour tourner les talons et plier bagage ainsi. Allons, que diable, tenez bon.

— On dirait que vous devenez aussi cinglé qu'eux », rétorqua-t-elle sèchement. Sur ce, elle coupa la communication sans lui laisser le temps de répondre. Elle se mit en contact avec Carson, qui attendait à bord de sa navette sur l'îlot. « Frank, vous pouvez leur faire entendre raison ?

— J'en doute.

— Henry va tous les faire tuer.

— Non. Là-dessus pas de souci. Quoi qu'il arrive, il fera évacuer à temps. Vous pouvez lui faire confiance. »

O. K., ce passage, je le reconnais.

Vous êtes sûr, George ?

Ouais, ouais. Sûr et certain.

D'accord, on y va. Où est le putain de projecteur ?

« Hutch, fit Carson. Une heure de plus ici pourrait nous épargner des années de recherches à la maison. Soyez patiente.

— Une heure de plus ?

— C'est ce que je dirais, en gros. Et l'évacuation s'effectuerait néanmoins largement dans le respect des délais.

— Hutch. » La voix de George. « Avez-vous un treuil à bord ?

— Oui, je peux mettre un treuil en service.

— Parfait. On va procéder comme suit : d'abord on dégage la presse et on la remonte dans le temple supérieur. Tout est en place ici pour la manœuvre. Vous déroulez votre câble. Dès que la presse aura émergé du puits, on l'accrochera à votre filin et vous l'embarquerez. Nous autres devrions pouvoir vous rejoindre à bord quelques minutes plus tard. »

Elle secoua la tête. « C'est de la folie, George. Vous n'avez même pas encore mis la main dessus.

— C'est quasiment fait. »

Richard revint à la charge. « Ça ira, fit-il d'une voix apaisante. On va réussir. Et on la ramènera, cette sacrée presse. »

Elle regardait le littoral se dérouler sous ses yeux. La clarté délavée du soleil, blanche et froide, se réverbérait sur les icebergs, les pics acérés et les îlots rocheux. De longues et lourdes vagues balayaient les plages enneigées. Des singes de la côte venaient jouer tout au bord de l'écume.

L'îlot apparut. Elle amorça la descente. La navette du temple, resplendissante de bleu et d'or dans le soleil, attendait sur l'éminence.

Hutch se posa maladroitement. Comme si sa propre hâte allait modifier le cours des choses. Carson l'attendait sur le rocher. Mais, trop courtois ou peut-être distrait, il s'abstint de commentaire.

08h37.

Le faisceau de particules diffusait une sinistre lueur bleu et blanc dans la salle. L'eau brassée sifflait. George travaillait en aveugle. Il taillait au hasard dans les obstacles les plus dangereux, creusait les fontis de roche et de sable.

La technique pour avancer consistait à choisir une zone d'apparence solide, s'il s'en trouvait une, et de la subdiviser en petites sections qu'on attaquait séparément. On forait d'abord un peu et on s'interrompait. Si rien ne se produisait, on élargissait l'ouverture. Alors on pouvait poser les étais et repartir. « Le problème, dit-il à Henry, c'est qu'il faudra encore agrandir le conduit pour sortir la presse. »

George était content de lui. Sur le terrain, les ingénieurs étaient généralement moins valorisés que les archéologues diplômés. Voilà une chose qui allait changer. L'équipe du temple avait toujours été assez soudée. Mais on lui témoignait un peu moins d'estime qu'à un chercheur professionnel. Il jouait un rôle de logistique, donc on le considérait vaguement comme un second couteau. Quand on portait un toast, on ne levait jamais son verre à George.

Cette fois pourtant, on lui devait cette découverte. *La presse de George.* Et c'était encore lui qui menait le percement de ce tunnel jusqu'au temple. Il jubilait. Il y voyait en quelque sorte l'aboutissement de tous ses efforts sur ce site. Un travail dangereux, peut-être. Mais il se sentait immortel, comme tous les hommes jeunes, et il n'imaginait pas que Kosmik puisse réellement appuyer sur le bouton s'il restait du monde en surface.

En outre, l'épreuve n'aurait pu survenir avec plus d'à-propos. Le souvenir de Hutch, de son regard vif et de son sourire réservé le transportait. Son pouls s'accélérait en sa présence, or en ce moment précis elle devait l'observer en pleine action. Comment envisager de baisser les bras ? Alors, durant ces instants sombres et oppressants où la conscience du danger suintait dans son esprit, il chassait l'angoisse en imaginant la récompense du héros qui l'attendait.

La voix de Maggie retentit. « Nous avons une première lecture de la tablette "érotique". » Elle faisait allusion au groupe de caractères qui figurait à la fois au-dessus du dessin et dans l'inscription d'Oz. « À notre avis, il ne s'agit pas d'un terme en rapport avec la sexualité.

— Qu'est-ce que cela voudrait dire, alors ? demanda Richard.

— Nous avons trouvé ailleurs des fragments du même groupe de symboles. Nous pensons avoir découvert sa racine, qui suggère l'idée de durée, peut-être d'éternité.

— Vous avez raison, fit Sandy. Ça peut coller avec l'idée de reproduction.

— Il y a d'autres connotations positives. On a trouvé le terme associé à la lumière du soleil, par exemple. Et à des vaisseaux dans des circonstances manifestement paisibles. Je le traduirais par l'idée de bonne fortune plutôt que de plaisir.

— Vous êtes sûre ? » On aurait dit la voix de Tri.

« Bien évidemment non, je ne suis pas sûre, rétorqua Maggie un peu sèchement. Mais il y a de grandes chances.

— Bon, fit Richard. On a donc la "bonne fortune" et un animal mythique. Quel est le rapport entre les deux ? »

En amont, George coupa le faisceau et attendit que l'eau s'éclaircisse. « Je crois que la jonction est faite. On l'a, notre tunnel. »

Henry et Sandy accoururent pour poser les étais. George gratta le plafond. Un filet de vase et des graviers s'en détachèrent. « Je ne garantis rien », fit-il.

Henry haussa les épaules et pénétra dans la salle. « George, lança-t-il en se retournant, faites votre possible pour élargir le tunnel.

— Pas tant que vous serez là-dedans.

— Faites-le, insista Henry. Je prends ça sous ma responsabilité. »

Votre responsabilité nous fera une belle jambe quand vous y aurez laissé votre peau. Qui savait si, en commençant à creuser, George n'allait pas provoquer l'effondrement du plafond ? Il n'aurait jamais dû autoriser Henry à entrer sans avoir effectué au préalable une inspection de contrôle. Décidément, tout allait trop vite.

Pourtant il réactiva docilement son faisceau de particules et commença à entailler les parois du tunnel.

La salle était partiellement éboulée. Henry rampa entre des débris de plaques et des poutrelles rompues. Sa lampe éclairait faiblement. « J'avance encore un peu », annonça-t-il dans son micro de gorge. La presse aurait dû se trouver suffisamment près pour que les capteurs la signalent. Pourtant, aucun signe.

Il parvint à un mur.

Il se laissa flotter et s'immobilisa. Puis appuya sa tête contre la paroi. *Manquait plus que ça*, songea-t-il. Il détestait la salle dans sa nouvelle configuration : il fallait maintenant se faufiler entre les roches, creuser dans la boue, tâtonner dans l'obscurité.

Richard s'approcha derrière lui, leva sa lampe. « Par ici, déclara-t-il. Une ouverture sur la droite. Regardez. »

Il braqua sa lampe dans la direction et Henry constata qu'il disait vrai. Mais il avait aussi conscience qu'il était très tard et que la responsabilité de l'évacuation lui incombait. Profitant de son indécision, Richard lui passa devant. Sa lampe se déplaça dans l'obscurité.

« Je crois que je l'aperçois », déclara-t-il doucement.

Henry sentit une main se poser sur son épaule. Celle de Sandy. « Nous devrions attendre George, déclara-t-elle.

— Bravo, Richard », lança Maggie, surexcitée.

Henry suivit la lumière, longea un coude et descendit en nageant dans la petite pièce qu'il avait mémorisée lors de sa visite précédente. « La voilà », déclara Richard, agenouillé à deux mètres, flou dans son halo fumeux.

La masse était à demi enfouie. Ils l'époussetèrent, déblayèrent ses abords à la main, tentèrent de la dégager. Ils trouvèrent une matrice rectangulaire. Et une boîte à outils sous des gravats. « C'est le châssis », dit Maggie.

Ils découvrirent une seconde matrice sous des décombres.

Le scanner de Sandy révéla quelque chose sur le sol. Elle l'exhuma. Jadis, il s'était agi d'une boîte compartimentée, d'une casse.

Henry tapota les matrices. « Il y a des lettres en place là-dedans, dit-il.

— Super ! lança Maggie. C'est suffisant. On arrête. Remontez tout. »

Le châssis était fermement fixé au sol. « Il nous faut le pulseur », dit Henry.

Richard effleura son bras. « Je crois qu'il vaudrait mieux s'abstenir d'utiliser un faisceau dans le coin. »

Le châssis occupait de l'espace : il mesurait presque deux mètres de long pour un de haut. Sandy et Richard essayèrent de le faire bouger. En vain.

« Ça ne fonctionnera pas comme ça, dit Sandy. Même si on réussit à le déplacer, il ne passera jamais dans le tunnel. » Elle l'examina à la lueur des lampes. « Et si on remontait seulement les matrices ?

— Pourquoi les matrices ? »

La voix de Maggie grésilla. « Parce que c'est là qu'est composé le texte. »

Hutch intervint. « L'eau commence à monter ici. Si vous avez l'intention de partir, il serait temps de passer à l'acte. »

Henry mesura les matrices approximativement. « Il va quand même falloir élargir les conduits, fit-il.

— Et si on se contentait de prendre une bonne série d'holos ? suggéra George.

— Ça ne servirait à rien, fit Maggie. Nous avons besoin des matrices. Et des caractères. Il va falloir procéder à une restauration minutieuse avant d'espérer pouvoir déchiffrer quoi que ce soit. »

Henry promenait le rai de sa lampe dans la salle. « Il y a peut-être d'autres plateaux de caractères dans les parages.

« Laissez tomber. » Richard traînait ses matrices. « Sandy a raison. Faisons avec ce qu'on a.

— S'il y a d'autres caractères dans le coin, fit Maggie, ce serait bien de les récupérer. Ceux des matrices risquent d'être passablement usés.

— Nom de Dieu ! explosa Hutch. Si vous voulez des caractères, descendez vous-même les chercher. »

Le canal commun se fit silencieux.

« Bon, fit Henry au bout d'un moment. On y va. On découpe. On n'a pas le temps de finasser. » Le faisceau à particules jeta sa lueur.

Avec détermination, George se mit à l'ouvrage. Il démantela la presse et réussit à en extraire les matrices.

« Sandy, dit Henry, attendez-nous en haut du puits et tenez-vous prête à hisser dès notre sortie du tunnel. Richard, monte donc donner un coup de main à Hutch. Il ne sert à rien que tu restes là.

— Vous aurez besoin d'aide pour remonter tout ce matériel, fit-il. J'attendrai. »

Henry acquiesça. « D'accord. » Il consulta sa montre. « On peut réussir.

— Dépêchez-vous », fit Maggie. Henry gardait à l'esprit un épisode de son enfance : on l'avait envoyé, tout gamin, chercher un ballon qui avait roulé à la surface d'un lac gelé. Renvoie-le vite, lui avaient crié ses aînés, avant que tu ne passes à travers la glace.

09h35.

Les vagues léchaient les tours. On apercevait deux icebergs à l'horizon. Les sommets de la côte luisaient au soleil.

Hutch, exaspérée, au bord des larmes, sortit le treuil, y crocheta un anneau de cinq kilos pour lester le câble et pressa le bouton. L'anneau s'enfonça dans l'eau, suivi par quinze mètres de filin. Les navettes flottaient bord à bord. Carson se tenait sur une aile de l'*Alpha* qui se balançait doucement au gré de la houle. « C'est dingue, fit-il. J'ai encore du mal à y croire. »

La journée s'annonçait magnifique, éclatante de lumière dorée. Une heure avant la fin du monde.

Quatre volatiles autochtones, des animaux qui rappelaient des raies, traversèrent le ciel en formation, cap au nord.

« Peut-être, dit-il, que nous devrions parler à Kosmik. »

Hutch contempla le câble.

À l'intérieur de la chapelle militaire, George, Richard et Henry, leur travail terminé, s'engageaient enfin dans le tunnel.

Station Kosmik, 09 h 45.

Truscott se tenait derrière Harvey Sill, les bras croisés. Elle avait les traits froncés de rage. « Du mouvement ? demanda-t-elle.

— Négatif. » Harvey pressait ses écouteurs sur ses oreilles. « Ils sont toujours en surface.

— Vous pouvez me dire ce qu'ils fabriquent ?

— Ils sont dans des tunnels. Cette pilote – je ne sais plus son nom – a l'air sur les dents. Elle a au moins quelque chose pour elle, celle-là. Mais je ne sais pas de quoi il retourne. Si ça se trouve, il s'agit d'une petite mise en scène pour nous rendre dingos.

— Vous devenez paranoïaque, Harvey. Leur avez-vous demandé quelle était leur situation ? »

Sill secoua la tête. « Non.

— Pourquoi pas ?

— Parce que j'ai pensé qu'ils percevraient peut-être notre inquiétude comme un encouragement. »

Truscott commençait à se sentir vieille. « Harvey, appelez-les-moi.

— Ce ne sera peut-être pas nécessaire. La navette du *Wink* lance un appel. » Il enclencha le moniteur. « On vous écoute, *Alpha*. »

Le visage de la pilote apparut en contre-plongée. « C'est pour une urgence, Kosmik. S'il vous plaît, passez-moi le docteur Truscott. »

La directrice s'avança d'un pas. « Je suis là. Quel est le problème ?

— Il reste du monde dans les tunnels. Ils ne seront pas sortis avant l'heure H.

— Et pourquoi ? » Truscott lâchait ses mots un à un comme des glaçons.

« Ils essaient de finir leur boulot. Je suis désolée. Je n'ai aucun contrôle sur la situation. Pouvez-vous repousser la mise à feu ? »

Truscott la fit languir un moment. « De combien ?

— D'une heure, fit Hutch sur un ton désespéré. D'une heure.

— Vous rendez-vous compte des complications que ce changement occasionnerait ? De son coût ?

— S'il vous plaît, dit Hutch, les yeux rouges et larmoyants. Si vous maintenez la programmation, vous les condamnez à la mort. »

Truscott laissa la pilote prendre la mesure de son mépris. « Une heure, dit-elle enfin. Pas une minute de plus. »

Hutch acquiesça, visiblement soulagée. « Merci. »

Sitôt le contact coupé, Sill déclara d'une voix égale : « C'était une erreur.

— On en discutera plus tard. Faites passer la consigne partout. Report d'une heure. »

Relais station terrestre Kosmik Sud. En vol. Vendredi, 09 h 54.

La première lampe blanche s'alluma. La charge nucléaire du point delta venait d'être mise en circuit.

Ian Helm était assis dans le fauteuil droit de sa navette. Aucun nuage n'obscurcissait le panorama. La calotte glaciaire australe s'étalait sous lui, depuis les crêtes de la frontière Koranda qui masquaient la chaîne de volcans au nord jusqu'au port de Dillman où ils avaient établi leur premier camp de base deux ans auparavant. Il se revit à l'époque dans le grand silence, glacé malgré le champ oscillant (son unité de chauffage portative était tombée en panne). Il se souvint du sentiment qu'il avait alors éprouvé, et qui l'avait réchauffé : l'idée enivrante qu'un beau jour il détruirait ce continent de glace, qu'il ferait fondre ses montagnes et raserait ses collines, qu'il remplirait ses vallées et ses gorges de vapeur et de pluie. Par une opération époustouflante de puissance, il ferait de ce continent stérile le premier lieu de la renaissance. Personne ne lui en attribuerait le mérite, naturellement. Caseway et Truscott se partageraient les honneurs. Des honneurs qu'il ne leur disputait d'ailleurs pas. Il se flattait pour sa part d'avoir monté l'opération dans le concret. Et d'avoir le doigt sur le détonateur.

« Ian. » Une lumière verte s'alluma sur le tableau de bord. « Sill est en ligne. Il veut vous parler. »

La réverbération blanc et bleu de la banquise et de l'océan l'aveuglait. Helm dévisagea sa pilote. « Jane, fit-il. Est-ce qu'il y a une manette pour déconnecter la ligne ? »

Elle fronça les sourcils. « Suffirait de débrancher cette fiche. »

Il la débrancha. « On va faire savoir à tout le monde qu'on craint des instructions bidon. Mettez en place un système de code. Personne ne devra accepter de communication sans le mot de passe.

— Quel mot de passe ? »

Il réfléchit brièvement. « Persévérance », répondit-il.

Jane parut troublée. « Je vais l'entrer par écrit. Mais Truscott ne va pas apprécier.

— Je la sauve d'elle-même », rétorqua-t-il.

Deux nouvelles lampes se mirent à clignoter. Mise en circuit à Petit Kiska, près du pôle, et à la faille de Basile, à l'intérieur d'un volcan.

« Au bout du compte, elle me remerciera. »

FORUM BIBLIOTHÈQUE

La vitesse de déplacement d'un tsunami égale la racine carrée de l'accélération gravitationnelle que multiplie la profondeur de l'océan. Les fonds autour de la calotte glaciaire antarctique sur Quraqua étaient de profondeur relativement modeste. En outre, la vague décélérerait en parvenant sur les hauts fonds de Yakata. Selon les calculs, un tsunami gigantesque se déplaçant à l'improbable vitesse de huit cent cinquante kilomètres-heure mettrait quatre heures pour parvenir au temple. À 10 h 00, Jacobi ne se trompait pas lorsqu'il estimait disposer d'une marge de sécurité encore raisonnable à l'égard des vagues qui se formeraient dans la banquise.

Néanmoins, l'inquiétude des membres de l'Académie vis-à-vis des tsunamis leur fit oublier de considérer un danger plus immédiat : les ondes de choc générées par l'effondrement de la banquise voyageraient, quant à elles, à 7,1 kilomètres par seconde et parviendraient au temple en six minutes.

Une ligne de faille coupant la mer de Yakata d'est en ouest allait réagir à ces ondes de choc en déclenchant un séisme. Ce tremblement de terre secondaire a certainement généré des lames de fond. Ce sont ces lames qui déferlèrent sur la côte environ onze minutes après l'explosion initiale.

Barnhard Golding,
Dieu sur Quraqua : La mission du temple (2213),
éditions Eberhardt & Hickam, Chicago.

Brandissez votre courage comme une oriflamme, ne redoutez rien, ne songez jamais à votre bien-être. Vivez par la loi et ne perdez jamais de vue que, lorsque viendra l'heure la plus noire, je me tiendrai à vos côtés.

Fragment de *Heures Knothiques*,
traduction : Margaret Tufu*.

* La copie papier originale comprend l'annotation « Espérons-le », écrite à la main par la traductrice, datée du vendredi 11 juin 2202.

QUATORZE

Temple des Vents. Vendredi, 09 h 43.

Les deux matrices constituaient l'essence de la découverte. S'ils pouvaient les récupérer avec leur texte à peu près intact, ils obtiendraient tout ce qu'ils pouvaient raisonnablement espérer. En conséquence, et malgré l'urgence, Richard se déplaçait avec prudence. Henry et lui prenaient leur temps pour exhumer ces trésors de leur tombeau et les sortir par le tunnel. George les précédait, déblayait le passage et l'agrandissait au besoin.

Ils parvinrent au puits vertical à dix heures moins quatre.

Henry braqua une lampe en l'air. « Qu'en dites-vous ? On attend ici jusqu'à l'heure H ? S'il y a une secousse, les matrices risquent d'être abîmées. »

Richard ne put s'empêcher d'admirer la ténacité d'Henry. Une secousse dans le conduit n'abîmerait pas seulement les matrices. D'un autre côté, il ne voyait pas en quoi ils seraient mieux protégés en restant sur place. « On continue », fit-il.

Un filin s'étirait à la verticale dans le noir. George le tendit à Henry qui y arrima la première des matrices.

« Mélanie, on a un problème. »

Elle en aurait mis la main au feu. Les problèmes ne pouvaient manquer de survenir quand il s'agissait d'ajourner une opération de cette envergure.

« De quoi s'agit-il, Harvey ? »

Il affichait un air mécontent. « Helm refuse la communication. »

Il leur restait deux minutes. « Passez outre. Appelez directement les postes de contrôle.

— J'ai essayé. Tout est verrouillé. Il nous faudrait le mot de passe. »

« Hutch. » La voix de Truscott.

« J'écoute, Kosmik. »

La directrice avait le visage cramoisi de colère. « Je n'ai pas réussi à contacter toutes nos stations. La mise à feu se déroulera comme prévu.

— Mais nous avons du monde là-dessous, protesta Hutch.

— Je suis désolée. Nous ferons tout ce qui sera en notre pouvoir pour vous assister. Tenez-nous au courant. »

Dix heures pile.

Le ciel au sud s'illumina. Comme si un second soleil allait paraître à l'horizon. Hutch détourna le regard.

« Richard.

— Oui.

— Ils ont commencé. Je le vois d'ici.

— Bon. Gardez votre sang-froid. Nous arrivons. Nous avons le temps. »

La mer était calme.

« Prêt ici, déclara George, posté en haut du puits.

— Ça a l'air bon ? demanda Henry à Richard.

— Oui. On y va. »

George donna du mou le temps qu'ils positionnent la première matrice dans le conduit. Puis ils commencèrent à la hisser. Henry nageait à côté pour la stabiliser.

Richard resta avec la seconde. Il la frotta doucement pour enlever de la vase. Sous son doigt, il sentait le relief des rangées de caractères. Quel trésor.

Mais il était seul dans le tunnel et ressentait le poids de la mer. Les parois sinistres l'oppressaient. De minuscules poissons flottaient devant lui.

Le câble revint. Il l'enroula rapidement autour de la matrice, composant une forme de harnais.

En surplomb, il vit George et Henry haler la première hors du conduit. Ils restèrent un moment à dénouer le câble, jetant des ombres sur les parois, puis disparurent. George revint. « Tout est prêt, fit-il.

— C'est parti, rétorqua Richard. Hissez. »

À cet instant, l'eau bougea. Un remous infime mais suffisant pour que les petits poissons jusque-là immobiles se dispersent vivement.

« Je hale », lança George. Richard, quant à lui, maintenait la matrice au centre du conduit. Elle s'abaissa d'abord d'un demi-mètre, puis commença à s'élever. Il ouvrit le canal pour entrer en communication avec Hutch. « Vous n'êtes pas en flottaison, dites ?

— Bien sûr que si. Comment voulez-vous que je vous recueille sinon ?

— Ce n'est peut-être pas une bonne idée. » Il remontait à la nage dans le sillage du vestige. « On encaisse des ondes de choc. Ouvrez l'œil.

— Entendu. »

Richard ajouta encore une banalité rassurante, un encouragement purement pour la forme qui ne lui remonta guère le moral.

À bord du *Wink*, Janet Allegri traversa la passerelle de commandement à grands pas, vint se camper devant Margaret Tufu et lui décocha une gifle.

Mélanie Truscott venait d'assister, la gorge nouée de colère, à l'allumage des témoins blancs. Quelques secondes avant la mise à feu, elle avait noté qu'un des sites, celui du Point Thêta, n'avait pas répondu. Une panne du mécanisme de déverrouillage. Défaillance d'une vulgaire pièce mécanique.

« Qu'est-ce que vous comptez faire ? » demanda Sill.

Helm, l'espèce de salaud. Des gens de l'Académie allaient certainement y laisser la vie. Pire, si l'on faisait fondre un pôle et pas l'autre, on risquait de provoquer un déséquilibre susceptible de modifier l'axe de rotation de la planète. Quraqua pourrait devenir instable pendant des siècles. « Dites à Harding d'annuler l'ajournement. Que tout se déroule comme prévu. »

Sill acquiesça.

« Quand vous aurez Helm en ligne, j'aurai deux mots à lui dire. »

Le système n'était pas conçu pour mettre à feu toutes les charges simultanément. La configuration des failles dans la banquise, la géologie du sous-sol (là où il émergeait), la présence de volcans, la distribution des masses : tous ces facteurs et d'autres déterminaient l'ordre et le minutage des différentes explosions. Il suffit de savoir que la totalité des cinquante-huit charges (à l'exception d'une) éclatèrent dans un laps de quatre minutes et onze secondes. Leur puissance s'échelonnait entre deux et trente-six mégatonnes.

Sur le pôle, environ huit pour cent de la banquise furent volatilisés. Des concrétions vieilles de plusieurs milliers d'années furent rasées. D'énormes plaques, comme celle de Kalaga, se fracturèrent et s'émiettèrent dans la mer. Des milliers de tonnes d'eau, projetées en l'air par le souffle, se transformèrent en vapeur en retombant. Des vagues gigantesques se formèrent dans cette tourmente blanche et s'élancèrent pour un long voyage à travers la mer circulaire.

Pendant la troisième minute suivant la toute première explosion, un volcan immergé sous la glace se réveilla. Comme par ironie, il ne s'agissait pas de l'un de ceux qui avaient été minés. Il fut néanmoins le premier à entrer en éruption. Les autres l'imitèrent conformément aux prévisions.

Une pluie chaude se mit à tomber.

Les ondes de choc se propageaient à une vitesse de cinq à sept kilomètres par seconde, déclenchant des séismes dans leur sillage.

Hutch se tenait dans la soute tandis que le câble remontait. Son appareil flottait près de la navette du temple. Carson restait dans son cockpit par mesure de sécurité. La secousse qu'avait ressentie Richard quelques instants plus tôt dans son tunnel n'avait pas été perceptible à la surface, sinon sous la forme d'une vaguelette parmi d'autres, accompagnée d'un courant d'air. Mais une seconde, plus violente, arrivait maintenant. Hutch se sentit basculer en avant.

L'*Alpha* résonna de voix venues du temple.

« La vache ! C'en était une grosse.

— Ça va ? Tout le monde ?

— Bon sang, j'ai l'impression qu'on en a perdu un bout.

— Laisse tomber, Richard.

— Ça ne prendra qu'une minute.

— Hutch, voilà un colis. » C'était Henry. « Hissez-le à bord. »

Elle mit le treuil en marche et la première matrice émergea à l'air libre. C'était une plaque corrodée au dernier degré. Mais Hutch savait quels miracles pouvait produire une bonne restauration. *J'espère que ce truc vaut la peine de risquer sa peau.*

Elle monta la matrice à bord, toute dégoulinante, puis la libéra de son attache et la rangea sur le chant le long de la paroi.

« O.K., Richard, lâchez tout. » La voix de George. « Je l'ai. »

La mer devenait mauvaise. L'eau s'agitait, bouillonnait.

Sandy apparut pour embarquer. Elle rejoignit la navette en nageant à toute allure et Hutch la hala à l'intérieur. « Seigneur, haleta-t-elle. On a réussi.

— Pas encore. Où sont les autres ?

— Ils arrivent. D'ici deux minutes.

— Bon. Écoutez, on va se trouver un peu à l'étroit ici. La manœuvre ira plus vite si vous embarquez dans l'autre navette.

— Comme vous voudrez. »

Carson lui envoya une corde et elle replongea dans la mer.

« Frank, dit Hutch, je me charge d'évacuer les autres. » Elle hésita. « Il serait peut-être bon que vous preniez de l'altitude. » Elle lança un regard préoccupé vers l'horizon inquiétant. « Scrutez les vagues. »

La plupart des balises sous-marines s'étaient éteintes. Seules les rouges brillaient encore fièrement dans les confins limoneux du temple dévasté.

Ils sortirent la seconde matrice dans l'eau plus claire de ce qui naguère était la nef, où attendait le filin de la navette. Richard, les cheveux dans les yeux, n'en pouvait plus. Il sentait un courant l'aspirer. Comme au reflux d'une vague.

Bizarre qu'il soit si puissant au fond de l'eau.

« Négatif, Hutch, annonça Frank. Rien pour l'instant.

— Vu. Ce qui m'inquiète, c'est que j'aperçois le faîtage du temple.

— Quoi ? Mais il se trouve sous cinq mètres d'eau. À marée basse.

— Vraiment ? Eh bien, je le vois en ce moment. » Elle changea de canal. « Hé, les gars, magnez-vous le train. Voilà un nouveau raz-de-marée.

— Pour quand ? » C'était Henry.

« Dans deux minutes environ. »

Richard lança : « On arrive au plus vite. » On sentait de l'exaspération dans sa voix. Et peut-être de la résignation aussi.

« Hutchins ? » Truscott, cette fois. « Où en êtes-vous exactement ?

— Je suis un peu bousculée, pour tout dire. » Le message comportait une transmission visuelle, mais Hutch ne se donna pas la peine d'allumer l'écran.

« J'ai ordonné à deux de nos A.T.A. de venir vous assister. Mais ils sont à quatre heures de vol. »

En un moment moins stressant, Hutch aurait entendu l'inquiétude dans la voix de Truscott. Mais pas en ces circonstances. « Ce sera un peu tard, merci. »

Elle coupa la communication et repassa ses scopes en revue. La mer était toujours calme.

« Hutch ? » Carson à nouveau. « Je la vois. »

Frisson glacé. « Où ?

— Vingt-cinq kilomètres au large. Elle arrive à… ouh, cinq cent cinquante kilomètres-heure. Vous avez trois minutes.

— Les gars, vous avez entendu ?

— Oui… » La voix de George.

« Abandonnez la matrice. Remontez d'urgence. » Elle focalisa ses scopes sur l'horizon. Toujours rien. « Frank, quelle taille fait-elle ? Pouvez-vous l'évaluer ?

— Négatif. Elle ressemble à l'autre. Petite. On ne la remarquerait pas si on n'était pas à sa recherche.

— Bon. » Elle vit un mur de pierre affleurer à la surface. « Ici, l'eau continue de baisser. »

George hala plusieurs mètres de mou. Les autres soutinrent la matrice le temps qu'il l'arrime. Deux tours dans un sens. Une boucle dans l'autre. Raccrocher au câble. Ne pas la perdre maintenant. Dès qu'il eut fini, Henry désigna la surface. « On y va.

— Tu peux tracter, Hutch. » George lâcha le filin et prit son essor vers la surface.

Les courants plaquaient Richard au fond. En surplomb, le fuselage de la navette composait une tache sombre, si proche dans l'eau éclairée par le soleil.

Henry aussi dérivait. « Du nerf ! Ce courant est traître ! » Il braillait d'une voix aiguë.

« Tenez bon, Henry, fit George. Je vais vous aider. »

La voix de Hutch commençait à se faire paniquée : « Il faut y aller, maintenant. »

Richard gardait une main sur le câble. Il était toujours au fond, les bras en coton.

« George ! cria Hutch. Revenez, on le repêchera avec la navette. Richard, où êtes-vous ?

— Près de la matrice.

— Et du filin ?

— Oui.

— Bon. On n'a plus le temps. Accrochez-vous. Pigé ? Ne lâchez pas quoi qu'il arrive. »

Une section de cordage flottait sur un côté de la matrice. Il se l'enroula autour de la taille et le noua. Puis il s'abandonna à l'épuisement.

« Le voilà. » C'était de nouveau la voix de Hutch. Richard ne savait pas de qui elle parlait.

Il songea : *Elle a toujours été là quand j'ai eu besoin d'elle.* Il se sentait engourdi. Déconnecté.

« Du calme, Henry, dit George. On vous rejoint.

— Saloperie, fit Hutch, on va se la prendre, cette vague. »

Derrière les voix, Richard entendait un murmure, comme si le vent se levait.

« Vous êtes toujours là, Richard ?

— Je suis toujours là.

— Est-ce que vous pouvez vous attacher au câble ?

— C'est fait.

— O. K. D'ici trente secondes, on part en balade.

— Ne perdez pas la matrice, Hutch », dit-il.

George : « Là, attrapez-le. » Ils devaient parler d'Henry.

Puis Carson : « Dégagez tout de suite, Hutch.

— C'est bon, je l'ai. Accrochez-vous, Richard… »

Le cordage se tendit et la mer s'illumina. Richard se souleva d'un mètre, plana à l'horizontale, essaya de rétablir son assiette. Il y eut une seconde traction, plus violente celle-là.

L'eau se rua contre lui.

Cette vague n'avait rien d'une vague ordinaire. C'était une montagne d'eau, une falaise liquide qui se précipitait vers elle depuis le large, palpitante, verte marbrée de blanc, vivante. Elle culminait à cinq kilomètres puis se brisait, se reconstituait. Hutch avait attendu jusqu'à l'extrême limite.

Après son passage, il ne resterait plus de tour solitaire.

George avait enfin halé Henry à bord. « C'est bon ! » lança-t-il. Carson cédait à la panique. *Onze cents mètres de haut. Tu ne vas pas t'en sortir, Hutch…*

La dernière tour knothique attendait l'assaut. La mer s'était retirée et son pied s'enfonçait dans la vase. La créature ailée vivait ses derniers moments, campée à son sommet, sereine.

Les ruines émergées du temple miroitaient au soleil. Elle ne vit nulle trace des singes de plage.

Henry, depuis la soute, demanda des nouvelles de Richard. Un peu tard pour s'en préoccuper. Hutch volait à dix mètres au-dessus de la surface maintenant, cherchant du regard le filin, un indice de sa présence.

C'est la matrice qui émergea la première des flots. Richard oscillait dessous. Rassurée, elle prit de l'altitude. « Ça va faire mal », le prévint-elle. Et elle actionna la propulsion par champ magnétique.

Il poussa un cri. Mais elle l'entendait encore respirer.

La navette s'éleva, filant vers les terres, vers la gorge, fuyant devant la muraille d'eau. Cette fois, il ne s'agissait pas d'une lame comparable au premier tsunami. C'était l'océan entier qui se jetait sur la côte, qui s'élançait en avant, jaillissait jusqu'au ciel, masquait le soleil. La clarté limpide du jour s'opacifia, se fit humide. Le monstre en furie continuait de grandir. De l'écume bouillonnait sur sa crête.

Des vents aussi puissants que ceux d'un ouragan fouettaient, ballottaient la navette, la rabattaient vers le sol.

Trop lente. Elle manœuvrait trop posément, voulant ménager Richard, mais à l'ombre d'un tel danger son instinct reprit le dessus : elle alluma les réacteurs au quart de leur puissance, le maximum qu'elle osa. La navette bondit en avant, grimpa, et la vallée sèche s'ouvrit devant elle. Son fuselage et ses ailes étaient mouillés d'embruns. Le rugissement se fit assourdissant ; George, s'efforçant de rester stoïque, réprima un gémissement.

L'empennage encaissa une violente poussée latérale et Hutch faillit perdre le contrôle de l'appareil. L'*Alpha* piqua et remonta en chandelle ; ses stabilisateurs mugissaient.

Et puis la navette jaillit au-dessus de la tourmente, tangua : elle surplombait la crête. Hutch, en cet instant, ignora la demi-douzaine de voyants qui s'étaient allumés sur son tableau de bord. « Richard, cria-t-elle dans la comligne. Ça va ? »

Pas de réponse.

« Richard ? »

Elle n'entendit que le sifflement du vent.

HOLO-RÉPONSE

« Salut à vous, Richard. Bien le bonjour de Nok. » David Emory voûte ses épaules. C'est un homme qui impressionne, au regard pénétrant et aux gestes vifs d'oiseau. Sa peau est très sombre, ses cheveux grisonnent tout juste. Il porte une tunique beige à manches courtes, sans col et pourvue de grandes poches à rabats : tout à fait dans le style popularisé par l'intrépide aventurier de fiction Jack Hancock.

Il est assis sur un petit rocher qui domine une vallée où s'écoule une rivière. Derrière lui, des voiles rouges et blanches s'égrènent sur l'eau. Des docks, une route sinueuse et deux embarcadères pour bacs bordent la rive. Des parcelles cultivées tracent un damier dans le paysage. Le cadre paraît tout à fait terrien. Sans l'énorme planète cernée d'anneaux qui flotte dans le ciel comme une lanterne chinoise, on pourrait se croire dans le Wisconsin.

C'est Inakadérémi. Nok. Le seul monde, exception faite de la Terre, qui abrite en ce moment une vie civilisée.

Les couleurs se teintent de violet ; le crépuscule, bien que vif, dégage quelque chose de lugubre.

David attend, laisse le temps à son correspondant d'apprécier la vue. Puis il reprend : « J'ai eu des échos de vos problèmes sur Quraqua et je ne peux pas dire qu'ils m'aient surpris. On manque de visionnaires. Ici, les autochtones mènent une guerre globale et on pourra s'estimer heureux s'ils ne font pas tout sauter pour finir. Les bombes tombent nuit et jour. Ce serait l'équivalent de notre Première Guerre mondiale sans essence.

» Pour répondre à votre question : nous avons remarqué ici ce que vous décrivez comme une discontinuité. Aux alentours de 400 avant notre ère. Contexte très religieux, monde marqué par le péché, une déité vengeresse. Sodome et Gomorrhe à l'échelle planétaire. Selon les textes sacrés, tout s'est déroulé en une seule nuit. Nous n'y croyons guère, mais nous avons du mal à expliquer cette destruction générale. Bill Reed pense

qu'elle serait imputable à la propagation d'un virus. La vérité est sans doute plus banale : de grandes guerres combinées à une épidémie de peste et une période de disette.

» Vous me demandez aussi quel âge a cette civilisation. Les estimations les plus crédibles lui donnent six mille ans, à peu près comme la nôtre. Et tout comme sur Terre, il y a ici une légende de l'Atlantide à propos d'un pays appelé Orikon. Sauf que ce pays-là a réellement existé, Richard. Je ne peux pas dire à quand remonte sa destruction, mais c'est certainement très vieux. »

Il désigne la rivière et la vallée. « Et c'est un hasard, mais il se trouve que la tradition place Orikon ici même. Venez donc voir avant qu'ils ne ravagent tout. À bientôt. »

David Emory, réponse CKT 144799/16,
reçue à bord du *Winckelmann* le 16 juin 2202.

INTERMÈDE

Navigation.

Le retour dura vingt-sept jours et onze heures. Le *Winckelmann* arriva avec près de deux jours de retard sur le calendrier initial, ce qui n'excédait pas la marge d'erreur normale pour un voyage transdimensionnel.

L'ambiance, pour tous les membres de l'Académie, fut franchement morose. Chez les jusqu'au-boutistes de la fouille du temple, le remords avait sapé la joie d'avoir retrouvé un texte essentiel en linéaire C. Henry, en particulier, sombra dans la mélancolie. Il passa du temps avec son équipe, mais tous voyaient que la vie ne pétillait plus dans son regard.

Par réaction, la plupart s'enfermèrent dans l'étude de leurs trésors embarqués, dans le classement des données et le processus d'analyse et d'interprétation qui se poursuivrait des dizaines d'années. Hutch n'avait aucun dérivatif comparable.

Quasiment personne ne comprenait les liens qui avaient uni Richard Wald à sa pilote attitrée. Les archéologues s'estimaient concernés au premier chef par son décès et partageaient leur peine ensemble. La capitaine du vaisseau restait à l'écart, reléguée aux tâches de navigation.

Pour Hutch, l'idée d'entreprendre une relation plus intime avec George s'estompait. George gardait une réserve discrète tout en attendant – visiblement – un signe encourageant de sa part. Mais l'heure n'était pas à envisager de tels projets, même vaguement. Peut-être avait-elle besoin de cette période de deuil. Ou était-ce un effet de la morosité générale ? Craignait-elle que George ne reste irrémédiablement associé à la tragédie ? En tout état de cause, elle décida de conserver à son égard une neutralité polie et se rendit bientôt compte qu'elle n'éprouvait pas le désir qu'il en aille autrement.

Lorsqu'ils furent enfin amarrés à la Roue, ils célébrèrent une soirée d'adieux dans le salon Radisson. Tout le monde fut convié à dire quelques mots. On versa des larmes. Et les steaks furent jugés excellents.

Au matin, les premiers contingents embarquaient en navette pour Atlanta, Berlin et Londres.

Troisième partie

BÊTA PA’

QUINZE

Académie des sciences et de la technologie (cours supérieur, section simulation), Washington D. C., mardi 19 octobre 2202. 17 h 00 (heure d'été de l'Est).

Hutch, juchée au bord de la falaise, plongeait du regard vers les étoiles et les anneaux scintillants de Shola. L'immense géante gazeuse elle-même se trouvait derrière elle, bas dans le ciel.

C'était perturbant. Ça ne rappelait en rien ce qu'on pouvait ressentir en se promenant sur la coque d'un astronef. Sa propre réaction la fit sourire ; elle s'agenouilla, autant pour examiner le bord de la falaise que pour recouvrer son équilibre.

Nulle dent de scie, aucune de ces irrégularités qu'on se fût attendu à trouver : ce rebord avait été découpé avec une précision de joaillier.

C'était véritablement un lieu étrange, non humain. Un lieu dépourvu de raison d'être esthétique ou fonctionnelle. Mais, indéniablement, à l'instar d'Oz, un lieu où résonnait un écho. Une plaine de roche, polie et ciselée, s'étalait derrière Hutch. Aussi rase qu'une table de billard, à peine abîmée par quelques impacts et de rares fissures. Ce plateau ne s'étirait pas jusqu'à l'horizon : derrière ses bords assez rapprochés, la roche lisse s'arrêtait tout bonnement, et l'on comprenait d'instinct qu'au-delà de ces arêtes abruptes la falaise tombait vers l'infini. Le ciel l'environnait de toutes parts, tous azimuts. Des feux, des lumières et des croissants le constellaient. Une immense horlogerie dont les sphères et les étoiles cheminaient sous ses yeux avec régularité, chacune à son rythme.

Un spectacle oppressant. Sinistre. Effrayant, sans qu'elle pût déterminer pourquoi.

Quatre de ces objets gravitaient autour du vaste monde que les Noks appelaient le Compagnon. Tous de taille identique. Jadis équidistants. Deux d'entre eux avaient été carbonisés.

Carbonisés. Nouveau point commun avec Oz.

Qu'étaient-ils ?

Ils ne comportaient aucune inscription sibylline, contrairement aux tours cylindriques. Mais ils délivraient néanmoins un message, une sorte de cri émanait de cette géométrie austère.

Elle ôta son casque et la lumière revint. Elle le posa sur la table auprès d'elle et regarda dehors la ligne des toits d'Arlington. *Déjà vu.*

Cumberland, Maryland
19/10/02

Cher Henry,

J'ai une traduction : Au revoir et bonne fortune à vous. Cherchez-nous dans la lumière de l'œil d'horgon. *Un horgon est un monstre quraquat mythique. Mais ne me demandez pas ce que tout cela signifie.*

Maggie.

Pour l'anniversaire de la parution du livre de Richard Wald resté célèbre entre tous, *Mémoire et Mythe*, sa famille et ses amis organisèrent une fête en son souvenir. Ils choisirent le sommet d'une colline d'Arlington d'où l'on pouvait voir l'Académie et montèrent un petit pavillon. La réunion se déroula par une journée grise du début décembre où régnait, sous un ciel bas, ce genre de froidure que rien ne chasse.

Hutch avait reçu une invitation qu'elle ne pensait pas honorer. Elle s'imaginait mal entrer dans le jeu frivole des mondanités quand elle saurait fort bien ce que chacun aurait secrètement à l'esprit. L'accident de Richard était encore trop douloureux, trop frais. Peut-être l'année suivante pourrait-elle s'asseoir confortablement et évoquer son souvenir, mais pour l'instant l'image de sa silhouette oscillante pendue au filin restait trop présente.

Lorsque le jour vint, pourtant, elle se trouva du nombre, avec autour du cou le talisman qu'il lui avait offert. Les organisateurs de l'événement avaient dressé une petite estrade au sommet d'un mamelon, assortie d'une table sous un bosquet d'épicéas. On disposa sur la table une moisson de souvenirs, d'objets et de photos. Parmi ceux-ci se trouvaient des exemplaires des livres de Richard, des tablettes provenant de Pinacle, des arbalètes de Quraqua et des représentations des Monuments. L'écusson et les couleurs de l'Académie trônaient au milieu.

On servait des boissons à discrétion. Certains invités retrouvèrent de vieux amis et constituèrent des groupes où la discussion s'anima. Hutch se tenait un peu à l'écart, mal à l'aise, mélancolique. Vers midi, un homme de grande taille qui ressemblait à Richard jeune grimpa sur l'estrade et attendit que le brouhaha s'atténue.

« Bonjour, dit-il. Je connais certains d'entre vous, mais pas tout le monde. Mon nom est Dick Wald. Je suis le cousin de Richard... de feu Richard. Il aurait été content de vous savoir si nombreux aujourd'hui. Et il aurait tenu à ce que je vous remercie. » Il s'interrompit et promena le regard sur l'assistance. « Il avait coutume de se dire heureux de sa vie et chanceux en amitié. Un certain nombre de blagues en rapport avec la mort circulaient sur son compte. Et parmi tous les archéologues ici présents, je me doute que certains d'entre vous ont contribué à alimenter ce flot. Vous savez, du genre : il ne connaissait que des gens morts depuis huit siècles au moins. Ou encore : il ne maîtrisait correctement que les langues mortes. C'est vrai, la mort est très présente dans le champ de l'archéologie, et il paraît cruel qu'elle finisse par rattraper l'archéologue lui-même. » Il s'interrompit. Le vent agita la cime des arbres derrière lui. « J'aimerais inviter Bill Winfield à dire quelques mots. Bill a enseigné le sumérien à Richard. »

Tour à tour, des personnalités se succédèrent pour rendre hommage au défunt. On le remercia d'avoir lancé des carrières, d'avoir facilité l'obtention de bourses, d'avoir prodigué des conseils ou des encouragements. D'avoir donné l'exemple. Plusieurs intervenants lurent des citations de ses livres ou évoquèrent des conversations à bâtons rompus, souvenirs de soirées pluvieuses :

Il y a, entre l'histoire et l'archéologie, la même différence qu'entre la politique et une conversation de comptoir. L'une théorise, analyse et parfois même donne du spectacle, l'autre fait partie de notre vie quotidienne.

Il est une forme d'archéologie de l'esprit qui nous pousse à exhumer nos vieilles blessures et nos rancœurs, à les scruter sous toutes les coutures et les garder près de notre cœur. Au bout du compte, comme l'atmosphère confinée d'une tombe au bout de mille ans, elles nous empoisonnent. Ce qui m'amène à me demander si l'on ne surestime pas la valeur de l'histoire.

Je me suis toujours senti une certaine parenté avec les fossoyeurs de Hamlet. *Ils étaient les premiers archéologues.*

L'histoire n'a rien à voir avec la réalité. Elle représente un point de vue, une tentative pour imposer un ordre à des événements d'essence chaotique.

Et puis aussi cette remarque tirée de son essai sur Pinacle, que Hutch aurait aimé le voir prendre lui-même au sérieux : *L'univers a le sens de l'humour. Il y a deux ans, un habitant de Chicago, alors qu'il s'apprêtait à se rendre à son mariage, découvrit sa voiture détruite par un météore. Le jeune fiancé y vit un signe et quitta la ville. Quand les circonstances ne permettent pas de procéder à des fouilles avec la prudence qui s'impose, les archéologues eux aussi feraient bien d'écouter les signes.*

Au terme de cette série d'évocations, Dick Wald demanda si quelqu'un voulait ajouter quelque chose. Par nature, Hutch avait tendance à fuir les occasions de se mettre en avant. Mais elle ne pouvait pas se dérober ce jour-là. Ignorant ce qu'elle allait dire, elle monta sur l'estrade et se tourna vers l'assistance. Plusieurs personnes la connaissaient et elle entendit confusément quelques applaudissements.

Elle chercha ses mots. « Je voulais simplement dire, commença-t-elle, que travailler pour lui fut toujours un plaisir. » Elle s'interrompit. Elle eut une vision de ciel bleu, clair, très distant. « Il est mort pour quelque chose auquel il croyait. Il est mort, je pense, d'une façon qu'il aurait souhaitée. » Elle lança un regard éperdu alentour, espérant une intervention divine. Elle éprouvait un passage à vide. Machinalement, elle posa la main sur le talisman et le sortit à la lumière. « Amour et prospérité, reprit-elle. Il m'a offert ce pendentif. L'inscription qui figure dessus, dans une des langues quraquats, promet l'amour et la prospérité à qui le portera. À vrai dire, c'était sa présence qui m'apportait l'un et l'autre. »

Plus tard, elle alla saluer Dick. Il lui confia que Richard parlait souvent d'elle. De près, sa ressemblance avec son cousin était sidérante. Ils partageaient jusqu'à leur façon de parler, de traîner sur les *r* comme les Bostoniens. Elle aurait pu fermer les yeux et le croire revenu.

L'Académie était présente en force. Henry fit une apparition, ce qui lui demanda certainement beaucoup de courage, car nombreux étaient ceux (parmi lesquels Hutch) qui le tenaient pour responsable de la mort de son collègue. Il avait pris un coup de vieux en ces quelques mois depuis leur retour. Son visage paraissait gris en ce jour terne, et il avait la démarche mal assurée.

« Comment allez-vous ? » lui demanda Hutch en lui tendant la main.

Il la saisit mais la serra distraitement. « Ça va, répondit-il. Content de vous revoir, Hutch. » Son regard la fuyait par instants pour se poser sur les tréteaux de l'estrade désormais vide. « J'aurais préféré que ce soit en d'autres circonstances. »

Un silence pesant suivit. Hutch savait qu'il recevrait d'ici peu un blâme. C'était d'ailleurs de notoriété publique. Il avait annoncé sa retraite, avec comme perspective de servir de point de mire pour une bataille jurisprudentielle sur le caractère exécutoire d'une décision de justice hors du système solaire.

« Je ne vous ai jamais remerciée, à propos, ajouta-t-il, pour tout ce que vous avez fait.

— Ça m'a fait plaisir de vous aider.

— J'aurais préféré que tout se termine autrement. » Il se reculait imperceptiblement, pressé de s'éloigner d'elle.

« Moi aussi », répondit-elle d'une petite voix.

Princeton
Samedi 27 novembre 2202

Ma chère Priscilla,

juste un petit mot pour te dire que Cal Harlett s'est marié aujourd'hui même. Je sais que nous avons déjà discuté de tout cela, et j'espère que tu ne le prendras pas mal, mais ce n'est pas le premier type bien que tu laisses échapper. Ce gars-là était fou de toi. J'ai rencontré la mariée, elle est mignonne mais pas autant que toi.

S'il te plaît, pense à l'avenir. Tu ne rajeuniras pas.

Maman.

Hutch cala ses pieds sur le coussin, sirota une gorgée de café et s'absorba dans la contemplation de la plaine de roc. Elle se trouvait loin du précipice cette fois, et Shola flottait à sa droite. En dépit du géant de gaz qui emplissait une partie du ciel, la lumière était faible. Au-dessus d'elle, aucune étoile. Elle plongeait du regard dans le Vacuum. En scrutant bien, pourtant, en scrutant longtemps, on pouvait deviner de l'autre côté la faible palpitation d'un bras du Sagittaire.

Le café avait bon goût.

Portland, Oregon
Lundi 29 novembre 2202

Chère Mlle Hutchins,

l'holo ci-joint m'est parvenu voilà plusieurs semaines, avant votre retour de Quraqua. À vrai dire, je l'ai reçu avant d'apprendre la mort de Richard. Ne voyant pas à qui le transmettre, je vous l'adresse car vous saurez sûrement. Je pense qu'il pourrait intéresser quelqu'un à l'Académie.

Cordialement.

Dick Wald.

(Document joint.)

HOLO-RÉPONSE
Libellé d'en-tête : « Personnel pour Richard Wald. »

David Emory dans un bureau, sur site. « Richard, dit-il. Quelle coïncidence que vous m'ayez interrogé à ce sujet il y a quelques jours seulement. Figurez-vous que nous venons d'en découvrir un peu plus long sur Orikon. Je pensais que vous apprécieriez d'être mis au courant, mais, de grâce, tout doit rester confidentiel tant que nous n'aurons rien publié.

» Nous savions depuis un certain temps que les ruines se trouvent sous une cité moderne, ce qui nous empêchait de procéder à des fouilles. Disons pour être précis que c'était ma conviction, mais, en l'absence de vestige concret pour une datation, nous ne pouvions rien prouver.

» Les scanners ont montré la présence d'une structure métallique qui fourche par endroits et dessine un ample cercle autour des ruines. La théorie communément admise voulait qu'il s'agisse d'un ouvrage défensif d'une sorte ou d'une autre. » Il s'assoit et croise les bras sur son torse, visiblement assez content de la tournure des événements. « Ce monde est soumis à des marées d'énorme amplitude dues à la proximité du Compagnon. Des digues ont été érigées pour contenir l'océan. Mais ces murailles sont récentes.

» Orikon était située sur un archipel maintenant transformé en une chaîne de collines. À marée basse, ces collines surplombaient des marais. Alors la question qui se pose depuis le début, c'est : comment, en de pareilles circonstances, les habitants circulaient-ils d'une partie de la ville à l'autre ? À propos, il faut vous figurer cela à grande échelle. Nous parlons d'îles dispersées sur douze cents kilomètres carrés. D'autre part, comment accédaient-ils à l'océan quand il fallait tantôt cheminer par eau et tantôt dans des marais pour l'atteindre ?

» La solution : ils disposaient d'un monorail. Le pays est montagneux et nous avons passé certains reliefs au crible en quête d'une preuve. Hier, nous l'avons trouvée : une pile de béton coulée à même le flanc d'un précipice. Ce nouvel élément

en corrobore d'autres. Manifestement, leur civilisation a connu son apogée entre environ 18000 et 16000 avant notre ère. Il apparaît donc que cette civilisation est trois fois plus vieille que nous ne le pensions.

» Orikon vit, Richard. »

Henry ôta le casque. Les rayons du soleil chauffaient la pièce. Hutch regarda par la fenêtre vers le bassin de Morning, le musée Ivers, le parc Delta et, au loin, le monument de Washington.

« C'est formidable d'avoir apporté cela, dit-il. Puis-je en faire une copie ?

— Bien sûr. » Elle attendit un signe qui témoignât qu'il comprenait la signification de la déclaration.

« Bien. » Il croisa les bras et s'adossa confortablement. « À part cela, vous allez bien ?

— Ça va, répondit-elle.

— Des soucis ? insista-t-il. Vous paraissez tendue.

— Henry, vous n'avez pas l'air étonné. »

Son visage buriné ne marqua aucun changement d'expression. « Qu'est-ce qui vous étonne, vous, Hutch ?

— Nous avons une seconde discontinuité sur Nok. Deux sur chaque monde. Drôle de coïncidence. »

Henry la dévisagea attentivement, retranché derrière son large bureau. Des souvenirs de sa carrière encombraient la vaste pièce. « Vous sous-entendez qu'Orikon a subi un de ces événements ?

— Évidemment. Comment expliquer autrement la disparition d'une civilisation capable de construire un monorail ?

— Nous ne parlons pas de faits établis, Hutch. Nous suivons de près ce qui se passe sur Nok. Mais vous devriez savoir qu'Emory a une fâcheuse tendance à tirer des conclusions un peu rapides. Néanmoins, comme vous dites, il y a là une curieuse coïncidence. D'après ce qu'il déclare, les vestiges les plus récents datent de 16000 avant notre ère. » Il posa sur elle un regard attentif.

Elle ne voyait pas où il voulait en venir.

« Les événements sur Quraqua, dit Henry, ont été séparés par une période de huit mille ans.

— Et de seize mille sur Nok. Deux fois plus. Mais quelle importance ? »

Il haussa les épaules. « Des multiples de huit. Cela devait avoir une signification. » Il avait l'air vieux, ses mouvements étaient raides et paraissaient lui demander un effort constant.

« Des multiples de huit ? Aurions-nous un moyen de savoir s'il s'est produit quelque chose sur Nok vers 8000 avant notre ère ?

— J'en doute. Le cycle de civilisation actuel a démarré trois mille ans plus tard. » Il posa le regard sur le plateau de son bureau. « Je ne me mets pas martel en tête pour une coïncidence. Tant qu'il n'y en a qu'une.

— Quelle est l'autre ?

— La ressemblance entre Oz et les cubes en orbite.

— Alors qu'est-ce qu'on fait, maintenant ?

— Moi, je prends ma retraite. Et j'espère qu'il me restera quelques fifrelins une fois que les avocats en auront fini avec moi.

— Henry, vous ne pouvez pas simplement tourner le dos à...

— Sûr que si, je le peux. Écoutez... » Son visage s'empourpra, il posa les coudes sur son bureau, se pencha. « Avez-vous la moindre idée de ce que tout cela représente pour moi ? Je suis sur le point de me faire virer. De recevoir un blâme pour la mort d'un vieil ami. » Ses lèvres frémissaient. « Et, Dieu me vienne en aide, peut-être à raison.

— Mais on a besoin de vous.

— Et moi j'ai eu besoin de *vous*. On a vécu une forme d'enfer, là-bas, et j'ai pris une décision avec laquelle il va falloir que je vive le restant de mes jours. Vous avez beau jeu de prendre un ton réprobateur. Mais où étiez-vous quand j'essayais d'obtenir quelques réponses ? Votre contribution s'est résumée à rester pendue à cette maudite comligne en cherchant à paniquer tout le monde. Croyez-vous qu'on ignorait ce qui était en train d'arriver ? On est descendus là-dessous en connaissance de cause, Hutch. Chacun d'entre nous. »

Mais vous n'êtes pas tous remontés. Elle s'abstint de répondre. Il garda les yeux rivés sur elle un moment, puis l'énergie parut soudain l'abandonner. Il s'affala de nouveau dans son fauteuil.

« Je suis désolée que vous ayez cette impression, dit-elle. J'ai fait ce que je devais.

— Moi aussi. »

Ils se dévisagèrent ; un abîme les séparait. Enfin Hutch reprit la parole : « Vous me tenez au courant du dossier. D'accord ?

— C'est vous qui me tiendrez au courant. Si vous apprenez quoi que ce soit, je serai à Chicago. »

La colère d'Henry l'avait blessée. Les autres avaient-ils éprouvé la même chose ? Mon Dieu, est-ce que Richard était parti déçu par son attitude ? Un vent froid souffla sur son âme.

Elle se trouva incapable de regagner son appartement ce soir-là.

Elle passa voir quelques vieilles connaissances et échoua pour finir au Danseur d'Argent, un night-club assez prisé du personnel navigant où jamais aucun archéologue n'avait sans doute mis les pieds. Elle avala une cascade de rhums-sodas qui ne lui procurèrent aucune ivresse. Aux alentours de minuit, elle encouragea d'un regard enjôleur un jeune steward timide et se fit raccompagner chez elle.

Elle lui offrit la plus belle nuit de sa vie.

Hutch aurait voulu prendre du recul, passer à autre chose. Mais elle n'y parvenait pas. Alors, par un soir clair et frisquet, une semaine après son entrevue avec Henry, elle retrouva Frank Carson pour dîner dans un restaurant italien sur les quais d'Arlington.

« Si j'étais vous, je ne me tourmenterais pas trop, lui dit-il. Henry a le sang vif en ce moment. Il faut reconnaître qu'il traverse une passe difficile. Il me l'a dit, d'ailleurs, qu'il vous avait parlé. »

Carson avait bon fond. Il avait tendance à prendre un ton paternaliste avec elle, ce qu'elle lui pardonnait volontiers. En fait c'était peut-être ce qu'elle recherchait. « Il m'en veut », dit-elle.

Il lui demanda de s'expliquer. Lorsqu'elle eut fini, il s'efforça de relativiser. « J'ai agi comme vous, dit-il. J'étais sur le canal d'Henry et je n'ai pas cessé de le tanner. Vous ne devez pas vous reprocher d'avoir cherché à les faire sortir de là. À votre place, Henry aurait fait la même chose. Et il m'en veut aussi. »

Le soleil venait de se coucher. Ils buvaient du chianti et regardaient les passagers en provenance d'Alexandrie descendre de bateau et se répandre sur les quais. « Que pensez-vous, reprit-elle, de ces discontinuités ? »

Il n'hésita pas. « Je crois que rien n'est établi pour l'instant. D'ailleurs, s'il s'avérait qu'un événement était effectivement survenu sur Nok il y a dix-huit ou vingt mille ans, je n'en tirerais pas pour autant de conclusion.

— Qu'en serait-il alors de ces “machines de Dieu” ?

— Pardon ?

— *Il viendra en foulant l'aube, En piétinant le soleil, Pour juger l'âme des hommes. À pas de géant il enjambera les toits, Et allumera les machines de Dieu.* C'est extrait d'un livre de prières quraquat. Art pensait qu'il pouvait s'agir d'une prédiction de la seconde discontinuité sur Quraqua. Et l'augure s'est vérifié.

— Des prédictions, il y en a toujours... »

Leurs plats arrivèrent : spaghettis et boulettes de viande pour tous les deux.

« Ça va mieux ? demanda Carson lorsqu'ils eurent entamé le contenu de leur assiette.

— Oui, fit-elle. Ça ira.

— Bon. J'ai une bonne nouvelle pour vous : nous avons poursuivi nos recherches sur l'horgon. »

Elle releva le nez, ravie. « Bravo, fit-elle. Qu'est-ce que ça donne ?

— Un résultat assez intéressant. Vous savez que l'horgon était un monstre mythique. Il avait des griffes, des crocs, le regard farouche, il portait une armure et se tenait debout. Il pouvait cracher le feu. » Il marqua une pause. « Et voir sur trois cent soixante degrés. »

Hutch demeura coite un instant. « L'œil de l'horgon, murmura-t-elle.

— Oui. » Encouragé par sa réaction, Carson reprit : « On s'est fait la même réflexion. Le monstre est associé à l'enfant-héros Malinar, ainsi qu'à Urik – une sorte d'Hercule quraquat. Malinar sauva sa sœur menacée par la créature en détournant son attention grâce à un plateau de victuailles. Le monstre prit l'enfant en pitié et l'épargna. Ainsi que la fillette. Nous savons que Malinar réalise de nombreux exploits, mais seul l'épisode avec l'horgon nous est parvenu. Urik est peut-être la figure mythique quraquat la mieux connue. Là où il devient intéressant, c'est que les Quraquats qui vivaient à l'époque du linéaire C le connaissaient probablement aussi.

— Il pourrait nous apporter certains éclairages ? demanda Hutch.

— Sans doute. » Carson piqua une boulette sur sa fourchette et goûta. « Mm, c'est bon, commenta-t-il avant de poursuivre : Cela dit, Urik vivait au début de leur civilisation, dans un monde encore imprégné de magie, d'envoûtements maléfiques et de châtiments divins pour les esprits rebelles. Dans cette version de l'histoire, il n'y a qu'une déité : le sempiternel dieu mâle, avec son caractère soupe au lait classique et son code de conduite irrationnel. Les religions monothéistes, à ce propos, devaient dominer sur Quraqua à cette période. Il reste quelques vestiges pour attester d'anciennes croyances polythéistes, mais en plusieurs milliers d'années on avait certainement réécrit les fables originelles pour les conformer au goût du jour. D'autant qu'il s'agit d'une tendance universelle.

— Laquelle donc ?

— Les religions monothéistes sont en général intolérantes. » Il lui sourit chaleureusement et sa voix se fit plus douce. « Dites, j'en ai de la chance : dîner avec la plus belle femme d'Arlington. »

Flattée, Hutch tendit le bras et lui caressa la main.

Revenant à son propos, il déclara : « Un horgon pose donc problème. Il terrorise le pays et sème la destruction. Alors on mande Urik.

— Je vois.

— Le seul moyen de le tuer consiste à lui planter une épée dans le cœur.

— Expéditif, comme méthode.

— C'est une vieille histoire, Hermès et Argos.

— Pardon ?

— Un mythe grec. Une histoire de chasse. Il faut éliminer l'ultime proie, une créature extrêmement dangereuse, sans qu'il soit possible ni de s'embusquer ni d'attaquer de front. D'où la nécessité de recourir à une ruse.

» Pour l'histoire d'Urik, toute une brochette de héros se sont succédé depuis une génération pour tuer le monstre. Ils ont déployé des trésors d'imagination pour l'approcher : l'éblouir en réfléchissant les rayons du soleil sur un bouclier poli. Se faire passer pour une femelle horgon. L'endormir avec un trombone magique. »

Hutch sourit. « Un trombone magique ?

— Oui, enfin pas exactement. Mais il s'agissait d'un instrument sacré, une sorte de trompe. Toujours est-il que ce fut un échec. Le héros dut poser sa trompe à terre pour empoigner son épée, alors l'horgon se réveilla et le pauvre guerrier se fit calciner. C'est la technique qu'employa Hermès, d'ailleurs. Sauf qu'elle fonctionna pour lui.

» Une tentative fut aussi menée par une femelle. Elle s'appelait Haska et se fit entourer d'une troupe de pages chargés de l'arroser en permanence. L'horgon commença par griller les pages et Haska eut de la chance : elle put s'enfuir avec la vie sauve. Elle fut la seule d'entre tous les héros à en réchapper, si l'on excepte Urik.

» Or – et nous en venons à ce qui nous intéresse – Urik avait accepté de défier le monstre à cause de sa promise, Lisandre, que des démons avaient enlevée. Un sage de son pays lui avait dit qu'il ne la retrouverait qu'à condition de pouvoir s'aider *d'un œil d'horgon.*

— Bingo.

— Oui. Il faut croire que l'auteur de l'inscription connaissait bien la mythologie quraquat. Malheureusement, les diverses sources ne nous permettent pas de savoir combien d'yeux avait en réalité l'horgon. Quoi qu'il en soit, Calipon, un ami d'enfance d'Urik, voulut l'accompagner dans son épreuve. Et tous les deux décidèrent de distraire le monstre en lui donnant un repas.

— Une vache ?

— Le régime alimentaire de l'horgon se limitait apparemment aux personnes.

— Ah.

— Ou peut-être se le figuraient-ils. Calipon se porta volontaire. Ils établirent une stratégie : il se lancerait dans une attaque de front, et Urik, en retrait, attendrait que l'assaut ait échoué et que le monstre soit à demi rassasié pour intervenir. »

Hutch inclina la tête. « Cette attitude ne paraissait donc pas folle à des Quraquats ? Ils n'étaient pas suicidaires, si ?

— Hutch, vous parlez d'eux comme s'ils étaient tous modelés par une culture unique. Gardez à l'esprit que, comme nous, les Quraquats avaient un large éventail de codes comportementaux. Certains considéraient le suicide comme un acte tout à fait raisonnable. Mais nous ne savons presque rien de la période qui donna naissance à la saga d'Urik. Et même, nous ne savons pas grand-chose de la civilisation suivante qui érigea le temple des Vents. En sorte que je ne peux pas vraiment répondre à votre question. Calipon, d'autre part, était lui-même un héros, mais c'est par son sacrifice qu'il conquit son immortalité. D'ailleurs une nation prit son nom. »

Hutch haussa les sourcils. « Ce héros à moitié timbré ?

— Oui. Et dévoué. Encore un personnage universel, Hutch. On le trouve partout. On en connaît plusieurs variations sur Nok. Et sur la Terre aussi : Patrocle, par exemple.

— Et pourquoi l'autre gaillard – comment s'appelle-t-il ? –, Urik, ne s'est-il pas proposé pour être dévoré ? Après tout, c'est sa fiancée qu'il était question de sauver.

— Eh bien, il ne serait guère galant de sauver une demoiselle en jetant son amoureux en pâture au monstre. Non, Calipon a sa place dans cette histoire parce qu'il tient le rôle du sacrifié. Un sacrifié volontaire. C'est ce qui donne tout son sens à cette histoire. Son message. Tout le monde doit savoir se dévouer pour une cause plus élevée.

— Et le stratagème a fonctionné, j'imagine ?

— Oui, Hutch, il a fonctionné. Calipon mourut, Urik acheva l'horgon et lui arracha un œil. Enfin, avec l'aide d'un oiseau sacré, un *plongeur*, il retrouva et sauva la belle Lisandre. Pour rendre honneur à ses libérateurs, elle fit sertir l'œil sur une chaîne d'or et le porta en permanence sur sa poitrine. Et dans les représentations elle apparaît toujours en compagnie d'un plongeur. » Carson posa le menton sur ses mains jointes. « Alors la question, c'est : où tout cela nous conduit-il ?

— C'est tout ?

— C'est tout. » Il leva son verre. Les chandelles électriques se réverbéraient dans le chianti.

« Il la sauva et ils vécurent heureux ? demanda Hutch.

— Non. » Il secoua la tête. « Ça ne finit pas ainsi. Impossible, en tout cas pour des héros épiques. Il faut une forme de validation du mythe, une reconnaissance par une divinité et par la communauté de la valeur de l'exploit. Et pour cela il faut des circonstances hors de l'ordinaire. En l'occurrence, profitant de l'absence de notre héros, parti pour une quête, des pillards attaquent la maison. Lisandre meurt en protégeant leur fils. Urik rattrape les bandits, leur règle leur compte mais reçoit une blessure fatale au cours de la lutte. Et les dieux trouvent ainsi l'occasion de lui accorder les honneurs. La récompense pour Urik – on ne fait pas mention de Calipon – consiste à rejoindre la Garde divine, une troupe de guerriers immortels tenue en réserve pour les cas d'extrême nécessité. Chacun d'eux se voit glorifié en étant *placé dans le ciel.*

— Intéressant, commenta Hutch. *Cherchez-nous dans la lumière de l'œil de l'horgon.* Les Bâtisseurs de Monuments nous indiqueraient-ils où ils habitent ?

— Possible.

— Dans ce cas, l'œil de l'horgon est une étoile. Peut-être leur planète mère.

— C'est exactement ce que j'ai pensé », fit Carson.

Hutch engloutit ses derniers spaghettis. « Est-ce une constellation qu'il faut chercher ?

— J'aurais tendance à le penser.

— Laquelle ? Est-ce que nous connaissons les constellations quraquats ?

— Pas de cette période. »

Elle poussa un soupir. « On n'est guère avancés. Je doute qu'on en découvre justement une en forme de gros Quraquat avec une lance. Et qu'on puisse ensuite isoler la bonne étoile dans le lot.

— Je ne crois pas qu'il nous faille chercher Urik. Ce n'est pas lui qui est associé à l'œil de l'horgon. C'est Lisandre. C'est elle qui le portait.

— Soit. Mais Lisandre a-t-elle eu les honneurs d'une constellation, elle aussi ?

— Urik et Lisandre étaient amants. Selon les codes qui régissent généralement les mythes, les amants, s'ils ont une stature suffisante, restent à jamais unis au-delà du plan physique. Urik et Lisandre sont restés associés tout au long de leur épopée, nous devrions donc les trouver ensemble au firmament.

— Ça demeure sans espoir. » Hutch ouvrit les mains. « Comment des étoiles pourraient-elles nous servir de repères ? Comment reconnaître cette Lisandre ?

— Question judicieuse. Si vous avez des suggestions, je serai ravi de les entendre.

— Pas la moindre, hélas.

— Pourtant, ce n'est peut-être pas si désespéré. Nous avons tout de même un indice : l'œil de l'horgon était rouge. »

FORUM BIBLIOTHÈQUE

On boit à mes exploits dans les salles de Ka,
On bénit des armes par mon nom.
Pourtant, chevauchant dans la neige profonde,
Dans la pénombre de la lune,
Je ne connais nul répit.

Où se trouve en cette heure Calipon, mon camarade ?

Les oriflammes flottent au sommet du fort d'Haster.
Couleurs de bravoure : gris et bleu, roc et mer.
Mes couleurs,
Lumineuses encore dans la clarté déclinante.
J'acquiesce, mais ne m'arrête pas.

Où te trouverai-je enfin, Lisandre ?

Extrait du *Crépuscule d'Urik*,
traduction Philip Marcotti.

SEIZE

Académie des sciences et de la technologie, Washington D.C. Vendredi 10 décembre 2202. 15 h 45 (heure d'été de l'Est).

Le professeur émérite Éric Kofton, de Georgetown, visitant l'exposition quraquat au musée Ivers, identifia le motif gravé sur le plateau d'une table à trois pieds comme étant un zodiaque. Il se rendit vite compte qu'il avait effectué une découverte, sans toutefois supputer son importance. L'Académie lui décerna une distinction.

Ces motifs, des dessins stylisés, ne délivraient aucune information quant à la forme des constellations. En revanche, des légendes permettaient d'identifier les personnages. « Je ne sais pas si ça nous aidera, dit Carson en déroulant une reproduction d'un format affichette. La table est issue d'un monde de culture casumel. Malheureusement, elle n'est vieille que de quelques centaines d'années. Peut-être qu'il s'agit du même zodiaque, mais ce n'est pas sûr. Cela dit, regardez, là. » Il désigna un Quraquat au long groin armé d'une lance, portant un bouclier et coiffé d'un casque de guerre. « On l'appelle le Guerrier.

— Urik, à votre avis ? »

Carson afficha un air optimiste. « Rien n'est sûr. Mais on le montre en compagnie d'une femelle.

— La femelle représente une constellation indépendante ? Ou une partie de la même ?

— Une constellation indépendante. Son nom n'a pas d'équivalent dans notre langue, mais je le traduirais par “la belle femme vierge et mère”. »

Hutch ne put réprimer un sourire. « C'est Lisandre. J'en mettrais ma main au feu. »

Il compulsa un cahier. « Les constellations sont listées par métier ou par forme. Ici, un coureur des bois. Un pêcheur avec un filet. Un soronghilia.

— Un quoi ?

— L'arbre de Vie. Le symbole de l'immortalité. Il y a aussi une hache. Et même un marcheur.

— On pourrait comparer avec des photos des constellations.

— Ça aiderait, il est vrai. » Ils occupaient le bureau de Carson, au cinquième étage. Des souvenirs de sa double carrière militaire et archéologique encombraient la pièce. Elle dénombra trois modèles réduits d'avions de combat, plus la navette du temple. Des décorations et des photos tapissaient les murs. Un Carson jeune dans l'aviation posant près d'un chien d'arrêt, un labrador noir. Le même un peu plus vieux, auprès d'une mignonne brunette.

« Qui est-ce ? demanda Hutch.

— Juste une amie. » Il se rembrunit fugitivement. « Enfin, c'était. »

Craignant d'avoir manqué de tact, Hutch revint à leur conversation première.

« Quelles sont les autres constellations ?

— Un seau, un bouclier, un couple d'animaux…

— Pas d'œil d'horgon ?

— Non. Et puis quelque chose qui ressemble à une balance.

— C'est intéressant. Mais ça ne nous avance guère. »

En réponse, il lui tendit un casque de simu. Elle s'en coiffa et un champ d'étoiles éclatantes se déploya sous ses yeux. « Vue depuis Oz, fit Carson. Environ 9000 avant notre ère. » Les étoiles emplissaient la moitié du ciel comme le bivouac d'une lointaine armée. Au-delà s'étendait le cœur noir du Vacuum. Deux branches d'un viseur pointaient à droite et à gauche. « Elles représentent les deux tours, Hutch. Vous vous tenez exactement au centre de la cité. Les deux bras de visée sont reliés par une ligne droite dont vous marquez le centre et sont inclinés selon l'angle du toit des tours rondes. »

Le ciel se mit à graviter lentement et l'une des branches se retrouva dans l'axe d'une étoile rouge. « C'est l'étoile de l'inscription, précisa Carson. Elle s'appelle Orchinda. L'orchidée. C'est une géante rouge située à neuf années-lumière de Quraqua. Plus violette que rouge, d'ailleurs, mais peu importe. »

S'ils avaient vu juste et découvert l'œil d'horgon dans le prolongement d'une branche, alors le soleil cible devait apparaître dans celui de l'autre. Pourtant, aucun astre n'était clairement désigné.

« Je ne me rappelle pas sa désignation numérique, mais c'est en tout cas une classe G. Nous ne sommes jamais allés là-bas. Soixante années-lumière de Quraqua, cent quinze d'ici.

— Nous l'avons donc trouvée ? » Hutch avait un cri d'exultation au bord des lèvres, mais Carson restait trop réservé. Ça ne serait pas si simple.

« Peut-être, répondit-il. Dix-sept étoiles rouges apparaissent dans l'axe d'une branche. Seize d'entre elles nous révèlent une étoile plus ou moins dans l'axe de l'autre. Car pour tenir compte des éventuelles secousses telluriques ou chutes de météores qui auraient pu déplacer légèrement les tours au fil des millénaires, nous élargissons les zones cibles d'environ quatre pour cent.

— Pourquoi ce taux ?

— Il fallait bien en décider un.

— Et pour finir, ça donne combien d'étoiles suspectes ?

— À peu près quatre-vingts. »

Elle poussa un soupir.

« Hutch, nous aurions besoin de retourner sur Oz pour effectuer un relevé topologique précis. Établir dans quelle mesure il s'est produit des glissements de terrain.

— Combien de temps cela demanderait-il ?

— Des années. À l'heure actuelle, personne ne veut entendre parler de Quraqua ni d'Oz à l'Académie. Et je crains que l'idée de lancer quatre-vingts expéditions ne soulève pas l'enthousiasme non plus. D'autant que notre marge d'erreur est sans doute un peu étriquée. » Il paraissait découragé. « Enfin, au moins nous aurons progressé un peu. »

Le regard de Hutch se posa sur le labrador noir de la photo.

« Elle s'appelait Pique, dit Carson.

— Drôle de nom pour une chienne.

— C'est mon neveu qui le lui avait donné. » Il suivit son regard et regarda la photo à son tour. « Quelque chose qui ne va pas ?

— Les animaux… murmura-t-elle.

— Pardon ?

— Vous aviez parlé d'animaux. D'un *plongeur*, non ?

— Je ne vous suis pas.

— Un plongeur. L'oiseau marin en rapport avec l'histoire de Lisandre.

— Bon sang. Ça ne m'avait pas effleuré l'esprit. »

Le ciel se décala de nouveau. « Il possède un long bec, dit-elle.

— Vous pensez que ça peut aider ?

— C'est ce qui caractérise les plongeurs. Je jette un coup d'œil. L'équivalent de la massue d'Hercule ou la queue de la Grande Ourse. Un alignement d'étoiles. Trois ou plus. Qui saute aux yeux, si on a de la chance.

— Vous êtes optimiste. Je dirais plutôt deux étoiles au plus. Peut-être même une seule. Vous savez comment sont les constellations.

— Non, fit-elle. Avec deux, ça ne fonctionnerait pas. On ne tire pas une ligne entre deux étoiles prises au hasard dans le ciel. À moins de trois, on perd notre temps.

— O. K., fit-il. Après tout, il n'y a rien à perdre. L'œil de l'horgon, le plongeur et la vierge devraient se trouver dans le même secteur. On va réexaminer chaque étoile rouge montrée par le viseur en cherchant un bec à proximité. »

En procédant ainsi, il ne fallait pas espérer parvenir rapidement à un résultat fiable. Ils travaillèrent tout l'après-midi, examinèrent chaque étoile susceptible de symboliser l'œil clairvoyant : Olphinax, qui se trouvait quarante années-lumière plus loin le long du Vacuum ; Tulikar, avec son compagnon dense. Kampatta Prime, au centre des Pléiades quraquats. Ils ajoutèrent à la liste Anapaka, Hasa, Alpha Qui et trois étoiles dont le nom se composait d'une suite de chiffres. Chacune s'accompagnait d'une rangée d'astres qu'un observateur imaginatif pouvait qualifier de bec. « Qu'est-ce qui nous dit qu'il n'est pas courbe ? avait demandé Carson.

— Quoi ?

— Le bec. Pourquoi serait-il forcément droit ? Il pourrait ressembler à celui d'un pélican.

— Non, avait répondu Hutch. J'ai vu des représentations de plongeurs. Leur bec est droit. »

Tout cela demeurait très approximatif. Une erreur pouvait en amener d'autres en cascade : pour un seul œil d'horgon, on détectait deux, trois et dans un cas six alignements différents plus ou moins proches de l'autre branche du viseur.

La recherche de becs fut infructueuse. Ils redécouvrirent une évidence triviale : quiconque lève le nez vers le ciel y décèle des dizaines d'alignements de trois ou quatre étoiles. Pour finir, ils dressèrent une liste de plus de cinquante formations et commencèrent le processus d'élimination. Ils exclurent toutes les étoiles qui n'étaient pas de classe G ou M, ou n'avaient pas atteint les trois milliards d'années. (« C'est un peu arbitraire, reconnut Carson. Mais Rome ne s'est pas construite en un jour. ») Certaines configurations stellaires jugées trop instables pour permettre le développement de la vie furent aussi rayées de la liste. Ainsi que les planètes qui avaient déjà fait l'objet d'une exploration.

À la fin de l'après-midi, le nombre des candidats avait été réduit à treize.

« On s'est bien débrouillés, fit Hutch.

— En recourant beaucoup au pifomètre. Je regrette le bon vieux temps où il suffisait de claquer des doigts pour monter une expédition. Hélas, il ne faut pas y compter. Il faudrait repérer précisément l'objectif, l'isoler. Et ensuite seulement, persuader Ed Horner. »

Hutch se sentait découragée.

« On laisse tomber, fit Carson. Ça suffit pour aujourd'hui. »

Cette fin d'après-midi se mua en une morne soirée pluvieuse. Carson avait-il déjà abandonné ? Espérait-il voir Hutch comprendre d'elle-même qu'il était vain de s'acharner, de ruiner leur réputation pour une cause que la plupart des membres de l'Académie jugeaient risible ? Or c'était, songeait-elle, une raison de plus pour qu'elle tienne bon. Contrairement à Frank, elle n'avait rien à perdre. Elle était pilote, sans carrière à mettre en péril. Quoi qu'il arrive, elle ne serait la risée de personne. Pour l'instant c'était Carson qui prenait les risques, lui qui inspirait des sourires condescendants à ses collègues, ses méthodes d'investigation qu'on raillait sous cape.

Ils dînèrent à nouveau ensemble, à Georgetown. Mais ce fut une mauvaise idée car ils se bornèrent à ressasser leurs constats décourageants. Après le repas, c'est avec soulagement que Hutch rentra chez elle. Elle se plongea dans une simu et finit par s'endormir.

Aux alentours de deux heures, elle se réveilla en sursaut. Il y avait une autre piste à explorer. Une piste évidente.

Carson devrait se fendre d'une visite au grand patron et tous les deux auraient quelques ficelles à tirer… mais ça pourrait marcher.

Réseau Tindle, face cachée de la Lune. Lundi 24 janvier 2203, 11 h 30 GMT.

Alexander Coldfield entra dans son bureau, contempla un instant à travers ses vitres teintées l'étendue de la Mare Moscoviense et se glissa dans son fauteuil. À sa gauche, une machine à café chuintait. Les grandes assiettes et les tubulures tentaculaires du réseau Tindle s'étendaient dans la plaine lunaire.

Coldfield adorait les paysages désertiques et hostiles. Il avait grandi dans le Bronx et s'était exilé dans le Dakota du Nord à la première occasion. Il s'y était découvert un goût pour les feux de cheminée et les plaines désolées, le bon vin et la neige lourde. Il se mit à rechercher la solitude. Un pays le séduisait d'autant plus qu'il rendait la vie dure à ses habitants et son accès difficile aux voyageurs.

Coldfield était fonctionnaire. Il avait travaillé dans diverses antennes du Manitoba et du New Brunswick. Le grand virage de sa vie s'était négocié le jour où on l'avait nommé, à trente-deux ans, au poste d'unique observateur et technicien de la station météorologique de l'île par ailleurs inhabitée de Hui, à deux mille milles à l'ouest d'Hawaï. Lorsqu'il y avait pris ses fonctions, il pensait y finir sa carrière, et il y serait resté sans cette mutation impromptue pour la Lune.

Le réseau Tindle, situé dans la région de Tsiolkovsky, avait requis un technicien programmateur. Le contrat d'un an l'autorisait à emmener avec lui sa famille s'il le désirait. Évidemment, Coldfield n'en avait pas. Quelques complications en avaient découlé au début. L'un des gros bonnets de la DRH s'était interrogé sur son équilibre psychologique. Mais Coldfield, doté d'un mental à toute épreuve, avait su se montrer convaincant. Les tests l'avaient d'ailleurs corroboré.

L'attrait de ce poste se voyait encore renforcé par le fait que Tsiolkovsky se trouvait sur la face cachée de la Lune. La Terre ne se lèverait jamais au-dessus du réseau.

Pour autant, Coldfield n'avait rien d'un misanthrope. Loin de là. Il aimait ses semblables, jugeait avoir rencontré beaucoup de gens intéressants au fil des années et discutait régulièrement, via les réseaux de relais, avec ses vieux amis dispersés sur une bonne douzaine de villes sur la Terre. La vérité était plus complexe. Elle incluait une dose de manque de confiance, de réserve vis-à-vis des inconnus et de franche phobie de la foule, à laquelle s'ajoutaient un réel amour des lieux sauvages et un penchant naturel pour la méditation. (Il n'aurait jamais admis ce dernier.)

Le réseau aurait dû, en principe, se composer de cent onze antennes de seize mètres de diamètre, toutes orientables, essaimées sur une zone de quarante kilomètres de large, et chacune montée sur un rail d'une longueur comprise entre huit et soixante mètres. En réalité, le réseau n'était construit qu'aux deux tiers et le gouvernement ne parvenait plus à financer le reste. Personne n'espérait plus voir le projet aboutir un jour. Cependant les plus de dix mille appareils mis en service devaient rester opérationnels dans des conditions extrêmes. Prétendre qu'ils requéraient une maintenance de chaque instant eût été exagéré, mais les réparations fréquentes justifiaient la présence de Coldfield.

Son rôle était relativement simple. Si quelque chose cassait, les systèmes de contrôle repéraient la pièce défectueuse, et en général il se bornait à sortir changer une puce ou un cristal.

Aussi l'avait-on également astreint à des tâches plus actives. Le centre de Harvard-Smithsonian requérait son aide pour entrer certaines données directement dans les machines et lui demandait même parfois d'exécuter certains programmes manuellement. Coldfield comprenait, quoi qu'en disent les opérateurs, qu'on cherchait à le mettre plus souvent en contact avec autrui. C'était la première fois qu'un employé était muté seul au réseau Tindle et on le surveillait de près.

Il avait passé la soirée plongé dans une biographie d'Evelyn Lister qui, malgré son immense popularité de son vivant, était désormais largement perçue comme l'architecte du pire, celle qui avait nivelé par le bas les anciens États-Unis. Le biographe n'était pas tendre et Coldfield savourait ses diatribes. Il n'aimait pas les puissants par principe. Même lorsqu'ils étaient morts.

Le réseau écoutait OQ 172, un quasar situé à dix milliards d'années-lumière.

Coldfield prenait son travail au sérieux et avait acquis quelques rudiments d'astronomie. Mais il ne comprenait pas complètement l'importance des quasars, tout comme lui échappaient la plupart des résultats analytiques produits par ses appareils. Ce qu'il savait, c'est qu'il était question de la création. Et le sujet l'intéressait. Il avait grandi dans une famille agnostique, mais ici, sur la face cachée de la Lune, l'idée de surnaturel ne paraissait pas incongrue.

Le bref carillon de la comligne le tira de sa lecture. Il s'éloigna de la baie vitrée d'un bond et enfonça le bouton du récepteur. « Coldfield. »

L'image de Michael Surina se précisa sur l'écran. « Salut, Alex. Comment allez-vous ? » Surina était le responsable de l'observatoire. Il s'était fait une règle d'appeler une fois par jour. Cette sollicitude pour l'occupant solitaire du vaste réseau réchauffait Coldfield et le touchait à la fois.

« Ça va, répondit-il.

— Pas de problème ? »

Il fallait remplacer un coupleur sur l'antenne n° 17, et la tuyauterie d'une des salles de bain (il y en avait trois) refoulait. En bref, rien qui méritât d'être qualifié de problème. « Négatif, Mike. Tout baigne.

— Parfait. On va changer le programme, alors ne soyez pas surpris quand les consignes tomberont.

— Que se passe-t-il ?

— On va écouter une nouvelle source. Un ensemble de nouvelles sources.

— Quand ?

— On bouclera l'exercice quasar dans un peu plus de six heures. À 19 h 22 Zoulou. Ensuite on ajustera notre nouveau programme. L'opération durera plusieurs jours.

— Plusieurs jours ? On va se faire incendier !

— Aucune importance. On le fait.

— Qu'est-ce qu'on va raconter à McHale, Abrams et tous les autres ? Il y a un an et demi qu'ils attendent leur tour.

— On s'en charge. Vous resterez en dehors de tout cela.

— Et comment, oui ! »

Surina était jeune, mais il irritait sans doute trop de gens pour prendre du galon. Pour l'heure il dévisageait Coldfield et son expression disait qu'il comprenait mais qu'il fallait composer avec la bureaucratie. Ce n'est pas notre problème s'ils commettent une erreur, laissait-il entendre. Naturellement, il ne se serait pas permis d'exprimer ce point de vue publiquement.

« C'est tout de même une drôle de façon de monter une opération, Mike », reprit Coldfield.

Surina haussa les épaules. « Quelqu'un tire les ficelles à l'Académie, à qui nous n'avons rien à refuser. »

Évidemment, Surina pourrait raconter ce qu'il voudrait, Abrams et les autres l'éreinteraient. « Quel genre de source ?

— Courte portée. Des étoiles locales. Vous allez rechercher des spectres de fréquence radio. »

C'était inhabituel. Le réseau avait toujours, à sa connaissance, examiné le noyau galactique. « Pourquoi ? demanda-t-il. Qu'est-ce qu'on cherche ?

— Des PHV.

— Je vous demande pardon ?

— Des PHV. Des petits hommes verts. »

NOUVELLES DU MONDE
COMMENTAIRE

La Communauté européenne propose de façon informelle que nous déclarions notre présence aux habitants du monde para-terrien Inakadérémi, et lance le débat concernant les moyens technologiques d'assister les autochtones et d'obtenir des territoires susceptibles de servir de pays d'accueil pour les populations des nations sous-développées.

Cette idée pourrait venir à point nommé. Inakadérémi est faiblement peuplée, dévastée par une guerre globale, épuisée de ses ressources naturelles. Les « Noks » ont besoin d'aide. En réalité, certains groupes d'entre eux prétendent connaître notre présence, avoir vu nos appareils et nos navettes. Que ce soit vrai ou non importe peu. Ce qui compte en revanche, c'est que ces malheureuses créatures qui sont persuadées de notre existence nous prient littéralement d'intervenir.

Cela n'irait pas sans difficultés. Les colons devraient s'accoutumer à un cycle jour/nuit de onze heures. Le climat, dans l'ensemble, est plus humide que le nôtre. Mais il est vivable.

La biosphère de Nok ressemble suffisamment à la nôtre pour nous permettre de subsister sans ravitaillement extérieur. Nous aurions donc peut-être une seconde Terre à disposition sans attendre les dizaines d'années nécessaires à la mise en état de Quraqua.

Le Conseil mondial devrait étudier sérieusement cette proposition. Si aucune objection ne devait s'ajouter à celles déjà émises, nous estimons que le projet devrait être ratifié et mis en application au plus vite.

L'Observateur,
mercredi 26 juin 2203.

Carson appela Hutch le jour de son anniversaire, le 1er février. « C'est Bêta Pacifica », lui annonça-t-il.

SERVICE INFO

LES VILLES DU BAHREIN SE METTENT EN ÉTAT DE SIÈGE
Le Conseil fait peser la menace militaire.

NOUVEAUX CAS DE CORE EN AFRIQUE, MOYEN-ORIENT
Le syndrome de décalcification pourrait empirer.
La peur se répand à l'Ouest.
Foxworth rassure les nations : « Inutile de paniquer. »

SIX MORTS DANS L'EXPLOSION D'UN BAR À MANHATTAN
El Corazon revendique l'attentat et demande l'abrogation de la loi sur l'immigration.

NAUFRAGE D'UN FERRY ÉGYPTIEN
110 morts et 300 disparus.

FOXWORTH PROMET UN IMPÔT ÉQUITABLE POUR LES FAMILLES NOMBREUSES

LA CHINE SE DOTERAIT DE L'ARME NUCLÉAIRE
Hiao réfute les accusations et entend s'opposer à toute inspection par « la force des armes ».

LA FAMINE EN INDE AURAIT FAIT DES MILLIONS DE VICTIMES
Le Conseil mondial promet de l'aide et demande la cessation des hostilités.

L'INFLATION CONTINUE
L'index des prix annonce un taux de 11 %.
Sloan déclare : « Foxworth néglige l'économie. »

LE PAPE EN VISITE AU BRÉSIL
Il dénonce « le mode de vie moderne ».

ATTENTION AUX ARNAQUES DE NOËL
Les personnes âgées premières victimes.
Faux sapins « véritables »,
vente bidon de cadeaux par correspondance.

LE CLUB ATLANTIQUE PRÉDIT UN AVENIR SOMBRE
« La Grande Famine pourrait n'avoir été qu'un prélude. »

LE NOUVEAU SAT-E EN LIGNE
Le réseau, quasiment terminé, permettra à l'Afrique
et au Moyen-Orient de disposer d'énergie propre sans limite.

L'OLYMPIC ÉCHANGE BOUM-BOUM CONTRE QUATRE JOUEURS

Chicago, dimanche 6 février, 21 h 00.

« C'est un devoir vis-à-vis de vous-même. »

Depuis son balcon au trente-quatrième étage du Tiara Marriott, Henry Jacobi contemplait l'époustouflant panorama de Chicago et du front du lac. L'aérotrain transurbain circulait dans une mer de lumière. « Je ne crois pas », répondit-il sans se retourner.

Carson pensait connaître le vieil homme. Il était donc venu confiant, sûr, lorsqu'il lui aurait présenté les faits et les perspectives, qu'Henry reviendrait sur sa décision et vaincrait ses vieux démons. Qu'il accepterait de prendre le commandement de ce qui s'annonçait comme la mission du siècle.

« Non, ajouta Jacobi dans le silence qui s'était instauré entre eux. Cette fois, vous devrez vous passer de moi.

— Pourquoi, Henry ?

— Bon sang, Carson, vous n'êtes pas au courant de ce qui se dit à l'Académie ? Associer mon nom à cette expédition, c'est le plus sûr moyen de la faire avorter. » Il se retourna et s'éloigna un peu du parapet. « J'apprécie votre visite. Et Dieu sait que la proposition m'allèche. Mais pas cette fois. L'Institut me propose un boulot intéressant ici. Je vais pouvoir travailler comme je l'entends, à savoir incognito. »

Le lac avait rafraîchi l'air qui montait. Carson leva son verre. Les glaçons tintèrent. « Il est bon, votre scotch », fit-il.

Henry s'assit et l'effort lui arracha un geignement. « Ce n'est pas ce que vous croyez. Je peux vivre avec ce qui s'est passé. Ce que je veux, c'est vous voir réussir. Cela seul donnerait du sens aux événements du temple. » Son regard était sombre. « Avez-vous déjà sélectionné l'équipe ?

— Oui, dit Carson. J'aimerais vous la soumettre.

— Non. » Il rajusta son pull. « C'est à vous de voir. C'est vous qui vivrez avec eux. Combien serez-vous ?

— Cinq, moi compris.

— Ed a-t-il approuvé votre choix ?

— Oui.

— Bien. Il lui faudra des résultats spectaculaires, sans quoi sa carrière à lui aussi en prendra un coup. » Son large sourire amical éclaira de nouveau ses traits burinés. « Bonne chance, Frank. Ne vous laissez pas démonter. »

Arlington. Lundi 7 février, 10 h 00.

« J'espérais que vous feriez appel à mes services.

— Comment avez-vous pu imaginer qu'on vous oublierait, Hutch ?

— C'est-à-dire… je n'étais pas sûre que vous vouliez de moi. » Elle grimaça un sourire en coin. « Merci. »

Bêta Pacifica se situait à deux cent vingt-cinq années-lumière de la Terre. Une fois de plus en bordure du Vacuum. À cinquante-cinq années-lumière de Quraqua.

« À quoi ressemble le signal radio ? » demanda-t-elle. Carson s'était montré plus que réservé sur le sujet et lui avait même fait promettre de garder le silence sur la mission à venir.

« Ce sont des flux intermittents. Qui apparaissent toutes les quelques secondes, c'est selon. Aucun segment long ne se répète complètement, mais en revanche leurs spectres se ressemblent, comme s'il s'agissait de variations. Toutes émises par un même émetteur.

— Un même émetteur ?

— Oui. Autant que nous puissions dire, l'expéditeur ne reçoit jamais de réponse.

— Ça paraît bizarre. Peut-être que nous ne pouvons pas les capter, tout simplement ?

— Possible. Ed pense qu'il s'agit d'une balise. Par ailleurs, cette source ne se trouve sans doute pas sur une planète.

— Qu'est-ce qui vous incite à le croire ?

— Sa position, à plusieurs unités astronomiques de l'étoile, et son orbite qui est circumpolaire. Une orbite *circumpolaire*, Hutch. »

Ils se donnèrent l'accolade. « Donc on l'y a placée », dit-elle en le serrant fort.

Parc Langley, Maryland. Lundi 7 février, 19 h 30.

La sonnette d'entrée retentit, l'écran s'alluma et Maggie découvrit Franck Carson. Bien que se sachant filmé, il jugulait mal son impatience. Carson ne changeait pas : c'était un modèle de ponctualité. Il portait un pull de laine jaune aux manches liserées de bleu. Elle avait de lui l'image d'un homme pointilleux, capable d'organiser un ravitaillement ou un pont logistique en respectant son programme horaire. Mais sans doute payait-il cette efficacité de son manque d'éclat. Difficile d'imaginer une personnalité plus terne. Il était plein de bonne volonté, certes, et même indispensable. Mais d'une compagnie mortellement ennuyeuse. Elle déverrouilla la porte d'en bas.

« C'est ouvert, Frank », annonça-t-elle. Elle s'arracha à ses notes et à ses croquis, éteignit l'écran qui reprit son apparence d'anodin panneau mural. Elle avait oublié l'heure. Il était trop tard pour faire un peu de rangement, mais après tout la pièce n'était pas sale, seulement encombrée. Tant pis, elle assumait. Maggie ignorait totalement pourquoi Carson avait sollicité cette entrevue. Ce n'était une visite ni de politesse ni en rapport avec l'inscription d'Oz puisqu'elle l'avait déchiffrée. Alors quoi ?

Peut-être voulait-on lui rendre une espèce d'hommage formel. Elle l'accepterait avec plaisir. En ce cas, Carson aurait été envoyé pour arranger le tout, pour l'inviter à se rendre quelque part au bon moment sans dévoiler la surprise ?

Maggie était encore auréolée par son récent coup d'éclat : le déchiffrage de l'inscription de l'horgon. (Elle avait trouvé la clé de la solution dans des données déjà disponibles, et le trésor exhumé en dernière minute par Henry – s'il avait aidé – ne s'était pas avéré indispensable. Elle s'était gardée d'en parler à quiconque car cette ironie du sort ternissait un peu sa réussite et lui laissait un arrière-goût amer, mais à l'encontre de qui ou de quoi, elle n'aurait su le définir.) Elle s'était plongée dans le travail depuis son retour et commençait seulement à se demander que faire ensuite. La politique de l'Académie consistait à faire tourner le personnel de terrain et de bureau. On lui offrait des postes à Oxford, Harvard, au Californian IT et à l'Institut des hautes études.

La porte s'ouvrit sur Carson. « Bonjour, Maggie », fit-il.

Elle tendit la main. « Salut, Frank. Heureuse de vous revoir. »

Le courant avait toujours passé médiocrement entre eux et elle sentait déjà l'atmosphère s'épaissir. Carson était un monument d'inconsistance, or *elle* n'avait pas de temps à perdre en futilités.

« Je suis désolé de venir vous déranger chez vous.

— Pas de problème. » Ça tenait de la rencontre du troisième type. Carson lui paraissait à des années-lumière. Elle lui offrit un siège et s'assit face à lui. « Frank, qu'est-ce que vous prendrez ?

— Rien, merci.

— Vous êtes sûr ?

— Oui, fit-il. Bel appartement.

— Merci. »

À vrai dire, elle en était fière : mobilier élégant, murs tapissés de textes techniques et de reproductions d'inscriptions, d'idéogrammes encadrés et de poésies extraites des *Heures knothiques*, en version originale.

« Washington a bien changé pendant notre absence. » Il continua quelques minutes dans cette veine superficielle, commentant la chaleur inhabituelle pour la saison, les probables pluies à venir, le recensement des premiers cas locaux de CORE, le virus africain qui provoquait un dépérissement fulgurant. Maggie soupira et prit son mal en patience. Lorsqu'elle put saisir sa chance, elle demanda ce qui se passait. Traduction : pourquoi êtes-vous venu ?

Le regard de Frank s'anima. « Maggie, commença-t-il, on va repartir. »

Elle marqua de la surprise. « Qui donc ? Et où ?

— L'inscription désigne Bêta Pacifica. C'est dans le même secteur, le long du bras. »

Maggie ne croyait pas possible d'isoler un astre. En tout cas pas aussi rapidement. Cette recherche, pensait-elle, s'éterniserait sur des années. « Pourquoi ne pas envoyer un vaisseau sonde ?

— Parce que nous pensons qu'ils se trouvent encore sur place. » Il fit une pause pour ménager son effet. « Maggie, nous avons capté des émissions radio. » Il avait les yeux écarquillés, brillants. Elle n'était pas d'un naturel très expansif, surtout pas avec Frank Carson. Pourtant, à cette nouvelle, elle lança le poing en l'air et s'écria : « Magnifique ! Je suis invitée ? »

L'Académie. Mercredi 16 février, 13 h 45.

Ed Horner leva le regard sur Carson qui entrait. « Content de vous voir, Frank. Tout est prêt ? »

Carson opina du chef. « Oui. Tout est réglé.

— Très bien. » Il se leva et contourna son bureau. Il dévisagea Carson comme s'il essayait de voir au-delà de lui, d'estimer leur cote de réussite. « Puisqu'il y a un signal, c'est qu'il y a forcément quelque chose. Mais je tiens à vous rappeler expressément que votre tâche se borne à établir si cette planète abrite quoi que ce soit qui justifie une mission plus élaborée. Si ces créatures existent effectivement, je ne veux pas avoir de détails. Vous comprenez ? Vous établissez votre rapport et vous revenez me livrer vos conclusions. Si vous les repérez, gardez à l'esprit que vous ne savez rien d'elles. Ne vous arrêtez pas faire la causette. Ne vous montrez pas. Faites votre incursion et repartez aussitôt…

— Nous nous conformerons aux instructions, fit Carson.

— Bon, par ailleurs la date du départ a été modifiée. Il vous reste quarante-huit heures. »

Carson ouvrit la bouche pour protester.

« Il va falloir mettre votre équipe au courant, poursuivit le directeur. Je sais que ça vous laisse une marge de manœuvre restreinte, mais nous sommes sur des charbons ardents. Des questions désagréables sont posées en haut lieu. Je ne sais pas combien de temps nous pourrons garder le sceau du secret sur l'opération. »

La bouche de Carson se referma sur ses protestations. « Merci, dit-il finalement.

— Pas d'affolement. » Horner lui tendit la main. « Et tâchez d'en revenir. »

Hutch et Carson quittèrent l'aérogare d'Atlanta au crépuscule. La navette était pleine de passagers, pour la plupart des touristes fortunés qui embarqueraient le lendemain sur l'*Estrata*. Le tourisme sidéral se développait et se transformait même en industrie. Ceux qui pouvaient se payer ce privilège embarquaient pour admirer les nuages de poussière interstellaires, observer de près l'étrange ballet de Delta Aquilæ gravitant autour de son compagnon massif, approcher le Grand Maelström de Bêta Carinis IV, survoler les plaines fumantes de marbre de Culhagne inférieure, l'étoile froide. Et concluaient leur voyage par un dîner à l'ombre du rocher d'Holtzmyer sur Pinacle.

Il s'agissait surtout de couples entre deux âges ou plus vieux, bien habillés, émerveillés par la vue de la Terre et de la Lune. Certains avaient emmené leurs enfants. On comptait également du personnel de station et deux hommes qui se présentèrent comme des experts en physique théorique travaillant sur la gravité artificielle.

L'un était un grand Noir volubile, avec une barbe grisonnante et des traits coupés au couteau. Son collègue, un Japonais peu disert, posait sur Hutch un regard émoustillé.

Le Noir, qui s'appelait Laconda, rappelait à Hutch un vieux professeur d'algèbre qu'elle avait eu au lycée.

La conversation s'engagea et elle leur déclara qu'elle avait toujours tenu la gravité artificielle pour une vue de l'esprit. Laconda répondit par un laïus sur les particules à haute énergie, les trajectoires contrôlables par champ magnétique et les distorsions spatiales localisées. Hutch perdit rapidement le fil mais comprit toutefois suffisamment son développement pour demander si ce principe, au cas où il fonctionnerait, pourrait également produire de l'antigravité.

Laconda eut un sourire, ravi des aptitudes de son élève. « Oui, fit-il. Nous devrions y parvenir. Et cela deviendrait d'autant plus intéressant que la méthode requerrait très peu d'énergie.

— De l'antigravité à bon marché ? » Carson haussa les sourcils. « On se demande où tout cela s'arrêtera. »

Le physicien rayonnait de satisfaction. « Le futur arrive à grands pas, déclara-t-il en jetant un regard vers Hutch pour jauger sa réaction, et il faudra qu'on soit prêts. » Il avait prononcé sa phrase avec componction.

Hutch considérait encore cette perspective quand ils entamèrent l'approche de la Roue. De la véritable antigravité. Pas un système de salon relevant de la prestidigitation et basé sur la supra- conductivité, mais un moyen peu onéreux pour annuler la masse et la résistance. Les besoins énergétiques du monde chuteraient à trois fois rien. « On pourrait, dit-elle à Carson, déplacer un sofa d'une flexion de poignet. Voler au-dessus de New York sans aucun appareil. On ne serait plus rivés au sol et notre force ne connaîtrait plus de limite. » Elle se fit songeuse. « Toute notre vie serait chamboulée.

— C'est de la science-fiction, repartit Carson. Ça ne se produira jamais. »

Le Japonais leva le nez de son ordinateur, jeta un coup d'œil circulaire pour s'assurer que Laconda n'était pas à portée d'oreille puis dit tranquillement : « Votre ami a raison, jeune dame. C'est du fantasme. Mais il y a une subvention gouvernementale. Ça ne fonctionnera jamais, et Laconda le sait. »

Hutch fut heureuse de retrouver le *Winckelmann*. Elle enfila d'un pas vif les rampes d'accès, entra par la porte principale située sur la partie supérieure du vaisseau, traversa la passerelle de commandement (un technicien vérifiait les systèmes de navigation), déposa ses bagages sur le pont et entama une petite visite d'inspection. Rien ne la pressait et elle aurait pu rejoindre sa cabine dans la station, mais elle aimait la sensation de sécurité et le confort que lui procuraient ces cloisons familières.

Une photo encadrée de Cal ornait son plan de travail. Elle datait de deux ans, peu après leur rencontre. Il portait cette casquette de golf verte trop grande qu'elle trouvait si chic à l'époque. Et encore maintenant, d'ailleurs. Elle saisit la photo et la posa, retournée, dans un coin de tiroir. Tout cela était loin…

Des techniciens de maintenance sillonnaient le vaisseau. Hutch descendit dans l'anneau C pour vérifier les réserves. L'inventaire annonçait des vivres et de l'eau pour six personnes et huit mois. Elle procéda à une vérification et éteignit l'appareil.

Deux heures plus tard, elle rencontra Carson à Véga Sud. Tout autant qu'elle, il avait hâte d'être parti. « Je supporterais mal que tout soit annulé maintenant, fit-il.

— Ne vous en faites pas, ça va rouler. »

Ils s'attablèrent dans un coin et sirotèrent des rafraîchissements. « Tout s'enchaîne un peu vite, dit Carson. Il faut qu'on prenne le temps de réfléchir à la façon de mener cette expédition, à l'objectif que nous voulons atteindre, à ce qui pourrait éventuellement cafouiller. Par exemple, qu'est-ce qu'on fait si on se trouve face à une super civilisation en activité ?

— On vire de bord aussi vite que possible et on revient au rapport. Il me semblait que Horner avait été assez clair.

— Mais on pourrait faire parvenir ce rapport sans revenir physiquement. À quoi rimerait d'envoyer une équipe de chercheurs si loin, si c'était seulement pour appuyer sur un bouton d'alarme ?

— Je suppose qu'il veut éviter un nouveau désastre.

— Mais comment espère-t-il empêcher ce risque ? Écoutez : s'il s'avère que ce monde est peuplé et que le peuple en question maîtrise le voyage interstellaire depuis vingt mille ans, comment pourrait-on espérer l'approcher incognito ? Non. Ce qu'il veut en réalité, ce sont des informations solides. Mais il ne peut pas nous les demander de but en blanc. Il doit espérer que nous serons assez malins pour le comprendre. S'il y a quelqu'un là-bas, nous devons ramener assez de détails pour permettre de préparer la mission suivante. Reste à savoir à quoi cela correspond. »

La surface éclairée de la Terre brillait.

« Vous ne m'aviez pas présenté les choses sous ce jour.

— Il faut lire un peu entre les lignes, Hutch. Horner ne veut pas qu'on perde le vaisseau ni qu'on dévoile notre présence. » Il paraissait mieux que jamais. Aminci, en pleine forme, il arborait un large sourire de grand gamin. « Mais il lui faut plus qu'un feu vert ou rouge. »

Bon, après tout on verra bien, songea-t-elle. En tout cas, on risquait de ne pas s'ennuyer. Et puis au fond, ce voyage était celui dont Richard avait rêvé depuis toujours.

Janet Allegri et George Hackett arrivèrent peu après 07 h 15. Ils débarquèrent ensemble en se tenant par le bras. Janet semblait en pleine forme, prête pour le départ. Elle portait une combinaison bleu et blanc ornée de l'écusson de la mission Quraqua. Ses cheveux blonds étaient coupés court dans un style un peu militaire et elle marchait avec son dynamisme habituel. Hutch se sentit, à sa propre surprise, vaguement piquée de jalousie.

George avançait sereinement à son côté, faisant un pas quand elle en faisait deux. Il portait un pull jeté sur les épaules et tenait à la main un sac de sport en similicuir. On aurait pu les croire juste sortis d'une promenade au parc.

Hutch vint les accueillir au sommet de la rampe d'accès. Aucun d'eux n'avait mis les pieds à Washington depuis leur retour du temple. Hutch n'avait croisé ni l'un ni l'autre. Ils s'embrassèrent et se saluèrent. « Je croyais que vous aviez votre dose d'expédition de terrain ? lança-t-elle à George. On s'ennuie tant que ça, à la maison ? »

Il esquissa un petit sourire. « Non, fit-il. C'est Frank qui m'a demandé de venir, alors je suis venu. » Il marqua une hésitation. « Et puis je savais que vous seriez du voyage. »

Hutch vit le regard de Janet s'animer d'un fugace *Allons bon, comment dois-je l'interpréter ?*

« Merci », répondit-elle en savourant l'instant. Elle prenait plaisir à constater qu'elle n'était pas complètement éclipsée.

Elle les introduisit dans le *Wink,* leur montra où poser leurs bagages et leur distribua à chacun leur écusson de mission et leur tasse. L'insigne montrait un trois-mâts du dix-huitième siècle, toutes voiles dehors, cinglant dans une mer de nuages au-dessous d'une étoile proéminente. Le dessin était encadré par les inscriptions *Bêta Pacifica* et *En avant.*

Lorsqu'ils se furent installés, ils déambulèrent un peu dans le vaisseau, discutant de leurs récentes occupations et de la mission à venir. Hutch expliqua comment leur enquête avait abouti à Bêta Pa', puis leur montra une visualisation du signal sur écran. « Difficile de distinguer un spectre là-dessus, dit Janet.

— Pourtant il est là », dit Hutch.

George observa le spectre un moment puis demanda : « Qui est au courant ?

— On a gardé le secret, répondit Hutch. Pour ainsi dire personne à part le directeur de l'Académie.

— Et il nous laisse partir ?

— À mon avis, il considère que, puisque nous avons fait la découverte, c'est à nous d'y aller.

— Ou plutôt, vu que ce n'est pas la porte à côté, il veut en savoir plus avant d'en parler à qui que ce soit. Il n'a pas envie de passer une fois de plus pour un gugus. »

Les bagages arrivèrent sur le tapis roulant. Ils descendirent les chercher et les remontaient vers leurs cabines quand Carson sortit en trombe du sas principal. « Salut, George, dit-il en venant lui serrer la main. Est-ce que Maggie est dans le coin ? On a besoin d'elle.

— On ne l'a pas encore vue, répondit Hutch. Quel est le problème ? »

Il avait l'air tourneboulé. « Les résultats du réseau Tindle ont été transmis en haut lieu par procédure de routine. »

Hutch haussa les épaules. « Ça ne m'étonne pas.

— Moi non plus. Le hic, c'est qu'ils sont en train de les décrypter. Et on dirait qu'ils comprennent tout ce qu'ils impliquent. L'équipe de Horner vient d'apprendre par la bande qu'on s'apprête à lui interdire l'étude de Bêta Pa' jusqu'à nouvel ordre. Quand la décision tombera, on sera contraints d'annuler la mission.

— Comment savez-vous tout cela ? s'étonna Janet.

— Grâce à la secrétaire privée du directeur. » Il regarda sa montre, puis une rampe d'accès vide. « Il faut que nous partions au plus vite. »

Hutch cherchait comment biaiser. « Plus personne ne pourra nous joindre quand nous serons en hyper. De combien de temps disposons-nous ?

— Je ne sais pas. Il vaut mieux considérer que l'ordre peut tomber d'un instant à l'autre.

— Le vaisseau est prêt au départ. J'ai seulement besoin de quelques minutes pour la *check-list*. Si on obtient l'autorisation d'envol du contrôleur en chef…

— Voyez si vous pouvez joindre Maggie », fit Carson.

Janet désigna l'écran. « Ce ne sera pas la peine », fit-elle. Maggie Tufu s'engageait dans la rampe, une trousse de voyage à la main.

Hutch appela le contrôleur en chef. Tandis qu'elle requérait un nouveau créneau de départ, Maggie fit son entrée. Sévère et belle, elle dégageait quelque chose d'intimidant. Elle les salua et son regard se promena négligemment dans la salle, vacillant brièvement quand il croisa celui de Janet. Elle ne parut pas remarquer Hutch.

Le contrôleur proposa deux solutions. « Si vous pouvez être prêts, décollage possible à 08 h 10. » Soit quinze minutes plus tard. « Sinon, rien avant 16 h 30. » À peine mieux que l'horaire initialement prévu.

« On sera prêts, répondit Hutch. Enregistrez-nous sur la liste. »

Maggie se tourna vers elle. « Est-ce que mes bagages sont arrivés ? »

Rien ne bougeait du côté des tapis roulants. « Non.

— Il vous faudra peut-être les laisser ici, fit Carson.

— Vous plaisantez. » Maggie changeait d'expression, mais ne se renfrognait pas comme l'avait craint Hutch. Au contraire, elle s'éclairait d'une forme de malice. « Je risque de manquer de vêtements. » Elle leur montra son petit nécessaire de nuit.

« Nous avons des tas de combinaisons à bord, dit Hutch. En plusieurs tailles. »

Maggie n'objecta rien mais jeta un regard piteux vers sa trousse. « Je n'avais pas compris qu'il y avait une telle urgence. Nous n'avons pas même quelques heures ?

— Ils essaient d'annuler la mission, expliqua Carson.

— Hutchins, reprit-elle, pourriez-vous déterminer quand mes bagages arriveront ? »

Pas demain la veille, ma poule. « Ils sont toujours dans le trieur, répondit Hutch gravement. Tant pis. Il faudra vous en passer. »

Maggie cherchait un peu de soutien. « Est-ce qu'on pourrait attendre un peu ?

— Sûr que cette expédition mettra des choses à nu, fit Janet avec un sourire.

— Vos sacs sont en cours d'acheminement, répondit Hutch. On ne peut rien faire pour accélérer le mouvement. »

Carson paraissait gêné. « Il y en a pour combien de temps encore ? demanda-t-il à Hutch.

— Peut-être une demi-heure.

— Alors on les laisse », conclut-il.

La console carillonna. « Les vérifications préalables au décollage sont terminées, annonça Hutch. Nous avons l'autorisation de départ. »

Maggie prit une longue inspiration. « Allons-y, dit-elle en se tournant vers Janet. Vous faites presque ma taille. En moins menue, peut-être. Mais avec deux ou trois points de couture on arrangera ça. D'accord ? »

DIX-SEPT

À bord du RNA Winckelmann. *Vendredi 18 février, 10 h 25 GMT.*

Ils partirent dos au soleil. Les moteurs jumeaux Hazeltine du *Winckelmann* étaient gonflés à bloc et Hutch aurait pu effectuer l'insertion en espace transdimentionnel n'importe quand, mais les régulations prévoyaient un délai minimum pour éviter les remous. Son plan de vol plaçait le bond vingt-quatre heures plus tard.

Carson était venu s'asseoir en compagnie de la pilote sur la passerelle de commandement. Il était d'humeur bizarre : on le sentait à la fois ravi d'être enfin en route, anxieux à l'idée que l'ordre fatidique puisse encore tomber et perplexe quant à la nature même de l'expédition. « Difficile d'anticiper quoi que ce soit, fit-il. Or je déteste avancer à l'aveuglette.

— C'est pourtant ce qui rend la mission palpitante », fit Hutch. L'atmosphère était lourde. Ils jetaient de fréquents coups d'œil à la console de communication. Elle ajouta : « Peut-être devrait-on s'assurer qu'on ne recevra aucun ordre d'annulation.

— Comment donc ?

— Une vulgaire panne télécom, pourquoi pas ? » Elle consulta la pendule. « On est censés envoyer un rapport de trajectoire dans quelques minutes. Je pourrais le brouiller. Ça établirait notre pseudo-problème à l'égard des autorités. Ensuite on ne répondrait plus à rien. Une fois que nous serons dans l'hyperespace, plus personne ne pourra nous joindre. Et une fois à Bêta Pa', nous ferons mine de réparer ou non, selon la tournure des événements.

— Allez-y, dit-il.

— D'accord. Maintenant, à moi de vous poser une question. Si on ramenait des résultats positifs de cette mission, est-ce que cela contribuerait à absoudre Henry ? »

Carson ne le croyait pas. « Ça ne peut pas lui nuire. Mais l'Académie est acculée. Ne prendre aucune sanction à son encontre reviendrait à le disculper. Ils ne peuvent pas se le permettre. Non. Peut-être l'histoire lui rendra-t-elle justice. Mais pas l'Académie. Ni les médias. » Il se tourna vers elle, et elle lut de la peine dans son regard. « Et peut-être à raison. Il est responsable. »

Il se mura dans le silence, sortit un carnet de notes et partit à rêvasser. Au bout d'un moment, il se mit à écrire. Hutch avait remarqué certains changements chez Frank Carson depuis le Temple. Comme Henry, il paraissait vieilli, plus calculateur, moins enthousiaste. Il avait beau affirmer crânement qu'il voulait dépasser les objectifs de la mission, elle le sentait beaucoup plus circonspect que quelques mois auparavant.

Elle parvint à lire à la dérobée le titre de son carnet et esquissa un sourire. CARSON À BÊTA PA'. Ça sonnait comme Napoléon en Égypte, Schliemmann à Troie, Costikan à Pinacle. *Je vous souhaite de réussir, Frank.*

Elle reporta son attention sur le rapport de trajectoire, le fit apparaître à l'écran et brouilla toute la fin du message. À toutes fins utiles, le *Wink* avait un problème de communication. Elle appuya sur le bouton d'envoi.

La réponse vint presque immédiatement.

WINCKELMANN : RÉPÉTEZ LE MR808.

C'est bon, pensa-t-elle. *Les dés sont jetés.*

Quelques heures plus tard, tandis que Hutch peaufinait les derniers réglages pour l'insertion transdimentionnelle, le récepteur de bord carillonna de nouveau. Hutch pensa qu'il s'agissait d'un autre appel pour vérifier l'état des communications. Mais tel n'était pas le cas :

APPEL DE L'ACADÉMIE POUR LE WINCKELMANN : FAITES DEMI-TOUR POUR CAUSE D'ANNULATION DE LA MISSION. ANNULATION, RÉPÈTE, ANNULATION. VEUILLEZ IMMÉDIATEMENT ACCUSER RÉCEPTION DU MESSAGE. HORNER.

Elle fit le vide sur l'écran et se brancha sur l'intercom du vaisseau. « Nous allons effectuer le bond dans onze minutes. Veuillez tous attacher votre ceinture. S'il vous plaît, répondez en passerelle. »

Elle montra le message à Carson. « Celui-ci, on ne l'a jamais reçu », dit-elle.

Néanmoins, ils se sentirent mieux lorsque les étoiles disparurent et qu'un brouillard opaque se referma sur le vaisseau.

Ce soir-là, après le dîner, ils tinrent conseil. Première question : que savait-on de Bêta Pa' ? « Pas grand-chose, dut admettre Carson. Aucune sonde ne s'en est approchée ni de près ni de loin. Étoile de classe G, plus vieille que le Soleil d'à peu près trois milliards d'années. Située au bord du Vacuum.

— Ainsi, dit Janet, nous n'avons pas la moindre idée de ce qui nous attend ?

— Pas la moindre », répondit Carson.

Maggie joignit l'extrémité de ses doigts. « Ce signal, fit-elle, a entamé son voyage à peu près au début du vingtième siècle. Est-ce que nous avons pu déterminer si sa source est encore active ? Est-ce que nous avons confronté les résultats avec ceux d'autres télescopes ? »

Carson opina du chef. « Nous avons demandé à Nok de se mettre à l'écoute, et aussi à l'*Ashley Tee*, le vaisseau d'exploration le plus proche. Aucun des deux n'a capté quoi que ce soit, mais ce pourrait être parce que leurs récepteurs sont hors de portée effective. Le signal enregistré par le réseau Tindle était très ténu.

— Trois siècles, ce n'est pas long, fit George. Surtout s'il s'agit du peuple qui a bâti Oz il y a onze mille ans.

— Alors quel est le plan ? demanda Janet. Qu'est-ce qu'on fera en arrivant là-bas ? »

Carson avait réfléchi à la question. « On se dirige droit sur le signal. On effectuera le bond de retour en espace standard aussi près de sa source que possible. Difficile de mettre en place une stratégie au-delà de ça. On nous a donné la consigne d'éviter tout contact avec les éventuels autochtones. Et de ne pas nous faire repérer. Mais il faudra tout de même découvrir qui habite cette planète. Et ramener des détails. Néanmoins, par mesure de discrétion, nous n'emettrons aucun message tant que nous serons dans le système de Bêta Pa'. »

Maggie, l'air concentré, se pencha au-dessus de la table ronde. « Laissez-moi me faire l'avocat du diable un instant. Nous parlons peut-être d'une civilisation qui totaliserait vingt mille ans de développement. Peut-être beaucoup plus. Est-ce que vous croyez sincèrement qu'on puisse arriver sur la pointe des pieds, jeter un coup d'œil et déguerpir sans se faire remarquer ?

— Nous ne savons pas s'ils totalisent vingt mille ans de développement, fit Janet. Ils ont peut-être connu des périodes de stagnation. Voire de régression. »

Carson partageait cet avis. « On peut imaginer tout et n'importe quoi. Prenons des précautions normales. Et pour le reste, nous piloterons à vue. »

Maggie paraissait ennuyée. « Pourquoi est-ce qu'une espèce développée s'inquiéterait de notre venue ? Ça me paraît un peu arrogant. Je suggère que nous y allions plutôt franco, en montrant la couleur. Qui sait ? ça pourrait nous valoir d'emblée leur respect.

— Vous avez peut-être raison, mais ce serait une violation directe de mes instructions. Nous n'agirons pas ainsi. »

Officiellement, Hutch n'était pas membre de l'expédition, en conséquence de quoi elle n'était pas habilitée à exprimer son opinion. Néanmoins, la responsabilité de la sécurité du vaisseau lui incombait. « Je pense, dit-elle, que nous devrions prendre au sérieux l'éventualité d'une réaction hostile.

— On n'aura rien à craindre », insista Maggie.

Janet la scruta par-dessus le rebord de sa tasse de thé. « Et pourquoi pas ?

— S'ils sont développés, ils sont rationnels. Une hostilité dépourvue de fondement serait irrationnelle. Et s'ils ne sont pas développés, ils ne seront pas une menace. » Elle s'exprimait d'un ton docte et fatigué.

George avait écouté sans intervenir le plus gros de la conversation. Il finit par demander quelle était la position de l'Académie à cet égard. « Sur qui allons-nous tomber, selon Horner ? Y a-t-il vraiment une quelconque chance qu'il s'agisse des Bâtisseurs de Monuments ?

— Ed ne sait rien de plus que nous, dit Carson.

— Eh bien, moi, annonça Maggie à George, je n'irai pas par quatre chemins : si Bêta Pa' est habitée, ce n'est pas par les Bâtisseurs de Monuments. »

Hutch fut surprise et agacée par le côté péremptoire de l'assertion. « Comment pouvez-vous en être sûre ? demanda-t-elle.

— Il se peut qu'il s'agisse de la même espèce, expliqua Maggie. Mais les Bâtisseurs de Monuments ne sont plus. Tout comme les Grecs de l'époque classique n'existent plus non plus. Écoutez, manifestement, plus personne ne voyage pour ériger de nouveaux Monuments. Et ce depuis des milliers d'années. Ces Monuments impliquent qu'une civilisation évoluée a perduré un long moment. Mais vous voulez spéculer sur ce qu'il advient d'une culture qui survit vingt mille ans ? Continue-t-elle à se développer indéfiniment ? Meurt-elle à petit feu ? Dévie-t-elle de sa voie ?

— Prenons l'exemple de la Chine, fit Janet. Ou de l'Égypte. Ou de l'Inde. Notre expérience montre que la longévité n'est pas nécessairement un bienfait. »

Plus tard, Hutch entraîna Carson à l'écart. « Envisageons un peu le pire cas de figure, à toutes fins utiles. Que se passe-t-il si on se fait agresser sitôt notre arrivée ?

— Pourquoi demandez-vous cela ?

— Donnez-moi d'abord votre réponse.

— On dégage.

— Soit. Mais vous devez savoir, pour prendre vos décisions en connaissance de cause, qu'une fois que nous aurons intégré l'espace de Bêta Pa', il nous faudra un minimum de quatorze heures pour recharger les moteurs. Nous ne serons pas en mesure de repartir sur-le-champ. Quoi qu'il arrive. »

Carson acquiesça. « C'est noté. Espérons que nous n'aurons pas de problème. »

Hutch n'avait pas oublié avec quelle désinvolture Maggie avait envoyé ses collègues courir un danger de mort. Elle détestait étouffer ses rancœurs, mais ses responsabilités professionnelles lui interdisaient de laisser paraître ses a priori. Elle avait conclu un pacte avec elle-même : elle accepterait Maggie Tufu, avec toutefois cette réserve qu'elle ferait fi de son point de vue en cas d'incident.

De ses quatre passagers, Maggie était la seule que Hutch considérait plus ou moins comme une inconnue. Ni au temple ni pendant le voyage retour de Quraqua, elle n'avait eu l'occasion de passer un peu de temps avec elle.

Elle se montrait polie, soit. Mais elle portait sur toute chose un regard tranché ou ironique et rien ne semblait lui importer à part les questions professionnelles soulevées par ses études.

Malgré sa présence, ce groupe, contrairement à nombre d'autres qu'avait transportés Hutch, semblait assez soudé. Aucun d'eux n'avait l'air à la traîne, ni ne se morfondait excessivement dans sa cabine ou ne s'adonnait au cybernet à l'exclusion de tout le reste. Même Maggie, au bout de quelques jours, parut rabattre de sa morgue. Elle fit l'effort d'engager un brin de causette avec l'un ou l'autre de temps en temps, et participa aux discussions même les plus futiles. Elle révéla également un talent peu commun pour le poker.

Peu à peu, Carson découvrit qu'elle s'intéressait à la stratégie militaire. George glissa discrètement à ses compagnons qu'il la trouvait nettement plus sociable ici que sur Quraqua, et Hutch se demanda dans quelle mesure ce n'était pas la perspective d'affronter bientôt l'inconnu qui les rapprochait.

Ils se retrouvaient chaque soir après le dîner, et les conversations, qui portaient souvent sur la planète mère, allaient bon train. Curieusement, d'où ils se trouvaient, les problèmes terriens paraissaient plus cliniques, plus faciles à résoudre. Ils concevaient des mesures pour combattre la famine et réduire la population, pour arrêter les guerres et peut-être supprimer les rivalités internationales une fois pour toutes, pour gérer la sexualité des adolescents et améliorer la qualité de l'enseignement public. Ils reconnurent toutefois que toutes ces réformes avaient de vagues relents fascisants. Ils avaient tendance, du haut des étoiles, à faire montre d'une patience restreinte à l'égard du désordre.

Ils débattirent pour savoir s'il était véritablement possible à une structure sociale de perdurer sans subir d'altération pendant des milliers d'années. Janet estimait qu'une pareille stabilité impliquait nécessairement un « bon sang de conservatisme quasi absolu. De quoi transformer toute vie en enfer. »

Les discussions portèrent aussi sur les Bâtisseurs de Monuments et les discontinuités. Et pour finir ils abordèrent aussi des sujets plus intimes. Hutch apprit que la femme sur la photo de Carson avait refait sa vie avec un agent de change, que Maggie avait une peur phobique de la mort, que Janet semblait ne séduire que des hommes instables. « Je ne sais pas pourquoi », confessa-t-elle, ce en quoi Hutch la croyait volontiers. Face à Janet Allegri, la plupart des hommes de sa connaissance auraient pris peur, ou en tout cas ne se seraient pas sentis à leur aise.

George, soupçonna-t-elle, voulait exceller pour qu'une jeune femme qui l'avait plaqué des années plus tôt s'en morde les doigts.

Et Hutch ? Elle évaluait mal ce qu'elle révélait d'elle-même. Elle eut soin de ne pas mentionner Cal ni d'évoquer Richard.

Mais Janet lui rapporta des années plus tard qu'elle avait seulement commencé à la comprendre lorsque la pilote avait décrit la peur et l'humiliation qu'elle avait éprouvées sur le ponton, lors de l'incident de la bête aquatique. « Je me suis promise de ne jamais plus rester immobile », avait-elle déclaré mot pour mot, selon Janet qui avait alors ajouté : « La remarque m'avait plu. »

Une série de questions demeurait centrale par rapport à la mission : si l'espèce n'était autre que les Bâtisseurs de Monuments, se souviendraient-ils de leur visite dans le système solaire et de leur propre apogée ?

« Oz, déclarait George lorsqu'on lui demandait ce qui l'intriguait le plus chez ces extraterrestres. Je voudrais savoir pourquoi ils ont construit Oz. »

Les réunions du soir devinrent rapidement rituelles. On trinquait à la santé des uns, des autres, on portait des toasts au directeur et à Bêta Pa'. Ils fixèrent leurs écussons sur leurs vêtements bleus de l'Académie. Le peu de réserve réciproque qu'ils conservaient naguère s'estompa et ils apprirent à se détendre vraiment ensemble. Ils plaisantaient, riaient, et il fut demandé à chacun de produire un numéro distrayant. Certains réalisèrent des tours de magie, des sketches, ou chantèrent des chansons à reprendre en chœur. Maggie, surmontant ses réticences initiales, dévoila un talent certain pour imiter la voix et l'attitude de ses coéquipiers. Elle reproduisait à la perfection la démarche militaire de Carson, l'accent vaguement campagnard de George, la façon qu'avait Hutch d'incliner la tête quand elle était perplexe, ou encore les gestes empreints de sensualité de Janet.

Ils organisèrent une soirée dansante (cravate de rigueur pour les hommes, jupe pour les dames) et mirent en scène une comédie improvisée, *Les Grandes Fouilles*, racontant les tribulations vaudevillesques d'un groupe d'archéologues branquignols dans un site mythique.

Hutch appréciait ces jeux et ces divertissements, qu'elle jugeait une saine occupation dans le ventre confiné du vaisseau où les relations humaines prenaient tant d'importance. Nuit après nuit, les soirées s'allongeaient et Hutch sentait les liens qui les unissaient se renforcer.

Vers la fin de la troisième semaine, Maggie vint la trouver en aparté. « Je voulais que tu saches, murmura-t-elle, que je suis désolée pour Richard.

— Merci, lui répondit Hutch, surprise.

— J'ignorais que vous étiez si proches, sans quoi je serais venue plus tôt. Je crois que je me suis montrée un peu aveugle.

— Ne t'en fais pas. » Hutch éprouvait un vague regret dont elle ne s'expliquait pas la cause.

Maggie hésita, puis déclara : « Je sais que beaucoup de gens estiment qu'on juge Henry trop sévèrement. De leur point de vue, c'est moi la véritable responsable. » Ses yeux noirs se braquèrent sur Hutch et soutinrent son regard. « Je crois qu'ils ont raison. » Elle ajouta d'une voix plus sourde : « Je suis désolée. Nous avons accompli notre devoir. Richard le savait. C'est pourquoi il se trouvait là. Mais j'aurais voulu qu'il en aille différemment. »

Hutch opina. Maggie hésita, ouvrit les bras et elles s'étreignirent. La joue de Maggie était tiède et humide.

Hutch observait la ligne de conduite qu'elle s'était fixée et gardait ses distances vis-à-vis de George. Elle était heureuse qu'il fasse partie de l'équipe, mais elle devait reconnaître que sa présence ne simplifiait pas la situation. Son regard s'attardait discrètement sur elle lors des longues veillées mais se détournait dès qu'elle posait le sien sur lui. Ses yeux s'illuminaient chaque fois qu'elle lui adressait la parole, s'animaient quand elle lui demandait son avis sur tel ou tel sujet. Quand elle était là, sa voix se faisait plus douce et sa respiration plus précipitée.

Elle aurait voulu pouvoir s'expliquer franchement, lui dire pourquoi elle ne répondait pas à ses avances. Dans le fond, elle ne souhaitait pas le décourager. Mais elle voulait, pour s'autoriser à parler, qu'il lui en fournisse l'occasion.

Or l'occasion, quand elle vint, lui glissa entre les doigts.

Ils avaient pris l'habitude de clore officiellement chaque soirée en portant un toast à minuit, suite à quoi ils biffaient le jour écoulé sur le calendrier de mission que Carson avait construit et posé sur une étagère de la salle de repos. Le vingt-sixième soir, George parut particulièrement à cran. Il s'était assis diamétralement à l'opposé de Hutch et lui manifestait la plus totale indifférence. Mais des couleurs lui vinrent aux joues en début de soirée et y restèrent.

Lorsque le groupe se sépara, il s'approcha d'elle. « Hutch, fit-il d'un ton très sérieux, est-ce qu'on pourrait faire un petit tour ? »

Elle sentit son pouls s'accélérer. « Bien sûr. »

Ils descendirent dans les niveaux inférieurs. La configuration de l'astronef avait été modifiée pour la mission. Il se composait toujours de trois anneaux, mais de moindres dimensions. Les vastes soutes avaient été supprimées et les quartiers habitables réduits. Il restait suffisamment de place pour embarquer une moisson d'objets le cas échéant, mais Hutch n'avait plus cette impression de piloter un hangar volant. Ce *Wink* serait également moins facilement détectable pour des scanners.

« Hutch, dit-il presque timidement, tu es l'une des femmes les plus adorables que j'ai rencontrées.

— Merci, fit-elle.

— Lorsque nous serons de retour, j'aimerais que nous passions une soirée ensemble, rien que nous deux. »

Oui. « Je n'y vois pas d'objection. »

Il se tenait très près d'elle, presque à la toucher. Elle sentait la caresse de son haleine chaude et irrégulière. Elle les mena jusqu'à une baie donnant sur l'espace. Au dehors, le brouillard du monde transdimensionnel dérivait lentement. Ils auraient pu se trouver dans un vieux manoir au bord des marais.

« Cette brume te ressemble. On ne peut ni voir au travers ni la saisir… et elle bouge constamment. »

Ils rirent tous les deux. Puis elle fit le premier geste. Un mouvement infime qui fût passé inaperçu aux yeux d'un observateur inattentif : elle se pencha vers lui d'un centimètre à peine. Un signal passa entre eux et elle sentit le corps de George y répondre.

« Hutch… »

Il leva la main, maladroitement, et frôla ses cheveux. Ses lèvres étaient très près des siennes.

Hutch sentit ses résistances céder. Les pointes de leurs doigts s'effleurèrent puis se posèrent sur leurs hanches. Leurs regards se trouvèrent. Hutch sentit les mains de George envelopper ses épaules et sa joue caressa la sienne. Elle était chaude. Elle se dressa sur la pointe des pieds, lèvres entrouvertes, épanouie, offerte.

L'instant se prolongea. Elle avait le souffle court. Les cognements de son cœur se mêlaient aux siens. Sa poitrine seulement recouverte par la fine étoffe de sa combinaison se pressa contre lui. Il se pencha sur elle, l'embrassa sur la bouche, doucement. Elle accepta le baiser, le laissa explorer le modelé de ses lèvres. Son cœur battait la chamade, elle perdait haleine. Lorsque enfin il s'écarta, elle posa la main sur sa nuque et lentement, fermement, le ramena à elle.

Elle connut un ultime moment de lucidité, de résistance, puis elle l'étreignit, l'invita, s'abandonna. Elle devait se dresser sur la pointe des pieds pour l'atteindre, mais ce n'était pas pour lui déplaire. Elle sentit sa main caresser son sein droit, s'attarder, se retirer.

Elle avait connu des vols où les passagers changeaient de cabine à pas de loup au milieu de la nuit. Elle refusait cela. « Viens », chuchota-t-elle.

Il lui emboîta silencieusement le pas.

« Ce soir seulement », dit-elle encore.

Elle sentit sa main se poser sur son épaule, puis furtivement sur sa gorge. Et soudain il s'immobilisa. « Hutch, tu veux vraiment ce que tu proposes ? »

Mais oui, idiot.

Elle l'emmena jusqu'à la cale de la navette. L'*Alpha*, arrimée dans son berceau, étendait sa longue carlingue sombre et silencieuse, impressionnante. La verrière du cockpit luisait dans la lumière incertaine. (Le patin défectueux, gauchi par le tsunami, avait été remplacé.)

George souleva Hutch dans ses bras sans effort, s'avança sur le pont jusqu'à la navette et s'arrêta devant la trappe de la soute. Il actionna le mécanisme d'ouverture, mais rien ne se produisit.

Elle refit son geste, en relevant cette fois un taquet de sécurité qu'il avait oublié.

Il entra avec elle, tout ployé, trouva une couverture et l'étala sur le plancher.

« Tu n'as pas répondu à ma question, dit-il en se penchant sur elle à nouveau. Parce que je n'ai pas envie de tout gâcher. Je t'aime, Hutch. »

Elle l'embrassa sur la joue. L'attira contre elle. « Mesure tes paroles. Je pourrais te prendre au mot.

— C'est vrai, maintenant et à jamais. » Elle faillit pouffer tant la réponse lui parut grandiloquente. Mais il ajouta, solennel : « Je pense ce que je dis, Hutch. »

Qu'est-ce qui les attendait sur Bêta Pa' ? Peut-être allait-on les inviter à joindre une confédération galactique. Ou leur offrirait-on un livre d'histoire et un atlas de la Voie lactée, indiquant civilisations, sites d'intérêt et aires de repos. Carson était vautré dans son fauteuil, les pieds relevés. « Comment, à votre avis, un individu issu d'une autre culture chercherait-il son épanouissement ? demanda-t-il. Quels pourraient être les moteurs de sa vie ?

— Les mêmes que pour nous », fit Janet.

George sirota une gorgée de vin sombre. « C'est-à-dire ? demanda-t-il.

— Le pouvoir, répondit-elle. Et l'amour.

— Impossible de le savoir, fit Carson. Nos critères ne valent rien puisqu'ils sont humains. »

Assis non loin, un livre sur le ventre, Hutch fit remarquer : « Pourtant, nous sommes capables de comprendre certains mythes extraterrestres, en tout cas ceux que nous avons rencontrés jusqu'à présent. J'en conclus que nous sommes certainement mus par des besoins similaires. » Elle repensa une fois de plus aux empreintes sur la cime de Japet. « J'aurais tendance à imaginer qu'ils vivaient, comme nous, pour s'accomplir. Pour *réaliser* quelque chose. D'ailleurs, les Monuments l'attestent. »

Les panneaux muraux étaient ouverts et les lumières internes semblaient donner corps au brouillard. On acquérait confusément, à le regarder, la sensation qu'il recelait des formes diffuses. Hutch se souvenait d'une vieille rumeur selon laquelle des pilotes sortis de leur vaisseau durant un vol transdimentionnel avaient entendu des voix.

George tenait parole et gardait ses distances. Elle se félicitait qu'il ait admis cette nécessaire discrétion et qu'il s'abstienne de ces démonstrations de possessivité qui si souvent caractérisent les premiers moments d'une relation. Cette première nuit partagée resta la seule. Tous les deux avaient suffisamment d'expérience pour savoir quels dégâts la naissance d'un couple pouvait causer au sein d'une petite équipe en mission prolongée. Alors ils faisaient montre, l'un vis-à-vis de l'autre, de la même amabilité qu'avec chacun de leurs collègues. Pour ce qui concernait Hutch, en tout cas, ça n'allait pas sans effort.

Contrairement à sa pilote, le *Wink* poursuivait sa route sereinement. Il ne vibrait ni ne tremblait ni n'accélérait. Aucun système interne ne s'activait et, naturellement, aucun message extérieur ne lui parvenait.

Hutch aimait s'adonner à des simus avec son équipe. Elle endossa des rôles d'anti-héroïnes cyniques comme Margo Colby dans *Lumière bleue* et Ilsa dans *Casablanca*. George la séduisit dans le rôle de Tony dans l'un, et Carson se montra parfait dans celui du vulnérable Rick dans l'autre. (Ce qui révélait au grand jour une facette de sa personnalité qu'elle n'aurait pas soupçonnée. Quant à George/Tony, elle manqua verser une larme quand il l'abandonna pour partir vers Moscou où il devait trouver la mort.)

Carson affectionnait pour sa part les péplums en plein air. Il composait un Antoine de fière allure, quoique un peu enrobé, caracolant sur un destrier blanc en pleine bataille d'Actium, coiffé d'un casque dont le cimier brillait au soleil. Maggie, de l'avis général, campait une Cléopâtre sensationnelle.

Lorsque venait son tour de choisir, Maggie optait invariablement pour les suspenses à la McIver Thomson, dans lesquels elle excellait à jouer l'éternelle demoiselle en détresse. (Hutch trouvait curieux de voir à quel point leurs collègues les plus intellectuels appréciaient les histoires d'horreur.) Et Dieu qu'elle se débrouillait bien ! Elle poussait des hurlements terrifiés dans *Voici l'aube*, pourchassée par les membres d'une secte assoiffée de sang. Elle fuyait le clown sadique Napoléon dans la fête foraine déserte de *Un rire dans la nuit* et affrontait frère Thaddeus, le moine assassin, dans *Ce qui est à César*, tandis que son futur sauveur (George) s'efforçait de reprendre ses esprits après avoir encaissé un méchant coup sur le crâne et subi l'attaque de deux aigles dans le donjon de pierre.

Janet se spécialisait dans les rôles de femmes ayant mal tourné. Elle composait une Lady McBeth perfide avec tant de jubilation qu'elle donnait le frisson à Hutch. (Regarder des proches jouer les grands classiques ajoutait au spectacle, à condition qu'ils se montrent bons. Tout dépendait de la dose d'énergie et de passion qu'ils savaient insuffler à leur personnage.) Janet interprétait également la calculatrice Mary Parker dans *Les Chemins de Rome*, et Katherine dans *Bovalinda*. « Tu as le goût du pouvoir », lui fit remarquer Carson tandis qu'elle intriguait pour s'emparer d'un consortium du métal et faire assassiner son encombrant mari.

« Ma foi, répondit-elle en rougissant, ce n'est pas faux. »

Hutch s'étonna de ses propres réactions le soir où ils regardèrent *Ce qui est à César*. L'histoire comportait une scène d'amour assez chaude et débridée dans un bassin de pierre du monastère abandonné. Et c'est la gorge nouée qu'elle vit George, son George à elle, étreindre Maggie pour de longs ébats aquatiques. Il n'intervenait pas réellement dans la scène, naturellement, pas plus d'ailleurs que Maggie. Il ne s'agissait pas même de leur corps : tous deux n'avaient fourni d'eux-mêmes qu'une image en costume et quelques caractéristiques psychologiques, et l'ordinateur avait composé le reste. Mais Hutch sentit néanmoins son ventre se serrer et ne put s'empêcher de jeter un regard oblique à Maggie, qui avait l'air de prendre du bon temps. Tout comme George, d'ailleurs, le visage fendu d'un sourire idiot.

Bêta Pa' était un peu plus petite que le Soleil et sensiblement plus froide également. La source radio avait été localisée à quinze unités astronomiques de la planète. « Nous devrions nous matérialiser dans un périmètre de cinquante mille kilomètres de l'objectif », déclara Hutch tandis qu'ils attendaient devant le tableau de bord le signal annonçant l'imminence du bond.

« On ne risque pas de le percuter, dites ? demanda Janet.

— Peu probable. » Hutch eut une petite moue. « Cinquante mille kilomètres, ça laisse tout de même le champ libre. On risque davantage de voir les deux Hazeltine nous lâcher en même temps.

— Ce n'est pas nécessairement rassurant, fit Janet. Vous prenez pour acquis qu'il s'agit d'une station. Et si cette source était située sur une planète ?

— C'est pour ainsi dire exclu, intervint Carson. Et de toute façon le détecteur de masse remarquerait toute source de pesanteur et annulerait le bond. Pas vrai ? » Il se tourna vers Hutch qui confirma.

Carson attira une carte astronomique. « Nous revoici au point de départ », fit-il. C'était à peu près vrai : Pinacle, Quraqua, Nok et le système Bêta Pa' se trouvaient en bordure du bras d'Orion.

« Fini la rigolade, commenta Janet à quelques heures de l'arrivée. Il est temps de se remettre au boulot. »

FORUM BIBLIOTHÈQUE

(Scène 221 de Ce qui est à César *: Ann Holloway est emportée par le moine colosse frère Thaddeus dans un passage souterrain jusqu'à une salle creusée dans la pierre. Assommée, elle commence à peine à recouvrer ses esprits tandis qu'il la dépose sur le sol. Elle porte une robe de soirée partiellement déchirée qui lui dénude une épaule et la naissance d'un sein. Frère Thaddeus, dans le respect de ses vœux, n'y accorde aucune attention. Il retire l'écharpe qui lui ceint la taille et s'en sert pour lui lier les poignets. Cette besogne accomplie, il la traîne jusqu'à un anneau de fer scellé dans le mur.)*

THADDEUS

(Commençant à l'attacher à l'anneau.)
Inutile de feindre, petite, je sais que vous êtes réveillée.

ANN

(Se débattant faiblement, confusément, à bout de forces.)
S'il vous plaît, non.
(Jetant des regards désespérés alentour.)
Jack ? Où es-tu ?

THADDEUS

Il n'est plus en état de vous aider, petite. Il n'est plus en état d'aider quiconque.

(Il ouvre un panneau dans le mur, révélant un interrupteur. Zoom sur l'interrupteur.)

ANN

(Essayant de sortir de sa torpeur.)
Laissez-moi partir. Je tiendrai ma langue.

THADDEUS

Je n'ai pas peur de ce que vous pourriez divulguer, Ann Holloway.

ANN

Alors pourquoi me tuer ?

THADDEUS

(Il presse le bouton. Un bruit de cascade retentit. De l'eau se déverse depuis le plafond de la salle.)

Je n'ai pas l'intention de vous tuer. C'est votre passé qui vous condamne. Vos longues nuits de plaisir coupable réclament à grands cris une expiation.

ANN

Non ! Ce n'est pas vrai. Vous êtes fou.

THADDEUS

(Sur un ton qui sonne sincère, tandis que l'eau se répand autour d'elle.)

Courage, mon enfant. Les divins flots purificateurs sauront vous sauver. C'est l'unique voie qui puisse encore vous mener au paradis.

ANN

(Tirant sur ses liens. La robe déchirée glisse, la dénudant un peu plus, mais elle n'en a cure. Le plan se fait plus rapproché tandis qu'elle se débat.)

Jack…

THADDEUS

(S'immobilisant sur le seuil, prêt à refermer la lourde porte de pierre.)

Priez, ma chère. Cela facilitera le passage.

(Elle hurle. Il commence à refermer la porte. L'eau monte dans la salle.)

La paix du Seigneur soit avec vous.

(Il baisse la tête. La caméra se rapproche. Il entend un bruit derrière lui, se retourne. La caméra suit son mouvement, le devance dans le couloir. La silhouette de Jack se découpe dans la clarté vacillante des torches.)

JACK

Où est-elle, espèce de dément ?

THADDEUS

(Surpris de le voir.)

Hancock, vivant ? C'est… incroyable.

ANN

(Désespérée.)

Jack ! Je suis là.

THADDEUS

Vous devriez vous en tenir à ce miracle d'être encore en vie, et vous garder d'intervenir.

JACK

(S'avançant.)

Tiens bon, Ann.

THADDEUS

(Refermant la porte derrière lui, claustrant Ann et se carrant dans le passage.)

Vous ne pourrez pas l'aider. Préparez-vous plutôt à rendre l'âme, car l'heure est proche.

(Il palpe le crucifix pendu à une chaînette autour de son cou.)

Les malfaisants sont comme la balle que le vent arrache au bon grain. Ils doivent disparaître.

(Il s'avance. La lutte s'engage et la grande taille de Thaddeus lui donne immédiatement l'avantage. Il plaque rapidement Jack au sol, sort une cordelette de sa robe et la lui passe autour du cou. Simultanément, de courtes séquences en insert montrent l'eau qui monte toujours dans la salle. Ann se débat, etc. Thaddeus a momentanément réduit Jack à sa merci, il le repousse dans le couloir jusqu'au niveau de la torche. Là, on distingue un levier dans la paroi. Il l'actionne et une trappe s'ouvre devant leurs pieds. Quelques cailloux tombent dans le vide et un long moment s'écoule avant qu'on les entende toucher le fond. Il traîne Jack près du rebord. Jack parvient à se dégager et la lutte reprend de plus belle tandis que l'eau monte toujours autour d'Ann.)

THADDEUS

Pour vous, ô Seigneur, à qui ces mécréants font tant de peine. Pour qu'aucun de ces êtres nuisibles ne subsiste ; que leur arrogance soit balayée.

(Ann a de l'eau jusqu'à la taille. Elle est copieusement trempée et le tissu moule ses formes. À l'extérieur, Jack empoigne la torche et s'en sert d'arme. Les deux hommes luttent au bord du gouffre. Les épaules d'Ann

sont submergées et la salle résonne de ses cris. Jack, acculé au puits, un genou à terre, semble sur le point de céder.)

THADDEUS

Demande pardon, Hancock. C'est ta dernière chance de sauver ton âme.

JACK

Pauvre détraqué.

THADDEUS

Alors je demande pardon en ton nom. Le Seigneur t'absolve. *(Persuadé d'avoir gagné, Thaddeus relâche sa pression sur la trachée d'Hancock et empoigne son crucifix. L'eau noie désormais les cris d'Ann. Jack voit son ultime chance : il saisit le crucifix, l'arrache à la chaînette et en frappe violemment l'aine de son adversaire. Le géant se plie de douleur. Il agrippe Jack et tous les deux basculent dans le puits. On entend un long hurlement, puis une main apparaît sur l'arête et Jack se hisse péniblement hors du gouffre. Il se précipite à la porte, débloque les barres. Le thème musical se fait plus sonore tandis que l'eau s'écoule hors de la salle et qu'il s'élance pour secourir Ann, toussante et haletante. Il coupe l'eau, détache ses liens et la prend dans ses bras.)*

ANN

Jack, Dieu merci, tu as réussi à nous suivre. Il prétendait t'avoir tué.

JACK

Et il n'a pas réussi, à ce qu'on dirait. Ça baigne ?

ANN

Très drôle. J'ai roulé dans les escaliers, encaissé quelques coups, failli me noyer… Mais à part ça, tout va bien.

JACK

Tant mieux. Parce que la soirée ne fait que commencer.

« Combien de temps ? » Carson regardait la brume dériver. Il repoussa sa chaise, s'efforçant de paraître calme, distant. Mais il bouillait intérieurement.

Tous les indicateurs et jauges relatifs au bond avaient viré à l'orange vif. « Trois minutes selon l'estimation. » Hutch commençait à envoyer de l'énergie au réacteur. « Le bond devrait se faire en douceur. Mais attachez-vous quand même. »

Les voyants de système passèrent au vert. La puissance commençait à s'accumuler dans les Hazeltine. La masse en espace réel demeurait au niveau zéro.

Enfermée dans la cabine des passagers avec George et Janet, Maggie lança : « S'il vous plaît, mon Dieu, faites qu'ils soient là. »

Voyant rouge. Écoutille mal fermée dans l'une des soutes reculées. Hutch l'ouvrit et la referma. Le voyant passa au vert.

« Quelle atroce déception, dit Janet, s'il s'avérait que Bêta Pa' était elle-même une source radio et que les analystes s'étaient trompés. Ce ne serait pas leur première erreur.

— Deux minutes », annonça Hutch. Les commentaires autour d'elle se muèrent en fond sonore diffus. Seule la voix de George restait audible à ses oreilles. Cela dit, personne n'avait grand-chose à raconter. Ils parlaient pour se soulager, pour que cette attente paraisse plus anodine. Car si ce n'était pas leur premier bond, celui-ci allait les projeter dans l'inconnu.

Ils continuaient de planer.

« Une minute. »

Les lumières faiblirent.

Le système de navigation en espace réel, jusqu'alors en mode de veille, se réactiva. Le réacteur fut bientôt apprêté. Les capteurs externes s'affichèrent sur le tableau de bord. Les boucliers d'énergie également.

Quelqu'un lui souhaita bonne chance.

Tous les indicateurs s'animèrent.

Et avec à peine une secousse ils se glissèrent dans le noir. Des étoiles naquirent dans l'éther.

Hutch éprouva une brève sensation de vertige, une réaction qui n'avait rien d'anormal lors de ces passages. Ils naviguaient désormais sous un ciel limpide.

« Je suis toujours soulagé de sortir de là, fit Carson en se détendant.

— Ne crions pas victoire trop tôt », repartit Hutch. Elle pointait le doigt sur l'écran de navigation principal qui montrait un énorme disque noir, pile sur leur trajectoire. « Restez tous attachés, s'il vous plaît », ajouta-t-elle à l'attention générale.

La fusion était sur le point de se déclencher. Elle annula le processus.

« Il y a un problème ? » demanda Maggie qui avait perçu toute l'anxiété de la voix de leur pilote.

Hutch leur retransmit l'image. « On causera plus tard. Je vais enclencher tous les systèmes de freinage.

— Qu'est-ce que c'est ? demanda George.

— Voyons un peu. » Elle agrandit l'image au maximum. Le disque noir ressemblait à un astre. « Ce n'est pas possible, le détecteur de masse indique zéro. » Elle pianota de nouveau sur les boutons, sans obtenir plus de résultat. « Aucune idée de ce que c'est. Attendez... »

Carson gardait les yeux rivés sur l'écran devant lui. « Nom de Dieu...

— Freinage, marmonna Hutch. Maintenant. » Elle engagea les rétros, non pas en douceur comme à son habitude, mais d'un geste brusque.

« C'est juste une zone sans étoile, fit Janet. Comme le Vaccum. Peut-être que ça l'est, d'ailleurs.

— Si ça l'est, je ne m'explique pas ce qu'il fait là. »

Aucune lumière ne brillait face à eux.

« Hutch ? » La voix de Maggie était montée d'un cran. « On va entrer dedans ?

— Ça grossit, fit remarquer George.

— Je ne comprends pas comment ce truc peut se trouver là. » Les doigts de Hutch couraient sur les commandes. « Test automatique, O. K. »

— Ce n'est pas une sphère », dit Carson.

Son visage bien en chair s'était durci. L'archéologue zélé cédait place au vieux colonel. Attitude militaire, martiale. Bizarrement, c'était rassurant.

« Qu'est-ce que ça pourrait être d'autre ? »

Carson observait les images par-dessus son épaule. « On dirait un ballon de rugby », fit-il.

Diverses remarques affolées retentirent dans la cabine des passagers.

« Accrochez-vous, on va virer sec à bâbord. » Hutch tapa à toute allure une nouvelle liste d'ordres pour obtenir une poussée très brutale, puis elle appuya sur le bouton de mise à exécution. À nouveau, ils furent écrasés dans leurs sangles.

Un voile leur tomba devant les yeux ; la poussée des réacteurs rendait l'élocution difficile. « Collision, articula-t-elle. Imminente. » Les mots semblaient suspendus dans l'air électrique.

Carson prit le temps d'inspirer, de poser sa voix. « Quand ? »

Hutch se sentait vide et glacée. « Sept minutes. Et des poussières. »

L'obstacle remplissait le ciel. Grâce leur en soit rendue, les trois passagers en cabine gardaient la tête froide et ne la distrayaient pas. Elle les entendit même essayer de plaisanter sur leur situation. Elle ouvrit un canal. « Vous voyez ce qui se passe, déclara-t-elle sur un ton détaché. Nous avons un problème.

— Vraiment grave ? demanda Janet. Aussi mauvais que ça en a l'air ? »

Hutch hésita. « Oui, fit-elle. Je le crains. »

Elle diminua la poussée des réacteurs et annula le changement de trajectoire.

« Qu'est-ce que tu fais ? » demanda Carson.

Ils évoluaient de nouveau en inertie. « Inutile de torturer tout le monde.

— Qu'est-ce que tu veux dire ? lança Maggie. On ne va tout de même pas baisser les bras, non ? Pas comme ça. »

Hutch s'abstint de répondre, ne sachant plus à quel saint se vouer.

« Et si on faisait un bond arrière ? demanda George.

— Pas possible.

— Essaie.

— Ça ne sert à rien.

— Essaie quand même. On n'a rien à perdre, non ? »

La forme ovoïde et noire grossissait. « Pas engageant. »

Dans la cabine des passagers, quelqu'un poussa un petit rire. Janet.

« Je tenterai une réinsertion quand on sera plus près, dit Hutch. Il faut laisser les moteurs souffler. Mais n'espérez pas de miracle. »

Maggie laissa échapper un geignement.

Carson demanda d'une voix étrangement assourdie par la tension : « À quelle vitesse allons-nous le percuter ? »

Hutch fut tentée d'esquiver la question. De se fendre d'une réponse facile du genre : bien assez vite. Mais ses équipiers méritaient mieux que cela. « Presque cinquante mille. »

Qu'était donc ce maudit objet ? Impossible de savoir. Ils allaient le percuter à un angle assez fermé. Ce serait d'ailleurs sans importance.

« Sacrénom, Hutch ! intervint George. Il y a sûrement quelque chose à faire.

— Dis-moi quoi. » Hutch était maintenant d'un calme imperturbable.

Pas d'issue. La vaste flaque noire s'étalait partout. Une aberration, un disque obscur, un monde dénudé.

« Pas de lune, dit Carson.

— Comment ?

— Ça n'a pas de satellite.

— Ça nous fait une belle jambe », grogna quelqu'un. Hutch ne reconnut pas la voix.

Quatre minutes.

Un silence oppressant s'établit dans le vaisseau. Tous les passagers se recueillaient. Janet, bien que visiblement abattue et effrayée, conservait un sourire résigné. Maggie, plus solide que Hutch ne l'aurait cru, croisa son regard, s'essuya les cils et opina du chef comme pour lui dire : *Tu n'y es pour rien.* George regardait ailleurs et Hutch s'en félicita. Carson, pour sa part, avait l'air de prendre la catastrophe avec philosophie, comme s'il s'agissait d'une mauvaise farce. « Pas de bol », fit-il. Et un moment plus tard il ajouta : « Ça arrive.

— Est-ce qu'on a envoyé un message ? demanda Janet.

— On s'y emploie.

— Quelle taille a ce truc, au juste ? » demanda Maggie.

Hutch vérifia sur son tableau de bord. « Quatre mille trois cents kilomètres de diamètre. Un tiers de plus que la Lune. »

L'immense tache noire masquait les étoiles.

Hutch vit une lampe clignoter sur le panneau de position. « L'objet émet un signal, dit-elle.

— Le même que celui qu'ils ont capté sur le Tindle ? demanda Maggie, le souffle court.

— Je crois. Quinze-dix. C'est la bonne fréquence. L'ordinateur va vérifier tout de suite.

— Question navigation, c'est du précis, chapeau ! commenta Carson. Voilà ce que j'appelle atterrir sur un mouchoir. » Ils partirent dans un éclat de rire. À cet instant, Hutch éprouva une bouffée d'amour à leur égard à tous.

« Notre message est parti. Ils recevront une série complète d'images. D'autre part, il s'agit effectivement du même signal.

— Qu'est-ce qu'on fait maintenant ?

— Il est temps d'essayer le bond. On va compter jusqu'à dix. » Elle enclencha le processus et secoua la tête devant le niveau d'énergie des Hazeltine : il s'élevait à peine à six pour cent du minimal requis. « O. K. » Elle enfonça le bouton de mise en marche.

Le moteur gémit.

Puis hoqueta.

Gémit de nouveau.

Elle coupa le contact. « Terminé. »

Ils commençaient à distinguer des lignes devant eux. Des nervures. Puis le vide se mua en une surface bleu noir, aussi lisse que du plastène ou qu'un océan. « Vous savez ce qui est dingue à propos de cette chose ? fit Carson. C'est qu'on ne capte toujours aucune information sur sa masse. Qu'est-ce que c'est que ce truc ? Vu sa taille, il a forcément un champ de gravité.

— Un pépin des capteurs, sans doute ? » hasarda George.

Moins d'une minute. Hutch cessa de regarder l'horloge. Dans la cabine, elle entendit le cliquetis d'une ceinture. « Restez attachés.

— Pourquoi ? Qu'est-ce que ça changera ? » C'était Janet.

« On ne badine pas avec les consignes. Il y va du prestige du pilote. » Elle s'essuya la bouche d'un revers de la main. Son entraînement lui hurlait d'allumer les rétros. Mais elle se contenta d'éteindre les écrans, se murant à la terrifiante perspective.

Elle ferma les yeux. « Et voilà », murmura-t-elle en laissant couler ses larmes. Curieusement, elle se sentait en sécurité sur cette passerelle de commandement hermétiquement fermée, comme si le long plongeon venait, sans raison aucune, de prendre fin. Elle appréciait la texture douce de son fauteuil de pilotage, la radiance verte des voyants, le murmure électronique des systèmes du *Wink*.

« Hutch ? La voix de Carson était posée.

— Oui ?

— T'es une sacrée nana. »

Dans le noir de ses paupières closes, elle eut un sourire.

DIX-HUIT

À bord du RNA Winckelmann. *Jeudi 24 mars, 11 h 03.*

Hutch écouta tous les bruits familiers du poste de pilotage. La respiration haletante de Carson, les murmures émanant de la cabine des passagers – des prières peut-être, ou des vœux, des résolutions.

Malgré l'angoisse, malgré son sentiment d'impuissance et d'humiliation, elle ne voulait pas que tout prenne fin, non, elle ne voulait pas mourir…

Elle serra les paupières. S'efforça de s'abstraire du monde pour qu'il se résume aux battements de son cœur, au doux galbe de son fauteuil. Et au décompte qu'elle ne pouvait réduire au silence, dans un recoin de son esprit…

Trois. Deux…

La coque encaissa comme un coup de marteau.

Le vaisseau vibra. Les alarmes se déclenchèrent. Le ronflement électrostatique d'énergie réverbéré par les cloisons se modifia subtilement, devint plus sourd, comme c'était parfois le cas lorsque l'appareil devait faire face à des circonstances critiques. Carson cria quelque chose d'inintelligible.

Mais elle vivait toujours.

Ils étaient dans de sales draps. Le tableau de bord avait sans doute pris feu : une fumée noire s'en dégageait. Des voyants d'alerte clignotaient sur les consoles. Deux des moniteurs rendirent l'âme. Des voix artificielles lançaient des annonces sur la comligne. Dans les profondeurs du vaisseau, des systèmes poussèrent un ultime soupir et s'éteignirent.

Mais la mort ne vint pas.

Elle regarda les indicateurs et demeura bouche bée, incrédule. L'altimètre annonçait cent quarante kilomètres. Et le chiffre augmentait.

Augmentait.

Elle fit taire les sirènes et regarda leur position. Le générateur produisait des sautes d'énergie. Elle l'éteignit et bascula en propulsion auxiliaire.

Puis elle expira un grand coup.

« Que s'est-il passé ? demanda Carson d'une voix blanche.

— Du diable si je sais. Tout le monde va bien ? »

Ils étaient secoués. Mais ça allait.

« C'est fini ? » demanda Janet.

Quelqu'un se mit à rire.

Dans la cabine des passagers, un hourra fut lancé.

« On dirait qu'on est passés au travers, dit Hutch. Je ne sais pas comment...

— Bordel, Hutch ! fit Maggie. Tu t'en es tirée magnifiquement. »

Hutch avait les mains tremblantes.

« Qu'est-ce tu as fait ?

— Je n'en sais foutre rien. »

Elle éteignit le début d'incendie et envoya un message de détresse. Carson s'approcha d'elle et lui tapota le dos. « Un exploit comme je ne t'en souhaite pas un second », dit-il.

Ils passèrent les trois cents kilomètres.

« Hutch, dit George. Je n'ai jamais vu personne piloter avec autant de brio. »

Tous riaient désormais. Elle se laissa gagner. Et si ces rires frisaient parfois l'hystérie, personne n'en eut cure.

La surface s'éloignait. Elle luisait faiblement. Du fait d'un éclairage interne, à moins que ce ne fût la réverbération des étoiles.

« Peut-être, hasarda Maggie sans cesser de rire et de pleurer à la fois, que ce n'était qu'un écran de fumée. »

Le ciel commençait à tournoyer. « On part en vrille, dit Hutch. Ce n'est pas grave. *Ça*, ça peut s'arranger.

— Vraiment ? On s'en tire sans trop de dommage ? demanda George d'une voix chevrotante.

— Ouais. On s'en tire bien. » Hutch parcourait à toute allure sa *check-list.* Quelques secondes après l'impact, le générateur avait laissé échapper une vague d'énergie qui s'était diffusée dans le vaisseau. Des circuits de protection intervenaient contre les effets dévastateurs de pareilles surchauffes, mais ils n'étaient – ne pouvaient être – d'une efficacité sans faille. Qui pouvait dire ce qui avait grillé ? Seul un contrôle au peigne fin permettrait d'évaluer les dégâts. « Ça a l'air d'aller, fit-elle. Nous allons connaître des problèmes d'énergie, mais rien d'irrémédiable. »

Leur situation, au demeurant inconfortable, ne l'alarmait pas outre mesure.

L'énergie auxiliaire était fournie par un réseau de batteries et de capteurs solaires. Plusieurs étaient en morceaux. *Mauvais.* « On peut maintenir l'essentiel vital. Et la rotation. Mais on ne pourra pas lancer le moteur principal ni recharger les Hazeltine. Donc : pas de propulsion cosmique. Nous voilà en rade. » Le vérificateur de navigation indiquait que les systèmes d'ajustement d'altitude ne répondaient pas. La pression d'eau avait chuté brutalement, mais se maintenait désormais. Il fallait en conclure qu'un réservoir avait éclaté. L'électromètre du Hazeltine donnait à voir une ligne plate. Même avec suffisamment de puissance pour se lancer en hyper, elle n'aurait pu programmer le point de sortie. *Mais ça pourrait être pire*, songea-t-elle. *Quel bol monstre !* Elle en avait encore les mains tremblantes.

Ils s'étaient assez éloignés pour que l'objet retrouve sa forme ovoïde. « Ça pourrait être de l'eau ? demanda Maggie.

— Contre de l'eau, on se serait fracassés, fit Carson. Ou alors une pellicule de quelques centimètres seulement.

— Hé. » Janet avait l'air surprise. « J'ai sans cesse l'impression que je vais dégringoler de mon fauteuil.

— C'est parce qu'on est en vrille, expliqua Hutch. Ça fausse la gravité artificielle. »

Carson restait préoccupé par l'énigmatique forme ovoïde. « La paroi devait être fine… de quelques microns. Obligatoirement…

— Est-ce qu'on ne pourrait pas se remettre d'aplomb ? » Maggie avait l'air mécontente. « Ça commence à me donner le tournis.

— Je fais de mon mieux. »

Le réacteur numéro quatre ne voulut rien savoir. Elle le débrancha et élabora une séquence de mises à feu permettant de s'en passer. « Relevez la tête, dit-elle. On va être un peu ballottés.

— Il nous restera assez d'énergie ? demanda Carson.

— Suffisamment. On va rester sur place quelque temps, autant qu'on s'épargne ce roulis perpétuel. » Elle exécuta sa manœuvre et sentit la poussée rassurante des fusées. Le vaisseau répondit comme prévu.

La séquence de mises à feu fut longue et complexe ; la valse stellaire ralentit, changea de sens, se modifia derechef et faillit s'arrêter. Faillit seulement. Une faible chasse latérale demeura.

« J'ai fait de mon mieux, dit Hutch. Vous pouvez vous lever, maintenant. Mais attention, ça penchera tout de même un peu.

— Tu veux réessayer ? demanda George.

— Non, ça pompe trop de puissance. Faudra qu'on se contente de ça.

— Qu'est-ce qu'on fait maintenant ?

— On essaie d'évaluer les dégâts au niveau du générateur », répliqua Hutch.

Carson vint lui serrer la main. « Merci, fit-il.

— Je n'y suis pour rien. On a eu de la chance.

— Je suppose, oui. Mais merci quand même. »

Les autres vinrent les rejoindre sur la passerelle de commandement. L'euphorie retombait. « Est-ce qu'on peut rétablir la puissance ? demanda Janet.

— J'essaie de voir, dit Hutch. Mais je peux vous donner tout de suite la réponse. On ne bricole pas une réparation de générateur. Il faut partir du principe qu'on devra s'en passer. Autrement dit : on est bloqués ici. » Elle commençait à se relâcher un peu. « Donc il faudra qu'on se fasse aider. »

Maggie prit une longue et profonde inspiration. « Et que quelqu'un vienne jusqu'ici pour nous tirer d'affaire. Je suppose que la première chose à faire consiste à envoyer un message de détresse.

— C'est fait. »

Maggie venait de surgir sur la passerelle et s'avançait maladroitement sur le pont, testant son équilibre. « Plus besoin de boire un coup, dites, lança-t-elle. Il y a de la gîte.

— D'où pourraient venir les secours ? demanda George. De Nok ?

— Probablement. » Hutch regardait le programme des vols. « Il n'y a que là qu'il y ait du monde, dans les parages. À moins que vous ne consentiez à vous faire embarquer par Kosmik. Ils ont un vaisseau à Quraqua.

— On serait vraiment la risée, fit Janet. On part à la recherche d'un corps céleste et on se le prend dans la figure.

— Le *Walkyrie* se trouve à Nok. Il vient d'y arriver, selon le planning. Normalement, il va y rester environ quatre jours. Notre S.O.S. leur parviendra dans quarante-huit heures. Ils le recevront avant de repartir.

— Ce qui veut dire, fit Maggie, que le secret de notre mission sera éventé. Tout le monde voudra s'en mêler, maintenant. On nous mettra sur la touche et les crédits iront ailleurs. » Elle dévisageait Hutch, l'air désespéré. « Tu aurais une idée ?

— Non, Maggie. Tout ce qu'on peut faire, c'est attendre les secours.

— Combien de temps mettront-ils ? demanda Janet. S'ils viennent de Nok, j'entends.

— Les cargos sont rapides. S'ils partent dès la réception du message, le *Walkyrie* pourrait être ici en moins de onze jours.

— On survivra, dit George. Et d'ici là, peut-être qu'on aura réussi à en savoir plus sur l'objet qu'on a percuté. »

Le véritable problème se déclara cinq heures plus tard.

Hutch s'efforçait toujours de rajuster et reprogrammer le pointage de son vaisseau quand Janet entra d'un pas nonchalant, soufflant ostensiblement sur le bout de ses doigts joints. « Ça fraîchit, ici. »

Effectivement, il faisait frais. Selon le tableau de bord, le chauffage affichait 103 °C. Assez chaud pour faire bouillir de l'eau. Elle effectua un diagnostic et obtint une réponse négative. Pas de problème. Elle secoua la tête, se leva et s'approcha d'un des conduits. « C'est de l'air froid qui circule.

— Pas vraiment froid, rectifia Janet. Mais pas à température ambiante non plus.

— On ferait bien de descendre jeter un coup d'œil. Le programmateur est sans doute hors d'usage. »

Ils réquisitionnèrent George au passage dans le salon des passagers et s'engagèrent par le moyeu vers l'anneau C, vers le ravitaillement et la maintenance générale. Ils enfilèrent la longue coursive latérale, puis s'équipèrent d'un harnais de réparation et pénétrèrent dans la salle des machines. Les cloisons étaient tapissées de niches, de casiers et de placards. Le métal était froid.

« On aurait dû amener des pulls, fit Janet. Essayons de faire vite. »

Le roulis les gênait pour marcher. Des embardées se produisaient à rebours du sens de rotation. S'approchant de l'axe du vaisseau, cela se traduisait par une propension à buter contre les parois à leur gauche et à perdre l'équilibre. Ils titubèrent le long de l'unité de fusion énergétique, une succession de cylindres comme autant de cartouches serties dans des bulbes protecteurs. Une veilleuse jaunâtre et la pâle radiance du panneau de contrôle composaient l'unique éclairage.

« Tu es sûre que tu ne veux pas qu'on tente une réparation ? demanda George.

— Oui », répondit Hutch.

Les unités de fusion ne devaient être manipulées qu'à quai. Le personnel navigant n'avait pas le droit d'y toucher. Les consignes de Hutch étaient formelles : en cas de problème, passer en propulsion auxiliaire, économiser l'énergie partout où c'était possible et retourner à la base. Par le trajet le plus court. En l'occurrence, avec les Hazeltine à plat, ils n'iraient nulle part. Dans ce cas, appeler du renfort.

Ils inspectèrent les séries de réservoirs et de tambours qui abritaient le système de ventilation. Rien ne leur sauta aux yeux. Hutch fit apparaître le plan masse de la circulation d'air sur son terminal de contrôle.

Quatre recycleurs, opérant en série, maintenaient l'équilibre du mélange bioxyde/azote/oxygène. Il s'agissait de larges cylindres. L'air, une fois traité, était stocké dans trois énormes réservoirs pressurisés jusqu'à ce qu'on en ait besoin. Les recycleurs et les réservoirs étaient interconnectés. Avant d'être réinjecté dans le système de ventilation, l'air passait dans quatre convecteurs successifs qui le chauffaient (ou le refroidissaient) afin qu'il sorte à la température requise. Les quatre convecteurs affichaient tous « hors d'usage ».

Ils firent coulisser un des couvercles et découvrirent le dispositif tout noirci. « Bien, on les remplace, c'est ça ? lança George sur un ton plein d'espoir.

— On en remplace un.

— On n'en a qu'un de réserve ? demanda Janet, incrédule.

— Eh oui, dit Hutch. Théoriquement, ces pièces sont solides. Et ce genre d'avarie n'est pas censé survenir.

— Je vois, conclut Janet.

— Un seul suffira ? demanda George.

— Je n'en sais rien. On va bien voir. À mon avis, on gèlera seulement un peu moins vite. »

« Je vais te dire ce que c'est, à mon sens. » Maggie, pelotonnée dans une couverture, tendait le doigt vers la coupe. Agrandie au maximum, elle s'étalait sur tout l'écran mural du salon. Sa texture, qui rappelait vaguement celle d'une toile d'araignée à demi visible par une nuit sans lune, était striée d'une sorte de fine infrastructure qui lui conférait une beauté délicate. « C'est l'ultime Monument et, s'il n'est pas à proximité de la planète mère des Bâtisseurs, au moins nous confirme-t-il que nous sommes sur leur piste. »

Carson avait enfilé un pull et tiré un drap sur ses jambes. « On est tous d'accord sur le fait qu'on est passés à travers ?

— Il a bien fallu, dit Maggie. Mais, à propos...(son visage s'éclaira) peut-être qu'on a prélevé quelques échantillons. » Son regard croisa celui de Carson. « Sur la coque.

— Possible. » Il leva les yeux vers une des canalisations d'air, s'approcha d'une bouche et posa la main dessus. « Ça se refroidit », dit-il.

Une porte secondaire s'ouvrit à l'arrière du salon. Janet entra, suivie de près par George et Hutch. Tous avaient enfilé une veste et paraissaient abattus.

« Plus grave que prévu, hein ? » fit Carson.

Hutch résuma leur intervention. Le nouveau convecteur était en place. « On aura *un peu* de chauffage, promit-elle.

— Serait-il envisageable de détourner une tuyauterie ? demanda Maggie. Pour que l'air chauffé arrive ici au lieu de se diffuser partout ? »

George secoua la tête. « Ce n'est pas ainsi que cela fonctionne. L'air passe par les quatre convecteurs avant d'être envoyé dans les conduites.

— Alors on pourrait couper l'alimentation des autres pièces, suggéra Carson. Je suppose qu'un volume d'air plus réduit refroidira d'autant plus lentement qu'on l'isolera des parois externes. »

Hutch acquiesça. « On y a pensé aussi. Mais on est limités : on ne peut pas couper le chauffage partout. Il y a beaucoup de choses qui se perdront par froid excessif. Les banques de données dans l'anneau B, par exemple. L'eau, les vivres, les ressources vitales dans le C.

— Jusqu'où peut descendre la température ? » demanda Maggie.

Hutch inspira profondément et répondit : « Vraiment bas. » Elle donna une tape sur l'épaule emmitouflée de Carson. « Il te faudra trouver plus chaud que cela. Je vais essayer de réactiver certains systèmes. Peut-être qu'ils nous permettront d'envisager d'autres solutions. » Elle traversa la pièce et se dirigea vers la porte principale.

« Avant que tu ne sortes, la retint Carson. Je passe du coq à l'âne, mais on continue de s'éloigner de cette chose. Serait-il possible de faire demi-tour et de rebrousser chemin ? Pour l'observer de plus près ?

— Ce ne serait pas une mauvaise idée, renchérit Janet. Ça nous occuperait en attendant les secours. Et on aurait l'air moins tartes quand cette affaire sera terminée. »

Hutch secoua la tête. « Nous ne sommes même pas en mesure de freiner notre lancée, Frank, alors inverser le mouvement, n'en parlons pas. Non, le *Wink* n'ira nulle part, sinon tout droit pendant un moment. Désolée... » Sur ce, elle s'en alla.

La forme ovoïde remplissait un écran mural. George fronça les sourcils, inclina la tête, composa devant ses yeux un cadre avec ses doigts, fronça les sourcils à nouveau. « Ça ne dérange personne si je réduis un peu la résolution ? » L'effet loupe quintuplait sa taille. Personne n'objecta, et il diminua l'image étape par étape. Il s'amusa ensuite un moment avec le zoom, l'actionnant dans un sens puis dans l'autre. Soudain il se tourna vers Maggie. « Vous savez ce que je crois ? C'est un hémisphère creux. Regardez attentivement : une énorme gamelle incurvée de la taille d'une planète. » Il joignit ses mains et les creusa pour leur montrer la forme. « Vu sous un certain angle, ce ballon de rugby ressemble à une coupe. Vous voyez ?

— Il a raison, murmura Carson. Alors qu'est-ce que c'est ? »

Maggie s'enfonça plus profondément dans sa couverture. « On sait que ça émet des signaux radio. On dirait une grande antenne parabolique. Une station de relais peut-être. Certainement une balise d'une forme ou d'une autre.

— À quoi pourrait servir une balise de cette taille ? demanda Janet.

— Peut-être qu'ils ne connaissent pas la communication hyperluminique ? hasarda Carson.

— Ce serait possible ? Qu'ils puissent voyager mais non communiquer plus vite que la lumière ?

— Je suppose que c'est *possible*, dit Maggie. Mais ce n'est pas logique. Pourquoi un peuple maîtrisant le voyage interstellaire enverrait-il un message requérant des dizaines, voire des centaines d'années pour parvenir à destination ? » Elle avait le nez froid et se le frotta. « Je ne sais pas pour vous, mais moi je commence à geler, ici. »

ARCHIVE

ZZ 03/241611
XX URGENCE URGENCE URGENCE
À : RETRANSMISSION GÉNÉRALE
DE : RNA *WINCKELMANN*
SUJET : S.O.S.

APPEL À L'AIDE ADRESSÉ À TOUS VAISSEAUX OU STATIONS. MESSAGE 01. REQUÉRONS ASSISTANCE IMMÉDIATE – DANGER DE MORT. SIT BÊTA PA'. CONDITIONS DE SURVIE COMPROMISES. ENVOYONS LE S.O.S. SUR TOUS CANAUX, FRÉQUENCES STANDARD. IL S'AGIT D'UNE URGENCE ALPHA CINQ. DANGER EXTRÊME. URGENCE ABSOLUE. CE MESSAGE SERA ÉMIS TOUTES LES HUIT MINUTES.

Sur la passerelle, Hutch affrontait l'horrible nouvelle. L'unique convecteur pourrait théoriquement maintenir la température à moins 36 °C. Faute d'être confortable, ce serait vivable. Le problème était que son système d'alimentation commencerait à geler à moins 20 °C. À compter de ce moment-là, le convecteur était donc susceptible de lâcher. Auquel cas le froid continuerait d'empirer.

Combien de temps pour atteindre la température fatidique ?

Elle ne parvenait pas à évaluer la vitesse du refroidissement en cours. Apparemment, la température chutait d'environ un degré par heure. À ce train, ils atteindraient le zéro le lendemain. D'autres avaries surviendraient avec le refroidissement : les pompes à air, les distributeurs de vivres tomberaient en panne, des circuits électriques entiers risquaient, par leur dysfonctionnement, de les enfermer dans une coque noire et glaciale.

En extrême limite, ils disposeraient de six ceintures oscillatoires, mais chacune ne pouvait produire que vingt-quatre heures d'air. Une fois leur stock d'énergie épuisé, il n'y aurait pas moyen de recharger les cellules d'oxygène.

Mon Dieu. Elle s'assit et contempla ses instruments.

Il fallait une idée. Or aucune solution raisonnable ne se présentait. Un sentiment de culpabilité naquit tout au fond d'elle. Elle avait beau n'avoir commis aucune erreur manifeste, elle se sentait néanmoins responsable de ses passagers. Vu les circonstances, cette responsabilité pesait lourd.

Lorsqu'elle estima avoir retardé la confrontation au maximum, elle s'écarta de son tableau de bord, inspira profondément et retourna vers le salon.

Carson était absorbé dans ses notes lorsqu'elle entra. Les autres bavardaient, mais leur conversation mourut sur-le-champ.

« Bien, fit-elle. Voici où nous en sommes. » Elle exposa leur situation en s'efforçant de cacher son trouble, comme s'il ne s'agissait que de vulgaires complications, d'inconvénients triviaux. Mais force lui fut de conclure qu'ils seraient morts de froid avant l'arrivée des secours.

Carson la regardait, le stylo en l'air, comme s'il s'apprêtait à prendre des notes. Janet demeura impassible, ses yeux bleus rivés sur le plancher. George et Maggie échangèrent des regards lourds de choses indicibles.

Lorsqu'elle eut achevé son exposé, tous restèrent silencieux. Maggie tapotait ses lèvres de son index, songeuse. Hutch sentait de l'incrédulité chez son auditoire. « Qu'est-ce qu'on fait ? » demanda George.

Janet releva la tête. « Est-ce qu'on pourrait allumer un feu ? L'entretenir ici ?

— Il n'y a rien à brûler », fit Hutch. Jusqu'à leurs vêtements étaient ignifugés.

George jeta un coup d'œil circulaire comme s'il espérait découvrir une pile de bûches. « On va bien trouver quelque chose quelque part.

— Personnellement, je ne vois pas quoi.

— Et il n'y a pas moyen de faire venir des secours avant onze jours ?

— C'est le cas de figure le plus optimiste. » Tout le monde se tourna vers le calendrier. Au mieux, ne rien espérer avant le 4 avril.

« Ça pincera sec, à ce moment-là », fit Maggie.

Carson s'était remis à écrire. Il demanda, sans lever le nez : « Et si on abandonnait le vaisseau ? On pourrait embarquer dans la navette ? Il y a peut-être une planète qu'on pourrait atteindre d'ici ?

— Non, dit Hutch. On dispose d'à peu près une semaine d'oxygène dans la navette. C'est trop peu pour atteindre la seule du secteur qui soit dotée d'une atmosphère respirable.

— Mais est-ce que *toi,* tu as quelque chose à proposer ? » demanda Maggie.

Les pieds dans le plat. « J'aurai les idées plus claires demain matin. Mais oui : peut-être que nous pourrions reconfigurer les robots de cuisine à micro-ondes pour produire de la chaleur. À vrai dire, ça ne devrait pas poser de difficulté majeure. Ce ne sera pas grand-chose, mais toujours mieux que rien. Le problème, c'est que le reste du vaisseau continuerait de refroidir.

— Et alors ?

— Alors les recycleurs s'arrêteront d'abord et la ventilation dans la foulée. » Elle les regarda tous. « Écoutez, nous sommes épuisés. Je suis sûre qu'on trouvera quelque chose. Mais on devrait d'abord prendre du repos.

— Oui, dit Carson. Dormons un peu là-dessus. Les idées viendront mieux demain. »

Hutch se pelotonna sous trois couvertures pendant la nuit. Elle s'agita, se retourna, les yeux ouverts dans l'obscurité. Comment donc se procurer de la chaleur ? En priorité, il fallait maintenir le convecteur en état de marche, mais elle ne voyait pas comment.

À l'aube, elle était toujours éveillée et épuisée. Mais il était temps de cesser de se torturer. Elle posa une couverture sur ses épaules, alla chercher des vêtements propres (elle ne s'était pas déshabillée) et se dirigea sur la pointe des pieds vers la salle de bain. Il restait de l'eau chaude. L'une des premières tâches de la matinée consisterait à en récupérer autant que possible dans l'anneau C.

Elle referma la porte derrière elle et ouvrit les robinets. Lorsqu'elle estima que la pièce était assez chaude, elle quitta sa couverture, ôta ses vêtements et se glissa sous la douche. Elle se savonna rapidement, savourant l'instant. Mais elle continuait de fouiller mentalement le vaisseau à la recherche de conteneurs. Bon sang, c'était un cauchemar.

George, dans la cabine principale, préparait le café, emmitouflé dans une épaisse robe de chambre. « Alors, où en est-on ? » demanda-t-il en lui tendant une tasse. Son optimisme habituel s'était évanoui et elle devinait que lui non plus n'avait pas fermé l'œil de la nuit.

Elle prit la tasse. L'agréable saveur du café rappelait la routine. « Ça va aller. » Elle avait le nez et les oreilles froides.

Il paraissait heureux d'avoir de la compagnie. « Il y a de quoi ne pas en mener large, lança-t-il.

— C'est sûr. »

Hésitant, il demanda : « Des idées ? »

Le reproche involontaire lui fit mal. « Pas encore. »

Au plus profond du vaisseau, une porte chuinta.

Leurs regards se croisèrent. « Qui peut traîner là-bas ? »

Elle jeta un coup d'œil sur une console de contrôle. « Niveau inférieur. Une des soutes.

— Peut-être un des autres, qui ne trouvait pas le sommeil. »

Hutch ouvrit un canal. « Allôôô ? »

Rien.

« Des fantômes, fit-il.

— Je crois plutôt qu'on vient d'entendre un ordinateur qui cafouille. »

D'une voix dont il ne put bannir l'émotion, il demanda : « Hutch, tu connais ce vaisseau comme ta poche. Quelles sont nos chances ? »

Elle le dévisagea un moment. Il émanait de George, en dépit de sa taille, quelque chose d'éternellement enfant : sa beauté encore juvénile, son enthousiasme, ses attentions touchantes pour ne pas la blesser dans une situation – il le comprenait – particulièrement douloureuse pour elle. Et ses efforts pour masquer virilement sa peur. Curieusement, c'était pour lui qu'elle se faisait le plus de souci. « On va trouver une solution, promit-elle.

— D'autre part… »

Hutch se serait bien passée d'apprendre une nouvelle catastrophe. « Quoi donc ?

— Je me suis rendu sur la passerelle de commandement. J'espère que ça ne te dérange pas.

— Non, bien sûr. »

Il opina du chef. « Il n'y a aucun bruit radio nulle part. À part celui qui émane de l'étoile. Et le signal que nous avons suivi.

— Aucun ? Rien du tout ?

— Aucun. Aucune onde d'aucune sorte. » Dans la panique, ils avaient perdu de vue ce qui avait motivé la mission vers Bêta Pa' : la recherche d'une émission radio artificielle.

— Mais on continue de recevoir le signal transmis par le ballon de rugby ?

— Oui, celui-là, on le capte toujours. Mais c'est le seul. Hutch, je ne crois pas qu'il y ait quelqu'un. » Il détourna le regard. « J'ai une question.

— Vas-y.

— Tous autant que nous sommes, nous aimerions découvrir ce dont il s'agit. Je veux parler de la coupe. On ne peut pas rebrousser chemin avec le vaisseau. Mais si on y allait en navette ?

— Non, répondit-elle doucement. On pourrait faire le trajet aller, mais pas revenir jusqu'au vaisseau. » Elle avala sa dernière gorgée de café.

Il la contempla un long moment. « Quelle importance, qu'on revienne ici ou non ? »

Hutch encaissa la question comme un coup. « Ça en fait une », dit-elle.

Quelqu'un arrivait.

Ça en fait une.

Janet apparut sur le seuil, grelottante. « Ça caille drôlement, dit-elle. Hutch, il nous faut des idées. »

Hutch continuait de réfléchir à la navette. « Peut-être que tu as raison », dit-elle. Ils n'avaient nulle part où aller. Ce n'était pas nécessairement une raison pour ne pas utiliser l'*Alpha.*

Hutch réveilla Maggie. « On déménage. »

Maggie se recroquevilla de plus belle dans se couverture, sans lever le regard. « On déménage ? Pour aller où ?

— Dans la navette. Elle est équipée d'un chauffage. Prends tout ton nécessaire. »

Hutch retourna en hâte à sa cabine, rassembla vêtements, serviette, brosse à dents, peigne, tout ce qu'elle put emporter. Elle reviendrait chercher le reste plus tard. À présent, avec cette perspective de chaleur imminente, elle avait l'impression de sentir la température chuter. Claquant des dents, elle s'engouffra dans la cale où se trouvait la navette. Carson arriva en même temps qu'elle.

Elle ouvrit la porte grâce à sa télécommande et grimpa à l'intérieur. Le siège de pilotage était raide et froid. Elle enclencha le chauffage et attendit. George apparut, traînant une valise. « Bonne idée », lança-t-il.

Il jeta son bagage à l'arrière. Les ventilateurs cliquetèrent et de l'air chaud envahit le cockpit. « Alléluia ! » s'écria-t-il. Les autres surgirent et s'engouffrèrent à l'intérieur.

« Fermez la porte, dit Janet en se contorsionnant pour trouver une place dans l'habitacle. Il faut conserver la chaleur.

— Pourquoi est-ce qu'on ne s'est pas précipités ici dès hier soir ? grommela Maggie depuis l'un des fauteuils arrière. Comment n'y a-t-on pas seulement pensé ? »

Janet soufflait sur ses doigts. « Quel soulagement ! Je ne bouge plus jusqu'à l'arrivée des secours.

— La soute sera réchauffée dans quelques minutes, dit Hutch. On va pouvoir s'y installer plus confortablement. »

Ils entassèrent vêtements et trousses de nuit à l'arrière et Hutch fit passer du café.

C'était son premier instant de relâchement depuis leur sortie de l'hyperespace. Elle n'était pas certaine qu'ils fussent tirés d'affaire, n'ayant pas pris le temps de réfléchir à long terme, mais pour l'instant au moins, il faisait de nouveau bon vivre. Leur refuge, gris, exigu et fonctionnel, n'offrirait aucune intimité, mais il leur semblait n'en avoir jamais connu de meilleur.

« Quelle est la situation, au juste ? demanda Carson. Le courant est fourni par le *Wink*, c'est ça ? Ce n'est pas une source très fiable. »

Elle acquiesça. « L'énergie ne devrait pas poser problème. On pourra basculer en interne si nécessaire, mais nous n'aurons pas besoin de grand-chose à part de chauffage et d'éclairage. Les batteries de la navette sont conçues pour permettre d'accomplir des travaux autrement plus exigeants. J'imagine qu'on pourrait tenir six mois ou plus rien qu'en interne. Non qu'il soit question de rester ici aussi longtemps, s'empressa-t-elle d'ajouter.

— Et l'air ? demanda Janet. Combien en a-t-on ?

— Pour cinq personnes ? » L'oxygène était le talon d'Achille. « En nous cantonnant aux réservoirs de la navette, nous serions limités à une semaine. Mais pour l'heure notre air nous vient du *Wink*. On continuera à le pomper tant que ce sera possible. Lorsque tout gèlera, on se branchera sur le système interne. Mais ça devrait aller. En revanche, il y a un certain nombre de tâches à effectuer, et il vaudrait mieux s'en débarrasser avant qu'il ne fasse trop froid dehors.

— Les vivres », fit Janet.

Hutch confirma d'un signe de tête. « Tu t'en charges, d'accord ? Partons du principe que les secours arriveront plutôt en retard.

— Où est-ce qu'on va les stocker ? demanda George. On va manquer de place, là-dedans. Pourquoi ne pas les laisser où ils sont ? On saura où aller les chercher quand on en aura besoin. Ils ne se perdront pas.

— Je ne suis pas sûre que tu comprennes, fit Hutch. On parle de *grands froids*. Je préfère tout emmagasiner ici, où l'on peut contrôler la température, et ne rien laisser au hasard.

— D'accord, fit Carson. Quoi d'autre ?

— De l'eau. Frank, si tu veux bien t'en occuper... » Elle lui expliqua où trouver des bidons puis se tourna vers Maggie. « La soute se subdivise en trois compartiments. Il y a un cabinet de toilette à l'arrière. On va tâcher de l'agrandir et d'aménager les deux autres en pièces de vie. Essayez de voir comment l'équiper au mieux. Oh, si vous pouvez aussi rapporter des serviettes, du savon, de la vaisselle, ça servira. » Elle jeta un regard circulaire. « Je reviens dans un moment.

— Où vas-tu ? demanda Carson.

— Sur la passerelle. Il faut connecter le système de communication du vaisseau à celui de la navette. Une fois reclus ici, on ne saura plus ce qui se passe.

— Ce serait bien d'avoir aussi les ceintures oscillatoires.

— Exact. On en a six en réserve. Je vais les rapporter. Sinon, les gars, accordez-vous quand même cinq minutes avant d'y aller, le temps de dresser une liste de ce qui manque. Tâchez de ne rien oublier. » Elle ouvrit la porte et descendit dans la cale. L'atmosphère lui parut moins froide qu'un moment plus tôt.

À peine quelques pas plus loin, elle huma une odeur de brûlé. « Il y a un incendie quelque part », déclara-t-elle sur la ligne. L'annonce fit sortir précipitamment tout le monde de la navette.

L'odeur émanait d'une des canalisations. Celle du circuit de distribution alimentaire, conclurent-ils assez vite, et, quelques minutes plus tard, tous se trouvaient sur les lieux du sinistre.

L'un des distributeurs avait surchauffé et grillé son installation électrique. Ils essayèrent de le refermer mais le guichet refusa de coulisser et ils durent le déconnecter.

La température avoisinait maintenant zéro, et ils n'étaient vêtus, pour les plus prévoyants, que d'une veste légère. Ils regagnèrent l'*Alpha* transis.

« Je t'accompagne sur la passerelle, fit Carson. Je pense qu'il vaut mieux que tous nos déplacements se fassent à deux désormais. »

Hutch jugea cette précaution pleine de bon sens et allait le lui dire quand Janet consulta sa montre et désigna la fenêtre. « Il fait encore noir », déclara-t-elle.

Il était à cet instant presque sept heures du matin, heure GMT. L'heure du vaisseau.

Les lumières artificielles auraient dû poindre progressivement et simuler la naissance du jour.

De retour à la navette, Hutch effectua d'abord un tour d'horizon technique pour s'assurer qu'elle avait en main le système de communication du *Winckelmann*. Pour faire bonne mesure, elle connecta les instruments de contrôle de bord. Elle se demanda combien de temps les circuits survivraient une fois que le vaisseau aurait commencé à geler. Qui sait si le *Wink* n'allait pas sombrer dans un black-out total ? Dans ce cas, elle devrait sortir dans l'espace avec l'*Alpha* l'après-midi du 4 avril, partant de la supposition que le *Walkyrie* se trouverait dans les parages. Une manœuvre risquée, à bien y réfléchir : si les sauveurs tardaient, elle ne serait pas sûre de pouvoir se connecter de nouveau au réservoir d'air du vaisseau. En outre, la baie s'ouvrirait-elle pour livrer passage à la navette le moment venu ?

Elle consulta l'ordinateur :

> Q. Au rythme de refroidissement actuel, à quelle température et quand la porte de sortie de la navette risque-t-elle de se bloquer ?
>
> R. À 284 degrés centigrades. 19 03 13.

« Oup-là, fit Janet. Le 19 ? Ce n'était pas la semaine dernière ?

— Je crois qu'on peut tirer un trait sur l'ordinateur », fit Hutch.

Le jour se déclencha à 10 h 10 précises. D'un coup, ce fut une lumière crue, violente, le grand midi sans transition. Les passagers dispersés dans le vaisseau en quête de réserves à collecter saluèrent cette brusque illumination avec des bravos ironiques.

Ils s'installèrent aussi confortablement que possible. Ils avaient dévissé des sièges et des tables dans la cabine principale et déniché trois divans qu'ils ramenèrent dans leurs nouveaux quartiers de survie. Ils suspendirent même quelques reproductions aux parois de la soute. Maggie posa un dauphin de cristal sur une des tables et Janet tenta de sauver les quelques plantes disséminées dans le vaisseau. En pure perte, le froid ayant déjà scellé leur sort.

Par mesure de précaution, Hutch déconnecta tous les systèmes auxiliaires. Les anneaux cessèrent de tourner et la gravité artificielle s'arrêta. Il fallut tout arrimer, boire à la paille, et prendre une douche devint une aventure.

Le lundi 28, quatrième jour après la collision, ils reçurent une réponse de Nok. Hutch la lut et la fit passer à la ronde :

> Reçu vos 03/241541Z et 03/241611Z. Malheureusement nous ne disposons d'aucun appareil. Avons transmis votre appel sur fréquence générale à l'attention de l'astronef le plus proche, le vaisseau d'exploration *Ashley Tee*, actuellement en hyper. Arrivée estimée à Bêta Pa' le 11 avril. Répétons : le 11 avril. Bonne chance.

« Mon Dieu, laissa échapper Janet. C'est dans deux semaines. Qu'est-ce qui est arrivé au *Walkyrie* ? »

Hutch s'enfonça dans son fauteuil. « Peut-être ont-ils annulé le vol. Ça arrive lorsqu'il est finalement jugé superflu. À moins qu'il se soit agi d'un problème de maintenance. Qui sait ? Et quelle importance ? »

FORUM BIBLIOTHÈQUE

De toute ma carrière – au cours de laquelle j'ai connu un certain nombre de succès (si je puis me permettre cette pointe d'autosatisfaction) ainsi que plusieurs échecs retentissants – jamais aucun événement ne m'a autant frustrée que me trouver enfermée dans cette navette à l'intérieur du vaisseau Winckelmann, *à quelques millions de kilomètres d'un si fantastique mystère archéologique. Réduite à l'impuissance la plus totale.*

Mes compagnons partagent mes tourments, quoiqu'ils en soient distraits par la question de notre survie. J'ai peur aussi. Mais la coupe m'obnubile. J'aimerais retourner la voir. De quoi s'agit-il ?

Par ailleurs, je voulais noter combien je me félicite que nous ayons Hutchins avec nous. Elle n'est pas toujours facile. Mais je sais qu'elle saura nous sortir de là si c'est possible.

Journal de Margaret Tufu, daté du 29 mars 2203,
publié à titre posthume par Hartley & Co, Londres (2219),
(édition annotée par Janet Allegri).

DIX-NEUF

À bord du RNA Winckelmann, *29 mars, 12 h 18.*

« Il va falloir trouver autre chose. »

La température dans le vaisseau est tombée à -30 °C. Les systèmes électroniques flanchent les uns après les autres. Les conduites d'eau ont gelé depuis longtemps. Hutch, de crainte que les sas ne se bloquent et ne les isolent du reste du vaisseau, a tout laissé ouvert.

Janet a trouvé un robot cuisinier sur le pont C et l'a rapporté à l'*Alpha*. L'engin peut leur préparer des sandwichs, du café et des petits en-cas. Ils ont également récupéré un réfrigérateur.

Le lendemain de la mauvaise nouvelle de Nok, l'éclairage du *Wink* s'éteint. Hutch veut d'abord le réparer, mais se ravise, n'en voyant pas l'intérêt. Ils s'enferment donc dans leur cocon chaud et lumineux, dans le ventre du vaisseau noir.

Et ils commencent à s'inquiéter des réserves d'air. Ils prélèvent toujours leur oxygène et leur énergie dans le réservoir du vaisseau. Mais l'extinction des lumières leur a fait froid dans le dos. N'importe quand désormais, l'alimentation des recycleurs peut tomber en panne, les pompes peuvent geler ou mille autres défaillances les priver d'air. Alors ils devront se rabattre sur les réservoirs de bord et, de cet instant, il ne leur restera plus qu'une semaine. À laquelle s'ajouteront les vingt-quatre heures des ceintures oscillatoires. L'*Ashley Tee* arrivera au mieux treize jours plus tard. Si jamais l'alimentation en air ne tient pas cinq jours au moins, c'est la mort.

Un témoin vert luit sur le tableau de bord, attestant que l'air circule entre le *Wink* et la navette. Si cette circulation s'interrompt – quand elle s'interrompra –, le voyant clignotera, s'éteindra et un signal sonore prendra le relais.

Hutch plonge du regard dans l'obscurité. Les lumières de la navette, filtrées par la verrière du cockpit, éclaboussent le plancher de la cale. « Un peu stressant, pas vrai ? » dit George, rompant un long silence.

Elle acquiesce lentement. « Comme tu dis.

— On va s'en tirer. » Il lui serre une épaule. « Il n'y a rien de plus pénible qu'attendre les bras croisés. »

Quelques minutes plus tard, l'ultime convecteur rend l'âme.

Sans le zoom, on ne voit plus guère la Coupe. Elle dessine une petite tache obscure aux contours flous, comme un trou entre les étoiles. Un puits dans une cité de lumières. Son message radio s'affiche sur un moniteur qu'a connecté Maggie. Carson le regarde, concentré. Un second écran dissèque la télémétrie. De temps à autre, il porte machinalement à ses lèvres une cuillerée d'un bol de céréales coincé entre ses cuisses. À côté de lui, Maggie dort.

Hutch et George disputent une partie d'échecs sur un plateau posé sur un bidon d'eau. Janet lit distraitement tout en suivant le déroulement de la partie (elle affrontera le vainqueur). George grignote un biscuit au chocolat. Ils se sont habitués à l'exiguïté de la soute et s'y sentent presque chez eux.

Pour prendre un peu d'exercice, ils sortent parfois dans la cale. Protégés par leur champ d'énergie oscillante, ils peuvent encore déambuler dans le vaisseau, mais ils devront se passer de ces récréations dès que le vaisseau cessera de les approvisionner, car alors il faudra ponctionner les réserves de la navette pour recharger les capsules d'air portatives.

Ils gardent le silence sur les dangers qu'ils courent. Mais quand ils bavardent pour s'occuper l'esprit, Hutch remarque qu'ils ont tendance à baisser la voix, à chuchoter, un peu comme dans une église. Tout le monde fait mine de croire que le sauvetage n'est qu'une question de temps.

Ils continuent aussi à spéculer à propos de la Coupe. Ils ont localisé le point d'émission au centre de la forme.

« Ce ne peut être qu'une antenne, affirme George en agitant sa tour. Et une transmission radio aussi régulière s'adresse forcément à quelqu'un dans ce système. » Il place sa pièce pour protéger le fou de sa reine, qui est menacé. La partie a beau commencer à peine, elle s'engage mal pour lui. Une fois de plus. « Je me demande si quelqu'un est à l'écoute.

— Je suppose, répond Janet. Quelqu'un doit même venir de temps à autre assurer la maintenance.

— On ne sait pas s'il y a besoin de maintenance », dit Hutch. Elle enfonce un rang de pions avec son fou noir. Un sacrifice. George n'en verra sans doute pas l'utilité. « Ne sous-estimez pas une technologie inconnue », poursuit-elle.

Carson saisit son bol de céréales et l'incline à peu près au même angle que la Coupe. « Hutch, dit-il, est-ce qu'il y a eu une quelconque interférence quand nous avons transpercé l'objet ? Est-ce qu'il a paru prendre en compte notre présence ?

— Sais pas. Je n'enregistrais pas le signal. Je n'en voyais pas l'utilité, à ce moment-là. »

Janet adresse un sourire poli à George en secouant la tête. « Tu es cuit, dit-elle.

— Pourquoi est-il si gros ? demande Hutch.

— Peut-être que c'est davantage qu'un relais, suggère George.

— Qu'est-ce que ça pourrait être d'autre ?

— Un télescope peut-être. Quelque chose de comparable au réseau Tindle. Mais à plus grande échelle.

— Drôlement plus grande alors, dit Carson. Avec un télescope de cette taille, on pourrait voir quelqu'un frotter une allumette au-delà du Vacuum.

— À toi », fait Hutch, tout sourire.

George considère l'échiquier en se reculant, hausse les épaules et couche son roi.

« S'il s'agissait effectivement d'un télescope, il serait solide, pas vrai ? On allait à combien ? Mettons cinquante mille kilomètres-heure. On aurait été pulvérisés.

— Ça dépend, dit Carson. Faudrait voir de quoi c'est fait. »

Janet positionne ses pièces et fait pivoter l'échiquier pour donner les noirs à Hutch. « Il y a autre chose. Supposez que vous ayez une antenne de cette taille, vous la tournez comment ?

— Quoi ?

— Si c'est un télescope, comment l'orientez-vous ? Vu sa taille, toute tentative pour le déplacer risquerait de l'endommager, à mon avis.

— Peut-être qu'il n'y avait pas besoin de le tourner, hasarde George. Peut-être qu'on l'a conçu pour observer quelque chose qui ne bouge pas beaucoup. Quelque chose de quasiment immobile.

— Je n'arrive à imaginer comment ce truc a été construit. » C'est la voix de Maggie.

« Je croyais que tu dormais. » Le sourire de Carson est presque paternel. « *Si* c'est un télescope et qu'il est orienté de façon permanente… à votre avis, il est braqué sur quoi ? » Il rallume son écran et recherche sur l'ordinateur.

Maggie se lève et s'étire.

Janet, la seule adversaire de Hutch susceptible de lui donner du fil à retordre, ouvre comme à son habitude par un C4 classique. Hutch se demande comment une femme d'un tel tempérament, si téméraire, peut opter pour une ouverture si posée, méthodique, prudente.

« Rien, lance Carson. Il n'y a rien dans sa ligne de mire.

— Il y a longtemps qu'il est là, intervient Maggie. Fais une projection à 10000 avant notre ère et jette un coup d'œil. »

George s'empare du livre de Janet. Il s'agit d'un roman historique dont l'intrigue se déroule juste après l'effondrement des USA. Il le feuillette.

Carson obtient un résultat et esquisse un sourire. « Le Petit Nuage de Magellan. Intéressant.

— Pourquoi ? demande George.

— C'est l'objet le plus proche hors de notre Galaxie, explique Hutch.

— Difficile de croire, fait remarquer Janet, qu'on puisse construire un observatoire aussi monstrueux pour une seule cible astronomique. Franchement, ça paraît démesuré. »

George fronce les sourcils. « Je croyais que la galaxie la plus proche était celle d'Andromède.

— Andromède est la plus proche parmi les grandes, répond Hutch. Elle se trouve à deux millions d'années-lumière. Mais les Nuages de Magellan – il y en a deux – ne sont qu'à un dixième de cette distance. »

Maggie se frotte les yeux. « Je suis plus intéressée par ce qui se trouve de l'autre côté. Vous avez parlé d'une planète avec une atmosphère respirable à l'intérieur de la biozone. À quoi ressemble-t-elle ?

— Nous avons peu de détails, dit Hutch. Les capteurs sont salement amochés. Les températures de cette planète sont comparables à celles de la Terre. Elle a des océans d'eau. Elle abrite de la vie mais on n'y a détecté aucune émission électromagnétique. Voilà ce qu'on sait de sûr. »

À l'instant où Janet ouvre la bouche pour intervenir, la lumière vacille et faiblit sans toutefois s'éteindre.

Hutch pointe la tête dans le cockpit. Le voyant vert de l'oxygène brille toujours. « Ça va », dit-elle.

Quelques moments plus tard, l'éclairage se rétablit.

Aucun d'eux ne dort à poings fermés. Tous s'agitent, se retournent, se rendent inutilement aux toilettes et lisent jusque tard dans la nuit. Ils ont trois divans pour s'étendre. Ils font quelques manières au début ; d'abord les hommes insistent pour dormir sur le plancher. Hutch, par tradition, a décliné le canapé et annoncé son intention de dormir dans son siège de pilote ; quant à Janet et Maggie, elles refusent tout net de faire l'objet d'un traitement de faveur. Pour finir, ils décident de mettre en place un roulement. Chacun passera trois nuits sur un divan pour deux dans le cockpit.

Malgré leurs provisions restreintes, ils ont tendance à trop manger. Désormais, ils sortent rarement se dégourdir les jambes et restent toujours près de la navette. Les longues coursives obscures du vaisseau les angoissent.

Hutch apprend que Janet a été militante pacifiste pendant les Conflits arabes, qu'elle a manifesté devant le Conseil mondial régulièrement et qu'on l'a mise en prison à New York et à Bagdad. « À New York, on faisait tache dans les cellules, dit-elle. Ça énervait les flics. On avait un bon service de relations publiques, dès le lendemain de notre arrestation les journalistes arrivaient pour prendre des photos. Ce n'était pas du meilleur effet, tous ces citoyens respectables en taule. Les gens se mobilisaient facilement, à l'époque. »

Hutch se rend bientôt compte qu'en dépit de ses airs impassibles et de ses remarquables états de service Frank Carson n'est pas sûr de lui. Il a besoin de l'approbation d'autrui et son titre de chef de mission lui pèse. Il est soulagé, elle le sent, que l'accident se soit produit à bord, dans son champ de responsabilité à elle. Pour cette raison peut-être, il est particulièrement attentionné à son égard, mais cette attitude trahit que, de son point de vue, elle a failli. Hutch se contient pour ne pas réagir. Elle remet en cause ses compétences et n'a aucune envie que quelqu'un d'autre se mêle de cette introspection. En outre, la compassion l'agace assez vite.

George se rapproche d'elle. De temps à autre, quand il plaisante sur la promiscuité ou les avantages du célibat (« On garde les idées claires »), Hutch détecte de la passion dans son regard. Ses propres émotions la chamboulent. Elle adore sa compagnie ; c'en est d'autant plus frustrant qu'ils ne peuvent apprécier un peu d'intimité qu'à condition de sortir se promener, autrement dit en affichant ouvertement qu'il y a quelque chose entre eux.

Maggie, quant à elle, fustige volontiers la bêtise des hommes. « Ça va quand ils sont seuls, dit-elle. Mais qu'une femme paraisse et leur QI dégringole à trente. » Elle prétend plaisanter, mais tout le monde soupçonne qu'elle souffre d'une blessure encore mal refermée. Personne ne se vexe.

À 11 h 06 GMT, jeudi 31 mars, soit précisément une semaine après la collision, l'alarme se déclenche. Hutch déboucle sa ceinture, mais Carson la retient. « C'est bon, j'y vais. » Il se laisse flotter jusqu'au tableau de bord.

Nul ne trouble le silence. Ils l'entendent, depuis la soute, pianoter sur les consoles. « La pression d'air diminue, déclare-t-il. On n'en reçoit plus beaucoup.

— Allons jeter un coup d'œil », propose Hutch.

La canalisation qui connecte l'*Alpha* aux pompes du vaisseau s'est fissurée. Une cascade de vapeur tombe, cristallise et s'étiole.

« J'aurais imaginé, dit Carson, que tout l'équipement de la cale d'une navette était prévu pour résister au froid.

— Il y a des limites, répond Hutch. Cet espace n'est pas conçu pour être exposé à de telles températures en permanence. » Du givre nappe le pont et les équipements. Promenant sa lampe, elle voit de fines particules blanches qui flottent dans le faisceau lumineux. Hutch examine le tuyau. « On a quelques tubes de réserve. On va le remplacer. »

Il fait maintenant -77 °C.

Ils jouent au bridge ce soir-là, prenant le rôle du mort tour à tour. Les parties se prolongent plus que de coutume et, quand ils rangent les cartes, nul n'a sommeil.

Hutch a droit à l'un des canapés. C'est plus confortable que le siège filet à l'avant, mais elle doit néanmoins s'attacher pour éviter de partir à la dérive en flottant.

« Dire qu'un de ces quatre, fait George, on se retrouvera tous au Mogambo pour se remémorer tout ça. » Il laisse planer le mystère sur ce qu'est le Mogambo.

« J'espère », dit Hutch. Les lumières sont éteintes.

« Tu verras, dit-il. Un jour viendra où tu voudras tout donner pour être en mesure de revivre cette nuit. »

La remarque la surprend. Elle cadre mal avec son caractère. « J'en doute », répond-elle. Elle croit qu'il va ajouter quelque chose, mais il la laisse conclure d'elle-même où il veut en venir. Maggie est la troisième occupante de la soute. Impossible de l'ignorer, même si Hutch devine qu'elle meurt d'envie de disparaître sous ses couvertures. La pauvre. « Bonne nuit, George », dit-elle. À quoi elle ajoute dans un inaudible soupir : « Peut-être. »

La canalisation cède de nouveau le lendemain matin, au moment même où Hutch se lève. Carson l'attend dans le cockpit.

Ils sortent dans la cale en emportant des lampes et démontent le conduit pour en remplacer une nouvelle section. Tandis qu'ils travaillent, Hutch se sent soudain étreinte d'angoisse. « Quelque chose qui cloche, dit-elle.

— Quoi ? » demande Carson.

Elle met une minute à répondre. « Plus de courant. »

Le sempiternel bourdonnement électronique du vaisseau s'est tu.

« Hé ! » C'est la voix de George qui émane de la navette. « On a une palanquée de voyants rouges ici.

— J'arrive, répond Hutch qui ajoute, se tournant vers Carson : Panne des pompes. Il va falloir passer en alimentation interne.

— Il est trop tôt.

— Je sais. »

« Bien, dit Maggie. Tels que nous sommes, nous viderons les dernières réserves d'air le 8 avril. À quelques heures près. Les unités d'oxygène portatives nous amèneront jusqu'au 9. La cavalerie arrivera ici deux jours plus tard. »

Au mieux.

Une batterie de secours continue de leur transmettre les communications du vaisseau. Pour le reste, l'astronef est mort.

« Les réservoirs sont pleins », dit George.

Hutch acquiesce. « Sans pompe en état de marche, ça ne nous avance à rien. »

George, peut-être pour la première fois, voit les choses sous leur jour terriblement noir. Il est très pâle. « Est-ce qu'on pourrait les faire fonctionner manuellement ? »

Elle secoue la tête.

« Je vais vous dire une chose, dit Janet. Si on doit mourir, je n'ai pas envie que ce soit là-dedans. Plutôt partir dans l'espace, sortir de ce mausolée.

— On pourrait, dit Hutch. Mais si les secours arrivent, le *Wink* sera beaucoup plus facilement repérable que l'*Alpha*. »

Elle aussi paraît salement démoralisée.

George rive son regard sur elle. « Il y a forcément un moyen…

— Et Kosmik ? demande Maggie. Quraqua se trouve plus près que Nok. »

Hutch ramène ses genoux sous son menton. « Je leur ai demandé de l'aide dix minutes après avoir reçu la réponse de Nok.

D'ailleurs ils avaient sûrement reçu les appels de détresse initiaux. Tout comme ils ont sans doute capté la réponse de Nok. En imaginant le meilleur concours de circonstances – ils ont compris que nous étions vraiment en danger, ils avaient justement un vaisseau disponible et l'ont envoyé sitôt qu'ils ont intercepté la réponse de Nok –, ils arriveront sans doute un peu plus tôt que l'*Ashley Tee.* Mais guère. Le voyage par bond demande huit jours. Il leur en faudra un de plus pour nous localiser une fois dans les parages. Au moins.

— On sera morts quand même », conclut George.

Maggie dessine des motifs abstraits sur son bloc lumineux. « Je n'ai pas peur de proposer des solutions radicales. » Elle détache chaque syllabe, comme si elle lisait un texte. « On peut considérer que nous disposons d'un total de quarante jours d'oxygène à diviser comme il nous plaira. »

Le regard de Carson jette des éclairs.

« Je ne recommande rien, reprend-elle. Mais on pourrait réfléchir à la question. »

Quatre personnes pourraient tenir dix jours. Avec un peu de chance…

Sans doute lit-elle l'expression de Hutch, car elle ajoute : « Je suis désolée. Mais, vraiment, la chance n'est pas avec nous dans cette mission.

— Il y a une solution que nous n'avons pas évoquée, avance Carson. Les Bâtisseurs de Monuments. On connaît leur adresse. Peut-être que nous n'avons pas encore frappé à la bonne porte. »

Les différentes antennes ne répondent pas. Hutch et Carson sortent sur la coque et trouvent ce à quoi ils s'attendaient : les capteurs ont été endommagés lors de la collision. Ils effectuent des réparations de fortune et installent un système de réglage qu'ils ont démonté sur la passerelle de commandement. Ils sortent également un émetteur portatif, un survolteur et ils connectent les différents appareils. Le signal est préenregistré. Il s'agit d'un simple S.O.S. qu'ils émettront sur les multiples fréquences employées par la Coupe. Les extraterrestres de ce système – s'il y en a – ne déchiffreront peut-être pas le message, mais au moins son caractère artificiel piquera-t-il sans doute leur curiosité. Et – qui sait ? – les incitera-t-il peut-être à venir voir. Il s'agit de mesures désespérées, et personne ne croit vraiment en leur réussite. Mais c'est leur ultime espoir.

Ils scrutent ce ciel schizoïde que l'on peut contempler n'importe où le long du bras d'Orion : une tapisserie d'étoiles à bâbord et un fleuve noir à tribord, au-delà duquel on voit luire une rive lointaine.

« Prête ? »

La voix de Carson la tire de sa rêverie. Elle met en marche l'émetteur.

Carson opine du chef. « C'est bon, je l'entends. » Au-dessus d'eux, la lumière déversée par la trappe ouverte de la cale illumine l'intrados de l'anneau A.

Elle bourre ses outils dans sa sacoche. Carson, debout, regarde les constellations se lever et disparaître derrière l'horizon arrondi du vaisseau. Sur ce fond étoilé, sa silhouette pourrait évoquer celle d'un personnage héroïque. Mais il porte un pull blanc avec une poche de poitrine ornée d'une ancre et un pantalon de corvée. Malgré le décor grandiose, on le dirait sorti pour une petite promenade du soir.

Pendant toute la durée de l'opération, Hutch ne peut s'empêcher de songer au calcul de Maggie. *Quatre personnes pourraient s'en tirer.*

Ce soir-là, Hutch se rive devant les boutons de la console de communication principale. La tête ailleurs, accablée, elle se laisse aller à la peur et au découragement, quand une odeur de café toute proche lui fait prendre conscience qu'elle n'est pas seule.

Maggie.

« Ça va ? » Elle s'exprime sur un ton posé, soigneusement contrôlé.

« J'ai connu mieux.

— Moi aussi. » Elle a quelque chose à dire, mais Hutch sait qu'elle aura besoin de temps pour en venir au fait.

Elles contemplent le cosmos par la baie. « À l'heure qu'il est, les Bâtisseurs de Monuments savent qu'on est là. S'ils existent. » Maggie porte sa tasse à ses lèvres.

« Exact.

— Tu sais, c'est le premier vestige en état de fonctionnement que nous ayons découvert. Où que ce soit.

— Je sais.

— C'est un voyage historique. » Nouvelle gorgée de café. Maggie est nerveuse. « On n'a pas fini d'écrire sur nous. »

Hutch songe qu'elle s'en passerait bien : on va la classer avec les capitaines du *Titanic* et du *Royal.*

« Ça t'est déjà arrivé de te trouver vraiment dans de sales draps ? demande Maggie. Une situation aussi critique que celle-ci ?

— Non, pas aussi critique.

— Moi non plus. » Pause. « Je crois qu'on ne s'en tirera pas. »

Hutch s'abstient de répondre.

Maggie détourne le regard. « J'imagine que toute l'épreuve est encore plus pénible pour toi que pour nous autres.

— Ce n'est facile pour personne.

— Non, c'est vrai. » Son visage est masqué par l'ombre. « Écoute, je sais que tu te sens coupable.

— Ça va. » La voix de Hutch chevrote. Les larmes montent. Elle voudrait demander à Maggie de partir.

« Ce n'est la faute de personne. »

Maggie lui caresse la joue; c'est plus qu'elle ne peut endurer. « Je me sens si impuissante, avoue-t-elle.

— Je sais », fit Maggie.

Janet Allegri. Journal de bord.

2 avril 2203

Drôles de circonstances pour commencer un journal de bord. Je n'en avais jamais tenu ni même envisagé, et il se peut que j'aie le moral au plus bas dans les jours à venir. Pourtant, tous les soirs, je regarde Maggie écrire dans son bloc lumineux. Elle paraît toujours plus apaisée ensuite. Dieu sait que j'éprouve une trouille terrible et le besoin de m'épancher auprès de quelqu'un.

J'ai la sensation que je devrais faire quelque chose. Rédiger mon testament peut-être. J'ai repoussé le moment de m'atteler à cette corvée : je n'y arrive pas, tout bonnement. Pas maintenant. J'aurais l'impression de baisser les bras.

Je devrais sans doute effectuer quelques enregistrements. Il y a des gens à qui je me dois de dire adieu. Au cas où. Mais je ne me sens pas prête pour cela non plus.

J'ai beaucoup réfléchi à ma vie ces derniers jours, et je dois reconnaître que je ne vois pas quel sens elle a. Je me suis plutôt bien débrouillée sur un plan professionnel et j'ai pris du bon temps. Peut-être ne faut-il rien demander de plus. Mais ce soir je songe à ce que je n'ai pas réalisé. Ce que je n'ai même pas tenté par peur de l'échec. Ce que je n'ai pas creusé. Dieu merci, j'ai eu la chance d'aider Hutch à larguer sa boule de mousse. J'espère que ça se saura. Voilà une de mes actions dont j'aimerais qu'on se souvienne.

(Aucun ajout n'est venu compléter ce « journal de bord ».)

Il va falloir que l'un de nous y passe.

Hutch est de canapé ce soir-là, mais le sommeil la fuit. Or, s'il faut en venir à cette extrémité, *alors le plus tôt sera le mieux*. Et malgré l'horreur que lui inspire cette perspective, malgré les larmes qui lui mouillent les joues et la peur qui la paralyse, elle comprend qu'elle ne pourra faire fi des vieilles traditions : passer après ses passagers, quel qu'en soit le prix.

Sans elle, ils pourront s'en tirer.

Chaque bouffée d'air qu'elle inspire réduit leurs chances de survie.

Au milieu de la nuit, elle se retrouve dans son siège de pilote, sans trop savoir comment elle y est parvenue. À l'extérieur, la cale s'étend, noire, silencieuse. Les voyants du cockpit diffusent une lueur sur les bras d'amarrage. Des flocons de neige dérivent dans le faisceau des lampes.

Les réserves d'air du vaisseau gèlent.

C'est le moment. Maintenant, finis-en. Dans la dignité.

L'*Alpha* compte deux réservoirs d'oxygène. L'un plein et l'autre déjà entamé d'un huitième.

Peut-être devrait-elle attendre le matin. Quand elle aura les idées claires. Peut-être un de ses compagnons trouvera-t-il les mots pour la dissuader. Peut-être y aura-t-il un autre volontaire.

Elle se raisonne.

Il faut y aller.

Une décharge de pulseur et c'en sera fini.

Elle se lève, ouvre le casier de stockage derrière les deux sièges. Les pulseurs, leur canon orange monté sur fût blanc, luisent dans la clarté diffuse. Vu leur poids modeste, même une femme de la taille de Hutch peut les manipuler. Conçus d'abord comme outils, ils peuvent servir d'armes au besoin.

Elle en saisit un, presque machinalement, actionne le cran de sécurité puis, lorsque le témoin orange passe au vert, pose la crosse sur sa cuisse. Métal brillant et poignée noire. Elle le redresse, non pour passer à l'acte sur-le-champ mais plutôt se procurer des sensations. Elle presse la gueule du canon sur son sein gauche. Son index s'enroule autour de la gâchette. Et à nouveau les larmes montent.

Maintenant.

Les flocons de neige en suspension deviennent flous. *Attention. Si tu rates ton coup, tu risques de transpercer la coque de la navette. Et alors personne n'en réchappera.*

Elle se rend soudain compte que c'est ce qui arrivera d'une manière ou d'une autre, l'arme ayant une portée trop longue pour garantir que l'habitacle ne subira aucun dommage. Elle va devoir sortir dans la cale pour ne prendre aucun risque.

George, où es-tu ?

Elle repose l'arme.

Ils ont discuté de leurs perspectives avant l'extinction des feux. À présent, tous comprennent que quatre personnes auraient de fortes chances de s'en tirer. Mais qu'à cinq ils n'en ont aucune. Hutch s'est peu exprimée. Carson s'est fait le porte-parole du point de vue hautement vertueux : *Je refuse la mort de l'un d'entre nous pour prix de mon salut.* Personne ne l'a désapprouvé ouvertement, mais Hutch a bien deviné ce que chacun a pensé et continue d'espérer secrètement.

Peut-être auront-ils de la chance : peut-être le S.O.S. attirera-t-il les Bâtisseurs de Monuments. Peut-être qu'en dormant beaucoup ils parviendront à économiser de l'oxygène. Si certains d'entre eux éprouvent de la rancune à son égard, nul ne l'a laissé paraître. Mais elle sent le poids de leurs regards et sait interpréter les inflexions qui parfois leur échappent.

Janet a proposé de s'en remettre au destin. *Écrire le nom de chacun sur un morceau de papier, mettre le tout dans une boîte et tirer au sort.*

Ils ont échangé des regards coupables. Et les yeux de George, trouvant ceux de Hutch, lui ont exprimé sa conviction intime : *Nous n'en arriverons pas à une pareille extrémité.*

Mais dans ceux de Maggie elle a lu : *S'il faut en passer par là, alors il faut agir vite. Faute de quoi, deux d'entre nous devront partir plus tard.*

Pour finir, ils ont repoussé la discussion au lendemain.

Mais Hutch ne se voit d'aucune façon affronter ce tribunal. Elle se relève, s'empare d'un harnais oscillatoire, ferme le sas, le dépressurise et ouvre. Des flocons de neige flottent devant ses yeux. Ou plutôt ce sont comme des paillettes en suspens dans l'atmosphère gelée. La température a chuté davantage et plus rapidement qu'ils ne l'ont calculé.

Gardant d'une main le pulseur plaqué contre le corps, elle sort de la navette. Le plancher crisse sous les semelles magnétiques de ses bottes. Des paillettes adhèrent aux surfaces métalliques. Elle pourrait s'imaginer de retour chez elle, sous un ciel lourd, devant un champ recouvert de givre allant se perdre dans le noir.

Elle verrouille le cockpit avec sa télécommande. Les lampes clignotent et s'éteignent, indiquant le rétablissement du chauffage et de l'aération.

Au revoir.

Elle traverse la cale. Derrière un des conteneurs de stockage : ce sera parfait. Dans un coin. La bienséance impose qu'elle ne se donne pas en spectacle. Elle parvient à esquisser un sourire.

Les casiers à équipement, rayonnages et consoles défilent dans son sillage tourbillonnant.

Elle allume sa lampe de poignet et baisse le faisceau. Son imagination la transporte dans les forêts de Pennsylvanie où elle jouait vingt ans plus tôt.

Il n'y a pas d'étoiles et l'orage couve au-dessus des arbres, lourd, moite et silencieux. Elle s'avance lentement sur le pont et s'arrête derrière une rangée de cabines de stockage. *Là.*

Une simple pression sur la détente.

Ne pas endommager le harnais oscillatoire. Ni la réserve d'air. Éviter la poitrine et tirer plutôt dans la tête. Débrancher au préalable le champ d'énergie, peut-être. Il n'arrêterait pas le rayon du pulseur mais risquerait de le dévier partiellement.

La neige dérive mollement devant sa lampe.

Elle consulte les indicateurs à son poignet et lève l'arme.

Repousser le cran, puis presser la gâchette.

Neige.

Neige !

L'idée la submerge soudain. *Oui.* Elle tend les mains dans les flocons. Ils s'agitent en un ballet tournoyant. Certains se posent sur sa paume. Ils ne fondent pas, bien sûr, mais demeurent doux et blancs sur la carnation de sa peau.

Oui !

Quelques heures plus tard, Hutch et George sortent de la navette et ouvrent les portes coulissantes de la cale. (Lorsqu'ils se touchent, leurs champs scintillent.) Puisque tous les autres sas, écoutilles et portes du *Wink* béent sur l'espace, le peu de chaleur restant dans le vaisseau a tôt fait de se dissiper.

C'est une journée de liesse et Hutch déborde d'amour pour tout le monde. Elle exécute un salto en revenant vers l'*Alpha*, ce qui lui vaut un rappel à l'ordre de Carson : prudence de rigueur, gravité zéro, bottes magnétiques indispensables, etc.

George remarque les traces qu'elle a laissées le matin même et qui semblent s'égarer. Il fronce les sourcils et lui adresse un regard inquiet, mais ne pose aucune question.

Et quand Hutch, des années plus tard, évoquera sans complaisance son aveuglement prolongé durant la mission de Bêta Pa', elle ne racontera à personne sa sortie nocturne. Du reste, elle-même ne saura jamais vraiment si elle aurait appuyé sur la détente.

Trois jours plus tard, le réservoir d'air de tribord s'étant vidé, Hutch branche celui de bâbord.

Excepté Maggie (ils ont institué la règle que la navette ne doit jamais rester inoccupée), tout le monde, pourvu d'un quelconque récipient – seau, bassine ou boîtier de plastène –, s'avance sur la passerelle de maintenance du *Wink*. Ils démontent les châssis et les coffres de protection, remisent à l'écart les différentes pièces et parviennent à s'ouvrir un accès jusqu'aux trois réservoirs d'air principaux du vaisseau.

Hutch choisit celui du milieu et, toute petite devant l'énorme masse, se campe près de la valve qui le connecte aux recycleurs. « Reculez-vous tous, dit-elle. Il doit rester de la pression là-dedans. » Elle décroche le pulseur de sa ceinture à outils et le braque sur la jointure du raccordement, tout contre le réservoir. Avec une sensation de bien-être infini, elle appuie sur la détente. Un faisceau jaune attaque le métal ; un jet de vapeur monte et s'agglomère en un nuage pâle.

« Ça marche ? demande Carson.

— Espérons-le. » Hutch vient se poster devant un flanc du réservoir et règle la puissance de son arme.

George se glisse près d'elle. « Une seconde ! l'arrête-t-il. Si jamais il reste encore un peu de pression, ce truc t'explosera à la figure. »

Elle acquiesce. « Je sais. Mais je pense que c'est bon. »

Il veut saisir l'outil mais elle s'écarte de lui.

« Laisse-moi faire, insiste-t-il. Va attendre près de la porte.

— Certainement pas. Allez, dégage, George. » Elle appuie sur la détente.

Le rayon entre en contact avec le plastène qui se boursoufle puis se désagrège. Hutch travaille sereinement. Ça va marcher.

Elle s'interrompt de nouveau pour affiner le réglage du pulseur et reprend son ouvrage. Bientôt le réservoir fait entendre un craquement et une fissure s'y ouvre. Elle l'agrandit et un de ses compagnons vient l'éclairer, puis braque sa lampe à l'intérieur.

On aperçoit comme des monceaux de neige. De l'atmosphère gelée. Cette neige, d'un blanc bleuté, scintille et luit.

Ils remplissent leurs récipients, retournent dans la soute de la navette et les montent dans le cockpit de l'*Alpha*. Puis ils transvasent leur contenu dans le réservoir vide de tribord. Lorsqu'ils en ont emmagasiné suffisamment, ils referment le réservoir. Plusieurs récipients demeurent sur le pont, à l'extérieur.

Alors ils fêtent l'événement.

Et quand, tard dans la nuit, bien après que la fête a pris fin, George et Hutch pensent les autres endormis, ils s'isolent dans le cockpit et se donnent l'un à l'autre pour la seconde fois.

Bien sûr, tout le monde est au courant.

FORUM BIBLIOTHÈQUE

J'ai remonté la rivière par bonne brise
Pour découvrir des régions, des gens et des idées ;
J'ai vu bien des pays, franchi bien des caps
et bravé des dangers.
Mais quand je me rappelle tous ces lieux,
Tous ces beaux paysages que j'ai vus,
Je me rends compte que tu es la seule rive
Vers laquelle mon chemin jamais n'a dévié.

Henry Thoreau.

Tiré de *Une semaine sur la Concorde et les affluents du Merrimack* (copié dans ses notes par George Hackett, 5 avril 2203).

VINGT

Aux environs de Bêta Pacifica. Vendredi 8 avril, 21 h 30.

Mélanie Truscott surgit à la rescousse le quinzième jour après la collision. Elle arriva à bord du *Catherine Perth*, un cargo flambant neuf aux belles lignes aérodynamiques, duquel elle dépêcha une navette pour les récupérer.

L'engin de transfert appartenait à la nouvelle génération du type Trimmer, conçu originellement pour transporter des équipements lourds. Comme il était trop gros pour entrer dans le *Wink*, le pilote le positionna le long de la porte de la cale. Un câble fut mis en place. L'évacuation n'inspira de tristesse à personne. Maggie, sur le point de sortir, s'estima heureuse qu'ils n'aient pas vu arriver les extraterrestres.

Le pilote de la navette, un homme entre deux âges au teint hâlé, portait une combinaison Kosmik vert vif. Il les accueillit à l'entrée de la soute, souriant et serrant la main à chaque nouvel arrivant. « Content de vous voir, ça va ? » Il avait un vague accent du Midwest. « Jake Dickenson. Si vous avez besoin de quoi que ce soit, faites-moi signe. Il y a du café de prêt. »

Lorsqu'ils furent tous à bord et sanglés dans leur fauteuil, il leur demanda leur nom et l'enregistra sur un bloc lumineux. « Le vol sera court », annonça-t-il en battant en retraite vers le cockpit, le bloc calé sous le bras. Hutch essaya de repérer le *Perth* dans le champ d'étoiles lors de la manœuvre qui les éloigna du *Winckelmann*, mais en vain.

Ils débarquèrent quatre heures plus tard et furent reçus par un Harvey Sill vêtu d'une chemise blanche sans col de deux tailles trop petite pour lui. Il semblait moins grand que sur l'écran de plafond de Hutch. Mais à tous les autres égards il était plus gros. Quelque chose en lui évoquait le rhinocéros, physiquement et mentalement. Sa voix tonnait et une sorte de raideur transpirait de toute sa personne. Il ne cherchait pas à cacher combien devoir sauver cette équipe d'incompétents le navrait.

Il se fendit d'un salut protocolaire envers Carson et Janet qu'il connaissait, fronça un sourcil devant Hutch comme s'il se rappelait vaguement l'avoir déjà vue quelque part et ignora franchement les autres. « Veuillez me suivre », grogna-t-il, et il s'éloigna à grands pas.

Le *Perth* ramenait sur la Terre une centaine de techniciens du projet Espoir ainsi que leur équipement. Le *Winckelmann*, en comparaison, paraissait ridiculement petit. Ce vaisseau ressemblait à une petite ville. Dans tous ses salons ou cabines, on trouvait du monde. « Vous avez eu de la chance, fit Sill, en temps ordinaire nous n'aurions pas eu de vaisseau disponible. » À l'entendre, ils auraient mérité d'y rester.

« Décidément, il n'y a pas de justice », fit Hutch avec un rictus.

Ils le suivirent jusqu'à une salle de conférence qui, au regard de l'aménagement spartiate des astronefs de l'Académie, méritait le qualificatif de luxueuse. Le long des cloisons recouvertes d'agréables panneaux couleur noisette s'égrenaient des portraits hiératiques. Le logo de la firme Kosmik figurait entre deux drapeaux de corporations. Une porte moulurée était enchâssée dans la cloison à l'autre extrémité de la salle, derrière la large table de conférence. Sill leur désigna les chaises. « Asseyez-vous, fit-il. La directrice désire vous parler, ensuite nous vous montrerons vos quartiers. »

Il tourna les talons et s'en alla.

« Je me demande, fit Janet, si je ne préférerais pas regagner le *Wink*. »

Quelques minutes plus tard, la porte moulurée s'ouvrit et Mélanie Truscott entra. Elle portait un surtout Kosmik dépourvu d'ornementation.

Elle se planta devant Carson, sourit poliment et lui tendit la main. « Heureuse de vous revoir », Frank, dit-elle.

Carson gardait un visage de marbre, mais Hutch devinait son embarras. « Nous vous sommes reconnaissants de votre intervention, Mélanie. »

La directrice passa rapidement les autres en revue. « Je sais que vous venez de traverser des moments difficiles. Je suis heureuse de pouvoir vous aider. » Elle se tourna vers Janet. « Nous nous sommes déjà rencontrées ?

— Je ne crois pas. Docteur Janet Allegri. Je faisais partie de l'équipe du temple.

— Bienvenue à bord du *Perth*, docteur Allegri. » Elle prononça le nom du vaisseau en lui donnant une légère inflexion, comme pour le faire paraître amusant.

Maggie était la suivante. « Vous, en revanche, je vous ai déjà croisée. Maggie...

— Tufu.

— Vous êtes la cryptographe.

— Exophilologue.

— Ça revient au même. » Les yeux de Truscott s'étrécirent. « C'est à cause de vous qu'ils sont restés trop longtemps. »

Hutch eut l'impression que tout le monde retenait son souffle. Mais la remarque avait été dite sur un ton neutre : c'était une évidence plutôt qu'un jugement.

« Oui, fit Maggie. C'est sans doute vrai. »

Truscott s'assit, non au bout de la table qu'ils avaient inconsciemment laissée libre, mais entre George et Janet. « Tout ne se déroule pas toujours comme on le souhaiterait », fit-elle. Puis, tournant les yeux vers Hutch : « Et vous êtes la pilote ?

— Oui.

— Je vous connais, vous aussi. Hutchins, il me semble.

— Exact. Vous avez bonne mémoire, docteur Truscott.

— Les relations publiques entrent en grande part dans mon métier. » Elle darda son regard dans celui de Hutch. « Qu'est-ce qui est arrivé à votre vaisseau, le *Wink* ?

— Nous sommes sortis de notre bond au mauvais endroit. » Elle observa Carson. *Jusqu'à quel point faut-il la mettre au courant ?*

« Qu'est-ce que vous voulez dire ? »

Carson lui adressa un signe encourageant. « Il se trouve là-bas un objet dont la masse est indécelable, expliqua-t-elle. Nous avons surgi pile en face. »

Truscott opina du chef. « Sans doute un des télescopes.

— *Un des ?* la reprit Maggie.

— Eh oui. Il y en a huit au total, à ce que nous croyons, bien que nous n'en ayons localisé que cinq pour l'instant. Ils forment un réseau. » Elle aurait prétendu avoir rencontré un vol d'oies sauvages que Hutch n'aurait pas manifesté plus de surprise. Il ne lui avait jamais effleuré l'esprit que ce monstre pouvait avoir des jumeaux.

« Où sont les autres ? » demanda-t-elle.

La lumière tamisée adoucissait les traits de Truscott. Elle avait dû être superbe dans sa jeunesse. « Tous sur la même orbite. » Un steward entra et apporta un plateau chargé de sandwichs, de vin et de jus de fruits. « Une réalisation technique remarquable. Dont nous serions certainement incapables. Ne partagez-vous pas cet avis, Carson ?

— Si. Est-ce que vous êtes allés en observer un de près ?

— Non, notre priorité, c'était vous.

— Et nous vous en remercions. Ils doivent être d'une finesse extrême. » Carson laissait transparaître sa curiosité. « Je me demande quel principe régit leur assemblage. »

Truscott le considéra avec intérêt. « Dites-moi, Frank, comment saviez-vous qu'un tel objet se trouvait dans les parages ?

— Une coïncidence, fit-il. Nous étions partis pour une banale mission de relevés. »

Les yeux de Truscott brillèrent fugitivement. *Comme par hasard.* « Je vois. Est-ce que vous désirez voir de près l'objet que vous avez percuté ?

— Oui. Beaucoup.

— Je vais en toucher un mot au capitaine. Le *Perth* s'apprêtait à repartir pour la Terre quand nous avons capté votre signal de détresse. Nous sommes venus ici avec l'intention de repartir après votre sauvetage. Mais les avaries de votre vaisseau ne peuvent être réparées sur place. » Elle se tourna vers Hutch. « Vous confirmez ?

— Oui », fit Hutch.

Truscott lui adressa un sourire, comme si toutes les deux partageaient un secret. « Quand le vaisseau de l'Académie est-il censé arriver ?

— Dans trois jours environ.

— Vous comprendrez que nous ne pouvons pas attendre. J'ai l'intention d'examiner l'objet avant de remettre le cap vers la Terre. Ah, vous objectez. »

Laisser les Bâtisseurs de Monuments aux autres ? Et comment qu'on objecte !

« Il faut que nous parlions, fit Carson.

— Je vous écoute.

— Frank… » Hutch employait un ton de mise en garde. S'il y avait des découvertes de nature technique à faire sur Bêta Pa', c'eût été rageant que Kosmik en tire tout le bénéfice.

À l'évidence, Carson était tiraillé. Le silence s'établit dans la pièce un moment. Puis il déclara : « Nous sommes fondés à croire qu'il existe des vestiges dans ce système. Nous aimerions beaucoup que vous nous déposiez auprès d'eux. » Hutch sourit intérieurement. Il baratinait.

« De quelle nature sont ces vestiges ?

— Nous ne le savons pas encore précisément, Mélanie. Relativement primitifs.

— Évidemment.

— Pouvez-vous prendre le temps d'accéder à cette requête ? demanda Carson. Confiez-nous un module et des vivres, et nous attendrons la venue de l'*Ashley Tee* sans vous. »

Elle secoua la tête. « Pas question que je risque vos vies. » Elle observait Hutch attentivement, comme pour jauger sa réaction.

Carson se radossa à son siège et s'efforça de paraître serein. « Nous n'aurions rien à craindre, je vous l'assure. L'*Ashley Tee* sera là dans quelques jours. Au pire. Si vous nous déposiez, vous seriez repartis dans les vingt-quatre heures. Et pour nous, tout serait pour le mieux. »

Le ton de Truscott se radoucit. « Lors d'un voyage comme celui-ci, le moindre retard coûte cher. Je ne vois guère comment nous pourrions nous autoriser à perdre une journée supplémentaire. En outre, mes passagers ont tous hâte de rentrer à la maison. » Elle croisa les doigts et parut rejeter définitivement l'idée. « Je n'ai ni l'envie ni le droit de vous abandonner. »

Hutch décida de tenter sa chance. « Docteur Truscott, il pourrait s'agir d'une découverte majeure. Ce serait l'occasion d'y apporter votre contribution. »

Elle considéra Hutch avec un air étrange. « Vous croyez, vraiment ?

— Comme dans le temps. Vous n'avez pas tiré un trait sur tout cela, dites ? »

Truscott manifesta de la surprise et ses yeux restèrent posés sur Hutch un long moment. « Non, ma petite demoiselle, je n'ai pas renoncé à tout. » Elle se leva. Comme elle atteignait la porte, elle ajouta : « Voyons à quoi ressemble ce télescope. Ensuite nous pourrons peut-être reprendre cette conversation. Servez-vous à manger. »

Sur ce, elle sortit par où elle était venue.

Hutch se déshabilla en hâte, prit une douche et s'affala sur son lit sans rien enfiler pour la nuit. C'était bon de ressentir la gravité de nouveau. Elle s'endormit en quelques minutes.

Elle dormait encore plusieurs heures plus tard quand on frappa à sa porte.

« Une seconde », fit-elle. Sa combinaison se trouvait toujours empaquetée dans ses bagages. Elle attrapa un pantalon de corvée, enfila un surtout et ouvrit. Mélanie Truscott se tenait dans l'encadrement.

« Bonjour, dit Hutch.

— Bonjour, mademoiselle Hutchins. » Truscott s'exprimait d'un ton détendu. « J'espère que vous êtes bien installée.

— C'est parfait, merci. » Hutch s'écarta pour lui céder le passage. « Vous voulez entrer ? » Elle appuya sur la télécommande pour rabattre le lit et faire pivoter une lampe. Malgré cela, la cabine paraissait toujours en désordre, mais la directrice n'y accordait aucune attention.

Elle sourit et trouva un siège. « J'ai discuté avec monsieur Carson. Vous l'avez échappé belle.

— Oui. On a eu de la chance de s'en sortir. »

Truscott avait les cheveux tirés en arrière. Ses sourcils dessinaient deux arcs réguliers. Elle avait, dans sa façon de parler, de bouger, une forme de grâce économe. « De la chance, c'est certain. Mais vous y êtes aussi pour beaucoup. »

Hutch se jugeait plus sévèrement. Se réfugier dans la navette et transborder la neige avaient été de bonnes idées. Mais que de temps pour qu'elles germent ! « Merci », fit-elle.

Truscott haussa les épaules. « Je vole avec vous quand vous voulez. » Elle semblait à son aise, comme une voisine venue prendre le thé. « Je me suis permis de frapper à votre porte parce que je crois que vous et moi devrions parler.

— Vraiment ? Pourquoi ?

— Pour assainir l'atmosphère. » Le ton changeait. « C'est vous qui nous avez envoyé le projectile de mousse. »

Il ne s'agissait pas d'une question. Et cette franchise prenait Hutch de court. « Le projectile de mousse ? » Elle croisa le regard de cette femme plus âgée qu'elle. Curieusement, elle n'y lut aucune rancœur. D'emblée, elle eut envie de lui avouer, de lui faire confiance. Mais elle risquait d'engager la responsabilité de l'Académie. En outre, Truscott, qui semblait plutôt pondérée, suggérait par son attitude que l'acte de Hutch avait été excessif. Violent. Peut-être même irresponsable. « C'est vrai, dit-elle. Mais je le nierai si vous le répétez. Comment le savez-vous ? »

Un sourire revint aux lèvres de son interlocutrice. « Évident. Personne d'autre n'avait pu le faire. Et puis je sais juger les gens. »

Hutch haussa les épaules. « Vous ne l'aviez pas volé. Vous ne reculiez pas non plus devant les coups bas.

— Je sais. » Elle avait l'air réjouie. « Je suppose que vous serez soulagée d'apprendre que vous n'avez pas causé de catastrophe. Vous m'avez fait passer par des moments terribles. Au début de la panique, je me suis un peu laissé déborder. Mais assez vite mes coéquipiers ont vu que je restais à mon poste. Que je m'efforçais de tous les évacuer. Je crois qu'ils m'ont comparée à certains autres chefs qu'ils avaient vus à l'œuvre. Et que la comparaison a tourné à mon avantage. Bref, je voulais vous saluer en connaissance de cause et vous faire savoir que je ne vous en veux pas. »

Hutch revit Richard, suspendu à son filin, à l'instant où la vague l'emportait. « C'est facile pour vous de pardonner », dit-elle.

Truscott acquiesça. « Je sais. Et je suis désolée. Mais vous saviez que cette lame arrivait. Pourquoi diable ne l'avez-vous pas tiré de là ?

— Ne l'aurais-je pas fait, à votre avis, si je l'avais pu ? »

Hutch dévisageait avec colère cette femme de quelques années son aînée. Truscott repartit avec calme : « Il y a du cognac dans le placard près du moniteur. En prendrez-vous un verre avec moi ? »

Hutch hésita.

« Si vous refusez, je le comprendrai. Mais j'en serai triste. »

Elle apporta la bouteille et remplit deux verres. « Si ça peut vous aider, mon organisation pense comme vous. On me reproche la mort de Wald. On va me jeter en pâture à l'opinion publique. »

Hutch n'avait guère envie de cognac. « Je ne sais pas qui est à blâmer, dit-elle en prenant un verre néanmoins. D'ailleurs quelle importance à présent ?

— Personne n'a voulu ça, dit Truscott gravement.

— Bien sûr, non. » Hutch restait caustique presque malgré elle. « Nous sommes tous pétris de bonnes intentions. »

La directrice hocha la tête. « À Richard Wald », dit-elle.

Elles burent et Truscott remplit à nouveau les verres.

« Et qu'est-ce que ça va donner ? Entre vous et Kosmik ?

— Commission d'enquête. Ils me déclareront coupable d'une façon ou d'une autre si je laisse courir.

— Vous pourriez arrêter la machine ?

— Je pourrais faire des excuses publiques. Endosser la faute. Ça ne me dérangerait pas. Tout s'est produit alors que j'étais de service, et je ne peux pas vraiment esquiver mes responsabilités. Est-ce que je vous ai dit qu'on m'avait donné la consigne expresse de veiller à ce que personne ne soit blessé ?

— Non... » Hutch sentait monter une nouvelle bouffée d'aigreur.

« C'est pourtant vrai. Je croyais avoir pris les mesures nécessaires. Mais tout a capoté.

— Comment ?

— Ça n'a pas d'importance.

— Qu'est-ce que vous allez devenir ?

— Ils s'arrangeront pour obtenir ma démission. Je disparaîtrai de la circulation pendant six mois, et puis j'entamerai une nouvelle carrière. Ça ira. J'ai des amis. »

Hutch resta silencieuse un long moment. Enfin elle déclara : « Ça me fend le cœur, c'était un type formidable.

— Je sais. J'ai lu ses livres. » Elle soupira. « Hutch, je vous obtiendrai un poste pour travailler avec moi quand vous voudrez. »

Elles trinquèrent à cette perspective. Puis en l'honneur du *Perth*, puis de l'*Alpha*.

Alors, déridée, Truscott proposa un toast en l'honneur de Norman Caseway. « Dieu le garde, dit-elle. Nous ne serions pas venus ici sans lui. Et vous seriez encore en train d'attendre l'*Ashley Tee*.

— Et pourquoi donc ?

— Le *Perth* transportait les équipes chargées de préparer la phase deux du projet Espoir. Il amenait aussi des consignes à mon attention : rapatriement disciplinaire et tout le tremblement. Caseway ne s'est pas donné la peine de me contacter pour m'annoncer personnellement mon rappel. Il a chargé le capitaine du vaisseau de m'en informer. Une humiliation. Mais, du coup, ils ont dû attendre quelques jours que je finisse de régler certains détails. Sans ces contretemps, le *Perth* aurait été reparti quand votre S.O.S. nous est parvenu. On n'aurait eu aucun vaisseau à vous envoyer. »

Hutch vida son verre, le remplit à nouveau ainsi que celui de Truscott. « Un dernier », lança-t-elle. Hutch tenait assez mal l'alcool ; il ne lui en fallait pas beaucoup pour perdre ses inhibitions et elle savait qu'elle ferait mieux de s'abstenir de ce nouveau toast. Mais c'était plus fort qu'elle.

« À qui ? demanda Truscott.

— Pas à *qui*, Mélanie. Ça ne vous dérange pas si je vous appelle Mélanie ? Bon. Pas à *qui*, Mélanie. À *quoi*. Je propose : au météore de mousse. »

Hutch leva son verre.

Le visage altier de Truscott se rembrunit. Elle darda un regard noir sur la pilote, puis soudain se détendit. « Au diable, après tout, fit-elle. Et pourquoi pas ? »

Effectivement, l'objet avait une forme de coupe. L'équipe de Carson s'était installée durant l'approche dans un salon d'observation muni d'un grand écran communiquant avec le poste de commandement du vaisseau. Harvey Sill les rejoignit en annonçant qu'on lui avait demandé de se mettre à leur disposition. « N'hésitez pas à me demander si vous avez besoin de quoi que ce soit », leur dit-il avec un manque d'enthousiasme flagrant.

Le *Perth* se dirigeait vers la face concave de l'objet qui grandissait, se muait en un monde inverti, un monde dont les paysages se creusaient et l'horizon se relevait. Ils franchirent le bord et leur perspective se modifia de nouveau ; la surface s'aplanit, se mua en une mer bleu noir qui s'étirait à perte de vue. L'horizon se redressa et le bas du ciel s'obscurcit. Ils passèrent sous une des arches énormes qui composaient un réseau d'épars. « C'est le seul de ces télescopes qui transmette encore, précisa Sill.

— Avez-vous tenté de traduire le signal ? demanda Carson.

— Nous n'avons pas vraiment les moyens d'essayer. Tout ce dont nous sommes sûrs, c'est qu'ils sont pointés sur le Petit Nuage de Magellan. »

Un grand technicien de l'équipage qui accompagnait Sill, un casque d'écoute sur les oreilles, leur énonça les caractéristiques physiques de l'objet qu'ils survolaient – diamètre, angle de la courbure, déclinaison. « Remarquable de finesse, dit-il encore. Une finesse extrême.

— De quel ordre ? demanda Carson.

— Au bord, un peu moins de six millimètres, à ce qu'on me rapporte.

— Ça aurait dû suffire à nous fracasser, fit Hutch. Comment a-t-on pu passer au travers ?

— Il y a une antenne au point mort, dit le technicien. C'est sans doute là qu'est situé l'émetteur. » Il écouta ce qu'on lui transmettait par oreillette en opinant du chef. « Le centre d'opérations rapporte qu'effectivement l'objet tourne autour de son axe. D'après les calculs, il effectue une rotation complète en dix-sept jours, onze heures et vingt minutes.

— Qu'est-ce qui assure la cohésion de l'ensemble ? demanda Maggie. La construction paraît très fragile.

— Ce n'est ni du métal ni du plastique. Les analyses donnent de drôles de résultats : potassium, sodium, calcium. Fortes concentrations de calcium au centre.

— Est-ce qu'on en a une image ? demanda Sill. Du centre, je veux dire.

— Elle arrive justement. » L'homme d'équipage se tourna vers les écrans.

La cloison située à l'opposé de la fenêtre changea de couleur, devint obscure et révéla une forêt de globes noirs, une grappe de petites antennes paraboliques et quelques dômes. « La source des signaux », dit le technicien.

Carson regarda Sill. « Nous aimerions étudier cela de près, dit-il.

— On vous en approchera au maximum.

— Y a-t-il un moyen de dater cet artefact ? demanda Hutch.

— Peut-être, si nous en avions un morceau… dit Janet.

— Il vaut peut-être mieux ne pas le découper. » Carson avait l'air fort embarrassé. « En raclant quelques particules, ça ne pourrait pas suffire ? »

Janet réfléchit un instant. « Peut-être, si.

— Plus on approche du centre, plus la paroi est fine, dit l'homme d'équipage. Les scanners indiquent que l'épaisseur de cette zone est inférieure à deux millimètres. On remarque des nervures d'une matière plus dense qui composent le support. Mais, pour le plus gros, cet objet est d'une finesse microscopique. »

Personne n'avait remarqué Truscott jusqu'à ce qu'elle prenne la parole. « Maintenant on sait pourquoi le *Wink* a résisté au choc », fit-elle.

Elle était accompagnée d'un homme émacié qu'elle leur présenta comme le capitaine Morris. Il avait des yeux limpides et des cheveux noirs coupés ras, à la mode militaire. Il écouta leurs noms et leur serra la main avec un peu de dédain.

Ils approchaient de l'agglomérat d'antennes.

« Moment historique, fit Truscott. Nous allons pour la première fois étudier de près une œuvre de haute technologie extraterrestre. Nous allons l'analyser pour déterminer de notre mieux à quoi nous avons affaire. Qu'en est-il de votre côté, Frank ? Y a-t-il dans votre équipe un expert susceptible de nous fournir des réponses ? »

Carson jeta un coup d'œil à ses collègues. Il n'obtint pas d'assentiment. « Pas vraiment », fit-il.

Le *Perth* survolait la plaine lisse bleu noir. Ses projecteurs balayaient sa surface, l'éclaboussaient de lueurs jaune terne. On aurait dit que le vaisseau voguait au-dessus d'un dallage de marbre poli.

« Quelle énergie emploie-t-elle ? demanda Janet. Solaire ?

— Sans doute », fit George.

Truscott se tourna vers Carson. « Vous en voulez un échantillon ?

— Oui », dit Maggie.

Carson opina. « Essayez de ne rien abîmer. »

Le capitaine marqua de l'agacement. « Nous y veillerons », dit-il froidement. Il murmura quelques mots dans sa comligne, écouta et parut déconcerté. « Mélanie, nous ne trouvons pas le site de la collision.

— Parce qu'on le cherchait ? » demanda Carson.

Morris acquiesça. « Nous avons reconstitué votre parcours, en guise d'exercice de navigation pour nos cadets. Il n'y a, dans la zone d'impact, aucun trou de taille à laisser passer un vaisseau spatial. Ni ailleurs, du reste.

— Vos cadets se sont gourés », fit Carson.

Morris afficha un sourire supérieur. « Nos cadets sont tout à fait compétents. En outre, nous avons vérifié leurs résultats. Il n'y a pas d'erreur. » Il se tourna vers Hutch. « Vous n'aviez pas modifié votre cap, si j'ai bien compris.

— Oui, c'est exact. Mais nous avions subi des avaries. Il a fallu que j'opère des réglages à cause d'un départ en vrille, et il est possible qu'après ma dernière mise à feu les réacteurs ne se soient pas éteints simultanément. Peut-être cela nous a-t-il déviés. »

Morris secoua la tête. « Il y a effectivement un trou dans la zone d'impact. Ce qui est troublant, c'est qu'il ne livrerait pas le passage à une navette, sans parler du *Wink*.

— Bizarre, fit Truscott.

— Et pourtant c'est ainsi, dit le capitaine.

— Pourquoi ne sortirions-nous pas l'examiner de plus près, puisqu'au moins on l'a localisé, ce fameux trou ? » suggéra Hutch.

La zone de l'impact, creusée en entonnoir, s'ouvrait vers l'extérieur. Ils vinrent flotter au-dessus, protégés par leurs ceintures oscillatoires, plongeant du regard dans l'ouverture jusqu'aux étoiles de l'autre côté.

« Son diamètre est inférieur à sept mètres au plus large, déclara l'officier de quart, une jeune femme du nom de Creighton.

— Oui, on n'est certainement pas passés par cette chatière, fit Hutch. Il doit y avoir un autre trou ailleurs.

— Non. » C'était Morris, depuis la passerelle. « Il n'y a pas d'autre trou. Nous avons tout passé au crible.

— Il y en a forcément un », insista Carson.

Des faisceaux lumineux balayèrent la surface endommagée.

« C'est étrange. » George avait la main levée en face du vide. Il tendit le bras, comme pour pousser, et revint à sa position première. Puis réitéra le mouvement. « On dirait que quelque chose bloque encore le passage », dit-il.

Janet, qui jusque-là examinait la matière membraneuse dont était faite la coupe, braqua sa lampe vers le trou. « Il a raison, confirma-t-elle. On voit comme des fils, une sorte de fin tissage…

— Des filaments », dit Maggie.

ARCHIVE

« Oui, chef ?

— Est-ce que vous avez recueilli quelque chose sur l'échantillonneur ?

— À l'instant, oui.

— Que donnent les premiers résultats ?

— C'est organique.

— Vous êtes certain ?

— Oui. Je vous donnerai plus de détails dans quelques heures. Mais ça ressemble à une toile d'araignée. »

Conversation enregistrée dans le laboratoire du vaisseau RNK *Catherine Perth*. Datée du 10 avril 2203.

Mélanie Truscott. Journal de bord.

Je n'ai pas fermé l'œil de la nuit. Nous nous sommes écartés des abords immédiats de ce télescope, construction, créature – bon sang, je ne sais même pas comment l'appeler. Maintenant, nous essayons de découvrir qui a pu l'installer ici. Et pourquoi.

Nulle part dans le système nous n'avons détecté de radiations électromagnétiques d'origine artificielle. Même les autres télescopes sont silencieux. Je m'interroge : faut-il en conclure que leur équipement de transmission est hors d'usage ? Ou que ces télescopes sont morts ?

Le troisième et le quatrième mondes sont tous les deux dans la biozone, mais seul le troisième abrite de la vie.

10 avril 2203.

VINGT ET UN

Mélanie Truscott. Journal de bord.

Même l'émetteur semble organique !

Quel âge a cette chose ? Allegri prétend qu'il faudrait, pour analyser correctement les échantillons, des moyens plus sophistiqués que ceux dont nous disposons. Elle m'a confié en aparté qu'elle doute franchement pouvoir parvenir à une datation, avec ou sans matériel.

Le niveau de technologie qu'implique cette réalisation dépasse l'entendement. Je ne peux pas croire que, si ces Bâtisseurs existent, nous soyons entrés dans ce système à leur insu. S'ils sont dans les parages, ils n'ont fait aucun effort pour venir en aide à des naufragés de l'espace. Ce constat me met mal à l'aise.

11 avril 2203.

À bord du RNK Catherine Perth. *Lundi 11 avril, 05 h 10.*

Bêta Pacifica III se déployait devant les baies et sur les écrans du *Catherine Perth.* C'était un monde semblable à la Terre, avec un océan planétaire et de vastes nuages blancs. Une seule masse de terre émergeait de l'eau : une longue et fine langue d'à peine plus de deux cents kilomètres de large. Ce continent, morcelé par de minces bras de mer ou de plus amples détroits, se présentait sous la forme d'un chapelet de petites îles. Les côtes étaient dentelées, les criques et péninsules se comptaient par milliers. Ce long archipel s'étirait littéralement d'un pôle à l'autre et se perdait sous les calottes glaciaires. Au sud, il dessinait un crochet qui remontait presque jusqu'à l'équateur.

On distinguait des rubans de forêt, des déserts et des jungles, qui dans l'ensemble s'étendaient d'un littoral à l'autre. Des plaines recouvertes d'une prairie grasse dominaient dans la zone équatoriale. Des tempêtes de neige sévissaient dans les deux hémisphères et il pleuvait le long d'une chaîne de montagnes au sud.

Quatre satellites gravitaient autour de la planète. C'étaient des astres dépourvus d'atmosphère, des masses de roche criblées de cratères dont la taille allait du gros bloc de quinze kilomètres au géant d'un tiers plus grand que la Lune.

Grâce aux découvertes concernant la Coupe, Truscott put facilement convaincre ses passagers qu'ils participaient à un voyage historique et qu'il était inconcevable de ne pas faire escale sur Bêta Pa' III. Pour stimuler leur coopération, elle donna l'ordre de puiser dans des réserves de vivres spéciales, fit servir des repas somptueux arrosés à volonté. Cette attitude suscita des objections de la part du capitaine Morris et la sombre réprobation de Harvey Sill, mais les passagers s'en déclarèrent ravis. Et c'était tout ce que recherchait Truscott.

L'ombre baignait l'arc occidental du continent. Ils s'étaient approchés de la planète en suivant l'axe du soleil, tous follement excités par ce premier survol. L'équipe de l'Académie attendait beaucoup de cette exploration, même si aucun n'aurait su préciser quoi au juste, ni avoué ouvertement tant d'optimisme. Hutch, à l'instar des autres, affichait une circonspection de façade tout en s'emballant intérieurement devant le champ du possible.

Les passagers recherchaient leur compagnie. Ce voyage entrerait dans l'Histoire, c'était certain vu ce que leur avait dit Truscott, et tout le monde voulait pouvoir se vanter de s'être trouvé aux premières loges. Du coup, on avait convaincu Carson et Janet de donner quelques conférences et toute l'équipe avait signé des autographes.

Tandis que le *Perth* faisait route vers son rendez-vous avec le destin, l'équipe, qui avait battu en retraite dans le salon d'observation, contemplait Bêta Pa' III sur les écrans muraux. D'autres moniteurs montraient les lunes, la Coupe, un schéma du système planétaire, des comparaisons entre Bêta Pa' III et la Terre et des colonnes de télémétrie communiquées par des sondes.

Les télescopes avaient été réglés depuis plusieurs jours sur le monde qui grossissait. On n'avait pour l'heure détecté aucun indice d'activité intelligente : ni construction ni trace d'aménagement dans le paysage. Mais peut-être (c'était l'argument de Maggie) une société si évoluée avait-elle appris à vivre en communion avec son environnement naturel. Ainsi regardèrent-ils le continent défiler sur le terminal. En espérant apercevoir une lumière.

Mais nulle lueur jaune ne ponctuait l'obscurité naissante. La nuit noyait tout.

Avec un bel ensemble, ils poussèrent un soupir.

« Quel dommage », fit George.

Carson acquiesça. « Personne à la maison, comme qui dirait. »

Hutch, assise dans un coin en silence, contemplait l'écran. Mais son esprit était ailleurs : elle pensait à Richard, qui aurait dû être des leurs en cet instant, quelle que soit l'issue de l'exploration. « Il est trop tôt pour conclure quoi que ce soit », fit-elle.

Le capitaine Morris, assis devant sa console sur la passerelle de commandement, se tourna face à la caméra et ouvrit un canal. « Recherche électromagnétique toujours négative, dit-il. S'il y a du monde en bas, ils ne produisent pas d'énergie. » Il arborait un sourire condescendant, réjoui (soupçonnait Hutch) de cette déconvenue générale. Il avait mauvais esprit ; Hutch voyait en lui un de ces tristes sires qui prennent plaisir à voir les autres échouer. Elle avait dîné avec lui la veille et il lui avait laissé entendre son opinion : que des espèces très évoluées existent quelque part dans la Voie lactée, soit. Mais ici ? Justement si près d'eux ? Non, trop improbable.

Les chiffres des basses couches atmosphériques apparurent : 74 % d'azote, 25 % d'oxygène, quelques pour cent d'argon, une infime dose de dioxyde de carbone, des traces de néon, d'hélium, de méthane, de krypton, d'hydrogène, d'oxyde nitreux et de xénon. Tout à fait semblables à ceux de la Terre.

On leur servit des en-cas. On leur servait sans cesse des en-cas, ce qui ajoutait à l'ambiance joyeuse qui régnait à bord du vaisseau.

Café, fromage, tartes, jus de fruit, bière affluaient comme d'une corne d'abondance. Hutch mangeait plus qu'elle ne s'y autorisait en temps normal et refusait de se laisser gagner par la déception. Le simple fait qu'ils soient tous en vie devait suffire à leur bonheur. Et leurs découvertes sur les Bâtisseurs de Monuments, dussent-elles en rester là, n'en constituaient pas moins une formidable avancée. « À quoi songes-tu ? » demanda-t-elle à Carson.

Il lui adressa un sourire encourageant. « S'ils ne sont pas là, ils ont peut-être laissé quelque chose.

— Alors j'aimerais le trouver, déclara Truscott qui se tenait près de Maggie Tufu et scrutait les ténèbres. J'aimerais vraiment.

— Avec toute cette histoire, vous avez pris de sérieuses libertés avec votre plan de vol, fit Hutch. Et nous vous en sommes reconnaissants.

— Vous ne m'avez guère laissé le choix, répondit-elle. Ce fut un privilège de naviguer à bord de la *Santa Maria*. Je n'aurais pas aimé avouer à mes petits-enfants qu'au moment de m'embarquer avec Colomb j'avais manqué le coche. »

Janet, qui était restée debout toute la nuit pour ne rien rater de l'approche, se retira dans un coin et s'endormit dans un fauteuil. Dans un sens, son relâchement marquait la mort de leurs espoirs.

Les moniteurs affichaient les caractéristiques de la planète :

ORBITE

PÉRIODE SIDÉRALE :	1, 41 année standard
PÉRIHÉLIE :	1,32 UA
APHÉLIE :	1,35 UA

GLOBE

DIAMÈTRE ÉQUATORIAL :	15 300 km
APLATISSEMENT :	0,004
MASSE (TERRE = 1) :	1,06
DENSITÉ (EAU = 1) :	5,3
ALBÉDO :	0,44
INCLINAISON AXIALE (DEGRÉS) :	18,7
PÉRIODE DE ROTATION (J/H/MIN) :	1/1/17

AUTRES

RADIATION ÉLECTROMAGNÉTIQUE (ARTIFICIELLE) :	aucune détectée
TEMPÉRATURE MOYENNE À MIDI (ESTIM.) :	28°

« Hé ! » Carson désignait l'une des lunes. Celle qui avait été baptisée Trois B.

Au même instant, ils entendirent la voix du capitaine, d'un cran plus aiguë que d'habitude.

« Madame Truscott, nous observons une anomalie sur la Trois B.

— On l'aperçoit d'ici », répondit la directrice. La Trois B était la plus grosse des lunes. Elle était striée de crevasses, de mers de lave. Dans son hémisphère nord, tout à l'ouest d'un large bras de plaine, on distinguait quelque chose. Une marque. Une coulée. Une tache.

« Qu'est-ce que c'est ? demanda Carson. Est-ce que vous pouvez améliorer la résolution ? »

L'image s'agrandit encore, gagna en netteté. « On ne sait pas pour l'instant. C'est de la même couleur que la roche du sol.

— On dirait que c'est carré », fit remarquer Janet qui s'était réveillée.

Morris semblait devenu presque frénétique. C'était drôle de le voir se débrider de la sorte. « Effectivement, fit-il. La forme semble symétrique.

— C'est un Oz, dit Hutch.

— Ça mesure environ deux cents kilomètres de côté, poursuivit le capitaine. C'est immense !

— Elle a raison, conclut Carson. C'est le même truc que celui de Quraqua. »

Maggie leva un poing triomphant. « Sauf que c'est plus grand ! Sans commune mesure. »

Truscott se tourna vers Carson. « On va examiner ça de plus près ? »

Tour à tour, Carson sonda du regard chaque membre de son équipe. « Non, fit-il. Nous savons ce que c'est. »

Truscott acquiesça. « Visiblement, dit-elle, il s'agit d'un Oz, c'est cela ? J'ai comme l'impression que vous ne m'avez pas tout dit. Quel est le rapport avec Quraqua ? »

Carson haussa les épaules. « Ce n'est pas un gros secret », commença-t-il.

Quand le continent eut disparu dans la nuit de la planète, l'équipe de l'Académie visionna de nouveau les images. Ils passèrent au peigne fin les sites favorables à un établissement : ports naturels, jonctions de rivières, cols de montagnes. Ils cherchèrent des routes. Des indices d'habitation.

George examinait une sorte d'étranglement : les terres s'y resserraient pour ne plus mesurer qu'un kilomètre de large. Une forêt luxuriante rougeâtre et jaune couvrait les deux flancs d'une épine dorsale rocheuse et s'étalait jusqu'aux rivages. Un de ces sites qui, sur la Terre, auraient été aménagés en paradis pour la jet-set. Un coin de rêve pour passer le week-end avec Hutch. Ses pensées dérivèrent et il commençait à se déconcentrer lorsqu'il remarqua un angle fermé entre les arbres. Une ombre. Un mur peut-être.

Ou ses fondations.

Il ne parvenait pas à voir plus nettement et allait montrer sa découverte à Hutch quand Janet déclara d'une voix calme : « Je crois que je tiens quelque chose. »

Il s'agissait de ronds noirs dans le lit d'une rivière. Ils étaient régulièrement espacés.

« Les piles d'un pont, je dirais, ajouta-t-elle en montant dans les aigus. Nom de nom, ça y est ! » Elle leva les bras au ciel. « Mesdames et messieurs, nous avons localisé un pont ! »

À vrai dire, plutôt qu'un pont, il s'agissait de ses ruines. Mais ça n'avait pas d'importance. Des cris fusèrent. Les passagers présents dans les parages affluèrent, renversant du café, se bousculant, appelant à les rejoindre ceux qui se trouvaient plus loin. On s'étreignit, on échangea des poignées de main et Hutch fut serrée, embrassée, comprimée à nouveau. Mais elle s'en moquait. C'était d'ailleurs tout juste si elle s'en rendait compte.

« Félicitations, dit Truscott.

— Combien de temps pouvez-vous nous accorder ? demanda Carson.

— Frank, dit-elle patiemment, je suis déjà en retard sur le programme. Nous nous étions mis d'accord.

— Mais nous avons découvert quelque chose !

— Oui, bien. L'Académie a un nouveau site à explorer. » Elle inspira profondément. « Je suis désolée. Je crois même me figurer assez bien ce que vous pouvez ressentir. Pourtant nous devons rebrousser chemin. Je suis heureuse que tout cela ait abouti à quelque chose, mais je vais donner le feu vert pour le départ. Morris ronge son frein. Et il a de quoi l'avoir mauvaise. Vous devrez revenir avec vos propres équipes. »

Hutch imaginait ce qu'il allait en résulter. Les experts verraient dans ce monde le berceau d'une civilisation capable de voyager dans l'espace. En conséquence, vu l'énormité de l'enjeu, on ne confierait pas la mission à l'Académie. Le vent soufflait déjà dans ce sens avant leur départ. Carson et ses amis reviendraient peut-être sur Bêta Pa' un jour, mais ce ne serait pas de sitôt et, modestes pions d'une opération bien plus lourde, ils n'auraient pas les coudées franches.

La vacherie !

Truscott se retira et ils s'affalèrent mollement sur les sièges du salon avec des mines lugubres, démoralisés après tant d'allégresse une demi-heure auparavant. Hutch prit part à cette apathie générale un bon quart d'heure, mais finit par se lever pour se changer les idées. Comme elle s'apprêtait à quitter la cabine, la comligne carillonna et l'image de Sill apparut. « Monsieur Carson, fit-il, pourriez-vous monter sur la passerelle, s'il vous plaît ? En compagnie de vos collègues. »

« Nous avons repéré un objet en orbite. »

Mélanie Truscott, suivie du capitaine, mena ses cinq passagers vers le poste de navigation principal. L'écran montrait essentiellement un champ d'étoiles au-dessus de la courbure floue de la planète. Une des étoiles brillait intensément. « Celle-ci », montra Truscott.

Hutch sentit une bouffée d’espoir l’envahir. « De quel genre d’objet s’agit-il ?

— Nous ne savons pas, répondit le capitaine. Ce que vous voyez est grossi cinq fois. Mais il ne s’agit pas d’un satellite naturel. Son IR est bien trop grand, étant donné sa catégorie.

— L’IR, c’est l’indice de réfraction, précisa Truscott. Celui-ci est très élevé. Bien plus que celui de notre station orbitale à Quraqua. »

Hutch et Carson se serrèrent fugitivement la main sans dire un mot.

« John. » Truscott s’adressait au capitaine. « Est-ce que nous serions prêts pour une sortie d’urgence, le cas échéant ?

— Oui, madame. » Il fit un geste à l’attention d’un membre de l’équipage, un bref moulinet du doigt, et l’homme se mit à parler dans un micro. Hutch soupçonna qu’il donnait consigne à tous les passagers de s’attacher.

« Avez-vous détecté une forme d’énergie à bord ? demanda Hutch.

— Négatif. » Morris se pencha sur l’une des consoles. « Rien. » Il lança un regard sombre à Truscott. « Mélanie, nous avons un vaisseau plein de passagers. J’estime que nous devrions quitter les parages. »

La passerelle était immense, selon les critères de Hutch. Il y avait quatre officiers de quart, sans compter le capitaine. L’un d’eux, une jeune femme postée devant un tableau de bord, effleura son épaule et attira son attention sur un des écrans. « Nous avons des lumières sur la surface, fit-elle. Dégagement d’une énergie réduite. Très réduite. Sans doute pas d’origine électrique.

— Des réverbérations ? demanda Truscott.

— Possible. »

Truscott se tourna vers Carson. « Voilà qui apporte de l’eau à votre moulin, Frank. Qu’est-ce que vous voulez voir en premier lieu ? »

Il y avait des lustres que Hutch n’avait pas vu Carson aussi rayonnant.

« L’objet en orbite, répondit-il.

— Très bien. » Elle croisa les bras. « Quelque chose me dit que nous sommes en train de prendre une décision historique. »

Ils poursuivirent l'étoile blanche autour de la planète.

Elle prenait une forme étrangement familière sur les écrans : une double roue en rotation, un peu comme la grande base terrienne ou la station orbitale Kosmik à Quraqua. Elle était toutefois d'un style moins strictement fonctionnel. Cette construction avait de l'élégance, un panache qui résidait dans ses lignes souples et ses multiples courbes. Vu de l'extérieur, on pouvait imaginer qu'elle abritait des escaliers à vis et des chambres secrètes. C'était une station qui fleurait le gothique ; une station telle qu'aurait pu la concevoir Edgar Poe.

Elle était percée d'une multitude de hublots. Tous étaient noirs.

Hutch la trouvait superbe. Elle la dévorait des yeux et éprouvait à son approche une pointe de tension, un frisson de plaisir et d'inquiétude mêlés.

« Aucune onde électromagnétique, déclara l'un des officiers. Elle tournoie. » Puis, quelques instants plus tard. « Les roues ne sont pas en rotation. »

Et mince, pensa Hutch. *On arrive une fois de plus trop tard.*

Elle connaissait suffisamment Carson pour percevoir sa déception.

Inutile de nier les évidences : les Coupes à l'abandon, aucune lumière à la surface, un pont effondré et une station vide. Les Bâtisseurs étaient partis.

« Nous allons l'aborder » fit Truscott.

Carson opina du chef, comme s'il anticipait la prise de bec.

Les traits du capitaine se durcirent. « Je me permets d'émettre un avis défavorable, madame. »

Quelque chose dans cette station la perturbait. Quelque chose au-delà de son étrangeté, car cette étrangeté, qu'accentuaient toutes ces fenêtres obscures, lui était intrinsèque, relevait de son essence. Non, quelque chose clochait.

« J'entends bien, John. Mais nous ne pouvons décemment pas virer de bord et abandonner ceci. » Truscott brillait d'excitation.

« Pour rien au monde. » Elle dévisagea Carson. « Je suppose que vous aimeriez venir ? »

Hutch vit Frank se rembrunir fugitivement. Étant donné les innombrables dommages causés sur site au fil de l'histoire par des néophytes, il aurait préféré restreindre le groupe d'explorateurs aux seuls membres de l'Académie. Mais il jugea plus correct de tenir sa langue. « Naturellement, répondit-il.

— D'autres de vos collègues voudront-ils nous accompagner ?

— Tous, je suppose.

— Parfait. Ça ne pose aucun problème. » Elle se tourna vers Sill. « Et vous, Harvey ?

— Si vous y allez… »

Elle pivota en direction de Morris. « Sept pour la navette, capitaine. »

Hutch retourna à sa cabine pour se changer. Sa sensation de malaise ne s'était pas dissipée. Quelque chose n'aurait pas dû se trouver là. Ou manquait, peut-être. C'était comme une forme en périphérie de son champ de vision, comme un souvenir évanescent.

Elle alluma son moniteur. La station entrait dans la clarté du soleil. Ses roues jumelles devaient jadis pivoter en sens inverse l'une de l'autre. Maintenant l'engin se contentait de tournoyer.

Qu'est-ce que sa forme pouvait révéler sur ses constructeurs ? C'était le genre de question qu'aurait posée Richard. Que nous dit l'esthétique ? Des symboles noirs décoraient la coque : de fines lignes courbes et des bâtons entrecroisés. Deux groupes de caractères, à première vue. Deux mots. Que signifiaient-ils ?

Des détails apparurent : des bulbes et des groupes d'antennes reliés par des câbles, entre lesquels s'intercalaient des portes et des nacelles de maintenance (c'est en tout cas, estima-t-elle, ce qu'étaient ces renflements en forme de coupole disposés à intervalles réguliers de part et d'autre des roues sur toute leur longueur). Des baies de chargement et d'autres pièces d'équipement n'attendaient qu'une inspection plus minutieuse.

Un long câble dans l'espace, à la traîne.

Et des trappes étaient ouvertes.

Elle enroula ses bras autour de ses genoux et, le regard rivé sur l'objet, essaya d'imaginer à quoi il pouvait ressembler quand il était en fonction, quand des navettes exotiques circulaient autour. Quand ses antennes captaient les signaux du Grand Télescope.

À quand remontait cette période ?

Elle se leva et se rendit pieds nus dans le cabinet de toilette. Elle ouvrit le robinet de la douche, régla la température de l'eau et s'avança sous le jet. Une agréable sensation de fraîcheur l'envahit.

La gravité, quel que soit le vaisseau, était toujours produite selon le même principe : on imprimait une rotation aux espaces habitables – qu'ils se trouvent à l'intérieur d'une coque monobloc comme à bord du *Perth*, ou dans les modules en forme d'anneau du *Winckelmann*. En conséquence, le jet d'eau s'incurvait légèrement en direction de l'axe. Pas suffisamment pour que cela saute aux yeux, mais cette pression horizontale aspirait l'eau à ses pieds, entre ses orteils, jusque dans la bouche d'évacuation située dans l'angle de la cabine. Hutch adorait cette sensation : c'était l'une des menues caractéristiques de la gravité artificielle qui la mettaient en joie, qui lui donnait l'impression de se sentir des ailes, de s'affranchir de la pesanteur et des tracas terriens.

Or à cet instant, tandis qu'elle fermait les yeux et s'aspergeait d'eau fraîche, elle fut frappée par le constat que la station spatiale, elle aussi, avait été conçue pour tourner sur elle-même. Pour produire le même effet.

Et là, il y avait un hic.

Elle arrêta sa douche, se sécha en hâte, enfila une combinaison de travail du *Wink* et fila vers le salon d'observation de l'Académie. Carson s'y trouvait encore, ainsi que Maggie. Les autres étaient sortis, sans doute pour se préparer à l'accostage.

« Tout va bien ? lui demanda Carson comme elle s'engouffrait dans la salle.

— Pourquoi a-t-elle été conçue pour tourner ? demanda-t-elle.

— Pourquoi est-ce que quoi a été conçu pour tourner ?

— Mais la station spatiale, bon sang ! »

Maggie la dévisageait, ébahie par la question.

« Pourquoi est-elle si semblable à *nos* stations, Frank ? Les Bâtisseurs de Monuments sont censés maîtriser l'anti-gravité. En sorte qu'on a toujours pris pour acquis qu'ils maîtrisaient la gravité artificielle aussi. Dans ce cas, pourquoi auraient-ils recouru au principe des roues, de la rotation ?

— Peut-être qu'on s'est trompés, fit Maggie. Soit nous n'avons pas affaire aux Bâtisseurs, soit… »

Frank acheva sa phrase : « … Ceci a été construit avant qu'ils ne se rendent sur Japet.

— Ce qui voudrait dire que cet engin dérive ici depuis plus de vingt mille ans, conclut Maggie. Je n'y crois pas. »

Carson ne voulait pas se perdre en conjectures. « Peut-être qu'il s'agit d'un de leurs premiers Monuments et qu'ils l'ont conservé comme tel. Ce n'est pas le moment de se mettre martel en tête.

— Un autre Monument ? » Hutch n'y croyait pas une seconde. Elle ouvrit un canal avec la passerelle. Le capitaine ne s'y trouvait pas, mais elle put s'adresser à l'officier de quart. « Je me demandais si vous pourriez me rendre un service.

— De quoi s'agit-il ? » Son interlocutrice, une femme grisonnante entre deux âges, avait l'air très sérieuse.

« La station spatiale, demanda Hutch. Comment jugez-vous la stabilité de son orbite ? Depuis combien de temps, à votre avis, se trouve-t-elle là ? »

L'officier parut gênée. « Nous sommes le personnel de navigation, mademoiselle Hutchins. Seul un spécialiste pourrait répondre à cette question. J'aimerais pouvoir vous aider, mais on n'a pas effectué d'expertise.

— Faites ce que vous pourrez », fit Hutch sur un ton de totale confiance.

L'officier s'autorisa un sourire ravi. « On va essayer. »

John F. Morris avait les épaules étroites, des goûts petits et des vues bornées. Il avait atteint le poste le plus haut qu'il pouvait ambitionner, et ce grâce à son obéissance sans faille à l'entreprise : il s'était efforcé de ne jamais froisser les gens importants ni de se départir d'une rigueur tatillonne dans le travail. Il n'était pas homme à se laisser impressionner par les grands airs de ses collègues, mais il savait flairer le danger pour sa carrière. Sa grande force, et sa grande faiblesse à la fois, c'était de toujours rester attentif aux bruits de couloir. Il savait Mélanie Truscott en difficulté, il savait qu'elle disposait un peu trop à la légère de son vaisseau. Elle avait pourtant parfaitement le droit d'agir ainsi (du moment qu'elle respectait certains paramètres précis) car elle jouissait du plein pouvoir de décision, mais il craignait que l'aventure puisse se retourner contre lui si quelqu'un venait à estimer que le matériel de la compagnie avait été utilisé à mauvais escient. Ou si l'équipée provoquait la colère d'un des grands patrons. C'est pour toutes ces raisons qu'en tant que capitaine il était resté neutre et distant pendant l'approche de Bêta Pa' III. Il n'était pas prêt à défier Mélanie Truscott parce qu'il savait parfaitement qu'on n'obtient pas d'avancement en froissant les puissants, ces puissants fussent-ils sur la sellette. Parvenus à un certain niveau, les gros bonnets avaient un don pour la résurrection. Cela dit, il n'était pas assez bon comédien pour lui masquer sa contrariété.

Il se sentait en mauvaise posture et lui en voulait. Et il ne vouait pas moins de rancœur à ces rescapés de l'Académie qu'il avait sauvés de leur épave. Surtout ce Carson, qui prétendait tout connaître.

Satisfait de ce que la navette serait prête à l'heure promise pour son rendez-vous avec la station, le capitaine partit à la recherche de Truscott. Il la trouva dans le salon de proue, en grande conversation avec Sill. Elle se tourna brièvement vers lui quand il entra et, remarquant sa contenance grave, lui adressa son sourire le plus rassurant.

« Le tour que prend cette mission me met franchement mal à l'aise, déclara Morris.

— Ah ? » Le regard de Truscott se fit plus perçant. « Et qu'est-ce qui vous tracasse donc ?

— Plusieurs choses. » Sa voix chevrotait légèrement. Il rechignait à s'opposer à ses supérieurs, même lorsque la pratique de son métier lui permettait d'émettre un simple conseil plein de bon sens. Mais maintenant qu'il s'était engagé à parler, force lui était d'en venir au fait. « D'abord, le transfert de personnel vers une épave de nature inconnue est une violation de tous les règlements. De quelque façon que vous présentiez la chose. De plus, s'il se produit un incident, nous ne serons pas équipés pour y faire face. Notre section médicale est des plus sommaires. Nous ne disposons que d'une navette. Si un problème survient quand vous serez à bord, nous ne pourrons pas venir vous chercher. Du moins pas facilement. Et certainement pas rapidement. En outre, j'ai accepté depuis le début de négliger un certain nombre de procédures de sécurité, mais ça ne nous empêcherait pas, le cas échéant, d'avoir à en répondre. Si un problème survenait, si nous endommagions d'une façon ou d'une autre un matériel coûteux, si le vaisseau subissait une avarie grave ou si – Dieu nous en garde – nous perdions quelqu'un, je crois que la direction nous tomberait dessus à bras raccourcis, vous comme moi. » Il s'interrompit pour donner du poids à ses arguments. « Nous risquons d'autres ennuis. Par exemple : ce vestige n'a sans doute pas de prix et, si nous l'abîmons, nous aurons sûrement des comptes à rendre. »

Truscott opina d'un air exaspéré : manifestement, elle avait déjà réfléchi à tout cela. « Et qu'est-ce que vous proposez, John ?

— C'est simple. Que nous rentrions sur la Terre. Que nous fassions un rapport sur la découverte et que nous laissions agir des gens compétents équipés comme il faut. » Il raidit les épaules.

« Vous avez sans doute raison, dit-elle. Mais il m'est tout aussi impossible de tourner le dos à cette découverte qu'à vous de vous éjecter dans l'espace. John, n'éprouvez-vous donc pas de curiosité ? Ne voulez-vous pas savoir ce qu'est cet objet ? Ce qu'il recèle ?

— Pas si cela interfère avec mon devoir.

— Je comprends. Nous resterons donc en désaccord sur ce point. S'il vous plaît, poursuivez les préparatifs. »

Il s'inclina. « La navette est prête.

— Merci. Et, John… »

Il se retourna sur le pas de la porte.

« Consignez vos objections.

— Merci, madame. »

Il rebroussa chemin dans les coursives tranquilles du *Catherine Perth* jusqu'à la passerelle en songeant que, si les choses tournaient mal, la directrice ferait ce qu'elle pourrait pour lui. En pure perte d'ailleurs, car ils plongeraient tous les deux.

L'opérateur, au standard, lança un appel sur la comligne pour Carson. « La réponse à votre question, monsieur. »

Frank s'avançait avec Maggie vers la cale de la navette. « Je vous écoute.

— L'examen télescopique de l'anomalie sur Trois B révèle des traces de carbonisation. Elles concernent environ trente pour cent de l'ensemble. »

Carson regarda son équipe entrer dans le compartiment passagers de la navette. George avait l'air à la fois joyeux et anxieux, Maggie était tendue et électrisée. Carson s'était rapproché d'elle durant cette mission ; il la trouvait maintenant bien plus sympathique qu'au départ et beaucoup moins détachée qu'elle aurait voulu le montrer. Ce jour-là, au seuil de l'Histoire, elle anticipait les photos. On aurait dit qu'elle prenait la pose.

Janet, fidèle à elle-même, imperturbable et désinvolte, discutait calmement avec Hutch. Mais on décelait chez elle une nervosité inhabituelle, un éclat dans le regard et une certaine impatience de passer à l'action.

Quant à Hutch, Carson avait appris à décrypter ses attitudes. Aujourd'hui, elle était distraite, préoccupée, songeuse. Il comprenait que leur objectif n'avait pas le même sens pour elle que pour les autres. Les archéologues avaient découvert leur Graal et peut-être bien plus. Mais Priscilla Hutchins n'avait jamais appris à se laisser aller. Elle aborderait l'épave avec d'autres arrière-pensées.

« Une fois sur place, nous devrons avant toute chose assurer notre sécurité, dit-il. Soyez prudents et ne cassez rien. » Ils se diviseraient en trois groupes : Janet et lui-même ; George et Maggie ; Truscott, Sill et Hutch. « J'aurais préféré que nous n'ayons pas à nous coltiner madame Truscott et son bulldog, mais, puisque la navette leur appartient, je ne vois pas comment les écarter. Hutch, j'aimerais que tu les gardes à l'œil. Veille à ce qu'ils ne prennent pas de risques et ne les laisse pas partir en vadrouille n'importe où.

» Nous resterons en contact et nous nous appellerons toutes les dix minutes. Ne vous laissez pas distraire par les détails de ce que vous verrez. Il nous faut en premier chef dresser un plan des lieux pour qu'on puisse s'orienter. Ensuite on établira un programme d'action et on s'efforcera d'agir méthodiquement.

— Combien de temps resterons-nous à bord? demanda Maggie.

— Quatre heures. Ça nous laissera une marge de sécurité raisonnable. On emportera deux harnais oscillatoires et des réserves d'oxygène supplémentaires dans la navette. Au cas où. Hutch?

— Y aura-t-il quelqu'un à bord de la navette pendant l'opération?

— Jake sera notre pilote. Il restera sur le qui-vive. Nous entrerons par une des trappes ouvertes. Visiblement, quand les occupants sont partis, ils ne se sont pas donné la peine de fermer les portes. »

Sill entra. « Nous serons prêts dans quelques minutes », fit-il.

George consultait un mini écran portatif. « La station comporte au moins six sas, déclara-t-il. Ou en tout cas six ouvertures qui y ressemblent. Les portes externes de trois d'entre elles sont ouvertes. » Il scruta les visages autour de lui, en quête d'une explication.

« Ils ont évacué dans la panique, hasarda Janet.

— Aucune idée, dit Sill.

— Je ne serais pas étonnée, fit Maggie, qu'on découvre une épave dépouillée de tous ses objets de valeur. Les derniers visiteurs étaient des pillards. Ce qui expliquerait qu'ils ne se soient pas fatigués à fermer les portes. » Elle posa l'index sur ses lèvres. « Je me demande pourquoi il n'y a pas d'autre station. De construction plus tardive. On devrait en trouver de plus évoluées.

— Qui peut dire? fit Carson. Peut-être qu'elles se sont toutes cassé la figure. » Il les dévisagea un à un. « Bien, quoi d'autre? Qu'aurions-nous pu oublier? »

Hutch releva les yeux. « Les pulseurs?

— On en a un par groupe, fit Carson.

— Pourquoi en faut-il ? demanda Maggie.

— Pour ouvrir les portes récalcitrantes. »

Maggie fit une moue inquiète.

« Qu'est-ce qui ne va pas ? demanda Janet. Ça n'a rien de déraisonnable.

— Je ne sais pas, fit-elle. Ce satellite donne un peu la chair de poule, et je ne suis pas sûre que ce soit une bonne idée de s'y promener armé. Au cas où quelqu'un deviendrait nerveux.

— Il faut les emmener, ne serait-ce que pour découper la porte intérieure du sas, qui sera sans doute fermée. »

Truscott arriva, escortée de Sill. « Désolée du retard, dit-elle. Nos techniciens ont effectué une analyse structurelle de la station.

— Qu'ont-ils conclu ? » demanda Carson.

Sill prit le relais. « Primitive, fit-il. Loin derrière notre technologie. Par ailleurs nous avons la réponse à la question de Hutchins concernant l'orbite. Autant que nous puissions en juger, elle est stable. Cet objet se trouve ici depuis longtemps. Peut-être des milliers d'années.

— Autre chose, ajouta Truscott : nous avons trouvé d'autres vestiges en surface. Extrêmement nombreux. »

Mélanie Truscott. Journal de bord.

« L'homme ! Ses jours sont comme l'herbe ;
il fleurit comme la fleur des champs ;
que le vent passe sur lui, il n'est plus
et le lieu qu'il occupait ne le connaît plus. »

Psaume 103, 15-16,
11 avril 2203.

VINGT-DEUX

En approche de la station spatiale de Bêta Pacifica III. Lundi 11 avril, 21 h 40.

Ils découvrirent à travers les larges baies ovales de longs couloirs et de vastes salles éclairées par le soleil, meublées de grands sièges, de tables, et recouvertes d'amples tapis.

« Ils aimaient le confort », glissa Hutch à Truscott. Les deux femmes bavardaient comme deux anciennes camarades de classe. D'ailleurs, tout le monde s'était montré plutôt loquace lors de l'approche, exception faite de Sill, qui braquait un regard morne vers le hublot.

Leur pilote, Jake Dickenson, les exhortait à la prudence et leur prodiguait des conseils judicieux. « Ne prenez pas pour acquis qu'il n'y a plus d'énergie là-dedans, prévint-il. Ne posez pas la main n'importe où. » Et encore : « Gardez à l'esprit que cet engin est peut-être piégé. Nous ne savons pas dans quelles circonstances il a été évacué. »

L'atmosphère se fit plus lourde dans la navette : ils longeaient maintenant la station. Elle était rouge brique. On aurait dit une usine abandonnée aux murs décorés de gouttières, de solives, de crochets et de tourelles. On n'avait pas cherché à lisser son épiderme : la coque se hérissait d'une forêt de pieds, d'antennes et de protubérances. On distinguait aussi des garde-fous, des lucarnes, des frises et des encorbellements dont la seule raison d'être semblait décorative. Les tourelles pouvaient avoir servi de séjour, avec leurs baies circulaires convexes.

« Cale pour navette à bâbord », annonça Jake. Deux berceaux apparaissaient à travers une paire de fenêtres. Un petit engin courtaud était niché dans l'un d'eux.

Ils survolèrent un champ d'antennes. Tapotant de l'index contre son hublot, Sill déclara : « Pour être primitif, c'est primitif. Regardez ça. Des antennes coniques. Elles sont à des années-lumière du biosystème dont la Coupe est dotée. Cette station ne communique sans doute que par radio. Et rien qu'à cet égard, leur technologie ne cassait pas des briques. Regardez les perches des antennes.

— Qu'est-ce qu'elles ont ? demanda Carson.

— Elles sont d'une longueur abracadabrante. On fait mieux depuis le vingtième siècle au moins. Et leurs panneaux solaires : ils sont beaucoup trop larges. Inefficaces. Cette installation n'a pas été construite par ceux qui ont élaboré le télescope. »

Hutch intervint pour confirmer : de son point de vue, la station attestait une technologie moins avancée que celle des visiteurs de Japet.

« Et de quand datent ces fameux vestiges ? lui demanda Sill.

— Vingt mille ans.

— Ce qui voudrait dire que la station serait encore plus ancienne ? » Il jeta un regard oblique par le hublot. « Je n'y crois pas.

— Pourquoi pas ? demanda Carson. Vous venez de dire qu'elle était vieille.

— Pas à ce point », répliqua Sill.

Hutch n'y croyait pas non plus. Mais elle était lasse de se creuser les méninges. Ils se pencheraient de nouveau sur la question quand ils auraient plus d'informations.

La navette longeait les enfilades de hublots vides. Hutch observa George. Il avait l'air émerveillé par le spectacle. « À quoi tu penses ? » lui demanda-t-elle.

Il parut revenir de très loin. « À la chance que j'ai eue, fit-il. À peine diplômé, j'ai signé un contrat avec Henry. La plupart des gars de la promo bossent à l'heure actuelle sur des projets d'assainissement en Afrique du Nord ou au Pérou. Moi j'ai vu le temple : une des découvertes les plus extraordinaires qu'il nous ait été donné de faire. Et aujourd'hui, me voilà ici… »

La voix de Jake retentit : « On approche de l'entrée principale. »

Truscott passa ses passagers en revue. « Allons-y », fit elle.

Ils avaient choisi une porte ouverte un peu au hasard. La coque rouge de la station défilait lentement devant les hublots. Hutch venait de commencer à vérifier son équipement quand Jake haleta de surprise.

« Qu'est-ce qu'il y a ? demanda Sill.

— La porte intérieure du sas, répondit-il. Elle est ouverte aussi.

— Pas de fermeture hermétique », murmura Maggie. *La station était exposée au vide.*

« Est-ce qu'on pourrait obtenir une image ? demanda Sill. C'est invraisemblable. Les sas sont conçus pour empêcher que les deux portes puissent être ouvertes à la fois. Parce qu'en pareil cas c'est la mort. Et peut-être même la mort pour tout le monde.

— Quelqu'un a dû forcer le mécanisme de sécurité », dit Hutch. Elle tourna le regard vers Carson. « Je me demande s'il en va de même de toutes les autres portes ouvertes. »

La navette s'approcha de la station et s'immobilisa. On l'avait équipée pour ce vol de bras articulés de plusieurs mètres munis de coupleurs magnétiques. Jake les déploya. Lorsqu'il estima avoir préparé correctement sa manœuvre, il envoya le courant. Une légère secousse se répercuta dans la navette. « Nous avons accosté », annonça-t-il.

Il ferma son cockpit tandis que ses passagers bouclaient leur harnais oscillatoire, enfilaient leurs bottes magnétiques et vérifiaient leur appareil respiratoire. Lorsqu'ils furent prêts, il dépressurisa l'appareil à l'exception de son habitacle. Sill ouvrit une porte à l'arrière du compartiment des passagers et les mena dans la soute, où il leur distribua des scanners portables.

Il prit aussi deux pulseurs, en accrocha un à sa hanche d'un geste vif et familier, et tendit le second à Carson, qui le saisit, l'examina attentivement et le fixa lui aussi à sa ceinture.

Puis Sill déroula environ trente mètres de câble. « Nous allons fixer une main courante entre la soute et la porte de la station. Accrochez-vous-y quand vous partirez. Tout est en rotation, ce qui fait que, si vous êtes éjectés, on ne pourra peut-être pas vous récupérer. » Il jeta un regard autour de lui pour s'assurer que tous les champs d'énergie étaient activés. « Madame, si vous le désirez, à vous l'honneur. »

Truscott déclina l'invitation et se tourna vers Carson. « Frank… ? »

Et Carson, respectueux des convenances, se tourna vers Maggie. « C'est grâce à elle que nous sommes ici », dit-il.

Maggie eut un signe de tête reconnaissant. « Merci », fit-elle. Ils ouvrirent la porte et se retrouvèrent face à la paroi bombée de l'épave, à moins d'un bras. Elle était cabossée, abîmée. Maggie tendit la main et la toucha. Premier contact.

« Si tu veux, dit Hutch à Carson, je vais mettre le filin en place. »

Il acquiesça et elle franchit le seuil de la porte.

« Prudence », murmura Sill.

L'élan de Hutch l'amena contre la coque de la station. Elle posa ses deux semelles sur la gangue de métal et chercha la porte.

Au-dessus. À dix mètres environ.

Sill accrocha une extrémité du filin à un crampon magnétique qu'il fixa solidement au fuselage de la navette. Puis il fit de même pour l'autre extrémité qu'il tendit à Hutch. Elle coinça le filin à sa ceinture et s'avança vers la porte. Son champ de vision évoluait : le pont de la soute, qu'elle avait considéré comme « en bas », avait effectué une rotation à 90 degrés. Son estomac se souleva et elle ferma les yeux le temps que la sensation se dissipe. Il fallait se concentrer sur l'épave. L'imaginer stable. Se persuader qu'elle était stationnaire. Oublier la navette, maintenant à la verticale. Le ciel tournoyait autour d'elle, mais elle rivait son regard sur la porte.

Le sas était assez vaste pour accueillir une camionnette. La porte intérieure était effectivement ouverte, mais Hutch ne voyait rien par sa béance, à part un plancher de métal et une cloison. Elle fixa le crampon et adressa un geste à Maggie, qui aussitôt jaillit hors de la navette.

Hutch lui donna le conseil de garder le regard rivé sur la coque. Elle opina du chef et se hala sur le câble. Mais comme elle semblait peiner, Hutch alla lui prêter main-forte. Elles purent bientôt se réfugier toutes les deux dans le sas, où la sensation de tournoiement était moins obsédante. « Ça va ? » demanda Hutch.

Le visage décomposé, Maggie rassura la pilote d'une voix un peu tremblante.

« J'espère que la découverte sera à la hauteur, dit Hutch.

— Aucun doute là-dessus », répondit Maggie faiblement.

Ils arrivèrent un par un. La clarté du soleil était puissante et tous s'étaient munis d'un filtre. Ils se massèrent rapidement dans le sas, pressés de gagner la sécurité d'un espace clos.

Après avoir jeté un coup d'œil par l'ouverture et repris rapidement ses esprits, Maggie fit valoir sa préséance et pénétra dans une salle vide et haute de plafond. Sur les parois d'un orange bilieux s'alignaient des casiers vides. Dans l'un d'eux, toutefois, s'amassaient quelques débris, bloqués par le mouvement centrifuge. Il s'agissait d'instruments, d'une botte géante, de feuilles de plastique et d'une autre matière souple, peut-être une sorte de tissu.

« Si ça se trouve, ils ont laissé le sas ouvert délibérément, dit George. Pour préserver l'intérieur. Si réellement ils désiraient garder ce site pour en faire un mémorial, c'était le moyen le plus efficace. Une fois le vide établi, rien n'a pu se détériorer. »

Janet était fascinée par la botte. « Bon sang, qu'ils étaient grands ! »

Un tapis recouvrait toujours le plancher. Des couloirs au regard desquels même George paraissait tout petit s'ouvraient de part et d'autre de la salle. Une enfilade de hublots éclairaient ces coursives qui desservaient une succession de portes closes. Ces portes, impressionnantes, mesuraient à vue de nez quatre mètres sur deux.

Hutch, la dernière à entrer depuis le sas, rejoignit le reste du groupe qui examinait l'équipement. George pensait pouvoir en identifier une partie – « Ça c'est un chargeur, aucun doute » – et Maggie avait commencé à recopier des symboles. Carson choisit un couloir au hasard et s'y engagea.

Aucune des portes ne s'ouvrait sur simple pression. Naturellement, il était hors de question de les forcer, sauf en cas de nécessité. La station était percée d'un grand nombre de fenêtres. Dehors, ils apercevaient le soleil et la navette. Une des vitres avait éclaté, et ils trouvèrent la trace d'impact du projectile non loin sur le plancher. « Un météore », fit George.

Ils déambulaient maladroitement dans leurs chaussures magnétiques, serrés les uns contre les autres, avares de paroles, comme une bande de gamins dans un territoire étranger. Hutch détecta une vibration dans une cloison. « Il y a quelque chose qui fonctionne », dit-elle.

On aurait dit une lente pulsation.

« De l'énergie ? » demanda Truscott.

George secoua la tête. « Je ne crois pas. »

Ils avançaient maintenant d'un pas plus déterminé. Le soleil s'éclipsa derrière les baies et disparut. La nuit retomba dans le corridor.

Sill sortit une lampe et l'alluma.

Le battement de cœur continuait. Plus sonore.

La planète se leva et éclaira le couloir par sa réverbération. Ses océans lumineux diffusaient leurs nuances fraîches à travers les longues bandes nuageuses.

Devant, au détour d'un coude, quelque chose bougeait.

Se dressait. Puis retombait.

Une porte. Elle pivotait sur son gond inférieur mais restait accrochée à son montant. Tandis qu'ils la regardaient, elle vint heurter la paroi, produisant la vibration, puis se rabattit lentement dans sa position initiale.

Ils regardèrent au-delà du chambranle et découvrirent une autre salle plus petite. Un plateau rectangulaire disposé à hauteur d'œil ressemblait à une table. Elle était entourée de huit sièges de dimensions gargantuesques. Les sièges étaient rembourrés (ou plutôt l'avaient été puisque tout était maintenant dur comme de la pierre).

Hutch entra, avec l'impression d'avoir quatre ans. Elle se dressa sur la pointe des pieds, braqua sa lampe sur le plateau de la table, mais ne vit rien.

George avait un meilleur angle de vue. « Je distingue des taquets, comme s'il y avait des casiers », déclara-t-il. Il tenta d'en ouvrir un, en vain. « Je ne sais pas », fit-il.

Le mobilier paraissait soudé en place. « On dirait une salle de conférence », dit Janet.

Des placards s'alignaient le long des murs. Leurs portes refusaient de s'ouvrir. Mais, plus important, ils étaient ornés de symboles qui attirèrent Maggie comme la flamme attire l'insecte. « Ce qui m'étonne s'il s'agit des Bâtisseurs de Monuments, déclara-t-elle après quelques instants, c'est que leur écriture ne correspond pas à celle que j'ai eu l'occasion de voir. » Elle portait en bandeau frontal une caméra TV qui transmettait ce qu'elle voyait à la navette. « Seigneur, j'adore ça », ajouta-t-elle.

Une seconde porte s'ouvrait au bout de la salle et desservait une seconde suite identique.

Hutch coupa le canal commun et se recueillit. Regardant distraitement les ombres mouvantes jetées par les lampes, elle se souvint de ce haut de crête désertique sur Japet et de la piste solitaire. Qui étaient ces gens ? À quoi avaient ressemblé leurs réunions dans cette salle ? Sur quoi avaient porté leurs discussions ? Qu'est-ce qui leur importait ?

Plus tard, ils découvrirent d'autres portes ouvertes. Ils inspectèrent un laboratoire et une sorte de salle des machines. Il y avait aussi une cuisine. Et une salle remplie de vasques et d'une cuve, peut-être d'usage excrétoire. La vasque était sensiblement aussi haute que la table. Ils trouvèrent également ce qui pouvait être les restes d'une douche.

La lumière du jour revint. Quarante minutes après avoir disparu derrière les baies, le soleil se montrait de nouveau. C'est à peu près à ce moment-là qu'ils tombèrent sur une rampe inclinée qui partait du couloir.

« Bon, fit Carson. On dirait que le moment est venu de se séparer. Soyez tous prudents. » Il jeta un coup d'œil à Maggie. « Tu as une préférence ?

— Je veux bien rester sur ce niveau », répondit-elle.

Carson s'engagea sur la rampe. « Rendez-vous ici dans une heure. Ou plus tôt si quelqu'un trouve quoi que ce soit d'intéressant. » Truscott et Sill lui emboîtèrent le pas, et le plan selon lequel Hutch devait les garder à l'œil s'effondra. Carson esquissa un sourire un peu forcé et fit comprendre d'un geste à la pilote qu'elle pouvait disposer. Hutch, enchantée d'être débarrassée de ce qu'elle anticipait comme une corvée, alla rejoindre George et Maggie.

Ils poursuivirent leur progression sur le même niveau et très vite découvrirent une salle remplie d'écrans et de consoles à demi masquées par d'amples fauteuils à très haut dossier. « Des ordinateurs », haleta Maggie.

On distinguait des photos sur les murs. Défraîchies, mais peut-être encore lisibles.

Maggie voulut jeter un coup d'œil sur un clavier, mais les consoles se trouvaient hors de sa portée. Elle rayonnait de plaisir. « À votre avis, ils sont encore en état de marche ? demanda-t-elle.

— Pas au bout de mille ans, répondit Hutch. S'il s'est véritablement écoulé ce temps-là.

— Qu'importe ? Même hors d'usage, ces ordinateurs nous fourniront leur système alphanumérique. Rien que cela n'a pas de prix. »

Ce fut au tour de George de s'enfiévrer. Il venait de reconnaître une photo de l'engin qu'ils avaient aperçu par le hublot de la navette. On le voyait en vol, avec la station spatiale en arrière-plan. « La belle époque », commenta-t-il.

Une seconde photo montrait Bêta Pa' III, bleu et blanc – très terrienne.

Impatiente d'examiner les consoles, Maggie vint se placer devant un fauteuil et retira une de ses bottes magnétiques, décidée à se mettre en apesanteur pour flotter au-dessus de ce qu'elle voulait voir. C'est alors qu'elle se rendit compte qu'il y avait quelque chose *dans* le fauteuil. Elle se tourna à demi et poussa un hurlement. Si elle avait eu le temps de retirer ses deux bottes, elle se fût sans doute propulsée en arrière. Mais retenue par un pied, elle se pencha selon un angle fermé, finit par perdre l'équilibre et s'affala sur le pont.

Le fauteuil était occupé.

La voix de Carson tonitrua sur la comligne. « Qu'est-ce qui se passe ? Hutch ? »

Maggie, livide, releva le regard vers l'occupant du siège.

« Nous avons trouvé un corps, annonça Hutch dans la comligne.

— On arrive ! » lança Carson.

Il s'agissait d'une créature luisante et momifiée.

« Dans celui-ci aussi », fit George en essayant de maîtriser sa voix et en désignant le fauteuil suivant.

Deux !

Maggie, bouleversée, observait le corps. Hutch approcha et se pencha vers elle. « Ça va ?

— Ouais. C'est juste que ça m'a fichu un coup. Je ne m'y attendais pas. »

L'extraterrestre avait les yeux clos. Sa peau s'était parcheminée. Son crâne, d'une couleur de poussière brunâtre, était oblong et fin. Ridé. De larges mains aux doigts ongulés, vaguement griffus, prolongeaient ses bras. Les vestiges gris sombre de ses vêtements adhéraient encore à son torse et à ses jambes.

« Une poche d'air a dû subsister un moment, fit George. Sans quoi les corps ne se seraient pas décomposés.

— Je ne crois pas, dit Maggie. Les organismes sont truffés de composants chimiques. Qui peuvent amener une dégénérescence, que l'on soit dans le vide ou non. Le processus est simplement plus long. »

La créature était sanglée à son fauteuil.

Elle était sanglée au moment où les sas s'étaient ouverts.

Les affres de son agonie se lisaient encore sur son visage.

Qu'est-ce qui s'était donc passé ici ?

Maggie effleura timidement son genou.

Hutch se planta face à la créature et sut à qui elle avait affaire. Elle la reconnut.

Carson et les autres arrivèrent. Ils s'égaillèrent dans la salle, silencieusement, prudemment.

« Ce sont eux ? demanda Truscott. Les visiteurs de Japet ?

— Oui », répondit Carson. Il promena un regard circulaire. « Du moins il me semble, non ? »

Il n'y eut personne pour le contredire.

« Dommage, fit Maggie. Ce n'est pas ainsi que nous aurions dû entrer en contact. »

Sill était juste assez grand pour apercevoir leurs consoles de travail. « Ça devait être leur centre d'opérations, je suppose », fit-il.

George se tourna vers les photos. Elles étaient encadrées, et les cadres fixés à la cloison. La plupart étaient trop passées pour qu'on y distingue rien. Sur l'une d'elles, cependant, il reconnut un ensemble de bâtiments. Sur une autre, ce qui ressemblait à un bord de mer. « Ça pourrait être le Maine », dit Sill en regardant par-dessus son épaule.

Hutch ne pouvait se détourner des corps. Sanglés dans leur harnais. Avaient-ils été assassinés ? Improbable. Ces ceintures n'auraient pu bloquer personne contre son gré. Donc il fallait que ces créatures aient attendu, assises ici, tandis qu'on ouvrait les sas pour laisser le vide s'emparer de la station.

La station était un mausolée.

Ils découvrirent d'autres corps dans des pièces – sans doute des cabines – sur le niveau supérieur. Ils en dénombrèrent trente-six avant de s'arrêter. Il y en avait certainement davantage. Les corps, tous sans exception, étaient attachés. Carson et son équipe en avaient tout de suite tiré une conclusion, une conclusion qui donnait le frisson. *Il s'agissait d'un suicide collectif. Ils ne voulaient pas dériver dans leur cercueil ni se faire aspirer par le vide sidéral, alors ils avaient trouvé des sangles de fortune et ouvert les vannes.*

« Mais pourquoi ? » demanda Truscott. Carson avait beau savoir la directrice endurcie, elle semblait secouée.

Maggie également paraissait ébranlée. « Peut-être que le suicide relevait de leur culture. Peut-être qu'ils avaient commis une faute sur cette station et qu'ils estimaient mériter ce sort. »

Après le choc causé par cette macabre découverte, ils errèrent quelque temps sans but dans les couloirs. Conformément aux consignes de sécurité de Carson, ou peut-être pour d'autres raisons, aucun d'eux ne se promena seul.

Maggie avait réquisitionné Sill et s'était mise au travail dans la salle des opérations. Ils sélectionnèrent certains ordinateurs et les démontèrent afin de mettre la main sur les banques de données, s'il en existait encore.

George et Hutch partirent en quête d'autres photos. Ils en trouvèrent dans les cabines. Elles étaient presque complètement effacées, mais on distinguait encore des silhouettes revêtues de robes et de manteaux. Ainsi que d'autres structures : des bâtiments élancés qui rappelaient des églises à Carson. Deux clichés évoquaient un site de décollage, avec un disque qui ressemblait à une antenne parabolique et un édifice comme une tour de lancement. Ils trouvèrent aussi une photo de groupe. « Pour celle-ci, pas de doute, fit George. Ils posent. »

Carson eut un rire bref.

« Qu'est-ce qu'il y a de drôle ? demanda George.

— Je ne sais pas trop. » Il dut réfléchir avant de reconnaître consciemment que c'était le décalage entre le caractère impressionnant des créatures et le trivial d'un alignement pour une photo qui l'avait amusé.

Sur une autre image, on discernait deux extraterrestres près d'une sorte de voiture, qui levaient la main.

Carson en fut ému. « De quand date tout cela, à votre avis ? » demanda-t-il.

George examina la photo. « Un sacré bail. »

Pourtant, la station ne faisait pas sentir le poids des siècles, contrairement par exemple au temple des Vents. La passerelle de commandement aurait pu être occupée la veille encore. Tout était certes un peu poussiéreux, mais le soleil baignait la station. Il était difficile de se persuader qu'aucun bruit de pas n'avait résonné dans ces longues coursives depuis si longtemps.

Cette impression s'expliquait, d'ailleurs : l'érosion n'avait pu s'accomplir.

George trouva encore une photo des quatre lunes prises en enfilade. « Spectaculaire, commenta-t-il.

— Et bien mieux, fit Carson. Ce pourrait être la clé qui nous permettra de dater cette station. »

Maggie localisa l'unité centrale du réseau informatique. Elle paraissait intacte. « De l'extérieur », admit-elle.

Sill croisa les bras. « Ce sera peine perdue. »

Bah, ils verraient bien. On avait déjà assisté à des miracles. Il fallait l'emporter, si possible, et l'expédier à l'Académie. Peut-être qu'avec de la chance…

Trois heures après leur entrée, ils se rejoignirent et commencèrent à battre en retraite vers la navette. Maggie avait démonté son unité, et ils emportaient également la photo des quatre lunes ainsi que deux ordinateurs.

Hutch était préoccupée. Elle regardait les lumières mouvantes des lampes et garda le silence tandis qu'ils déambulaient pesamment dans les coursives.

« Qu'est-ce qui ne va pas ? finit par lui demander Carson.

— Pourquoi se sont-ils suicidés ?

— Je ne sais pas.

— Est-il seulement possible d'imaginer ce qui a pu se passer ?

— Peut-être qu'ils sont restés coincés ici. Qu'une sorte d'enfer se déchaînait sur leur planète.

— Mais il y a une navette à bord.

— Peut-être qu'elle était hors d'usage.

— Autrement dit, au moment où leur support externe les lâchait, leur véhicule embarqué tombait aussi en panne. Tu y crois, toi ?

— Non.

— Moi non plus. »

Priscilla Hutchins. Journal.

Ce soir, c'est comme si quelqu'un avait massacré la dame de glace à coups de hache. Les Bâtisseurs de Monuments semblent avoir disparu, remplacés par les pathétiques créatures qui ont construit ces stations spatiales et mis fin à leurs jours lorsqu'un mystérieux problème est survenu. Où sont les êtres qui construisaient les Grands Monuments ? Pas ici en tout cas.

J'en viens à me demander s'ils ont vraiment existé.

12 avril 2203, 01 h 15.

VINGT-TROIS

Bêta Pacifica III. Mardi 12 avril, 08h30 GMT.

La navette glissait dans l'après-midi calme au-dessus d'une plaine ondulée. Par les hublots entrouverts, l'air frais pénétrait librement dans le véhicule.

L'odeur de la prairie et de la mer proche réveillait des souvenirs terriens. Étrange, vraiment : Carson avait passé tant d'années sur Quraqua, sur cette côte méridionale, et il n'avait jamais humé l'air salin. C'était également le premier voyage en navette qu'il effectuait sans être hermétiquement coupé de l'environnement extérieur.

Première fois que je peux sortir la tête par la portière.

On distinguait çà et là des vestiges d'habitations en dessous : des murs éboulés, des digues éventrées, des quais en ruine. Ils volaient à basse altitude, en rase-mottes, à cent cinquante kilomètres-heure. Le ciel était plein d'oiseaux.

Ils survolèrent un fleuve large et boueux, aux rives sablonneuses parsemées de gros blocs de rocher arrondis. Des sortes de reptiles musardaient au soleil.

Et d'autres ruines encore : des piliers en pierre de taille dans l'eau, lissés par l'érosion. Un sillon flou dans la forêt, marquant une ancienne route.

« Il y a longtemps qu'il n'y a plus personne ici, fit George.

— Vous voulez qu'on descende regarder de plus près ? demanda Jake, leur pilote.

— Non », fit Carson. Hutch savait pourtant qu'il en mourait d'envie, mais Truscott ne leur avait accordé que trente-six heures. « Prenez les coordonnées du site, qu'on puisse le retrouver. »

La prairie se déroulait. Ils écoutaient le sifflement de l'air contre la navette, regardaient l'herbe mordorée onduler dans la brise.

« Quelque chose devant ! » annonça Maggie.

Il s'agissait d'un amas informe de métal corrodé. Carson pensa reconnaître les restes d'un véhicule ou d'une machine. Mais il eût fallu se poser pour l'identifier.

Ils s'écartèrent de la rivière et survolèrent une zone désertique où ils remarquèrent quelques murs et, de temps à autre, des réservoirs qui s'enfonçaient dans les dunes comme des navires en plein naufrage.

La prairie reparut. Les terres se firent plus étroites et plus montagneuses. L'océan les étranglait de part et d'autre. Dans cette région, les murs de pierre abondaient, comme les pièces éparses d'un gigantesque puzzle.

Ils remarquèrent la source d'un cours d'eau qu'ils suivirent vers le sud dans la forêt. Les reliefs façonnaient le pays, et la rivière disparaissait parfois sous terre, resurgissait, sinuait dans des vallées pittoresques.

Carson étudiait une carte sur son écran. « Il me semble, fit-il, que les villes ne sont pas situées là où elles devraient.

— Comment cela ? demanda Hutch.

— Regardez celle-ci. » Il posa l'index sur son écran. Un ensemble de ruines émergeaient de la plaine, à plusieurs kilomètres de l'océan et une quinzaine d'un confluent. « Elle devrait se situer ici, au point de rencontre des deux rivières.

— C'était sans doute autrefois le cas, intervint Maggie. Mais les cours d'eau se déplacent. À vrai dire, si on pouvait établir quand cette ville se trouvait sur le confluent, on serait probablement en mesure de déduire une chronologie.

— Ils partageaient le goût des humains pour la vie au bord de l'eau », dit Hutch.

Carson acquiesça. « Peut-être que leur système d'échange reposait en grande partie sur les transports fluviaux et maritimes. » Puis il secoua la tête. « Ce ne serait pas très rationnel, pour une civilisation qui maîtrisait l'antigravité il y a des milliers d'années. Qu'est-ce qui a pu se passer ? Auraient-ils détenu, puis oublié ce savoir ?

— Pourquoi ne pas descendre et approfondir la question sur le terrain ? » suggéra Janet.

En amont, la rivière se jetait dans une baie. « Là-bas, dit Carson. On dirait une ville. Et un port naturel. C'est là que nous atterrirons. »

La forêt devenait touffue, confuse. Des monticules, des tours et des murailles perçaient la canopée. On pouvait cependant, avec un peu d'imagination, reconstituer le tracé des rues et des voies.

Le continent tout entier était-il à l'image de cette ville ? Un vaste territoire à l'abandon ?

Jake porta une main à son écouteur. « Le radio annonce l'arrivée de l'*Ashley Tee*. Dans quarante heures environ.

— Merveilleux ! s'exclama Maggie. Peut-être qu'on va pouvoir rester un peu, maintenant, et étudier le berceau des Bâtisseurs de Monuments à loisir. »

Jake les félicita, mais sur un ton un peu triste, ce dont Hutch s'aperçut. Comme elle le questionnait, il avoua n'avoir pas envie d'être retiré des opérations.

La forêt s'étendait au-dessus du vaste port et tamisait le soleil. De grands arbres aux feuilles larges se massaient le long du rivage. La navette opéra un demi-tour au-dessus de la pleine mer et revint sur le site.

Une île étroite et herbeuse divisait l'entrée du port en deux goulets de taille égale, tous les deux partiellement obturés par des ponts effondrés.

Hutch remarqua des parallélépipèdes tronqués dans l'eau, de massives fondations de béton (a priori) et des monceaux de décombres.

« Des bâtiments d'une sacrée taille se dressaient ici, dit Janet. Peut-être l'équivalent de nos gratte-ciel.

— Et il y en avait d'autres dans les bois, fit George.

— Où se pose-t-on ? Quelqu'un a une suggestion ? demanda Carson.

— N'approchez pas trop de la rive, conseilla Hutch. S'il y a des prédateurs, c'est là qu'ils ont le plus de chances d'être embusqués. »

Ils trouvèrent une clairière à cinq cents mètres environ du port. Jake descendit et atterrit parmi des feuilles humides et des buissons vert vif.

Hutch entendit le déclic de la portière du cockpit. « Attendez une minute ! lança Carson. Nous devons aborder quelques questions avant de sortir d'ici. » Bien, pensa-t-elle. Certains d'entre eux avaient l'expérience de la mission de Quraqua, mais d'autres ignoraient tout des risques d'un tel débarquement. On avait prouvé que la peur traditionnelle de se voir contaminé par une maladie extraterrestre n'était en rien fondée : les micro-organismes ne s'attaquent pas aux créatures issues d'une biosphère autre que la leur. Il ne fallait pas en conclure pour autant qu'ils n'avaient rien à redouter des prédateurs locaux. Hutch en avait fait la cuisante expérience.

Carson adopta son ton le plus militaire. « Nous ne savons à peu près rien de cet environnement, donc nous resterons groupés. Que chacun se munisse d'un pulseur. Mais gardez à l'esprit que vous devrez avoir un champ de vision parfaitement dégagé pour faire feu. »

Ils n'auraient pas besoin de bouclier d'énergie. Ils se contenteraient de revêtir une tenue épaisse et de lourdes bottes pour se protéger des épines, des plantes vénéneuses, des piqûres d'insectes et de tout ce que pouvait encore abriter la forêt.

« Où va-t-on ? » demanda Maggie en actionnant la fermeture à glissière de son blouson.

Carson promena le regard alentour. « Il y a, semble-t-il, d'importantes ruines vers le nord. Essayons d'abord par là. » Il se tourna vers Jake. « Nous serons de retour avant le coucher du soleil.

— Entendu, fit le pilote.

— Vous restez à l'intérieur, d'accord ? Il ne faut prendre aucun risque.

— C'est clair. Du reste, je n'ai envie d'aller nulle part. »

L'air frais et parfumé embaumait la menthe. Ils se rassemblèrent au pied de l'échelle et scrutèrent les alentours en silence. La brise venue de la mer animait les buissons. Des insectes bourdonnaient et des oiseaux planaient au-dessus de leurs têtes. Hutch avait l'impression de se retrouver dans une Pennsylvanie perdue, celle dont parlaient les livres d'antan.

L'herbe montait haut, presque jusqu'à ses genoux. Ils s'avancèrent de quelques pas, vérifièrent leurs armes et choisirent une trouée entre les arbres. Carson prit la tête du groupe et George ferma la marche. Ils traversèrent la clairière et s'enfoncèrent dans les bois.

Ils se trouvèrent aussitôt face à une côte. La végétation était touffue. Ils montèrent, slalomant entre les arbres et les buissons épineux, dégageant de temps à autre un obstacle à coups de pulseur.

Ils atteignirent le sommet du mamelon et s'y arrêtèrent. De grands bosquets bouchaient la vue. Janet essayait de mémoriser le chemin qu'ils venaient d'emprunter. « J'ai l'impression qu'on marche sur un tumulus, dit-elle. Il y a quelque chose d'enterré là-dessous. » Elle essaya d'utiliser son scanner, mais elle manquait de recul, étant debout le monticule, pour que l'appareil soit efficace. « Je vois quand même quelque chose, dit-elle à nouveau. Comme une structure. Ça s'enfonce profondément. »

George sortit un bloc lumineux et ébaucha un relevé.

Ils descendirent sur l'autre flanc à travers un réseau de murs épais qui s'élevaient à la même hauteur que les arbres et semblaient avoir été en maints endroits démolis ou nivelés. « Ce n'est pas de la construction high-tech, fit George. Ils ont utilisé du plastique et d'autres trucs que je ne reconnais pas, mais pour l'essentiel c'est du béton armé. Ça colle avec la station spatiale, mais pas avec le télescope.

— C'est à n'y rien comprendre, intervint Janet. Les vestiges les plus modernes devraient se trouver à la surface. La cité plus primitive devrait être enfouie depuis longtemps. »

Des bêtes pépiaient et sautillaient dans le feuillage. Des insectes chantaient et une lumière verte filtrait depuis la canopée. Les arbres pour la plupart étaient des feuillus noueux dont les branches se concentraient à leur sommet. Le pied de leur tronc restait nu. Immenses, ils culminaient à l'équivalent de presque cinq étages. Ils composaient comme une grandiose cathédrale à voûte végétale.

Le groupe franchit à gué un ruisseau, longea un mur de pierres gauchi et partit à l'ascension d'une nouvelle colline. D'épais buissons en pleine floraison abondaient dans tout le secteur. « Attention aux épines, prévint Maggie. Partout, ce sont les mêmes défenses, à ce que je constate. »

La similarité des espèces vivantes sur les différentes planètes était l'une des grandes découvertes qu'avait permises le développement du voyage hyperluminique. On avait trouvé des créatures bizarroïdes, certes. Mais il était désormais flagrant – pour qui en eût douté – que la nature faisait au plus simple. L'aile, l'épine et la nageoire se retrouvaient partout où il y avait des êtres vivants.

Ils poursuivirent leur exploration au petit bonheur, suivant des détours. Ils tombèrent sur un cylindre de béton qui pouvait avoir été une cuve de stockage ou un conduit d'ascenseur. Et ils s'arrêtèrent devant une structure de poutres en plastique trop légères pour avoir servi de support à quoi que ce soit. « Une sculpture », suggéra Maggie.

Carson demanda à Janet si elle pouvait estimer l'âge de la ville.

« Avec le *Wink*, j'aurais pu établir une fourchette, fit-elle.

— D'accord. Bon. » Il pensa qu'ils pourraient, grâce à l'*Ashley Tee*, retrouver le vaisseau et récupérer le matériel qui lui faisait défaut.

Au terme de la première heure, Carson contacta Jake. R.A.S. à la navette. « Pas de problème ici non plus, dit-il.

— Heureux de l'entendre. Vous ne vous êtes pas aventurés très loin. » Jake semblait intrigué. « Qu'est-ce que vous avez trouvé ?

— Des trésors », fit Carson.

Jake mit fin à la communication. Il ne s'était jamais posé sur une planète inconnue. L'expérience l'angoissait un peu, mais il ne la regrettait pas.

Jake avait piloté des navettes Kosmik la majeure partie de son existence. C'était un métier prestigieux, grassement rémunéré. Ça ne s'avérait pas aussi excitant qu'il l'avait espéré, mais tous les boulots perdent leur attrait avec le temps. Il circulait donc entre les bases orbitales ou terrestres et les astronefs. Aller, retour. Sempiternellement. Il transportait des gens dont les intérêts se limitaient à leur travail, qui ne regardaient jamais par les hublots de sa navette. Cette équipe-là était différente.

Il les aimait bien. Il avait pris plaisir à suivre l'exploration de la station extraterrestre, même s'il s'était bien gardé de le manifester. Par nature, il jouait plutôt les blasés. Mais tout de même : il avait entendu parler des Bâtisseurs de Monuments, il savait qu'ils avaient écumé les étoiles. Et voilà qu'il se retrouvait dans l'une de leurs villes.

L'épaisse frondaison verte qui bordait la clairière luisait dans le soleil de midi. Il se renfonça dans son fauteuil, mains sous la nuque. Et aperçut quelque chose. Une lueur entre les arbres.

Comme un miroitement.

Il plongea la tête par l'ouverture de la portière, se pencha et scruta la zone plusieurs minutes. Quelque chose de blanc. Un morceau de marbre peut-être. L'air chaud du port l'enveloppait par bouffées.

Ils s'arrêtèrent près d'un ruisseau cristallin et observèrent un poisson. La lumière filtrée conférait une sorte d'irréalité et de virginité à la forêt. Pourtant des chemins la sillonnaient, des sentes d'animaux, toujours étroites et parfois impraticables. De temps en temps, ils devaient revenir sur leurs pas, contourner un escarpement ou un bosquet trop touffu. Carson tenait son pulseur à la main et portait celui de Maggie à la ceinture.

Le ruisseau s'écoulait sous une arche d'un gris bleuté à demi éboulée. L'arche était ancienne et certains de ses éléments n'avaient pas résisté aux ravages du temps. Les symboles gravés sur la pierre n'étaient plus lisibles depuis longtemps. Maggie essaya de déchiffrer du bout des doigts ce que ses yeux ne pouvaient voir.

Concentrée, elle n'entendit pas un soudain cliquetis, comme un bruit de castagnettes. Les autres, en revanche, sursautèrent et se tournèrent vers un gros roncier, juste à temps pour entrevoir une bestiole rappelant un crabe qui s'enfuyait prestement.

Derrière l'arche, ils trouvèrent la statue d'un autochtone. Elle était renversée, à demi ensevelie, mais ils prirent le temps de la dégager. Debout, elle aurait mesuré deux fois la taille de George. Ils entreprirent de la nettoyer grâce à l'eau du ruisseau et furent impressionnés par l'habileté du sculpteur : il leur semblait lire une personnalité dans ce visage de pierre. De la noblesse. Et de l'intelligence.

Ils consignèrent descriptions, mesures, coordonnées et repartirent. George semblait fasciné par ce qui restait invisible, enfoui dans le sous-sol de la forêt. Il se demandait combien de temps serait nécessaire pour mettre sur pied une opération de grande envergure.

Délicate question. Si la décision pouvait ne dépendre que du seul directeur de l'Académie, tout pourrait se monter en quelques mois. Mais ce ne serait pas si simple. Ce monde, après tout, était immédiatement colonisable. Il serait possible d'y implanter de la technologie. Hutch estima qu'il se passerait des années avant que quiconque soit autorisé à poser le pied sur cette planète, hormis les militaires de l'U.N.A.

Jake sortit sur l'aile de la navette, se laissa glisser au sol et regarda entre les arbres. Il apercevait encore le miroitement.

La clairière était bordée de buissons en fleur dont les exubérants bouquets laiteux se balançaient au gré de la brise venue du port, vifs et humides dans la clarté zénithale. L'expérience de Jake en matière de forêt se cantonnait à la ceinture d'arbres de sa banlieue natale, près de Kansas City, où il allait jouer quand il était gosse. Elle n'était nulle part assez profonde pour qu'on perde de vue Rolway Road d'un côté ou le Pike de l'autre.

Il savait que sous ses airs paisibles la forêt pouvait receler des dangers. Mais il portait un pulseur, une arme qui pourrait foudroyer tout ce qui s'approcherait un peu trop.

Le ciel de cet après-midi-là était si bleu et limpide qu'il en faisait mal aux yeux. Des nuages blancs flottaient au-dessus du port et les oiseaux marins tournoyaient en criaillant.

Il palpa la crosse de son arme pour se rassurer et s'avança vers l'orée du bois.

On aurait dit des arbres de conte de fées, comme ceux qui illustrent les livres pour enfants, tantôt grimaçants, tantôt souriants.

Ils paraissaient très vieux. Certains avaient poussé sur les tumulus, les enveloppaient du réseau de leurs racines, comme s'ils voulaient retenir les secrets qu'ils contenaient. Il y avait si longtemps que la cité était morte.

« Des centaines d'années », fit Maggie.

Le sous-bois se faisait maintenant moins touffu et les arbres plus clairsemés. Les rais du soleil découpaient la forêt dont les colonnes vivantes se succédaient à perte de vue.

Au sommet d'une colline, ils firent halte pour reprendre leur souffle.

La pente en contrebas se couvrait progressivement de halliers, puis le terrain remontait vers une autre colline. Une muraille devant eux émergeait des broussailles épaisses et partait dans la pente. Elle était large et imposante comme un barrage. Comme un rempart. Elle s'étirait à peu près jusqu'au milieu de la vallée. Puis s'arrêtait. Haute de cinq étages, elle prenait fin brutalement. Hutch apercevait des tiges de fer et des câbles. Le squelette d'un escalier qui ne menait nulle part s'accrochait à sa paroi. On distinguait l'emplacement de contreforts dont il ne restait plus que des saillies. De la végétation avait envahi le faîtage minéral.

« Je propose une halte, dit Carson. C'est le lieu idéal pour déjeuner. » Ils sortirent leurs sandwichs, les jus de fruit et s'installèrent à leur aise.

Tout le monde prit part à la conversation. Ils imaginaient l'aspect de la vallée quand la cité s'y dressait, essayaient de deviner quels événements s'y étaient produits, se félicitaient d'avoir pu surmonter leurs épreuves puisqu'elles les avaient menés ici, sur cette colline.

Carson se mit en communication avec la navette : « Jake ?

— Je suis là.

— Tout va bien.

— Ici aussi.

— Parfait. » Pause. « Jake, la vue est splendide.

— Ouais. Je me doutais que ça vous plairait. Le paysage ne manquait pas d'allure vu du ciel. Vous comptez toujours revenir avant le coucher du soleil ? »

Carson aurait aimé lui annoncer qu'ils prolongeaient la vadrouille, mais c'eût été se mettre en porte-à-faux vis-à-vis de Truscott. Et sans doute faire montre d'imprudence. Maintenant que l'*Ashley Tee* arrivait dans les parages, il était sûr de parvenir à la convaincre d'attendre encore un peu, pour faire la transition. Ensuite ils disposeraient de tout le temps nécessaire pour approfondir l'exploration. Inutile de précipiter les choses. « Oui, fit-il. On y sera.

— O. K. Terminé. »

Carson débrancha et se tourna vers Hutch. « Combien de temps l'équipe de l'*Ashley Tee* pourra-t-elle se permettre de rester dans le secteur ?

— Difficile à dire. L'équipage compte deux personnes. Ils partent en général pour des missions d'un an. Donc tout dépendra de l'état de leur stock d'eau et de vivres.

— Je suis sûr qu'on pourra en extorquer un peu à Mélanie », fit Carson. Hutch ne manqua pas de remarquer cette nouvelle familiarité. « Je vais te dire, poursuivit-il, ce que j'aimerais, c'est me trouver ici quand la mission de l'Académie débarquera : pouvoir les accueillir, leur serrer la pince à leur arrivée. Bon Dieu, ce serait un coup à entrer dans la légende. Et peut-être que ce n'est pas irréaliste. »

Jake voyait toujours le miroitement derrière l'écran des frondaisons.

Il s'immobilisa à l'orée des arbres, sortit son pulseur et repoussa le cran de sécurité. La navette silencieuse se dressait au milieu de la clairière, le nez pointé droit vers lui. Sa carlingue vert et blanc se fondait dans les couleurs de la forêt. Il lui faudrait penser à demander une photo pour immortaliser ces moments. La navette de Jake.

Le nom du *Perth* et son logo, une vieille fusée Athéna cerclée d'étoiles, décoraient sa coque. Le vaisseau avait été baptisé en hommage à une héroïne éponyme de la conquête spatiale de jadis.

Cette femme avait décidé de rester à bord d'une capsule à la dérive plutôt que de condamner à la mort ses coéquipiers en puisant dans leurs réserves d'oxygène déjà rationnées. Un de ces drames qui n'arrivent plus à notre époque, songeait Jake. La vie était devenue plus terne.

Il plongea la tête dans le feuillage. C'était du marbre, aucun doute à présent. Une surface nette et froide par cette lumière. Mais d'impénétrables fourrés en défendaient l'accès. Il décida de se frayer un chemin grâce au pulseur.

Il prit bien garde de ne pas braquer l'arme en direction du vestige. Mais il s'emmêla les pieds dans les branches et faillit se blesser avec le rayon. Il en conçut une frayeur rétrospective.

Ça ressemblait à une table.

Un autel peut-être.

Il était disposé sous une arche décorée de bas-reliefs qui paraissait très vieille.

Mince ! Il aurait dû emporter la caméra. Il allait devoir retourner la chercher.

Il se brancha sur le canal commun. « Frank ?

— À l'écoute. » Carson mangeait.

« Je suis face à un truc qui ressemble à un autel.

— Où ça ? »

Il sentit de la tension dans la voix de Carson. « Juste au sud de la clairière. » Il décrivit sa découverte.

« Bon sang ! Vous étiez censé rester à proximité de la navette.

— Mais je *suis* à proximité de la navette. Je la vois d'ici. »

L'autel n'était pas à dimension humaine. Lorsqu'on se tenait devant, la surface du plateau se trouvait au-dessus du niveau des yeux. C'était du bel ouvrage, d'une finition impeccable.

Tout ceci l'amusait franchement. Il prit une pose avantageuse, mains sur les hanches. Il leva le regard vers l'arche. Il palpa les symboles gravés sur le devant de l'autel.

Qu'est-ce que ça peut vouloir dire ?

Il rebroussa chemin vers la clairière. Peut-être qu'il avait effectivement découvert quelque chose. Juste derrière lui, la navette étincelait sous le ciel bleu et vif.

L'herbe ondoyait dans le vent.

Il perçut un mouvement sur sa chaussure droite. Machinalement, il secoua le pied. Alors, soudain, il sentit qu'on le lui tailladait. Il poussa un hurlement et se plia en deux. Quelque chose s'enfonça entre ses côtes et lui lacéra le visage. La dernière chose dont il eut conscience fut l'odeur de l'herbe.

La muraille qui barrait la vallée prenait son origine quelque part à leur droite. Elle était assez large pour que huit personnes y marchent de front. Non loin, au-delà d'une portion de halliers et d'une clairière, elle s'enfonçait dans le sol et devenait route. Là où Hutch l'avait escaladée, elle était dotée d'un parapet qui s'élevait à peu près à hauteur d'épaule. Mais au milieu de la clairière ce parapet avait subi des dommages : tout le pan gauche s'était éboulé ou avait été démantelé. Ou n'avait jamais été construit, peut-être. Difficile à dire. En tout cas, la paroi, derrière un muret qui lui arrivait aux genoux, plongeait à pic et s'enfonçait dans le flanc de la colline.

Ils examinèrent la construction, faite de béton armé. Hutch grimpa au sommet du parapet et écarta le feuillage. La pente de la forêt était raide.

L'escalier se trouvait aux deux tiers du tronçon. « Il descend jusqu'au sol », dit Hutch. Ce n'était pas strictement exact. Une volée de marches manquait vers le bas. Elles reprenaient au-dessous et, apparemment, se prolongeaient sous le niveau du sol. Jusqu'à quelle profondeur la construction s'enfonçait-elle dans le terreau de la forêt ? Hutch fit fonctionner son scanner. « Il y a au moins l'équivalent de huit étages enfouis, annonça-t-elle, songeuse. Et peut-être même beaucoup plus. » Une prospection aérienne s'imposait pour une évaluation plus précise.

Elle rebroussa chemin jusqu'à la clairière. « Plus tard, lui dit Carson en jetant un coup d'œil à sa montre. On étudiera la question plus tard. »

Au-dessus de leurs têtes, la voûte des branches oscillantes qui leur masquait le ciel semblait posée là depuis toujours.

Ils franchirent la vallée d'un pas tranquille et parvinrent à un dôme. Janet l'étudia au scanner et annonça que l'ensemble était de forme sphérique. Il s'agissait sans doute, selon elle, d'un réservoir. « Il était peint, fut un temps, précisa-t-elle. Mais Dieu sait de quelle couleur. »

Carson leva les yeux vers le soleil entre les arbres. « Temps de rentrer. »

George appela la navette. Au bout d'un moment, il se mit à froncer les sourcils devant son appareil. « Je ne reçois pas de réponse », dit-il.

Carson lança à son tour un appel sur son propre émetteur. « Jake, répondez s'il vous plaît. »

Ils échangèrent des regards.

« Jake ? » Il changea de fréquence. Le voyant vira au jaune. « Rien de rien. Il a disparu. »

Hutch tentait d'obtenir un signal directement de la navette. « Pas mieux, fit-elle.

— Bon sang ! » pesta Carson, irrité que son pilote n'en ait fait qu'à sa tête. En cet instant, il regrettait l'armée, où la discipline n'était pas un vain mot.

« Bon, on réessaiera dans quelques minutes. » Le jour rosissait.

Ils prirent une photo de groupe devant le dôme. Puis ils commencèrent à revenir sur leurs pas.

« Un simple ennui mécanique », suggéra George. Mais personne n'osait y croire.

Janet marchait de son pas énergique habituel. De toute l'équipe, elle seule restait convaincue que tout allait bien à la navette. Son sentiment de triomphe était trop vif pour qu'elle le gâche par une inquiétude dénuée de fondement précis. Elle avait maintenant l'habitude de participer à des découvertes majeures (l'époque était faste), mais elle comprenait qu'au moment de faire le bilan de sa carrière cet épisode resterait le plus glorieux de tous. Première incursion dans la ville, près du port. Quelle immense fierté !

Quinze minutes plus tard, ils traversaient de nouveau la vallée barrée par la muraille et gravissaient la colline en file indienne. Janet fermait la marche, songeant qu'elle ne vivrait pas assez vieille pour voir ce site livrer tous ses secrets. Soudain elle perçut un mouvement en périphérie de son champ de vision, dans une plaque d'herbe. Elle scruta la zone mais ne remarqua rien et poursuivit son chemin.

Elle se remit à penser à ces ruines enfouies…

Presque simultanément, Hutch cria « Attention ! » et elle sentit un aiguillon brûlant et acéré s'enfoncer dans sa cheville. Elle hurla de douleur et s'écroula. Quelque chose s'accrochait à elle, s'agitait contre sa botte. Elle crut distinguer une araignée ; elle roula plusieurs fois sur elle-même dans la pente, tout en essayant de l'attraper. L'animal, couleur d'herbe, ressemblait plutôt à un crabe. Maggie accourut à la rescousse. Les pulseurs lancèrent des éclairs. Tout autour d'elle, les autres membres du groupe se battaient, l'angoisse au ventre.

Carson avait toujours la main sûre. Le cri d'alerte de Janet s'était à peine éteint qu'il avait déjà repéré et tué un autre assaillant : il s'agissait d'un brachyid, une créature très proche du crabe, pareille à celle qu'ils avaient aperçue plus tôt dans la journée. Autour de lui, c'était la panique.

Janet était à terre. Maggie, penchée au-dessus d'elle, martelait l'herbe avec une grosse pierre.

Carson sentit sa cheville gauche exploser de douleur. Il se précipita contre un arbre et se laissa choir.

Hutch vint s'agenouiller près de lui, pulseur au poing.

Des crabes.

Il entendit des cris et des appels à l'aide.

Maggie se redressa le temps de hurler : « Pulseur ! » Hutch lui en donna un. Le brachyid se cramponnait à la botte de Janet. Carson voyait l'animal s'agiter furieusement, se balancer d'un côté à l'autre. Du sang coulait dans l'herbe. Maggie plaqua le canon contre la carapace et appuya sur la détente. La chose poussa un couinement.

« Restez hors de l'herbe ! cria George. Ils se cachent dans les broussailles ! »

Un point noir apparut sur la carapace et se mit à fumer. Les petites pattes latérales battirent désespérément contre la botte de

Janet. Puis, au terme d'un ultime spasme et d'un frisson, l'animal se détendit. Maggie l'arracha à sa victime.

Hutch repéra un autre brachyid. Il leur faisait face et les observait de ses yeux pédonculés. Sa fine pince incurvée claquait en cadence. Elle l'enveloppa de la lumière blanche de son pulseur. Pattes et yeux se ratatinèrent, noircis, et il roula sur le côté, roussissant l'herbe. Hutch, pour ne prendre aucun risque, fit feu sur toute la zone, calcinant les arbustes, les roches, les broussailles.

Elle songea soudain que les dards étaient peut-être venimeux.

« En voilà d'autres, annonça George. Devant. »

Hutch accourut pour faire front et découvrit plusieurs bêtes alignées en travers du chemin. D'autres avançaient en soutien de part et d'autre dans l'herbe.

« On devrait peut-être faire demi-tour.

— Non, répondit Carson. C'est peut-être précisément le but de leur manœuvre.

— Manœuvre ? reprit George d'une voix étranglée. Tu ne penses tout de même pas qu'ils cherchent à nous encercler ? »

Les brachyids chargèrent, s'élançant de profil en une cavalcade si frénétique qu'elle en devenait presque grotesque. Toutes ces carapaces rappelaient à Hutch les casques des soldats de jadis. On entrevoyait leurs dards, pareils à des scalpels luisants et palpitants, qu'ils contrôlaient grâce à un muscle situé près de leur bouche. Leurs pinces se mirent à claquer en approchant et les scalpels jaillirent.

Hutch et Maggie les brûlèrent. Ils produisirent un sifflement, leurs pattes crustacées raclèrent sauvagement le sol, puis ils noircirent et moururent.

Soudain, ils cessèrent d'affluer et le calme revint dans la forêt. Une odeur de chair et de feuilles calcinées flottait dans l'air. Maggie vint aider Janet et glissa son bras sous son aisselle. George souleva Carson. « Par ici », lança-t-il.

Hutch balaya de sa lampe le chemin en amont. Aucun mouvement.

Ils claudiquèrent jusqu'au sommet de la colline. Lorsqu'ils s'estimèrent plus ou moins en sûreté, ils s'arrêtèrent. Hutch sortit son médi-kit et distribua des anesthésiants. Puis elle découpa la botte de Janet. La plaie s'ouvrait juste au-dessus de l'astragale. La chair déchiquetée avait saigné d'abondance et commençait à enfler. « Il te faudra des points de suture, fit-elle. Heureusement que tu portais ta botte. » Elle lui donna un analgésique, appliqua un désinfectant sur sa blessure qu'elle recouvrit ensuite d'une mousse de plastex. « Comment te sens-tu ?

— Ça va. J'ai mal.

— Ouais. Normal. Essaie de ne pas y penser. » Elle se tourna vers Carson. « À toi.

— J'espère que ces bestioles n'étaient pas venimeuses », fit-il.

Cette fois, l'opération fut plus délicate pour Hutch : une partie de la botte avait été enfoncée dans la cheville. Elle la découpa tandis que Carson, pâle comme la mort, s'efforçait de faire bonne figure. « Ça ira », conclut-elle.

Il acquiesça. « Merci. »

Lorsqu'elle eut fini, Maggie leva sa main gauche. « Moi aussi », murmura-t-elle.

Hutch découvrit avec horreur qu'elle avait perdu la dernière phalange de l'auriculaire de sa main droite. « Comment ça s'est passé ?

— Je ne sais pas exactement, répondit-elle. Je crois que la bestiole m'a happé le doigt quand je l'ai arrachée à Janet. »

Elle refermait son moignon de son mieux. *Saloperie.* S'ils avaient pu retrouver le morceau de doigt manquant, le chirurgien de bord aurait pu le lui greffer. Mais pas question de faire demi-tour.

« C'est bon ? demanda George d'une voix angoissée. Parce que j'ai l'impression qu'ils rôdent toujours dans les parages. »

Hutch les entendait elle aussi. De menus grattements de pattes contre la pierre, un cliquetis de pinces. Mais ils semblaient se masser derrière eux cette fois.

Ni Carson ni Janet ne pourraient marcher sans aide. « Il faudrait construire un travois », dit Hutch en cherchant alentour des matériaux.

George répondit gravement : « Nous n'avons pas le temps de nous lancer dans un travail de fabrication. » Il récupéra deux branches mortes et les découpa en forme de béquilles. « Voilà, il faudra se contenter de ça, dit-il en les distribuant. Allons-y. » Il demanda à Maggie d'aider Janet et proposa son épaule à Carson. « Hutch, tu couvres nos arrières. Sois prudente. »

Ils repartirent.

Ils progressaient lentement. Frank n'avait rien d'un poids plume et George, trop grand, devait se pencher pour le soutenir. Hutch se rendit compte qu'ils ne regagneraient pas la navette. Pas de la sorte. Peut-être qu'ils pourraient trouver un terre-plein dégagé quelque part. Appeler Jake pour qu'il vienne les chercher. La navette s'ouvrirait un passage à travers la canopée pour les récupérer. À condition que Jake reçoive leurs signaux et les localise...

George fit feu. Ils entendirent le cri maintenant familier de l'agresseur. « Ces saloperies se planquent rudement bien, pesta-t-il. Et celle-là se trouvait devant nous. »

Où diable était Jake ? Hutch essaya de le contacter de nouveau. Toujours pas de réponse. Ce silence prolongé devenait de mauvais augure.

Elle observa les arbres avec frustration : ils n'offraient aucun refuge, leurs premières branches se trouvant largement hors d'atteinte.

« Ça ne va pas », déclara finalement Carson en s'écartant de George. Il s'assit. « Sans moi, tu porterais Janet et vous avanceriez nettement plus vite. Donnez-moi un pulseur et revenez me chercher demain.

— Ben voyons, fit George. "Je les retiens, les gars. Continuez de votre côté." » Il secoua la tête. « Hors de question. »

Ils laissaient derrière eux une trace de sang. Hutch changea de place avec Maggie. Et ils repartirent. De temps en temps, Maggie tirait. Désormais, on sentait qu'elle réglait des comptes. « Tiens, saleté, grinçait-elle, prends ça ! » Ou encore : « Pan dans l'œil, fils de pute ! »

Elle épuisa un autre pulseur. Il n'en restait plus que trois.

À contrecœur, Hutch donna son arme à Maggie. « Qu'est-ce qu'on fait ? demanda Carson.

— Il faut qu'on se perche quelque part, dit Janet. Qu'on trouve un arbre.

— Vu leur taille, c'est peine perdue, lança Maggie qui, un instant plus tard, ajouta : En revanche, on pourrait peut-être retrouver la muraille, non ?

— Ouais, l'appuya George. Bonne idée, le tronçon supérieur nous fournira un abri. À condition que ces saloperies ne sachent pas grimper. » Il lança un regard à Hutch. « Est-ce qu'on pourrait contacter le *Perth* ?

— Pas directement. Il faudrait que quelqu'un enclenche le relais de la navette.

— De toute façon, ça ne servirait à rien, dit Carson. Ils ne pourraient pas nous aider. Leur seule navette est déjà posée. »

Son pantalon était gorgé de sang. Hutch ajouta de la mousse.

Ils s'étaient arrêtés dans une petite clairière pour rajuster leurs pansements quand George leva la main. « Gare, fit-il. Les voilà. »

Hutch dut réprimer une envie viscérale de prendre ses jambes à son cou. « Où ? » demanda-t-elle.

Ils accouraient de partout, sortant de l'herbe, une multitude. Ils conquéraient le terrain avec une rigueur quasi militaire. Hutch, Maggie et George se postèrent autour de leurs compagnons et déclenchèrent un feu roulant. Les rayons blancs enveloppaient la horde des attaquants. Les brachyids mouraient. Ils mouraient par poignées, mais leurs rangs avaient beau se creuser, ils ne s'arrêtaient pas. Les carapaces calcinées jonchaient les abords de la clairière ; l'herbe et les buissons s'enflammèrent. Carson et Janet, désarmés, pelotonnés l'un contre l'autre, s'efforçaient de ne pas gêner leurs compagnons. L'odeur âcre de la chair carbonisée saturait l'atmosphère. Un crabe fumant carambola jusqu'au pied de Hutch.

George se battait avec froideur, en calculant. Debout près de lui, Hutch ne le reconnaissait pas. Il souriait, s'amusait. Sa candeur était loin.

Les assaillants témoignaient d'une certaine ingéniosité, développaient des tactiques. Hutch sentait confusément qu'ils tentaient des feintes et des passages en force, qu'ils attaquaient de façon organisée. Leurs yeux la fixaient et ne la lâchaient pas. Aucun crabe, sur aucune plage qu'elle avait fréquentée dans sa jeunesse, n'avait jamais paru conscient de sa présence.

Le pulseur de Maggie faiblissait, virait au rouge.

Les créatures déferlaient toujours.

La peur de ne pas pouvoir s'échapper se fit jour en eux. Bizarrement, cette idée encore confuse provoqua chez Hutch un tourbillon d'émotions contradictoires, comme de brusques courants dans un lac paisible : elle se sentait à la fois calme, terrifiée, résignée. Elle en vint peu à peu, comme George, à éprouver du plaisir à perpétrer ce carnage et se mit à braquer son arme avec une joie morbide. Puis elle imagina comment la mort viendrait et comment elle ferait face. Elle prit une résolution : elle ne se laisserait pas déchiqueter vive. Sans doute les autres ne voulaient-ils pas non plus d'une telle agonie. Elle localisa Carson et Janet d'un coup d'œil latéral. Carson ne détourna pas son attention de la bataille, mais Janet croisa son regard et lui adressa un hochement de tête. *Lorsque la fin viendra, si elle doit venir, fais ce que tu dois.*

Les carapaces fumantes s'amoncelaient. Hutch crut déceler comme une répugnance chez les créatures à franchir cette funeste barricade, mais, pressées par la masse, elles ne pouvaient qu'aller de l'avant. Elle se rendit compte qu'elle pouvait élargir son champ de tir et pilonner les rangs à l'arrière. Le périmètre de viande fumante érigea bientôt un rempart.

Elle s'interrompit un instant pour réduire la puissance.

La fumée noire lui piquait aux yeux. Elle tua encore deux crabes et en épargna un troisième qui, lancé dans une fuite éperdue, s'en alla percuter un arbre.

« C'est le moment de décamper, dit George. Avant qu'ils se regroupent.

— Je ne demande pas mieux, répondit Hutch. Mais par où ?

— Les buissons. » Il désignait un côté du chemin et criait pour se faire entendre malgré la rumeur. La plupart des créatures se massaient sur le sentier, devant et derrière eux. « Perce une trouée dans les buissons ! »

Hutch acquiesça.

« Tout le monde a entendu ? » lança George.

Hutch se tourna vers Janet et Frank. « Est-ce que vous pourrez marcher sans nous un moment ? Le temps qu'on dégage le terrain ? »

Carson tourna la tête vers Janet.

« Pour moi, ça ira, dit-elle. On y va. »

Hutch ne perdit pas de temps. Elle braqua son pulseur sur les fourrés que lui avait désignés George et incendia le tout. Plusieurs crabes se replièrent sur ce secteur, qu'elle tenta de contenir tandis que George couvrait ses arrières. Elle craignait aussi d'être bloquée par les buissons touffus et enflammés. Se protégeant les yeux, elle essaya d'élargir le passage pour Janet. Une fois, deux fois, elle s'arrêta pour repousser des assaillants.

Mais, grâce au ciel, leur groupe progressait de nouveau.

Quelques minutes plus tard, ils débouchèrent sur une colline herbue.

« Où est George ? » demanda Maggie en jetant un coup d'œil derrière eux.

Hutch ouvrit un canal. « George, où es-tu ?

— Ça va, répondit-il. Je vous rattraperai.

— Mais qu'est-ce que tu fais ?

— Hutch, dit-il sur un ton qu'on ne lui avait jamais entendu, continuez, gagnez la muraille. Je vous y rejoindrai.

— Non ! hurla-t-elle. Pas d'héroïsme. On a besoin de toi *ici*.

— Mais j'arrive, bon Dieu. Frank, tu peux la calmer ? » Sur ce, il coupa la communication.

« Il a raison, fit Carson.

— Je retourne le chercher...

— Si tu fais ça, on est tous morts. Sa seule chance, c'est qu'on trouve un abri. Maintenant, venez ! »

L'herbe carbonisée et les débris de crabes jonchaient le sol. George suivait Maggie, mais les bêtes arrivaient trop vite. Il se retourna et tira. Inutile de se hâter puisqu'il n'irait pas plus vite que ses compagnons devant lui.

L'attaque mollit. Quelques créatures chargèrent en solo, mais pour la plupart elles semblaient avoir compris la portée de son arme et demeuraient hors du périmètre dangereux. Il s'engagea dans les buissons à reculons.

Elles suivaient à distance. Il les entendait de chaque côté.

Il refoula son envie de détaler. Il tendit l'oreille, croyant entendre les pulseurs en amont, mais ne perçut que le bruit de ses compagnons qui se frayaient un chemin dans les taillis. C'était encourageant.

Les brachyids évitaient les pulseurs, pour confuse qu'en soit leur perception. Ils ne le chargeaient plus, du moins pas en force. Ils avaient appris. Il fallait en profiter pour gagner du temps.

Il n'osait pas presser le pas, ne voulant pas rattraper ses compagnons avant qu'ils aient gagné l'abri de la muraille. Alors il s'arrêtait de temps en temps. Quand les créatures approchaient, tantôt seules, tantôt groupées en formation vaguement militaire, il repoussait l'assaut.

L'appel paniqué de Hutch lui avait vrillé les nerfs. Il avait entendu sa voix non seulement sur la ligne mais aussi portée par le vent. Ils étaient encore tout près. Du sang-froid, que diable !

Le terrain se prêtait aux embuscades. Mais aucune attaque surprise ne survint, aucun débordement latéral, pas de coup fourré. L'ennemi se contentait de le suivre à distance. Et c'était tant mieux. Tant qu'il se concentrait sur lui, les autres auraient un répit. Et pour rapides que soient ces crabes, lui l'était plus encore. À condition de n'avoir personne à porter.

Il s'enfonça dans l'herbe haute, trop haute pour qu'il les distingue désormais en entier. Il ne voyait plus que leurs pédoncules en mouvement. Il continua sans faiblir ; plus loin se trouvait un éperon rocheux. D'où il les surplomberait et les mettrait en joue comme à la parade.

Pour que Hutch et les autres prennent autant d'avance que possible.

« Où est la muraille ? » demanda Carson.

Ils avaient atteint le sommet de la colline. Il leur restait environ cinq cents mètres à couvrir. « On y est dans dix minutes, dit Hutch, puis à l'attention de Janet : Ça ira ? »

Janet et Carson se traînaient cahin-caha, épaulés par Hutch et Maggie. « Ouais. Ça ira. »

Hutch brûlait de reprendre contact avec George, mais elle avait les mains occupées et ne pouvait lâcher ses compagnons blessés. Elle ne voulait pas non plus risquer de le distraire au mauvais moment. Mais elle avait du mal à contenir ses larmes.

Carson restait calme. Il avait le front frais et l'œil encore vif. Lorsqu'elle avait essayé de lui dire quelques mots, il l'avait interrompue pour la prier de ne surtout pas s'arrêter. « Je tiens le rythme », avait-il expliqué.

Ils suivaient maintenant le chemin qu'ils s'étaient eux-mêmes frayé à l'aller et attendaient avec impatience la trouée dans la verdure qui leur dévoilerait la muraille sur leur gauche. Ils ne devaient plus être loin.

Sans crier gare, Janet s'évanouit. Hutch la rattrapa, la déposa doucement sur le sol. « Pause, décida-t-elle. Une minute. »

Carson ne s'assit pas. Il clopina jusqu'à un arbre et s'y adossa.

Janet était pâle, fiévreuse. Trempée de sueur. Hutch activa sa comligne. « George ?

— Je te reçois, Hutch.

— S'il te plaît, viens. On a besoin de toi. »

George coupa la communication et commit l'erreur de jugement qui lui fut fatale. Il avait réussi à gagner le délai recherché. Il aurait pu battre en retraite et rejoindre ses amis en quelques minutes. Mais l'armée de crabes alignée derrière lui composait une cible trop tentante. Il revint à la tactique qui avait opéré avec tant de succès. Désireux d'amoindrir le flot de ses poursuivants, il se tourna vers eux et promena le faisceau de son pulseur dans leurs rangs.

Le voyant rouge de l'arme s'était allumé, l'énergie disponible diminuait. Ça irait tout de même.

Ils se dispersèrent sans chercher à l'atteindre. Ils brûlaient et mouraient en prenant la tangente. Il s'acharna aveuglément, tuant tout ce qui bougeait. Des feux s'allumaient et les couinements des brachyids déchiraient la pénombre.

Mais quand il se retourna, il se rendit compte que le sol ondoyait. Il fit feu sur ces nouvelles cibles mais ne put stopper leur flot, d'autant qu'il devait désormais maintenir son rayon sur chaque animal pour en venir à bout.

Les bêtes avançaient avec détermination de leur pas chassé, le scalpel érigé. Derrière lui, le feu grandissait. Pas d'échappatoire par là.

Plus haut sur la colline, il aperçut les lampes de ses camarades.

Elles lui parurent très loin.

Il plongea dans une trouée entre les taillis. Où les créatures l'attendaient.

VINGT-QUATRE

Bêta Pacifica III. Mardi 12 avril. Une heure après le coucher du soleil.

Ils voient les flammes en contrebas dans le noir.

« Il s'en tirera », dit Carson.

Hutch hésite, jette des regards en arrière. Le monde entier se réduit à cette clarté vacillante. Elle voudrait lui parler à nouveau, se rassurer. Mais elle garde à l'esprit la colère d'Henry : *Où étiez-vous quand j'essayais d'obtenir quelques réponses ? Votre contribution s'est résumée à rester pendue à cette maudite comligne en cherchant à paniquer tout le monde.*

La gorge nouée, elle repart en soutenant Janet. Comme tout semble différent ! Le faisceau de sa lampe tombe sur l'arbre fendu par la foudre. « Je me souviens être passée ici, dit Maggie. On est tout près… »

Un instant plus tard, un hurlement déchire la nuit. Il se répercute entre les arbres, vibrant dans l'air calme, et se mue en une succession de cris plus brefs. Hutch veut faire volte-face pour l'appeler.

Mais Janet a anticipé cette réaction. « Non ! Tu ne peux pas l'aider. » Elle l'empoigne, la tire. « Tu ne peux pas l'aider, Hutch… »

Janet a de la force, mais elle ne pourrait pas la retenir sans Carson, qui surgit aussitôt à sa rescousse. Ils culbutent tous les trois.

« On ne peut plus rien pour lui », dit Frank.

Elle se met à hurler.

« Ce serait en pure perte. » C'est Maggie qui se penche sur elle.

« Facile pour toi, grince Hutch, en proie à une subite bouffée de haine envers cette femme. Quand les autres meurent, tu es toujours bien à l'abri. »

Puis viennent les larmes.

La muraille luit, éclatante et massive dans la clarté des lampes.

Grimper sur le faîtage. Hutch voit flou et se sent près de céder à l'hystérie. « Tiens bon, lui souffle Janet. On a besoin de toi. »

La portion la plus basse de la muraille, celle qui rappelle une route, émerge du flanc de la colline sur leur droite. À la moitié de la clairière, le faîtage se hausse d'un cran : une marche verticale de deux mètres. Pas grand-chose en des circonstances normales. Mais ce soir, ce décrochement représente le salut.

Avec un seul pied valide, l'escalade n'est pas des plus aisées. Mais Carson, poussé par Maggie, tiré par Hutch, et peut-être motivé par le murmure de l'herbe agitée, parvient à monter, non sans perdre encore un peu de sang dans l'action. Une fois qu'il est juché en hauteur, toutefois, hisser Janet devient un jeu d'enfant.

Hutch opère une rapide inspection de la plate-forme pour s'assurer qu'ils ne risquent pas de mauvaise surprise. Rassurée, elle sort son médi-kit. « Nouvelle auscultation pour tout le monde », dit-elle d'une voix atone.

Janet est encore commotionnée. Hutch lui soulève les jambes et les cale sur un tas de terre, puis retire son blouson et l'en recouvre. Carson est en meilleure forme. Après les avoir soignés tous les deux de son mieux, elle se penche sur la main mutilée de Maggie.

« Ce n'est pas trop douloureux ?

— Je survivrai.

— Pardonne-moi, dit Hutch. Je ne pensais pas ce que j'ai dit tout à l'heure.

— Je sais. »

Elle entreprend de changer le pansement. Mais les larmes continuent de couler sur ses joues et mouillent tout ce qu'elle manipule. Maggie doit finir de se panser elle-même. Carson s'approche clopin-clopant et s'assoit.

Hutch contemple l'obscurité. Les feux se sont éteints et la nuit fraîchit. Un croissant de lune flotte entre les arbres. « Il est mort », balbutie-t-elle.

Carson pose un bras sur ses épaules mais garde le silence.

« Je ne... » Elle s'interrompt, se rejette en arrière et attend d'avoir recouvré le contrôle de sa voix. « Je ne veux pas qu'on le laisse là-bas.

— On le récupérera », promet Carson.

Janet a l'air en sale état. *Il faut qu'on la garde au chaud.* Maggie, à son tour, ajoute son blouson. Hutch ramasse quelques branches et allume un feu.

Le vent se lève et la température chute. Carson est livide. Hutch craint qu'il ne tourne de l'œil. « Il va faire froid, annonce-t-elle. On ne va pas passer la nuit là. »

Carson regarde le feu d'un air las. « Je ne vois pas d'alternative.

— On pourrait la passer dans la navette.

— Et comment donc, sacredieu ? Je ne suis certainement pas capable d'y retourner. Et Janet encore moins.

— Je ne suggère pas que tout le monde fasse le trajet. Il suffirait que je m'en charge.

— Et une fois là-bas ?

— Je reviens en navette. »

La cime des arbres compose une voûte impénétrable. « Et à quoi ça nous avancera ? La navette ne pourra pas descendre.

— Sûr que si. À condition que j'arrache un arbre ou deux. »

Leurs regards se croisent.

« On n'a pas trop le choix, ajoute-t-elle.

— Attends le jour.

— Il sera peut-être trop tard. Janet est mal. »

Carson se tourne vers Maggie. « Qu'est-ce que tu en dis ? »

Les yeux de Maggie sont écarquillés de fatigue et d'horreur. « Je pense que c'est à elle de décider », répond-elle.

Elle n'a pas oublié ce que je lui ai dit. Hutch se sent à bout.

Le mieux serait, naturellement, qu'elle parte sur-le-champ. Mais des détails restent à régler.

Elle doit repérer quel arbre éliminer. Elle pense, en le choisissant bien, qu'en abattre un seul suffira ; elle le trouve bien plus loin le long de la muraille, à proximité de l'escalier délabré. Il est encore à portée de pulseur, et elle juge qu'il ouvrira une trouée assez large pour permettre à la navette de descendre. Sur ce dernier point, néanmoins, le doute subsistera jusqu'au dernier moment. Si elle ne passe pas, il faudra trouver une autre solution.

Ensuite elle détermine l'aire d'embarquement et aide Janet et Carson à s'y rendre. Le simple fait d'employer ce terme paraît les revigorer. Une fois sur place, elle rallume un feu. Ils surplombent la vallée d'une belle hauteur maintenant. La cime des arbres est proche. Des branches et des feuilles rougeoient dans la lueur des flammes.

Tandis que Hutch se prépare à partir, Maggie arpente le bord de la muraille, étudie l'arbre cible et plonge du regard jusqu'au sol. Il mesure l'équivalent de cinq étages.

« Vous savez ce que vous devez faire ? demande Hutch.

— Oui. On attend que tu reviennes. »

Ils n'ont plus que deux pulseurs en état de marche. Mais le voyant rouge de celui de Maggie s'est allumé. Hutch détient l'autre. Elle veut le leur laisser.

Maggie secoue la tête. « Emporte-le, tu en auras peut-être besoin.

— Et vous, vous en aurez besoin à coup sûr pour abattre l'arbre. Et puis, de toute façon, je n'aurai pas le temps de m'exercer au tir. » La respiration de Janet est rauque, inquiétante. « Il faut que j'y aille », dit Hutch. Leurs regards se croisent, se soutiennent. « Quand on sera sortis d'ici, dit-elle, je vous invite tous à dîner. »

Maggie sourit. Un sourire franc bien qu'au bord des larmes.

« Ouais, dit-elle. Ce sera avec plaisir.

— Sois prudente », ajoute Carson.

Elle sangle sa lampe à son poignet et s'élance le long du parapet. La nuit se referme sur elle.

L'odeur de la mer embaume et, depuis les bois en contrebas, monte la rumeur des insectes.

Le cri ultime de George résonne encore dans son esprit et l'angoisse lui noue la gorge.

Elle imaginerait sans doute ses derniers instants si son cerveau l'y autorisait. Mais le choc a engourdi son imagination. Elle s'efforce de concentrer toute son énergie dans sa mission, d'oublier ses peurs et son deuil.

Tout en courant sur le faîtage du mur, elle regarde le sol de la forêt se rapprocher. En amont, un taillis lui masque la vue de la clairière.

Et soudain, elle les entend. Droit devant.

Au-dessous, le sous-bois est calme.

Le vent agite les buissons. Elle relève sa lampe, balaye le sommet du mur. Tout semble en ordre. Elle dépasse le taillis qui fait écran et émerge dans la clairière.

Ils sont sur le niveau inférieur.

Elle se penche pour les observer.

Ils poussent des feuilles et de la terre vers la base du mur. Un frisson lui parcourt l'échine.

Elle saisit une roche et la leur jette. Contre toute logique, elle rate sa cible. Mais le travail s'interrompt momentanément, et des yeux pédonculés s'inclinent pour la regarder. Plusieurs bêtes quittent leur poste et se dispersent dans le sous-bois de chaque côté de la muraille. Les autres battent en retraite et se retirent jusqu'à une distance que George aurait reconnue.

Hutch ouvre un canal sur sa ligne. « Maggie ?

— Je te reçois.

— Ils sont ici, à l'autre bout de la muraille. Ils construisent une rampe. »

Elle entend Maggie pousser un halètement puis transmettre l'information à Carson. « Peut-être qu'on devrait tenter de fuir par l'escalier, dit Maggie.

— Non », répond Hutch. Ils n'y arriveront pas. « Vous avez du temps devant vous. Soyez juste prêts quand je reviendrai.

— O. K. Hutch ?

— Oui ?

— J'ai hâte d'y être, à ce dîner.

— Moi aussi. »

Elle recule entre les taillis et plonge du regard. C'est un méchant saut. Cinq mètres environ. Mais elle ne repère qu'un crabe.

Elle s'assoit, se retourne et se suspend par les mains. Le brachyid en contrebas se met à cavaler. Elle s'écarte du mur et lâche prise. La chute dure une éternité. Elle a le temps de tendre le bras pour ne pas risquer de briser sa lampe ni de se blesser avec. Elle perçoit le vent, une odeur d'humus et la clarté de la lune filtrée par le feuillage.

Elle heurte le sol plus durement qu'elle ne s'y attendait. Elle roule sur ses pieds et, sans perdre de temps à chercher le brachyid, prend ses jambes à son cou.

Le sentier qu'ils se sont aménagé à l'aller se trouve à sa droite, plus en hauteur, mais le bon sens lui commande de l'éviter dans un premier temps. Elle décide d'avancer en parallèle et de le rejoindre lorsqu'elle sera suffisamment éloignée. Elle a décidé de prendre tout à fait au sérieux les capacités stratégiques de ces sales bestioles.

Elle ne détecte aucun bruit de poursuite.

« Je suis passée, Maggie, annonce-t-elle dans la comligne. Je fonce. »

Elle décide toutefois de ne rien précipiter. *Un malheur est arrivé à Jake.* Ne pas l'oublier. D'autre part, le temps presse. Elle se hâte et s'empêtre à l'aveuglette dans des fourrés qu'elle éviterait en allant moins vite.

Peu à peu, elle infléchit sa course vers le haut de la colline pour retrouver leur piste.

Mais de sentier, nulle trace. Elle parvient au sommet de la colline sans l'avoir retrouvé. *Bordel de merde.*

Elle l'a manqué. Dépassé.

Pas de panique. Elle appelle la muraille. Besoin d'une pause. Le temps de se ressaisir. « Maggie ?

— Je te reçois. Ça va ?

— Je continue de progresser. Ça va.

— Sois prudente.

— Bien sûr. Comment vous en sortez-vous, pour l'arbre ?

— Lentement. Il est un peu loin.

— Continuez. Je vous tiens au courant. »

Cinq minutes plus tard, elle trébuche sur une racine noircie. Ouf ! Elle est sur la voie qu'ils se sont ouverte à l'aller. Mais ce chemin reste sommaire et elle doit renoncer à l'espoir d'atteindre la navette par un long sprint. Elle prend conscience de son insouciance à l'aller. D'ailleurs aucun d'eux ne s'est donné la peine de baliser l'itinéraire. Aucun d'eux n'a seulement envisagé qu'un incident puisse survenir. Après tout, au pire, ils étaient théoriquement en mesure d'évacuer en navette sur un simple appel à Jake.

Elle se fourvoie à plusieurs reprises. Chaque fois, elle doit revenir sur ses pas et s'orienter de nouveau. À un moment donné, elle débouche hors du bois et se trouve face à une vaste étendue d'eau. Le pont éboulé qu'ils avaient repéré depuis les airs se perd dans les hauts-fonds comme un dinosaure endormi.

L'arbre ne tombe pas.

Maggie l'a tronçonné entièrement, mais il se contente de pencher, bêtement retenu par le lacis des branches sommitales.

Elle a reçu une averse de branches cassées mêlées de feuilles, dont certaines ont dégringolé jusqu'au sol.

Mais la maille des branches résiste.

« Qu'est-ce qu'on fait maintenant ? » demande-t-elle à Carson. Elle a épuisé l'énergie de son pulseur. Il ne reste plus que l'arme de Hutch. Elle la sort de sa ceinture.

Carson inspecte les arbres. « Là-bas », dit-il. Un autre à couper. Il a sensiblement la même taille que le premier mais se trouve environ quinze mètres plus loin. Juste à la limite de la portée de l'arme. « Si on pouvait l'abattre, peut-être qu'ils tomberaient tous les deux. »

Elle le dévisage d'un air maussade.

« C'est tout ce qu'on peut faire, Maggie. »

Elle rampe jusqu'au bord, tend les bras. *Approcher au maximum.* Elle presse la détente.

Hutch ignore totalement où elle se trouve. Il n'y a pas d'étoile pour la guider. Aucun repère. Rien. Elle ne distingue plus de trace de leur précédent passage, ni colline ni arbre pour éveiller ses souvenirs.

Elle fait le point grâce à la ligne de Maggie, qui émet un signal en continu. Cela lui permet de vérifier sa position par rapport à la muraille et d'évaluer en gros où se trouve la navette. *Elle est dans le coin, quelque part.* Mais où ? Elle a peur. Peur d'être allée trop loin, de l'avoir dépassée.

« Attention ! »

Le tronc s'incline vers eux. Inexplicablement car Maggie a orienté l'angle de sa coupe pour qu'il bascule de l'autre côté. Et pourtant il s'abat lentement dans un fracas de branches brisées. Elle se recule précipitamment du bord de la muraille sous une pluie de brindilles, de feuilles et de plantes grimpantes. Le tronc percute le mur et toute la construction vibre. La masse confuse de la ramure, pareille à un vaste filet feuillu, plaque Maggie au sol. Les branches grincent et le tronc continue d'osciller jusqu'à ce qu'il entame par une longue glissade latérale le plongeon dans l'abîme. Et Maggie comprend avec horreur qu'elle va l'accompagner.

Elle est entraînée inexorablement vers le rebord du parapet. Elle essaie de se libérer. De trouver une prise pour se retenir. Mais tout semble vouloir basculer dans le vide.

Son horizon s'emplit de larges feuilles plates et d'un abominable craquement. Elle entend Carson crier son nom. Et elle comprend qu'elle ne découvrira plus rien sur Oz. Jamais. Elle ne saura pas pourquoi les Quraquats ont associé la mort aux Bâtisseurs de Monuments.

Insensé.

La cime de l'arbre marque une pause et pivote, lui permettant d'entrevoir une dernière fois l'éclat de la lune. Dieu merci, il fait trop sombre pour qu'elle se rende compte de la profondeur de l'à-pic.

Pardon, Hutch.

« Hutch. » La voix trahit une tension extrême.

« Je t'écoute, Frank.

— Maggie est morte. »

La phrase reste en suspens dans l'air nocturne. Elle ferme les paupières. Elle a quitté le rivage et erre dans des fourrés en fleur et des fougères géantes. Complètement égarée.

« Hutch ? Tu m'as entendu ?

— Oui. Comment? Qu'est-ce qui s'est passé ? » Ça paraît impossible. Maggie allait bien. Elle était trop futée…

Carson raconte. La douleur empâte sa voix. « J'ai retrouvé son pulseur, ajoute-t-il. Elle l'avait lâché.

— Tu es sûr qu'elle n'en a pas réchappé ?

— Hutch, elle a basculé dans le vide ! » Pause. « Tu approches de la navette ?

— Non, Frank. Dieu me vienne en aide, je n'ai aucune idée d'où je me trouve.

— Bon. » Carson s'exprime avec douceur. « Fais ce que tu peux. On a notre trouée, maintenant. Tu pourras descendre sans problème. »

Elle regarde droit devant dans le noir. « À présent, il faut que je sorte », murmure-t-elle calmement.

Janet dormait pendant le drame. Carson l'observe un instant. Son état paraît stationnaire ; son pouls bat régulièrement. Il s'assoit près d'elle, le cœur en charpie. Son regard papillonne un instant, puis il lui effleure le poignet. « On va s'en sortir, dit-il en réponse à sa question muette.

— Est-ce que je peux aider ? » Il doit se pencher pour l'entendre.

« Pas pour l'instant. Plus tard peut-être. » Elle sombre de nouveau dans le sommeil.

Carson enfouit sa main au creux de la sienne.

Truscott est en train d'écouter plusieurs de ses passagers lui exposer leurs perspectives professionnelles une fois de retour sur Terre quand Harvey, l'air contrarié, demande à lui parler en privé.

« Nous avons perdu le contact avec le groupe à terre », déclare-t-il.

Il n'y a, en principe, pas de quoi se faire de sang noir. Les pannes de comligne ne sont pas rares. « Depuis combien de temps ?

— Le dernier appel aurait dû nous parvenir il y a quarante minutes. »

Elle prend le temps de réfléchir. « C'est un peu tôt pour déclencher l'alarme. Qu'est-ce que vous en pensez ? Défaillance technique ?

— Improbable. Ils s'en seraient rendu compte. Et la navette dispose de plusieurs moyens de communication. Morris est inquiet.

— Qu'établissait le dernier rapport ?

— Qu'ils se trouvaient toujours à terre. Carson, à la tête du groupe de l'Académie, est parti quelque part explorer des ruines. Ils avaient laissé Jake dans la navette.

— Quand auraient-ils dû revenir ?

— Avant le coucher du soleil. La nuit est tombée depuis plus d'une heure, là-bas. »

Truscott s'appuie contre la cloison. « Qu'est-ce qu'on peut faire ? »

Il la dévisage. « J'espérais que vous auriez une suggestion… »

Hutch a regagné le rivage, où elle se repère sur le pont écroulé. D'ici, au moins, elle voit clairement la direction à prendre. Mais une fois dans les bois, il n'y a plus rien pour la guider. Rien pour vérifier qu'elle ne dévie pas. Or elle pourrait passer à dix mètres de la navette sans la voir.

L'ouest. Il faut prendre à l'ouest.

Elle repart, s'efforçant de ne pas perdre l'eau de vue.

Plus tôt, rien ne lui paraissait familier. Maintenant, elle a l'impression d'avoir arpenté tout le sous-bois. Elle trottine, à la fois désinvolte et angoissée. Les brachyids qui lui inspiraient tant de frayeur au début de sa course ont reflué au fond de son esprit. *Où est cette navette ?*

La voix de Carson rompt le silence. « Tu t'en sors, Hutch ?

— Non. Je ne suis pourtant pas loin…

— Aïe ! Je crois qu'on va manquer de temps, ici. Je les entends qui rappliquent. »

Elle ne sait pas que répondre.

« Je vais descendre l'escalier en portant Janet. »

L'escalier. Ça ne marchera pas. Il est trop vétuste pour seulement supporter leur poids. « Ne fais pas ça, Frank.

— Si tu as une autre idée, je t'écoute. Il nous reste peut-être dix minutes au mieux. »

Elle inspire convulsivement. La forêt s'étend à l'infini, succession de troncs et de fourrés, de racines plantées dans ce sol parsemé de hautes herbes, de roches et de joncs.

« Frank.

— Oui ?

— Crie-moi quelque chose. Fort.

— Comment ça ?

— Vas-y, parle.

— Allô, allô.

— Plus fort.

— *Allô.*

— Crie, bon Dieu !

— ALLÔ !

— Ça pourrait marcher. » Si Jake a été attaqué, c'est qu'une créature est entrée dans la navette ou bien que lui-même en est sorti. Dans un cas comme dans l'autre, au moins une portière est restée ouverte. Selon toute probabilité, celle du cockpit. « Frank, bascule sur le canal de la navette et fais tout le raffut possible. »

Elle coupe le contact et tend l'oreille.

Rien.

Mais l'appareil se trouve quelque part devant. Nécessairement.

Carson comprend que quitter la muraille revient à se condamner à mort. Même s'ils parviennent à descendre ce périlleux escalier, c'en sera fait d'eux. Hutch ne pourra plus les rejoindre avec la navette.

Alors il s'époumone sur la comligne. Tantôt il crie le nom de la pilote, tantôt « Navette, un, deux, trois », ou encore : « Où es-tu, nom de Dieu ? »

Il s'est posté dix mètres en amont de Janet. Le pulseur a encore des réserves, ils pourront soutenir un assaut. Devant lui, il entend les pattes des bêtes qui raclent la pierre.

« Qu'est-ce qui se passe ? » demande Janet. Elle n'essaie même pas de remuer. Carson résume la situation comme il peut.

« Pas d'issue ? demande-t-elle.

— Non.

— Où est Maggie ? »

Il ne voit pas comment adoucir la nouvelle. « Morte », dit-il. Il raconte l'accident.

Elle garde le silence, respire fort. « Les saloperies, murmure-t-elle. Est-ce qu'il nous reste un autre pulseur ?

— Non. »

Elle se remet non sans mal sur ses pieds. Le pansement de sa cheville exsude du sang frais. Elle passe en revue les branches cassées et en choisit une maniable.

Carson se remet à tonner à l'attention de la navette : « Ton aide serait la bienvenue, Hutch ! »

Janet se traîne tout contre un créneau du parapet. « S'ils arrivent avant Hutch, fit-elle, je prendrai le même chemin que Maggie. »

Hutch est en train de franchir un ru quand elle l'entend. Un murmure lointain, porté par le vent.

Qui sonne comme : « ...operie ! »

Elle se met à courir.

Carson comprend ce qui peut pousser un carnivore vers sa proie. Mais en l'occurrence, quelque chose d'autre les motive. Ils ont investi trop d'efforts pour les atteindre. Il se demande ce qui suscite cet acharnement. C'est presque à croire qu'ils perçoivent les humains comme une menace. Est-il possible qu'ils aient de vagues réminiscences des anciens habitants de la ville et qu'ils aient opéré une sorte d'amalgame ?

Quoi qu'il en soit, il a le menu plaisir de constater que les bêtes marquent une hésitation quand il leur apparaît. Autre chose se révèle en leur faveur : les brachyids ne semblent pas plus à leur aise que lui sur cette surface accidentée. Il les regarde approcher, gravir les décombres de béton, déraper malgré leurs efforts dans les fissures et les dévers. L'un d'eux tombe même du mur.

Il se trouve du côté de l'escalier. Une partie de la rambarde a survécu. Il entend un battement d'ailes et un grand oiseau vert sombre aussi grand qu'un aigle vient se poser dessus. La rambarde tremble. L'oiseau observe les crabes avec intérêt. Il tourne la tête par saccades, à la manière de nos volatiles terriens. Il se raidit à plusieurs reprises comme pour prendre son essor et soudain plonge droit sur les créatures agglutinées. Il en saisit une dans ses serres écartées et l'y maintient à un angle où elle ne peut se servir de son dard. Le brachyid couine, l'oiseau caquette et s'envole dans la nuit.

« Où sont tous tes copains ? » demande Janet.

Quelques instants plus tard, ils entendent un craquement assourdi en contrebas.

S'ils veulent fuir par l'escalier, il est grand temps. Janet regarde Frank. « Tu es sûr qu'il vaut mieux qu'on se laisse acculer ? »

Il s'abstient de répondre.

« On pourrait aller s'asseoir là-haut. Grimper tant qu'on peut. Cette sale engeance ne pourra pas nous suivre.

— Tout le fichu bazar s'écroulerait. Donnons encore un peu de temps à Hutch. »

Ils attendent. Mais au bout d'un moment, les crabes se remettent en marche.

Carson, bien campé sur ses jambes, s'efforce de reléguer la douleur de sa cheville gauche dans un recoin de son esprit. Les créatures gagnent du terrain devant lui, horde noire irrépressible. Et pourtant elles ralentissent, atermoient, sachant confusément quel sort les attend. Lorsque leur première ligne parvient à moins d'un mètre, Carson les menace de son arme. Elles pilent.

Il ne les quitte pas des yeux.

Le moment s'étire. Et finalement, comme en réponse à un signal, les scalpels jaillissent et les bêtes reprennent leur progression.

Le voyant d'alerte du pulseur clignote. Carson presse la détente et promène le rayon sur les assaillants, sachant qu'il n'a pas le temps de les tuer individuellement. *En mettre le plus grand nombre hors de combat*, songe-t-il, espérant que cela suffira pour les décourager. Ils poussent des cris aigus, noircissent et s'entrechoquent les uns les autres comme de tout petits véhicules.

Ils refluent et le pulseur rend l'âme.

Janet se traîne près du gouffre. « Bon, dit-elle.

— Ohé. » La voix de Hutch.

« On t'écoute.

— Faites plus de bruit. Je vous entends. La navette est par là, tout près.

— Il est un peu tard, maugrée Carson.

— Crie, insiste-t-elle avec véhémence. Allez, Carson ! »

Il rugit son nom. « C'est trop tard, beugle-t-il. C'est foutu !

— C'est ça, répond Hutch. Ne faiblis pas ! »

Carson ne recule pas, espérant intimider les créatures. Suivant l'exemple de Janet, il choisit une branche, s'en fait une arme, la soupèse. Satisfait, il rejoint son équipière. Ils se postent côte à côte.

Carson se considère volontiers comme un homme d'expérience. Il a eu son lot de plaisirs charnels, assouvi ses passions et fait preuve d'honnêteté vis-à-vis des femmes qu'il a connues. Il n'est pas très sentimental de nature. Pourtant le souvenir de quelques-unes de ses ex-compagnes lui pince parfois le cœur. Avec deux ou trois d'entre elles, il aurait pu s'installer si les circonstances avaient été différentes. Mais jamais dans sa vie il n'a ressenti un tel embrasement, une telle bouffée d'amour pour quiconque qu'en cet instant désespéré pour Janet Allegri, là-haut sur cette muraille surplombant la ville portuaire.

Le faisceau de la lampe de Hutch découpe la silhouette de la navette, la révélant au monde dans tout son éclat. Son fuselage de métal froid brille, et avec une joie désespérée elle songe que jamais elle n'aura autant apprécié la puissance qu'il recèle. La portière du cockpit est relevée et les vociférations de Carson résonnent par intermittence dans l'habitacle.

« C'est bon, Frank, dit-elle. J'y suis.

— Bien. Magne-toi le cul ! »

L'idée lui travers l'esprit que si Jake s'est fait piéger dans la navette, son agresseur s'y trouve peut-être encore. Mais elle n'a pas de temps à perdre pour ce détail. Elle traverse la clairière à fond de train, bondit sur l'échelle et constate avec soulagement que le cockpit au moins est vide. « J'arrive », annonce-t-elle par comligne. Continuez d'émettre un signal, allumez vos lampes et postez-vous à l'endroit convenu pour l'embarquement. »

Elle met en marche les moteurs, referme la verrière du cockpit ainsi que la porte de la soute. *Check-list.* Seigneur, qu'il est dur de passer outre les vieux réflexes. Mais au diable la *check-list*, le temps manque.

« Négatif, crie Carson. Les dés sont jetés. Les crabes nous repoussent au bout du mur. Tu es loin ? »

Décollage. « Je serai là dans deux minutes. »

Elle règle le capteur sur la fréquence de Carson, fait demi-tour et enclenche les réacteurs. Les voyants du train d'atterrissage clignotent : les patins sont toujours baissés. Tant pis, ils resteront tels quels. La navette survole une mer de feuilles aux nuances argentées.

Repérer la trouée.

La trouée de Maggie.

Elle tend le bras en arrière, tâtonne dans le casier de secours à la recherche d'un pulseur chargé qu'elle pose sur le siège à côté d'elle.

Carson et Janet résistent à coups de bâton. Carson frappe, martèle les créatures au point de fendiller le bois. Janet, par d'amples balayages, en boute d'autres dans le vide. Mais leurs efforts semblent vains, et ils ont déjà échangé un dernier regard interrogateur après un bref coup d'œil par-dessus le parapet, quand des lumières apparaissent en surplomb.

La navette entre en force dans la voûte de la forêt. L'appareil est plus large que l'aire d'atterrissage, mais Hutch négocie la descente, train sorti et tous feux allumés.

« Je vous vois, annonce la pilote. Pouvez-vous rompre le combat ? »

Une des créatures taillade la cheville valide de Carson. Mais il l'a vue approcher et s'est esquivé avant que le scalpel ait pénétré profondément.

« Négatif », répond Janet.

La carlingue noire, auréolée de ses feux, descend droit sur eux. « Tenez bon », crie Hutch.

Le sommet du mur grouille d'assaillants. *Combien s'imaginaient-ils que nous étions ?* se demande Carson. En cet instant dramatique, l'idée de tous ces crabes s'acharnant sur deux individus lui paraît absurde. Il éclate de rire.

« Baissez-vous, ordonne Hutch. Attention aux patins ! »

Ils s'accroupissent et un brachyid mord Carson à la cuisse. Janet le chasse d'un coup de bâton. La douleur est atroce.

Les patins s'abaissent au-dessus de leur tête.

Hutch enfonce la manette. Le faîte du mur a la finesse d'un ruban. Vivants. La bataille disparaît sous elle. La navette possède des caméras pour visualiser ce qui se déroule sous le train, naturellement, mais Hutch décide de ne pas les mettre en marche. Ce serait une dangereuse distraction. Elle se concentre sur son aire d'atterrissage. Maintenir l'assiette. Ne pas se décaler. Janet et Frank s'écarteront.

« Restez accroupis », leur recommande-t-elle. Elle déverrouille la verrière du cockpit et l'ouvre.

Presque posée.

Carson pousse un hurlement. Elle coupe le canal. Ne pas se laisser déconcentrer, ce n'est pas le moment.

Elle braque de nouveau le regard sur le mur. Rester au milieu.

« J'y suis, Janet », murmure-t-elle.

Elle descend encore un peu, souplement. Remonte. Avec un peu de chance, les crabes affolés sont en déroute. Bien. Faire les choses dans les règles. Pas droit à l'erreur. Les patins touchent le sol.

Contact.

Elle relâche la manette. Un voyant vert s'allume. Empoignant le pulseur, elle bondit sur l'aile.

« On embarque. »

Janet a déjà la main sur l'échelle d'embarquement. Elle est maculée de sang et de terre, son regard farouche lance des éclairs. Hutch n'y va pas par quatre chemins. Elle l'empoigne sous les aisselles, la hisse à bord et la pousse vers le cockpit. Puis elle se met en quête de Carson.

Il n'est plus visible. Mais les crabes affluent en contrebas. Des crabes à touche-touche, fourmillants. Alors elle l'entend et voit sa main qui cherche une prise sur l'aile, de l'autre côté de la navette. « J'arrive ! » lance-t-elle. Elle prend le chemin le plus court : par-dessus le fuselage plutôt qu'en repassant par le cockpit. La main a disparu à son arrivée.

Carson, à terre, acculé au précipice, s'efforce de repousser la mer cliquetante, hérissée de dards.

Il l'appelle.

L'aile surplombe le vide. « Essaie de t'accrocher, Frank », crie-t-elle. Elle s'allonge de tout son long, se retient d'un pied crocheté dans l'ouverture de la soute. « Vas-y ! »

Il lui lance un regard. L'une des bestioles, plantée dans sa cuisse, taille les chairs. Sans un mot, il bondit, les bras tendus en travers de l'aile. Elle espère l'empoigner par la ceinture pour le haler, mais elle doit se contenter de sa tunique, de son flanc, qui lui glissent dans les doigts.

Il tente désespérément de s'agripper au métal lisse. Hutch est traînée sur la moitié de l'aile. *Janet !*

Et Janet intervient. Plus grande que Hutch, elle a plus d'allonge. Elle se précipite le long de l'aile, se jette à plat ventre et le retient. Les retient tous les deux.

Pendant les années qui ont suivi, je me suis trouvé incapable d'écrire ou de parler de cette nuit d'horreur. Cette sortie aurait dû être notre heure de gloire, le moment phare de notre carrière. Dieu sait que je me sentais en confiance au moment du départ. Nous étions bien armés. Et nous nous trouvions sur une planète qui avait abrité récemment une grande civilisation. Je ne croyais pas qu'un prédateur inquiétant ait pu survivre à une telle période.

Néanmoins, je n'ai pas pris les précautions qui s'imposaient. Cette négligence a coûté la vie de deux personnes d'une immense valeur.

Frank Carson,
citation extraite de « Nuit sur le Krakatoa »,
Jane Hidebrand, *L'Atlantique*, 11 octobre 2219.

Carson paraît oublier qu'il s'est débrouillé pour perdre un pilote de navette lors de cette expédition. Son nom, pour mémoire, était Jake Dickenson.

Harvey Sill,
courrier publié dans *L'Atlantique* le 25 octobre 2219.

VINGT-CINQ

À bord du RNK Catherine Perth. *Mercredi 13 avril, 18 h 00 GMT.*

Ils retrouvèrent le corps de Maggie vers midi, heure locale. Ils retrouvèrent également les lambeaux de vêtements et d'équipement ayant appartenu à Jake. De George, nulle trace ; seules demeuraient les quelques zones de terrain calciné. Les brachyids, s'ils rôdaient encore dans les parages, ne se montrèrent pas au groupe puissamment armé qui débarqua.

Harvey Sill conduisait la mission. Hutch l'accompagna comme guide, mais sous haute dose de tranquillisants.

À leur retour sur le *Perth*, le corps de Maggie fut placé en réfrigération, une cérémonie funèbre fut décidée et des faire-part envoyés à Kosmik et à l'Académie. Pour ce qu'en savait Carson, c'était la première fois que quelqu'un se faisait tuer sur le terrain par une forme de vie autochtone.

Le capitaine Morris s'occupa de préparer la cérémonie, en proie à une indignation grandissante mêlée d'une pointe de satisfaction à constater que les faits lui donnaient rétrospectivement raison – quoiqu'il n'ait pu se faire entendre auprès de ses supérieurs. Toutefois, il pouvait s'attendre à ce que ces derniers lui fassent endosser une part de responsabilité. Jamais au cours de sa carrière il n'avait perdu d'homme d'équipage ni de passager, et voilà qu'il devait rendre compte de trois décès. Pire, la mission n'avait reçu aucune forme d'autorisation.

« J'espère que vous avez conscience de la situation où vous nous avez mis », dit-il à Truscott.

Elle en avait conscience. Elle partait du principe que les professionnels savaient ce qu'ils faisaient et qu'elle devait leur accorder sa confiance. Cette attitude lui avait déjà valu certains déboires, mais elle ne concevait pas d'autre façon d'agir. S'en remettre au point de vue des gens de terrain. Et si, une fois de temps en temps, les choses tournaient mal, il fallait assumer.

« Je suis désolée si je vous cause du souci », répondit-elle.

L'ironie discrète de la réponse lui échappa. « C'est un peu tard, fit-il. La question, c'est : qu'est-ce qu'on fait ? »

Ils se trouvaient dans la salle de réunion du capitaine. Truscott avait suivi la progression de l'équipe débarquée sur circuit vidéo, elle avait vu le corps revenir et se sentait à court de patience vis-à-vis de Morris. Son carcan étriqué l'étouffait. Comment des types dans son genre parvenaient-ils à des postes à responsabilité ? « Je vous ai déjà dit qu'en cas de problème je m'arrangerais pour que vous ne soyez pas mis en cause. Et je le ferai.

— Je sais que vous *essaierez.* » Morris avait la gorge un peu nouée. Ça ne lui ressemblait guère de se dresser contre quelqu'un qui était en position de l'enfoncer. « Il ne reste pas moins, ajouta-t-il vertueusement, que trois personnes sont mortes.

— J'ai bien compris.

— Je suis le capitaine. Ce désastre entachera ma réputation le restant de ma carrière. »

Les pleurnicheries d'un adulte l'avaient toujours horripilée. « Je crois plutôt que la responsabilité officieuse, s'il doit s'en dégager une, retombera sur les épaules du docteur Carson. »

Morris fut bien aise de l'entendre. Mais il était trop habile pour manifester sa satisfaction. Il s'assit donc et resta un moment le regard dans le vague, l'air sombre, comme s'il passait en revue toutes les malchances qui pouvaient abattre le plus valeureux des hommes.

Sitôt qu'elle sortirait, songeait Truscott, il se commanderait un café et une pâtisserie à la cannelle. Les émotions le creusaient, avait-elle remarqué.

« Il vous faudra subir une intervention chirurgicale à l'arrivée. D'ici là, bougez aussi peu que possible. » Le médecin de bord, une femme maternelle au discours rassurant, avait le don d'agacer Carson, lequel n'aimait guère les gens doucereux en général.

« Vous ne pourrez marcher ni l'un ni l'autre pendant douze heures, annonça-t-elle à ses deux patients. Ensuite j'aimerais que vous restiez couchés quelques jours. Je vous tiendrai au courant de... »

Janet se redressa et examina sa jambe gauche anesthésiée.

« Quand pourrons-nous sortir ? demanda-t-elle.

— Il n'y a aucun symptôme d'infection ni de complication, mais nous n'avons pas beaucoup d'expérience pour ce genre de cas. Les brachyids vous ont injecté une substance protéique qui paraît rester sans effet. Elle vous provoque peut-être une légère nausée, mais ça s'arrête là.

— Un venin ? demanda Carson.

— Probablement. Mais vous n'appartenez pas au biotope local. Vous vous en tirez bien. Quoi qu'il en soit, je veux vous garder en observation jusqu'à demain matin. Si rien ne s'est développé à ce moment-là, vous pourrez regagner vos cabines. » Elle jeta un coup d'œil sur son bloc lumineux. « Vous avez de la visite. Je fais entrer ?

— Qui est-ce ? demanda Carson.

— Moi. » Harvey Sill apparut dans l'encadrement de la porte. « J'ai des informations pour vous. »

La doctoresse prit congé tandis que Sill s'informait de leur santé. « Ça va », répondit Carson. En vérité, il n'avait pas fermé l'œil depuis leur retour à bord. « Quelle est donc cette nouvelle ?

— Une lecture de la syzygie.

— De la quoi ?

— L'alignement des lunes. Vous vous souvenez ? Vous vouliez savoir quand les quatre lunes s'étaient alignées pour la dernière fois. »

Étant donné tout ce qui s'était produit depuis, Carson avait oublié. « Ah oui », fit-il. L'information paraissait dérisoire, désormais.

« Eh bien, ça fait un bail. La dernière conjonction daterait d'environ 4743 avant notre ère, rapportée à un calendrier terrien. »

Carson essaya de vérifier si les dates pouvaient coïncider, en vain. « Ça ne peut pas être ce que l'on cherche.

— Pourquoi pas ?

— C'est trop récent. Nous savons qu'ils maîtrisaient déjà le voyage interstellaire au vingt et unième millénaire avant notre ère. La station spatiale est primitive, donc elle est logiquement antérieure à cela. Est-ce qu'on a trace d'un autre alignement qui daterait d'il y a plus de vingt-trois mille ans ? »

Sill consulta son bloc. « L'une des lunes tourne en orbite à un angle fermé par rapport aux autres. Ce qui fait qu'elles ne s'alignent que très rarement. Avant celui de 4743, il faut remonter à plus de cent mille ans.

— Ça, c'est trop. »

Sill haussa les épaules. « Si je peux faire autre chose pour vous, dites-le-moi. » Il adressa un sourire à Janet et s'en alla.

« Ça valait le coup d'essayer, je suppose, fit Carson. En tout cas, cette station orbitale tourne peut-être depuis longtemps, mais pas depuis cent mille ans.

— Peut-être que les photos sont truquées.

— Qui sait ? » Il ferma les paupières. La cabine commençait à recevoir le soleil. Elle était chaude et sa quiétude l'engourdissait. Il se souvenait vaguement de quelque chose en rapport avec la station, qui le chiffonnait juste avant l'attaque des crabes. Il fallait qu'il se concentre, qu'il fouille sa mémoire et retrouve ce dont il s'agissait. « Janet, fit-il. Est-ce que tu veux bien repenser aux ruines une minute ?

— Oui, je veux bien.

— On n'a pas vraiment eu le temps de s'arrêter longuement sur cette ville portuaire, mais t'a-t-elle donné le sentiment d'être le produit d'une civilisation hautement technologique maîtrisant les voyages interstellaires ?

— Tu veux parler du matériau, le béton armé ?

— Oui. Et, à l'évidence, le transport par eau n'était pas passé de mode. J'ai trouvé que le pont écroulé ressemblait plutôt à une de nos constructions, à nous.

— On est des voyageurs interstellaires nous aussi.

— On n'en est qu'aux balbutiements. Ces gens connaissaient cela depuis des milliers d'années. Bon Dieu, ça ne te choque pas qu'ils en soient restés aux murs de brique ?

— Peut-être, fit-elle. Où veux-tu en venir ?

— Je ne sais pas. » L'atmosphère était lourde, réfléchir devenait difficile. « Serait-il possible que la civilisation interstellaire soit venue d'abord ? Avant les villes et la station orbitale ? »

Janet hocha la tête. « Tout va dans ce sens. On a tendance à considérer que le progrès va de soi. Mais peut-être ont-ils sombré dans une sorte d'âge noir. Ou ont-ils connu une sorte de décadence. » Elle frappa du poing dans un oreiller, puis ajouta d'une voix nouée d'émotion : « Ça doit être ça, Frank ! Les fouilles vont sûrement révéler des choses passionnantes.

— Oui », dit Carson. *Mais quelqu'un d'autre s'en chargera. En ce qui me concerne, c'est sûr, je n'y remets plus les pieds.*

De ses jambes anesthésiées, il ne sentait que la tiédeur, pas désagréable.

Pendant que Janet dormait, Carson se retrancha au fin fond de lui-même. Le bien-être qu'aurait dû provoquer la dose de calmants ne venait pas. Il ne lui restait que cette impression d'être déconnecté. Cette distance entre lui et le réel.

Il passa en revue ses décisions, encore et encore. Il avait sous-estimé le risque d'une agression. Au fond, il n'avait envisagé sérieusement qu'un danger : l'attaque d'un dangereux prédateur solitaire. Il s'était montré incapable d'assurer la sécurité du groupe.

L'obscurité envahit peu à peu la cabine. Il regarda les lunes apparaître une à une par la baie. Elles semblaient froides, blanches et vivantes. Peut-être tout était-il vivant dans ce système : le soleil, les planètes, les astres en orbite solaire. Même les continents. Les lunes savaient s'aligner, se mettre en rang comme des soldats, comme les brachyids.

Syzygie.

Il était éveillé. Trempé de sueur.

Près de lui, Janet dormait paisiblement.

Syzygie.

La dernière s'était produite en 4743 av. J.-C. Et la période des Monuments s'était terminée, d'après ce qu'on savait, aux alentours de 21000 av. J.-C.

Il saisit un bloc lumineux et entreprit de tout consigner par écrit. On pouvait supposer que les habitants de la cité portuaire avaient lancé la station orbitale. Bon. On pouvait aussi supposer que cette station n'était pas restée en service longtemps car, rudimentaire, elle était vite devenue obsolète. Or il n'y avait aucune autre station plus avancée d'un point de vue technologique. La ville portuaire et la civilisation de la planète avaient-elles cessé toute activité ? N'avaient-elles pas survécu à leur station ?

Le laps de temps entre la dernière syzygie et la fin (supposée) de l'ère des Monuments était d'approximativement seize mille ans.

DISCONTINUITÉS

Bêta Pa' III	Quraqua	Nok
21000 av. J.-C.	9000	16000 av. J.-C.
4743 av. J.-C.	1000	400 ap. J.-C.

À nouveau, on constatait un différentiel de huit mille ans.

Il considéra ces chiffres un long moment.

Puis il se remit à songer à la station spatiale. Pourquoi ses occupants, sanglés dans leurs fauteuils, avaient-ils ouvert les sas ?

Carson se souvenait de cette vieille histoire du vingtième siècle : un cosmonaute s'était retrouvé en plan dans l'espace suite à l'éclatement de l'Union soviétique. Il tournait autour de la Terre quand il avait appris un beau jour que le pays qui l'avait lancé là-haut n'existait plus. Peut-être ces gens avaient-ils connu un sort identique. Quelque chose s'était produit au sol. Quelque chose qui leur interdisait toute possibilité de retour. Alors, de chagrin, de désespoir, ils avaient ouvert la porte à la nuit.

Peut-être ces discontinuités n'étaient-elles pas des changements progressifs. Peut-être prenaient-elles la forme d'irrépressibles et soudains cataclysmes. D'accord, ça paraissait ridicule. Mais que conclure d'autre ? Quelle autre piste suivre ? Comment faire le lien avec Oz ?

Oz demeurait la grande énigme. *Si nous parvenions à la résoudre,* songeait-il, *alors tout le reste s'éclairerait.*

Mathématique.

Quel que soit le phénomène, il intervenait tous les huit mille ans. S'était-il produit quelque chose sur Bêta Pa' III en 13000 av. J.-C. ? Oui, pensa-t-il, sachant qu'Henry n'aurait pas approuvé cette espèce de raccourci intuitif. Mais sa conclusion paraissait vraisemblable.

Quelle espèce de mécanisme pouvait engendrer de pareilles conséquences ?

Au bout d'un moment, il finit par s'assoupir, mais son sommeil fut agité. À son réveil, il constata que le jour était revenu. Hutch et Janet discutaient et il eut l'impression, à les entendre baisser la voix brutalement, qu'elles parlaient justement de lui.

« Comment ça va ? lui demanda Hutch avec sollicitude.

— Bien. »

Janet poussa sa jambe gauche pour la sortir du drap et la plia. « Ça revient », annonça-t-elle.

Carson se sentait mieux, mais pas au point de se lever.

« Hutch me disait, fit Janet, qu'une cérémonie funèbre se tiendra ce soir. »

Il hocha la tête et la peine l'accabla de nouveau. Sachant que Hutch était retournée sur la planète, il posa quelques questions. Elle lui fit un rapport sommaire en termes généraux. Maggie était morte dans la chute. Aucun charognard ne s'était attaqué à elle par la suite, Dieu soit loué.

« Elle n'a sans doute pas souffert, ajouta-t-elle. Sill était dans tous ses états. Il avait hâte qu'on vide le plancher. Il te juge responsable de la mort de Jake. Il ne le dit pas, mais ça crève les yeux. » Elle s'interrompit soudain et s'en voulut d'avoir laissé échapper cette remarque.

Il changea de sujet. « Tiens, quelque chose qui pourrait t'intéresser. » Il tâtonna dans son couvre-lit, retrouva le bloc lumineux et le lui tendit.

Hutch regarda, haussa les sourcils. Puis tourna le bloc afin de le présenter à Janet aussi. « On retrouve ce facteur de huit mille ans. Ça commence à faire beaucoup pour une coïncidence. »

Carson acquiesça. « Je ne parviens pas à concevoir le début d'une explication. Serait-ce un réflexe intrinsèque à toute espèce intelligente qui se manifesterait tous les huit mille ans ? Dans l'esprit des théories de Toynbee sur les cycles de civilisation ? Ça vous paraît plausible ?

— Personnellement, je n'y crois pas », dit Janet.

Hutch gardait les yeux rivés sur le bloc. « Chaque fois, on trouve sur les lieux d'étranges pseudo-cités, fit-elle remarquer. À l'évidence, il y a un lien entre elles et les événements. Tout cela ne peut pas être le fruit du hasard. Mais on n'entrevoit que la queue du mystère.

— S'il a une queue... fit Janet. C'est peut-être un horgon cosmique qui déboule périodiquement pour tout casser. » Elle s'était adossée contre ses trois oreillers et tapotait du bout des doigts le plateau roulant rangé contre son lit. « Est-ce que je peux te demander de me faire un diagramme ? demanda-t-elle à Hutch.

— Certainement. » Hutch saisit la télécommande et fit coulisser une cloison, révélant un écran. « Que voudrais-tu voir ?

— Les positions relatives de Bêta Pa', Quraqua et Nok. »

Hutch fit apparaître les planètes. Bêta Pa' flottait tout au bord du Vacuum. Quraqua se trouvait en retrait, à cinquante-cinq années-lumière dans la direction générale de la Terre. Nok était positionnée plus bas sur le bras, à cent quinze années-lumière.

« Bien, fit Janet. Ajoutons maintenant les dates des discontinuités. »

Carson comprit ce que cherchait Janet : un rapport entre les dates et les distances. Mais elle ne découvrit rien. Si leurs estimations étaient justes, le premier bouleversement connu s'était produit sur Bêta Pa' III aux alentours de 21000 av. J.-C. Mais aucune chronologie ne se dégageait clairement ensuite. Un second événement intervenait sur Nok cinq mille ans plus tard. Et un troisième sur Quraqua sept mille ans après le second. Un vrai chaos.

Répondant à une impulsion subite, Hutch fit apparaître la Terre. Elle était complètement excentrée de l'image. Tous la contemplèrent et Carson eut l'impression qu'ils passaient à côté de quelque chose.

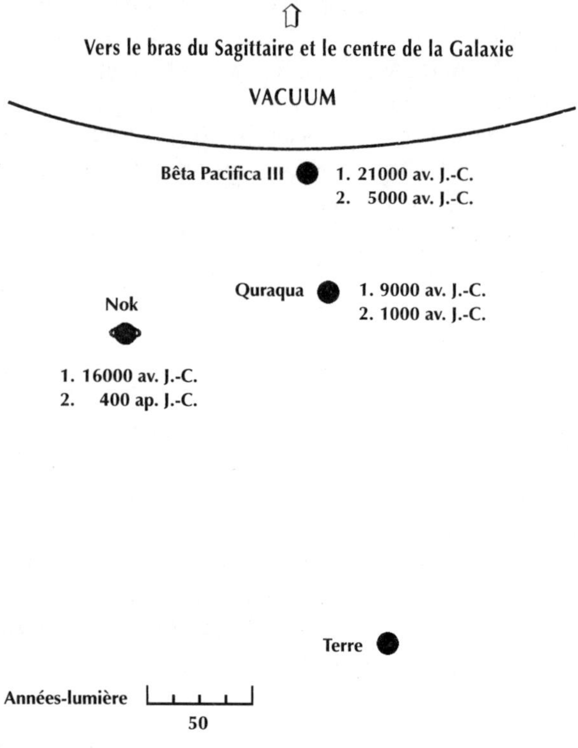

Graphique des étoiles et des événements par Hutch

Janet avait déjà quitté le bloc médical quand Carson, se faisant aider, s'habilla et se prépara à regagner sa cabine. On lui avait fourni un fauteuil roulant motorisé qu'il apprenait (non sans pester) à conduire, quand un infirmier vint lui annoncer que le capitaine désirait le voir.

L'infirmier mena Carson dans une petite salle d'auscultation meublée de deux chaises, d'une civière, d'un lavabo et d'une armoire. « Il arrive dans un instant », fit-il en se retirant.

Il en fallait peu pour que l'aversion de Carson à l'égard de Morris remonte à la surface. Cette attente qu'on lui imposait l'irritait par tout ce qu'elle induisait symboliquement : on lui démontrait que son temps avait moins de valeur que celui du capitaine. Il se demanda s'il devait réagir à cette vexation et s'apprêtait à partir quand le capitaine entra et l'invita d'un ton hautain à se « mettre à l'aise ». Il posa sa casquette sur la civière et s'assit sur une chaise avec un air important et pressé.

« Eh bien, Carson, fit-il, il faut croire qu'on est dans de sales draps cette fois.

— Il semble, capitaine, il semble. » Carson sentait son pouls s'emballer.

Le regard de Morris avait une fixité terne. Il glissa sur l'épaule de Carson. « Je voulais vous exprimer mes condoléances pour vos collègues.

— Merci. Je vous en suis reconnaissant. Je suis quant à moi désolé pour Jake. »

Le capitaine opina du chef. « Il va nous manquer. » Il releva un regard transi, le braqua dans le vide. Carson avait l'impression qu'il se donnait du mal pour paraître soudain méditatif. « Vous savez que j'étais contre cette équipée depuis le départ. Si j'avais eu voix au chapitre, rien ne serait arrivé. »

Et je préférerais que vous ayez imposé votre point de vue, songea Carson, mais il garda le silence.

« Dites-moi, avez-vous appris des choses importantes là-bas ? »

La question surprit Carson. « Oui, répondit-il. Je crois que oui.

— Dieu en soit remercié, docteur. Malgré ces trois morts, la mission n'aura pas été totalement vaine. » Il avait insisté discrètement sur le titre de Carson, comme s'il avait besoin de le salir.

« Cette mission n'a pas été vaine. » Carson se sentait très vieux. « Mais je ne prétends aucunement que les découvertes valaient ce prix.

— Je comprends. » Morris avait une respiration un peu sifflante. « Je voulais vous faire savoir que la perte d'un homme d'équipage et de deux passagers n'est pas une mince affaire. Des rapports devront être rédigés, des explications fournies. Et, bien que les officiers de ce vaisseau ne soient en aucune manière coupables, l'accident aura des répercussions sur mon image. Vous aurez laissé des traces de votre passage à bord, monsieur.

— Je suis désolé d'avoir été un problème.

— Je n'en doute pas. Malheureusement la prudence se manifeste parfois un peu tard. Bah, c'est ainsi. Une cérémonie funèbre se tiendra ce soir à dix-neuf heures sur le pont de la navette. »

Carson fit un sourire crispé. « Entendu. » Il se trémoussa sur son fauteuil, écrasé d'impuissance devant cet homme. « Y a-t-il autre chose ?

— Non. » Les yeux de Morris se posèrent sur lui à nouveau. Cette fois ils ne se détournèrent pas. « Je suis désolé pour vous, docteur. »

Sans aucun doute, l'équipage du *Perth* appréciait Jake Dickenson.

Des photos plus grandes que nature de Jake, George et Maggie ornaient les murs. Jake dans son cockpit. George photographié sur une grève rocheuse, tête nue, songeur. De Maggie, on n'avait qu'un portrait, ses yeux intenses, ses cheveux noirs cascadant sur une épaule.

Environ quatre-vingt-dix personnes assistaient à la cérémonie. L'équipage avait revêtu l'uniforme et enfilé un brassard noir. Les passagers portaient des vêtements colorés à la mode du moment.

L'oraison, heureusement, ne s'éternisa pas. Amis et collègues de Jake parlèrent de souvenirs agréables, de la gentillesse du défunt, de nobles actions restées secrètes. Certains évoquèrent aussi de brefs moments partagés avec Maggie et George.

Carson constata avec soulagement que nul ne l'accablait. *Nous sommes ensemble*, disaient-ils, chacun à sa manière.

Le capitaine présidait la cérémonie dans son uniforme strict bleu foncé. Il souligna que c'était la première perte jamais enregistrée à bord du *Catherine Perth*. Il déclara que Jake allait leur manquer et que, même s'il n'avait pas eu l'occasion de connaître les autres défunts, il était sûr qu'il s'agissait de gens de valeur. Il déplorait aussi leur mort. À cet instant, il marqua une pause et son regard balaya lentement les cloisons, s'attardant sur chaque photo et se braquant pour finir sur le nez effilé de la navette.

« Nous pouvons nous consoler, déclara-t-il tristement, en songeant qu'ils sont morts pour le progrès de la connaissance humaine. » Il avait les yeux mi-clos. « Ils connaissaient les risques mais ont fait leur devoir sans hésiter un instant. » Carson avait l'impression qu'il préparait déjà sa défense en vue de la confrontation avec la commission qui ne manquerait pas d'enquêter sur l'accident. « C'est le plus bel hommage que nous puissions rendre à Jake, Maggie et George. » Il eut un regard pour Carson et requit la bénédiction du Tout-Puissant pour l'assemblée. Carson songea que ses amis méritaient un plus bel adieu que ce piètre discours pleurnichard. Mais Morris était lancé.

Lorsqu'il eut terminé, Carson s'avança dans son fauteuil.

Il sortit ses notes et les survola. Elles lui parurent sèches et ampoulées. Bien dans le style des platitudes du capitaine. Mélanie Truscott, qui l'observait silencieusement depuis tribord, lui adressa un sourire d'encouragement.

Il renfourna ses notes dans sa poche. « Je ne connaissais pas Jake d'aussi longue date ni aussi bien que vous. Mais il est mort avec ceux de mon équipe en essayant de nous venir en aide. » Carson regarda Hutch. « Quand on perd quelqu'un, c'est toujours pour une mauvaise raison. Mais eux savaient – et c'est pourquoi vous devez le savoir aussi – qu'ils n'ont pas perdu la vie au cours d'une sortie d'exploration quelconque. Ce que recèle cette planète présente un immense intérêt. Jake, George et Maggie seront à jamais associés aux découvertes à venir. Comme nous tous. » Il s'interrompit et regarda l'assemblée. « Je suis désolé. Nous l'avons payé de notre sang. J'aurais voulu qu'il n'en soit pas ainsi. »

La foule ne se dispersa pas. Soudée par ce deuil commun, l'assistance dériva lentement vers le salon de proue, où l'éclairage moins vif qu'à l'accoutumée avait été complété par trois cierges. De petits groupes se formèrent.

C'était la première fois que Hutch faisait l'expérience de la mort à bord d'un vaisseau spatial. Elle avait depuis longtemps remarqué que les astronefs, emportant leurs fragiles cargaisons de matériel et de gens, constituaient un microcosme où le tissu social se renforçait, ne serait-ce que provisoirement. On s'y sentait plus proches les uns des autres, unis contre un univers hostile. Des antagonismes susceptibles de dégénérer sur la grande échelle d'une surface planétaire s'estompaient dans l'espace feutré des salons d'observation et des passerelles de commandement. Le corollaire, comprenait-elle en cet instant, c'était que le malheur y frappait plus durement. Dans les étoiles, un décès impliquait tout le monde.

La plupart des tables étaient occupées. Hutch traîna de l'une à l'autre, échangeant des histoires ou parfois se contentant d'écouter. Elle ne surmontait pas sa souffrance. De temps en temps, elle se levait au milieu d'une conversation et allait s'asseoir plus loin pour se retrouver seule. Nul ne lui en tenait rigueur.

Truscott vint se mêler à l'assistance, se servit un verre de vin. « L'*Ashley Tee* est dans le secteur, annonça-t-elle à Carson. Votre transfert pourra se faire dès que vous serez prêts. Mais nous vous garderons avec plaisir à bord si vous le préférez. Votre vaisseau d'exploration sera sans doute moins bien fourni que le nôtre en équipement médical.

— Merci, dit Carson. Encore une fois, je suis vraiment désolé.

— Je survivrai. » Elle parvint à sourire. « Frank, est-ce que John vous a parlé ?

— À demi-mot. Je sais qu'il n'est pas content.

— Il veut bien faire. Mais il s'angoisse. Il a perdu du monde et il a peur pour sa réputation. Il a connu de meilleurs moments.

— Je sais. Mais, considérant ce que d'autres ont perdu, j'ai du mal à m'apitoyer. » Truscott, pour ne mentionner qu'elle, se trouvait en plus mauvaise posture. « Que comptez-vous faire ?

— Je ne sais pas. Écrire un livre peut-être. Une commission est en train de se constituer afin de voir s'il est possible d'adapter les techniques de terraformation pour améliorer la situation sur la Terre. Ça m'intéresserait d'en être. »

Carson grimaça. « Vous seriez capable d'intervenir sur quelque chose sans provoquer une lame de fond ou un séisme ? »

Le sourire de la directrice éclaira la table. « Oui, oui. On serait en mesure de changer beaucoup de choses, à vrai dire. Le problème, trop souvent, c'est seulement que ceux qui pourraient agir ne veulent rien changer. Le pouvoir corrompt moins qu'il ne nourrit le conservatisme. Maintenir le statu quo devient l'objectif. » Elle haussa les épaules. « Caseway pense que la seule solution, c'est d'amener un petit groupe de gens bien éduqués et bien entraînés sur Quraqua, et de recommencer à zéro. Je ne suis pas loin de le rejoindre dans son constat que notre Terre mère est une cause perdue. Mais je ne crois pas que la nature humaine se modifiera simplement parce qu'on envoie ailleurs une colonie en chemise à fleurs.

— Vous ne croyez pas au succès de l'expérience Quraqua ?

— Non. » Elle sirota une gorgée. « Je ne suis pas pessimiste par nature. En tout cas je ne crois pas l'être. Mais non : je crois que l'égoïsme est profondément inscrit dans notre nature. La planète Quraqua est censée devenir la nouvelle Terre. Et je pense qu'elle le sera. Mais l'éducation permet un changement à court terme, au mieux. Éduquez un crétin tant que vous voudrez, au final vous aurez quand même un crétin. »

Carson se pencha en avant. « On est si minables que ça ?

— *Homo crétinus*, fit-elle. Révisez votre histoire. » Elle consulta sa montre. « Écoutez, il faut que j'y aille. Quand on consignera tout cela, veillez à ce qu'on écrive mon nom correctement. À propos, j'ai des messages pour vous. » Elle exhuma trois enveloppes d'une de ses poches et les lui tendit. Puis elle tourna les talons et prit le chemin de la porte.

Les enveloppes étaient des caches standard pour tous les messages reçus au centre de communication du *Perth*. Deux d'entre eux émanaient d'Ed Horner. Le premier disait :

> DÉSOLÉ POUR COLLISION. ESPÈRE QUE TOUT VA BIEN. PREMIÈRE PRIORITÉ DEMEURE ASSURER SÉCURITÉ ÉQUIPE. PRENEZ TOUTES MESURES À CETTE FIN.

La seconde datait de deux jours plus tard. Elle autorisait Carson à utiliser l'*Ashley Tee* pour servir ses projets. « Dans les limites du raisonnable. »

Hutch approcha dans son dos. Il lui montra les messages et lui demanda : « Qu'en penses-tu ?

— De ce qu'on doit faire ?

— Oui.

— Se cantonner à des observations aériennes et puis rentrer au bercail. »

Carson se rangea à cet avis. Il n'avait plus le feu sacré pour le monde des Bâtisseurs de Monuments. « Dis-moi ce que tu sais de l'*Ashley Tee.* »

Elle s'assit. « C'est un vaisseau à équipage de deux personnes. Sa spécialité, c'est l'exploration à très large échelle. Chercher des mondes habitables et effectuer des relevés d'ordre général en plus. Il n'est pas équipé pour le travail au sol.

— Pas de navette ?

— Si. Mais à quoi bon une navette puisqu'on n'a pas l'intention de se poser ?

— Hutch, il y a de véritables cités là-dessous. Il va falloir descendre en basse altitude. Pour essayer d'en voir le maximum.

— J'entends bien, mais l'*Ashley Tee* est un vaisseau d'exploration de classe EP. Il est petit et sa navette l'est également. D'ailleurs cette navette n'est pas conçue pour les vols atmosphériques. C'est une boîte volante.

— Pas faite pour les vols atmosphériques, tu dis ? Mais elle volerait tout de même ? Tu pourrais la piloter, toi ?

— Oui, je le pourrais. Je ne ferais ni figure acrobatique ni pointe de vitesse, mais ça irait. »

Hutch n'avait jamais été si belle. La clarté des chandelles se reflétait dans ses prunelles sombres et sur ses boucles d'oreilles d'onyx. Il lui trouvait une profondeur, une dimension qu'il ne lui connaissait pas naguère. Il se souvint de leur première rencontre, parmi les monolithes d'Oz. Elle lui avait paru un tantinet frivole à l'époque.

Janet vint les rejoindre. Elle avait un peu trop bu et paraissait déprimée. Le bord chatoyant de la planète roulait derrière la baie d'observation. Ils se trouvaient au-dessus de la face nocturne, mais l'océan et la couverture nuageuse scintillaient.

Hutch essayait d'apercevoir ce qui était écrit sur la troisième enveloppe. « Qu'y a-t-il sur l'autre ?

— Le message provient de Nok. » Il le décacheta.

FRANK. ON VOUS ENVOIE UN CARGO D'URGENCE.
J'ARRIVE. ATTENDEZ. DAVID EMORY.

« Eh bien, fit Janet avec un sourire, on reçoit beaucoup d'aide. Tous arrivent un poil trop tard, mais il faut reconnaître qu'ils se donnent du mal. »

Carson eut un petit rire. « David flaire qu'on a trouvé quelque chose. Il est alléché. »

Hutch rassura tout le monde – elle allait bien – et resta dans le salon de proue bien après que Carson et Janet furent partis. Elle ne supportait pas l'idée de se retrouver seule cette nuit-là.

L'alcool restait sans effet. De temps en temps, quelqu'un venait, s'asseyait près d'elle et tentait d'engager une conversation. Mais elle ne pouvait en tenir aucune. Elle se demandait parfois si, à force de volonté, elle ne pourrait pas faire apparaître George dans l'encadrement de la porte. Elle l'imaginait encore à l'autre bout de la comligne.

Elle s'efforça de penser à autre chose. À la suggestion de Carson : la station spatiale était relativement récente, il y avait eu un âge noir.

Elle débarrassa un coin de table et sortit son bloc lumineux.

Des cycles de huit mille ans.

Elle traça une ligne en haut de son écran. Le Vacuum d'un côté, ici. Bêta Pa' III de l'autre. En bordure du bras. Tout à la limite. Et Quraqua ? Bien en aval. Cinquante-cinq années-lumière. En direction de la Terre. Elle ajouta Nok à son esquisse, à quatre-vingt-dix années-lumière de Quraqua, cent quinze de Bêta Pacifica.

Elle inscrivit les dates des événements connus : 21000 et 5000 av. J.-C. à Bêta Pa' ; 9000 et 1000 av. J.-C. à Quraqua ; 16000 av. J.-C. et 400 à Nok. Arrondir le 400 à zéro. Uniformiser les cycles à huit mille ans. Supposons que des bouleversements se soient produits sur Bêta Pa' en 13000 av. J.-C., sur Nok en 8000 av. J.-C. et sur Quraqua… quand donc ? 17000 av. J.-C.

Elle contempla le résultat un long moment. Puis elle détourna le regard vers la baie, vers le monde des Bâtisseurs de Monuments. Des chapelets d'îles. Un océan de jade. Le continent, pour l'heure invisible.

Ils savaient quelque chose. Ils avaient construit Oz et des satellites cubiques, et un autre Oz plus grand ici.

Pourquoi ?

Lorsqu'elle reporta son attention sur le bloc lumineux, la réponse lui sauta aux yeux. C'était si évident qu'elle se demandait comment ils avaient pu passer à côté si longtemps.

Elle revint à sa cabine, consulta une carte et compara les chiffres. Tout concordait.

À : M. LE DIRECTEUR
ACADÉMIE MONDIALE DES SCIENCES
ET DE LA TECHNOLOGIE
PLACE SMITHSONIAN
WASHINGTON, D.C.
DE : DIRECTEUR DE L'ÉQUIPE BÊTA PACIFICA
SUJET : RAPPORT DE MISSION

NOUS AVONS PERDU MAGGIE ET GEORGE AU COURS D'UNE ATTAQUE MENÉE PAR UNE ESPÈCE INDIGÈNE. S'IL VOUS PLAÎT, VEUILLEZ PRENDRE LES MESURES QUI S'IMPOSENT. TOUS DEUX SONT MORTS EN ESSAYANT DE PROTÉGER LEURS COLLÈGUES. DES DÉCOUVERTES MAJEURES ATTENDENT, NÉCESSITANT UNE EXPÉDITION DE GRANDE ENVERGURE. VOIR RAPPORT CI-JOINT. RESTONS SUR PLACE TANT QUE NOS RÉSERVES LE PERMETTENT, À BORD DE L'ASHLEY TEE.

CARSON.

Quatrième partie

LES MACHINES DE DIEU

VINGT-SIX

À bord du RNK Catherine Perth. *Vendredi 15 avril, 05 h 15.*

Le carillon tira Carson d'un sommeil agité.

Il fit entrer une Hutch survoltée. « Je crois que j'ai trouvé, annonça-t-elle en brandissant un bloc lumineux.

— Trouvé quoi ? »

Elle se laissa choir dans un fauteuil. « Si on se rend au bon endroit, fit-elle, et qu'on construit un Oz, on aura le fin mot de l'histoire.

— *Construire un Oz ?* Tu es sérieuse ? On ne peut pas *construire un Oz*, voyons. » Il s'inquiéta du nombre de verres qu'elle avait vidés pendant la nuit. « Est-ce que tu as pris un peu de repos ? demanda-t-il d'un ton soupçonneux.

— Au diable le repos, fit-elle. Les chiffres concordent. »

Carson mit la cafetière en marche. « Du calme. Quels chiffres ? Qu'est-ce que tu entends par "le bon endroit" ? »

Elle saisit une télécommande et fit apparaître une carte astronomique sur l'écran. Elle traça une ligne au bord du Vacuum et des parallèles qui passaient par Bêta Pa', Quraqua et Nok. « Nous avions depuis un moment remarqué ces cycles de huit mille ans. C'était, apparemment, la seule chose qui se répétait. Peut-être parce que le reste crevait les yeux.

» Nous pensons avoir repéré deux événements sur Nok et deux sur Quraqua. Et s'il faut en croire les vestiges, il y en a eu un autre ici.

— D'accord, fit Carson. Que faut-il en conclure ?

— Que si, effectivement, il y a des cycles de huit mille ans, et si nous avons la certitude qu'il s'est produit quelque chose aux alentours de 5000 avant notre ère, alors il y a dû se produire autre chose vers moins 13000, d'accord ? Et en moins 21000. » Elle inscrivit les chiffres dans une colonne :

ÉVÉNEMENT	BÊTA PA'	QURAQUA	NOK
1	21000 av. J.-C.		
2	13000 av. J.-C.		
3	5000 av. J.-C.		

« Si on prend pour acquis nos cycles de huit mille ans, continua-t-elle, et si on remonte dans le temps, alors il a dû se produire un événement sur Quraqua vers 17000 avant notre ère, tu me suis ?

ÉVÉNEMENT	BÊTA PA'	QURAQUA	NOK
1	21000 av. J.-C.	17000 av. J.-C.	
2	13000 av. J.-C.	9000 av. J.-C.	
3	5000 av. J.-C.	1000 av. J.-C.	

— D'accord.

— Bon. On est sûrs du second et du troisième bouleversements sur Quraqua. Dans les deux cas, ils débutent quatre mille ans après le précédent. Qu'est-ce que ça t'inspire ?

— Honnêtement, pas grand-chose.

— Frank, le phénomène se reproduit sur Nok.

— En quoi ? »

Elle remplit la troisième colonne en arrondissant les dates.

ÉVÉNEMENT	BÊTA PA'	QURAQUA	NOK
1	21000 av. J.-C.	17000 av. J.-C.	16000 av. J.-C.
2	13000 av. J.-C.	9000 av. J.-C.	8000 av. J.-C.
3	5000 av. J.-C.	1000 av. J.-C.	0

« Cette fois, dit Carson, un délai de mille ans s'écoule entre chaque événement. Je vois le schéma, mais pas ce qu'il faut en déduire.

— C'est une onde, Frank. J'ignore de quelle nature, mais elle arrive du Vacuum. Il lui faut soixante-quatorze ans pour couvrir une année-lumière. La première dont nous ayons des traces, l'onde A, est arrivée ici, à Bêta Pa', aux alentours de 21000 avant notre ère.

— Nom d'une pipe !

— Quatre mille ans plus tard, elle atteignait Quraqua. Puis, environ mille ans après, elle apparaissait à Nok. »

Carson réfléchit de nouveau. Ça paraissait complètement abracadabrant. Mais les chiffres coïncidaient. « Qu'est-ce que ça peut être ?

— Le Marcheur de l'aube, fit-elle.

— Quoi ? »

Ses yeux devinrent fentes. « Tu te souviens de la prière quraquat ? » Elle la fit apparaître à l'écran :

Dans les rues de Hau-Kai, nous attendons.
La nuit tombe, l'hiver approche,
Les lumières du monde se glacent.
Et en cette trois centième année
Sous l'ascendant de Bilat,
Il viendra en foulant l'aube,
En piétinant le soleil,
Pour juger l'âme des hommes.
À pas de géant, il enjambera les toits
Et allumera les machines de Dieu.

« Quoi que ce soit, dit-elle, c'est forcément lié d'une façon ou d'une autre à ces pseudo-villes, ces Oz. »

Il y eut comme un froid. « Est-ce qu'il pourrait s'agir de talismans ? » demanda Carson. L'idée d'une espèce très évoluée invoquant le surnaturel avait quelque chose de dérangeant.

« Ou de cibles, fit Hutch. Des offrandes rituelles ? Des présents symboliques pour les dieux ? » Elle se retourna pour lui faire face.

« Écoute, s'il y a du vrai dans nos suppositions, alors la vague qui a touché Nok en 400 a couvert environ trente-cinq années-lumière depuis. » Elle traça une nouvelle ligne parallèle pour situer la position. « Il y a un système stellaire sur la trajectoire. Je crois que nous devrions y jeter un coup d'œil. »

Carson appela Truscott de bonne heure. « J'aurais besoin d'une faveur, expliqua-t-il. J'aimerais emprunter de l'équipement. »

Elle était dans sa cabine. « De quoi avez-vous besoin, Frank ?

— D'un projecteur à faisceau de particules puissant. Le plus gros à disposition. Vous en avez bien un à bord, non ?

— Oui, et même plusieurs. » Elle paraissait perplexe. « Vous ne comptez pas entreprendre des fouilles ?

— Non. Rien de ce genre. À vrai dire, nous quittons le système. »

Elle eut une réaction de surprise. « Je peux vous arranger cela. Quoi d'autre ?

— Un abri. Quelque chose d'assez grand pour servir de poste de commandement.

— D'accord. On peut vous fournir ça aussi. Il faudra signer un reçu pour tout ce matériel.

— Merci. Ça me fait une dette envers vous, Mélanie.

— C'est sûr. Maintenant, vous pourriez peut-être me dire de quoi il retourne ? »

Carson ne voyait aucune raison de garder le secret. « Volontiers, fit-il. Et si on en discutait autour d'un petit-déjeuner ? »

L'*Ashley Tee* était constitué de quatre cylindres tournant autour d'un pivot central. Il était hérissé de capteurs et d'appareils de télécommunication. Hutch s'était entretenue avec l'équipage avant le transfert. « Il y a une célébrité à bord », avait-elle annoncé, sourire aux lèvres.

La célébrité, c'était la pilote, la presque légendaire Angela Morgan.

Angela était grande et athlétique, elle avait les cheveux argentés et les yeux gris. Hutch ne l'avait jamais rencontrée, mais elle la connaissait de réputation. Angela avait réalisé plusieurs vols expérimentaux à l'époque des débuts, elle avait repoussé les limites de la technologie magnétique et c'était sur son instigation que nombre de dispositifs de sécurité équipaient maintenant les appareils plus rapides que la lumière.

Elle faisait équipe avec Terry Drafts, un jeune physicien africain moitié moins âgé qu'elle. Il avait une voix douce, des manières posées et un caractère réservé. Cette expérience en binôme avec Angela revenait à lui valider un passeport pour une belle carrière.

« Si vous avez vraiment quelque chose, Carson, avait dit Angela, nous vous aiderons avec plaisir. Pas vrai, Terry ? Mais nous ne perdons pas de temps, d'accord ? »

Étant donné que tous les astronefs réglaient leurs horloges internes sur l'heure de Greenwich, les nouveaux passagers n'eurent à souffrir d'aucun décalage. La matinée finissait sur tous les vaisseaux des différentes flottes quand Angela montra leurs cabines aux arrivants.

Elle les rejoignit pour le déjeuner et les écouta raconter leurs différentes expériences dans le système. Pour finir, elle leur demanda d'un ton sceptique s'ils étaient sûrs que cette planète était le berceau des Bâtisseurs de Monuments. (Ils l'étaient.) Puis elle voulut savoir dans quelles circonstances ils avaient perdu une partie de leur équipe. (Aucun d'eux n'entra dans des détails géographiques, mais ce qu'ils racontèrent leur valut à la fois sa désapprobation et son respect.)

« Je comprends mieux pourquoi j'ai reçu l'ordre de mettre le vaisseau à votre disposition, conclut-elle. On peut rester ici. On peut mettre le cap sur Point Zébra. Ou rentrer sur la Terre. Choisissez. »

Point Zébra était une base de ravitaillement pour les vaisseaux d'exploration du secteur.

« Angela, dit Carson. Ce que nous aimerions, c'est examiner une des lunes de ce système. Ensuite, un sacré voyage nous attendra. »

Angela régla les télescopes du vaisseau sur la cité portuaire. Le calme y régnait : les ruines blanches noyées dans les douces collines vertes, l'épaisse forêt se déversant dans la mer. Le pont cassé qui ne menait nulle part.

Ils passèrent deux jours dans le néo-Oz du satellite. Ils s'étonnèrent à nouveau de la rectitude de la construction. C'était, commenta Drafts, la Mecque de l'angle droit. Et, contrairement au site quraquat, celui-ci ne comptait pas d'exception : aucune tour ronde.

En revanche, lui aussi était abîmé. Calciné. Éventré.

« J'ai vu l'autre, dit Angela. Pourquoi construire des monuments pareils ?

— C'est bien ce qu'on espère découvrir », dit Carson.

Ce soir-là, le lundi 18 avril 2203, peu avant 11 h 00, ils quittèrent l'orbite lunaire.

Deux nuits plus tard, Carson remisa pieusement son fauteuil roulant. Et Janet avança une nouvelle spéculation, qu'elle confia d'abord en aparté à Hutch : « Je pensais, lui dit-elle, à la phrase de la prière quraquat…

— “Les machines de Dieu” ?

— Oui, les machines de Dieu.

— Eh bien ?

— Elles ne sont peut-être pas si loin de nous. Si l'on accepte l'idée que cette onde A, celle qui a déferlé sur Bêta Pa' en 21000 avant notre ère, a continué sur sa lancée, alors elle a pu parvenir jusqu'à la Terre. »

Hutch acquiesça. « Avant l'émergence d'aucune civilisation, pas vrai ? Ce qui expliquerait que nous n'en ayons conservé aucune trace.

— Pas tout à fait vrai. Elle aurait traversé le système solaire aux alentours de 5000 avant notre ère. »

Hutch attendit. La date ne lui évoquait rien.

Janet haussa les épaules. « L'âge de Sodome et Gomorrhe, selon les estimations les plus récentes. »

ARCHIVE
(transmise via balise-laser)

À : RNA CARY KNAPP
À L'ATTENTION DE : DAVID EMORY
DE : FRANK CARSON, MISSION BÊTA PA'
RNA ASHLEY TEE
SUJET : MOUVEMENT OPÉRATIONNEL

DAVID. DÉSOLÉ DE PARTIR AVANT VOTRE ARRIVÉE, MAIS L'AFFAIRE URGE. NOUS SOMMES PEUT-ÊTRE EN MESURE DE DÉCOUVRIR CE QUI S'EST PRODUIT À ORIKON. PROCHAIN ARRÊT : LCO4418. REJOIGNEZ-NOUS LÀ SI VOUS POUVEZ.

CARSON.

VINGT-SEPT

À bord du RNA Ashley Tee, *en route pour LCO4418. Mercredi 27 avril, 19h30.*

« Je n'arrive pas à croire, disait Drafts en faisant la moue devant sa paire de deux, que nous soyons vraiment lancés dans une aventure pareille.

— Quelle aventure ? demanda Angela en relevant le nez de son livre.

— La poursuite d'un dragon, répondit Hutch qui n'avait rien en main.

— Ça vaut le coup d'être tenté, dit Angela. Je ne crois pas un mot de cette histoire. Mais ce n'est pas la première fois que je me trompe. » Elle débordait vraiment de vitalité. Hutch l'imaginait sans peine en train de descendre en piqué dans un volcan.

« Pour moi… commença Drafts (il venait de ramasser quelques pots, ce qui le rendait loquace), le problème est que je n'arrive pas m'imaginer à quoi cette chose peut ressembler. Je veux dire, on n'est quand même pas à la poursuite d'une escadre de nanomachines que le Vacuum éructerait dans la Galaxie tous les huit mille ans ? » Il posa ses cartes face contre table. « Ni d'une armada de psychopathes ?

— Allez savoir, dit Janet. Ça ne provient peut-être pas du Vacuum mais de très loin au centre de la Galaxie. » Elle s'efforçait de masquer une certaine satisfaction à l'égard de ses cartes. « J'ouvre, annonça-t-elle en poussant un jeton au milieu du tapis. Logiquement, ça ne change pas la direction. »

Drafts lança un regard à Carson. « La 4418 a déjà été passée au crible. S'il s'y était produit quelque chose, on en aurait entendu parler.

— Pas forcément, rétorqua Angela. Si une trace existe, elle ne sera peut-être pas facile à déceler, faute de savoir que chercher.

— Eh bien, reprit Drafts en s'adressant toujours à Carson, sans vouloir offenser quiconque, je doute quand même que ce dragon dévoilera son museau au grand jour.

— Ah, Terry, tu n'apprendras donc jamais ? » Angela poussa un soupir audible à trente mètres. « Évidemment, tu as raison. Mais c'est toujours en cherchant autre chose qu'on a réalisé les grandes découvertes. »

Carson souscrivit d'un sourire approbateur.

Drafts haussa les épaules. « Mouais », fit-il.

Hutch se coucha et regarda Janet faire le vide sur le tapis. Carson reprit les cartes et les battit. « Les Bâtisseurs de Monuments sont assimilés à la Mort, dit-il. Ont-ils construit quelque chose qui leur a échappé ? »

Hutch tenta d'écarter l'idée d'un geste. « Pourquoi est-ce qu'on n'attendrait pas d'arriver sur place ? D'ici là, tout ce qu'on peut faire, c'est spéculer dans le vide. »

Angela était assise en position du lotus. Elle lisait *Matama*, une tragédie japonaise écrite un siècle plus tôt.

« En supposant que cette vague existe, dit-elle sans redresser la tête, il faudrait qu'elle ait une profondeur d'au moins deux années-lumière pour que nous ayons une chance de la localiser. Quelle sorte de mécanique serait aussi gigantesque ?

— Si elle existe, dit Janet, elle peut aller de Quraqua à Nok. C'est-à-dire couvrir cent années-lumière. Et c'est le minimum. » Elle se tourna vers Carson.

« Personne ne peut manufacturer un engin capable de telles performances.

— En tout cas les éléments concrets ne nous avancent guère, dit Drafts. Écoutez, ces mystérieux extraterrestres avaient le désir de laisser leur signature partout où ils passaient. Ils aimaient les monuments. Ils ont commencé avec les sites d'Oz et les satellites cubiques. Ceux-là, c'était pour se faire la main. Pas de signification cachée. Des essais, en somme.

— Soyons sérieux, Terry, fit Carson.

— Mais pourquoi pas ? Pourquoi faudrait-il absolument qu'il y ait un grand message ? Peut-être que ce sont des Monuments au même titre que les autres : l'aboutissement d'une certaine conception de l'art. Quant aux cycles de huit mille ans, rien n'est démontré, loin de là. La théorie tient pour moitié du pari, et je mets ma main au feu que le reste repose sur des désirs pris pour des réalités. »

Carson et Janet se retournèrent vers Hutch. *Hé*, pensa-t-elle, *je n'ai rien promis à personne*. Mais elle se sentit obligée de défendre sa thèse. « Les dates ne sont pas de moi. Elles ont été établies par Henry Jacobi et David Emory, ainsi que les informaticiens du *Perth*. Je me suis contentée de les juxtaposer. D'accord, ce résultat est peut-être dû à une coïncidence. Mais pas à des désirs pris pour des réalités. Je n'ai aucun intérêt à me retrouver nez à nez avec ce dragon. »

La tension retomba net et tous éclatèrent de rire.

Si une main cosmique pouvait déplacer la géante rouge LCO4418 et l'amener jusqu'au centre du système solaire, Mercure et Vénus disparaîtraient dans sa masse et la Terre se retrouverait à flotter dans les couches supérieures de son atmosphère. Sa surface bouillonnait tranquillement à moins de 2200 degrés Kelvin. C'était une vieille étoile, bien plus vieille que le Soleil. Son rayonnement sanguin éclairait sa famille d'astres.

Les planètes de type terrestre gravitaient à chaque extrémité du système, séparées par quatre géantes gazeuses. L'équipe d'exploration qui avait étudié le système dix ans auparavant avait conclu à l'existence – voilà bien longtemps – d'autres planètes plus proches du cœur lumineux que l'étoile en expansion avaient absorbées. LCO4418, pensait-on, approchait de la fin de cette phase du cycle. S'ensuivrait, pendant les millions d'années à venir, une phase de contraction.

Carson étudiait des enregistrements visuels de cette géante rouge. Aucune éruption ne jaillissait de ses entrailles, aucune tache ne maculait sa surface sereine. Elle entrait dans sa dernière tranche de vie et la mort surviendrait vite maintenant. À l'échelle cosmique.

En dépit de tout cela, elle serait encore là, quasiment inchangée, lorsque l'espèce humaine se serait éteinte pour une raison *x* ou *y*. Ou se serait muée en une autre espèce.

Le voyage fut sombre. La joyeuse ambiance et l'enthousiasme du début à bord du *Winckelmann* étaient loin. L'équipage et les passagers passaient le gros de leur temps ensemble. Personne ne se morfondait seul. Mais les longs silences, les regards gênés et les non-dits alourdissaient l'atmosphère. Ce ne fut peut-être pas par pure coïncidence si la conversation, la veille de leur arrivée à proximité de LCO4418, porta sur la façon d'améliorer les rites funéraires en vue de faciliter la tâche des archéologues du futur.

En fin d'après-midi ce 7 mai, ils effectuèrent le bond pour revenir en espace réel à proximité d'un des pôles de la planète.

Quand Carson faisait le point lucidement, il se disait qu'il ne fallait pas s'attendre à trouver quelque chose. La théorie de la vague le laissait sur sa faim. Le concept était certes intriguant, mais il ne pouvait donner foi au phénomène.

Alors il se posta sur la passerelle de l'*Ashley* et, observant les vastes étendues désertiques, se demanda (ce n'était pas la première fois) ce qu'il faisait là.

Les trois survivants de l'équipe originelle ne purent bientôt plus masquer leur abattement, et Carson ne fut pas surpris de voir Hutch le rejoindre, en proie à une humeur comparable à la sienne. « Parfois, dit-elle, il faut se résigner à tenter sa chance et s'en remettre au destin. »

Ils commencèrent leurs travaux par une recherche d'objets artificiels à l'échelle du système. Elle ne donna pas de résultat, ce qui ne signifiait pas forcément qu'il n'y avait rien, l'objet pouvant être trop éloigné, ou trop petit, ou caché par un corps naturel.

En dépit d'eux-mêmes – ils admettaient volontiers, lorsqu'ils en discutaient, qu'ils cherchaient des fantômes – ils éprouvèrent de la déception.

Angela éplucha les résultats établis par la première mission 4418. « C'est un système assez classique, déclara-t-elle à Hutch. Qu'est-ce qu'on fait maintenant ? »

La géante rouge emplissait les écrans. « Des verticales et des perpendiculaires, dit-elle. On va construire des angles droits. »

Carson cherchait un site de construction convenant à ses desseins. Il exposa son projet par le menu et Angela mit à sa disposition les cartes établies lors de la première exploration. Ils optèrent pour une lune de grande taille qui gravitait autour de la seconde planète : 4418-II D. Delta.

Drafts l'afficha sur les écrans. Dans la faible clarté du soleil, elle avait une allure de petit monde exotique ; elle s'émaillait de reflets d'or et d'argent. Des nuages dérivaient au-dessus de champs de neige orange et de mers d'azote, de marais de méthane et de chaînes montagneuses abruptes. Le satellite flottait à l'ombre des minces anneaux de l'énorme planète.

Ils lurent ses caractéristiques : atmosphère essentiellement composée d'hydrogène, de méthane et d'azote, avec également de petites quantités d'éthane, de cyanogène et d'éthylène. Distance entre le satellite et la planète : 650 000 kilomètres. Rotation : 13 jours. Diamètre : 5 300 kilomètres. Température de surface : -165 °C à l'équateur. Gravité en surface : 0,37 g. Période orbitale : 11,14 jours. Âge : estimé à 4,7 milliards d'années, avec une marge d'erreur de plus ou moins dix pour cent. Distance entre le système et le soleil : 12 UA.

Ils regardèrent un volcan de glace entrer en éruption dans l'hémisphère sud. Il neigeait sur l'un des océans et de lourdes précipitations balayaient un littoral. « C'est peut-être une pluie anhydre, dit Angela. Il y a beaucoup d'éthanol dans le secteur et la température est à peu près adéquate. » Elle grimaça. « Je ne serais pas surprise de découvrir des lacs de gazoline. »

Carson trouva ce qu'il cherchait plus au sud, à environ vingt degrés sous l'équateur : une vaste plaine où se dressaient des plateaux. « Voilà, fit-il en tapotant son écran. C'est là qu'on va se mettre au travail. »

Supervisé par Hutch, Drafts démonta trois des caméras externes du vaisseau. L'*Ashley Tee*, en conséquence, eut à déplorer des angles morts, mais cela ne prêtait pas trop à conséquence. Ils fabriquèrent avec des moyens de fortune un affût pour le laser et des trépieds pour les caméras.

« Explique-moi un peu ton idée », demanda Carson tandis qu'ils contournaient la géante gazeuse, au début de l'après-midi du troisième jour. L'entrée en orbite autour de Delta était prévue à l'heure du petit-déjeuner.

Hutch sortit une des caméras pour lui montrer, déplia le trépied (qui serait rivé dans la glace) et lui adapta un déclencheur doté de détecteurs.

« Nous allons installer les caméras à terre, autour de la cible. Nous larguerons deux satellites de communication. Si les caméras enregistrent quelque chose, elles transmettront les images aux satellites qui alerteront aussitôt le Point Zébra en hyperluminique. Les satellites seront protégés par des coques arrondies, dépourvues d'angle droit.

— Qu'est-ce qui déclenchera les caméras ?

— Une soudaine et importante activité électrique ou une hausse de température excédant la normale. Chaque caméra possède son propre système de détection et fonctionnera indépendamment. S'il se passe quelque chose, nous obtiendrons théoriquement des images.

— Et les tempêtes électriques ordinaires ? Ne risquent-elles pas d'interférer ?

— Angela assure que la foudre tombera très rarement sur ce site et qu'il y a très peu de risques qu'un phénomène naturel déclenche les détecteurs. Si ce devait être le cas... (elle haussa les épaules) eh bien, quelqu'un viendrait voir pour rien.

— Viendrait voir ? » Ce n'était pas exactement le genre de système d'alarme que Carson s'était imaginé. « Ne pourront-ils pas se rendre compte de l'erreur depuis le Point ?

— Ils ne recevront pas d'images. Les images seront stockées dans les satellites. Pour eux, une alarme se déclenchera, c'est tout.

— Pourquoi ne pas envoyer aussi les images ?

— Pas possible. La communication en hyperespace requiert énormément d'énergie. On ne pourra pas en produire assez pour des transmissions complexes à moins de rester nous-mêmes dans les parages et de nous servir du générateur de l'*Ashley*. Donc nous nous contenterons de l'autre option : émettre un bip. »

Formidable, songea Carson. À chaque tempête électrique, ils allaient envoyer un vaisseau. « Je ne peux pas dire que cette solution m'enchante, grommela-t-il. Qu'est-ce qui nous prouve que les caméras seront à l'abri si un événement se produit ?

— Difficile à dire puisque justement on ignore la nature de l'événement. Elles devront être installées près de la zone cible, dans un rayon de quelques centaines de mètres, pour que des capteurs à faible portée soient efficaces. Si on recule et qu'on opte pour des détecteurs plus puissants, ils seront trop sensibles aux activités parasites, et c'est alors que nous serons submergés de fausses alertes.

— Je vois.

— Autre chose. Si le type de phénomène auquel nous pensons se produit, il y aura beaucoup d'électricité dans l'atmosphère, et les transmissions seront brouillées. Dans ce cas, les satellites ne recevraient pas les images.

— Donc il faut que la transmission se fasse en différé.

— J'y ai veillé. Et les appareils à terre conserveront tout en copie. » Elle était fière de son travail et espérait que Carson la féliciterait. Mais il gardait l'air préoccupé. « Je me suis efforcée de protéger l'équipement au maximum, poursuivit-elle.

— Noté, fit Carson. C'est bien.

— Il faudra faire envoyer quelqu'un ici avant deux ans pour remplacer ce matos. Il n'est pas destiné à ce genre d'emploi, alors il ne tiendra guère au-delà.

— Je sais », fit-il. Mais ni l'un ni l'autre ne se faisait d'illusion sur une telle mission de maintenance.

Ils choisirent pour zone cible une vaste plaine enneigée située entre une chaîne montagneuse et un marais gorgé d'azote et d'une boue hydrocarbonée. Les plateaux qui avaient retenu l'attention de Carson s'élevaient dans un paysage par ailleurs plat. On aurait dit un désert du Far West américain, drapé de givre et baigné de la pâle clarté rouge du lointain soleil.

Ils s'établirent sur un groupe de quatre mesas contenues dans un rayon de trente kilomètres. Toutes étaient plus ou moins quadrilatérales. (Le site avait été choisi originellement pour cette raison.) La plus petite composait une table de six kilomètres carrés, la plus grande d'environ cent. Carson aurait beaucoup donné pour trouver quatre mesas situées chacune à l'angle d'un carré, mais la nature ne leur avait pas offert pareille symétrie, ni sur cet astre ni sur aucun autre du système. Ce site était ce qui s'en approchait le plus.

Le projet consistait à raboter les bords dentelés des plateaux pour les transformer en rectangles parfaits. Pour trois d'entre eux, les modifications seraient mineures. Pour le quatrième, le plus large, la tâche serait en revanche d'une tout autre ampleur.

« Ça ne ressemblera pas vraiment à Oz, fit remarquer Terry.

— Sûr que si, lui assura Janet. Quand on aura terminé, tout sera d'équerre. Pas une courbe, comme les satellites cubiques.

— Et vous croyez que ce sont ces lignes droites qui importent ?

— Oui », fit-elle. Les angles droits. Tout revenait toujours à ces angles droits. « D'ailleurs, dans le fond, peut-être qu'il suffirait de construire une forme qui n'existe pas dans la nature. Peut-être que les sillons transversaux et autres fioritures que nous voulions ajouter au départ seront superflus. »

Carson s'angoissait à l'idée que personne à bord n'avait manipulé un pulseur aussi gros. « On va finir par se descendre en flammes tous seuls », grommelait-il.

Ils montèrent et fixèrent l'affût pour le projecteur à faisceau de particules dans la soute de la navette. Janet le contempla d'un air dubitatif et adressa un sourire à Hutch. « Si ce machin casse, fit-elle, c'en est fini de notre entreprise. »

Hutch essaya de visualiser la manœuvre. Par moments, il faudrait incliner l'appareil en vol à presque quatre-vingt-dix degrés pour que le projecteur puisse tirer à l'angle voulu par la porte de la soute. « Ce que j'espère, c'est surtout qu'aucun de nous ne passera par-dessus bord », répondit-elle.

Ils embarquèrent plusieurs abris autonomes et remplirent quelques réservoirs d'air en réserve. Il n'y aurait aucun moyen de recycler l'atmosphère de cet environnement si un incident survenait. Pour cette raison, Carson, qui n'avait plus envie de courir le moindre risque, fit embarquer de quoi tenir un mois.

« Pourquoi autant ? demanda Drafts.

— Et si la navette tombe en panne ? lui répondit-il. Si on se retrouve en rade sur la planète ? »

Hutch n'aimait pas cette navette. D'un profil peu aérodynamique (on aurait dit une boîte), elle n'avait que de piètres performances en vol atmosphérique. Ils seraient secoués. Et n'iraient pas vite. En outre, elle doutait – et l'avait d'ailleurs avoué à Carson – de sa capacité à la piloter en finesse. « Ça me fait mal de te le dire, lui avait-elle concédé, mais cet engin n'est qu'un carton à chaussures avec deux ailes. Tu aurais tout intérêt à convaincre Angela de prendre les commandes. Elle connaît son appareil et c'est elle la plus chevronnée d'entre nous.

— Ça ne doit quand même pas être difficile à ce point.

— Tu veux qu'on parie ta vie ? »

Carson la regarda et esquissa un sourire reconnaissant. « Merci », fit-il.

Ils se rendirent tous les deux sur la passerelle où Angela étudiait sur écran la zone cible. « Nous aimerions que vous pilotiez la navette, déclara Carson tout de go. Hutch me dit qu'elle est peu maniable et que vous êtes un as. »

Angela le considéra un long moment, puis se tourna vers Hutch. « Vous partagez ce point de vue ? » Elle portait une veste beige avec le logo de l'*Ashley*, une voile posée sur un cercle étoilé, bien en évidence sur le sein gauche.

« Oui, je crois que ça vaudrait mieux.

— Alors d'accord. »

Hutch eut l'impression qu'elle avait quelque chose en tête. « Évidemment, on sera à l'étroit dans la navette. Et la base de surface ne pourra pas contenir plus de quatre personnes. »

Janet intervint. « Moi, ça ne m'emballe pas outre mesure d'aller tailler les montagnes. Si vous voulez, je resterai pour aider ici. »

Au matin, la navette sortit de sa cale, s'éloigna de l'*Ashley Tee* et entama sa descente. Angela avait programmé un vol pour une entrée par étapes. Ils se glissèrent sans heurt dans la couche supérieure de l'atmosphère.

La délicate interaction entre le mouvement de la navette et les champs magnétiques locaux lui fournissait la portance dont elle avait besoin. Mais plus la pression de l'air augmentait, plus ils furent ballottés. Le vent fouettait la carlingue et plaquait par rafales une pluie épaisse sur les hublots. Carson, sanglé dans un siège rajouté à l'arrière, se mit à pester à voix haute.

« Pas de panique, dit Angela. Ce genre d'engin offre toujours beaucoup de prise au vent. Mais ne vous bilez pas. Il est costaud. »

Des chaînes montagneuses, des dunes de sable et une mer couleur café grandissaient à leur rencontre. *Jamais homme n'y a mis le pied,* songea Hutch.

Une heure plus tard, ils approchaient de la zone cible en survolant une rivière visqueuse. Le paysage se hérissait par endroits de congères et de gros rochers, ailleurs se ravinait. La clarté du soleil rouge et les reflets boueux de la gigantesque planète annelée suspendue à l'horizon telle une lanterne chinoise se mêlaient pour composer une luminosité froide, crépusculaire, lugubre. La région n'invitait pas à la villégiature.

Angela vira cap au sud. « Encore dix minutes », annonça-t-elle.

La plaine se fit plus rase. Les vents se remirent à souffler et le sol disparut sous les couches de neige. Le ciel était rouge, non d'un rouge de coucher de soleil, mais de cette teinte oxydée que prennent les nuages après un incendie.

Le premier plateau apparut.

« Ils sont posés », annonça Drafts.

Il n'avait rien perdu des images transmises. Janet avait paru inquiète pendant le vol d'approche de la navette et, visiblement, elle était soulagée que ses coéquipiers soient à terre. « On dirait qu'un orage arrive par l'ouest », dit-elle. Des nuages d'un orange grisâtre s'amoncelaient au-dessus d'une brume moutarde. « Peut-être qu'il s'agit de ces pluies d'éthanol.

— Janet. » Drafts s'était retourné d'un coup pour lui faire face. « Je peux vous poser une question ?

— Bien sûr.

— Qu'est-ce que vous faites de votre temps libre quand vous n'êtes pas en train de chercher des vagues cosmiques ? »

Une série d'écrans s'alignaient à sa droite. Ils étaient noirs. Il s'agissait des scanners à longue portée, qui continuaient de fouiller le système en quête de quelque chose d'insolite. Le soleil, les planètes et les lunes, comètes et météores, rien de cela ne s'y affichait. Tout le reste, ce qui pourrait sortir de l'ordinaire, même en périphérie du système, serait en revanche enregistré.

Une débauche d'efforts inutiles. Comment qualifier cela autrement ?

« Je ne sais pas, fit-elle. Je ne sais plus. »

Livre de bord

L'équipe au sol est à pied d'œuvre.

Nous avons lancé deux com-sats pour assurer la liaison 24 h sur 24. Nous avons également mis en orbite une bouée pour aiguiller le vaisseau de Nok à son arrivée.

J'ajouterai que c'est la mission la plus déroutante à laquelle il m'ait été donné de participer. Personne ne semble savoir ce que nous cherchons.

T. F. Drafts,
RNA Ashley Tee,
14 mai 2203.

VINGT-HUIT

LCO4418-III D (« Delta »). Samedi 14 mai, 17 h 45 GMT.

Le blizzard masquait le sol et formait comme une nappe dont n'émergeaient que les hautes mesas, telle une escadre grise voguant sur une mer rouille. Les quatre plateaux qu'ils avaient sélectionnés se situaient en bordure occidentale de la plaine, où le terrain devenait montagneux.

Hutch crut voir dans le projet de Carson une réminiscence des tours qui délimitaient la place centrale de l'Oz sur la lune de Quraqua. Lorsqu'elle le lui fit remarquer, il afficha d'abord de la surprise, mais reconnut aussitôt qu'elle avait sans doute raison. « J'aimerais construire la même chose ici, avoua-t-il. Un carré à base de carrés. Je doute qu'on y arrive, mais on pourra s'en approcher. »

Sur le plus grand des plateaux se dressait un relief, à l'une de ses extrémités. Le raser leur demanderait beaucoup d'efforts. En conséquence, ils décidèrent dans un premier temps d'y établir leur camp de base. Angela avait réussi à manœuvrer sa navette en dépit d'un vent violent et l'avait posée délicatement dans la neige orange. Hutch était impressionnée.

Le plateau était vaste. En faire le tour à pied eût demandé une dizaine d'heures. La tempête de neige qui faisait rage les empêchait d'apprécier précisément ses dimensions, mais ils se rendaient compte qu'ils s'étaient fixé une tâche ambitieuse.

« Arrêtons pour aujourd'hui, dit Carson. On s'y remettra demain matin. »

Angela désigna une traînée pourpre à l'est. « On y est, au matin. Mais vous avez raison : attendons la fin de la tempête. Alors cette mission nous paraîtra peut-être un peu moins folle. » Elle eut un sourire sec.

Drafts refermait son manuel technique quand Janet fit irruption sur la passerelle. « Du nouveau ?

— Tout est calme. J'ai l'impression qu'ils piquent tous un somme.

— Comment est la météo ?

— Toujours mauvaise. Enfin, à ce qu'il me semble. Je ne suis pas sûr. La météo n'a jamais été mon fort. »

Les écrans étaient allumés. Ils affichaient des indices d'attraction chiffrés, des résultats de scanners à courte ou longue portée, des positions, des configurations orbitales. Des niveaux de carburant. L'état des réserves tant sur la navette que sur le vaisseau.

Janet était ravie de la tournure des événements. Drafts, bien qu'hostile au projet, se révélait un compagnon agréable, doté d'un sens de l'humour bien à lui. Le vaisseau était confortable et la vie douce à son bord.

De son point de vue, la mission de surface n'était qu'une pénible corvée.

Elle s'apprêtait à engager la conversation sur une banalité quand elle le vit se raidir. Presque aussitôt, un signal d'alerte retentit. « Longue portée », marmonna-t-il.

Deux écrans brillaient plus intensément. Les vues recueillies par les instruments d'optique et les capteurs montraient un objet flou. Distance : douze UA.

Drafts fronça les sourcils. « Bizarre. »

Diamètre estimé : 23 000 km.

« Forme irrégulière, commenta Janet.

— On dirait une planète en formation. » Il compulsa les archives de l'exploration. « Rien n'est censé se trouver là. » Il étudia le retour du capteur. « L'indice de pénétration est faible, dit-il. Ça ressemble à un nuage. Hydrogène et poussières. Des traces de fer, de carbone, de formaldéhyde, et des particules de silicate.

— Donc c'est bien un nuage. » Janet ne comprenait pas ce qui le rendait si perplexe.

« Angela saurait mieux que moi, mais je ne crois pas qu'un nuage puisse rester aussi concentré. Ils sont d'ordinaire beaucoup plus gros.

— Qu'est-ce qu'il y a dedans ? demanda Janet.

— Sais pas. On ne peut pas le voir. »

Il grossit l'image cinq fois. Elle demeura floue.

Delta. Dimanche 15 mai, 10 h 45.

Les vents tombèrent brusquement, comme par un coup de baguette magique. Le plateau devint très calme et ils purent scruter la surface bosselée du champ de neige orange. Angela dégagea la navette des murs de neige qui s'étaient amoncelés autour d'elle, et ils commencèrent à établir leur camp de base.

En deux heures, ils dressèrent un abri pressurisé RK/107 de la dernière génération qui consistait en trois dômes noirs et argentés (chacun doté d'un aménagement complet) accolés les uns aux autres. La neige, lourde et poisseuse se laissait difficilement déblayer, et c'est éreintés qu'ils s'effondrèrent dans les fauteuils gonflables de leur nouvelle base. Or déjà une autre tempête menaçait. Des nuages pesants roulaient au-dessus de leurs têtes. Cette fois pourtant, ce ne fut pas de la neige mais de la pluie qui tomba. Une pluie lourde, des gouttes sirupeuses qui s'écrasaient et roulaient lentement sur les baies comme des amibes. Des éclairs jetèrent des lueurs.

Angela s'assit près d'une fenêtre. « Pour les tempêtes électriques peu fréquentes, on repassera.

— À propos, fit Carson. Si l'atmosphère est saturée de gazoline, pourquoi est-ce que les éclairs ne font pas tout sauter ?

— Pas d'oxygène, fit-elle. S'il y en avait un tant soit peu dans le mélange, on aurait droit à un drôle de spectacle. »

L'abri était du dernier cri. Il comportait des cabines individuelles, une salle de bain, une cuisine, un centre d'opérations et une salle de réunion. Des fenêtres polarisées perçaient chaque mur extérieur. Les occupants disposaient d'un mobilier confortable, de musique, d'un accès à de nombreuses sources d'archives et d'une nourriture de qualité. « On aurait pu récupérer pire », dit Angela qui, à l'instar des autres, avait l'habitude d'habitacles répondant à des critères d'économie.

Elle paraissait songeuse. Et lorsque Hutch lui demanda si quelque chose la tracassait, elle garda le silence un moment. « Je ne sais pas trop, finit-elle par répondre. J'approche de la retraite. Pour tout dire, ils ne voulaient pas me laisser partir pour ce vol. Je crois que c'est mon baroud d'honneur. » Ses yeux gris eurent un éclat. « Ma mission la plus excitante. » Elle semblait s'immerger en elle-même. « C'est vrai ! Je n'ai jamais rien connu de tel. J'espère qu'on ne se cassera pas le nez et que je finirai sur un coup d'éclat.

— Quitte à trouver un dragon ?

— Et comment, oui, fit-elle. Surtout un dragon ! »

« Ça passera au large. »

Par acquit de conscience, Janet venait de relire le rapport de mission de l'*Ashley*. Le vaisseau avait passé au crible les étoiles de type G les plus anciennes et les plus stables, la plupart à mi-chemin de leur existence, qui constituaient les premières cibles lors des recherches tant de mondes habitables que de civilisations extraterrestres. Jusqu'alors, ils avaient fait chou blanc.

L'écran auxiliaire à sa droite montrait le nuage, à peu près inchangé. L'effet de loupe améliorait vaguement sa définition ainsi que, dans une moindre mesure, sa plus grande proximité.

« Hé ! » Drafts écarquillait les yeux devant ses instruments. « Je crois qu'en voilà un autre.

— Un autre quoi ?

— Un autre nuage. »

Janet se glissa prestement dans le fauteuil à côté de lui. « Où ?

— En limite de notre rayon de détection. » Il désignait l'instrument. Elle le sélectionna sur son écran. « Celui-ci flotte de l'autre côté de l'étoile, il s'éloigne de nous. Il est vraiment en bordure du système.

— On ne peut pas en obtenir une meilleure image ?

— Il est trop loin. » Il fouilla les archives. « Pour celui-ci c'est pareil, aucune trace. » Il se tourna vers elle. « Aucun de ces deux objets n'était là lors de la première exploration.

— Ou alors ils n'ont pas été décelés.

— Ça me paraît invraisemblable. On devrait prévenir Angela. »

Ils venaient juste de sortir du dôme, de franchir le sas et de faire quelques pas dans la neige quand la voix de Drafts interrompit leur bavardage. « Nous avons découvert deux anomalies », déclara-t-il.

Ils continuèrent d'avancer, pataugeant péniblement dans la neige.

Carson en était venu à se demander s'ils n'auraient pas intérêt à se fabriquer des raquettes. « Quel genre d'anomalies ? demanda-t-il.

— Des nuages, je crois. Deux.

— Ici ? » demanda Angela en contemplant le ciel aussi limpide que du cristal. Tout comme Carson, elle croyait qu'il parlait de quelque chose dans l'atmosphère.

« Le premier à douze UA, qui approche. Le second de l'autre côté de l'étoile, qui se déplace en sens inverse. Écoutez, je ne suis encore sûr de rien, mais je ne crois pas qu'ils évoluent en orbite.

— Des nuages, dis-tu ?

— Ouais. Des nuages.

— Impossible.

— On vous envoie des images.

— O. K. » Elle commença à rebrousser chemin. « Frank, ça ne vous dérange pas ?

— Non, allez y jeter un coup d'œil. On se retrouve dans la navette. »

Le projecteur à faisceau de particules multifonctions ATL 1600 s'apparentait à ceux qui avaient servi à creuser les puits dans la calotte glaciaire de Quraqua. Il était facile d'emploi, solide et efficace. Le fin rayon extrêmement dense qu'il produisait, bien qu'alimenté seulement par le modeste générateur de la navette, pouvait sculpter la mesa comme du fromage.

Sur Quraqua, les projecteurs recevaient leur énergie par des canaux d'ondes émis par la station orbitale. Ici, la déperdition serait considérable et l'on ne pourrait pas utiliser l'appareil à plein régime. Les travaux n'excéderaient pas sept heures quotidiennes. Le chantier avancerait lentement, mais rien ne pressait.

Le véritable problème consistait à manipuler l'outil. Il avait été conçu pour être installé à bord d'un A.T.A. d'un modèle particulier. Carson devrait s'efforcer de l'orienter depuis la soute de la navette en vol. Outre l'affût de fortune construit par Hutch, ils avaient mis au point une sorte de filet pour prévenir toute chute dans le vide de l'engin et de son utilisateur. Seul point positif : les cinq cents kilos de l'outil n'en pesaient que deux cents étant donné la gravité de la planète.

Angela les rejoignit bientôt, tout excitée. « Je ne sais pas si c'est en rapport avec ce que nous cherchons, mais ils ont effectivement détecté deux drôles de trucs. » Elle décrivit les découvertes. « Terry pense que ce sont des nuages.

— Mais pas vous ?

— Non. Des nuages se seraient étiolés dans les champs d'attraction. Ça y ressemble, mais ça ne peut pas en être. Il faut que ce soit des corps solides. Leur apparence biscornue pourrait relever d'une illusion.

— Il ne pourrait pas s'agir de nuages d'hydrogène ? demanda Hutch.

— Non.

— Je croyais que les nuages d'hydrogène étaient fréquents.

— Oui, c'est vrai. Mais jamais de cette dimension. Ceux-ci sont trop petits. Je ne parviens même pas à imaginer comment de pareils objets ont pu se constituer. » Elle sourit, l'air aux anges. « On va les garder à l'œil. »

Elle leur donna un coup de main pour finir d'arrimer le seize-cents, puis s'isola dans le poste de pilotage et s'assit face aux commandes. « Prêts ? »

Ils l'étaient.

« Bon, je vais devoir cloisonner. La répartition des charges m'inquiète un peu : vous autres et le seize-cents êtes groupés à tribord. Alors, pas de mouvement intempestif, s'il vous plaît. Et si je vous le demande, éteignez tout sur-le-champ et précipitez-vous de l'autre côté. Entendu ?

» Si jamais le projecteur se détache et bascule, ne cherchez pas à le retenir. Il pèse moins lourd qu'il n'en a l'air, mais ça vaut également pour vous. Je ne veux pas de victime. »

Elle leur souhaita bonne chance et referma la porte d'accès au cockpit. Hutch s'assit et essaya de trouver ses aises.

Ils voleraient avec la porte de la soute ouverte, puisque l'affût du projecteur saillait hors de l'appareil. Ils s'accrochèrent à la carlingue au moyen de sangles.

Angela fit chauffer les moteurs et ils décollèrent. La navette contourna les trois dômes, vira vers l'est et prit son essor au-dessus du plateau. Le ciel s'était dégagé sous l'effet d'un léger vent du nord.

« Les mesas ont sans doute été sculptées par des glaciers de méthane, dit Angela. Il serait intéressant de savoir si les périodes glaciaires sont cycliques sur cette lune. »

Elle formula d'autres remarques du même acabit tandis qu'à l'arrière Carson et Hutch enduraient l'inconfort du vol. Survolant le plateau, ils découvrirent l'immense champ de neige bordé d'une falaise d'environ deux cents mètres. Carson avait dans l'idée de commencer par le plus facile. Histoire de se familiariser avec le matériel.

Hutch se demanda si Angela avait déjà eu l'occasion de voler avec une porte de soute ouverte. C'était peu probable, mais indéniablement elle connaissait son engin sur le bout des doigts. L'appareil avait tendance à chasser, à se déporter sur bâbord, mais les deux passagers et le projecteur compensaient.

La mesa qui requérait le moins de travail se trouvait au sud. Elle composait naturellement un rectangle convenable, hormis une grosse échancrure causée par l'effondrement partiel d'une de ses parois qu'il faudrait araser. Pour le reste, il n'y aurait quasiment rien à faire, sinon peut-être rectifier légèrement les angles.

Tous les boutons de contrôle du projecteur étaient disposés sur un petit manchon jaune vif blotti dans un étui noir brillant rappelant un barillet. On pouvait programmer l'outil ou l'utiliser manuellement. Redéfinir les programmes pour les adapter aux conditions de la navette aurait pris trop de temps, ils optèrent donc pour l'utilisation manuelle. « Dans le doute, dit Carson, autant s'en tenir à ce qu'on maîtrise. »

L'outil possédait deux poignées, un viseur et une gâchette, qu'ils dédaignèrent au profit d'une télécommande, l'engin demeurant trop lourd à manier. Ils s'étaient réparti les tâches : Carson pointerait et, à son signal, Hutch presserait le bouton.

« Objectif en vue, annonça Angela. On va effectuer un ou deux survols pour voir comment ça se présente. »

Janet fut toute surprise de constater que le directeur de la première mission sur 4418 n'était autre que Harley Costa, qu'elle connaissait. Lorsqu'ils s'étaient rencontrés, il s'apprêtait à partir pour Canopus. C'était un petit homme énergique qui parlait trop vite et ne tolérait pas qu'on ne partage pas sa passion pour l'astronomie. Janet avait pris le temps de s'informer sur sa spécialité. Elle avait su lui poser les bonnes questions et ils s'étaient vite trouvés en bons termes.

Harley ne connaissait pas les phrases simples. Son énergie débordante le portait au-delà de la syntaxe ordinaire. Ses idées jaillissaient, se jetaient dans la bataille. Il piétinait plutôt que réfutait les points de vue opposés au sien, déboutait les objections avec jubilation et imposait ses inéluctables conclusions. Harley n'exprimait jamais d'opinion. Il dispensait la vérité. Elle se demanda quel genre de personne était son équipier, pour avoir pu cohabiter avec lui pendant un an au moins.

En parcourant son rapport de mission sur 4418, elle entendait sa voix. Harley avait trouvé ici de quoi nourrir son enthousiasme, comme partout ailleurs. Il avait détecté une activité sismique et volcanique là où elle semblait improbable, ainsi que des anomalies dans les courants magnétiques autour d'une des géantes gazeuses. Il avait enregistré une série de mesures du soleil et s'était amusé à calculer la date approximative de son extinction.

Ils avaient exploré plusieurs planètes, puis avaient poursuivi leur route. Puisque les fondements de la loi Bode leur permettaient de savoir où chercher de nouveaux mondes habitables, ils s'étaient sans doute épargné toute recherche systématique, ce qui expliquait qu'ils avaient pu manquer certains objets dans le système, quand bien même de dimensions planétaires.

Les deux nuages existaient-ils déjà, à l'époque ?

« O. K. Vas-y ! »

Hutch appuya sur le bouton et un rayon rubis jaillit du canon. Carson sentait ses poils se hérisser sur ses bras. Le faisceau était aussi fin qu'un crayon. Il éclairait le paysage et mordait la glace.

« Ça roule, commenta Hutch, qui ajouta à l'attention d'Angela : Inclinez encore d'un quart de poil à bâbord. Parfait. Maintenez comme ça. » Carson, à genoux derrière l'outil, ajustait le tir. Il traçait sa ligne de découpe à la verticale, juste à l'aplomb du versant de la falaise. Un nuage de vapeur commençait à se former. De la glace, de la neige et des rochers tombaient dans le vide. Mais la nappe brumeuse s'épaississait et masquait de plus en plus l'objectif.

Carson s'accorda une pause. « Ça va peut-être prendre plus de temps qu'on ne l'imaginait », dit-il.

Ils entendirent le carillon de la comligne. Le canal de l'*Ashley*. « Allô», fit la voix d'Angela. C'était Terry.

« On a des infos pour vous.

— Je vous écoute.

— Aucun des deux objets ne se trouve en orbite solaire. Ils sont en train de traverser le système. Ils n'en font pas partie.

— Vous êtes sûr ? » Angela sonnait sceptique.

« Oui, je suis sûr. Et il y a autre chose : ils évoluent en suivant des trajectoires parallèles et se déplacent à des vitesses sensiblement identiques. »

Carson adressa un sourire à Hutch – *Peut-être qu'il s'agit du foutu phénomène* – et ce sourire s'élargit quand il entendit Angela inspirer comme elle l'aurait fait devant un aérotrain déboulant droit sur elle.

Hutch intervint : « Et cette vitesse est de combien ?

— Deux mille huit cents pour le plus lointain, en ralentissement. Trois mille deux cents pour l'autre, en accélération.

— La vitesse de la vague, dit Hutch d'un ton vibrant d'espoir. Elle est comprise dans cette fourchette. »

Carson s'efforçait de juguler son imagination. « Janet, qu'en penses-tu ?

— À peu près comme toi. »

Il décida de considérer sa réponse comme l'encouragement de la seule archéologue professionnelle du groupe. La vieille circonspection du colonel vola en éclats, son regard devint brillant. « Terry, fit-il, à quelle distance viendront-ils, au plus près ?

— De nous ? L'un s'éloigne d'ores et déjà. L'autre passera dans un rayon de trente millions de kilomètres. Grosso modo.

— Quelle est sa taille, disais-tu ?

— Il atteint vingt-trois mille kilomètres de large. Par moments.

— Comment ça, par moments ? demanda Hutch. C'est quoi au juste, ce truc ?

— On ne sait pas. Ce n'est pas une sphère. Il s'affiche des tas de résultats incohérents. Parce que les mesures sont erronées, peut-être. Difficile à dire. »

La vapeur restait plaquée contre la paroi de la falaise. « C'est comme si le dragon se trouvait déjà ici, fit Hutch.

— Tu anticipes », fit Carson. Mais son expression démentait son détachement.

« Je continue de penser qu'il s'agit de nuages, reprit Drafts.

— Retournons voir », conclut Angela d'une voix calme.

Trente minutes plus tard, à nouveau regroupés sous l'abri, ils examinaient les nouvelles images. L'objet le plus distant brillait un peu plus qu'une étoile floue, comme une lueur lointaine dans le crachin. Mais son compagnon ressemblait à un nuage d'orage menaçant, éclairé de l'intérieur, comme une tempête sur l'horizon au crépuscule.

« Bien, fit Angela comme pour résumer l'inexplicable. Quoi que ce soit, sa seule présence n'a rien d'anodin. L'intrusion d'un objet extrasolaire dans un système sidéral est un événement rare. Je ne crois pas que celui auquel nous assistons soit dû au hasard, parce qu'on recense *deux* de ces objets. À mon avis, d'autres ne tarderont pas à apparaître. En grand nombre.

— Bref, ce qui mériterait le qualificatif de vague, conclut Hutch.

— Je n'ai pas dit cela.

— C'est néanmoins ce que ça évoque.

— Malheureusement, reprit Janet, s'il s'agit de notre phénomène, on ne le verra guère.

— Et pourquoi ? demanda Carson.

— Trente millions de kilomètres, ce n'est pas la porte à côté.

— Pas grave, fit Hutch. Si Angela a raison, un autre surgira sous peu. Je crois que nous devrions finir de façonner notre Oz et voir ce qu'il en advient. »

À bord de l'*Ashley*, Janet et Drafts se relayaient devant la console des comlignes.

Contrairement à la plupart des spécialistes scientifiques purs et durs que connaissait Janet, Drafts avait des centres d'intérêt en dehors de son champ de compétence. Il avait de l'humour, savait écouter et l'encourageait à s'ouvrir sur ce qui lui tenait à cœur. Elle en vint à se dire que si son travail lui imposait de passer un an dans une boîte à sardines en compagnie d'un unique équipier, alors l'épreuve serait vivable avec Drafts.

Comme ils discutaient du livre de poésie japonaise qu'elle était en train de lire, il la mit au défi d'écrire un haïku. Elle réfléchit plusieurs minutes, tapa, corrigea et lut :

Si l'on me demande,
Dites : elle chasse les comètes
À vitesse lumière.

« Joli, fit Drafts.

— À vous.

— Non, je suis battu d'avance.

— Évidemment, si vous n'essayez pas. »

Poussant un soupir, il saisit un bloc. Elle ne le quitta pas des yeux tandis qu'il se concentrait. Il lui adressa quelques sourires timides, remania beaucoup son texte et enfin se lança :

Je viendrai de loin
Par les couloirs de la nuit
Pour vous voir sourire.

« Il me plaît », dit-elle.

Ses yeux sombres se fixèrent sur elle. « À mon avis, il ne vaut pas le vôtre, fit-il. Mais il est sincère. »

Delta. Mardi 17 mai, 15 h 35.

L'angle frisait les quatre-vingt-dix degrés. Le problème venait de la glace qui, trop friable, tendait à s'ébouler. Mais cela suffirait. Estimant leur tâche accomplie, Carson coupa l'alimentation du seize-cents et serra la main de sa partenaire. « C'est bon, Angela. Terminé pour celui-ci. On dégage. »

Elle murmura son accord et redonna de la puissance aux moteurs. Ils firent quelques virages, admirant leur œuvre. Pas mal pour des amateurs.

Angela passa la soirée à étudier les données transmises par l'*Ashley*. Elle faisait défiler des dossiers et valser les images tout en parlant à son bonnet.

« Qu'est-ce qui ne va pas ? demanda Hutch.

— Ces choses, dit-elle. Rien ne les explique. Et je commence à me demander si on doit les laisser filer. Supposons qu'aucune autre n'apparaisse.

— Ça ! On n'aurait pas l'air malins.

— C'est rien de le dire. Nous avons une découverte majeure à portée de la main. Une drôle d'énigme. Ces nuages bafouent les lois physiques. Celui qui s'approche de nous va longer le soleil et poursuivre sa route. Je veux dire, ce truc voyage, pas de doute. » Elle garda le silence un moment. « Je ne sais pas ce qui assure leur cohésion.

— Où voulez-vous en venir, Angela ?

— Je crois que nous devrions profiter de son passage pour l'observer d'un peu plus près.

— On a le temps ?

— On peut s'arranger pour l'intercepter. La marge sera restreinte car notre vaisseau aura du mal à se caler sur la vitesse de l'objet dans le temps qui nous sera imparti. Mais on aura néanmoins une courte phase d'observation, sans compter que les capteurs seront peut-être plus efficaces de près. » Elle se tourna vers Carson. « Qu'en pensez-vous ?

— On ne pourrait pas essayer de le rattraper plus tard si nécessaire ? » Sa question s'adressait surtout à Hutch.

Elle réfléchit. « Les Hazeltine sont réputés pour leur manque de précision. On est arrivés dans un mouchoir de poche à Bêta Pa', mais c'est plutôt l'exception. D'habitude, on sélectionne un système stellaire et on débouche quelque part dans un périmètre assez large. Pour ce qui est d'un objet mouvant comme celui-ci, si on le laisse filer, on a de grandes chances de ne plus le revoir.

— Tenter une approche me paraît prématuré », dit Carson.

Angela fronça les sourcils. « Je ne vois pas où est le problème. Terry est bon pilote. Et nous resterons à distance respectueuse.

— Non, insista-t-il.

— Frank, fit Angela. L'erreur serait de ne pas y aller. »

Il roula des yeux et se mit en communication avec le vaisseau. « Discutons-en », dit-il.

Janet apparut sur l'écran principal. « Alors, comment va notre équipe de terrain ? »

— Pas mal, répondit Carson. Où est Terry ?

— Ici. » L'image se scinda.

« Que diriez-vous d'intercepter l'objet ? Larguer les amarres pour l'observer de plus près ? »

Terry consulta ses instruments et souffla entre ses doigts d'un air maussade. « Il faudrait partir illico. D'après les calculs, il ne faudra pas moins de deux jours et demi pour parvenir dans la zone voulue.

— Est-ce que vous pouvez nous attendre ?

— Frank, ce vol sera déjà éprouvant.

— Vous vous sentez capable de le faire ? »

Il se tourna vers Janet. « Et vous, vous seriez pour ?

— Oui. »

Il ne cachait pas son manque d'enthousiasme. « Je ne sais pas, dit-il enfin.

— Terry, implora Angela. L'occasion ne se renouvellera peut-être pas. »

Hutch l'observa : elle voulait ce voyage au point d'en avoir des œillères. « Ça nous laisserait en rade sans vaisseau, fit-elle remarquer. Je ne suis pas sûre moi non plus que ce soit une bonne idée.

— On n'en aura pas besoin », rétorqua Angela.

Janet haussa les épaules. « N'hésitez pas à cause de moi.

— Je ne vois franchement pas ce que nous avons à perdre », insista Angela.

Carson était partant. Ça crevait les yeux. Mais l'accumulation de déboires depuis le début de cette mission avait sapé son allant. Hutch voyait ses instincts à la lutte avec sa prudence fraîchement acquise. Ils reprenaient néanmoins le dessus. « Quelqu'un d'autre a une objection ? »

Drafts darda un regard de biais à sa partenaire. « Si Angela le veut et si Janet est d'accord, alors soit.

— C'est bon. » Le colonel Carson l'avait finalement emporté. « Allons-y. »

Ils réglèrent par comligne les mises au point techniques de dernière minute. Drafts s'acquitta de la programmation du système de navigation. Ils devraient utiliser des champs oscillants pour limiter les inconvénients de l'accélération.

Moins de trente minutes après la décision, l'*Ashley Tee* s'expulsait de son orbite et fonçait dans l'espace à une vitesse qui écrasait ses passagers dans leur siège.

« Ça va ? demanda Drafts.

— Impec', haleta Janet.

— Nous voilà partis pour soixante-deux heures de sprint. »

Sur les écrans, Delta, la planète de glace orange, devint une petite sphère, puis un point lumineux. Un moment plus tard, seule la géante de gaz subsistait. Bientôt, elle aussi ne serait plus qu'une étoile scintillante.

FORUM BIBLIOTHÈQUE

Dragon dans le noir,
Tes yeux fouillent les étoiles,
Ton vent brûle la lune.

24 avril 2203.
(Trouvé dans un dossier anonyme sur l'*Ashley Tee.*)

VINGT-NEUF

Delta. Mercredi 18 mai, 09 h 30.

Le ravalement de la petite mesa avançait si bien qu'ils se prirent à espérer en voir le bout en fin de journée.

Ils découpèrent, égalisèrent et obtinrent bientôt trois parois à angle droit (ou presque). Puis ils s'attaquèrent à la quatrième pour supprimer sa vaste échancrure. Carson regretta de devoir rogner les parois de part et d'autre, faute de pouvoir la combler. Mais tant pis, à la guerre comme à la guerre.

Ils avaient maintenant le seize-cents bien en main et la besogne les amusait. Quand c'était possible, ils opéraient depuis le sol, mais la plupart du temps ils devaient prendre l'air et travailler en surplomb de la falaise. Angela avait fait remarquer qu'ils violaient nombre de règles de sécurité. Mais elle taisait ses réserves, décollait et, au signal, penchait son appareil. À l'arrière, retenu par sa corde et le harnais de fortune confectionné par Hutch, Carson manipulait le seize-cents au-dessus du vide. « Tu n'as rien à craindre », le rassurait Hutch.

Toutes les heures, ils échangeaient leur place. Hutch prenait plaisir à utiliser le lourd canon. Ils apprirent à tirer parti des capteurs pour voir à travers la vapeur et accrurent ainsi leur efficacité. Lorsqu'ils s'arrêtèrent pour déjeuner, une bonne portion de la dernière paroi n'était plus que ruines. Leur rectangle était pour ainsi dire achevé.

Si les chances de parvenir au point de rendez-vous et de longer le nuage se voyaient limitées, ce n'était pas par les capacités du vaisseau, mais par celles de son équipage à supporter une accélération prolongée. Ils arriveraient avec les articulations endolories, le dos moulu, et ne disposeraient que de quelques secondes avant que l'objectif surgisse et disparaisse à jamais dans leur sillage. Pour limiter les désagréments du vol, Drafts avait programmé de fréquentes interruptions dans l'accélération, qui leur offraient le loisir de se lever et de prendre un peu d'exercice. Le voyage serait pénible mais supportable.

Viscéralement, Hutch détestait les manœuvres décidées dans la hâte. Elle continuait de s'interroger sur la nécessité de cette mission. À ses yeux, le raisonnement d'Angela se tenait : d'autres nuages viendraient sûrement. Alors pourquoi tant de précipitation ? Elle en voulait un peu à Janet de ne l'avoir pas soutenue. Au lieu de cela, elle s'était laissée gagner par l'enthousiasme général. Ils avaient pris des décisions à la va-vite, sans considérer toutes les conséquences. Elle se demanda s'ils avaient appris quoi que ce soit sur Bêta Pa'.

Elle éprouva une vague satisfaction en songeant que Janet était pour l'heure clouée à son fauteuil par l'accélération. Ça lui apprendrait.

Ils contemplèrent le résultat de leur travail sur la mesa méridionale. Vue depuis les airs, elle évoquait un cube pour enfants, rectangulaire et orange. « Ce serait bien si on pouvait changer sa couleur, dit Carson. Les différents Oz qu'on a rencontrés étaient d'une matière assez réflective, qui tranchait sur leur environnement.

— Tu crois que ça a de l'importance ? demanda Hutch.

— Je ne sais pas. Peut-être. »

Hutch songea que ce bloc citrouille paraîtrait peut-être aussi inexplicable à des missions futures qu'Oz l'avait été à leurs propres yeux.

Puis ils s'attaquèrent à la mesa orientale. Trois fois plus grande que celle qu'ils venaient de transformer, elle présentait également plus d'irrégularités, de crevasses. En outre, lorsqu'ils se mirent au travail, ils découvrirent qu'elle était friable. Ses parois tremblaient au contact du faisceau d'énergie et des pans entiers s'effondraient. Ils testèrent différentes intensités, différents angles, et conclurent qu'il fallait travailler d'aplomb avec un rayon minimal. « C'est comme pour beaucoup de choses, dit Carson tandis qu'ils découpaient et lissaient, l'important, c'est le doigté. Le coup de patte. »

Communiquer avec l'*Ashley Tee* devint bientôt difficile. En vingt-quatre heures, le vaisseau avait couvert environ quinze millions de kilomètres. À cette distance, les salves de signaux laser mettaient presque deux minutes pour parvenir à leur destinataire. Les conversations devenaient lentes et frustrantes, et les deux groupes commencèrent à se sentir isolés l'un de l'autre.

L'équipe au sol dormit pendant la phase nocturne. Mais tous les trois se levèrent de bonne heure, pressés de se remettre à l'œuvre. Ils avalèrent un solide petit-déjeuner et retournèrent sur le plateau oriental.

Ils espéraient achever la paroi entamée la veille et sculpter l'un des angles. Hutch aimait peaufiner les coins. Ça rompait la routine.

Comme presque toute la besogne s'effectuait en vol, Angela passait beaucoup plus de temps qu'à l'accoutumée seule dans le cockpit. Là, elle surveillait d'un œil les images transmises par l'*Ashley*, une visualisation sans cesse plus proche de l'objectif. Ce *nuage*, cette mystérieuse petite masse violacée.

Parfois, elle devait se rappeler à l'ordre, se forcer à se concentrer sur le pilotage, à penser à ses passagers embarqués dans la soute. Mais, *Seigneur*, que cette aventure était exaltante.

Une seule chose la chagrinait : elle aurait voulu se trouver à bord de l'*Ashley*.

Tout là-bas, Drafts traversait des phases d'excitation et de dépression. Les capteurs continuaient pour l'instant de ne leur communiquer que des données superficielles. « Ce qui me démange, confia le pilote à Angela, c'est de me payer un coup de culot monstre et de venir placer l'*Ashley* sur la trajectoire du nuage. De le laisser venir à notre rencontre et de voir ce qu'il advient. » La remarque électrisa Angela, quoiqu'elle ne pensât pas que Drafts l'ait émise sérieusement. Toutefois elle enfonça aussitôt le bouton de son micro et lui commanda de chasser cette idée de son esprit, lui promettant de sabrer sa carrière si jamais il se contentait d'évoquer pareille folie à nouveau. Mais il avait ajouté, bien avant que ses menaces aient pu lui parvenir : « Naturellement, je n'en ferai rien. Même les sondes, à mon avis, ne donneront aucun résultat. On tâchera d'en larguer une quand même. »

Plus tard, lorsqu'ils eurent atterri, Carson vint retrouver la pilote pour le déjeuner. Hutch était restée dans la soute, le cockpit étant trop exigu pour trois. Il mâchonnait un sandwich tandis qu'Angela planifiait le vol du lendemain quand, entre deux bouchées, il demanda : « Qu'est-ce que c'est que ça ? »

Il regardait l'écran de plafond.

Sur le nuage, on distinguait comme des doigts.

Malgré tout son entraînement, des réflexes inculqués par toute une carrière, malgré son inébranlable conviction que l'univers répondait à des principes rationnels et connaissables, Angela éprouva un bref vertige d'inquiétude. « Sais pas », répondit-elle avec une pointe d'agressivité, comme si Carson y était pour quelque chose.

Des extensions. Pas des doigts à proprement parler, mais des saillies. Des protubérances.

« Sept, dit Angela. J'en compte sept.

— Il y en a une qui se divise », dit Carson.

Ces éruptions s'allongeaient, s'effilaient. Hutch leur trouvait une vague ressemblance avec les doigts du magicien dans *L'Apprenti sorcier*.

« On a des mesures ? » demanda Carson.

Angela consulta son tableau de bord. « La plus longue mesure vingt mille kilomètres, plus ou moins six pour cent. On n'a encore aucun chiffre sur le taux d'expansion.

— Ce sont des éjections », dit Hutch.

Oui. C'était bien cela. Angela se sentit soulagée, puis honteuse : allons, elle savait bien depuis le début qu'il s'agissait de quelque chose de très prosaïque. « Oui », fit-elle.

Les traînes commencèrent à perdre de leur définition. Elles dérivaient, s'entremêlaient, se disloquaient. L'illusion se dissipait. Ç'aurait pu être une comète toute menue avec une multitude de queues. Ou l'explosion d'un dirigeable.

Il a dû se produire une énorme perturbation pour qu'un tel volume soit expulsé. « J'ai l'impression que l'ensemble se désagrège », dit Angela.

Le carillon retentit et l'image de Drafts apparut. « Jetez un coup d'œil à l'objectif », dit-il.

Carson leva la main. « On le voit. » Drafts n'eut aucune réaction, bien sûr. Son image était différée de plusieurs minutes.

Angela éprouva un tourbillon d'émotions. « Génial ! » s'exclama-t-elle. Jamais rien, de toute sa vie pourtant bien remplie, ne l'avait préparée à ce qu'elle ressentait en cet instant. Incapable de se contenir, elle poussa un cri d'enthousiasme et brandit un poing en l'air. « Phénoménal ! fit-elle encore. *Mais quelle est donc cette chose ?* »

La matière s'effilochait.

De longs cônes de fumée s'écartaient posément de l'objet.

« Allons bon, qu'est-ce que cela, maintenant ? » La voix de Drafts à nouveau.

Le phénomène continuait d'évoluer, si lentement qu'on le suivait à peine à l'œil nu. Chacun y alla de son commentaire. Drafts pensait que l'objet se désintégrait, se dispersait comme il aurait dû le faire depuis longtemps en traversant certains puissants champs d'attraction.

« Mais pourquoi maintenant ? demanda Angela. Pourquoi pas hier ? Pourquoi pas la semaine dernière ? Les champs d'attraction locaux ne se sont pas modifiés de façon significative.

— D'ailleurs, l'autre est passé au travers, fit remarquer Hutch. Pourquoi est-ce que celui-ci explose ?

— Je n'ai pas l'impression qu'il explose véritablement, dit Angela sans détacher le regard de l'écran. Ce n'est pas net, mais on dirait que seule la strate supérieure se disloque.

— Qu'est-ce qui pourrait l'expliquer ?

— Je n'en sais rien. Ce machin ne paraît pas répondre aux lois physiques. »

Elle programma de nouveau toute la séquence en accéléré.

L'objet s'ouvrait lentement et gracieusement, éclosait telle une fleur vermeille, offrant ses pétales au soleil.

L'équipe au sol poursuivait son labeur et taillait ses blocs. Ils faisaient merveille avec le seize-cents, façonnaient, fondaient la glace et prenaient plaisir à voir leur efficacité s'accroître. Et ils regardaient leurs collègues approcher du dragon.

Vers la fin de cette journée de travail, Angela attira l'attention de Carson sur l'écran. Mais Carson était en plein effort. « Ni Hutch ni moi ne pouvons regarder pour l'instant, dit-il. De quoi s'agit-il ? »

L'objet aurait pu être une comète dont la tête aurait éclaté. « La chose amorce un virage, dit-elle. Ça alors ! Elle change de direction. Voilà ce qui explique le chambard d'hier. Elle expulsait une partie de sa masse dans l'espace.

— C'est impossible, non ? demanda Hutch. Je veux dire, un objet naturel ne peut pas changer de trajectoire de son propre chef, que je sache.

— Non, pas sans intervention extérieure. » Dehors, le paysage était vide, froid et inhumain, baigné de lumière rubis. Dans un tel environnement, tout paraissait possible.

« Et quelle direction prend-il ? demanda Carson.

— Mystère. On ne le saura pas avant qu'il ait achevé sa manœuvre. Mais il a viré à l'intérieur de la trajectoire prévue de l'*Ashley*. Vers nous, d'ailleurs. » Elle essayait de leur épargner tout trémolo grandiloquent, mais elle avait du mal à se retenir de crier.

« Vous êtes sûre ? » C'était Hutch.

« Je suis sûre que cette chose se tourne dans notre direction générale. »

Tous observèrent un long silence.

Enfin, le visage de Hutch apparut sur l'un des écrans. Bonne initiative. Ils avaient besoin de se voir en un moment pareil.

« La vache ! fit Hutch. Serait-il possible que la chose nous ait repérés ?

— Nom d'un chien ! lâcha Carson. Mais c'est quoi, ce truc, à la fin ?

— La question reste posée, dit Angela. On persiste à essayer d'y répondre ?

— Il faut prévenir l'*Ashley*.

— Je viens d'envoyer un appel. »

Ils se dévisagèrent un long moment. « Peut-être qu'on devrait songer à débarrasser le plancher », dit Hutch.

Carson lui posa une main sur l'épaule sans mot dire.

Angela pensait la même chose. Mais il fallait garder la tête froide. Les corps cosmiques ne traquent pas les gens. « Je ne sais pas si vous vous rendez bien compte, dit-elle, mais on vient de détecter une anomalie de taille. On finira dans les manuels d'histoire avec ce coup-là.

— Tant qu'on ne finira pas tout court avec ce coup-là... fit Hutch.

— Angela. » C'était Drafts, l'air aux abois. « Je ne sais pas où va la chose, mais ce qui est sûr, c'est que ce n'est pas au même endroit que nous. Elle infléchit sa trajectoire à l'intérieur de la nôtre et on ne peut pas freiner assez vite pour nous caler sur son nouveau cap. Quel qu'il soit au final. Il va falloir virer de bord et tout recommencer. Ça tourne au marathon. Il nous faudra plusieurs jours pour programmer le nouveau rendez-vous. Impossible de donner plus de précisions tant que cette chose ne se sera pas stabilisée. » Il secoua la tête. « Je n'y crois pas. Je vous rappelle dès qu'on saura ce qui se passe. »

Angela était verte de dépit. « Impossible, dit-elle. Ils avaient tout juste le temps de l'atteindre. Alors qu'est-ce qu'il s'imagine ? Qu'ils vont prendre deux jours pour faire demi-tour et la rattraper ?

— Peut-être qu'il n'a pas pris le temps d'y réfléchir, hasarda Carson.

— Peut-être. Mais peut-être aussi sait-il des choses qu'on ignore.

— Si c'était le cas, il les dirait, non ?

— Évidemment, à moins qu'il soit convaincu que nous avons nous aussi l'information.

— Demandez-lui.

— Ce ne sera peut-être pas la peine. » Angela examina de nouveau les chiffres et lança des sous-programmes. Puis elle remarqua que ses cellules d'énergie étaient descendues sous les niveaux de sécurité. « C'est tout pour aujourd'hui, m'sieurs dames. En route, on rentre à la maison. »

Personne ne pipa mot pendant le voyage du retour, mais lorsqu'ils eurent retrouvé l'abri, elle leur divulgua l'information que détenait Drafts : « La chose décélère. Elle freine des quatre fers.

— C'est pour cette raison qu'elle se désagrège ? demanda Hutch.

— Sans doute, du moins j'incline à le croire. Malgré les apparences, cette enveloppe a l'air très dense, considérant ce qu'elle est capable de supporter. Mais la manœuvre paraît un peu brutale, y compris pour le mécanisme qui assure sa cohésion. »

Carson formula la question que tous se posaient : « Est-ce qu'il s'agit d'un objet naturel ?

— Évidemment », dit Angela. Mais elle n'était pas en mesure de le prouver.

« Comment peut-il changer de direction ? demanda Hutch. Et quelle espèce de moyen de freinage pourrait-il posséder ?

— Peut-être qu'une force extérieure s'exerce sur lui, dit Angela. Une étoile compacte, ce serait possible.

— Vous y croyez ? » demanda Carson. Il avait retiré son blouson et préparait du café.

« Non », concéda-t-elle. Il y aurait eu d'autres phénomènes, des signes avant-coureurs, des irrégularités gravitationnelles. Or, rien de tout cela. « Non, reprit-elle. Je n'ai pas d'explication. Mais ce n'est pas une raison pour y voir le mal.

— Qui a parlé de *mal* ? » rétorqua Hutch.

Ils échangèrent des regards et Angela laissa la question en suspens. « Ça réagit à quelque chose. Nécessairement. Des champs magnétiques peut-être. Peut-être qu'il s'est produit une explosion solaire. Difficile à dire, vu d'ici. » Elle haussa les épaules. « Il va falloir qu'on patiente pour en savoir plus.

— Angela, reprit Hutch, est-ce que cette chose ressemble à un nuage ? Chimiquement ?

— Oui. C'est constitué de la même matière que les grands nuages dont les étoiles sont un concentré : particules de fer, silicates, hydrogène. Formaldéhyde. Et il y a sans doute aussi une grosse masse solide de fer ou de roche à l'intérieur. »

Hutch goûta son café parfumé à la cannelle. « Il y avait des concentrations de formaldéhyde dans le sol autour d'Oz, fit-elle remarquer.

— Je l'ignorais, fit Angela. C'est vrai ?

— Oui. C'est vrai. »

Ils se tournèrent vers le soleil au sud-ouest, encore haut. Il s'était à peine rapproché de l'horizon depuis qu'ils s'étaient posés.

« Comment ça peut freiner ? » demanda Hutch à nouveau.

Angela s'accorda un délai de réflexion. « Une explication serait ce à quoi nous avons assisté : par expulsion d'une partie de sa matière. Comme une fusée. L'autre serait de maîtriser les champs de gravité.

— Ce serait possible ? demanda Carson.

— Pas pour nous. Mais si l'on accepte que le phénomène de l'antigravité peut exister, et apparemment c'est le cas, alors oui, ce serait possible. » Angela redevint silencieuse quelques instants. « Écoutez, tenons-nous-en aux faits : la simple existence de ces *choses* est un déni total de la gravité, des champs d'attraction et de quasiment toutes les autres forces qui me viennent à l'esprit. C'est presque comme si elles se trouvaient à l'intérieur d'une bulle de vide, où rien n'aurait prise sur elles.

— Presque ?

— Oui. Presque. Écoutez : il y a deux nuages. Supposons qu'ils allaient à la même vitesse quand ils sont entrés dans ce système sidéral. Ils auraient dû être disloqués, mais ils sont restés intacts. Celui qui se trouve de l'autre côté de l'étoile se déplace plus lentement que celui-ci. Logique puisqu'il doit lutter contre l'attraction solaire, tandis que le nôtre, qui va en sens inverse, bénéficie de cette attraction. Il y a donc bel et bien une incidence. Mais ne me demandez pas de l'expliquer. »

Angela se retira de la discussion et s'absorba dans la contemplation de l'objet et la consultation des données à disposition. La queue de comète qui, conformément aux lois physiques, aboutissait à l'objet, était plus difficilement discernable depuis que sa tête s'était orientée vers eux. Maintenant, ses derniers vestiges étaient littéralement cachés par la masse rouge du nuage. Au bout d'un moment, elle se tourna vers eux. « L'objet vient ici », déclara-t-elle.

Ils contemplèrent l'image. Ils attendirent que la queue réapparaisse de l'autre côté. Elle ne réapparut pas.

Leurs regards se croisèrent. « Angle de direction stable », ajouta-t-elle.

Hutch pâlit. « Quand arrivera-t-il ?

— Ce n'est pas possible, murmura Carson. On ne peut pas être repérés par un nuage.

— Si sa décélération se poursuit à la même vitesse, je dirais lundi. Aux alentours d'une heure du matin.

— On ferait peut-être bien d'alerter Terry et Janet, dit Carson. Pour qu'ils reviennent nous chercher dare-dare. »

Hutch secoua la tête. « Je ne compterais pas sur eux. Ils s'éloignent de nous à très grande vitesse. À vue de nez, ils ne seront pas en mesure de faire demi-tour avant dimanche après-midi. »

L'heure du coucher. Angela remarqua Hutch face à un écran, qui semblait ailleurs, mélancolique. Elle alla s'asseoir à côté d'elle. « Tout ira bien. Cette chose ne peut pas venir pour nous.

— Je sais, dit Hutch. C'est de la fantasmagorie. »

Il y avait un poème sur l'écran.

« Qu'est-ce que c'est ? demanda Angela.

— Le carnet de bord de Maggie. » Leurs regards se croisèrent, mais Hutch détourna le sien aussitôt. « Je crois que je suis passée à côté de beaucoup de choses, chez cette femme. »

Les yeux d'Angela se firent plus intenses, mais elle garda le silence.

Hutch ouvrit un dossier. « Ce texte est extrait du *Crépuscule d'Urik.* »

Il s'agissait d'un recueil de prières et de chants célébrant les hauts faits du héros quraquat. Bien qu'épique sur le fond, l'histoire était narrée sur un ton très intimiste. *Le personnage d'Urik était perçu comme proche*, avait écrit Maggie en commentaire dans les notes adjointes, *et non vaguement intouchable comme les héros terriens.*

Elle continuait : *Montrez-moi ce qu'un peuple admire, et j'en déduirai tout ce qui compte pour lui.*

Et, pour finir, une prière qui tombait avec beaucoup d'à-propos :

Mon esprit glisse sur les eaux du monde,
Grâce à ta présence.

Elles levèrent le regard vers le ciel à l'est. *C'est de cette direction qu'il viendra. De tout là-bas.* Il surgirait au-dessus de cette mer couleur café. Si le soleil avait été couché, ce qui ne se produirait pas avant plusieurs jours, elles auraient pu l'apercevoir dès à présent. « Il apparaîtra sûrement au cours des douze prochaines heures », augura Angela.

Et que penser de cette vieille question du *Rubaiyat* ?

Mais qui était maintenant le potier ?

Et qui était le pot ?

Les champs de neige s'étalaient, vastes et sereins.

Delta. Vendredi 20 mai, 9 h 00.

Hutch ne masquait pas son mécontentement. « Qu'est-ce que vous proposez ? demanda-t-elle.

— Et si on débarrassait le plancher maintenant ? suggéra Carson. On embarque dans la navette et on met les gaz. On fiche carrément le camp de Delta. »

Angela réfléchit. « Ça ne me paraît pas forcément une bonne idée, répondit-elle enfin. Cette navette a été conçue pour des vols entre astronefs, pas pour lutter contre la gravité. Elle ne développe qu'une puissance modeste. On ne pourra pas fuir et je nous imagine mal jouer au chat avec ce monstre. Non. Écoutez, le nuage avance désormais relativement lentement. Je propose qu'on reste ici, mais qu'on gagne l'autre face de la planète et qu'on s'y cache.

— D'accord », dit Hutch. Elle dépolarisa la baie et laissa entrer la clarté rouge. « Nous savons qu'il y a eu des survivants sur Quraqua et Nok : cette entité ne massacrera pas tout le monde. Contentons-nous de nous camoufler.

— Franchement, fit Carson, vous croyez que ce truc va s'amener droit ici, sur nous ?

— Oui, dit Angela. Je crois que ça ne fait pas le moindre doute. Il va apparaître à environ trente degrés au-dessus de l'horizon et descendre pile dans notre mer de café. D'ailleurs il ne pouvait choisir meilleur moment. Un poil plus tôt ou plus tard, il ne nous aurait pas vus aussi nettement. Enfin, les mesas, je veux dire. »

Carson sentit son estomac se serrer. *Il ne pouvait choisir meilleur moment.* « Entendu, fit-il. Replions-nous le plus loin possible. Que le site encaisse la tempête. Ensuite on mettra les bouts. Si on le peut. » Il tirait une tête sinistre. « Nous voilà maintenant au courant, pour Oz : la construction était destinée à attirer la satanée chose. J'ai du mal à y croire. Ces salauds ont délibérément ravagé les civilisations de Nok et de Quraqua. Ce devait être des pervers.

— On en reparlera plus tard, dit Angela. Il y a deux urgences à régler en priorité.

— Exact, fit Carson. Commençons par aménager l'emplacement des caméras pour enregistrer au mieux l'événement.

— Une autre idée m'est venue, dit Hutch. Si nos appâts ont fonctionné au-delà de nos espérances, peut-être qu'on pourrait les détruire. Retirer l'hameçon de l'eau. »

Angela secoua la tête. « Je crois que ça ne changerait plus grand-chose à présent. Il est tard. La chose vient savourer son dîner quoi que nous fassions. »

La lune en extrême périphérie du système gravitait autour de la géante gazeuse sur une orbite de dix-huit millions de kilomètres de rayon. C'était un bloc de roche en forme de tonneau, d'une superficie comparable à celle de Washington DC et d'un aspect usé et bosselé tout à fait commun. Un observateur posé sur l'hémisphère nord de ce satellite aurait, durant ces heures, contemplé un ciel angoissant, un ciel pourpre, traversé tout entier d'un fleuve tumultueux. Ce fleuve s'étalait sans berges ni limites : il repoussait les étoiles devant lui et occultait même le soleil dans son flot éclatant.

TRENTE

Delta. Dimanche 21 mai, 10 h 10.

Ils regardèrent le dragon se lever, semblable à un énorme banc de nuages, boursouflé, délétère. Des filaments et des tentacules se déroulaient vers eux, au-dessus de l'horizon, à l'est.

Les caméras étaient équipées d'un appareillage optique, infrarouge, X et de capteurs à courte portée. Du nec plus ultra technologique, mais Hutch doutait qu'elles puissent résister longtemps quand la tourmente se déchaînerait.

Ils les avaient disposées sur trois sites, chacun éloigné de cinq cents mètres du périmètre de la cible. Deux occupaient des hauteurs. Ils les avaient nichées dans des abris de fortune et rivées à la glace. L'une devait filmer l'approche du dragon tandis que les autres resteraient braquées sur la zone de la cible.

Ces préparatifs achevés, ils avaient effectué des tests, ajusté le réglage des cellules et procédé à quelques exercices concluants depuis le cockpit. Puis ils s'étaient retirés sous le dôme et avaient pompeusement déjeuné d'une dinde. De la viande pour se donner du cœur au ventre, avait songé Hutch. Bon pour le moral.

Mais aucun d'eux n'avait beaucoup d'appétit. Dans un monde à la dérive du réel, il était difficile de se concentrer sur son repas. Tout semblait maintenant possible.

Il y avait bien longtemps de cela, alors qu'elle avait neuf ans, Hutch avait assisté avec son père à un spectacle de Michael Parrish, le magicien. De cette soirée, elle gardait le souvenir de meubles en lévitation, d'un assistant coupé en rondelles et d'une ribambelle de tourterelles, de lapins et de mouchoirs rouges et blancs sortis d'une boîte noire. Malgré ses efforts pour découvrir les trucs du magicien, la petite Priscilla Hutchins s'était émerveillée. Même en sachant qu'il s'agissait de prestidigitation, d'une magie basée sur l'illusion, elle avait perdu prise avec la réalité, au point que l'impossible avait cessé de l'étonner.

Elle se trouvait aujourd'hui dans le même état d'esprit.

Après le dîner, elle sortit et s'assit dans la neige. Elle se laissa pénétrer par l'étrangeté du paysage et essaya d'en tirer une révélation. Comme si cet environnement pouvait lui procurer la dose d'émerveillement indispensable pour appréhender un chaînon nécessaire à la compréhension du monde. Elle éprouvait le sentiment que ce décor, créé pour elle et ses compagnons seulement, avait traversé, inchangé, des millions d'années en attente de cet instant précis.

Les autres, vaquant à diverses tâches, vinrent à passer près d'elle, et eux aussi s'arrêtèrent pour contempler la lueur grandissante à l'est.

L'*Ashley* n'avait cessé de leur transmettre à propos du dragon des données complémentaires qui rendaient plus tangible l'incroyable. Drafts, perdant son calme professionnel et cédant de plus en plus à l'affolement, les poussait à embarquer dans la navette pour gagner l'espace. Janet, qui peut-être en avait trop vu avec Hutch et Carson, s'était contentée de leur répéter que tout irait bien.

Enfin, au bout d'un moment, ils se relevèrent et revinrent l'un après l'autre à la navette. Ils débranchèrent le seize-cents et le transportèrent à l'intérieur du dôme. Sans se faire d'illusion : cette précaution ne changerait pas grand-chose quand le feu tomberait du ciel.

Ils remisèrent le matériel.

« Autant ne pas attendre demain, déclara Angela. Je me sentirais mieux si on décollait ce soir.

— On est plus à l'aise ici, rétorqua Carson. On s'entassera bien assez tôt dans la navette. » Il retourna à l'intérieur et en ressortit avec une autre bouteille de chablis. Histoire d'apporter un argument concret.

Ainsi, ils attendirent en discutant, anxieux. Valait-il mieux se trouver dans l'espace ou au sol au moment fatidique ? L'impression de se sentir chassé par cette chose ne relevait-elle pas de la paranoïa ? (« Ce n'est pas nous, répétait chacun d'eux d'une façon ou d'une autre. Elle a vu les mesas ; c'est après les mesas qu'elle en a. ») Ils se demandaient également si, au cas où ils tenteraient de fuir éperdument, l'objet réajusterait sa trajectoire pour les rejoindre. Les rejoindre eux, sans plus se soucier des mesas. Au bout d'un moment, malgré son angoisse, Hutch sentit ses paupières se fermer. Personne n'alla se coucher ce soir-là, tous dormirent dans la salle commune, allongés dans les fauteuils.

Hutch se réveilla, lui sembla-t-il, toutes les deux minutes. Et elle se jura qu'à l'avenir, en pareil cas (elle connaîtrait d'ailleurs une situation analogue, mais ceci est une autre histoire), Dieu lui était témoin, elle ficherait le camp au moindre indice de bizarrerie.

Vers cinq heures, elle huma une odeur de café. Angela lui en offrit une tasse.

« Salut », dit Hutch.

Le dragon étirait sa traîne courroucée dans le ciel.

« J'ai hâte qu'on soit partis d'ici », fit Angela.

Une couronne ourlait le soleil et un voile recouvrait la plaine. Une demi-lune s'était levée au sud-ouest.

Lorsqu'elles sortirent du dôme, chargées de leurs bagages, Hutch et Angela découvrirent une couche de neige fraîche sur le sol. Quelques flocons flottaient dans l'air. « C'est frustrant quand on y pense, dit Angela. Attendre un événement cosmique comme celui-ci et devoir se terrer de l'autre côté de la planète. »

Hutch grimpa dans la navette. « Je suppose qu'on peut rester, si tu insistes.

— Non, ce n'est pas ce que je voulais dire. » Angela lui tendit ses sacs, puis s'installa devant le tableau de bord et commença à parcourir la *check-list*. « Mais je regrette qu'on n'ait pas de vaisseau à disposition, pour pouvoir prendre du recul quelque part et admirer le feu d'artifice. » Hutch activa la comligne et fit apparaître à l'écran les données envoyées par l'*Ashley*. Le dragon apparut. L'image n'était plus très nette désormais, étant donné la distance. Qui continuait d'ailleurs de s'accroître.

Angela pensait que le corps principal se trouvait peut-être en retrait de plus d'un million de kilomètres derrière les premiers renflements.

Pourtant, extérieurement, l'entité ressemblait à un nuage d'orage. Un nuage d'orage très menaçant. Hutch essaya de se figurer une pareille apparition au-dessus du temple des Vents. Comment une espèce technologiquement peu développée pouvait-elle s'être expliqué cette sulfureuse vision ? Alors elle s'interrogea au sujet des Bâtisseurs de Monuments. Pourquoi avaient-ils provoqué le malheur de cette civilisation ? Et laissé en guise d'adieu ce sarcasme ? *Adieu et bonne chance. Cherchez-nous dans la lumière de l'œil de l'horgon.*

Alors, à cet instant, elle comprit.

L'écran-com s'éclaira. « Message externe », annonça Angela.

Le visage de David Emory se composa. « Salut, équipe au sol, dit-il. Qu'est-ce qui se passe ? Vous avez besoin d'aide ? »

Hutch se sentit transportée de joie et de soulagement. « David, salut. Où êtes-vous ? » Mais il ne réagit pas. Elle garda les yeux braqués sur lui en comptant les secondes tandis que les signaux traversaient l'espace pour l'atteindre, et son espoir à peine né mourut. Il se trouvait trop loin.

Carson grimpa à bord et les rejoignit en traversant la soute. « Je vois que la cavalerie arrive, dit-il. Où sont-ils ? »

David se fendit d'un large sourire. « Hutch. Ça fait plaisir de vous voir. Je suis sur le *Cary Knapp*. C'est quoi, cette chose ? Qu'est-ce qui se passe ? »

Hutch lui envoya une version compactée.

« On arrive aussi vite que possible, fit David.

— Non, n'approchez pas. Restez au large le temps que les cendres retombent. »

Ils prirent leur envol en milieu de matinée.

Tous observaient le dragon : Emory depuis le *Knapp*, Janet et Drafts sur l'*Ashley* et le groupe de Carson à bord de la navette.

À présent, des images arrivaient aussi depuis le *Knapp*. Elles étaient plus claires que tout ce qu'ils avaient vu jusque-là. Delta ressemblait à une balle d'enfant flottant devant un nuage cosmique noir.

Ils allaient être engloutis.

De prodigieuses fontaines de gaz et de vapeur vomissaient leurs flots. D'énormes explosions se produisaient au ralenti, comme si elles relevaient d'un autre mode temporel. Les fleurs de feu s'épanouissaient, puis dérivaient au loin. « Il se désagrège, dit Angela. Il se déplace assez lentement, désormais. Je dirais qu'il s'est séparé de soixante-dix pour cent de sa masse. Une fois arrivé ici, il n'ira pas plus loin. »

Ils avaient quitté la plaine, ses mesas, et survolaient un marais d'azote baigné par la clarté changeante. Carson occupait le fauteuil de droite. Il répétait sans cesse des commentaires comme : « Mon Dieu, je n'y crois pas » ou « Pas étonnant qu'ils aient tous conçu des religions. »

Des bourrasques fouettaient la carlingue. Hutch, à l'arrière, se demandait s'ils pourraient rester en l'air. Elle gardait l'œil sur les images en provenance du *Knapp*. « Le nuage se déchire au contact de la géante gazeuse, dit-elle en poussant sa voix pour se faire entendre malgré les rafales. Avec un peu de chance, il n'en restera rien quand il arrivera ici.

— Vous pouvez toujours espérer, oui », fit Angela. Elle inspira profondément. « C'est un casse-tête chinois. Vous n'avez rien remarqué de curieux ? »

Carson tourna le regard vers l'écran. « Si je remarque quelque chose de curieux ? » Il fut pris d'un hoquet de rire.

Elle ignora sa réaction. « Pas de secousse.

— Je ne vous suis pas. »

Mais Hutch comprit le sens de sa remarque. « C'est pour dans quinze heures. Est-ce qu'il y a des plaques sur cette planète ?

— Oui. »

Elle regarda Carson. « Un corps céleste si proche devrait semer une belle pagaille dans la tectonique. Non ?

— Exact. » Angela tapota sur son clavier pour demander de nouvelles données. « Au minimum, on devrait assister à quelques belles lames de fond. » Le marais s'était mué en mer boueuse. De lourdes et lentes vagues se déroulaient jusqu'à la grève. Quelques mètres au-dessus, la roche était décolorée. « La limite de la marée haute, dit-elle. Tout me paraît normal.

— Qu'est-ce qui vous intrigue ? demanda Carson.

— Ce qui m'intrigue, c'est qu'un océan, même de ce type, devrait déborder. Attendez. » Elle réactiva le canal pour communiquer avec le *Knapp* et demanda à David d'obtenir des chiffres sur la position des satellites. En attendant les résultats, elle se replongea dans le dossier concernant la géante de gaz et sa famille de lunes. Elle établit les orbites, déduisit des vitesses et calcula les positions lunaires.

Lorsque le vaisseau reçut les informations, elle les confronta à ses résultats.

Tau, le rocher difforme en périphérie du système, s'était écarté de son orbite. Mais de quatre cents kilomètres tout au plus. Négligeable. Rho était en avance de deux cents kilomètres sur sa position théorique. Tout le reste, compte tenu des marges d'erreur, était en ordre.

Le soleil se levait et la navette s'en approchait. Ils se dirigeaient vers un marais de gazoline. Derrière eux, le ciel brûlait.

« Ce n'est pas solide, dit Hutch.

— C'est vrai, annonça Angela sur un ton définitif. C'est un nuage de poussière, en fin de compte. Nécessairement. Il comporte peut-être un noyau solide quelque part, mais d'une dimension sûrement réduite.

— Pourtant, intervint Hutch, un rocher même énorme ne peut pas assurer la cohésion de tout ceci.

— Encore exact, Hutch. Découvrez le liant et vous êtes bonne pour le Nobel. »

Dimanche, 11 h 46.

La chose, sur les moniteurs, ressemblait à une créature tirée d'une vieille légende. Un messager du Tout-Puissant. Carson se demanda quel aspect avait pris le ciel d'Égypte lors de la première pâque. Quel avait été le temps aux derniers jours de Sodome ? Qu'avait-on vu des remparts de Jéricho ?

Quelque chose de profondément enfoui en lui le prévenait de l'approche du surnaturel. Là, poursuivi par cette anomalie astrale visiblement en colère, Carson éprouvait des pulsions mystiques.

Il ne faisait aucun effort pour chasser ces sentiments. Au contraire, il les entretenait avec une certaine ferveur, se demandant où ils le mèneraient. Des êtres dotés d'un pouvoir cosmique existaient-ils réellement ? En tout cas, si c'était à eux qu'ils avaient affaire aujourd'hui, ils manifestaient un intérêt inquiétant pour les espèces plus primitives. Une divinité stupide, dont l'obsession consistait à oblitérer les angles droits. Un gardien suprême chargé de remettre dans le droit chemin tous ceux qui contrevenaient à la règle divine de ne construire que rond.

Il passa en revue la documentation amassée par Maggie sur l'art sacré ou profane sur Nok et Quraqua, cherchant des corrélations. Il en trouva. Ici était représenté un nuage démoniaque d'une terrifiante similarité avec le leur. Et là un dieu noir aux yeux rouges et aux griffes menaçantes émergeant d'une tempête.

14h11.

Les éclairs palpitaient dans les cieux saturés de gazoline. Une pluie d'éthyle torrentielle s'abattait sur le pare-brise du cockpit et s'accrochait aux ailes de la navette. Angela aurait préféré prendre de l'altitude, monter au-dessus de l'atmosphère, mais la turbulence était forte et s'aggravait. Elle n'était pas certaine de pouvoir redescendre sans risque le moment venu.

C'était tour à tour effroyable et exaltant. La navette tanguait, plongeait. Lorsqu'elle ne luttait pas pour conserver le contrôle du véhicule, Angela se laissait aller à des rêves de gloire. Elle serait à jamais associée à ce phénomène. Peut-être porterait-il même son nom, un beau jour. Le *Morgan*. Un nom qui sonnait bien, elle le répéta plusieurs fois mentalement. Elle imaginait d'éminents professeurs entamant ainsi leurs conférences : *À ce jour, nous connaissons plusieurs types de Morgans…*

Oui, enfin on n'en était pas là.

Carson imaginait une vague de nuages-dragons s'étirant sur des milliers d'années-lumière, s'enroulant autour du Vacuum comme le vortex d'un courant irrésistible et diabolique. Absorbant des mondes entiers avec une précision d'horloge. Projetée dans le système par les pulsions d'un cœur cosmique. Et puis, non plus une seule vague, mais trois. Peut-être mille, dont les franges seraient séparées par cent années-lumière.

À quelle fin ?

Le phénomène se produisait-il partout ? Tout le long du bras ? De l'autre côté de la Galaxie ? « Le grand télescope », dit-il.

Hutch le regarda. « Pardon ?

— Je pensais au télescope près de Bêta Pa'. Il était braqué vers les Nuages de Magellan.

— Tu vois une explication ?

— Peut-être. Les Bâtisseurs de Monuments connaissaient l'existence des dragons. Et s'ils avaient essayé de découvrir si d'autres planètes étaient à l'abri du danger ? Au-delà de cette galaxie ? »

Hutch entendait les battements de son cœur. « C'est une bonne question », dit-elle.

16h00.

Le *Knapp* approchait dans l'axe du soleil. Carson s'entretint longuement avec David Emory. Malgré le différé, la conversation le distrayait du vol angoissant dans ce ciel chahuté. Emory posait des questions sur tout : les vestiges de la cité près du port, ce qu'ils avaient vu dans la station orbitale, le raisonnement qui leur avait permis de trouver le dragon. Il exprima ses condoléances pour leurs collègues disparus. Il avait bien connu Maggie pour avoir travaillé avec elle et l'admirait. « Je n'aurai pas eu l'occasion de rencontrer George », conclut-il.

Puis Carson avait changé de fauteuil avec Hutch. Dans le cockpit, Angela lui demanda s'il s'expliquait la curiosité insatiable d'Emory.

« Il s'attend à ce que nous n'en réchappions pas, dit-il. Il n'a pas envie de démêler l'écheveau après coup, donc il nous pose toutes ses questions maintenant. »

17h54.

Ils avaient laissé le dragon derrière eux, ainsi que le soleil, et passèrent la nuit sur la face nocturne. Mais une inquiétante lueur rougeoyait à l'horizon. Au-dessous, le paysage s'étirait, nivelé et lustré par la neige. « Encore une heure de vol, fit Angela, et on se mettra en quête d'une aire d'atterrissage aussi plate que possible, où rien ne risquera de nous choir dessus. »

Les images émises par le *Knapp* révélaient que l'anomalie s'était tant diffusée, dilatée, effilochée qu'on ne pouvait plus la localiser précisément. Elle semblait remplir tout l'espace entre les lunes et l'anneau.

En surplomb de la zone cible surveillée par les caméras, une lumière bouillonnante emplissait le ciel.

19h52.

La navette survola une chaîne de glaciers et vint glisser au-dessus d'un paysage dont seules quelques collines à l'horizon rompaient la platitude lisse. Ils avaient parcouru approximativement la moitié du globe. « Idéal, fit Carson. Posons-nous ici. »

À bord du RNA Ashley Tee, *20h06.*

L'*Ashley* parvint au terme de son élan. L'espace d'une microseconde, une fraction d'instant, l'engin connut une parfaite immobilité par rapport à Delta. Et aussitôt il inversa sa course pour entamer le voyage de retour. À l'intérieur du vaisseau, le moment serait passé inaperçu (la propulsion était toujours assurée par la même partie de l'appareil), si un voyant vert ne s'était pas allumé sur l'un des tableaux de bord.

« Demi-tour », fit Drafts. Il savait que Janet avait aperçu le signal – pour tout dire elle le guettait. Mais il convenait de dire quelque chose. Pour marquer le coup. Ils repartaient enfin dans le bon sens.

21h16.

Angela redoublait d'efforts pour rectifier l'assiette. « C'est de pire en pire », dit-elle. Ses indicateurs oscillaient de tous côtés.

« Cette chose est en train de provoquer une tempête de radiations à basse fréquence. Pour l'essentiel en infrarouge, micro-ondes et ondes radio. Cela dit, on a de la chance : elle pourrait tout aussi bien générer des rayons X et nous griller sans plus de façon. »

Le ciel, de ce côté-ci, était presque serein, hormis la lueur mauvaise sur l'horizon.

23h04.

Deux heures avant impact. Plus ou moins. Avec une menace si confuse, comment savoir ?

Les émissions de la mesa étaient brouillées, inexploitables. Hutch éteignit son écran. Elle débrancha également tous les systèmes superflus et fit même quelque chose d'irrationnel : elle coupa les lumières du cockpit, comme pour éviter que la navette soit trop repérable.

Ils échangeaient des propos décousus. Ils évoquaient des vétilles, commentaient le chaos du ciel, se juraient que jamais plus on ne les reprendrait à partir. Et ils se rassuraient mutuellement.

Est-ce que Pinacle, la planète depuis longtemps morte, avait connu de pareilles heures ? « Ça fait forcément partie d'un cycle naturel, disait Carson. Tous les huit mille ans, ça surgit pour semer la désolation. Pourquoi ?

— C'est presque à croire, dit Angela, qu'une nécessité pousse l'univers à attaquer les villes. Mais ça n'a pas de sens. »

Hutch, rencognée dans l'obscurité, se sentait aux abois. Quelle était cette citation que Richard lui avait dite ? *Quelque chose ici n'aime pas les murs.* « Ça pourrait faire partie d'un programme destiné à protéger la vie », avança-t-elle.

Carson fronça les sourcils. « En tirant un trait dessus ?

— En empêchant qu'une espèce prenne trop d'ascendant. Peut-être est-ce un effet d'équilibrage. Peut-être l'univers réprouve-t-il les anomalies comme New York. »

À l'ouest, la lumière s'intensifiait. *Elle approchait.*

« La pression atmosphérique chute à toute vitesse », dit Angela. Le sol trembla. Ce n'était qu'un frémissement. « Peut-être qu'on devrait regagner les airs.

— Non. » Carson s'enfonça dans son fauteuil et s'efforça de se détendre. « On sera plus en sécurité ici. »

Lundi, 00 h 04.

L'*Ashley* accélérait. Mais, quoi qu'il arrive, tout serait depuis longtemps fini lorsqu'il parviendrait sur place. Janet avait passé le gros de son temps en conversation avec Emory, mais les signaux s'étaient dilués dans le flux électromagnétique créé par le dragon. Sur ses écrans, Delta et la chose ne faisaient plus qu'un. Drafts était dans tous ses états et sa panique empirait d'heure en heure. La rupture des communications ne l'aidait pas. Mais il s'efforçait de maîtriser sa frustration, cloué dans son siège filet.

Janet essayait de paraître optimiste. Hutch et Angela Morgan, ensemble ! S'il existait un moyen pour les sauver, elle savait que l'une ou l'autre le trouverait.

00 h 27.

Les nues dérivaient, barattées, éclatées. De lourds éclairs éventrèrent la nuit et le vent hurla autour d'eux. La neige et la glace crépitaient contre la carlingue.

La plaine trembla. Un à un, les moniteurs de la navette s'éteignirent.

Carson restait debout contre la porte arrière entre les deux femmes. « Tout va bien, dit-il.

— On ne pourrait rêver mieux, ajouta Hutch.

— Tu parles ! fit Angela avec un rire sarcastique. On est là, tranquilles, à attendre que Dieu vienne nous rendre visite.

— Ça se passera bien », dit Carson.

Ils ne surent pas dire à quel moment s'opéra le contact. Le dragon ne possédait plus de contour défini. Il s'était ouvert. Des filaments de dizaines de milliers de kilomètres de long avaient percé l'atmosphère de Delta quelques heures auparavant. Mais Carson et les femmes savaient que la lune se trouvait désormais bel et bien dans la poigne de son implacable visiteur.

La neige et les cendres empoissaient l'air. Une croûte noirâtre se constitua peu à peu sur la plaine.

« Peut-être, dit Angela, n'y a-t-il effectivement pas de noyau.

— Espérons que non », dit Carson. Il s'apprêtait à ajouter, avec optimisme, qu'après tout ils en seraient peut-être quittes pour une grosse tempête, quand une lumière blanche fulgura au-dessus de leurs têtes. Une boule de feu traversa le ciel en rugissant et s'écrasa dans la plaine de neige.

Le projectile était tombé loin, mais tous avaient tressailli.

« Qu'est-ce que c'était ?

— Un météore ?

— Sais pas...

— Nom d'un chien ! » s'exclama Hutch.

Carson inspira profondément. « Angela, combien de temps est-ce que ça va durer, à votre avis ?

— Difficile à dire. Le pire devrait être passé dans un jour ou deux. La chose n'a pas suffisamment décéléré. Et elle n'a pas calqué sa course sur l'orbite de Delta, si bien qu'on devrait sortir assez vite. » Hutch et Carson entendaient sa respiration dans le noir. « Mais je crois que le patelin va connaître une météo encore plus pourrie que d'habitude pendant quelque temps.

— J'ai peur », dit Hutch.

Carson n'en menait pas plus large. Mais de son point de vue, rien ne servait de l'avouer. Il fallait que quelqu'un montre de la force.

« Ça va aller », répondit-il. Il regrettait de ne rien pouvoir capter des images transmises par les caméras au sol. Que se passait-il sur le site ?

La tête du dragon s'était dissoute. Des volutes et des fontaines grandissaient, s'effondraient et se disloquaient. Ces masses se frottaient les unes contre les autres comme de gros chats. Des morceaux de roche et de glace jaillissaient du fin fond de l'atmosphère épaisse.

Sur Delta, des mers de méthane explosaient dans les creux du relief. Des vents de tornade, provoqués par les brusques changements de pression, mugissaient sur toute la surface du globe. Partout il était minuit.

Une grêle de blocs de glace et de roche s'abattit. Leurs traînes ardentes illuminaient le chaos général. Pour la plupart, ces morceaux étaient trop petits pour pénétrer dans l'atmosphère relativement fine. Mais d'autres labouraient les champs de neige, éclaboussaient les marais et les mers.

Des volcans entrèrent en éruption.

Sur leur plaine, Hutch, Angela et Frank attendaient, recroquevillés dans la navette. Ils attendaient l'éclatement final, la collision entre le noyau du dragon et la planète. L'inévitable collision. Car en dépit de toutes ses assurances du contraire, Angela était secrètement persuadée qu'elle se produirait.

En quoi elle se trompait.

Les vents les secouèrent, la plaine trembla et une pluie noire, de la glace et d'épaisses cendres se déversèrent.

La nuit gronda, flamboya.

Graduellement, ils acquirent la conviction que le pire était passé, que les vents de tornade se calmaient. Qu'ils allaient survivre. Le tout, c'était de réchapper à cette tempête. Ils retrouvèrent aussi l'usage de la parole. Une atmosphère qu'on aurait pu qualifier de nerveuse et festive à la fois s'instaura. Des heurts, des explosions et des craquements retentissaient au-dehors. Mais ils étaient toujours là. Et ils se félicitaient silencieusement de leur chance.

Un petit événement contribua à leur rendre espoir : à un moment donné, ils crurent distinguer la voix de Janet dans le flot de grésillements inaudibles émanant des haut-parleurs.

Les feux de position étaient montés sous le train, derrière le cockpit, sur le fuselage et sous les ailes. De temps en temps, Angela déblayait la neige et la suie entassée sur le pare-brise et les allumait. De hautes congères s'amoncelaient autour d'eux.

« Je te parie un truc, Frank, dit Hutch.

— Quoi donc ?

— Quand on commencera à y voir plus clair dans l'histoire des Bâtisseurs de Monuments, on se rendra compte qu'un grand nombre d'entre eux ont fui.

— Qu'est-ce que tu veux dire ?

— Qu'ils ont quitté la Galaxie. Sans doute pour gagner l'un des Nuages de Magellan. Hors d'atteinte de ces cataclysmes.

— Peut-être. Je crois qu'ils se sont amusés à les attirer sur la tête des civilisations primitives qu'ils ont pu trouver. M'est avis que ces Bâtisseurs de Monuments n'étaient pas bien fréquentables.

— Et moi je crois que tu te trompes, dit-elle.

— Comment cela ? »

Elle saisit le poignet de Carson.

« Oz était un leurre », dit-elle.

Il se pencha vers elle. « Quoi ?

— Frank, chaque fois il s'agissait de leurres. Les satellites cubiques. L'Oz de Bêta Pa'. Ces Monuments devaient détourner l'attention de ces nuages.

— Eh bien, si c'était le cas, il faut croire que ça n'a pas marché.

— Non. Je suppose qu'ils ont fait de leur mieux. Mais tu as raison. Ça n'a pas marché. Pour finir, les Bâtisseurs de Monuments n'ont pas même réussi à se préserver eux-mêmes. »

Carson s'assit sur le plancher derrière son fauteuil. « Tu penses qu'ils ont été victimes d'une de ces vagues ?

— Je crois même qu'ils l'ont été à deux reprises. La civilisation interstellaire d'abord. C'est ce qui a sonné son glas. À moins qu'ils n'aient pu s'esquiver. Je ne sais pas. Peut-être sont-ils parvenus à s'échapper et à gagner le Petit Nuage de Magellan. À fuir le dragon qu'ils ne pouvaient ni arrêter ni détourner.

— Et la station orbitale ? Comment l'expliques-tu ?

— Des survivants. Ils ont rebâti leur civilisation. Mais sans pouvoir atteindre à nouveau le même niveau de développement. Ils n'ont pas su retrouver le chemin des étoiles. Où peut-être était-ce une autre forme de civilisation. Peut-être avaient-ils perdu trop de données, entamaient-ils juste leur nouvelle ère spatiale quand la vague a frappé de nouveau. » En cette heure, elle goûtait l'obscurité. « Frank, imagine ce que devait être leur technologie à leur apogée. Et ils étaient prévenus du danger. Depuis des milliers d'années peut-être. Ils connaissaient l'existence de ces choses et ont essayé d'apporter leur aide où ils ont pu. Mais tu as raison : en vain.

— Le magma commence à monter un peu haut, dit Angela. Je crois que nous aurions intérêt à changer de site si on ne veut pas finir ensevelis.

— D'accord », fit Carson.

Angela décolla. Les phares, dégagés, éclairèrent la neige noire. Le vent ballotta l'appareil et le nettoya.

Un éclair déchira la nuit. Ils minutèrent le lointain coup de tonnerre, essayèrent d'évaluer son effet sur la pression atmosphérique locale. La foudre était tombée à environ douze kilomètres. Préférant ne pas prendre de risque, Angela se posa de nouveau.

Ils préparèrent du café. « Ça cadre avec l'idée, reprit Carson, selon laquelle les autochtones auraient survécu à tout cela. Excepté les populations urbaines, je suppose. » Il darda sur Hutch un regard perçant. « Je crois que tu as raison. À propos d'Oz. Quand cette idée t'est-elle venue ?

— Il y a quelques heures. Je repensais à Oz, à cette ressemblance si frappante avec une ville. Qui essayaient-ils de berner ? » Elle déposa vivement un baiser sur la joue de Carson. « Je me demande ce qu'ils savaient du dragon. Connaissaient-ils son origine ?

— Et moi je me demande, ajouta Angela, si c'est ainsi qu'ont débuté les religions établies. » Ils éclatèrent de rire.

D'autres éclairs frappèrent. Plus près.

« Peut-être qu'on devrait surveiller l'orage », dit Hutch.

Angela opina du chef. « On dirait qu'il approche, non ? »

Un nouvel éclair zigzagua mollement jusqu'au sol, illuminant le cockpit.

« Je crois qu'il nous a vus, murmura Hutch.

— Hé ! » Angela la saisit par l'épaule. « Maîtrisez votre imagination.

— Ce n'est qu'un éclair dehors », murmura Carson.

Toutefois, par précaution, Angela mit le contact.

« Qu'est-ce qu'il reste comme capteurs en état de marche ? demanda Hutch.

— Nib ! S'il faut partir, on volera à l'aveuglette. »

Un long éclair liquide fit la jonction entre ciel et terre. Sa clarté inonda la plaine et les collines, qui disparurent aussitôt.

Le tonnerre roula. « Ça se dirige effectivement vers nous, déclara Angela.

— Ce serait de la folie de décoller par ce vent », dit Carson. Il s'apprêtait à ajouter quelque chose quand une nouvelle boule de feu apparut. Elle tombait en suivant une trajectoire oblique. Ils la regardèrent fendre le ciel de gauche à droite. Puis elle s'immobilisa et son éclat s'accrut.

« Saloperie ! couina Angela. Ça nous arrive droit dessus. »

Simultanément, elle actionna le palonnier et la navette bondit dans les airs. Le vent hurla. La boule irradiait dans la nuit, telle une étoile d'un blanc bleuté se muant en nova.

« Gare ! » cria Hutch en se glissant dans son harnais et libérant le champ d'énergie. Carson se cramponna en catastrophe.

Hutch boucla Angela dans son siège filet et ferma l'accès à la soute, où Carson était assis. Puis elle verrouilla ses propres sangles.

« Frank ?

— C'est bon, dit-il. Sortez-nous de là. »

Angela envoya le jus dans les électro-aimants et la navette s'élança de l'avant puis grimpa à la verticale, et le trait de lumière passa au-dessous d'eux. Ils entendirent une forte détonation, sentirent l'onde de choc. Angela amorça un virage qui leur permit d'apercevoir un geyser blanc s'élevant dans les airs.

Hutch se tourna vers Angela. « Drôle de météore. »

Elle opina du chef. « Plutôt, oui. »

Le vent les aspirait, les poussait dans le ciel.

Angela essayait de perdre de l'altitude pour se poser lorsqu'un éclair explosa tout près de l'appareil, emplissant la nuit de lumière. Les indicateurs vacillèrent et la navette prit une brusque gîte. De la fumée pénétra dans le cockpit.

Angela enclencha le système anti-feu, lutta pour rétablir l'aplomb du véhicule et se remit à monter. « On sera moins exposés plus haut, dit-elle.

— Non, dit Carson. En bas. Posez-nous.

— Frank, il faut qu'on puisse manœuvrer. Sans quoi on va se faire pilonner.

— Faites-le, Angela. Atterrissez.

— T'es dingue ou quoi ? » lança Hutch.

Angela était hagarde. « Mais pourquoi ? »

Un autre éclair frappa.

« Faites-le, bon sang ! répéta Carson. Sans perdre une seconde. »

Hutch l'observait sur le moniteur. Il s'affairait à rassembler les réservoirs d'oxygène qu'ils avaient embarqués.

Angela enfonça le palonnier. « On devrait pouvoir grimper au-dessus de tout ça, protesta-t-elle.

— Comment espérez-vous grimper au-dessus de météores ? » lança Carson.

L'éclairage interne vacilla, se rétablit. Quelque chose explosa à l'arrière et un rugissement remplit l'appareil. Il se remit à perdre de l'altitude.

« La carlingue est percée ! » cria Hutch.

Ils virèrent sèchement à gauche et Angela donna du poing sur le tableau de bord. « Les stabilisateurs arrière tribord sont hors d'usage ! » dit-elle. Dans le vacarme de l'air qui s'échappait en sifflant, du vent hurlant, de la grêle de pierre et de glace, elle trouva le moyen de commenter calmement : « On dirait que ça tourne comme vous vouliez : on descend, la question est réglée. »

Les éclairs zébraient le ciel.

« Cinquante mètres », annonça-t-elle.

Au terme d'un vol cahoteux, ils se posèrent sur la plaine, projetant des gerbes de neige et de suie. Un autre météore fendait le ciel dans leur sillage. Ils le virent s'immobiliser un instant et gagner de l'éclat.

« On sort ! » hurla Carson.

Angela voulut lui tenir tête, mais Hutch, pour couper court, enclencha leurs appareils respiratoires portatifs. « On arrive ! » lança-t-elle.

Elles empoignèrent les réservoirs et les traînèrent dehors sitôt que la porte de la soute se fut ouverte. Hutch s'affala dans la neige, se releva et s'élança de nouveau.

Carson se trouvait juste derrière elle.

« Courez ! » cria-t-il. Il portait trois réservoirs, en lâcha un mais ne chercha pas à le récupérer.

La boule de feu survolait la chaîne de collines au nord.

Ils coururent. La neige croûtée cédait sans cesse sous leur poids. Hutch tomba de nouveau.

Bon sang ! Ne pas perdre les réservoirs !

« Vous êtes sûr qu'il sait ce qu'il fait ? demanda Angela.

— Oui, rétorqua Hutch. Je le crois. Grouillons ! »

Les deux femmes jetaient toutes leurs forces dans cette course pour s'éloigner de la navette. Carson les talonnait.

Une traîne de feu suivait le météore. S'en détachaient des fragments incandescents.

« À plat ventre ! » cria Carson. Ils se jetèrent dans la neige.

La boule de feu rugit et fit exploser la navette. Coup au but.

Le sol trembla, l'étendue de glace refléta une aveuglante et fugitive lueur, puis un ouragan de neige et de terre s'abattit sur eux. Des cailloux et des débris rebondirent sur le champ d'énergie de Hutch.

Lorsque cette pluie s'interrompit, Carson alluma sa lampe. À la place de la navette, il y avait un cratère.

Angela frissonna. Elle leva le regard vers le ciel puis le posa sur la lampe. « Par pitié, dit-elle, éteignez-moi ça. »

Carson s'exécuta. « Si vous préférez, dit-il. Mais je crois que ça ira, maintenant. »

Elle essaya de se tapir dans la neige, de se soustraire aux nuages.

« Ce n'était pas nous qui étions visés, dit Carson.

— Qu'est-ce qui vous permet de l'affirmer ? » demanda Angela.

Nouvelle série d'éclairs. « Les angles droits, fit-il. La cible, c'était votre navette. Votre boîte volante. »

Au cours des heures qui suivirent, les cieux se déchargèrent de leur électricité. Assis, immobiles, les trois rescapés regardèrent la tempête se calmer. « Je crois comprendre pourquoi les Quraquats employaient l'image d'un Bâtisseur de Monuments pour personnifier la Mort, dit Frank.

— Pourquoi ? demanda Angela.

— Ils avaient endossé le rôle de messagers. Les Bâtisseurs de Monuments n'avaient sans doute pas hésité à se poser, se présenter et exposer le problème aux Quraquats. » Il sourit. « À bien y regarder, Richard avait raison. Les extraterrestres nous ressemblent, en définitive. Ils se révèlent assez humains dans leurs réactions.

— C'est aussi ce qui a coûté la vie à George », fit remarquer Hutch.

Carson remonta ses genoux sous son menton et enroula ses bras autour de ses jambes. « Oui », dit-il. Il se tourna vers Angela et expliqua : « Ils n'ont pas pu barrer le chemin au nuage, alors ils ont créé une diversion. Pour qu'il s'attaque à une autre cible.

— Eh bien, ça me suggère une réflexion, fit Angela. Cette *chose* (elle agita la main en direction du ciel) appartient à la vague qui a frappé Bêta Pa' en 5000 avant notre ère à peu près, Quraqua quatre mille ans plus tard et Nok en 400. Plus ou moins. C'est bien ça ?

— Oui, fit Carson.

— Elle se dirige vers la Terre. » Son expression se décomposait.

Carson haussa les épaules. « Il nous reste tout de même neuf mille ans pour trouver une solution.

— Tu te souviens ? intervint Hutch, Janet a évoqué la possibilité que nous ayons déjà eu à en souffrir. Elle pense que la vague A correspond à la destruction de Sodome. »

Les yeux d'Angela se plissèrent. « Sodome ? Peut-être. » Elle fixa Carson avec un sourire un peu crispé. « Je crains que nous ayons moins de temps que vous ne le pensez. La vague B poursuit son voyage. »

Hutch se rapprocha de ses compagnons. La vague B, qui avait touché Bêta Pa' en 13000 av. J.-C., et Quraqua quatre mille ans plus tard, se trouvait sans doute relativement près de la Terre.

« Environ un millier d'années, dit-elle.

— Bah ! fit Carson, qu'importe ? Neuf ou un, ce sera largement assez, à mon avis. »

Angela se rembrunit fugitivement. « Je gagerais que les Bâtisseurs de Monuments s'étaient fait la même réflexion. »

FORUM BIBLIOTHÈQUE

Toutes les tentatives de sondage d'un nuage Oméga se sont soldées par des échecs. Les essais de transmission de signaux à travers ces objets n'ont eu d'autres résultats que ceux résumés dans cet article. (Lire l'excellente monographie d'Adrian Clement, Le Mystère Oméga, *dont les références figurent en appendice III, pour une meilleure compréhension des problèmes théoriques mis en évidence.)*

Les seules tentatives d'exploration par un engin habité au-delà de l'enveloppe de surface ont été réalisées les 3 et 4 juillet 2211 par Meg Campbell à bord du Pasquarella. *Campbell a effectué deux incursions consécutives, à respectivement 80 et 650 mètres. La troisième lui fut fatale.*

Il faudra, pour mieux connaître les nuages Oméga, attendre de nouvelles avancées technologiques.

Janet Allegri, *Les Machines de Dieu,*
Hartley & Co, Londres, 2213.

ÉPILOGUE

Institut des hautes études, Princeton, NJ, avril 2231.

À ce jour, nous avons peu de certitudes sur les Bâtisseurs de Monuments. Une vaste cité détruite repose sous la ville portuaire de Bêta Pacifica III. Nous savons qu'elle date de l'ère Cholois, c'est-à-dire l'ère des Bâtisseurs de Monuments. (Le terme signifie « peuple universel », une notion qui apparemment englobait d'autres espèces intelligentes.) Les fouilles se poursuivent avec la prudence qui s'impose. La justesse de ce qu'il est convenu d'appeler la thèse Priscilla Hutchins, à savoir qu'un certain nombre de Cholois ont fui leur système, a été établie. Les Bâtisseurs de Monuments ont décidé, mis en œuvre et peut-être réussi un bond intergalactique.

Des survivants de cette espèce ont été retrouvés sur leur planète d'origine. Peu nombreux, ils sont revenus à une forme de vie très primitive. Tous ont manifestement perdu le souvenir de leur grandeur passée, qui ne survit plus que dans leurs mythes.

Les enquêtes les plus récentes étayent l'hypothèse selon laquelle les occupants de la station orbitale de Bêta Pacifica III ont assisté à la destruction de leur planète par un nuage Oméga, et ont choisi de mourir dans l'espace plutôt que de retourner sur leur monde ravagé. Les investigations continuent.

Aucune des tentatives de sondage des nuages Oméga (auxquels on n'a donc pas donné le nom d'Angela Morgan) n'a produit de résultat. De puissants champs électromagnétiques contribuent, pense-t-on, à assurer la cohésion de leur masse, mais à ce jour personne n'a pu avancer d'explication satisfaisante à leur égard.

Il a été recensé de ces nuages un nombre bien inférieur à celui qu'on avait craint dans un premier temps. C'est par une sorte d'aberration que l'*Ashley Tee* en a trouvé deux simultanément dans le même système. Hélas, ils sont suffisamment nombreux pour interdire tout espoir réaliste que notre système solaire puisse échapper à l'incursion d'un ou deux de ces visiteurs indésirables dans un avenir lointain. Des conférences ont déjà eu lieu pour inventer une stratégie capable d'assurer la protection des générations futures.

L'unité informatique centrale récupérée par Maggie Tufu dans la station orbitale a révélé une foule de renseignements sur ce que l'on a appelé l'ère des Bâtisseurs de Cités. Les autochtones de cette période n'avaient pas encore perdu le souvenir de leurs exploits passés. Mais au lieu de stimuler leur orgueil, le souvenir de cette époque révolue nourrissait chez eux un sentiment de grandeur perdue et de déchéance qui a ralenti leur développement, puis favorisé leur décadence et provoqué l'avènement d'âges noirs.

L'existence des nuages Oméga a soulevé de profondes questions métaphysiques sur la position de l'espèce humaine dans un univers perçu par beaucoup comme activement hostile. Des mouvements pour le retour à la nature se sont constitués un peu partout dans le monde et l'on assiste à une résurgence des groupes religieux fondamentalistes qui connaissaient un déclin depuis plusieurs décennies.

Le projet Espoir s'est poursuivi avec succès et il apparaît maintenant que les premiers colons humains pourront s'installer sur Quraqua bien avant la date prévue.

Six nouveaux Monuments ont été découverts. L'Association Braker (du nom de son fondateur, Aran Braker, mort d'une crise cardiaque lors d'une manifestation devant l'institut Smithsonian) mène une campagne de grande envergure pour s'arroger la propriété des Grands Monuments et les placer en orbite autour de la Terre. Cette campagne a été encouragée par les récents progrès technologiques qui rendent le projet réalisable. En dépit de sa popularité auprès du grand public, cette idée se heurte à l'opposition de l'Académie et de ses alliés, parmi lesquels la médiatique Mélanie Truscott. Ces derniers ont récemment été qualifiés d'« archéobtus » par les partisans de l'Association Braker.

D'importantes améliorations ont été apportées à la conception des astronefs suite à l'accident survenu au *Winckelmann*. Des systèmes de survie secondaires, tous utilisables manuellement, font maintenant partie intégrante des équipements standard.

L'affaire Richard Wald a contraint Mélanie Truscott à mettre sa carrière entre parenthèses plusieurs années. Elle a fait son retour à la une en 2207 en prenant la tête du combat contre un programme pour la reprise de la déforestation à grande échelle dans le Nord-Ouest. Combat qu'elle perdit, mais qui lui permit de se faire élire au Sénat en 2208.

Ian Helm, l'ex-coordinateur Kosmik des opérations antarctiques sur Quraqua, a échappé au blâme pour avoir déclenché prématurément la mise à feu. Il a occupé des postes à responsabilité dans plusieurs entreprises et corporations, et il est actuellement membre du Service du Parc de l'UNA.

Le Grand Télescope au large de Bêta Pacifica, à bien des égards, réagit comme un organisme vivant, bien que l'on ne puisse pas affirmer catégoriquement que c'en soit un. Cet appareil était jadis à même de recueillir des informations dans tout le spectre. Ses signaux n'ont jamais pu être traduits de façon satisfaisante en messages optiques. Certains spécialistes pensent que son système informatique, dont on ne comprend qu'imparfaitement les principes de fonctionnement, serait altéré.

Henry Jacobi est mort à Chicago des suites d'une longue maladie. Ses dernières années ont été empoisonnées par une série de versions simu de l'évacuation du temple, où chaque fois on l'a dépeint sous les traits d'un casse-cou gaffeur.

Frank Carson a décliné le poste qu'on lui proposait au service du personnel de l'Académie. En dépit de ses résolutions après la mort de Maggie Tufu et de George Hackett, il est retourné sur Bêta Pacifica III, où il a dirigé la cellule de travail pendant six ans. On lui a rendu tous les honneurs pour avoir mené l'expédition originelle et il jouit de la même considération que Champollion, Larimatsu et Wald de leur vivant. Il a épousé Linda Thomas, qui avait participé à la mission du temple, et il est père de deux adorables fillettes rousses. Il préside également la Fondation Margaret Tufu, qui octroie des fonds d'aide à l'éducation et des bourses d'études aux mathématiciens en herbe.

Les touristes à l'Académie, Washington DC, ne manquent pas de visiter l'aile George Hackett qui jouxte la bibliothèque principale. Une photo saisissante de George, en surimposition d'une copie des écrits casumel qu'il a contribué à sauver, orne le mur occidental.

Le brillant ouvrage de Maggie Tufu, compte rendu de ses recherches pour le décryptage de l'inscription d'Oz intitulé *Étude philologique du casumel linéaire*, a reçu lors de sa publication il y a quelques années un accueil dithyrambique et unanime. Édité par Janet Allegri, il fait déjà figure de classique scientifique.

Allegri enseigne à Oxford.

Priscilla Hutchins continue de piloter les vaisseaux de l'Académie. Elle est célèbre au point que les gens qui la rencontrent pour la première fois sont toujours surpris de la découvrir ni aussi grande ni aussi belle qu'ils se la figuraient. Mais ils ne tardent pas à revenir sur cette première impression.

David Emory.

Table

Achevé d'imprimer en février 2001

BUSSIÈRE

GROUPE CPI

à Saint-Amand-Montrond (Cher)
pour le compte de
la Librairie l'Atalante

N° d'imprimeur : 10132
Dépôt légal : février 2001